성자가 되고 성령이 되라는 모든 말씀
"오직 이것 한 길뿐이다."

無 上 大 道

무상대도

박영철 저

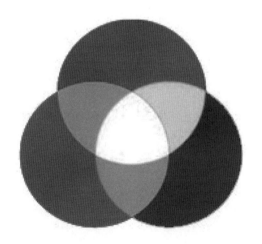

효림

머 리 말

불·법·승 삼보에 귀의하며, 불·보살님과 하나님·예수님, 공자님과 「박형」 박상신 도사님께 삼가 이 책을 바칩니다.

그리고 「박형」 박상신 도사님의 지극한 가르침이 온 세상에 가득 퍼지기를 기원하면서, 특히 「박형」의 가르침과 은총으로 우화등선하신 선배님과 밝은 세상을 만들려고 애쓰는, 위대한 어른들에게 삼가 이 책을 바칩니다.

또, 승화하신 집사람 고 백화자 님의 대원성취와 최근에 고인이 되신 이정원 여사님의 극락왕생을 기원하면서, 두 분에게 이 책을 바칩니다.

무상대도를 만난 독자님 모두 「박형」 박상신 도사님의 가르침과 은총과 가피로 성인·군자가 되시고, 마침내 교역되시고 우화등선하셔서, 삼계의 모든 중생을 광명으로 인도하는 위대한 대도사님이 되시기를 기원합니다!

세세생생 다시 오실 때는, 그때마다 더 부자가 되시고, 더 강건하시고 더욱 지혜가 뛰어나셔서 하루라도 속히 대원성취하시고, 성불하시기를 간절히 기원합니다!

그리고 책의 깊이를 더하게 이끌어주신 새벽숲출판사의 사장님과 편집장님께 고개 숙여 감사드립니다.

또, 책의 깊이를 더하게 이끌어주셨고, 이 책의 표지를 디자인해 주신 박병진 님에게도 한량없는 감사의 마음을 전합니다.

모두 항상 건강하시고 가내 두루 행복하시기를 기원하면서,
2024년 6월
충북 단양에서, 저자 박영철 올림

차례

4

2부 _ 진리의 길을 찾아가는 삶

4부 _ 장차 억만장자가 되는 길

1장 _ 정다운 말씀에 아름다운 향기

2장 _ 『주역周易』과 대우주의 실상

3장 _ 불교의 무상대도

「박형」박상신朴尙信 대도사님을 잘 아시는 분은 누구나 「박형」을 성인聖人의 환생이라고 생각할 만큼 「박형」께서는 부처님처럼 어질고 전지전능하셨다.

「박형」께서는 우화등선羽化登仙하신 성령聖靈이셨으며, 불·보살이나 신선처럼 변신하고 현신하면서 아무도 모르게 사람농사하는 대도사의 삶을 시현示現하셨다.

「박형」 박상신 도사님

<찬탄의 시>

태초에 하늘은
지각知覺이 잠든 무념無念의 땅에
비룡飛龍의 꿈을 심었다
비천飛天의 용틀임은 금강金剛의 모습

당신께서는
우주宇宙로 달려 와
지구별에 연緣이은 큰 빛이리니
오늘도
사계四季에 빛나는 무지개로 솟아
모든 가슴에 벅찬 희망希望이소서.

제1부

무상대도

먼저 청년 박상신이 입산수도하여 「박형」 박상신 도사님이 되기까지 흥미진진한 상황이 펼쳐진다. 그리고 나와 집사람이 운명처럼 만나 영주시로 와서 약국을 열게 될 때까지 기사회생하는 인생 이야기가 그 뒤를 잇는다.

제1장 진리의 길을 가는 청년

노력하는 천재 박상신이 수행자의 길, 무상대도로 나아가다.

1. 말과 행동이 의젓했던 초등학생, 박상신

"영철아, 너희 반에 '상신'이라는 아이를 아냐?"

초등학교 5학년 학기 초였다 수업이 끝나고 친구들과 학교 운동장에서 축구하며 놀다가 지친 몸으로 귀가하여, 막 책보(보자기로 책을 싼 꾸러미)를 마루 위에 올려놓는 참인데, 뒷마당에서 부침개를 부치고 계시던 어머니께서 내가 오기를 기다렸다는 듯이 대뜸 질문을 던지셨다.

"잘 모르겠어요. 있는 것 같기도 하고 없는 것 같기도 하고요."

"잘 생각해 봐, 키도 크고 얼굴도 잘생기고, 말하는 것이 참 어른 같았어. 집은 금계동이고, 오늘 할머님 따라서 여기에 왔단다."

"이름이 뭐라고요?"

"이름이 상신이래, 성은 박가고…"

"글쎄, 있는 것 같기도 해요."

"몇 달 전에 전학 왔다고 하더구나."

"혹시 전에…?"

60명 내지 70여명이 한 교실을 쓰던 1950년대 당시에 키가 작았던 나는 항상 앞줄로 돌았기 때문에 뒷줄에 있는 덩치 큰 아이들을 잘 알지 못했다. 그런데 며칠 전에 우리 반에 새로 들어온 듬직한 아이가 문득 생각났다. 선생님의 소개가 있자마자 교실 뒤쪽에서 몇몇 아이가 유난스레 크게 박수를 치고,

"어! 상신아, 상신아! 이리 와. 이리 와!"

하면서 자기들 옆자리로 오라고 소리치던 기억. 아이들이 좀 시끄럽게 반기던, 약간 어른스럽고, 어딘가 남다른 느낌의 아이가 있었다. 그때 나는 '인기가 많구나. 하지만 저 아이들은 너무 요란하게 떠드는 것 아닌가. 혹시 선생님이 화내지 않을까.' 걱정했다. 그때 금계동에 살던 내 단짝이 상신이 뒤늦게 반을 배정받아 우리 반에 들어오게 된 이유를 말해주었다.

"박상신 모친이 돌아가셨어. 그래서 며칠 결석했었던 거야."

"배고프지? 이거 먹어라."

어머니께서 부침개를 담은 접시를 주면서 말씀하셨다.

"너도 그 아이처럼 되었으면 좋겠다. 정말 훌륭한 아이였어. 꼭 찾아보고 그 아이와 친하게 지내도록 해라. 틀림없이 앞으로 훌륭한 사람이 될 게다."

'나도 그 아이처럼 되었으면 좋겠다고, 찾아보고 그 아이와 친하게 지내도록 하라고, 틀림없이 앞으로 훌륭한 사람이 될 거라고….'

참으로 이상한 느낌이었다.

'상신이 어떠했기에 어머니가 이렇게 하실까? 찾아보고 친하게 지내라고?'

요즘에는 학부모들이 자기 아이에게 누구하고 놀아라. 누구하고는 놀지 말아라. 간섭하는 것이 예사지만, 그 당시의 아이들은 마음대로 친구를 사귀고 마음대로 나가서 놀고 마음대로 공부했었다. 어떻든 그날 초등학교 5학년생 '상신'을 만나보고 첫눈에 큰 인물이 될 것을 알아보신 어머니의 언행이 너무나 진지하셔서, 어린 내가 이상하다고 느낄 정도였다. 그 후에 내가 어머니의 당부를 마음에 두고 학교에 가서 상신을 찾아보았는지 기억이 나지 않는다.

하지만 좀처럼 이래라저래라 간섭하지 않던 어머니께서 '상신을 찾아보고 친

하게 지내라.'고 권할 만큼 초등학교 5학년이었던 상신의 말과 행동이 눈에 띄게 바르고, 의젓했던 것은 틀림이 없는 것 같다. 거의 30년이 지난 후에 「박형朴形」께서 그 당시의 일을 나에게 말했다.

"내가 풍기초등학교에 처음 전학을 왔을 때야. 자네 집에 갔더니, 자네 어머님이 부침개를 부치고 계셨어. 내가 가니까 먹으라고 주시더군. 주는 대로 넙죽넙죽 받아먹었지. 아마 자네가 오면 주려고 부침개를 부치고 계셨던가봐."

이어서 강조해서 말씀하셨다.

"주는 대로 넙죽넙죽, 받아먹었어. 하나를 구워주면 먹고 또 주면 또 먹고, 전부 다 받아먹었어."

그때 어머니께서는 자식 사랑하는 마음으로 장차 틀림없이 훌륭한 사람이 될 상신에게 부탁하는 심정으로 상신에게 부침개를 구워주고 또 구워주신 것 같다. 그 속마음을 나는 최근에야 겨우 눈치채게 되었는데, 상신은 이미 그 당시에 그런 '어머니 마음'을 보았고, 그래서 스님이 공양을 받아들이듯이 주는 대로 다 받았던 것이리라.

「박형」께서는 내 어머니의 간절한 사랑, 아들이 잘되기를 바라는 한결같은 염원을 가지고 사셨다는 사실을 '자신밖에 모르며 자신의 안락만을 추구하며 불효막심했던' 나에게 '어머니의 은혜와 지극한 사랑을 뒤돌아보라'고, 이 이야기를 해주셨다.

사실 부모님 덕분에 나는 참으로 행복한 어린 시절을 보냈다. 초등학교 3학년 때 어느 날 담임선생님이 학생들에게 말했다.

"너희들 중에서 앞으로 서울 가서 살고 싶은 사람은 손들어 봐라."

---

* 「박형朴形」: 30년도 되기 전에 박상신은 이미 「박형朴形」이라고 호칭될만한 큰 어른이 되어 있었다. 「박형朴兄」이 아니고, 아무나 감히 넘볼 수 없는, 위대한 「박형朴形」이라는 호칭의 의미'는 뒤에 상세하게 설명될 것임.

의외로 거의 모든 아이들이 손을 높이 쳐들고 있는 것 같았다.

선생님이 다시 물었다.

"그럼 시골에서 살고 싶은 사람?"

나는 당연히 손을 들었고, 주위를 둘러보다가 어리둥절할 수밖에 없었다. 왜냐하면 교실의 아이들 중에 유일하게(?) 나 혼자 손을 쳐들고 있었기 때문이다.

그 당시에 나는 왜 아이들이 서울에 가서 살고 싶어 하는지 그 이유를 전혀 알 수 없었다. 나는 삼남매 중에 막내였고, 부모님께서 사랑으로 애지중지 거두어주셔서, 정말 아무 걱정 없이 행복했기 때문일 것이다. 선친께서도 그러하셨지만, 부지런한 어머님의 보살핌은 더욱 지극하셨다.

그런데 내가 초등학교 4학년이던 1950년 6월에 한국전쟁이 터졌다.

7월 초부터 죽령 너머 북쪽 멀리서

'콩, 콩'

작게 들리던 대포 소리가 차츰차츰

'쾅 우루루, 콰광~ 우루루.'

하고 커지더니, 드디어 피난하라는 령이 내렸다.

철없고 완벽한 촌놈이던 나는 여행이라도 가는 것처럼 즐거웠는데, 태어나 처음으로 기차도 타게 되었고, 대도시의 높은 빌딩을 구경할 수 있다는 것 때문이었다.

우리 식구는 대구大邱 남산동에 살던 고모네로 갔다가, 다시 남쪽으로 내려가서, 경산시 자인면에 있는 자인초등학교에서 피난했고, 9월 말경에 UN군과 국군이 전세를 뒤집고 북진하게 되면서, 피난민들과 함께 우리 식구도 귀향하기 시작했다.

귀향길이 며칠이 걸렸는지는 모른다. 하루에 적어도 100리 이상 걸었을 것 같다. 계속 걸어서 귀향했다. 수많은 사람이 어디서 잠을 잤을까, 밤에도 별로 춥지 않았기 때문인가, 피곤했던 나에게는 식구들이 안동의 낙동강둑에서 노숙했던 기억 한 가지만 남아 있다.

그리고 드디어 천신만고 끝에 모두 무사히 고향으로 돌아왔다. 지병으로 피난길에서 돌아가신 숙부님 한 분을 제외하면 일가친척들이 모두 탈 없이 무고했고, 길 건너편의 집들은 모두 다 불타 없어졌는데, 다행스럽게도 우리 집은 온전하게 남아 있었다.

하지만, 결국 신나서 즐겁게 떠났던, 철없던 나의 피난길은 나는 물론이고, 누구에게도 즐거운 여행이 될 수는 없었다. 오히려 그 반대가 되었다.

고향의 논밭은 물론 산천초목마저 황폐하게 되었고, 삶의 터전은 대부분 파괴되었으며, 온 세상은 쓰레기와 먼지로 뒤덮여 있었다.

길가에 파괴된 전차와 녹슨 대포, 포탄 껍데기와 탄피는 불쌍하게 죽었을 사람들을 생각나게 했고, 산모퉁이의 무덤에서는 송장이 썩는 냄새가 나서 길 가는 사람의 숨을 쉬지 못하게 했다.

이런 곳이 지옥인가? 사람들의 마음속은 슬픔에서 우러난 적대감이 넘쳐났고, 당장 먹고살아 갈 걱정으로 따뜻한 미소가 입가에서 사라졌었다.

그리고 시간이 흘러 학교가 다시 문을 열었고, 그렁저렁 우리가 5학년이 되었을 때에 상신이 우리 반에 들어오게 되었고, 그 뒤에 할머님을 따라서 우리 집에 왔었다.

그날 상신의 할머님은 우리 할머님과 같은 고향 사람이라며, 친구 하자고 우리 할머님을 찾아오셨다.

그분께서는 상신이 고등학교를 졸업하고 입산수도할 때에, 상신이 공부하던 소백산 비로봉 정상 주변 험준한 바위굴까지 봄, 여름, 가을, 겨울, 할 것 없이 한 달에 한 번씩 일용할 양식을 등에 지고 소백산은 올라다니셨다.

상신의 할머님은 그렇게 당찬 할머니셨고, 먼 훗날을 내다보는 지혜로운 분이셨다. 열두 살에 어머니를 여읜 손자 상신을 보듬어 키우셨고, 마침내 「박형」 박상신 대도사님으로 성장시키셨다.

✓ 「박형」께서는 1938년 무인戊寅 호랑이해, 경기도 양평군 단월면에서 호랑이가 방 안으로 들어오는 태몽胎夢을 보이고, 박영배朴永培 어른의 둘째 아들로 태어났다.

「박형」 집안은 1950년 한국전쟁이 터지기 몇 달 전에 조상 대대로 살던 경기도 양평군 단월면의 고향을 떠나, 경북 영주시 풍기읍 금계동으로 이주移住하였다.

「박형」의 부친은 건장한 체구에 지혜롭게 행동하는, 누가 보아도 믿음직한 분이셨다. 세상 보는 안목이 밝고 도량이 넓어 많은 분들과 짧은 기간에 폭넓게 사귀었는데, 나는 이 사실을 「박형」 동생의 결혼식이 있던 날 그 예식장에서 확인할 수 있었다.

「박형」을 따라 그 예식장에 들어섰는데, 예식장이 꽉 차게 3~4백 명 되는 하객이 숙연하고 질서정연하게, 빈자리 하나 없이 앉아 예식이 시작되기를 기다리고 있었다.

뒤쪽에 서서 앞을 바라보니, 그분들 모두 「박형」 부친과 비슷한 연배의 남자 어른뿐이라는 것이 특별히 눈에 띄었다. 이는 다른 예식장에서는 볼 수 없는 경탄할 만한 장면이었다. 아이나 여자는 한 사람도 보이지 않았기 때문에 예식이 끝나고 「박형」의 형수와 두서너 명의 여자 가족이 밖을 나설 때에 하늘에서 내려왔나 땅에서 솟아올랐나 깜짝 놀라며, 내 눈을 의심했었다.

어떻든 「박형」 부친은 1950년 한국전쟁이 터지기 얼마 전, 큰일이 날 것처럼 어수선하고 민심마저 흉흉할 때에 대대로 물려온 많은 재산을 전부 처분하셨다. 팔지 못한 재산은 친척들에게 그냥 나눠주셨다.

그리고 남은 생을 의미 있게 보내겠다는 결심으로 수행할 곳을 찾아 길을 나섰다. 내일을 알 수 없던 세상으로부터 피난도 겸해서….

부친께서는 당시에 유행하던 도참서 『정감록鄭鑑錄』에 게시되어 있는 '사람이 가장 살만한 열 곳, 이른바 「십승지지十勝之地」* 중에서도 첫손 꼽히는 경상도 풍기읍 금계동으로 처음 오셔서 수행할 장소를 찾을 때, 금계동에서도 좀더 사람 왕래가 드물고 한적한 용천동龍泉洞이라는 깊은 산골짜기에 자리를 잡으려 하셨다.

「박형」의 어머니는 처음 그곳을 보고,

"차라리 혼자 살지언정 이런 궁벽한 곳에는 올 수 없어요."

하며 버티었다고 한다.

그래서 결국 풍기 읍내에서는 가깝지만, 결코 시끄럽지 않는 지금 금계동 임실에 자리를 잡게 되었다. 「박형」께서 이런 이야기를 하실 때에 어머님을 공경恭敬하고 그리는 따뜻함이 나에게까지 전해졌었다.

「박형」네 식구들은 그렇게 금계동 임실로 이주하게 되었고, 그 몇 달 뒤에 6·25 한국전쟁이 터졌는데, 대대로 뿌리내리고 사셨던 경기도 양평군 단월면에 그냥 남아있던 사람들은 전쟁판에서 풍비박산風飛雹散, 거의 전부 개죽음했다고 한다.

「박형」께서 나의 마음이 흔들리는 것을 바라보면서 말씀하셨다.

"나중에 보니, 거기에 남아 있던 사람들은 전부 개죽음하고 말았어."

아옹다옹 고생스럽게 살다가 물거품처럼 스러지고 마는 인간의 삶, 그 참담함을 바라보는, 깨달은 분의 마음은 얼마나 안타까울까. 인간의 몸을 받아 이 땅에 태어나기도 정말 어렵다는데, 신분身分의 상승上昇은 고사하고, 그 귀중한

---

* 십승지지十勝之地 :『정감록』에 게시되어 있는 열 군데 명승지名勝地, 민간에서 이르는 피난하기 좋다는 열 군데의 땅. 영주군 풍기읍 금계촌/봉화군 춘양면/보은군 속리산/남원군 두류산(지리산)/예천군 용문면 금당실/공주군 유구면과 사곡면/영월군 정동 상류/무주군 무풍면/부안군 산내면 변산/성주군 만수동/『정감록』에서 지향하는 피난은 수행하여 '윤회하는 괴로운 삶'에서 벗어나는 것임.

100년 인생을 다 살아보지도 못하고 헛되이 죽고 말았으니….

개죽음하고 마는 삶은 그 눈부시게 아름답고 고귀한 성인의 삶이나 참다운 수행자의 삶과 비교해 보면 정말로 허망하다고 하지 않을 수 없다.

그리고 「박형」께서 금계동의 마을들을 언급하면서 자신이 불타, 곧 부처님이라고 말씀하셨다.

"여기는 '임실'이고, 저 건너 마을은 '북어밭'이라고 하는데, 복전福田, '복의 밭'이야.

임실은 맡길 임任자 임실任實하면, 열매를 맡길 곳이라는 뜻이고, 아이 밸 임妊 자 임실妊實하면, 열매를 밴 곳, 장차 나와 같은 부처가 태어날 곳이란 의미다.

부처는 불타佛陀, 비B, 유u, 디d, 디d, 에이치h, 에이a, Buddha(붓다)는 곧 각자覺者, 깨달은 분이란 뜻이야."

그 당시에 나는 무지하여, 「박형」께서 스스로 자신이 이미 '불타, 곧 부처님'이라고 밝힌, 까무러칠 폭탄선언을 듣고도, 살아 계신 부처님을 직접 뵙게 된 엄청난 감동과 무한한 기쁨을 전혀 느끼지 못했다.

그러면서 이런 허접한 생각을 했다.

'임실이 그런 의미였구나! 수행하면 부처가 될 수 있구나! 상신은 부처가 태어날 곳으로 바로 왔구나!

부처는 불타이고, 영어로는 비B, 유u, 디d, 디d, 에이치h, 에이a, Buddha(붓다)구나, 부처는 각자, 깨달은 분이구나. 박상신은 무엇을 깨달았을까? 깨달음의 내용은 어떤 것일까? 소백산 수행하셔서? 물어볼까, 대웅전부처님의 모습과 다르군.'

나는 「박형」께서 스스로 자신이 부처님이라고 밝히신 이 엄청난 상황에서 더 깊이 물어볼 수 있는 어떤 준비도 되어 있지 않았다.

천상天上의 큰 어른이시면서, 문득 자애로운 부모처럼 다정한 친구처럼, 인간의 모습으로 나타나신 부처님을 바로 알아볼 수 있는 눈 밝은 분은 정말 얼마나 대단한 사람일까?

그리고 그곳에서 부처님이 나실 것을 미리 내다보고, 그 마을을 '임실'이라고 지으신 옛 어른의 안목도 참으로 놀랍고 존경스럽다.

2. 상신이 동네 아이들을 하나씩 굴복시키다

그런데 상신은 금계동으로 처음 이주해 왔을 때 동네 토박이들의 텃세로 괴롭힘을 받았다.

상신의 심성이 어진지라 웬만하면 그냥 참고 지나가니, 동네 아이들은 그게 재미가 있었던지 마주치기만 하면 상신을 놀려먹거나 괴롭히는 것이었다.

풍기초등학교로 전학하고 나서 상신이 곰곰이 생각해 보니 이대로는 안 되겠다 싶었다. 하여 상신은 등교하거나 하교下校를 할 때에 일부러 한 아이씩과 동행을 했다.

금계동에서 학교까지는 시골길로 약 2km 정도의 거리였는데, 동행한 아이와 둘이서 아무도 보지 않는 한적한 곳에 왔을 때, 상신은 일대일로 상대해서 괴롭히던 아이들로부터 하나하나씩 항복을 받았다.

물론 항상 피 터지게 치고받는 몸싸움을 한 것은 아닐 것이다. 상신은 장대하고 힘이 셌으니, 한 사람씩 상신과 마주 섰다면 그 누구도 그의 적수가 되지 못했을 것이니까.

어떻든 상신은 동네 아이들을 하나씩 항복(굴복)시켰다. 나중에는 금계동에서 제일 힘세고 싸움을 잘한다는 아이마저 이겨내고 말았다.

그러고 나니, 상신을 놀릴 사람도 괴롭힐 사람도 없었다.

마침내 상신이 세다는 소문이 퍼졌다. 그래서 전교 학생 중에 제일 힘세고 싸움 잘하는 아이까지 상신과 겨루려고 날을 잡아서 금계동으로 쳐들어갔었다고 한다. 그때 그 아이는 상신이 어디 있는지 찾을 수 없었다. (이 부분은 힘세고 싸움 잘하던 그가 나중에 직접 들려준 이야기다.)

「박형」께서 말씀하셨다.

"내가 처음 이 동리로 이사를 오니까 텃세가 심했어. 이래서는 안 되겠다 생각하고 학교에 갈 때나 집으로 올 때 아무도 없는 곳에서 하나씩 상대해서 이겨 나가니, 그렇게 힘들게만 느껴지던 것들을 쉽게 이길 수가 있게 되었어."

사실 「박형」의 이 말씀은 상신이 자기를 괴롭히는 동네 아이들을 하나하나씩 상대하여 항복 받았듯이, 누구든지 재물욕·색욕·음식욕·명예욕·수면욕 등등의 욕심들(동네 아이들)을 아무도 없는 곳(마음속 깊이)에서 하나씩 상대하여 항복 받으면, 삶의 괴로움에서 쉽게 벗어날 수가 있다는 비유다.

3. 평범하지 않다는 것이 드러난 중학생

박상신과 나는 풍기중학교에 진학했다. 중학교에서 상신은 평범한 학생과 다름없었는데, 3학년 더운 여름날 체육 시간에 그가 결코 평범한 인물이 아니라는 것이 드러난다.

당시의 풍기중학교는 신설 학교여서 운동장마저 제대로 되어 있지 않았다. 그래서 가끔 체육 시간에 학생들에게 운동장 확장 작업을 시켰다. 학생들은 둘씩 짝이 되어 개울로 내려가서는, 가마니로 만든 '들것'에 돌을 담아 와서, 장차 운동장이 될 논바닥에다 그 돌들을 쏟아붓는 작업을 열 번씩 해야 했다. 그날 체육 선생이, 결석한 학급대표를 대신해서 박상신에게 아이들이 몇 번 돌을 날랐는지를 그때그때 공책에 기록하게 했다.

처음에는 답답하고 더운 교실을 빠져나온 김에 개울에 가서 시원하게 물장난이라도 할 셈으로 환호성을 지르는 아이도 있었다. 하지만 더운 여름날 뙤약볕에서 두 시간씩 그 작업을 하다 보면 힘들고 싫증이 나기 마련이라, 나중에는 학교에서 공부는 안 시키고 일을 시킨다고 짜증 부리는 아이마저 생겼다.

그런데 그날은 웬일인지 호랑이처럼 무서운 체육 선생님이 작업을 내리 두 시간이나 시키고서도, ─ 피곤하고 배고파서 해산하라는 구령만 기다리며 줄을 서 있던 ─ 우리에게 느닷없이 제식훈련制式訓鍊; 줄지어 행진하는 훈련을 시켰다. 그때는 한국전쟁 직후이고, 그런 때였다.

무서운 선생님의 힘찬 구령이 아이들에게 떨어졌다.

"전체 차렷! 우향우"

모두 우향우를 했다.

"좌향좌!"

모두 좌향좌를 했다.

"앞으로 갓! 하낫 둘, 하낫 둘! 우향 앞으로 갓, 뒤로 돌아 갓!"

설마? 설마 했는데 체육 선생님의 구령 소리는 계속되었다.

"하낫 둘, 하낫 둘! 번호 맞춰 갓!"

그때 아이들이 힘없는 소리로 발을 맞춰 번호를 외치며 행진을 했다.

"하나, 둘, 셋, 넷, 하나 둘 셋 넷, 하나 둘 셋 넷."

그러나 피곤한 아이들 목소리가 제대로 날 리가 없는지라 누가 들어도 기진 맥진 맥 빠진 소리였다. 체육 선생님이 소리쳤다.

"원기부족! 더 큰 소리로! 다시 한번, 번호 맞춰 갓!"

"하나! 둘! 셋! 넷! 하나 둘 셋 넷! 하나 둘 셋 넷!"

이번에는 소리가 좀 커지기는 했지만 약하고 기운 없는 소리가 나기는 매한 가지였다. 보통 때 같았으면 정말로 용서받을 수 없는 소리였다.

어떻든 아이들은 선생님이 무서워 끽소리 한번 못하고 한여름 뜨거운 햇살을 온몸으로 받으며 운동장을 행진했다.

나중에 「박형」께서 밝힌 바에 따르면, 덩치가 큰 아이들이 거칠게 그 체육 선생님에게 항의하고 연이어 엄청난 큰 사건이 발생할 상황이었다고 했다. 그때 상신이 이런 낌새를 느끼고 있었다.

어떻든 모두 짜증과 싫증을 내며 십여 분 행진하고 있었을 때,

갑자기 체육 선생의 고함소리가 들렸다.

"야! 박상신! 팔이 그게 뭐야. 팔 잘 흔들어. 팔!"

앗, 상신에게 큰일이 생기려나! 나는 순간 긴장하며 상신이 있는 앞쪽을 살펴보려 했는데 앞사람에게 가려서 아무것도 볼 수 없었다.

그런데 이상하게도 체육 선생의 호통치는 소리가 들리지도 않는다는 듯이, 상신은 계속 같은 자세로 걸었던 모양이다, 마침내 그의 주위에 있던 아이들이 참지 못하고 '키득키득' 웃어댔다. 화가 난 호랑이 체육 선생이 행진을 중지시키고 상신을 앞으로 불러냈다.

"야! 박상신, 앞으로 나와!"

상신이 앞으로 나섰다.

"혼자서 하는 거다. 모두 잘 봐라. 박상신이 팔을 어떻게 흔드는지…."

말하고서 체육 선생이 구령을 외쳤다.

"앞으로 갓!"

그 순간 상신이 무슨 생각을 하고 있었는지, 상신은 발을 옮기며 팔을 흔들

때마다 자기 팔꿈치를 최대한 많이 굽혀 손으로 하늘을 가리키는 자세로 걸었다.

오른손이 척 하늘을, 왼손이 척 하늘을, 오른손, 왼손, 오른손, 왼손, 그렇게 척척 한 발이 나갈 적마다 한 손이 하늘을 가리키며 시치미를 뚝 떼고 열심히 힘차게 걸어 나갔다.

그 모습을 본 순간 이제까지 싫증 내고 짜증 부리던 아이들이 일제히 '와아-' 하고, 운동장이 떠나갈 듯 큰 소리로 활짝 웃었다. 호랑이도 '하하하' 따라 웃고 말았다.

그런데 나는 그때 웃지를 않았다. 확실하지는 않지만 여러 사람이 한 사람을 운동장에 내세우고 큰소리로 웃는다는 것도 싫었겠지만, 누군가 나보다 더 아이들 주목받는 주인공이 된다는 게 싫었던 때문인가.

한편 체육 선생님은 상신의 속마음을 읽기라도 한 듯이 행진을 중지시키고 상신에게 말했다.

"너, 일부러 그러는 거지? 박상신! 너, 다음 시간에 또 그러면 안 된다."

그리고 학생을 향해서 소리쳤다.

"오늘 수업은 이것으로 끝이다. 그럼 모두 헤쳐!"

한바탕 웃고 난 아이들은 '헤쳐!' 소리에 구원받은 기분으로 그때까지의 피로를 모두 잊고, '와~!' 소리를 지르면서 운동장을 가로질러 교실로 힘차게 달려갔다.

나도 교실로 발길을 옮기려는 그때, 어느 사이에 상신이 옆으로 다가왔는지 나의 팔을 조용히 건드리면서 말했다.

"자네는 웃지를 않더구먼."

와우! 깜놀! 사실 나는 박상신이 왜 손으로 하늘을 가리키며 행진했는지 몰랐고 관심도 없었는데, 상신의 그 말을 듣는 순간 '박상신에게 내 생각이 미치지 못하는 무엇이 있구나!' 하며 놀랐고, 몸속에서 무엇인지 알 수 없는 전율戰慄(몸 떨림)이 있었다.

그런 와중에 상신은 어떻게 내가 웃지 않는 것을 보았을까. 정말 놀랍고, 우리에게 큰 축복일 것 같다. 이렇게 눈 밝고 지혜로우며 마음이 넉넉한 큰사람이 우리와 함께 있었으니까.

4. "평생에 이것, 한 건件 밖에 한 것이 없어."

드디어 1953년 7월 27일, 6·25 한국전쟁의 휴전협정이 성립되었다. 그리고 몇 달이 지난 어느 날. 중학교 종례 시간에 담임선생님이 수업료를 내지 않은 학생의 이름을 하나하나 불렀다. 그리고 말했다.

"지금부터 내 말을 잘 들어라. 방금 이름 불린 사람은 내일까지 수업료를 꼭 가지고 와야 한다. 아른?(이 말은 사투리이고 선생님의 말버릇이다. '알았나?'라는 의미) 안 가지고 오면 집으로 다시 돌려보내겠어. 알았나? 그러고 싶지는 않지만, 어쩔 수가 없어. 내일도 수업료를 안 가지고 오면 모레부터 치르는 학기말 시험 칠 자격을 주지 않는다. 아른?"

한국전쟁 직후 모두 가난하여 얼마 안 되는 수업료마저 제때 가져오지 못하는 학생이 많았던 시절이라, 학교에서는 시험을 빙자하여 학생을 몰아세워서 수업료를 가져오게 하곤 했었다.

마음 착한 담임선생님(별명; 에쿠스, 수학을 가르쳤던 그는 엑스(x)를 에쿠스라고 발음했기 때문에 아이들은 그를 에쿠스라고 불렀다.)께서 이름을 부르는 동안에 남달리 심각하게 고민하는 학생이 하나 있었는데, 그는 사실 집에서 돈을 탔는데, 배가 고파서 그 돈을 전부 먹는데 써버린 학생, 춘식이다.

그가 머리를 감싸고 끙끙대며 괴로워했다. 상신은 그에게 말 못 할 사정, 새어머니가 들어왔다는 것을 알고는 있었지만, 더욱 불쌍하다는 생각이 들었다.

　그때 교장선생님이 교무실 안으로 들어가는 것이 상신의 눈에 들어왔다. 순간 상신에게 한 가지 꾀가 떠올랐다.

　"너, 내가 하라는 대로만 해. 이유는 묻지 말고, 무조건 나를 따라와. 너는 내가 시키는 대로만 하면 돼. 알았지?"

　상신은 머뭇거리던 춘식을 데리고 교무실로 들어갔다. 교무실은 교장실과 한 교실을 썼는데, 그냥 교실 한가운데를 얇은 베니어합판으로 막아서 한쪽은 교무실, 한쪽은 교장실이었다.

　상신이 주판알을 퉁기고 있던 서무 선생님의 앞으로 나서면서,

　"서무 선생님, 춘식이는 수업료를 냈는데 오늘 담임선생님이 안 냈다고 하시던데요. 얘는 저번에 제가 낼 적에 냈어요."

　"어디 보자. 박상신이는 낸 것으로 되어 있는데, 춘식이는 안 낸 것으로 되어 있군…."

　"저번에 제가 낼 때에 얘도 분명히 냈어요. 냈어요!"

　상신이 '냈어요.'를 일부러 교장실을 향해서 크게 외쳤다.

　바로 옆이 교장실이므로 교무실에서 큰 소리로 말하면 다 들린다. 이 사실을 교장이 알게 되면 서무 선생에게는 큰일이다. 교장선생님이 조금 전에 교장실로 들어와 계신다는 것을 알고 있는 서무 선생님이 손가락을 입에 대고 말했다.

　"쉿! 조용조용 얘기해."

　때는 지금이다 싶어서 상신이 더욱 큰 소리로 외쳤다.

　"냈어요, 잘못되면 내일모레 시험도 못 치르고 집으로 쫓겨 가요!"

　"좋아, 영수증을 내놔 봐라."

　"없는데요. 영수증이 있으면 진작 보여드렸지요."

　그 아이가 거들었다.

　"난처한데…, 내가 잘못했나? 내는 것을 분명히 보았어?"

"냈어요. 내는 걸 봤다니까요!"

교장실이 저기다 하고 더욱 큰 소리로 떠드니, 가끔 막걸리를 드셔서 얼굴이 빨갛게 되기도 했던 서무 선생님은 더 이상 학생과 다툴 수도 없어 교장실을 불안스레 흘끔흘끔 보다가 조용히 말했다.

"알았어. 자네를 믿고… 이번만은 낸 것으로 해주지. 다음에 또 이러면 안 된다."

둘이는 살아난 기분으로 교무실을 나왔다.

"이건 절대 비밀이야. 알지?"

상신은 불쌍한 친구를 위하여 그렇게 했는데, 이 상황은 예수님께서 우리들의 죗값을 자신의 십자가 희생犧牲으로써 대신 갚으셨다는 대속代贖을 생각하게 한다.

그해 겨울이 지나고 우리 중학교 졸업식 날이 되었다. 우리들은 졸업식을 끝내고 바로 헤어지기 아쉬워서 운동장에 모여 서성이고 있었는데, 그때 언뜻 서무 선생님이 운동장을 가로질러 천천히 걸어서 교무실로 들어가는 모습이 보였다. 그리고 다음 순간 상신이 잽싸게 달려가서 교무실 앞에서 서무 선생님에게 인사하는 모습이 보였다. 그런데 둘이서 잠시 수군수군하더니, 갑자기 기쁨에 들뜬 서무 선생님의 호쾌한 외침소리가 운동장에 크게 울렸다.

"그러면 그렇지! 그러면 그렇지!"

너무 이상해서 유심히 살펴보니, 상신이 서무 선생님께 고개를 숙였고, 서무 선생님은 상신의 머리를 대견하다는 듯이 쓰다듬고 계셨다.

상신이 우리들에게 돌아왔을 때 내가 궁금한 것을 물었다.

"운동장에서 서무 선생님께 뛰어가는 것을 보았어. 무슨 일이야? 왜 갔었어?"

"음, 그럴 일이 좀 있어. 나중에 내가 다 이야기해 줄게."

'나중에? 그게 언제?' 사실 당시에 나에게는 무엇인가 분명한 느낌 – 꼭 그렇게 하겠다는 상신의 다짐이 느껴졌지만, 그 약속 자체가 이상했다. 상신은 먼 훗날을 이미 다 보고 있는가?

그런데 정말로 「박형」께서는 그 30년 후에, 나와 나의 집사람을 앉혀놓고 「박형」댁에서 그때의 이야기를 들려주고, 마지막에 덧붙여 말씀하셨다.

"나는 평생에 이것, 한 건件 밖에 한 것이 없어."

「박형」께서는 태양처럼 부지런히 '사람 추수'하려고 나다녀서 한 달에 흰 고무신 한 켤레씩 떨어뜨리셨다. 평생 그렇게 열심히 노력하신 「박형」께서 '평생에 이것, 한 건밖에 한 것이 없다.'고 하신 이유는 무엇일까?

「박형」께서 석가모니부처님처럼, 평생을 '너와 나가 하나인 동체대비同體大悲의 아름다운 삶'을 사셨기 때문이다.

그리고 석가모니부처님께서 성불하신 후 45년 동안 8만4천 법문을 설하셔서 세상에 큰 등불을 밝혀두시고서, 임종이 가까웠을 무렵에 '나는 아무것도 한 일이 없구나.'라고 하신, 그 마음이었기 때문이다.

5. 주경야독晝耕夜讀

중학교를 졸업한 다음 상신과 헤어졌다. 나는 서울로 유학하고 상신은 고향에 있는 고등학교에 진학했다.

그리고 우리가 다시 대면對面한 것은 고등학교 2학년 여름방학 때였다. 나는 세칭 일류고등학교인 경복고등학교에 진학하였기 때문에 크게 출세라도 한 것처럼 생각하였다.

그날도 교복校服과 교모校帽차림으로 한껏 멋을 내고 소설『바람과 함께 사라지다』를 옆에 끼고 놀러 나가던 참에, 길을 걷다가 문득 이상한 느낌이 있었다. 나는 그때 저 앞에서 나에게로 다가오는 한 사람을 보았다.

그는 박상신이었다.

상신은 조용히 걸었다. 그는 땅을 밟고 걷는지 공중에 떠서 걷는지 그것마저 잊은 듯이, 내가 앞에 막아서는 줄도 모른 채 깊은 사색에 잠겨 걸어왔다. 나는 속으로 은근히 켕기며 말을 꺼냈다.

"상신이 어디 가나?"

상신이 내 앞에 와서 멈췄다. 참으로 대조되는 두 사람이 마주 서는 순간이었다. 나는 교복에 교모를 자랑스레 쓰고, 소설책 한 권을 옆에 끼고 얼핏 보아도 겉멋을 잔뜩 낸 차림이었다. 한편 상신은 농사꾼 같은 허름한 차림으로 서 있지만 밤을 새우며 공부했고, 그때도 깊은 삼매三昧 속에서 넋 나간 사람처럼 걷다가 나와 마주 섰었다.

그리고 상신은 조용하고 다정하게 말했다.

"반갑네. 시내에 볼일이 있어서 나온 길이야. 자네는 어디 가나?"

나는 무언가 깊게 사색하는 상신에게 속으로 놀라면서도 상신이 나의 자랑스러운 교복과 흰 줄이 두 개나 처져 있는 내 교모를 눈여겨 보아주지 않는 것이 안타까웠다.

상신은 시종 조용하고 나의 차림새에는 아무 느낌도 없다는 듯 무심하게 서서 나를 꿰뚫고 있었다. 나는 그 분위기에 억눌리는 것 같았고, 놀러 나왔다는 말을 감히 할 수가 없었다. 망설이던 나는 얼버무렸다.

"나? 볼일이 좀 있어서…"

"우리 집에 한번 놀러 와."

상신은 간단히 말했다.

나는 이미 나의 모든 것, 부모님 일은 거들지 않고 놀러 다니며 친구들을 찾지 않은 것, 일류고등학교에 다닌다는 자부심 같은 좁은 소견, 귀한 세월 허송하는 것 등등을 상신에게 들킨 것 같아서 더 이상 버티고 있을 수가 없었다. 순간 거기서 도망치고 싶었는데, 상신이 말했다.

"놀러 올 거지?"

"응, 또 만나세. 잘 가게."

나는 속으로 안도하며 말했다.

그날 상신은 모든 것을 알고 나에게 경고하러 왔던 것 같다. 인생에서 제일 중요한 청년을 허송하지 말라고….

사실 상신의 대완성은 그 남다른 능력과 불타는 학구열과 빼어난 스승의 합작품이다.

상신은 이미 중학생 시절부터 힘겹게 집안일과 농사일을 해야만 했다. 부친께서는 먼 곳으로 장기 출타 중이셨고, 모친께서는 상신이 열두 살 때 이미 돌아가셨으며, 형마저 공부하러 외지에 나가 있었기 때문이다.

상신은 학교가 끝나서 집에 오면 지게를 지고 산에 가서 땔나무를 장만하는 등등의 집안일과, 자라나는 손톱이 다 닳도록 농사일을 했다. 「박형」에 따르면 일감이 밀리면 때를 놓치지 않으려고 밤을 새우며 새벽까지 김매기를 한 때도 허다했다고 했는데, 나중에 '그런 공부에는 관심이 없어서'라고 하셨다.

"내가 마음만 먹었으면 1등이지. 그런 공부에는 관심이 없어서…."

그리고 상신은 고등학교 때부터 주경야독이었지만 드디어 향상하는 공부를 하게 되었다. '장차 부처가 될 사람에게 나타나서 가르침을 준다.'는 문수보살* 같은 분에게서 가르침을 받기 시작했다.

---

* 문수보살文殊菩薩 : 대지혜大智慧의 문수사리보살. 보현보살과 짝하는 석가모니불의 보처로 지혜를 맡음. 오른손에는 지혜의 칼을 들고, 왼손에는 청련화를 쥐고 있다. 부처가 될 사람에게 나타나 가르침을 준다는 대지혜의 보살.

하루도 쉬지 않고 저녁밥 숟가락 놓자마자 곧장 '한문 선생'이라고 알려진 그 할아버지에게 달려가서 밤늦도록 공부했다. 사서四書와 삼경三經을 모두 통달하고 모두 끝마칠 때까지 계속해서….

✓ 나중에 나의 집사람도 「박형」의 권유로 두어 번 그 할아버지의 가르침을 받았는데, 집사람은 '내일 한 번 더 오라고 하세요.'라고 말했고, 가르침의 내용을 끝끝내 나에게 발설하지 않았다.

그런데 하루는 「박형」께서 말끝을 흐리시면서, 그 '한문 선생'의 비밀을 말씀하셨다.

"그분은 문수보살 같은… 문수보살."

그 후 노력하는 천재天才였던 박상신은 연이어 동양철학과 서양철학 모두를 한 줄로 꿰고 말았다. 밤 기차를 타고 상경하여 아침부터 대학교 유명 교수의 강의를 찾아다니며 들었다. 그가 납득을 할 때까지….

그리고 밝히셨다.

"밤 기차를 타고 다니며 여러 대학교 유명한 강의를 찾아가 들었지. 그중에 '박종홍* 교수가 제일 공부를 많이 했어. 서철西哲·동철東哲을 통틀어…, 내 생각과 같았어."

한편 상신은 고등학교를 졸업할 때쯤에 논문 한 편을 썼다. 그 논문은 인간이 사상이라는 것을 만들어 낸 이후 계속되어 온 분쟁을 뛰어넘는, 인류 공존의 지혜를 제시한 엄청난 내용이었을 것이다. 그런데 「박형」에 따르면, 논문을 본 고등학교 선생이 덜컥 겁을 내어, 얼른 논문 노트를 두 손으로 덮고 숨기면

---

* 박종홍朴鐘鴻(1903-1976) : 전 서울대 철학과 교수. '한국철학 연구의 개척자'로 평가되는 그는 서양의 철학사상을 우리나라에 올바로 소개했고, 한국사상연구를 본격적으로 체계화했으며 퇴계 이황李滉선생과 율곡 이이李珥선생의 학문에 정통했고, 실학實學을 깊이 수용했다고 함.

서 상신의 귀에 입을 대고 속삭였다.

"자네, 이런 것은 어느 누구에게도 절대로 보이지 말게, 큰일 나네. 큰일 나."

상신은 고3 당시에 대대장(지금의 학생회장)이었고, 그때는 자기와 다른 사상을 절대 용납하지 못하고, 서로 무섭게 편을 가르던 시절이었다.

6. 청년 박상신에게 날아든 징집영장
- 육체와 정신을 분리시키다 -

청년 박상신은 고등학교를 졸업하고 2년도 되기 전에 적극적인 부친의 주선으로 결혼을 하게 되었다. 그리고 결혼 3년째 되는 해에 징집영장이 나왔다.

그래서 갓 시집와서 서방님만 믿고 사는 새댁에게는 날벼락 같은 징집영장이었지만 속수무책으로 애만 태우고 있었는데, 상신은 소집일에 집을 나서며 부인에게 조용히 말했다.

"아무 걱정하지 말고 잘 있어요. 사나흘만 기다리면 돌아올 테니까."

부인은 '이상하게도 그 말을 들으니 절로 안심이 되었다.'고 했는데, 상신은 약속했던 4일째 되는 날 저녁에 정말로 귀가를 했다.

사실 나도 몇몇 친구들과 함께, 그 여름 박상신과 같은 날 논산훈련소로 징집되었다. 논산행 기차 객실 안에서 잠깐 상신을 본 동창 친구가 '저기 박상신이 온다'고 소리치기에 작정하고 상신을 찾았는데, 이상하게도 상신을 볼 수가 없었다.

우리가 징집된 날은 짜증 날 만큼 햇볕이 따갑고 더웠다. 징집된 장정들이 입소식을 시작하기 전에 논산훈련소 연병장에 모여 서서 서성이고 있었다. 그때 갑자기 한 모퉁이로 장정들이 웅성거리면서 많이 몰려갔는데, 누가 말했다.

"사람이 쓰러졌나 봐. 무슨 병인가?"

그리고 쓰러진 사람이 의무실로 들려갔다는 말을 들었는데, 잠시 후 누구인지 나의 옆을 스쳐 지나가며 낯선 목소리로 전혀 믿을 수 없는 말을 던졌다.

"저기에 박상신이 쓰러져 있어."

뭐라고? 그 순간 나는 그를 쳐다보았는데, 그는 처음 보는 얼굴이었다. 정말 이상했다. 그가 누구이기에… 전혀 모르는 사람인데 나를 알지도 못하면서, 어떻게 그 말을 할 수 있으며…,

그리고 왜? 무슨 의도로 나에게 박상신의 이야기를 하면서 지나갔을까? 그리고 박상신은 건강한데 왜 쓰러졌을까?

그 뒤로도 상신은 너무나 건강했기 때문에 '불합격' 판정을 받아 입대를 면하게 되었다는 사실에 나는 항상 의문을 가지고 있었다.

나중에 「박형」께서 그날 논산훈련소에서 어떻게 했는지 「박형」댁 앞길에서 집사람과 나에게 말씀하셨다.

"그때 군의관은 처음 보는 사람인데, 몇 마디 말을 해보니 아는 사람 같아서, 내가 '어디 좀 갔다 오겠다.'고 말한 다음, 사람이 죽으면 마지막으로 나가는 곳을 뚫고 나갔다가 얼마 후에 다시 그리로 뚫고 들어왔더니, 나를 척 알아보더라고."

그리고 잠시 후에 '어디를 뚫고 나갔을까?' 어리둥절하던 우리에게,

"사람이 죽으면 마지막으로 나가는 곳, 깜깜한 데로 뚫고 나갔다가 얼마 후에 다시 깜깜한 데로 뚫고 들어왔어. 그 군의관은 나이도 많고 공부를 많이 했더군. 사람도 좋고 아는 것도 많아."

라고 하시며, 우리가 알아들을 수 있게 더 상세하게 설명해 주셨다.

'사람이 죽으면 마지막으로 나가는 곳, 깜깜한 데로 뚫고 나갔다가 얼마 후에 다시 깜깜한 데로 뚫고 들어왔다.'는 것은 박상신의 의식체가 그의 몸을 나갔다가 다시 들어왔다는 의미이다. 겉모습만 보는 우리의 눈에는 박상신이 그렇게 한때 죽었다가 다시 살아났다는 의미이다.

당시 군의관은 도인道人의 능력을 잘 이해하고 있었고, 정신분열증의 강경증強硬症(Catalepsy; 의식과 감각이 마비되고 근육이 경직되어 자기 마음대로 움직일 수 없게 되는 증상)도 잘 알고 있었기 때문에, 도인 같은 박상신에게 '정신분열증', '불합격' 도장을 꽝 찍어 귀가시켰던 것이다.

상신은 어떻게 그렇게 할 수 있었을까. 정말 말문이 막힌다. 분명 보통 사람이 아니다.

실제로 '사람이 죽으면 마지막으로 나가는 곳, 깜깜한 데로 뚫고 나갔다가 며칠 후에 다시 깜깜한 데로 뚫고 들어왔다.'는 「박형」의 말씀도 놀랄 만한 사실인데, 그 얼마 후에 「박형」께서는 아주 확실하게 유체 이탈보다 차원이 더 높은 정신과 육체의 분리分離를 말씀하셨다.

"나는 정신분리精身分離야. 정신과 육체의 분리. 정신분리야.

그것도 일종의 정신분열이라면, 나는 정신분열증精身分裂症이지."

여기 정신과 육체의 분리. 정신분리란 무엇을 의미하는가?

놀랍다. 그 「박형」의 말씀은 정신이 육체와 상관없이 「박형」 모습으로 활동한다는 뜻이다. 「박형」께서는 신령이라는 말씀이다.

점점 이야기가 불가사의해지지만, 「박형」께서 자신이 변신하고 현신하는 성령(신령)이라는 사실을 스스로 분명하게 밝히셨다.

「박형」처럼 '정신과 육체의 분리'된 성령은 우리가 아는 유체 이탈한 혼령, 또는 귀신과는 아주 다르다. 성령은 사람이면서 신선이다. 자유롭게 변신하고 현신하는, 불가사의한 능력이 있는, 고차원적인 의식체이다. 성령은 우화등선羽化

登仙한 신선이고, 교역交易(나중에 상세하게 설명이 나옴) 되신 존재다. *

✓ 보리달마菩提達磨(?~528?) 대사大師께서도 박상신처럼 하셨다. 우리가 달마도達磨圖에서 자주 만나 뵙는 달마대사님이다.

〈보리달마대사 님〉

대사께서 중국으로 처음 오실 때에 잠시 몸을 벗어두고 어디 갔다가 오셨는데, (길가에 죽어 있던 큰 뱀의 시체 속으로 들어가서 그것을 버리고 오셨다고 하고, 일설에는 강가에 있던 큰 물고기, 혹은 어떤 큰 짐승의 시체를 버리고 오셨다고도 한다.) 마침 근처를 지나가던 선인이 자기의 몸을 벗어놓고 달마대사의 몸을 대신 입고 가버렸다고 한다.

그래서 지금 우리가 만나는 달마도의 모습이 되셨다고 한다.

7. "그러면 '내가 있다.'고 하는 나는 어디 있나?"

박상신이 결혼한 후에 처음 찾아갔던 날 이렇게 나에게 질문했다.

1960년경이다.
나는 박상신을 찾아갔다. 그리고 방에 들어가 앉자마자 질문을 던졌다.
"명당은 정말로 있는 것인가?"

명당이라고 하는 묏자리에 무엇이 있기에 거기에 묘를 쓰면 복을 받는다고 하는 것인가? 그것이 제일 궁금했고 상신이 명당을 긍정하는 이야기를 한다면, 다시 어떤 곳이 명당이 될 수가 있는가? 또 발복하면 어떤 복들을 받을 수가 있는가를 계속 묻고 싶었다.

상신은 어떻게 명당을 설명할까 잠시 생각하더니,

"그런 이치가 있어. 마치 남향집을 지으면 햇볕을 많이 받고 북 창을 열면 시원한 바람이 들어오는 것 같은 이치가."

라고 하더니, 그 말이 무엇인지 몰라서 어리둥절하고 있는 나에게 반문했다.

"가정假定해서 묻는 것인데, 잘 생각해 보고 대답해 보게. 자네, 첫날 밤에 신부가 아기를 낳았다면, 어떻게 하겠나?"

'첫날 밤에 신부가 아기를?' 나는 순간 이상하게도 무조건 착하게만 대답하면 될 것 같은 생각이 들어서, 이렇게 대답했다.

"그냥 데리고 살아야지."

사실 그렇게 둘러대기는 했지만, 솔직히 말하면 나 자신 그렇게 할 수 있을지 나 자신도 믿을 수 없는 대답이었다.

상신이 한참 동안 허허롭게 웃더니 말했다.

"허허허허… 자네처럼 대답하는 사람은 처음일세. 누구는 당장 내쫓아야 된다고 하고, 잘 따져 알아보고서 처리해야 된다고 하기도 하던데."

그리고 상신이 다시 질문했다.

"자네 산을 넘어가면 무엇이 있나?"

"산이 있지."

"그 산을 또 넘어가면 무엇이 있나?"

"산이 있고 강도 있지."

"그러면 산이 나오면 산을 넘고 강이 나오면 강을 넘어, 또 나오면 또 넘어. 계속 가면 무엇이 있나?"

"거기에 내가 있지."

"그러면 '내가 있다.'고 하는 나는 어디 있나?"

말문이 꽉 막혔다. 상신이 나에게 '화두話頭와 같은 이런 질문'을 던진 것은 너와 나를 분별하지 않는 마음, 그 최고의 명당을 가르쳐 주려는 의도였다.

누구는 아는가? 그 나는 어디에 있는지? 옛사람이 노래하였다.

> 옛 부처 나기 전에
> 뚜렷한 한 상이 둥그렇도다.
> 석가도 오히려 알지 못했거니
> 가섭이 어찌 전할쏜가.
> > **古佛未生前** 고불미생전
> > **凝然一圓相** 응연일원상
> > **釋迦猶未會** 석가유미회
> > **迦葉豈能傳** 가섭기능전

상신은 '명당은 정말로 있는 것인가?'를 물었던 나에게 '첫날밤에 신부가 아기를 낳았다면 어떻게 하겠나?'라는 반문으로 나에게 명당에 대하여 생각하게 했다.

어떤 사람은 이런 이야기를 말쟁이들의 말장난이라고 하지만 우리가 그 이야기에서 찾아내야 될 이치는 큰 도량 가진 분의 후손에 큰 인물이 줄줄이 나왔다는 사실관계이다.

나중에 명당 이야기에서 만나겠지만 부귀공명하고 자손들마저 잘되려면 먼저 자기 스스로 큰 그릇이 되어야 마땅하기 때문이다.

제2장 첩첩 산을 넘는 입산수도入山修道

노력하는 천재 박상신이 산을 넘고 넘어 「박형」 박상신 대도사님이 되셨다.

1. 청년 박상신이 입산수도했다는 것을 알 수 있는 장면

내가 대학교에 다니던 1964년 겨울이었다.

그해 겨울에 나의 삼촌인 박용만朴容萬(1924~1996)께서 국회의원 재선거를 치르고 있었다. 삼촌은 그때까지 늘 야당 후보였고, 그동안의 국회의원 선거에서 연속으로 낙선을 했다. 그래서 당연히 선거자금도 거의 바닥을 드러냈다. 그런데 상대인 여당의 후보는 많은 자금과 막강한 권력을 등에 업고 선거판을 쥐락펴락했다.

간단히 말해서 재선거를 하게 된 이유도 그것 때문이었지만, 삼촌은 암담한 시대에 부정선거와 힘겹게 싸우고 있었다.

결국 정당의 정책은 뒷전으로 밀려났고, 말로써 상대할 뿐 별다른 묘수가 없던 삼촌은 아마도 여당의 방해로 아무도 참석하지 않은 초등학교 운동장, 찬바람만 휩쓸고 지나가는, 텅텅 빈 국회의원 합동연설회장에서 소리높여 외치지 않을 수 없게까지 되었다.

"저 하늘에 나는 새여! 땅속에 있는 벌레들이여! 내 말을 들어라!"

그렇게 거반 통곡하는 심정으로 울부짖으며, 아무도 없는 운동장에서 고향

사람들의 동정심에 마지막으로 호소했다.

정말 슬픈 장면이었다. 아마도 여린 마음을 가진 여인이 학교 밖 골목길에서 울었고, 인정 많은 어느 어른은 자신도 모르게 흐르는 눈물을 남몰래 닦았으리라.

어떻든 삼촌은 고군분투하며, 온갖 정성을 다했지만, 결과를 말하면 이번에는 낙선도 아니고, 자진 사퇴였다. 선거 당일 오전에 삼촌은 두 주먹 불끈 쥐고, 트럭으로 시내를 돌면서 유권자들에게 '국회의원 후보에서 자진 사퇴했음'을 알렸다.

그때는 그랬지만, 세월과 정치바람이 바뀌고, 삼촌은 칠전팔기七顚八起하여, 그 재선거 후 9년이 지난 1973년 9대 국회의원 선거에서 드디어 당선되었다. 그리고 제일 먼저 어머님의 묘소를 찾아가서 첫 당선의 기쁨으로 눈물지으셨다.

연이어 1978년 10대 국회의원 선거에서도 당선되었고, 그 뒤에는 서울의 성동구에서 출마하여 연이어 2회 당선되었다. 그렇게 의젓한 4선 국회의원이 되었고, 스스로 국회부의장직을 넘볼 수 있게 되었다.

〈각설하고〉 우리는 '그때는 그랬지'를 여기서 끝내고, 노력하는 천재天才인 박상신은 그런 때에 무엇을 하고 있었는지 알아보자.

어떻든 삼촌이 그렇게 처절하게 재선거를 치루고 있던, 춥고 추운 그 겨울에 마침 나는 겨울방학으로 고향 집에 내려와 있었다.

그래서 삼촌의 선거에 도움이라도 될까 싶었고, (등록된 선거운동원이 아니면서 선거운동을 하면 법에 걸린다. 특히 집안사람은 더 철저하게 조심해야 했다.) 친구를 찾아 선거판 이야기를 들어보려는 속셈도 있고 해서, 먼저 금계동에 가서 '당연히 어느 쪽으로 치우치지 않고 공명정대할' 박상신을 만나봐야겠다고 생각했다.

그해 겨울은 유난히도 매섭게 추웠지만 내가 박상신의 집을 찾아갔던 그날은 더욱 혹독하게 추웠다. 죽령을 넘어온, 강력하기로 유명한 풍기의 겨울바람이 사정없이 휘몰아쳐서 몸이 곧바로 넘어지고 날려갈 것 같았다.

그 동리, 금계동에 들어서긴 했으나 개미 한 마리 얼씬하지 않았고, 찬바람에 흰 눈가루만 휘날리며 지나가는 나를 맞을 뿐이었다. 하늘이 노했는가, 아니면 염량세태의 인심을 땅이 싫어해서인가, 겨울의 한파가 변화무상한 세상의 모든 것을 뒤덮은 듯했다.

"계세요? 계세요?"

상신네 집 대문을 들어서서 여러 번 집안을 향해 소리쳤는데, 집안은 계속 조용하기만 했다. 몇 번이고 '계세요?'를 외치며 주인을 찾았으나 아무런 인기척이 없었다. 그래서 내가 막 뒤돌아서려는 순간, 작은 방문이 열리면서 상신의 할머님께서 감기가 들어 쉬고 계셨던지 가벼운 옷차림으로 나오셨다.

무척 고맙고 반가웠지만, 한편 미안했다. 꾸벅, 마당에서 인사를 드리고 여쭈었다.

"안녕하세요! 저는 상신이 친구인데, 상신이 지금 집에 있습니까?"

"지금 없는데…."

할머님의 대답은 간결했다.

"어디 갔나요?"

"저쪽에…."

낮은 음성으로 대답하셨다.

할머님께서는 이렇게 추운 날 산속에서 지내는 손자 상신을 걱정하고 계셨던지, 천천히 손을 들어서 소백산 쪽을 가리켰다. 나는 친구가 그쪽 방향의 동네 어디엔가 있다는 줄로만 알아들었다. 추운 날 여기까지 왔는데 그냥 돌아서기엔 너무나도 아쉬웠기에 다시 여쭈었다.

"누구네 집에 갔나요?"

"산에 갔어."

내가 잠시 생각하다가

"그럼 나무하러 갔군요?"

"아냐."

"그러면 이 추운 겨울에 뭘 하러 산에?"

"공부하러 갔어."

상신의 할머님께서는 이런 대답을 남기고 천천히 안으로 들어가셨다.

밖에 나서기만 해도 얼어 죽을 것 같은, 추운 날 상신이 소백산에서 공부하고 있다는, 거의 믿을 수 없는 말을 듣는 순간 머릿속으로 겨울 찬바람이 뚫고 지나간 듯, 방망이로 한 대 얻어맞은 사람처럼 그 어떤 한 생각도 할 수 없었다. 상신이네 집 대문 밖으로 멍하게 걸어 나왔을 뿐이다.

그리고 많은 세월이 지나간 후, 어느 날 「박형」께서 우리 내외를 위해서 산에서 공부할 때의 이야기를 들려주셨다.

"처음 산에 갔을 때, 낮에는 괜찮았는데 밤에는 무서웠어…. 그래서 책을 큰 소리로 열심히 읽으니까 조금 덜 무서워지더군! 밤새 책을 큰 소리로 계속 읽었지. 그렇게 하루, 이틀, 차츰차츰 괜찮아지더니, 한 사흘쯤 그러고 나니까 무섭지 않게 되더라고…."

그리고는 더 놀라운 내용을 말씀하셨다.

"한겨울엔 추워서…. 어떤 때는 아침에 일어나 보면, 이불이 땅에 얼어붙어 있었어. 나중에는 몸이 가벼워져서 뜨니까 괜찮아졌지만.

어떤 달은 한 달에 쌀 두 되로 끼니를 때운 때도 있었어. 할머님이 한 달에 한 번씩 일용할 양식을 날라다 주셨어. 몸이 아파서 한 번 거른 것을 제외하고는 단 한 번도 거르지 않으셨어."

할머님도 대단하지만, 쌀 두 되로 한 달을 지냈다면, 그 수행이 얼마나 치열하셨을까!

「박형」께서 계속 말씀하셨다.

"최고의 명당을 찾으려고, 어디 가서 좋은 명당을 찾았는데, 돌아와 곰곰이 생각해 보니 다른 이치가 보여 아닌 것 같아서 다시 가서 확인하고. 그런데 돌아와서 잘 연구해 보면 그게 아닌 것 같아서, 다시 가서 보고, 의심이 없어질 때까지 열두 번 산을 오르내렸어. 겨울 눈에 푹푹 빠지면서."

"산에 있을 때인데, 공부하다 보니까 '크르릉 크르릉' 하고 호랑이 우는 소리가 나는 거야. '이놈, 나한테 한번 당해 봐라.' 하고 밖으로 썩 나섰더니, 호랑이 소리가 점점 작아졌어.

그래서 안으로 들어갔더니 잠시 후 이번에는 반대편 산에서 '크르릉 크르릉' 울어 대는 거야. 다시 밖으로 나섰지. 그랬더니 호랑이 우는 소리가 차츰 작아지더니 사라져 버렸어."

나는 「박형」께서 '이놈 나한테 한번 당해 봐라' 하고 밖으로 나섰다고 말했기 때문에 그 담력에 놀랐다.

「박형」께서 말을 이으셨다.

"호랑이 우는 소리가 '크르릉 크르릉' 하더라."

그리고 몇 년 전에 TV에 나온 한국호랑이 울음소리를 듣게 되었는데, 과연 한국호랑이 우는 소리는 '어흥'이 아니고, '크르릉 크르릉' 이었다.

청년 박상신은 왜 하필 이 살벌한 겨울에, 눈 덮인 산에서 공부하고 있었던 것일까?

상신은 입산수도를 떠나기 전에, 일방적인 부친의 결정으로 결혼을 했다. 그리고 첫딸을 얻었다. 그런데 부인과 아기를 어떻게 집에 남겨두고, 그 추운 겨울에 입산수도를 강행할 수가 있었단 말인가?

그것은 그 부친의 완강한 반대가 있었기 때문이기도 하지만, 꼭 성취하고야 말겠다는 불타는 열망이 있었기 때문이다. 부친의 거듭된 반대로 말미암아 오히려 공부의 열의를 타오르게 했을지도 모른다.

어떻든 상신의 부친께서는 상신의 입산수도를 무조건 '안 된다!'로 일관하셨다. 표면적으로 드러낸 반대의 가장 첫 번째 이유는

"농사 때문에 집을 비울 수 없다."

는 것이었다. 상신이 허락해 줄 것을 거듭거듭 청했지만 부친에게서 돌아온 대답은 '안 된다!' 그 한마디였다.

공부에 대한 불타는 열망은 문수보살이었던 할아버지 한문 선생! 그분에게서 연유된 엄청난 큰 서원, 대각을 성취하고 중생을 구제하고 이 땅에 태평성대를 이루겠다는 소원 때문에 더욱 뚜렷하고 확고했다. 상신의 내공이 쌓여 가면 갈수록 온 누리를 다 집어삼킬 도道의 대완성을 향한 그의 입산수도에 대한 열망도 또한 더욱 힘차게 불타올랐다.

상신은 세 번째로 부친에게 나아갔다. 정말 이번에도 반대하시면 집을 나갈 기세였다. 하지만 돌아온 대답은 마찬가지, '안 된다!'였다. 상신은 굴하지 않고 급기야 마지막 카드를 꺼냈다.

"농사 없는 겨울에 가겠습니다. 허락해 주십시오!"

이미 상신의 불굴의 의지와 능력을 다 꿰고 계셨고, 어질고 사리에 밝으셨던 부친께서는 "농사에 관계없다면…" 하셨다.

그렇게 부친의 허락을 받았고, 추위와 눈뿐인 겨울 설산에서의 시련도 그렇게 시작되었었다. 하지만 이미 단련된 체력과 그 정신력 앞에서는 그 어떤 유혹이나 괴로움, 죽음의 공포마저도 그의 적수가 되지는 못했다. 수많은 시험에 직면했지만 모든 시험을 거뜬히 통과했다.

「박형」의 말씀에 따르면,

"나는 미역국은 잘 안 먹어!"

였다.

그리고 최상 근기면서 거의 최고의 경지에 도달했던 상신의 원력이 힘을 발휘하여 그에게 많은 기적이 연달아 일어났다. 나중에 소백산 등산길에서 우리들

에게 참으로 믿기 힘든 놀라운 사실을 말씀하셨다.

"저기 저 바위굴에서 공부했어. 물도 그 아래로 흘렀어.

지금은 없지만…. 처음 얼마 동안은 날마다 쌀이 바위 사이에서 먹을 만큼 나왔었어."

상신의 정신력이 얼마나 대단했는지를 알 수 있는 장면이다.

이런 불가사의한 이적異蹟은 자주 일어날 수 없는 기적이기 때문인가. 아니면 우리가 과문한 탓인가. 이 세상 어디에서도 이렇게 불가사의한 사건, '날마다 쌀이 바위 사이에서 먹을 만큼 나왔던' 기적이 일어났었다는 말을 들어본 적이 없다.

2. 입산수도하면서 당했던 엄청난 시험

■ 네 가지 대목

첫대목, 비 오는 밤에 물속을 건너감

✓ 첫대목, 비 오는 밤에 한 길이 넘는 개천을 물속으로 건너갔다.

물속으로 걸어가셔서 정신일도精神一到 하사불성何事不成을 깨우치셨다.

(하늘을 시험하지 말라. 경고한다. 익사할 수 있다. 절대로 따라 하지 말기 바란다.)

상신에게 꼭 가야 할 일이 생겨 급히 비 오는 길을 나셨다. 그런데 이미 날은 어두웠고 비가 한두 방울로 시작하더니 점점 빗줄기가 커졌고, 마침내 장대비가 되어 퍼부었다.

산과 산 사이 깊은 골짜기마다 흙탕물이 순식간에 큰 물줄기를 이루었고, 우르릉 쾅쾅 천둥 같은 소리를 내며, 그야말로 무서운 기세로 내달렸다. 삽시간에 실개천의 물이 장대비와 어울려서 강물만큼 크게 불어나 골짜기를 가득 메우고 넘쳤다.

그러나 상신에게는 꼭 가야 될 일, 그게 있었다. 부모님 같이 존경하는 분이셨는데, 상신이 가지 않으면 안 되겠기 때문이다.

상신은 넘쳐나는 개천으로 뛰어들었다.

그에게는 아무것도 아무 생각도 없고, 오로지 가야 된다는 그 생각뿐이었다. 개울물이 앞을 막으면 그 물을 건넜으며, 또다시 물길이 앞을 막으면 또 그냥 앞으로 갈 뿐이었다. 그는 그렇게 한밤중에 앞길을 막던 수많은 개천을 건넜고, 산을 두 개나 넘어 목적지에 도착했을 뿐이었다.

나중에 헤아려보니, 모두 열두 개천을 건넜다. 어떤 개천은 한 길이 넘어서 상신은 물속을 가야만 했었다.

「박형」께서 나와 집사람에게 말씀하셨다.

"산에서 공부를 하고 있을 때, 어디에 꼭 갈 일이 생겼어. 아버지와 같은 분이셨는데, 내가 가지 않으면 안 되겠기에…. 깜깜하고 비는 줄기차게 퍼붓고, 골짜기마다 물이 넘쳤어. 산을 두 개쯤 넘어갔는데, 나중에 헤아려보니까 골짜기 물길을 열두 개나 건넜더라고."

그리고 이어서

"어떤 곳은 한 길이 넘어."

라고 하셨다.

이 말씀은 어쩌면 나의 집사람에게 굳은 믿음이 있으면 물속으로 걸어갈 수 있다는 것을 미리 귀띔해 주신 것 같다.

실제로 그 몇 달 뒤에 수영도 못하는 집사람은 거제도 양덕암에 들렀다가 문수동자를 업고(?) 마침 밤사이에 비가 와서 한 길이 넘게 불어난 개울물을 건넜다. 아마도 그때의 「박형」처럼 물속을 걸어서.

어떻든 박상신이 이 대목에서 증득한 것은 정신일도하사불성이다. 오직 한 마음이면 불가능한 것이 없다는 것을 깨우친 것이다.

박상신이 비바람 뚫고 산을 두 개나 넘었던 것은 중국의 순舜임금의 전설과 비견比肩된다.

중국 고대전설에는 삼황오제三皇五帝가 있고, 그 오제 중에서, 촌부가 격양가擊壤歌; 땅을 파고 흙덩이를 두들겨 고르면서 태평세월을 즐기는 노래를 부를 때에 '임금의 은덕은 모른다'고 하였다는, 가히 태평성대 '요순시대'가 있다.

오랜 중국 역사상 오직 한 번 있었다는 – 임금 자리를 자기 자식이나 혈통이 아닌 다른 이에게 넘겼다는 – 그 요순시대다. 그때 요임금에게서 임금 자리를 선양받게 된 순舜도 「박형」과 똑같이 깊은 산에 혼자 남겨졌었으나, 비바람을 뚫고 길을 찾아 늠름하게 걸어 나왔다.

그래서 결국 그가 요임금 자리를 물려받게 되었다.

둘째 대목 두려움 극복
✓ 둘째 대목, 세상에서 제일 무서운 두려움을 극복했다.

현상계는 환상과 같고, 세상사는 겁주는 것뿐이라는 것을 깨우쳤다.

어느 날 상신이 어둠이 내리기 시작한 산길을 걷고 있었는데, 검은 구름이 몰려오더니 날이 갑자기 깜깜해졌다.

상신은 풀로 뒤덮인 오솔길을 겨우 찾아 걷던 판에 날까지 어두워지니 생각보다 더딘 걸음으로, 주위를 살피며 능선을 따라 조심조심 걸으며 앞으로 나갔다.

달이 떴는지 말았는지 구름에 가려서 알 수 없고, 가끔 '끙끙'하는 소리와 '끼득끼득'하는 짐승 소리가 들렸다. 그때 '푸드덕' 인기척에 놀란 산새가 나뭇가지를 박차고 푸르스름하게 윤곽만 보이는 하늘로 내달렸다. '새처럼 포르르 날아가면 좋으련만.' 상신이 혼자 그런 생각 하며 날이 저문 외진 산길을 가는데, 바로 그때 어디선가 귀신 우는소리 같은 소리가 들려왔다.

'으흐흐흐… 으흐흐흐….'

갑자기 상신의 머리가 쭈뼛 서고, 전신에 소름이 쫙 끼쳤다. 생전에 이렇게 놀라기는 처음이어서 순간 발이 떨어지지 않았다.

저 소리는 여자가 우는 소리…, 혹시 여자 귀신? 저 깜깜한 숲속에서 스르르 나타나서 확 달려들 것 같은 여자 귀신!

상신은 그 자리에 우뚝 섰다. 그러나 만에 하나 그게 사람이라면, 그 사람은 왜 이런 곳에 있는 것인가? 상신은 정신을 가다듬고 가만가만 소리 나는 쪽으로 발길을 옮겼다.

"으흐흐… 흑흑…, 으흐흐… 흑흑…."

귀신 우는 소리 같고 여자가 우는 소리 같은 소리가 가끔씩 끊겼다가 이어지곤 했다.

'만약에 귀신이라면? 귀신을 만나자.'

상신은 눈을 부릅뜨고 숲을 헤치며 발소리를 죽이고 살금살금 소리 나는 곳으로 한 발 두 발 다가가기 시작했다. 숲속에서 들리는 그 소리가 점점 사람 울음소리로 변해서 들려왔다.

'으흐흐흐… 흑흑, 으흐흐흐흐… 흑흑.'

멀지 않은 숲에서 웬 검은 물체가 약간씩 보이기 시작하는데, 공포심으로 온몸의 털이 곤두섰다. 이때 누구인가 말하는 듯 소리가 들렸다.

'지금도 늦지 않았다. 도망쳐라.'

그때 상신은 두려움은 본래 없는 것인데, 자신 생각으로 자기 스스로 만들어낸 망상妄想(있지도 않은 사실을 상상하여 마치 사실인 것처럼 굳게 믿는 것)이란 사실을 새삼 떠올렸다.

"거기 누구요?"

"…"

"거기 있는 이는 누구요?"

순간 움찔 놀란 검은 물체가 일어서면서 절박하게 외쳤다.

"살려주세요. 여기요, 여기요, 살려주세요."

젊은 여자가 상신에게로 향하면서 쓰러지며 애원하였다. 그제야 상신은 그게 사람이란 것을 확인하고 부드럽게 물었다.

"어쩌다가 이런 곳에…?"

"길, 잃었어요. 길을… 친구들이 없어졌어요. 으흑흑."

상황을 파악한 상신이 그녀 손을 잡고 길로 나가려 하자, 여인은 그를 놓쳐서는 안 되겠다는 듯이 상신의 옷을 움켜잡고 죽을힘을 다해 따라나서다가, 기진맥진 몇 발짝도 못 걷고 '아, 아!' 소리를 내며 다시 땅에 쓰러졌다.

'이미 지쳤는데, 어쩐다?'

어떻든 이런 깜깜하고 깊은 산속에서 탈진 상태의 여인과 단둘이 있게 된 상신은 잠시 정신이 아뜩했다. 그러나 산중에 이대로 머물 수는 없다고 생각하고 상신은 그녀를 업기로 했다.

지게질은 많이 해보았지만 젊은 여인을 업기는 처음이다.

그녀의 몸무게와 함께 여인 젖가슴, 그 감촉이 상신 등으로 전해진다. 상신 어깨 넘어 여인 머리카락이 흘러내리고 향긋한 여인 향기가 풍긴다. 여인은 어머니 등처럼 넓은 상신 등에 지친 몸을 맡기며 머리를 기댄다.

상신은 여인을 업고 깜깜한 산길을 내려오기 시작했다. 여인은 점점 무거워지고 상신은 젖 먹던 힘까지 다해서 걸었다.

10분? 아니 20분쯤 지나자 순간 눈이 밝아져서 오솔길이 대낮처럼 훤하게 보이고, 턱밑까지 차올랐던 숨마저 평안하다는 것을 알아채게 된다. 그리고 생명의 열기熱氣로 상신 몸이 흠뻑 젖을 때쯤 되어서, 그들은 옛날이야기처럼 깊은 산 저 멀리 반짝반짝 반가운 불빛을 발견하게 되었다.

"거기로 가서 그렇게 하고…."

이렇게 이야기를 할 때 「박형」께서 잠시 말을 멈추셨다. - 아무도 없는 깜깜한 밤에 젊은 남녀가 함께했던 상황에서 그 남자가 나였다면 어떻게 행동했을까? 나의 속을 훤히 들여다보면서 한 번 더 이렇게 말씀하셨다.

"거기로 가서 그렇게 하고…."

그때 상신은 거기로 가서 친동생처럼 그녀를 보살피고 발을 씻기고 밥을 얻어 먹이고 다독여 안심시키고. 그 집에 맡겨두고 집으로 내려왔다가 다음날 다시 가서, 어느 정도 원기를 회복한 그녀를 안내하여 서울로 보내주었다.

"서울 모 대학교 여학생이었어. 친구들과 등산 왔다가 혼자 길을 잃고 헤매다가, 기진하여 울고 있었어."

그리고는 단언하셨다.

"이 세상에서 제일 무서운 것은 밤에 산에서 여자 우는 소리야."

내가 이 이야기를 졸저 『대웅전주인』에 썼는데, 후에 서울 어느 여인에게서 전화가 왔고, 그녀는 간청을 했다.

"그분이 지금 어디 계신가요? 주소를 알려주세요. 그분을 꼭 좀 만나게 해주세요."

우리는 안다. 그녀가 찾던 생명의 은인은 박상신이라는 것을. 그리고 상신은 담력膽力이 대단하고, 세상에서 제일 무서운 것을 이겨낸 청년이라는 것도.

상신은 세상의 모든 것을 만드는, 위대한 근원源泉을 보았다. 겁도 없고 막힘도 없는, 위대한 마음을 확실하게 깨우쳤다. 그리고 세상만사는 그냥 겁주는 것뿐임을 알았다.

셋째 대목, '너와 나'가 없는 박상신

✓ 셋째 대목, 박상신에게 이미 '너와 나'가 없었다.

'나'를 버림으로써, 청정한 본성·참나를 되찾았다.

상신이 산속에 있는 외진 암자에서 홀로 공부하고 있던 어느 날, 어떤 할머니 한 분이 찾아왔다. 그리고 방안을 횡 둘러보고는 상신이 혼자 공부하고 있는가를 물어보더니,

"부탁이 좀 있는데, 꼭 좀 들어주시구려. 공부하는 데 방해가 되어 대단히 죄송하지만, 오늘 하룻밤 여기서 묵어가면 안 되겠는가요?"

라고 말하였다. 상신이 생각하니 날이 이미 어둑어둑한데 거절할 수가 없어서

"그렇게 하십시오."

하고 허락했는데, 할머니는 잠시 후에 일행을 데리고 오겠다고 말하고 어둠 속으로 사라졌다가, 얼마 지난 후에 웬 사람을 데리고 방으로 들어왔다. 이미 밖은 깜깜하였고 그 사람이 고개를 숙이고 들어와서 어떤 사람인 줄을 몰랐는데, 촛불에 비친 얼굴을 보니 할머니가 데리고 온 사람은 젊은 여인이었다.

그런데 이상하게도 그 젊은 여인을 홀로 상신의 공부방에 남겨두고, 할머니가 슬그머니 자리를 떠서 밖으로 나가더니 밤이 점점 깊어 가는데도 돌아오지 않았다. 상신은 속으로 곧 오시겠지 생각하고 있는데, 아주 돌아오지 않았다. 그렇거나 말거나 개의치 않고 상신은 벽을 향해 앉아서 열심히 책을 읽고 있었다.

그리고 한참 시간이 지났는데 문득 상신의 등 뒤에서 옷 벗는 소리가 '부시럭 부시럭'하고 들렸다. 그 젊은 여인이 옷을 홀랑 벗더니 상신을 불렀다.

상신이 무심코 뒤를 돌아보니, 젊은 여인의 흰 살결이 보였다. 상신이 이상한 일도 다 있구나 하고 계속 책을 읽으려니까 알몸 여인이 끝내는 아주 상신의 품에 안겨 왔다.

상신이 그녀의 사정을 들어보니, 그 할머니는 그녀의 시어머니이고 그녀는 며느리인데, 두 여인은 대代를 이을 자식을 얻기 위해서 서로 짜고 그렇게 했다는 것이었다.

"뒤에서 '부스럭 부스럭' 옷 벗는 소리가 나. 알고 보니, 그 할머니는 시어머니이고 새댁은 며느리인데 대를 이을 아들을 얻으려고 둘이서 짜고 그렇게 한 것이었어."

「박형」께서 그 이야기를 여기서 끝내셨다.

이 이야기를 하신 것은 한 노파가 암자를 불태운 파자소암婆子燒庵이라는 화두話頭와 닮은 문제를 우리에게 던지신 것이다.

파자소암 화두

옛날 어떤 노파가 한 암주庵主를 공양하였는데, 20년을 한결같이 여자에게 밥을 보내어 시봉侍奉하게 하였다. 그러던 어느 날 여자를 시켜 암주를 끌어안고, 묻게 하였다.

'바로 이러한 때에 어떠합니까?'

여자가 그렇게 하자 암주가 말하였다.

"마른나무가 찬 바위를 의지하니 삼동三冬에 따뜻한 기운이 없구나."

여자가 돌아와 노파에게 그대로 전하자, 노파는 "내가 20년 동안 속인俗人 놈을 공양하였구나!" 하면서 암주를 쫓아내고 암자를 불태워버렸다.

노파가 무슨 수단과 안목眼目을 갖추었기에 갑자기 암자를 불사르고 암주를 쫓아냈는가?

이 질문이 바로 파자소암이라는 화두이다.

정말 그때 상신은 알몸 여인을 어떻게 하였을까?

석가모니부처님께서 많은 비구(수행자)들에게 말씀하셨다.

"차라리 남근男根을 독사 입속에 넣을지언정 여자 몸에 대지 말라. 이와 같은 인연은 악도에 떨어져 헤어날 수 없게 하기 때문이다. 애욕愛欲은 착한 법을 태워버리는 불꽃과 같아서 모든 공덕을 없애버린다.

애욕愛欲은 얽어 묶는 밧줄과 같고, 시퍼런 칼날을 밟는 것과 같고, 험한 가시덤불에 들어가는 것과 같고, 성난 독사를 건드리는 것과 같고, 더러운 시궁창 같은 것이다. 모든 부처님들은 애욕愛欲을 떠나 도道를 깨닫고 열반의 경지에 들어간 것이니라."

한 스님께서 말씀하셨다.

"활활 타는 불과 날카로운 칼은 이 육신을 한 번 죽이지만, 음욕은 지혜와 영혼을 만겁도 더 육도六道(윤회하는 6가지 길)에 침전시켜 무수히 죽게 만드니, 계戒를 파하고 선녀보다 더 아름다운 미인과 사랑을 즐기며 왕위에서 영화를 누리기보다는 차라리 계를 가지고 범에게 뜯어 먹히는 편이 훨씬 낫다."

상신이 이런 이치를 모를 리가 없다. 그러나 상신은 불쌍한 시어머니와 며느리의 간절한 소원을 들어드리기 위해서, 살신성인殺身成仁, 원하는 자에게 자신 목숨까지도 내놓겠다는 그….

누가 이것을 대자비심이라 했는가. 자기희생이라 했는가. 이미 광대원만廣大圓滿하고 무애대비無碍大悲하였던 상신은 애욕을 가진 적도 없고, 대자비심을 낸 적도 없으며, 더욱이 자기 희생한 적도 없다. *

「박형」께서 처음 이런 이야기로써 문제를 주셨을 때에 착하고 지혜로운 집사람은 그날 해가 지기 전에 정답을 바로 알아냈고, 나는 아무것도 알지 못했는데, 다음 날 일찍 「박형」께서 다시 토담집에 오셔서 집사람에게 몇 가지 일러주고 계시다가, 문득 하늘을 쳐다보면서 말씀하셨다.

"내 아들이 지금 서울 어디쯤에 있을 거야."

『성경』「창세기 2;7」 "여호와 하나님이 흙으로 사람을 지으시고 생기生氣를 그 코에 불어넣으시니 사람이 생령生靈이 된지라." 하셨는데, 혹시 상신이 그 며느리에게 입으로 생기를 불어넣어서 아들을 두게 된 것은 아닐까? 내가 아는 「박형」이라면 당연히 '입으로 생기를 불어넣는 것'이 가능하다.

어떻든 그것으로 박상신에게는 분별심이 없음을 증명했다. 양면해탈兩面解脫이 증명되었다. 강을 건너고 뗏목을 버렸고, 그리고 모두 쓸어 담아서 '너와 나가 없는 상신의 대자비심'이 세상을 밝힐 수 있게 되었다. 마하반야바라밀!

넷째 대목, 천상을 구경하고 의심을 해결함
✓ 넷째 대목, 천상을 구경하고 대우주의 모든 의심을 해결했다.
그리고 하산下山하실 때의 상황을 일러주셨다.

「박형」께서 말씀하셨다.
"산에 있을 때인데 어떤 할아버지가 약초인가를 보여주시면서 '이 까만 열매를 먹으면 절대 안 돼, 죽는다!'고 하셨어. 무엇이 궁금해서, 내가 그중에서 제일 큰 것으로 골라 따 먹었더니, 정말 아무것도 안 보여, 깜깜해졌어."
그러고 나서 그 얼마 지난 후에 「박형」께서 한마디를 던지셨다.
"그 후에 한 3일 구경 잘하고 왔다."

이것은 상신이 수행하실 때에 겪은 수많은 경험 중의 한 가지 실례이다.
이렇게 상신은 죽음을 무릅쓰고 '먹으면 절대 안 돼, 죽는다.'고 했던 까만 열매를 제일 큰 것으로 골라 따서 먹고, 다른 차원을 한 3일간 구경하고 올만큼, 모든 것을 몸소 믿고 이해하고 행동하고 증명했다(信解行證).

상신이 3일간 구경했던 '다른 차원의 실재' 이야기는 일부러 다른 사람의 모습으로 와서 증언을 했다. 그 다른 사람은, 내가 전에 다녔던 풍기성내교회를 나와 함께 다녔던 사람이다.

그가 1981년에 고향 풍기 새한약국에서 처음 그 천국을 증언했었고, 내가 단양으로 이주한 뒤 1985년경에, 단양의 새한약국에 와서 한 번 더 그때와 똑같이 신기하게, 한 마디도 틀리지 않게 증언했다.

✓ 그런데 풍기에서 처음 이야기를 하기 전 그가 이렇게 말했다.

"내가 아주「박형」박상신과 다름없어. 뒹굴 때 함께 뒹굴고. 아주 한 몸같이. 그럴 때는 내가 박상신이야. 내가 아주「박형」박상신과 다름없어."

나는 당시에 상신과 그렇게 친했었나? 라고 생각했었는데,「박형」의 능력을 알고 난 지금에는 '그가「박형」이라고 생각하지 않을 수 없다.'

그 사람이 곧「박형」께서 변신하신 모습이다. 만약에 그런 게 아니라면「박형」께서 그에게 들어가셔서 말씀하신 것이다.

어떻든 이 이야기는 박상신이 경험한 다른 차원의 실상이다. 그리고 그가 3일간 겪었던 이야기는 자주 들을 수 없는 귀중한 이야기다.

그가 말했다.

"며칠간 아팠지. 게다가 그날은 몸이 피곤할 만큼 일을 많이 했어. 집에 돌아온 나는 팔다리에 힘을 쭉 빼고 방에 누워 있었는데, 잠이 들었던 모양이야. 어떤 청년이 나타나서 나한테 '나가자'고 하는 거야.

'어디를 가자는 거냐?' 하고 내가 물으니까, '그냥 따라오면 좋은 데를 구경시켜 드리겠다.'고 하더군. 나는 그 사람을 따라나섰는데, 문밖에 순금으로 만들어진 수레가 있어. 순금으로 된 수레인데, 차체는 순금이며, 반짝이는 다이아몬드로 아름답게 장식되어 있었어.

나 보고, '타라.'고 하기에 탔지.

안에 들어가 보니까, 좌석은 빨간 비로도 같은 천인데, 지상의 것보다 더 훌륭했어. 내가 타니까 수레가 움직이기 시작하는데, 말로 형언하기 어려울 만큼 빠르게 날아가는 거야. 『성경』에 금수레를 타고 갔다는 구절이 있는데, 나는 정말로 금수레를 타고 날았어. 우주선이 있다더니 이 수레가 우주선이 아닐까 하는 생각이 들었어. 참 신기한 것은 바퀴도 없고 엔진도 없으며, 앞에서 끄는 말도 없는데 수레가 공중으로 살 같이 날아가더라고. '슛슛' 하고 바람 스치는 소리도 들려왔고….

지상에서 롤스로이스나 벤츠, 캐딜락을 타며 으스대는 것은 부끄러운 일이야. 지상에서 번쩍이는 고급 차를 타고 뽐내는 것은, 참으로 여기에 비하면 어린아이가 장난감 차를 가지고 노는 정도라고 비유할까?

어떻든 점점 지상의 것은 보이지 않고, 나를 데리러 온 청년과 수레만 보이는 거야. 얼마 동안 그렇게 달려가더니, 수레가 어디쯤 스르르 내려앉았어.

그곳에서는 아이들이 소꿉장난을 하며 놀고 있었어. 너무 신기하여 주위를 둘러보니, 방금 피어난 듯 아름다운 꽃이 만발해 있고, 산은 푸르게 물들어 있었어. 기후는 따뜻하고 새들이 지저귀는 소리는 맑고 명랑하여 내가 마치 봄 동산에 나들이 온 것 같았어. 먼 산에는 안개가 피어올라서 동양화를 연상케 하더군. 모든 것이 생기가 있고 정답고 아늑했으며 향내까지 그윽했어.

소꿉장난하는 아이들을 보니, 바람에 나부끼는 흰옷을 입은 그런 영혼이야. 꿈이 아닌가 하고 나 자신을 내려다보니, 나 역시 구름 같은 바람에 나부끼는 영혼이었어. 몸이 붕 떠서 가는 것 같았고….

'아, 내가 영으로 여기 와 있구나.' 하는 생각이 들어서 손등을 꼬집어보았지. 아프더군. 아픈 거야.

그래서 그 청년에게 물었지.

'여기가 어딥니까?'

하고. 물었더니 청년은

'낙원의 일부입니다.'

라고 대답했어. 『성경』에 나오는 낙원이라는 거야.

내가 다시 물었지.

'여기가 천국이란 말입니까?'

'예, 그렇습니다. 시간이 되면 모시러 오겠습니다. 마음대로 구경하십시오.'

그때 뒤를 돌아보니, 수레와 청년은 사라지고 없었어. 그래서 여기저기 다니며 구경을 했지.

『성경』에 기록되어 있는 것과 똑같았어. 나무마다 향기롭고 좋은 열매가 달려 있더군. 지상에서는 생각할 수도 없는 과일이었어. 처음 보는 과일이 주렁주렁 달려 있는 거야. 포도 한 알이 수박만 한데 포도송이가 너무 커서 두 사람이 메고 가는데, 그 끝이 땅에 끌릴 정도야. 아이들이 노는 곳에 가보았더니, 아이들이 너무 귀여웠어. 그런데 말이 틀려. 알아들을 수가 없어. 그렇지만 아이들이 무슨 생각을 하면서 노는지 마음으로 느껴지더라고."

그의 두 번째 이야기는 어디론가 떠나가는 역 같은 곳이었다. 아마도 거기는 축생畜生으로 가는 곳을 구경한 것은 아닐까 싶은데, 그 이야기를 만나본다. 연옥은 그런 사람을 가르치는 곳이다.

"조금 황폐한 곳이었어. 온종일 걸어가다가 좀 외진 곳에 이르러 사람들이 모여 있었어. 내가 그 사람들에게 '여기가 어딥니까?' 하고 물었더니, 겨우 대답을 하는데 잘 알아들을 수가 없었어. 그저 '역驛이오.' 라는 말만 알아들을 정도야.

'이 역에서 어디로 가는데요?'라고 다시 물었는데도 대답이 신통치 않아.

내가 생각해 보니, 역이라면 기차 레일(Rail)이나 길이 있을 터인데, 아무리 보아도 레일이나 길이 없어. 기차도 자동차도 없고….

그래서 그 역이라는 곳 안으로 들어갔더니, 어렴풋이 철길 같은 것이 보이는 듯도 해. 까마득하고 곧게 뻗쳐 있는데 끝이 안 보이는 거야.

사람들은 여러 가지 옷을 입고 서 있는데, 이상하게도 모두 가슴에 표를 한 장씩 달고 있었어. 누군가가 그 표가 있어야 차를 탈 수 있다고 알려 주더라고. 그런데 자세히 보니, 그 표라는 것이 사진이었어. 가족사진도 있고 독사진도 있고.

궁금한 것이 너무 많아서 누구에게 물어보고 싶었는데, 그곳 사람들은 모두 무표정하고 대답을 시원하게 해주지 못해.

내 짐작에 사진은 전생의 기록 같았어. 또 그 사람들은 지상으로 나가려는 영혼은 아닐까 하는 생각이 들더라고. 그때 나도 집으로 가고 싶어서 표를 하나 달라고 했지. 누구인지는 모르겠는데, 표를 하나 주더라고.

그때 기차가 소리도 없이 바람같이 다가와 멎었어. 그런데 그 차에는 차장인지 뭔지는 몰라도 힘깨나 쓰게 생긴 사람이 동승하고 있는 거야.

사람들이 우르르 몰려가더니 그 차를 타더라고. 나도 지상으로 가고 싶어서 그 차를 타려고 했더니, 차장인 듯한 사람이 말을 하더군. 어쩐 일인지 그 사람의 말은 알아들을 수가 있었어.

그가 나를 보고,

'안 됩니다. 이 차를 타려면 표가 있어야 됩니다.'

라는 것 같기에, 내가

'표는 여기 있어요.'

하고 좀 전에 얻어 둔 표를 보였더니,

'이곳으로 가는 차가 아닙니다. 이 표로는 못 탑니다.'

하더라고. 나는 고집을 부렸지.

'나는 타야겠소.'

'안 됩니다.'

하며 서로 밀고 당기며 옥신각신한 거야.

'나는 아직 할 일이 남아 있어서 꼭 가야 하오. 비키시오.'

'안 됩니다.'

'비키시오.'

'안 됩니다.'

결국에는 둘이서 밀고 당기기 시작했지. 그런데 그 사람은 보기에는 대단히 힘이 세고 우람하게 생겼는데도 나에게 맥을 쓰지 못했어.

그가 힘이 부치니까, 차를 출발시키더니 나를 붙들고 애원을 하는 거야.

'제발 이 일을 방해하지 마시오. 저로서는 큰일입니다.'

그러더니 후다닥 달리는 차에 뛰어올라서 눈 깜짝할 사이에 차와 함께 사라졌어."

그 사람들은 이상한 옷을 입고, 한 장의 사진을 가슴에 표처럼 달고 있었다는 이야기를 듣는 순간 나는 이상한 감정을 느꼈다. 마치 그 가슴의 표는 그들에게 내린 판결문은 아닐까? 여섯 갈래의 윤회하는 길 중에서 축생으로 사는 사람이어서 서로 말이 통하지 않은 것은 아닐까?

정말 친구의 이상하고 뭐라고 말할 수 없이 괴이한 증언은 짐승이나 날짐승이나 물고기나 축생으로 갈 사람들이 역에 모였다가 떠나가는 장면이 아닐까 싶다. 그게 아니면 지옥 아귀 축생으로 가는 장면이거나.

그는 마지막 이야기를 했다.

"나는 스스로 생각했어. 이왕에 천국 구경을 왔으니, 제일 중심부, 곧 하나님의 보좌가 있는 곳을 가보리라고. 그랬더니 순식간에 커다란 궁전 같은 건물이 있는 곳에 가게 되더군. 그 건물을 올려다보니, 너무너무 커서 마치 조그만 개미가 큰 산을 올려다보고 있는 것 같아. 까마득했어. 그런데 거기는 어른들만 살고 있는 것 같았어. 사람들이 모두 커. 거인巨人들이야. 어마어마하게 큰사람들이야.

그런데 그 사람들을 쳐다보니, 몸에서 빛이 나는 것 같고 무척 행복해 보였어. 가슴으로 전해오는 따뜻하고 밝고 즐거운 빛 같은 것이 느껴졌지. 나도 거인巨人이 된 것 같고."

그는 비로봉 정상이 점점 가까워지면서 지상으로 내려왔다고 했다. 그리고 깨어나서 보니, 식구들이 모여 그가 죽는다고 울면서 그의 다리를 주무르고 있었다고 했다.

그 모든 이야기를 마치고, 그가 단언했다.

"그 정도는 되어야 두 번 다시 의심이 없어. 이것을 다 알면 세상이 다 없어져."

하나님의 보좌가 있는 곳은 우리가 가려는 목적지이며, 빛나는 큰 사람은 우리가 되고자 하는 성령이다.

사실 '그 건물을 올려다보니, 너무너무 커서 마치 조그만 개미가 큰 산을 올려다보고 있는 것 같아. 까마득했어.'라는 말은 그보다 나중에 천국을 다녀온 『내가 본 천국』의 저자인 펄시·콜레 박사'의 증언과 똑같다. (*)

✓ 청년 박상신은 모든 시험을 통과했고, 모든 의심을 해결했다.
· 첫대목에서는 비 오는 밤에 한 길이 넘는 물속을 걸어가서 정신일도 하사불성을 깨우쳤다.
· 둘째 대목에서는 밤에 산속에서 길을 잃고 울고 있던 여대생을 구해주었다. 모든 것은 일체유심조라는 사실을 깨우쳤고, 현상계는 환상과 같고, 세상사는 접주는 것뿐이라는 것을 깨우쳤다.
· 셋째 대목에서는 이미 분별이 없는 본심이었던 상신은 무엇이 되겠다는 소원도 내려놓고, 온전히 '나'를 버림으로써, 청정함을 얻었다. 세상의 만물을 만드는 근원〔源泉〕, 위대한 여의주를 얻었다.
· 넷째 대목에서는 3곳의 천상을 구경하고, 천지간의 모든 의심을 해결했다.

3. 무상대도의 성취

– ∴ 마침내 박상신이 「박형朴形」이 되셨다. 성령이 되셨다 –

「박형」께서 말씀하셨다.

"공부하다 보니, 산이 흔들흔들 앞으로 왔다 뒤로 갔다 하는데, 한 번 뛰면 앞산에 갈 수 있겠어. 건너뛰니 실제로 가. '이래서는 안 되겠다'하고 하산下山했어. 더 공부했으면, 무엇이 되어도 되었을 것인데…"

분명히 「박형」께서는 중생구제의 대원을 가지고 수행정진했으며, 우리를 위해서 하산하셨다.

그리고 계속 말씀하셨다.

"처음 산에서 내려왔을 때는 아침에 일어나면 오늘은 무슨 일이 있겠구나, 누가 언제 오겠구나, 이런 것들이 다 떠올랐었는데, 차츰 그런 것들은 사라지고, 지금은 산에서 얻어 가지고 온 것 그것 하나 가지고 살고 있어."

✓ 사실 '건너뛰니 실제로 갔다'는 말씀은 놀랄 만 한 말씀이다!

분명히 이제까지 「박형」께서 당했던, 벅찬 시련들은 지혜롭고 어질며 능력 있는 대인을 가려내는 대인들끼리 치루는 실제상황에서의 시험이었다. 청년 박상신은 '대자비심을 보여주고서' 모든 시험을 통과했다!

그렇다면 과연 상신이 모든 시험을 통과하고 산에서 얻어 가지고 온 것, 그 하나는 무엇일까?

태양처럼 밝은 마음, 그 지혜로운 대자비심, 그 본성本性을 얻어 가지고 온 것이다. 욕심을 모두 항복 받고 성령(불타)이 된 것이다.

성령이 되어 전지전능한 능력, 여의주의 힘을 얻어 가지고 온 것이다.

'말로만 중생을 구제하는 것'이 아니라, 실제상황에서 중생을 구제할 수 있는 능력을 얻어 온 것이다.

✓ 곧 부처가 될, 큰 인물, 최상 근기였던 박상신은 그렇게 세상 모든 것들(죽음의 두려움마저) 이겨내고, 입산수도 3년에 삼계의 도사님, 성스러운 령이 되셨다. 그리고 '변신할 수 있고, 현신할 수 있는 성령으로' 세상에 다시 몸을 나타내셨다. 그래서 우리는 「박형」 박상신 대도사님이라고 찬탄하면서, 줄여서 「박형朴形」이라고 호칭한다.

물론 「박형」은 세간에서 흔히 연장자에게 쓰는 호칭인 「박형」朴兄일 경우도 있지만, 박씨朴氏 성姓을 쓰는 분으로 마음대로 변형하고 현신하며 신출귀몰하셨고, 자유자재로 「김형金形」이나 「이형李形」이나 어떤 모습으로도 나타나실 수 있었기 때문에, 그 신통자재한 의미를 살려서 「박형朴形」이라고 칭하는 것이다. (*)

「박형」께서 몸을 다른 사람으로 바꾸고, 아무 곳에나 그 몸을 나타내는, 불가사의한 이야기가 앞으로 계속 나온다. 그것이 너무 기상천외하고 이상하여 어떤 동창은 '이건 네가 꾸민 이야기지?'라고 묻기도 했지만, 절대로 내가 꾸민 허구가 아니다. 모두 100% 실화다. 「박형」께서는 성령이시다. 그래서 「박형朴形」이라고 칭하는 것이 마땅하다.

✓ 사실 잘 믿어지지 않겠지만, 「박형」께서는 이미 부처님 당시에 16성자(16羅漢)이셨고, 한때 전생에서 퇴계 이황 선생이기도 하셨다는 근거가 있다.[미주1]

그래서 「박형」께서 말씀하셨던 것이다.

"나는 이 세상에서 안 해본 일이 없어. 아마 전부 다 해보았을 거야."

그리고 「박형」께서는 부처님 당시에 16성자의 한 분이셨기 때문에 불가사의한 기적을 행할 수가 있었고, 청년 박상신이 논산훈련소로 징집되어 갔을 때 '사람이 죽으면 마지막으로 나가는 곳, 깜깜한 데로 뚫고 나갔다가 얼마 후에 다시 깜깜한 데로 뚫고 들어왔'을 수가 있었던 것이다.

제3장 진리의 길에서 벗어난 고생길

나와 집사람의 운명적인 만남과 영주시로 오게 된 기사회생하는 인생.

1. 「박형」께서 작용하셨던 것인가?

내가 고등학교에 합격하여 처음 상경했을 때에도 잠시 삼촌 집에 기숙했지만, 그 살벌했던 재선거 후에 아주 삼촌 집에 들어가 살게 되었다. 왜냐하면 선친께서 7마지기 논(전 재산)을 다 팔아 삼촌의 선거자금으로 내줄 때에 미리 삼촌께서, 선거자금을 대주면 결과가 어떻게 되든 '삼촌이 나를 맡는다.'고 약속하셨기 때문이다.

그렁저렁 나는 명륜동 삼촌 댁에서 학교를 다녔고, 3학년 올라가서 6월에 입대했다. 그리고, 군 생활 1년 6개월 만에 제대하여 3학년에 복학했다.

그리고 그 해 여름방학이었다. 이제부터 나의 정말로 훌륭한 집사람이 등장하게 된다. 처음 만날 당시에는 솔직히 그녀에게 큰 흠결欠缺(결점)이 있었다.

▸ 나와 그녀의 첫 만남은 여러 가지로 범상치 않다.

먼저 『술 취한 코끼리 길들이기』라는 책에 나오는 한 장면과 같은 장면을 소개한다.

몇 해 전 싱가포르에서 있었던 일이다. 결혼식이 끝난 뒤, 신부의 아버지가 사위가 된 신랑을 한쪽으로 데리고 갔다. 행복한 결혼생활을 오랫동안 지속하는 비결을 말해주기 위해서였다. 그는 젊은이에게 말했다.

"자네는 아마도 내 딸을 많이 사랑하겠지?"

젊은이가 큰 소리로 말했다.

"물론입니다."

장인이 말을 이었다.

"자네는 또한 내 딸이 세상에서 가장 아름다운 여성이라고 생각하겠지?"

젊은이가 역시 큰 소리로 말했다.

"맞습니다. 따님은 모든 면에서 완벽합니다."

장인이 다시 말했다.

"그러니까 내 딸과 결혼을 했겠지. 하지만 몇 년이 지나면 내 딸아이에게 결점들을 발견하기 시작할 거야. 그 아이의 결점들이 눈에 보이기 시작하면 이 사실을 꼭 기억하게. 만일 애초에 그런 결점들이 없었다면 내 딸아이는 자네보다 훨씬 나은 남자와 결혼했으리라는 것을."

우리는 배우자가 가진 결점들에 감사해야 한다. 만일 그런 결점들이 없었다면, 그들은 우리보다 훨씬 나은 누군가와 결혼할 수 있었을 테니까!

우리도 그랬다. 우리 결혼식이 있기 며칠 전, 그녀의 인정 많은 작은오빠 댁에서 신혼 이불을 꿰매고 있었다. 그때 작은오빠의 부인(장차 나의 처남댁이 될 분)이 이불을 꿰매면서 작은오빠에게만 들리도록 조용히 말했다.

"동생이 좋은 데로 시집가는 것은 경사인데 왜 눈물을 보이세요?"

그 말을 듣고 작은 오빠가 흘리던 눈물을 남몰래 닦고 속으로 슬픔을 삼키며 말했다.

"솔직히 말해서 내 동생은 자네에게 과분하네. 동생은 정말 좋은 사람이야! 자네는 우리 동생을 정말로 사랑하는가? 앞으로 어떤 일이 벌어지더라도, 동생에게 어떤 결점이 있더라도 변함없이 계속 사랑할 자신이 있는가?"

"물론입니다."

"절대로 그 마음 변하면 안 되네. 지금 약속하게!"

"예, 약속합니다. 절대 변하지 않겠습니다."

그녀는 나의 운명이었다. 사랑했으므로 나는 그녀와 결혼했고, 그녀 때문에 참으로 행복했다. 마치 바보 온달이 평강공주를 아내로 맞이한 것처럼….

그녀는 정말로 겉으로는 부드럽고 순하며 남을 배려하며 상냥하기까지 했지만, 속은 언제나 곧고 꿋꿋하고 진실했다. 그녀에게 흠결이 없었다면 절대로 나와 맺어질 수 없었을 것이다.

✓ 우리가 처음 만난 곳은 내가 대학 4학년 여름방학 어느 덥고 쾌청한 날, 강릉행 열차 안에서였다. 사실 그 여름방학에 나는 초등학교 친구랑 강릉 경포 대해수욕장으로 캠핑하러 가기로 약속했었다.

그런데 그 친구가 떠나기 3일 전쯤에 집에 찾아와서 텐트가 없다면서 '못 간다.' 통고하고, 대문으로 나가면서 혼자 엉뚱한 말 한마디를 중얼거렸다.

"박상신이 이렇게 만든 거야."

당시에 나는 그 엉뚱한 말에 아무런 것도 생각할 수 없었고, 나 혼자 속으로 '저 친구가 헛소리를 하는구나' 했다. 그랬지만 그때 이상한 감각, 곧 「박형」이 훌쩍 허공으로 날아가는 강한 느낌이 내 머릿속을 분명하게 지나갔는데, 그 순간 '이상한 이 느낌은 무엇인가!' 했다.

혹시 이런 이야기도 「박형」과 연관이 있을지도 모르겠다.

큰언니에게 업혀서 피난을 가던 집사람의 어린 시절, 어린 집사람은 병이 들었고, 아무것도 먹을 수가 없었다. 거의 영양실조로 아사할 것 같은 절박한 상황이었다. 그럴 적에 스님 한 분이 나타나서 '이것을 먹이시오.'하고 건빵 한 봉지를 건넸는데, 어찌 된 일인지 그것은 먹을 수가 있었다고 한다.

그 스님의 건빵 한 봉지 덕분에 기적적으로 목숨을 부지하게 되었다고, 집사람은 이 이야기를 두 번 넘게 말했었다.

그래서 그녀가 살아난 것은 물론, 그녀와 나의 만남에 「박형」의 어떤 작용이 있었다고 추측할 수도 있지만 증명할 길은 없다. (*)

▶ 어떻든 그렇게 나는 텐트 없이 젊은 혈기로 '좋다, 그렇다면 나 혼자 가겠다'하고 혼자 강릉행 기차에 올랐다. 열차 안에 사람들이 많았다. 마침 한 곳에 빈자리가 있기에 무조건 앉으려고 하자, 옆에 앉아 있던 여학생이 앞에 앉아 있던 여학생과 '소곤소곤'하더니, '이 자리에 임자가 있어요.'라고 했다.

내가 넉살 좋게 말했다. '임자가 오면 비켜드리지요.'

그리고 그 여학생의 옆자리에 앉아버렸다. 나중까지 자리 임자는 오지 않았고, 나는 두 여학생과 함께 묵호까지 가면서 이야기를 나누었는데, 이상하게도 강릉까지 간다던 두 여학생은 아쉽게도 먼저 묵호역에서 내렸다. 그렇게 그녀들과 헤어졌다.

나는 혼자 강릉 시내에서 1박하고, 새벽 일찍 사진기를 들고 택시를 타고 경포대해수욕장으로 향했다.

그런데 경포대해수욕장 입구에 있는 큰 건물 위로 정말로 멋진 크고 붉은 아침 해가 힘차게 떠올라오고 있었다. 점점 커지면서 건물의 옥상을 가득 메우면서 이쪽으로 넘어올 것 같았다. 이렇게 가까이 저렇게 웅장하고 큰 해가 떠올라 점점 커지는 장관을 보다니! 정말 생전 처음 보는 가슴 벅찬 일이었다.

내가 택시 기사에게 기쁨에 들뜬 목소리로 말했다.

"해가 떠오르고 있네요! 멋져요!"

"해가요? 어디요?"

"큰 건물 위로, 오른쪽을 보세요."

얼핏 밖을 바라보던 기사가 말했다.

"관광호텔이 보이려면 좀 더 가야 합니다. 여기서는 보이지 않아요."

"어!"

그 순간 어리둥절하여 택시 전조등 불빛 외에 아무것도 보이지 않는 깜깜한 밖을 내다보면서 지형지물을 살피던 나에게 택시 기사가 다시 차분하게 말했다.

"손님께서 꿈을 꾸신 모양입니다."

"분명히 해가 떠올랐어요. 아주 큰…"

나는 훨씬 나중에야 달리는 택시 안에서 잠깐 졸면서, 평생 잊지 못할 멋진 일출日出하는 꿈을 꾸었다는 것을 깨달았다.

그리고 목적지에 도착하여 택시에서 내린 나는 얼른 동해의 일출을 보기 위해 서둘러 해변을 향해 모래사장을 걸었는데, 해가 아직 떠오르지 않았는지 수평선 저 멀리 구름이 붉게 물들고 있었다. 그때.

"여기요. 여기요."

누군가가 반가운 목소리로, 나에게 손을 흔들면서 어서 오라면서 소리치고 있었다. 가까이 가면서 자세히 보니까, 그들은 기차에서 처음 만났던 바로 그 두 여학생이었다. 뜻밖의 재회再會였다. 그들은 분명 묵호역에서 하차했었는데…

어떻든 그렇게 다시 만나게 되었는데, 큰 해가 떠오르는 꿈은 곧 훌륭한 배필을 만나게 되리라는 것을 알려주는 서몽瑞夢(상서로운 꿈)이라고 한다.

그리고 우리들은 나중에 계속 만날 수 있게 만들었던 사진들을 함께 찍었고, 해변의 임시 매점에서 기념 엽서 몇 장을 샀는데, 스탬프를 찍고 보니 그날이 중국인들이 말하는 '행운의 8자'가 들어간 8월 8일이었다.

사실 집사람은 착하고 진실한 사람이었다. 언제나 다른 이를 먼저 배려했고 단 한 번도 거짓말을 한 적이 없었다.

결혼한 후에 나는 까맣게 잊고 살았지만, 집사람은 나와 결혼하기 전에 낳은 아이가 있었다는 '치명적인 결점'도 나에게 이미 밝혔었다.

그 옛날 둘이서 자주 만나던 어느 날 그녀는 나를 흑석동 자기 집으로 데리고 갔다. 내가 현관문을 들어서는 순간 두세 살 정도 된 아이가 방안에서 귀엽게 걸어 나오면서 그녀를 반겼다.

"엄마. 엄마."

그때 급히 그녀 큰언니가 그 아이 뒤를 따라 나오면서 말했다.

"고모라고 하랬잖아. 엄마가 아니고 고모야, 고모."

큰언니가 그렇게 동생의 흠결(결점)을 숨겨주려 했는데, 그녀가 고개를 숙이면서 솔직하게 나에게 말했다.

"제 딸이어요."

우리가 결혼하기 전 장인께서도 나의 선친께 이 사실을 밝히셨다. 그래서 선친께서 우리 결혼 전에 나에게 '아이가 하나 있다는 것을 알고 있느냐?' 물으셨다. 나는 이미 '제 딸이어요.'라는 고백을 들었지만, 전혀 개의치 않았다.

사실 나는 그녀 결혼사진도 보았다. 천생연분인가. 그녀가 너무 좋아서다. 요즘 말로 운명이다. 아니, 사실은 내가 영 철들지 않은 사람이었기 때문인지도 모르겠다.

그렇지만 세상 물정을 전혀 모르는 것이 나에게는 오히려 큰 복이 되었으니, 전생의 인연 때문인가? 세상사가 돌아가는 이치를 알기는 정말 쉽지 않은 것 같다.

당시에 돈이 없었던 나는 마침 '대학신문' - 서울대학교에서 운영하던 학교신문의 학생기자(각 단과대학에서 한 사람씩 뽑아서 자기 단과대학의 소식을 기사화하던 학생)로 뽑혀서 주급으로 용돈을 얻어 연애 자금으로 썼다.

그러니 함께 변변한 한 끼 저녁도 먹지 못했지만, 나와 그녀는 열심히 만나서 남의 집 담장에 붙어 서서 시간 가는 줄도 모르고 몇 시간씩 열열하게 입을 맞추었다. 그렇게 매일 저녁 키스의 삼매경이었다. 결국 담장 주인에게 들켰다.

점잖은 주인이 처음에는 아는 척을 하느라고 어흠어흠하고 헛기침을 했고,

가끔은 일부러 대문을 쾅 소리를 내며 닫기도 했는데, 당장 삼매경에 빠진 우리 둘에게 먹혀들지 않으니까, 드디어 그 담장 아래에 오물을 부어놓았다. 아무것도 모르던 우리는 우리의 신발 밑창에서 이상한 냄새가 나고, 그것이 묻을 때까지 열심히 숨 막히게… ㅋㅋㅋㅋ.

나중에 보니 이것도 부러워하는 사람이 있었다.

▶ 나는 졸업과 동시에 J약품에 취직이 되었고, 1966년 4월에 우리는 양가의 축복 속에 결혼식을 올렸다. 그리고 유성온천으로 신혼여행을 다녀왔다.

오, 불쌍해라!

나보다 그녀에게는 인생의 큰 시련이 거기에 바로 기다리고 있었다.

돈이 없던 부모님은 부엌도 없고 2평도 안 되는 좁은 방 한 칸만을 전세로 얻어놓고 우리를 맞으셨다. 그런데 살림살이가 너무 없었다. 고작 친정의 작은 오빠 댁에서 준비했던 그 이불이 거의 전부였다. 부모님께서 준비한 것은 마당에 있는 양철바켓스 하나와 마당비 한 자루뿐, 그게 전부였다.

오! 마이 갓!

세상 물정 모르는 나 역시 '미리 준비를 못 한 것이 이렇게 되었구나!' 순간 가슴이 철렁했다. 이런 살림살이는 어디에서도 보지 못한 경우이고 상황이었기 때문이다.

그녀는? 물론 정신이 없었다. 때마침 찾아온 큰 언니와 작은 언니와 함께 입과 눈을 가리고 우는 것을 제외하고 그녀가 할 수 있는 것은 아무것도 없었다. 세 자매는 놀란 가슴으로 서로 부둥켜안고, 하염없이 울었다. 집사람은 엉엉 소리 내 울면서 오랫동안 언니들 품속에 얼굴을 묻고 있었다.

그리고 역시 집사람이 '어머니와 같다'고 말했던 큰 언니와 자상하고 인정이 많은 작은 언니는 동생을 다독일 줄을 알았다. '시작은 미미하지만, 결말은 창대하리라.' 억지로 그렇게 말했는지도 모르겠다.

그런 와중에 집사람은 큰 언니에게 맡기고 온 딸, 언제나 잊을 수 없는 딸은 어떻게 해야 하나를 제일 먼저 생각했었다. 그리고 또 다음은 '나는 밥 지을 줄도 모르는데, 부엌도 없고 성냥도 없으니, 어떻게 밥을 지어 먹나?' 이것을 걱정했을 것 같다.

그렇지만, 곧 그녀는 '이왕 이렇게 된 것, 지금부터 새로 출발하자. 내 힘으로 모든 것을 해결해 나가자'고 결심했는지, 언니들의 충고를 받아들이기로 했는지…. 날이 저물고 언니들이 돌아간 후에 (주인집에서 빌려온) 풍로를 우물가에 가져다 놓고, 저녁밥을 짓기 위해서 쌀을 씻기 시작했다.

정말 이 장면은 나에게는 잊을 수 없는 고마운 장면이다. 정말 고마웠다. 하나님에게 감사드리고 싶었다. 그녀가 당장 집을 뛰쳐나간다고 해도 나는 할 말이 없었을 것이니까.

쌀은 어디 시장에서 사 왔는지? 나 또한 정말로 처량한 심정이었고 혼란스러웠지만 그랬다.

'저렇게 고생시키려고 결혼한 것은 아닌데, 이게 아닌데…, 그냥 좋아하면, 사랑하면 결혼만 하면 모든 것이 절로 잘 될 줄로…, 그러고 보니, 내가 아무 생각도 없었구나!'

어떻든 이렇게 모자란 나를 남편으로 받아들인 집사람에게 나는 '시작부터 미미하다 못해 모든 것이 거의 절망적'이 아닐 수 없었다.

그녀는 이제까지의 꿈과 희망을 모두 버려야 할 운명과 마주하게 된 것이다. 그래야만 살아남을 수 있다는 것, 이 참담한 현실이 그녀에게는 시련이고 넘어야 할 산山(운명)이 되었다.

사실 그때는 아무것도 없는 내가 자존심은 있어서 몰랐는데, 막내딸이라고 특별히 애지중지하셨던 장인을 포함하여 인정 많은 처가 식구 모두에게 정말 너무나 미안하다.

다시 생각해 보아도, 세상 물정을 몰랐던 내가 어처구니가 없고, 너무 한심하고 밉다.

2. 어머님께서 고향에서 운명하시고, 나를 찾아오셨다?

때는 1968년 6월, 그때 나는 전남 광주光州출장소에 근무 중이었다. 그날은 늦잠꾸러기인 내가 웬일인지 일찍 일어나서 대문 밖으로 나섰다. 출근 시간이 충분했기 때문에 회사 걱정은 접어두고 밖으로 산책 나섰던 참이었다. 그런데 대문 밖 15m쯤 앞에 어머님이 서 계셨다. 등을 돌리고 서 계셨기 때문에 뒤만 보게 되었지만, 아무리 보아도 분명히 어머님이셨다.

대문을 두드리시면 될 터인데 왜 밖에 서 계시는가? 어머님이 아닌가?

순간 의심이 생겼다. 당시에 어머님은 아버님과 함께 고향인 경북 영주시 풍기읍에 살고 계셨다. 그렇지만 분명히 어머님이셨기 때문에 나는 어머님을 부르려다가, 어머님에게로 달려갔다. 가까이 가며 작은 소리로 "엄마!"하고 어머님을 불렀다. 내 소리를 듣지 못했는지 아무 반응이 없었다.

나는 더 큰 소리로, "엄마!"하고 불렀다. 순간 어머님이 몸을 돌렸다. 나는 그 얼굴을 보았다. 어머님이 아니었다. 참 이상한 일이다. 뒷모습이지만 이렇게 같을 수가 있을까?

그리고 나는 출근했고, 그날 오전에 집사람이 전보를 받았다. 받은 전보에는 '어머님 위독 속히 오라.'는 내용이 적혀 있었다. 나는 점심시간쯤에 회사에서 집사람의 연락을 통보받았다. 하지만 어머님이 위독하시다는 전보 내용을 듣고도 나는 전혀 걱정하지 않았다.

'어머님은 부지런하시고 감기도 걸리지 않을 정도로 튼튼한 분이셨으니, 곧 나으실 것이다. 그런 일을 가지고 전보는 왜 치시나' 그랬다. 그런데 아버님께서 두 번째의 전보를 띄우셨다. 그제야 심각한 일이 있구나 싶어서 급히 비행기를 타고 서울로 갔다가, 그날 밤에 어머님의 빈소가 차려진 고향 집에 도착했다.

나중에 알고 보니, 어머님은 며칠 전에 파상풍으로 병원에 입원하셨는데, 내가 그 어머님을 본 그날 아침 그 시각쯤에 돌아가셨던 것이다. 또 어머님은 임종시에 내 이름을 부르시면서, "영철이가 보고 싶다." 하셨다고….

그리고 어머니는 우리 집안의 선산에 자리를 잡으셨고, 서로 의지하던 아버지는 고향에서 형님과 같은 집에 계셨지만 쓸쓸하게 되시고 말았다.

그런데 상중에 나는 조금 놀랐다. 집사람이 언제 어머니와 그렇게 정이 들었는지 많이 슬퍼했고, 눈이 붉어지도록 계속 울면서 다녔기 때문이다.

그래서 그런가? 눈 밝은 어느 분이 나에게 부러운 듯 말했다.

"너는 어디 처복이 많아서 저런 좋은 색시를 얻었느냐!"

3. 우리가 영주시로 이사했다

우리가 서울에서 고생하고, 이사하고 이사했던 이야기는 상상에 맡기고, 세월이 흐른 뒤에 고진감래한 이야기와 운명처럼 영주로 내려가서 약국을 열게 된 이야기를 하련다.

우리는 수많은 사람들이 서울로 올라갈 때에 반대로 귀향했다.

▶ 우리가 결혼하고 금방 집사람이 태몽을 꾸었고, 감격하며 그 꿈속의 아름다운 광경을 어떻게 표현해야 할지 모르겠다는 듯이 말했다.

"정말 멋진 장면이었어요! 흰 뭉게구름처럼 많은 양 떼가 구름처럼 몰려왔어요. 점점 가까이…, 정말 사랑스럽고 아름다운 양들이었어요!"

집사람은 자신의 품에 안긴 양의 황홀한 감촉을 지금 느끼기라도 하는 것처럼 말했다.

우리가 결혼하고 만 1년이 된 1967년 4월에 집사람이 나의 자랑스러운 첫아들을 낳았다.

그리고 다음 해 정월달에 집사람과 함께 맏이의 이름을 잘 지어주려고 당시 서울에서 제일 신통했고 유명했던 역술대가易術大家 고故 백운학白雲鶴(1921-1979)님을 찾았다.

그분은 역술대가로 잘 알려졌던 어른이고, 내가 대학교에 다닐 때에 친구와 함께 찾아갔던 분이다. 그것이 좀 별난 경험이었기 때문에 그때의 이야기를 먼저 한다.

그날은 마침 강의가 결강되어 시간이 남았는데, 친구가 자꾸 함께 가자고 졸라서 친구 따라 강남 간다고 그 친구와 같이, 그 역술대가의 점집(당시 함춘원 자리에 있던, 우리 약학대학과 가까운 종로5가 쪽에 있었다.)을 찾아 들어갔었다. 그때 어떤 청년이 와서 세 사람이 함께 그 역술대가의 앞에 앉았다. 그분께서는 자리에 앉자마자 나중에 합석合席한 청년에게 이름과 생년월일을 묻더니, 먼저,

"고시考試? 자네는 이번에도 안되네."

라고 한 마디 던졌다. 낙심한 청년이 간절하게 애원했다.

"두 번째입니다. 이번에는 꼭 되어야 하는데요…, 합격할 수 있는 좋은 방법이 없습니까?"

"안돼. 다음에도 안돼. 고시를 포기하게."

역술대가는 매몰차게 잘라 말했다. 그렇게 벼랑 끝까지 청년을 몰아붙이더니, 무엇이 생각났는지, 절망하고 있던 청년이 불쌍했는지,

"참, 자네 부친 함자銜字는 어떻게 되시는가? 생년월일은?"

하고 묻더니, 잠시 후에 알겠다는 듯이 단언했다.

"자네는 운은 없는데, 부친 덕분으로 되겠네. 이번에 되면 부친께 크게 감사드리고 계속 잘 모셔야 되네. 그렇게 해야 앞으로 계속 일이 잘 풀리네. 꼭. 그

렇게 하게."

그리고 대뜸 청년의 옆자리에 앉아 있던, 내 친구를 향하여 단호하게 일갈했다.

"자네, 감옥 간다! 6개월 내로. 나쁜 짓 하면 안 돼."

나는 물론 어리둥절했다. 멀쩡한 서울대학생이 감옥에는 왜 가냐고…, 그 친구는 망연자실, 아무 말 없이 (자기 처지를 깊이 생각하듯이) 머리만 숙이고 있었다.

그리고 그분께서 나를 향해 돌아앉아서, 대인다운 온화한 모습으로 말했다.

"자네는 늦게 공부하게 될 걸세. 그리고 64세가 되면 살이 찔 거야."

이 모든 점괘가 참말일까? 지금 생각해 보니, 정말 그분의 예언대로 그 친구는 두 달도 안 되어 학교에서 볼 수가 없었는데, (나중에 알게 되었는데) 그때 감옥에 가 있었고, 나는 64세가 넘어서는 62kg이 되었다. 그때는 55kg였으니, 살이 찐 것이 맞다. 그리고 '자네는 늦게 공부하게 될 걸세.'라고 한 것처럼, 「박형」의 도움으로 늦게 『주역』을 공부하게 되었다. 고시 공부하던 청년도 합격했을 것 같다.

그리고 참, 내 친구는 왜 하필 죄짓고 경찰에 잡혀가서는 자기 이름 대신에 내 이름을 대고, 내 이름으로 감옥살이를 했을까? 나중에 법원에 드나들면서 내가 감옥 간 것이 아니라고, (지문 검사를 받고 불발不發이 나왔지만), 몇 번이나 경찰서와 법원을 다니며 속상하고 창피했다. 그렇지만 해명하고 누명을 벗었다. 잘못했으면 누명을 쓰고 회사에서 잘릴 뻔했다.

사실 그 친구는 그 전에 (출소 후에 복학하고 학교에서 만나서) 당시에는 그런 사실이 있을 것이라고 상상도 할 수 없었고, 아무것도 모르던 나에게 엉뚱한 말로 사과했었다.

"정말 미안하다. 친구야, 나중에 다 알게 될 거야."

정말 본의 아니게 내 이름은 그 친구에게 좋은 일을 한 것 같다. 천우신조인

가. 당시에 검찰에서 시골(고향) 동장에게 나의 신원조회를 했었던 것 같다. 선친께서는 동장이 '아들이 서울에서 학교에 다니고 있는가?'라는 사실관계만을 물어보고 간 며칠 뒤에, 뜬금없이 나에게 전화를 걸어서는 '너 학교 잘 다니고 있지?'라고만 물으셨었다. 그게 전부였다.

어떻든 수사기관에서 잘못 처리한 신원조회 때문에 그의 속임수가 통했다. 그는 빌려 쓴 내 이름이 통해서 복학하고 졸업을 하게 되었다. 유명한 소설의 주인공 '쟝발쟝'도 빵 한 조각 훔치고 감옥에 갔지만, 나중에 훌륭한 인물이 된 것처럼, 친구도 그렇게만 되면 더 바랄 것이 없겠다.

그 역술대가는 정말 유명했다. 점괘가 잘 맞았기 때문이다.

일설에 따르면 당시에 그분께서는 고 박정희 대통령에게 직접 20년간 대통령 자리를 지킨다고 말했고, 그날 대통령을 수행한 분에게 귀띔했다고 전해진다.

"차마 본인한테 직접 말씀드릴 수 없었는데, 각하께서 마지막은 퍽 험하게 돌아가실 명운命運입니다."

사실 그 역술대가께서는 나의 장인어른과 같은 수원 백씨로서, 종친회에서 만났던 장인어른의 안부를 집사람에게 물어볼 만큼 서로 아는 사이였다. 그분께서 우리 첫째 아이의 이름을 지어주시고서 말했다.

"요즘 사주가 좋은 아이들이 많이 태어나는 것을 보니, 앞으로 나라가 좋아질 것 같아."

라고 하더니, 나에게

"자네는 처복妻福이 많네. 재혼하게 되거든 나를 먼저 찾아오게."

라고 했다. 그리고 덧붙였다.

"40 넘어서 운이 좋아지고, 훌륭한 분을 만나고, 노력하면 새로운 것을 발견하게 될 거야."

지금 보니 정말 그분은 대단한 역술대가였다. 그분의 점괘가 그렇게 여합부절여합부절節如合符節 잘 맞기도 했지만, 나의 집사람을 앞에 두고 나의 재혼을 언급할 정도로 점괘에 확신을 가지고 있었으니까.

그런데 그때 그분이 집사람을 향해서 충격적인 이야기를 태연하게 말했다.

"40전에 죽는다."

집사람은 순간 크게 놀라고 충격을 받았는데, 내가 옆에서 느낄 정도였다. 그때 그분은 다시 집사람에게 조용히 말했다.

"자네는 훌륭한 죽음을 할 것이네. 훌륭한 죽음은 보통의 죽음과 달라…"

그분은 '훌륭한 죽음'을 집사람에게 작은 소리로 신중하게 설명했다. 당시에 나는 그 내용을 전혀 알아듣지 못했지만, 집사람은 납득이 되었는지 종일 생각이 많은 것 같더니, 곧 알았다는 듯 그 뒤로는 의연했다.

정말 귀신같이 앞일을 내다본 그 역술대가가 말한 대로 '집사람이 40전에 훌륭한 죽음을 한다'면, 그분이 이미 깨우치고 있었던 사주팔자에 있는 '훌륭한 죽음'은 과연 그것이 어떤 죽음일까. 운명은 결정되어 있는 것인가? 그리고 죽음에도 차별이 있다는 말인가?

▶고백하지만 집사람은 따뜻하면서도 심지가 굳었으며, 눈치 없고 속 좁은 나에게 과분한 배필이었다는 것이 곧 밝혀졌다.

내가 결혼하여 3~4년 지난 30대에 J약품회사에 근무할 때에 서울 수유리에서 출퇴근하던 때다. 어느 날부터 집사람이 아주 피곤해 보였다. 이상하게도 다음날도 역시였다. 그리고 그다음 날 쌀을 사러 나섰는데, 머리에 열도 없으면서 기운 없이 천천히 걷고, 쌀가게에서 쌀 한 되가 든 봉지를 무겁게 받아 들더니 작은 소리로 말했다.

"이것 좀 들고 가세요."

쌀봉지를 받아 들며 눈치 없는 나는 속으로 '뭐 이런 것을 남자에게 시키나.' 하며 속으로 투덜거렸는데, 훨씬 나중에 텅 빈 쌀독을 보여줄 때 번쩍 깨달았다.

'아! 그때 그랬구나!'

며칠씩 굶은 집사람은 그때 걷기도 어려웠고 쌀 한 봉지 들기도 버거웠던 것이다. 하지만 불평 한마디 없었다. 남편과 아이들만 먹이고 자신은 굶으면서 얼굴 한번 찡그린 일이 없었다.

그래서인가, 당시에 어느 날 집사람이 자리에 누워 있을 때 소리 없이 두 눈에서 눈물이 주르르 흘러내렸지만 나는 이유를 몰랐다. 큰언니에게 맡기고 온 딸이 불쌍해서만은 꼭 아닐 것이다. 그 얼마 전에 눈물을 보이면서 말했었다.

"○○가 학교 입학한대서 책가방을 사주고 왔어요."

그때 내가 말했다.

"당신이 왜 ○○에게 책가방을 사주나."

벌써 잊었나! 집사람이 놀라면서 쳐다보았다. 그래서 집사람은 더 슬프고 눈물이 났던 것 같다. 집사람과 딸 ○○에게 정말 미안하다. 삼가 용서를 빈다.

각설하고….

나의 쥐꼬리 월급만으로 살아가던 우리가 셋방을 전전하다 수유리에 있는 12.5평짜리 작은 집을 구입했기 때문에 당시에 쌀을 살 돈마저 없었던 것이다.

그녀는 집이 생기니까 본집에 있던 피아노를 가지고 왔었는데, 그 피아노도 끝내 헐값에 팔았다. 자신에게 닥친 어려움을 자식과 남편을 배려하며 양식마저 부족했던 시절을 앞장서서 그렇게 넘겼다.

▶ 그러던 어느 날 나는 집체만큼 큰 사자 꿈을 꾸었다. 그리고 연이어서 일곱 마리의 검은 돼지가 나오더니 어디로 가고, 흰 돼지 일곱 마리가 나오는 꿈을 꾸었다. 그리고서 집사람이 두 번째 아기를 잉태했다.

그리고 10개월 뒤에 역술대가의 부인이 운영하던 산부인과에서 나의 사랑스러운 딸이 태어났다.

그리고 나는 딸의 돌이 다 되어갈 때쯤에 또 꿈을 꾸었다. 그 꿈은 우리 집이 홀랑 불에 타는 꿈이었다.

　집이 불같이 흥興한다는, 그런 좋은 꿈 때문인가. 그 몇 년 뒤에 나는 회사에 사직서를 내고 고향과 가까운 영주시로 내려와서 약국을 개업하게 되었다. 그 이름도 거창했다. 평화당약국.

　처음에 작은 언니에게 200만 원을 빌려왔다. 그리고 한 달 만에 다 갚았다. 작은 언니가 깜짝 놀라면서 집사람에게 물었다.

　"약국에서 그렇게 돈을 잘 버니?"

　내용을 모르던 집사람은 웃으면서 '아니야.'라고 말했지만, 나는 묵묵부답으로 시치미를 뗐다. 사실은 돈을 잘 번 것이 아니고, 외상으로 약품을 구입했기 때문에 현금이 필요가 없어서 되돌려준 것이었다.

　분명한 것은 남의 돈을 굴려도 돈을 굴리는 사람이 부자다. 그리고 집이 불 타버리는 꿈을 꾼 때문인가, 우리의 살림이 금세 좀 나아지기 시작했다.

　∴ 지금까지 「박형」께서 입산수도하여 성령이 되신 이야기, 곧 노력하는 천재 박상신 청년이 무상대도로 나아가서 성인이 되고 성령이 되는 신명나는 이야기가 제1장과 제2장에서 펼쳐졌다.

　그리고 운명적인 인연으로 나와 집사람이 만나 결혼하고 고생하다가, 모든 사람이 서울로 이사할 때 우리가 서울을 떠나서 1974년 영주시로 오게 되기까지 과정을 소개했다.

제2부

진리의 길을
찾아가는 삶

이제부터 영주에서 우리가 당했던 세상 사는 이야기와 입산수도하셔서 도를 이루신 「박형」께서 일부러 장염을 만들어 환자로 약국을 찾아오셨고, 신령스러운 초능력으로 우리를 가르치신 이야기가 시작된다.

그 신통하고, 흥미진진한 이야기, 어디에서도 만나보기 쉽지 않은 신선(성령)께서 사람을 가르치는 모습을 만나게 된다.

제1장 진리의 길을 찾아야 마땅한 삶

신령스러운 「박형」께서 우리를 가르치기 시작하셨다.

1. 「박형」께서 우리를 찾아오셨다

− ✓ "그냥 두어서는 도저히 안 되겠기에." −

일부러 장염을 만들고, 약국으로 찾아오셨다.

어느 여름날 아침 10시가 조금 넘은 시각이었다. 무심코 밖을 보니 열 명도 넘는 사람들이 우리 약국으로 다가왔다.

"안녕하세요?"

그 일행 중 누가 인사하면서 걷기에도 힘들어 보이는 「박형」을 부축하며 약국으로 들어섰다. 모두 「박형」 집안 식구들 같았다.

"자, 이쪽으로…"

의자에 앉는 「박형」 이마에 땀방울이 맺혀있었고, 「박형」은 기진하여 숨쉬기에도 벅찬듯했다. 나는 「박형」과의 재회에 기뻐하면서도 많이 괴로워 보이는 「박형」이 측은하다는 생각이 들었다. 또 한편으로는 내 실력이 걱정되어 일행들에게 말했다.

"병원에 먼저 가보시는 게 어떨까요?"

"지금 병원에서 오는 중이에요. 이틀이나 다녔는데도 별로 차도가 없고, 본인이 친구가 여기 있다고 꼭 가보자고 해서, 이리 왔어요. 잘 좀 낫게 해주세요."

누군가가 근심스러운 말투로 그렇게 말했다.

나는 사람들이 아픈 사람을 호위하고 이렇게 많이 온 것을 처음 보았기 때문에, 우애 있는 그 모습이 존경스러웠다. 그리고 일부러 나를 찾아왔다니 정말 꼭 낫게 해주고 싶어졌다.

"지금 상태는 어때요?"

"열도 심하게 나고 계속 설사를 했어요. 아직도 변소에 자주 가요. 명치 아래가 아프고 음식을 먹을 수가 없대요. 며칠이나 굶었답니다."

여러 가지 증상을 물어보니 대장염 같았다. 당시는 의약분업이 안 되었었기 때문에 약사가 임의로 약을 조제하고 판매할 수 있었다. 나는 대장염약을 조제했다. 그때 「박형」께서 가슴을 만지며 '쓰리고 답답하다.'고 말씀하셨는데, 나 때문에 '쓰리고 답답하다.'고 한 것 같기도 해서, 한순간 양심이 뜨끔했지만, 그냥 속이 쓰리지 않을 위장약을 곁들여서 조제하였다.

"대금은 얼맙니까?"

"아니요. 그냥 가세요."

나는 개업 후 처음으로 돈을 받지 않고 약을 건넸다. 그리고 「박형」이 꼭 완쾌하시기를 속으로 간절하게 비는 심정이 되었고, 「박형」과 같이 왔던 사람들이 돌아간 후에 돈을 받지 않기를 잘했다는 생각이 들었다.

그 후 잊고 있던 동창들을 잠시 생각해 보았다. 나는 중학교를 졸업하고 상경하였고, 고등학교를 거쳐 대학교 졸업, 군대·취직·결혼·출장 가기 등등. 그때까지 동창 친구들과 왕래하지도 않고, 솔직히 말하면 아주 잊고 지냈는데, 「박형」이 내가 영주에 와 있다는 것을 알고 찾아준 것이 정말 고마웠다.

「박형」은 그 며칠 뒤에 조금 나아진 상태로 다시 한번 우리 약국에 들렀다. 「박형」은 별로 말이 없었고 나 역시 다행히 친구 병이 좀 나은 것 같아서 안심이 되기는 했지만, 서로 대화를 나눌 주제가 별로 없었다.

「박형」의 재방문 덕분에 '언제 한번 풍기에 있는 고향 친구들에게 가봐야겠다'고 생각하게 되었다. 그랬지만 나는 그날 이후에도 계속 약국에만 매여서 지냈다. 그러다가 문득, 내가 창살 없는 감옥에 갇힌 죄수 같다는 분명한 자각이 일어났다. 아마도 누가, '저 사람은 오직 약국일에 열심이어서 밖으로 나다닐 생각조차 하지 않는다.'고 변명해 준다면 별것 아닌 일이기는 하지만….

사실 당시에 나는 집사람과 언제나 함께 있고 싶었고, 집사람이 잠시도 보이지 않거나, 어디에 나갔다 오면 어디에 가서 누구와 무엇을 했는지 모든 것을 추궁하고 따지고 들었는데, 그 대답이 믿어지지 않아서 끝내 확인하고야 말겠다는 그런 상태였다.

그래서 집사람은 이런 나를 알고 일체 의심될 만한 상황을 만들지 않았다. 심지어 시장 갈 때는 아이와 꼭 함께 갔고, 미장원에 가는 것을 피하려고 생머리를 길러 묶었다. 처음에는 그 상황에 내가 이렇게 하는 것이 의처증疑妻症(자기 부인을 의심하는, 병적인 증상)이라는 것을 몰랐다.

나는 의처증이 있었을 뿐만 아니라 천하에 불효막심한 인간이었다. 당시에 영주에 와서 우리와 함께 계시던 선친께서는 치아齒牙가 약하고 옳지 못해서 고생하셨는데, 어느 날 선친께서 참고 참다가 상한 치아를 보여주시며, 치과에 갈 돈 10만 원(?) 정도를 요구하셨는데, 나는 돈이 아까워서 냉정하게 그 부탁을 거절했었다. 그때 어지신 선친께서 실망하시고 속상하셔서서 말씀하셨다.

"너도 한번 이가 아파봐라."

나는 앞니에 보철했던 것이 빠져나가고, 몇 개 남지 않은 어금니 중에 한 개가 썩어가고 있는 지금에야, 부모님의 치아가 소중함을 깨닫게 되었다. 사실 그때 그랬을 뿐만 아니라, 선친의 자존심을 생각지 못하고 나는 '일을 해야 몸에 이롭다.'는 생각을 자꾸 떠올리면서, 약국에서 나오는 파지破紙를 정리하라고 말했었다.

언제나 나의 판단이 옳다고 여기면서 이 정도까지 심하게 했다. 나는 왜 어른들을 잘 배려해야 마땅한지 모르는 벽창호였고, '나밖에 모르는, 나뿐인 놈', 곧 나는 이기주의자였다.

그 얼마 뒤 「박형」께서 약국을 방문하셨던 이유를 설명하셨다.

"삼포蔘圃에서 삼을 지키다가 자네 생각을 해보니 도저히 안 되겠기에, 인삼 한 뿌리를 뽑아서, 씻지 않고 흙 묻은 채로 그냥 씹어 먹어 병이 났었어. 병이 나라고 일부러 그냥 씹어 먹었어."

「박형」의 '자네 생각을 해보니 도저히 안 되겠기에'라는 말씀의 의미는 아마도 '나를 그냥 두었다가는 모든 것이 파탄되고, 세상을 떠돌 것 같았거나, 나와 집사람이 불행한 죽음을 맞게 될지도 모를' 그러한 최악의 미래를 훤히 보고 한 말씀이 아닐까 싶다. 지금 생각해도 나의 됨됨이를 보아서, 나의 이런 추측이 틀림없을 것 같다. 지금 조목조목 밝혀 둘 수는 없지만…

그랬다. 「박형」께서 지적하신 것처럼 그냥 두면 '도저히 안 될' 놈이었고, 자비심이나 자기희생 같은 것을 생각조차 한 적 없는 저급한 의식 상태였다. 그러면서 오히려 '나의 판단이 항상 옳다'고 여겼으니, 나는 정말로 '구제 불능일 것 같은 놈'이었다.

✓ 한편 집사람은 이처럼 형편없던 나와는 사뭇 달랐다. 서울에서 영주로 이사한 것이 집사람에게는 또 다른 고생이 기다리고 있는 꼴이 되었지만, 그녀는 찾아온 고생을 수행자가 겪는 시련으로 만들었다.

▶ 「박형」의 세 번째 방문은 무엇인가 좀 달랐다.

「박형」께서 내가 영주시 약사회에 참석하기 위해서 약국을 비운 사이에, 나의 집사람에게 '금계동 사는 친구'라고 하면서 피곤한 할아버지의 모습으로 오셨다.

집사람이 정성스레 밥상을 차려드렸는데, 내가 귀가했다. 그래서 집사람은 '남편이 없는 사이에 남편의 친구를 방에 들이고 음식까지 대접하고 있다'는 사실을 내가 알게 되면 오해할까 봐서 근심하며 조심스럽게 말했다.

"당신 친구분께서 오셨어요."

그리고 「박형」께서 방안에 계신 것으로 알고 방문을 열던 집사람이 순간 놀라고 당황하면서, 나를 뒤돌아보며 말했다.

"안 계셔요. 어! 밥상."

그리고 밥상을 찾으러 부엌으로 급하게 갔다가, 어떻게 된 일인지를 모르겠다는 듯이 말했다.

"가셨는가 봐요. 저기 금계동에 당신 친구시라던데…"

"금계동!"

나는 박상신을 생각하며 곧바로 밖으로 뛰어나갔다. 그리고 100여 미터 시외버스정류장을 향해서 숨차게 달려갔는데, 길에는 아무도 없었다. 집으로 되돌아왔을 때 집사람이 말했다.

"친구분께서 방금 나가셨는데, 못 만나셨어요? 그런데 친구분이 나이가 그렇게 많으세요? 할아버지 같고… 아주 피곤해 보이셨어요."

"아니, 아마 나보다 두 살 정도 많을걸."

이미 나에게 의처증이 있다는 것을 알고 계셨을 「박형」께서 내가 귀가했을 때 집사람이 불안하여 어찌할 바를 모르는 속내를 아시고? 그게 아니면 집사람에게 '남과 다른 당신의 정체'를 밝혀주려고? 그렇게 했는지, 모습을 숨기셨었다.

나중에 「박형」께서 고차원의 세계를 다녀왔다는 뜻인지는 모르겠으나, 간단히 말씀하셨다.

"멀리 좀 다녀오느라고…"

집사람은 그 사건 후로는 무조건 「박형」의 가르침을 100% 따랐으며, 진리에 목마른, 잘 준비된 수행자와 똑같았다. 일주일을 굶으라면 굶었고, 하루 200리를 걸으라면 200리를 걸었으며, 나중에 우리가 약국을 접고 금계동으로 갔을 때는 '말을 하지 말라'고 했다며 말을 하지 않았다.

서울에서 친정 식구들이 와서 '왜? 약국을 치우고, 먹고 살 준비도 없이 궁벽한 곳에 와서 고생을 사서 하느냐? 이유가 무엇이냐?' 안타까워서 발을 동동 구르고, 다그쳐 물었을 때도, 눈물을 줄줄 흘리고 눈가가 부을 만큼 울면서도 끝내 말을 한마디도 하지 않아서, 나도 그녀가 갑자기 벙어리가 된 줄 알았었다.

나중에 집사람이 '그분께서 금계동은 말이 많은 동리이니, 당분간은 말을 하지 말라고 하셨어요.'라고 실토했을 때, 나는 정말 휴~ 하고 안도의 숨을 내쉬었었다.

2. 염라대왕의 지옥문 여는 소리
- 거짓말처럼 울려 퍼진 소리, "예, 꼭 다시 올라오겠어요." -

한편 나와는 반대로 선친께서는 법 없이도 사실 어진 분이셨다. 만나본 사람마다 인정하는 어진 분이셨다. 어머님이 돌아가신 후 내가 영주에 약국을 열었을 때 우리와 함께 살게 되셨다.

아직 집을 구할 형편이 되지 못해서 거처가 불편하였는데, 친척의 주선으로 시골에 3,000평 밭을 사게 되었다. 그리고 거기에 작은 집을 지었다. 선친께서는 거기에 가 계셨다. 마침 그런 시점에 고모님의 소개로 새로 어머님을 맞아들이셨다.

그런데 내가 두 분을 정성껏 모시지 않았기 때문인지, 밭농사가 소출은 적고 힘만 들어서 재미가 없었는지, 새어머니와 함께 서울로 떠나가셨다.

그 후에 나는 소식도 한번 전하지 않았고, 약국 본다는 핑계로 한 번도 서울로 찾아가 뵙지 않았다. 외롭게 사시게 버려두었으므로 양심에 가책을 느끼고 있었다.

그랬다. 그랬는데 어느 날 서울에 사시던 숙모께서 불쑥 '네 아버지가 간암으로 위독하다.'는 도저히 믿을 수 없는 소식을 가지고 오셨다. 서울로 가신 지 2년도 되지 않았는데….

나는 그날 즉시 숙모님과 함께 서울로 올라갔다. 나는 서울 신설동에 있던 둘째 동서네 병원에서 기다리고 있다가, 아버지가 부축을 받으며 택시에서 내리는 모습을 보았다. 나는 뛰어나가서 손을 잡았다.

"아버지!"

지난날 나에게 그토록 따뜻하게 대해주시던 내 아버지의 손, 안타깝게도 그 손은 노랗게 변한 병자의 손이었다.

"어, 영철이 왔니?"

"예, 저에요. 아버지!"

몸은 수척했고, 얼굴은 완전히 오렌지색이었다. 그렇게 노란 사람은 지금까지 한 번도 본 적이 없다. 진찰대에 누운 아버지의 오렌지색 가슴, 그리고 명치 밑이 크고 두툼한 송판을 댄 것처럼 딱딱하게 굳어 있었다. 간암인지 뭔지는 몰라도 아버지의 병은 정말 심한 것 같았지만, 나는 이 돌발적인 모든 사실을 그냥 받아들일 수가 없었다.

외과의사인 착한 동서도 뭐라고 단정해서 말하기 쉽지 않았던지 그의 친구 내과의사를 불렀다. 내과의사가 와서 진찰하더니 말했다.

"입원을 하고 치료를 한다고 해도 몇 달쯤 더 생명을 연장할 수 있다고 장담할 수 없어. 입원은 어디까지나 보호자가 결정할 문제야."

그리고 두 의사는 '입원시킬 것인가?' 나의 의견을 물었다.

그때 내 주머니에 돈이 있었는데, 돈을 쓰는 게 아깝기도 했겠지만, 아버지를 입원시키고 나면 누가 병간호를 할 것인가, 그것이 제일 큰 문제였다. 솔직히 나는 약국을 닫고서 병간호할 생각을 못 했다.

'나는 약국을 하니까 할 수 없고, 집사람은 절대로 안 된다. 내가 안심이 되지 않으니까'

나에게는 아버지가 아프지도 않고 입원도 할 필요가 없으면 제일 좋을 것 같았지만, '입원시킬 것인가? 말 것인가?'

이것이 나에게 닥친 양심의 첫 시험이라고 분명하게 느꼈지만, 나는 병든 아버지를 진찰대 위에 눕혀두고 입을 열었다.

"우선 고모네 집으로 가요."

불효막심한 나는 나를 위해서 병든 아버지를 그렇게 외면했다.

고모네로 달리는 택시에는 아버지와 나, 그리고 새어머니와 고모가 타고 있었다. 그때 아버지께서 힘이 드시는 듯 등받이에 머리를 뒤로 떨군 채, 노랗게 변한 얼굴을 돌리더니 있는 힘을 다해서 작게 겨우 물으셨다.

"영철아, 지금 집에 가면 내일 다시 오지?"

나를 믿고 그렇게 말씀하셨다. 그 힘없는 목소리를 듣고서, 나는 새삼스럽게 '아버지가 정말 많이 쇠약하구나. 불쌍하다.'고 생각했다. 그리고 속으로 '올라오지 않는다고, 못 올라온다고 말하면 더욱 실망하실 것 아닌가. 거짓말이라도 온다고 말하면 어떨까? 아버지를 속이면 안 되는데, 내일은 어찌 되든 잠시라도 마음 편하시게 거짓말을 하자.'

그리고 다시 올 생각이 없었기에 나는 거짓말을 했다.

"예, 꼭 다시 올라오겠어요."

아! 바로 그때다.

"예, 꼭 다시 올라오겠어요."

누군가 천둥소리같이 심하게 울리면서, 온 세상이 다 들릴 만큼 큰소리로 나를 따라 외쳤다. 그 소리는 너무 커서 세상의 모든 사람이 나의 불효와 거짓말을 다 듣고, 알게 될 것 같았다.

그다음 순간 쾅쾅 울리던, 그 천둥소리는 '병든 부모를 외면하는 불효자식을 잡아 오라'는 염라대왕의 지옥문을 여는 소리라고 생각되었다.

그 뒤에 독실한 기독교 신자이며, 마음씨 고운 누님께서 아버님을 곧바로 큰 병원에 입원시켰는데, 입원하신 지 사흘 만에 '영철이가 보고 싶다.'는 말씀을 남기고 운명하셨다. 그때가 1978년 음력 3월 24일이었다.

▶ 그리고 장례식날, 「박형」께서 금계동 사람들과 먼저 선산에 오셔서 묏자리를 보아주었다.

그리고 아쉬움과 슬픔 속에 하관下棺 (구덩이에 관을 내림)하고 나서 명정銘旌 위에 흙을 넣기 직전이었다. 집사람은 언제 가지고 왔는지 스님에게서 받은 긴 종이(아마도 금강경탑다라니)를 내놓으면서 말했다.

"잠깐만요! 이것을 덮어주세요."

내가 보니, 그것은 몇 달 전에 처음 보는 젊은 스님께서 일부러 약국을 찾아오시더니, '이것이 곧 필요할 겁니다. 관 위에 덮으면 좋습니다. 받으시지요.' 하면서 건네주신 물건이었다.

그래서 그런가, 금강경을 적은 종이로 선친의 관을 덮으니, 선친께서 곧 극락왕생하실 것 같아서 그런지, 웬일인지 마음이 편안해지는 듯했다.

그리고 선친의 하관과 취토取土가 가족의 눈물과 슬픔 속에 끝나고, 마지막으로 사람들이 봉분封墳 다듬는 일을 시작했을 무렵이었다.

「박형」께서 금계동 사람들과 '어떻게 발복發福하는 것이 삼대三代 발복인지'를 이야기하면서 땅에 그냥 앉아계셨다. 그런데 그 모습이 이상했다. 마치 몸통에서 떼어낸 두 다리를 임시로 그냥 몸통 앞, 땅에 던져둔 것처럼 두 다리가 몸과 연결되어 있지도 않다는 듯이 편안하게 몸통 앞에 놓여 있었다.

집사람도 「박형」의 이상한 모습을 보았는지, 감격하며 나에게 말했다.

"저기 이상하게 앉아계신 모습을 보셨어요?"

그 순간 나는 생각했다. '지옥이나 천당이란 것이 정말로 있는가를 지금 「박형」에게 물어보면 되겠구나.' 그래서 「박형」 앞으로 천천히 다가갔다.

그때였다. 나에게 소리가 들렸다.

"천기를 누설하지 마라. 천기를 누설하지 마라. 천기를 누설하지 마라."

그 소리는 놀랍게도 귀가 아니고 머리통 속에서 들려왔기 때문에, 그 소리가 마치 하늘에서 들려오는 것 같았다.

그래서 결국 「박형」께서 천기를 누설하지 않으실 것 같아서 그랬는지, '천기를 누설하지 마라'는 소리에 놀라서 그랬는지, 나는 아무것도 묻지 못하고 물러났다. '정말 「박형」은 보통 사람이 아니구나.' 감탄하면서.

"예수께서 세례를 받으시고 곧 물에서 올라오실 새, 하늘에서 소리가 있어 말씀하시되, '이는 내 사랑하는 아들이요, 내 기뻐하는 자라.' 하시더라." 했던, 그 당시에 그 하늘의 소리(말씀)도 혹시 누구누구에게 이렇게 들려왔던 소리가 아니었을까 싶다.

장례가 끝나서 동리 사람들과 함께 떠나시기 전에 「박형」께서 선친의 묘를 생각하시면서

"큰 흠은 없어."

라고 하시더니, 문득 먼 하늘을 바라보면서, 혼자 중얼거리셨다.

"저기에 문필봉이 좋은 게 하나 있기는 한데."

그리고 마침 근처에 있던 나의 딸을 보시고 말씀하셨다.

"음악? 미술? 어떻든 처음 시작한 것을 끝까지 하게 될 거야."

그리고 조용하고 작으며, 우리가 보기에는 아주 평범한 증조부曾祖父 할아버지의 산소를 언급하셨다.

"거기가 제일 낫다. 나는 거기를 보고, 삼대발복될 거라고 생각했어."

그리고 당대當代 발복을 말씀하셨다

"당대에 발복하려면 바로 묻어야 돼."

- 발복은 복의 꽃을 피운다는 뜻이고, 삼대발복은 명당에 아버지의 묘를 쓴 사람의 자식들이 큰 부자가 되거나 크게 출세를 하거나, 어떻든 복을 듬뿍 받는다는 말이다.

실제로 나의 할아버지께서 증조할아버지를 '거기' '삼대발복할 명당'에 묘를 써서 그런지 나의 선친께서는 착하게 지내셨고, 숙부님들은 모두 크게 출세하셨다.

그중에 한 분은 방송국의 장을 지내셨고, 세상에 이름을 날리며 100세를 사셨다. 다음 숙부님은 당시에 귀하신 몸, 도립병원 의사가 되셨으며, 그다음 숙부님은 4선 국회의원이 되셨다.

(✔ 그리고 '당대에 발복하려면 바로 묻어야 된다'는 「박형」의 말씀에는 아주 깊은 뜻이 있다. 차츰 설명이 될 것임.)*

▶ 선친을 그렇게 장사 지내고 집에 와서, 진심으로 내가 부모님에게 되돌릴 수 없는 불효를 저질렀다는 것을 깨달았다.

나는 두려웠고, 천당과 지옥이 실재하는가를 알고 싶었다. 정말 사람의 몸속에 영혼이라는 게 존재하는가? 윤회는 무엇이며, 사람이 죽으면 모든 것이 끝인가? 그런 것들이 절실하게 알고 싶어졌다.

그래서 발등에 불이 떨어진 듯이 책을 찾아 읽기 시작했다. 대구나 서울까지 가서 구해다 읽었다. 유체이탈, 전생 이야기, 전생을 기억하는 아이들, 그리고 윤회에 관한 불교 서적들을 읽었다.

그리고 『금강경』을 만났고, 『금강경』 테이프를 사서 밤낮없이 거듭거듭 절박한 심정으로 들었다.

3. 틀림없는 인과응보
- ✓ 나의 의처증 -

「박형」께서 그 무렵 전생의 사건을 말씀하셨다.

"내가 어제 옛날을 많이 거슬러 올라가, 그 먼 옛날을 거슬러 생각을 해보니, 조선시대인데 역적모의를 하는 자들이 있었어. 금부도사가 나와서 그 일당을 전부 잡아갔는데, 그때 그 집 아버지도 잡혀갔지.

그 아버지가 그 일로 해서 죽었거든. 그렇게 되니까 그 아들이 아버지의 원수를 갚겠다고, 그 금부도사를 죽이려고 칼을 품고 골목 담에 붙어 서서 도사가 나타나기만 기다리고 있는 거야.

그 어머니가 곰곰이 생각해 보니 그 도사는 잘못이 없으렷다. 나랏일을 한다고 그리 한 것이지 사소한 감정이 있어서 그렇게 한 것이 아니었으니까. 또, 도사의 인품도 훌륭하고 마음에 끌리는 점도 있고 해서 도사를 해치지 말라고 아들을 말렸어.

그 아들은 술만 먹고 못된 짓만 하고 여자 뒤만 따라다녔는데, 그러면서도 아버지 원수를 갚는다고…."

이 말씀을 마치고 곧 가셨다.

「박형」께서 이렇게 상세하게 나와 집사람과 「박형」, 그렇게 세 사람의 인연이나 관계가 있을 것 같은 '전생의 사건'을 말씀하셨다.

그 어머니는 '도사의 인품도 훌륭하고 마음에 끌리는 점도 있었다'고 하셨다, 사실 집사람이 「박형」을 그렇게 쉽게 믿고 따르게 된 이유일 것 같아서 의미 있는 말씀이라고 생각되었다. 하지만 나는 나의 의처증을 먼저 생각했다.

'그 술만 먹고 못된 짓만 하고 여자 뒤만 따라다녔다는 그 아들이 혹시 지금 나는 아닐까?'

왜냐하면 내가 의처증으로 고생한 원인이 혹시 그때 술만 먹고 못된 짓만 하고 여자 뒤만 따라다닌 잘못된 행동의 결과라고 생각할 수 있기 때문이다. 내가 그 옛날 여자 뒤만 따라다닐 때, 당연히 나로서는 여자란 믿을 수 없는 존재라고 확신했을 것 같기 때문이다.

실제로 나는 현세에서 바람둥이 두어 사람을 만났었는데, 그들도 나처럼 이기적이고 남을 배려하는 의식은 눈곱만큼도 가지고 있지 않았으며 자신의 비행非行을 감추고 변명하는 것에 약삭빨랐는데, 그들은 부지기수不知其數로 수없이 많은 여자(부모 신뢰를 저버리고 지아비와 자식들을 속이며 놀아난 여자)를 상대하면서, 모든 여자들은 그렇고 그런 존재라고 믿게 되었을 것이기 때문이다.

그래서 그런 속된 믿음을 그대로 가지고 죽었다면, 후생에 다시 이 세상에 태어났을 때 결국 자기 부인 역시 모두 그렇고 그런 여자로 보게 되어, 매 순간 믿지 못하고 자기 배우자를 의심하는 의처증이 될 것 같기 때문이다.

윤회 법칙에는 신체 기관을 혹사하거나 남용하면 그 기관器官이 약해지는 신체 기관의 카르마(업보)가 따른다고 했으니, 의처증은 그렇게 유전遺傳된 신체 기관 때문이기도 하겠지만, 전에 이미 가지고 있었던 자신의 속물적 의식 그대로 상대를 바라보기 때문에 그런 병이 생기는 것이다. 그래서 모두가 자업자득이고 인과응보다.

어느 날 「박형」께서 나의 의처증이 인과응보라는 사실을 깨우쳐주려고 물으셨다.

"자네는 애처가愛妻家지?"

"아니, 나는 의처증이 있어…."

나는 부끄러웠지만 이미 알고 있는 「박형」께 사실대로 고백할 수밖에 없었는데. 그때 「박형」께서 말씀하셨다.

"자네는 방아 찧어 놓은 게 너무 많아 사고야. 평생을 먹고도 오히려 남는다."

내가 전생에 너무 많은 방아를 찧어 놓았기 때문에 현생에서 의처증으로 고생하고, 후회하며, 자숙하며, 되받고, 용서하며, 사랑으로 감싸며 죄의 대가를 지불해도, 오히려 지은 죄가 남아 다음 생에서 나머지 죗값을 갚아야만 된다는 말씀이다.

인과응보에는 그 죗값을 모두 다 갚기 전에는 절대로 벗어날 수 없는, 형량刑量이 있다. 작용과 반작용의 법칙처럼, 질량에너지 합의 보존법칙처럼 분명하고 정확한 형량이 있다.

예수께서도 비유로써 되갚기와 마음속으로 행한 작은 죄를 포함하여 죄의 엄숙함을 말씀하셨다.

"진실로 네게 이르노니 네가 호리毫理(로마의 화폐단위로 가장 낮은 동전; 극히 적은 분량의 뜻)라도 남김이 없이 다 갚기 전에는 결단코 거기서 나오지 못하리라. 또 간음치 말라 하였다는 것을 너희가 들었으나, 나는 너희에게 이르노니 여자를 보고 음욕을 품는 자마다 마음에 이미 간음하였느니라."

「박형」께서 어느 날 문득 말씀하셨다.

"자네 질량보존의 법칙을 아는가? 요즘에는 에너지 보존의 법칙을 합해서 「질량+에너지 합合의 보존(불변)의 법칙」을 말해."

「질량+에너지 합의 보존(불변)의 법칙」은 '양초가 타면 빛과 열과 가스(gas)로 형태가 변하지만, 그 본래 양초가 가지고 있던 질량과 에너지의 합은 타기 전이나 타고 난 후에나 변함없이 같다'는 법칙이다.

✓ 나는 의처증 환자와 다름없었다. 당해보니, 자기 부인을 의심한다는 것은 참으로 큰 괴로움이었다. 나는 스스로 반성하면서 의처증을 고치려고 무진 노력하지 않을 수 없었다. 그래서 말할 수 있다.

"병을 고치려면 먼저 원인을 알아야 하는 것처럼, 의처증도 고치려면 의처증의 원인을 알아야 한다.

의처증의 원인은 전생에 자기가 저지른 죄다. 죄를 지을 때 가졌던 '잘못된 의식'이 원인이다. 곧 욕정에 대한 집착이 의처증의 원인이다.

그래서 의처증을 고치려면 먼저 그 잘못된 의식(욕정에 대한 집착이나 색정에 대한 화려한 망상)을 철저하게 뒤집어 버려야 한다. 하지만 의식을 뒤집기는 절대로 쉽지 않다.

그 집착과 욕정 때문에 계속 자신이 괴롭게 된다는 사실을 먼저 자각하고 믿고, 색정에 대한 화려한 망상을 버려야 한다. (골초가 담배를 끊을 때처럼) 마침내 대범하게 '자기 자신을 버리는 것과 같은 큰 결단'이 꼭 필요하다.

노력을 해도 어쩌다가 나쁜 생각(의심)이 들 때가 있을 것이다. 바로 그때마다 무조건 '끈질기게 떠오르는, 그 나쁜 생각'을 '이것은 아니다'라며 단호하게 지워 버릴 의지력이 있어야 한다. 마치 자기 자신을 버리는 것 같은 용기를 가지고!"

✓ 그런데 사실 배우자가 잠시 한눈을 판다고 너무 흥분할 필요가 없다. '이것은 내 탓이오' 하면서 대인배다운 마음이면 모든 것이 저절로 해결된다. 물론 '욕정과 욕정에 대한 그 집착'이 없으면 배우자의 바람에 그저 무덤덤하게 된다.

나는 그렇게 하는 사람을 보았다. 그 사람은 자기의 부인이 외간 남자의 신발을 방에 숨겨놓았고, 지금 그 남자와 함께 방 안에 있다는 것을 직감적으로 알아차렸다.

그런데 그 사람은 밖에 서서 '여보, 여보.' 하면서 아주 다정하게 부인을 불렀다. 그 방 안에 있던 남자는 꽁지가 빠지게 뒷문으로 도망치면서 도망치는 소리를 냈다. 급하게 신발을 바닥에 던지는 소리. 그렇게 사태가 모두 수습되었다.

그런데 어쩌면 좋나!! 도망쳤던 남자는 계속 그 집을 드나들었던 모양이다. 그 얼마 후에 그 남자가 밤에 드나들다가, 쥐틀에 발이 찍혀서 약을 사려고 우리 약국에 들렀다. 장차 무엇이 되려고 그러나. 제발 정신 좀 차리고 살자. 꼬리가 길면 쥐틀에 또 잡힌다.

한편 그 통이 큰 사람은 도망친 남자를 오히려 변명해 주면서 말했다.

"그 부인이 병객이야."

이쯤 되면 의처증이라는 것이 얼마나 속이 좁은 사람의 병인지, 또 바람을 피우는 것이 얼마나 추한 행동인지 짐작이 갈 것이다.

사람들은 잊고 산다. 인과응보의 법칙이나 「질량+에너지 합습의 보존(불변)의 법칙」이 실생활에서 엄격하게 실행되고 있지만, 자신의 일거수일투족이 모두 되돌아온다는 사실을 잊고 산다. 자기 멋대로 살기 때문에 윤회의 고통을 계속 받는다. 누구는 남이 하면 불륜이고, 자기가 하면 로맨스라고 웃는다. 정말 웃을 수 있는가. 감각적 욕망을 따르면서, 보이지 않는 손이 없다고 하면, 더 많이 갚으면서 고생할 것인데도.

4. 직지인심直指人心하시다
- 사람의 본성을 바로 가리켜 깨닫게 하셨다 -

『금강경』을 읽던 나는 어느 겨울날 「박형」을 찾아갔다.

찾아간 이유는 『금강경』 첫머리에 있는 '여시아문如是我聞' 때문이었다.

신소천申韶天(1897~1978) 대인大人께서 『금강경』 첫머리의 〈여시아문如是我聞, 이러히 내가 들었다.〉를 해설하면서, '이러히'의 '이' 속에 부처가 되는 길이 있고, 거기서 부처가 나온다고 했는데, 나는 그 내용을 도저히 알 수 없었다.

나는 금계동으로 「박형」을 찾아가서, 그 '이러히'의 '이'도 물어보고, 「박형」의 생활 모습과 행동을 훔쳐보며 배우고 싶었다.

오래간만에 금계동에 온 나는 옛날 기억을 더듬어 「박형」 집을 찾아다녔는데, 이상하게도 집은 그대로 있는데 대문을 찾을 수가 없었다.

「박형」께서 소백산에서 공부하던 겨울에 찾아갔었을 그 집 대문이 있던 곳에는 돌담이 있었다. 만져 보니 매끈하고 튼튼하게 쌓아 올린 돌담뿐이었고 집을 한 바퀴 돌아보았지만 어디에도 대문이 없었다.

어쩔 수 없이 되돌아서 나오다가 아무래도 아쉽고 이상하여 뒤돌아서 바라보니, 「박형」댁이 기계 방앗간인 정미소精米所로 변해 있었다. 정미소의 피댓줄 걸기 위해 높인 지붕도 있고, 한편에는 왕겨를 받아내는 장소가 보였다. (「박형」께서 이러한 이적異蹟을 보이셨음.)

그래서 동리 사람에게 「박형」댁이 어디 있는지 물어보아야 하겠기에 잠시 길에 서성이고 있었는데, 그때 「박형」께서 마치 다른 차원次元에서 뛰어드신 것처럼 불쑥 나타나면서 나를 반기셨다.

"오! 웬일이야?"

「박형」께서는 나를 새로 장만하신 집으로 데리고 갔는데, 「박형」댁 안방은 널찍했는데 장식이라곤 거의 없었다. 아주 조용하고 겨울 햇살이 문에 비치고 있어 아늑함을 느끼게 해주었다. 그런데 아랫목에 조금 온기가 있을 뿐, 방 안 온도가 나에게는 약간 서늘했다. 부인께서 점심을 새로 지어서 들여왔는데, 시골의 밥상 그대로 내 입맛에 꼭 맞았다. 점심상을 물린 뒤 「박형」께서 초등학교 동창인 김도수에 관한 이야기를 꺼내셨다.

"그 친구가 방앗간에서 일을 했어."

"그래? 어느 방앗간에서?"

"구름밭(지명: 풍기읍과 봉현면 사이로 흐르는 시냇물 건너편)에 있는 방앗간에서…, 지금은 아파서 놀고 있지. 참 좋은 친구인데…."

하면서 나의 반응을 보더니, 참으로 이상한 말씀을 하셨다.

"김도수에게 방앗간 일을 시킬 거야. 자네는 그렇게는 안 되고, 밖에서 쭉정이 담는 가마니 짜는 것 같은, 그런 것이나 생각해 보게."

얼른 이해할 수가 없었다. 조금 전에 「박형」의 옛집을 찾았을 때 그 집이 방 앗간 같았는데, '김도수에게 방앗간 일을 시킨다면, 혹시 수행자를 인도하는 도사로 만들겠다는 뜻? 참, 그런데 어떻게 박상신이 하나님처럼 서품敍品을 주 는 자, 권세 있는 사람처럼 말하는가!'

나는 한순간 당황했고 한편 억울했다.

'나도 김도수처럼 알곡 추수하는 방앗간 일을 했으면 좋겠는데, 나는 왜 밖 에서? 그리고 정말 밖에서 쭉정이 담는 가마니 짜는 것은 무슨 뜻일까? 혹시 알곡과 반대되는 쭉정이는 덜 익은 사람?'

그때 「박형」께서 계속해서 말씀을 길게 이으셨다.

"옛날에 공자님께서 주유周遊천하 하시면서…:"

와! 이상했다. 「박형」께서 그 말을 하는 순간, 나 의 마음속에 황금빛으로 빛나는 따뜻한 전등이 켜 진 듯 행복한 감각이 생겼다 사라졌다. 더욱 이상 한 것은 「박형」께서 '공자님'이라고 말하는 순간에 만 그 감각이 생겼다 사라지는 것이었다.

지금 생각해 보니 그 느낌은 존경스럽고 어진 분 을 뵐 때 인품에서 느끼는, 밝고 행복한 따뜻함과 같았는데, 당시의 느낌은 그 런 어른의 밝고 행복한 따뜻함과는 비교할 수도 없이 강해서, 확실하게 느낄 수 있는 '황금빛의 따뜻함'이었다.

'이것이 혹시 공자님의 마음, 인仁인가?'

공자님과 그 감각 사이에는 어떤 연관이 있는 것 같았다.

나는 그 연관성을 확인하고 싶었다. 그래서 「박형」께서 다시 '공자님'이라고 말하기만을 긴장하며 기다렸는데, 마침내 이야기 중에 다시, '공자님께서…'라 고 하셨다. 그 순간 밝고 행복하고 황금빛의 따뜻함이 나의 가슴 중앙 부분에 서 뚜렷하게 느껴졌다.

그 따뜻함은 역시 「박형」께서 나에게 느끼게 해주신 '공자님의 밝고 행복하고 황금빛의 따뜻함(仁)'이었다.

그런데 과연 「박형」은 어떤 분이기에 이런 일이 가능할까? 나는 불가사의한 「박형」의 능력에 놀라며 여러 가지로 생각이 많아져서 「박형」의 말이 제대로 귀에 들어오지 않았는데, 「박형」은 내가 금계동으로 찾아올 때의 생각을 아셨든지 불쑥 말씀하셨다.

"이름이 금강경에…."

나는 순간 정신이 번쩍 들었다.

「박형」께서 이미 내 속을 훤하게 꿰뚫고 있지 않은가! 도대체 어떻게 내가 『금강경』〈여시아문如是我聞, 이러히 나는 들었다.〉의 '이' 속에 부처가 있고 부처 되는 길이 있다고 했던, 그 뜻을 물어보러 왔다는 사실을 아실 수가 있단 말인가!

그날 「박형」께서는 나에게 광명을 비추어 밝고 행복하고 황금빛의 따뜻함을 드러내어서, 이것이 곧 공자님의 밝고 행복하고 황금빛의 따뜻함이며, '이러히'라고 말하는 '나'라는 것을 바로 가리켜(直指人心), 그 밝고 행복하고 황금빛의 따뜻함이 곧 사람의 실체이며, 본성本性이며, 지혜와 자비심이고, 불성佛性이고, 인仁이며, '최고의 명당'이라는 것을 바로 깨닫게 해주셨다.

사람의 본성은 무극無極이며, 하나님이며, 부처님이며, 성령이며, '나'이며, 보살님이며, 지혜이고 자비심이고, 인仁이고, 성誠이고, 효孝다. 본래면목·자성自性·대아大我·영성靈性이라고 불러도 되는, 성품聖品 성性이다.

『성경』 말씀.

"너희는 너희가 하나님의 성전인 것과 하나님의 성령이 너희 안에 계시는 것을 알지 못하느냐. 하나님의 성전은 거룩하니 너희도 그러하니라."

지금도 수없이 많은 수행자가 목숨 걸고 찾아 증득하려고 애쓰고 있는 본성을 「박형」께서는 무지한 나에게 이렇게 간단하게 바로 가리켜 깨닫게 하셨다.

5. '성불하겠다는 맹세'의 재齋를 올리다

그 얼마 후에 집사람과 나는 새로운 각오가 필요한 시점에 와 있다는 데 의견을 모았다. 그래서 우리는 우리도 깨달음을 얻고 무엇인가 남을 위해서 보람된 일을 해야겠다는, 맹세의 재齋를 올리기로 했다.

재에 쓸 음식은 집사람이 준비하고, 축문祝文은 내가 쓰기로 했는데, 내가 쓴 축문은 '성심성의를 다해서 병들고 괴로워하는 사람들 병을 낫게 하는 데 최대한 노력을 기울이겠다.'는 내용이었다.

"이만하면 될까?"

내가 쓴 축문을 보고 집사람이 한 마디로 잘라 말했다.

"이것만으로는 안 돼요. 부처님이 되어야 해요!"

그때 집사람은 참으로 중대한, 아무나 할 수 없는 대단한 결심을 했던 것이다.

솔직히 나는 어떻게 수행해야 부처가 될 수 있는지를 몰랐고, 부처님처럼 될 수가 없을 것 같아서 그런 중요한 내용을 감히 축문에 쓰지 못했다. 집사람 말을 듣고 고쳐 썼다.

집사람은 정말 각오가 투철했고 마음속으로 전해 오는 명령命令에 확실한 믿음을 보였다.

우리는 밤 열한 시 반경에 '부처가 되겠다.'는 정말 어마어마한 맹세의 재를 올렸다. 그런데 재가 끝나자 집사람이 부엌칼을 들고 와서 나의 손가락을 자르라면서 칼을 들려주었다. 칼을 잡고 보니 무엇을 어떻게 하자는 건지 몰라 우물쭈물하니까, 집사람이 자기 손가락을 끊어달라고 했다.

나는 또 망설였다. 그랬더니 집사람은 자기 스스로 칼을 잡고 자기 손가락을 자르려고 도마 위에 손을 올려놓고, 피아노를 치는 집사람이 가장 아끼는 그 새끼손가락을 내려다보고 있었다.

그때 집사람은 목숨 걸고 반드시 '부처가 되겠다.'고 한 번 더 자기 결심을 다잡고 있었는지… 그 모습을 보는 순간 푸줏간에서 소를 해체할 때는 마디를 잘 처리해야 한다는 생각이 「박형」께서 깨우쳐주신 것처럼, 나의 머리를 스쳐 갔다.

그래서 집사람 결심이 그렇다면 내가 잘라주는 편이 더 잘 자를 수 있겠다 생각했고, 나는 결국 집사람이 내놓은 새끼손가락 - 귀하게 자라 피아노 건반을 두드리던 예쁜 새끼손가락 끝마디를 잘랐다.

"당신도 자르세요."

집사람이 그렇게 말했다. 그랬지만 솔직히 나는 아직 확실하게는 몰랐다. 그녀가 '꼭 맹세를 지키겠다고 하늘에 손가락을 걸고 약속하려고 그랬다'는 것을!

나는 칼을 잡고 도마 위 제 손가락을 내려다보는데, 그때 마음속에 어떤 명령이 있었다. 집게와 가운뎃손가락, 그렇게 두 개를 자르라는 명령이었다. 분명했던 그 명령에는 어떤 이유가 있었을 터인데, 당시에 나는 그 이유를 전혀 알수 없었다.*

나는 그냥 두려웠다. 큰 손가락 두 개를 잘랐을 때 얼마나 아플까?

나의 손 모양은 어떻게 되며, 먼저 탈지면을 준비해야 하나? 소독은?

자른 뒤처리를 어떻게 해야 좋을지 생각하며, 앞이 캄캄하여 중얼거렸다.

"새끼손가락 하나 정도면 자를 수가 있겠는데…."

"그렇게 하세요."

집사람이 그렇게 말했을 때 반가웠다. 나는 새끼손가락 끝마디에 칼을 댔고, 눈 깜짝할 사이에 나의 새끼손가락 끝마디가 잘려 나갔다.

그리고 다음 날 아침에 나는 금계동 「박형」을 찾았다. 새끼손가락에는 붕대가 감겨 있었는데 「박형」께서 나를 보자마자 대뜸 외치셨다.

"자네는 왜 이랬다저랬다 하는 건가!"

순간 나는 정말로 화들짝 놀랐다. 「박형」께서는 어떻게 내가 처음부터 이랬다저랬다 한 사실을 귀신처럼 알고 계신단 말인가!

정말 「박형」께서는 이렇게 대단한 분인가. 혹시 「박형」께서 나에게 큰 손가락 두 개를 자르라고 명령을 내린 분은 아닌가, 아브라함을 시험하려고 그 아들을 번제燔祭; 제물을 태우는 제사에 쓰는 제물로 바치라고 명령하신 하나님 같은 분이 아닐까.

바로 그때였다. 「박형」을 항상 「박형」이라고 부르는 선배가 누가 부르기라도 한 듯이 불쑥 나타났다.

그리고 그 선배는 「박형」을 보자마자 물었다.

"「박형」, 제가 그 전에 산에 가 있을 때 수염이 허옇고 신선처럼 풍채가 좋은 할아버지 한 분이 오셔서 이것저것 이야기를 하시다가 가시곤 하셨는데, 언제쯤 오시겠다고 하면 어김없이 그때 나타나셨어요. 보통 사람과 똑같이 말씀도 하고 놀다가 가셨는데, 그게 어떻게 된 일인가요?"

「박형」이 대답하셨다.

"약간 안개가 있었던 모양이구면."

나는 '혹시 나타나셨던 신선처럼 풍채가 좋은 분이 「박형」은 아닐까'라고 생각하면서, 그 선배와의 대화가 끝나기를 기다렸다가, 내가 얼마 전에 당했던 일에 대하여 자신 없는 소리로 「박형」에게 여쭈었다.

"잠을 자는데 비몽사몽간에 머리 정수리에서 바람처럼 쉿- 쉿- 소리를 내면서 무엇이 길게 나가는 것 같았는데, 잠시 후에 다시 발바닥 중앙 용천혈湧泉穴 (발바닥에 있는 혈 자리) 부근으로 스멀스멀 들어왔는데, 그게 어찌 된 것인지?"

「박형」이 대답하셨다.

"자네도 약간 안개가 있었던 모양이구면…."

'안개? 뿌옇게 눈 앞을 가리는 작은 물방울? 아니면 새끼강아지가 시간이 흘러 눈을 뜨듯이 내가 잠시 신령의 세계를 보는 눈을 떴다는 뜻의 안개眼開란 말인가?' 어리둥절한 나는 「박형」을 다시 쳐다보았다.

「박형」께서 내가 어리둥절하고 있다는 정황을 간파하고 나에게 재차 확인해 주셨다.

"자네도 분명히 조금 안개가 있었네."

역시 그 '안개'는 깊은 의식으로 다른 세상 무엇을 알게 되었다는 뜻이 분명했다.

「박형」께서 선배에게는 '도가 깊어지면 성령께서 찾아오신다'는 것을 알려주셨고, 나에게는 사람 몸속에 깃들어 있는 무엇이 머리의 정수리(백회혈百會穴)에서 밖으로 나갔다가 발바닥의 용천혈을 통하여 안으로 들어갔다는 사실을 확인해 주셨다.

6. 추억의 영주시 평화당약국

시간을 잠시 되돌려본다.

사실 영주로 이사를 오고서 약간의 시간이 지난 뒤에, 우리의 생활에 변화가 필요하다고 느끼기 시작했다. 그 당시 영주에서의 생활이 보통 힘든 게 아니었기 때문이기도 했다. 텃세 때문인가, 세상이 원래 그런 것인가.

몇 가지 사례를 들면 이랬다.

당시는 약국의 운명은 약을 싸게 파느냐 비싸게 파느냐 하는 것으로 결정이 나게 되어 있었다. 성공과 실패가 약값에 달려 있는 상황이었다. 그래서 모두 약값에 민감했었는데, 어느 날 약값 문제로 이웃 약국의 약사가 여러 젊은 사람을 데리고 쳐들어왔다. 그래서 온 동네가 시끄러웠다.

혼자인 나를 막아서고 대신 나선 집사람은 그들의 우격다짐을 담력과 눈물과 말로써 상대했다. 결국 그들이 어쩔 수 없이 물러났다. 그리고 나중에 그가 사과를 했는지 집사람이 말했다.

"그도 나쁜 사람이 아니어요."

그랬지만 그런 일이 있었던 때문인가. 지나가던 택시가 잠시 앞길에 멈추었다 떠나는 것 같더니, 갑자기 약국 유리창으로 빈 병이 날라왔다. 다행히 병이 창문의 틀에 맞아서 유리가 깨어지지는 않았다.

그리고 그 자리가 터가 센 곳이었기 때문인가. 나보다 나이가 적어서 자기가 후배라고 하며 찾아왔던 세무서에 다닌다던 청년이, 술을 먹고 와서는 드링크를 사서 마시고, 주는 돈을 받아 넣었다고(?) 빈 병을 약국 바닥에 던져 깨진 유리 조각들이 사방으로 튀게 만들었다.

이것 이외에도 더욱 괴이한 사건이 연이었다.

하루는 웬 허름한 청년이 약을 먹었는지, 술에 취한 것 같지도 않았는데, 미친 사람처럼 행동하며 자꾸만 약국 안으로 밀고 들어오려고 했다.

또 약국 주변에 많은 사람들이 모여들었고, 소란스러웠는데, 깜짝이야, 그렇게 소란스러운 가운데, 열한 살쯤 된 어떤 아이가 우리 약국 안으로 침입해서 부엌에서 뒷문을 열려고 열쇠를 따려고 하는 장면을 발견했으니, 그들이나 우리나 불쌍한 꼴이었다.

그런데 그 며칠 뒤에 또 이상한 사건이 벌어졌다.

약국에서 몇 집 건너에 살던 점잖은 할머니가 우리 약국 문 앞에서 처음 보는 다른 할머니와 갑자기 서로 상대를 욕하며 싸우기 시작했다.

그분들은 정말로 입에 담을 수도 없는, 쌍스러운 욕을 머릿속에서 쥐어짜는 것처럼 보였다.

그렇게 두 사람은 쉬지도 않고 계속해서 30분, 아니 그 이상, 상대를 욕하며 싸웠다. 정말 누가 볼까 봐 겁이 났고, 정신이 멀쩡한 할머니들이 갑자기 왜 저렇게 이상하고 엉뚱하고 부끄러운 행동을 하는지 이해가 되지 않았다.

꼭 이런 사건 때문만은 아니지만, 그런 경험들을 하고서 우리는 공부하고 수행할 곳을 찾아보기로 했다. 우리는「박형」의 가르침을 만났고,「박형」의 불가사의한 능력을 보았기 때문인지, 차츰 약국을 하면서 사람들의 병을 돌본다는 것이 허망하게 느껴지기 시작했다. 충주에도 가서 집을 찾아보았고, 보은에도 가보았다. 마땅한 곳을 찾지 못하고 있었을 때「박형」께서 우리 집에 오셨다. '어디가 좋을까'를 여쭈었다.

「박형」께서 간단하게 일러주셨다.

"마음에 있는 곳이 제일이지."

그때 우리는 결국 풍기의 어디나 금계동 쪽으로 갔으면 하는 생각을 가지고 있었는데,「박형」께서 그렇게 답하셨기 때문에, 나는 풍기 어디의 과수원을 하나 사서 그리 이사했으면 좋을 것 같다고 생각했다. 그래서 며칠 뒤에「박형」을 찾아갔다.

「박형」께서는 나를 데리고 먼저 금계2동으로 가셨다.

가는 길에서, 풍기고등학교, 지금은 경북항공고등학교의 뒤쪽을 흐르는 시냇물(일명: 뒷창락)을 내려다보면서 나에게 물으셨다.

"저기 저 벼락바위 이야기를 아는가?"

그리고「박형」께서는 커다란 바위가 시냇물 가운데를 덮고 있는 것 같은 곳을 가리키셨다.

"텔레비전 드라마 '전설의 고향'에도 나왔어. 저기 보이는 저 바위가 벼락바위라는 거야. 저기에 방앗간이 있었는데, 그 방앗간 주인은 사람들이 쌀을 찧어갈 때마다 쌀을 떠내고는 대신 조금씩 모래를 집어넣었다는군. 그렇게 고약하게 굴다가 결국 벼락을 맞아 죽었다는 거야. 저기가 방앗간 자리지."

그 욕심 많은 방앗간 주인처럼 약사인 내가 약을 지을 때 정성을 다하지 않고 나쁜 것을 섞어 넣으면 안 된다는 가르침이라고 생각했다.

금계2동으로 들어섰다. 그리고 거기에 사는 동네 할아버지를 길에서 만났다.

그때 「박형」은 그 어른에게 공손하게 인사를 하셨다. 나는 모르는 어른이었기에 인사하지 않았다. 그런데 그 할아버지는 「박형」을 알 리가 없었기 때문인지 어리둥절한 표정이었다.

그리고 연이어 또 다른 할아버지가 골목에서 불쑥 나오셨다. 「박형」은 또다시 그 할아버지에게 공손하게 인사를 하셨다. 그분 역시 약간 어리둥절한 모습을 보이며 인사를 받고 지나갔다. 나는 물론 인사를 하지 않았고, 눈치로 '「박형」이 나에게 노인을 공경하는 모습을 보여주시는구나.' 했다.

그리고 고맙게도 「박형」께서는 매물로 나온 '겨울의 사과나무'가 줄 서 있는 과수원을 구경시켜 주셨다. 그 과수원은 산 밑에 위치하고 있었는데, 나는 큰 나무가 즐비하게 들어선 과수원을 둘러보는 중에, 여름 내내 고생했을 과수원 주인의 노고가 먼저 느껴졌다. 결국 이런 과수원은 도저히 내가 감당할 수 없다고 결론을 내릴 수밖에 없었는데, 거기를 나서면서 「박형」이 한마디로 거드셨다.

"창고가 없어서…"

제2장 금계동으로 우리를 이끄시다

우리가 향상해야겠다는 큰 소원을 품게 되었고,
마침내 우리는 약국을 접고 금계동으로 떠나가게 된다.
우리가 금계동으로 가기 전에 「박형」께서 환상적인 가르침을 펼치고,
우리들을 금계동으로 이끄셨다.

1. 첫 번째, 실재계를 보여주셨다

비로봉 정상에서 사방四方에 4개의 산봉우리를 보여주셨다. 그것이 「박형」
박상신 대도사님의 방광放光이고, 거기가 실제계이다.

1979년 어느 날 「박형」네 다섯 식구와 우리 집 식구 넷, 두 집 식구는 김밥
을 준비하여, 산골짜기에 흰 눈이 듬성듬성 쌓여 있는 소백산 비로봉을 오르
기 위해 집을 나섰다.

일행이 금계동을 출발하여 삼가동을 향하여 걸어가고 있을 때 「박형」께서
말씀하셨다.

"이렇게 어린아이가 큰 산을 오르는 것은 이 산이 생긴 이래 처음일걸."

그리고 소백산줄기 능선을 넘어오는 세 무더기의 구름을 보시고

"저렇게 물이 넘어온다."

미래의 어느 날에 물이 산을 넘어오는 상황을 본 듯이 말씀하셨다.

멀리 소백산줄기 능선稜線위에 세 무더기의 구름이 보였는데, 정말로 신기했다. 그 구름의 모양이 마치 튀어 오른 물이 산을 넘어오는 것 같았다.

그 말씀을 듣는 순간, 소백산 넘어 단양 쪽의 남한강이나 영월 동강에 소행성이 떨어져서, 그 엄청난 충돌과 충격 때문에 강물이 튀어서 해발 1,300~1,400m 높이의 소백산 줄기를 넘어오는 것 같다는 불길한 느낌이 있었다. 순간 「박형」의 예언이 무서웠고, 그것이 지구 대재앙의 시작이 아니었으면 했다.

그리고 우리 일행이 삼가동을 지나 오르막길로 막 접어들려고 할 때였다. 【입산금지】라는 팻말이 앞을 가로막았다. 길 가운데 떡 버티고 선 그 팻말을 무시하고 앞으로 나가려는 순간, 어떤 젊은이가 어디에선가 숨차게 뛰어와서 일행의 앞을 막으며 단호하게 큰 소리로 말했다.

"입산 금지입니다. 등산을 할 수 없으니 돌아가세요!"

「박형」과 나는 일행의 제일 앞에 서 있었는데, 나는 순간 당황했다.

「박형」께서 하시는 일은 언제나 모자라지도 넘치지도 않고 딱딱 맞아떨어졌는데, 오늘은 어찌해서 상황이 이렇게 난처하게 되었나 생각하며 「박형」의 기색을 살폈다.

그때 「박형」께서는 잠깐 고개를 숙이고 있다가 고개를 들고 젊은이를 향해 물으셨다.

"자네가 산림청 직원인가?"

그러자 방금까지 큰소리치던 젊은이가 「박형」을 쳐다보더니 얼른 모자를 벗고 머리를 깊숙이 숙여서 절을 했다. 그리고 금세 상관을 대하는 부하처럼 공손히 말했다.

"등산을 하시게요? 그럼 안녕히 다녀오십시오."

"어, 수고하게."

「박형」이 다시 산으로 향하기에 나도 따라나섰더니, 그 젊은이가 실눈을 뜨고 나를 노려보았다. '너는 무엇이기에 따라나서는 거야.' 하는 눈초리로 얄미운 개를 흘겨보듯 나를 째려보았다.

그거야 어쨌든, 그때 혹시 내가 책에서 본 울프 메싱(Wolf Messing; 1899~1974)처럼, 「박형」께서 자신을 그 청년에게는 '직위가 높은 직속상관으로 보게 한 것'이라는 생각이 번뜩 들었다. 왜냐하면 평소에 아무리 잘 아는 산림청 직원이라고 하더라도 농사꾼인 「박형」에게 그처럼 공손하게, 마치 자기의 상관처럼 대하면서 길을 터줄 상황은 아니었기 때문이다.

그리고 일행이 산길로 들기 전에 소백산 비로봉 아래 비로사毘盧寺에서 쉬었는데, 그곳 길옆에 부도浮屠 한 기基가 있었다. 철책이 둘러쳐져 있었고, 그 안내문에는 그 부도거 비로사를 창건하신 진공대사眞空大師(855-937)의 부도이며 보물로 지정되어 있다는 내용이 적혀 있었다.

그때 「박형」께서 말씀하셨다.

"곧 이것이 없어져. 도둑맞는다."

나는 도둑맞아서 없어진다고 한 「박형」의 말씀을 생각하며, 잠시 석등石燈처럼 여러 단으로 되어 있는 그 부도를 살펴보았다.

결국 이 진공대사의 부도는 1980년대 초반에 반출되어 사라졌다고 한다(『신라와 고려시대 석조부도』 저자 엄기표님의 증언).

일행은 다시 등산길에 나서려는데, 그때 집사람이 대열에서 빠지더니 비로사 법당 쪽으로 갔고, 잠시 후 「박형」께서 말씀하셨다.

"법당에서 누가 나를 부르는군. 잠깐 여기에서 기다려. 곧 갔다 올 테니."

「박형」께서 그렇다니 그런 줄 알 뿐. 법당에서 부르는 소리를 들은 사람도 없거니와 법당까지 꽤 멀어서 소리를 내질러도 들리지 않을 거리에 우리 일행이 있었다. 「박형」께서는 법당 쪽으로 갔다가 언제 돌아왔는지도 모르게 제자리에 와 계셨고 집사람도 왔다.

그리고 우리가 비로사에서 쉬고 비로봉을 향해서 산을 오르다가 잠시 쉴

때, 「박형」께서 깜짝 놀랄만한 사건을 그냥 옛날이야기처럼 말씀하셨다.

"어떤 동리에 낫, 망치 등속을 장대 위에 높이 달아두고…, 미친놈이 나와서 사람들을 꼼짝 못 하게 하더군. 온 동리 사람들이 다 무서워서 벌벌 떠는 거야. 아무래도 안 되겠기에 내가 나섰어. 아무도 모르게 뒤로 돌아가서 집어 던졌더니, 그 후에는 내가 나온다는 말만 들어도 벌벌 떨어. 소련에서."

'낫, 망치 등속을 장대 위에 높이 달아둔 곳'이라고 하여 그런 이상한 동리가 있나? 했는데, 「박형」께서 말끝에 '소련에서.'라고 하여 나는 더 어리둥절했다. 그렇게 헤매니까 「박형」께서 다시 말씀하셨다.

"나중에 알게 될 게야. 깃발 같은 것 있잖아. 낫이 그려져 있고, 소련이 분해돼."

구소련=소비에트연방(USSR) 국기國旗에는 낫과 망치가 그려져 있었다. 소련은 1993년 러시아·카자흐스탄·크로아티아·우크라이나·아르메니아·우즈베키스탄 등등 많은 나라로 분해되었는데, 「박형」께서는 1979년에 '소련이 분해 돼.'라고 예언하신 것이다.

그런데 지금도 불가사의하고 궁금한 대목은 「박형」께서 '아무도 모르게 뒤로 돌아가서 미친놈을 집어 던졌다'는 말씀이다. 사실 소련이란 국가를 집어던질 수는 없겠고, 미친놈으로 비유하신 소련의 최고 독재자 스탈린(1879~1953)을 그렇게 했다는 말씀 같다. 그의 뒤집힌 생각을 바로잡았다는 말씀 같기도 하다. 그 잔인한 독재철권통치 아래에서 '다 무서워서 벌벌 떠는' 인민들이 불쌍해서…. 그대로 둬서는 '아무래도 안 되겠기에…'.

다시 우리 일행이 소백산 비로봉 정상에 거의 다다라 멀지 않게 국망봉이 바라보이는 곳까지 올라갔을 때, 「박형」께서 그쪽에 보이던 큰 바위들을 손으로 가리키며, 거기서 공부할 때 '처음 얼마 동안은 날마다 쌀이 바위 사이에서 먹을 만큼 나왔다.'는 기적奇蹟을 말씀하셨다.

"저기에서 공부했어. 아래쪽에 바위굴이 있지. 할머님이 한 달에 한 번씩 일 용할 양식을 날라다 주셨어. 몸이 아파서 한 번 거른 것을 제외하고는 단 한 번도 거르지 않으셨어. 물도 그 아래로 흘렀어. 지금은 없지만, 처음 얼마 동안 은 날마다 쌀이 바위 사이에서 먹을 만큼 나왔었어."

그리고 일행은 곧 산의 가파른 곳을 오르게 되었다. 나는 「박형」의 발자국 을 따라 딛으며 뒤에 바짝 붙어 올라가고 있었는데, 「박형」 몸에서 보통 땀 냄 새와 확실히 구별되는, 은은한 향기가 풍겼다. 내가 그때까지 한 번도 맡아본 적이 없는 향기였다. 지상의 향기가 아닌 것 같았다. 천상의 향기인가? 몇 번이 고 계속해서 맡아보고 싶은, 그렇게 마음을 기쁘게 하고 행복을 안겨줄 것 같 은, 신비한 향기였다.

드디어 일행은 목적지인 비로봉 정상에 도착했고 바람 덜 부는 곳에서 함께 모여 앉아서 점심을 먹었다.
그런데 일순간 「박형」께서 나를 부른 것 같아서, 서둘러 비로봉 정상에 올라 섰다. 그때다. 이미 그곳에서 집사람에게 무엇을 설명하고 있던 「박형」께서 문 득 동쪽을 가리키시며
"태백산"
이라 하셨다.
내가 그쪽을 바라보니 거기에 큼직한 산봉우리가 솟아 있었는데 이상하게도 산봉우리만 우뚝 솟아 있을 뿐 주위가 온통 구름의 바다, 운해雲海였다. 그리 고 「박형」께서 다시 서쪽을 가리키며,
"월악산"
이라고 하셨다.
그런데 거기에도 구름의 바다에 두 개의 산봉우리가 삐죽삐죽 솟아나 있었 고. 「박형」께서 남쪽을 가리키며,

"학가산"

이라 하셨다.

거기에는 흰 구름바다 위로 솟아오른 높은 봉우리가 낮은 봉우리 두 개와 연결되어 나란히 뫼 산山자 모양을 하고 옆으로 길게 뻗쳐 있었다. 「박형」께서 북쪽을 가리키며,

"백덕산"

이라 하셨는데, 거기를 보니 구름바다 위에 큰 봉우리 하나가 솟아 있었다.

어느 사이에 그렇게 되었는지, 내 발밑에 땅이 없고 내가 구름 위에 있다고 잠시 착각하게 되었는데, 그 순간 나는 아찔해지면서 추락의 공포를 느꼈다.

다시 보니, 참으로 장관이었다. 발밑부터 눈길 닿는 곳까지 광대무변한 구름의 바다인데, 사방의 태백산·월악산·학가산·백덕산의 우뚝 솟은 봉우리들은 섬과 같고, 나는 마치 근두운술로 구름에 올라탄 손오공처럼 발아래로 사방 구름바다의 물결을 내려다보고 있었다. 정말 눈길 닿는 곳까지 온통 흰 구름의 거대한 바다였다. 어마어마한 광경이었다.

✓ 부처님께서 『법화경』을 설하실 때에 무량의처삼매無量義處三昧에 드셔서 미간에서 백호광명을 놓아 동방 일만 팔천 세계를 비추셨던 것처럼, 「박형」께서는 소백산 비로봉 정상에서 사방으로 동쪽에 태백산, 서쪽에 월악산, 남쪽에 학가산, 북쪽에 백덕산. 그렇게 4개의 큰 산봉우리를 열어 보여주셨다.

참으로 우리에게는 눈이 있어야 실재계實在界(실재하는 고차원 세계)를 볼 수 있다는 생각이 든다. 분명히 전지전능하신 「박형」께서 엄청난 능력을 발휘하여 우리에게 실재계를 보여주면서, 현상계가 '환상의 세계'라는 가르침을 주셨다고 생각된다.

혹자는 '그게 무슨 실재계냐, 그냥 산봉우리지.'라고 말할 것이다.

사실 그러한 능력을 나타낼 분도 드물지만 능력을 보일 일도 별로 없다. 그래서 사람들이 실재계의 존재를 모르는 것은 당연하다. 그렇지만 나는 그 사람

에게 되묻고 싶다.

'그대는 「박형」께서 성령이고 신선이며 불타이신 것을 아느냐? 성령은 전지전능하다는 것을 아는가?'라고.

오직 성령께서만 실재계를 나타내시고, 사람에게 보여주실 수 있다. 성령에게는 어마어마한 능력이 있다. 믿자. '믿는 자에게 복이 있나니'.*

✓ 「박형」의 능력은 같은 것이라도 사람에 따라서 다르게 보게 하고, 각자 다르게 보고 듣게 하실 수가 있다. 나의 억지 같지만, 나중에 실례가 나온다.

그래서 집사람은 실재계를 보았고, 산의 이름도 산의 이름이 아닌 실재계의 이름으로 들었을 수가 있다. 당시에 나는 그런 것은 생각도 못 했기 때문에 집사람에게 무엇을 보았는지 물어보지는 못했다.(*)

애석하게도 그때 나에게는 그 봉우리들이 모두 산봉우리로만 보였고, 나는 북쪽에 있는 산 이름을 잘못 들었다. '백덕산'이라고 했는지 '배덕산'이라고 했는지 아리송했다.

그래서 「박형」에게 물었다.

"배덕산인가? 백덕산인가?"

「박형」께서 대답하셨다.

"치악산 중의 백덕산이야. 나중에 지도를 보면 알 수가 있어."

나중에 지도를 찾아 확인했더니, 소백산 비로봉의 동서남북 사방에 정확하게 태백산·월악산·학가산·백덕산이 있었다.

그렇지만, 「박형」이 아니라면 구름바다 위에 섬처럼 떠 있는 4개의 산봉우리를 우리가 절대 볼 수 없었을 뿐만 아니라, 「박형」이 아니라면 실재계를 나타내실 수도 없다. 그때 「박형」께서 나타내서 보여준 것이 4개의 산봉우리였든, 사방四方의 실재계이었든, 모두 '성령의 불가사의한 능력'이라는 것만이라도 알아두자. 나는 여러 번 비로봉 정상에 올라갔었지만 단 한 번도 그날의 어느 한

봉우리도 본 적이 없다.

우리는 하산하기 시작했다. 도중에 「박형」께서 '공부할 때 심지가 바르고 서원誓願이 굳건해야 된다.'고 이렇게 말씀하셨다.

"기氣가 약하면 미쳐. 저쪽에서 공부하던 어떤 여자도 미쳐나갔어."

그리고 우리 일행이 산 아래에 당도하였을 때, 어떤 아이가 양말도 신지 않은 맨발로, 아주 무거워 보이는 큰 나뭇짐을 지고 오히려 힘든 기색 없이, 눈에 띄게 가뿐가뿐 걸으며 산에서 내려왔다.

「박형」께서 참으로 자애로운 음성으로 아이에게 물으셨다.

"그 나무는 네가 한 것이냐?"

"예."

"지금 몇 살이냐?"

"열한 살요."

"너 지금 어디에 사느냐?"

"절에요."

"부모가 없느냐?"

"예."

"춥지 않니?"

"예."

"음, 너 대단하구나. 그래 수고한다. 힘내서 하다 보면 당장은 어렵겠지만 어려움이 가고 좋은 때가 오는 법이다."

그 아이가 지나간 후에 「박형」께서 우리에게 말씀하셨다.

"이 절 주지는 어디에서 주워 오는지 잘도 데려온다. 나는 밖에 나갈 일이 있을 때마다 찾아봐도 없던데. 나이가 12세기世紀쯤 되는데…"

▶ 하산하여 비로사 아래 삼가동에 이르자 「박형」은 다른 식구들을 먼저 금계동 「박형」댁으로 보내고, 나를 데리고 그 동리에 살던 초등학교 동창을 만나

보자고 하셨다.

"이쪽으로 가면 될 거야."

「박형」이 앞장서서 걸으셨다. 이미 저녁 무렵이라 찬바람이 휭~휭~ 소리를 내며 지나갔고, 찬 기운이 옷 속으로 파고들었다. 그 동창의 집은 길에서 70미터쯤 걸어 올라간 곳에 있었다.

"주인 계십니까?"

주인을 찾는 소리에 때마침 바람 불고 추운 마당에서 혼자 짚으로 이엉을 엮고 있던 동창의 부인이 깜짝 놀라며 앞으로 나섰다.

"친구 집에 있습니까?"

"아, 예. 잠깐만 기다려주세요."

내가 보니 부인의 손은 매우 거칠고 험하게 터서 피가 맺혀있었고, 정말로 측은해 보였다. 그 친구는 술을 먹고 잠을 잤는지 부인이 방 안으로 들어가서 한참 지난 뒤에야 방에서 모습을 드러냈다.

"어, 어서 오게. 웬일인가?"

그 친구는 아직 잠이 덜 깬 듯이 더듬거렸다.

그때 그 친구의 부인이 부엌으로 들어갔는데, 손님에게 대접할 무엇이 없어 미안해하는 부인의 마음을 보았는지, 「박형」께서 부인에게 물 한 그릇을 달라고 하더니 벌컥벌컥 마셨다. 그때 부인이 말했다.

"저번에는 정말 고마웠어요. 감사합니다."

「박형」은 아무 말씀이 없었지만, 나는 「박형」께서 이 구석진 곳에 사는 친구를 찾아와 특별히 고마운 일을 하였다는 사실을 어렴풋이 알게 되었고, 「박형」을 더욱 존경하는 마음으로 바라보게 되었다.

그리고 우리들 동창 셋은 그 집을 나와 마을 길가에 있는 구멍가게를 찾았다.

"저 여기 술 한 병만 주시오."

그 친구가 가게 주인에게 술 한 병을 주문했고, 셋은 가게 안 탁자에 자리를 잡고 둘러앉았다. 「박형」께서는 미리 생각했었다는 듯이 자리에 앉자마자 그 친구에게 술을 끊으라고 간곡하게 권하셨다.

"이 친구, 술을 너무 마시지 말게. 잘 생각해 보게나. 이대로 나가면 큰일 나네."

"너무 걱정 말게. 인생이 다 그런 게 아니겠나."

"자네 부인이 불쌍하지도 않은가?"

"다 자기 운명이지. 그리고 지금이야 별 볼 일 없는 나지만 송이 철만 되면 한밑천 잡는다고. 빨리 송이 철이 와야 할 텐데."

"송이밭만 잘 알고 있으면 뭘 해."

"농사는 여벌이고, 그걸로 먹고 사는 처지라네."

"그래도 내 생각에는 자네가 술을 너무 많이 먹는 것 같으이…"

"처음에는 한두 잔으로 끝났는데, 집에서 노니까 술이 더 늘어서 이제는 아침마다 소주 한 병은 먹어야 돼."

그때 「박형」께서 분명 그에게 충격이 될 만한 말씀을 던지셨다.

"자네 이대로 나가면 곧 죽게 돼. 한 달도 못 살아."

"죽어도 할 수 없지. 내 인생이 그게 다라면…"

"자네가 이대로 죽으면 자네 부인은 물론이고 가족 모두가 고생을 하게 되네. 그리고 자네는 소가 될 것이야. 소가 되어서 빚을 갚아야 돼."

그 당시에 나는 윤회에 대한 확신도 없으면서, 두 사람의 대화에 불쑥 끼어들었다.

"이 사람아, 불교에서 윤회한다고 하지 않는가. 소가 될지도 모르네. 술을 끊어보게나."

그때 「박형」께서는 내가 끼어들 여지도 없이 진지하게 계속 말씀하시면서

"내 말은 정말로 그렇게 된다는 것일세. 불교에서 육도윤회한다고 하지 않던가? 정말 그렇게…"

라고 윤회를 언급하셨다. 「박형」께서 그에게 '자네는 소가 될 것이야. 소가되어서 빚을 갚아야 돼.'라는 말은 나에게 충격이었다. '정말 사람이 소로 태어

날 수가 있구나!'

그런데 그 친구는 두 친구가 찾아와 술을 끊으라고 사정하는 데도, 이미 술에 중독되어 그 의지력이 부족했던지, 마침내 체념한 듯 중얼거렸다.

"나에게 더 이상 기대하지 말게."

하지만 「박형」은 계속해서 그에게 술을 끊고 정신 차릴 것을 정말 사랑하는 자식을 타이르듯이 지극하고 간곡하게 권유하셨다. 그리고 문득 그 친구와 헤어지면서 아쉬움을 이렇게 말씀하셨다.

"자네와 나는 다시 못 만나. 이게 마지막 작별일세."

아! 스스로 자신을 포기한다면 성인께서 오셔도 어쩔 수 없다는 말인가. 술은 정말 의지력을 그렇게 약하게 만들고 사람을 파멸시키는가.

그 2년 후에 누구에게 들었다. '그 동창은 이미 죽었고, 부인은 소를 먹이는 곳에 일하러 다닌다.'

「박형」의 윤회에 대한 언급은 무섭고 놀랍다. 나중에 그 친구는 또 얼마나 비참하게 후회의 눈물을 흘리고 있게 될까. 부디 인간으로 다시 태어나서 「박형」의 간절한 가르침을 생각해 내고 이고득락離苦得樂하는 길로 나아가기를 기원한다.

그리고 「박형」과 나는 어둠이 내린 거기를 떠나 금계동을 향해 걸었다. 금선정錦仙亭이 있는 마을을 지날 때 「박형」께서 말씀하셨다.

"대문이 있는데도 남의 집 담을 넘는 놈들이 있어. 주인이 없는 사이에 부인을 어떻게 해보려고. 가만히 보면 우리 동창 중에도 그런 사람이 있어."

그리고 잠시 후에 「박형」께서 더 강한 어조로 나에게 당부하셨다.

"무엇이든지 한 번 잘못하면 세 번까지 가니까, 뭐든지 처음에 잘해야 돼."

금선정이 나오니, 「박형」께서 내 친구에게 말씀하신 윤회가 생각났다.

「박형」께서 '윤회는 물의 순환과 같다'고 하시면서 금선정 아래의 시냇물을 가리키셨다고 했다.

물은 순환한다. 지하로 흐르던 물은 바위틈이나 샘에서 나오고, 지상으로 흐르던 물은 차츰 모여서 개울물이 되고, 강물이 되고, 흘러서 바다와 합쳐진다.

흘러가던 중에 따뜻한 태양열을 받으면 하늘로 올라간다. 그리고 비나 눈이 되어서 지상으로 내려와서 다시 지상으로 흐르고, 그 반대로 땅으로 스며든 물은 지하로 흐르다가 어느 날 다시 바위틈이나 샘에서 지상으로 나와서, 지상을 흘러간다. 이것이 물의 순환이다.

「박형」께서 영혼·의식체가 물의 순환처럼, 지하·지상·시내·강·바다·하늘로 돌고 돈다고 말씀하셨다.

그게 윤회다. 불교에서는 지옥·아귀·아수라·축생·인간·천상, 이렇게 여섯 갈래의 길로 간다고 했으니, 이것을 잘 연구해 보면, 「박형」께서 말씀하신 물의 순환이 영혼·의식체의 순환인 윤회와 대비 되고, 일치한다.

그리고 「박형」께서는 나에게 '죽어서 축생의 길〔畜生道〕'로 가지 말 것을 당부하셨다.

"자네는 바위에 엉금엉금 기는 거나, 물속을 다니는 것이나, 나무 위에 높이 올라가 앉는 것은 하지 말게."

'바위에 엉금엉금 기는 거나, 물속을 다니는 것이나, 나무 위에 높이 올라가 앉는 것은 하지 말라.'고 하신 말뜻은 인간보다 훨씬 저급한 짐승이나 물고기나 조류 같은 미물微物(변변치 못한 물건)은 되지 말라는 뜻이 분명하다. 축생이나 미물 쪽으로 떨어지기는 어렵지 않지만 거기서 고생하고, 다시 인간으로 태어나기는 매우 어렵기 때문이리라. (*)

▶ 그리고 식구들이 모두 「박형」댁에 모였다가, 우리 식구는 댁을 나섰다.

「박형」은 읍내 정류장까지 배웅하면서, 육체를 벗어난 상태를 알려주려고

그러셨는가? '나를 알고 보니 붕~ 뜨는 구름 같은 것이었어'라고 거듭 말씀하
셨다.

"나를 잘 알고 보니, 붕~ 뜨는 구름 같은, 희미한 존재야.
산에서 공부하다가, 나를 알고 보니 붕~ 뜨는 구름, 안개 같은 것이었어."

✓ 여기 「박형」께서 '나를 알고 보니 붕~ 뜨는 구름, 안개 같은 것이었어.'라
고 하신, 그 나는 곧 「박형」이다. 그러므로 「박형」의 의식체가 '붕~ 뜨는 구름,
안개 같은 것'이었다는 말씀이다.

사실 그렇게 되어야 「박형」의 말씀, '사람이 죽으면 마지막으로 나가는 곳,
깜깜한 데로 뚫고 나갔다가 얼마 후에 다시 깜깜한 데로 뚫고 들어왔다.'는 말
씀과 부합할 것 같다.

그리고 「박형」께서 우리에게 은근히 말씀하셨다.
"토정土亭 이지함 선생은 하루에 200리를 걸었어."

2. 두 번째, 하루 200리 걷기 훈련

그랬다. 「박형」께서 토정은 하루에 200리를 걸었다고 하셨기 때문인가. 그
힘을 받아서인가. 나도 하루 200리를 걸어보겠다고 마음을 크게 먹었다. 영주
榮州를 출발하여 안동安東으로 (국도를 따라) 갔다가 되돌아오면 거의 200리
길이었다.

드디어 약국이 쉬는 날, 새벽에 출발했다. 그리고 부지런히 걸었더니, 오전 중에 안동에 도착했다. 여기까지는 거저먹기로 쉬웠다.

그런데 문제는 돌아올 때이었다. 아침과 점심을 굶었기 때문인지 차츰 몸이 지치고 점점 힘이 빠졌다. 걷기가 어려웠다. 그래서 나중에는 어찌할 수 없이 창피하게 그냥 길가에 쓰러져 쉬다가 걷기를 반복하게 되고 말았다. 다행히 당시에는 그 길로 다니는 사람도 자동차가 거의 없었다.

해가 넘어갈 때가 다 되었는데, 나는 안동과 영주 중간지점인 북후면 옹천리에서 기진맥진, '땅바닥에 누웠다가 일어나서 걷다가'를 반복하고 있었다. 구원도 바라지 못하는 절망적인 상황이었다.

그런데 옹천리를 기진맥진 힘겹게 걸어가고 있을 때에 난데없이 집사람이 택시를 타고 나타났다. 그녀는 급히 택시에서 내려서더니 나에게 뛰어와서 말했다.

"바람이 불고 갑자기 날씨가 이상해지면서, 그분(「박형」)께서 자꾸 가보라고 시키시는 것 같았어요."

집사람은 지쳐서 마냥 길에 누워버리려는 나를 일으키고, 앞장서서 끌고 뒤에서 밀며 용기를 주고 힘을 내라고 격려했다. 진심으로 고마웠다. 이처럼 집사람이 고맙기는 정말 처음이었다.

그때 집사람은 언제 「박형」의 가르침을 받았는지 '부처님의 걸음걸이'처럼 바르게 걷는 법을 들려주었다.

"그분께서 소의 고삐(줄) 길이만큼 항상 10미터쯤 앞만을 바라보면서, 앞으로 가겠다는 한 마음 가지고 걸으라고 하셨어요."

저녁 어스름할 때에 우리는 집에 도착했다. 나는 이렇게 200리 걷기를 실패했다. 그런데 집사람은 그 며칠 후 내가 실패했던 영주에서 안동까지 왕복하는 200리를 단번에 걸었다. 그녀는 저녁이 되기도 전에 늠름하게 집에 도착했다.

'와우! 나는 속으로 놀랐다. 내공이 보통이 아니구나!'

더군다나 그녀는 다음 날인가. 영주 시내에서 풍기 금계동 「박형」댁까지 걸어서 왕복 3회, 대강 합치면 200리가 넘는 거리를 단숨에 걸었다.

첫 번째로 금계동 「박형」댁을 들렀다가 영주집에 도착했을 때였다. 그녀는 서둘러 물 한 모금을 마시고, 급하게 두 번째로 길을 나서면서 말했다.

"안개가 자욱하여 아침 햇살에 무지개가 생겨서, 마치 동그란 무지개 속으로 걸어가는 것 같았어요. 금계동 당신 친구분께서는 댁에 계시지 않으셨어요."

그리고 두 번째로 금계동 「박형」댁을 다녀와서 말했다.

"당신 친구분께서 풍기 네거리까지 배웅하시면서, '택시를 타고 가는 게, 좋을 것 같다'고 하셨어요. 그리고 참, 무슨 뜻이 있으셨는지 운전기사의 얼굴을 자꾸 쳐다보시더라고요."

말은 그렇게 했지만, 집사람은 처음 계획대로 차를 타지 않고 걸어서 다녀왔다.

마지막 세 번째 왕복을 마치고 말했다.

"가는 길에서 정말 잘생긴 스님을 봤어요. 그렇게 잘생긴 분은 난생처음이에요. 길 건너편에서 걸어가고 있었는데, 저를 유혹하는 것 같았어요."

「박형」께서 그때마다 집사람의 마음가짐을 여러 방법으로 시험하셨던 것 같다.

그 며칠 뒤 「박형」께서 나에게 귀띔하셨다.

"보통 여자로서는 세 번째까지는 못 올 줄 알았어, 오실 줄 알았으면 집에 있었을 것인데…"

3. 세 번째, 「박형」께서 성령임을 드러내셨다
- 맨발로 뒷짐 지고, 가뿐가뿐 가볍게, 허심으로 휘적휘적 걸으면서 -

우리 내외는 그렇게 걷기운동을 열심히 할 때의 일이다. 집사람은 단번에 200리를 걸었고, 실패했던 나도 재도전하여 200리를 걸었다.

그리고 이번에는 죽령을 넘어 충북 단양까지 갔다가 올 작정으로 새벽 5시경에 우리 내외는 함께 영주집을 나섰다.

어둠이 걷히고 집에서 30리쯤 왔다고 생각되는 곳에 이르니, 오리온 별자리에서 유난히 반짝이던 별들도 차츰 사라지고 아침 해가 떠올라 우리 앞길을 비추기 시작했다.

우리는 단숨에 풍기읍을 지났고, 창락이라고 하는 죽령 아랫동네를 지나서 막 죽령고개길로 접어 들었을 때였다.

문득 산비탈 쪽에서 섬뜩한 느낌을 받았다. 나는 얼른 그쪽을 돌려다 보고 까무러칠 정도로 놀랐다. 거기 산비탈에 검은 스타킹을 신은 젊은 여자가 아카시아나무 밑동에 걸린 듯이 땅에 쓰러진 채로, 손을 우리에게로 내밀면서

"살려주세요. 살려주세요."

입가에 피가 묻은 채, 죽어가는 소리로 말하고 있었다.

그 상황을 본 다음 순간 놀라서 온몸에서 힘이 쭉~ 빠졌다. 나는 그 자리에 주저앉고 말았다. 웬일인지 하늘이 노랗게 보이고 정신이 가물거리면서, 가슴이 답답해서 토할 것 같고, 어지러워서 서 있을 수가 없었다. 이런 경험은 난생처음이다.

그때 집사람이 그 여자를 산비탈에서 받아 내렸는데, 여자는 길가에 다시 쓰러졌다. 집사람은 저 멀리 일하러 가려고 모여 섰던 사람들에게 달려갔다. 마침내 여러 사람이 우르르 몰려왔다.

그리고 사람들이 트럭을 이용하여 문제의 여인을 병원으로 실어 보내려는 순간에 집사람이 다급하게 나에게 와서 말하였다.

"만 원만 주세요."

집사람은 돈을 받아 트럭 기사에게 주면서 당부했다.

"병원으로 꼭 좀 잘 부탁드립니다."

트럭이 여자를 싣고 떠난 후에 인부들을 지휘하던 이가 산에서 내려오며 말했다.

"저 위에도 사람시체가 있어. 남자는 죽었구먼. 에이, 몹쓸 것들. 어젯밤에 여기 와서 죽으려고 약을 먹은 모양이야."

길가에 쓰러져 있던 여자를 태운 트럭이 영주시 쪽으로 내려가는 것을 보고, 금세 내가 기운을 차리고 걷게 된 것이 이상했지만, 우리는 다시 걸어 꼬불꼬불 죽령에 올라섰다가, 다시 꼬불꼬불한 내리막길을 걸어서 드디어 단양 어느 마을 앞 콘크리트 다리가 있는 곳에 도착했다.

그때가 낮 12시쯤인 것 같았다. 우리는 다리 옆 공터에 잠시 앉아 쉬었다.

그때 '뚝, 뚝, 후두두' 소리를 내며 빗방울이 떨어져 아스팔트길 위에 빗방울 자국을 하나둘씩 만들기 시작했다.

나는 혹시 많은 비가 올까 걱정되어 사방을 둘러보았는데, 우리가 왔던 길을 따라 저 멀리서 어떤 사람이 우리 쪽으로 걸어오는 게 보였다.

그런데 점점 가깝게 다가온 그 사람의 행색이 정말 볼만했다. 가관可觀이었다.

그 사람은 헐렁한 흰 한복 바지저고리 차림에다가, 이상하게도 고무신을 벗어서 머리 위에 올려놓고 맨발로, 거기에다 양손으로 뒷짐을 진 채 걸어오고 있었다. 아! 많은 사람이 이 모습을 보았으면 얼마나 좋았을까.

정말 우리에게 자기를 잘 보아두라고 그렇게 걷는 것 같았다. 그런데 비록 차림새는 그랬지만 그가 걸어가는 모습은 분명 보통 걸음걸이가 아니었다. 신선의 걸음이었다. 가뿐가뿐 가볍게, 허심으로 휘적휘적, 전혀 힘들이지 않고….

그리고 더욱 나의 눈길을 사로잡은 것은 매섭게 추운 겨울 날씨도 아니고, 그 사람의 코끝이 마치 호랑이 코끝처럼 발갛게 물들어 있다는 것이었다. 우리들은 멀쩡한데….

우리는 그 사람이 우리 시야에서 저 멀리 사라질 때까지. 넋을 잃고 쳐다볼 수밖에 없었다.

그 호랑이 코처럼 붉은 그의 코를 보는 순간 혹시 그가 「박형」은 아닐까 하고 생각했는데, 집사람도 어떤 느낌이 있었던지,

"택시를 잡아요. 어서요."

하며 차를 잡으라고 재촉했다. 때마침 지나가던 빈 택시가 있었다. 우리는 얼른 택시를 잡아타고 금계동 「박형」댁으로 곧장 달려갔다.

역시 「박형」께서는 집에 계시지 않으셨다. 부인께서 사람을 시켜서 동리 안을 찾게 했다. 그런데 한참 후에 찾으러 갔던 사람이 돌아와서 '아무 데도 계시지 않아요.'라고 했다. 부인이 한 번 더 찾아보게 했는데, 얼마 후에 그가 다시 와서 말했다.

"동리 안에는 아무 데도 안 계셔요."

그런데 그 말이 떨어지자마자, 단양에서 동네로 들어오는 길 쪽에서 「박형」께서 훌쩍 나타나셨다. 나에게는 「박형」의 발갛게 물든 코가 제일 먼저 보였다.

그런데 「박형」의 코끝은 단양에서 우리 옆을 신선처럼 걸었던 사람과 똑같은 색으로 발갛게 물들어 있었다. 데자뷔(dejavu:旣視感)를 본 것 같았다. 묘한 기분에 사로잡혀 있을 때, 「박형」께서 물으셨다.

"단양 쪽에도 비가 좀 오지?"

그리고 「박형」과 걸으면서 나는 낮에 까무러칠 뻔했던 나약함을 마음에 부끄럽게 생각하며, 존댓말을 써야 합당하다고 느끼면서 한마디를 했다.

"나는 순간 정신을 잃었던 것 같아."

「박형」께서는 이미 모든 것을 다 아시고 말씀하셨다.

"그런 일도 많이 당해 보면 괜찮아져."

나는 그 말씀에 많은 위안을 받았다. 그리고

"나도 시골에 와서 살면 좋을 것 같아."

라고 했는데, 내 말이 떨어지기 무섭게

"기분으로? 자네는 언제부터 그런 사상思想을 가졌나?"

라고 하셨다. 그 순간 사상이라는 것이 별것이 아니라는 것을 깨우쳤다. 「박형」께서는 그 한마디로 나에게 사상이라는 것이 뿌리 없이 허망한 것임을 그 순간에 그렇게 깨닫게 하셨다.

✓ 호랑이처럼 빨갛게 물든 코를 하고, 양손으로 뒷짐을 진 채, '가뿐가뿐 가볍게 허심으로 휘적휘적' 신선의 모습으로 걸었던 사실은 「박형」께서 어떤 모습으로든 변신할 수가 있고, 어디든지 현신할 수 있다는 확실한 증거다.

「박형」의 신통변화와 능력은 정말 우리의 상상을 초월하고 신출귀몰하다. 우리는 천지도 모르고 살고 있다. 살다 죽으면 무엇이 되는지도 모르면서, 나의 영원한 생명과는 아무 상관 없는, 세상 돌아가는 일에 신경을 쓰면서 욕망에 휘둘리는 속물로 '우물 안 개구리'로 살고 있다.

▶ 이어지는 이야기가 '사람이 욕망에 휘둘리는 속물'이라는 증거가 된다.

그날 우리 내외는 「박형」댁에서 저녁을 먹었다. 식사를 마치고 나니 날이 완전히 저물어 있었는데, 「박형」께서 자리에서 벌떡 일어나셨다.

"어디 한 번 가볼까?"

그리고는 손전등을 찾아가지고, 앞장을 서셨다. 우리 내외는 어디를 향해서 가는지도 모르고 따라갔다. 그때 「박형」께서 연방

"괜찮을까, 괜찮을까?"

혼잣말을 중얼거리며, 자꾸만 더 빠르게 걸어가셨다.

얼마 후에 우리가 당도한 곳은 외딴집이었다.

「박형」께서 주인을 찾으셨다. 방안에 불이 켜져 있고 인기척도 느껴졌으나 사람은 나오지 않았다. 재삼 부르니 주인이 나오긴 했는데,

어라! 그는 알몸에 팬티만 걸치고 있었다. 우리들은 마당에 서 있는데, 그 주인은 크고 뻣뻣하게 된 거시기를 손으로 움켜잡고 허둥지둥 아랫방 윗방을 왔다 갔다 하면서 옷을 찾아 입은 뒤 우리 일행을 맞이했다.

"갑자기 찾아와서 미안하네."

「박형」께서 그렇게 말씀하시고, 우리를 그에게 인사시켰다.

그 집 방 안에 들어가서 「박형」께서는 내가 보기에 대수롭지 않은 그런저런 농사에 관한 이야기를 그 주인과 나누었다. 그리고 우리 일행은 집을 나왔다.

지금 생각해도 그날 「박형」께서는 그 색이 센(?) 주인에게 무언가 경고하고, 또 우리에게 그의 당황하는 어떤 모습 내지는 보이지 않는 곳에서 저지르는 범부凡夫의 삶, 더 심하게 말하면 동물의 삶과 별로 다르지 않는 삶을 있는 그대로 보여 주려고, 그렇게 하셨던 것 같다.

사실 「박형」께서는 원하신다면 다른 이가 방아를 찧는 현장을 볼 수 있었다. 전에 「박형」께서 말씀하셨다.

"어디서 보면 아무도 없는 깜깜한 데로 데리고 들어가서 껍질(옷)을 벗겨, 그 무엇을 하려고."

더욱 놀라운 것은 어느 누가 누구와 방아를 얼마만큼 찧어놓았는지, 그 상대한 자는 물론 그 수량까지 모두 다 알고 계셨다. 심지어 전생의 수량까지 알고 계셨다. 누구를 지목하시고,

"방아 찧어놓은 것이 부지기수야. 자네가 아는 사람도 있고, 모르는 사람이 더 많아."

또 다른 이에 대하여서는 놀랍게도 이렇게 말씀하셨다.

"두 말 두 되가량 될 거야."

그리고 「박형」께서 나에게 이렇게 말씀하셨다.

"자네는 방아 찧어 놓은 게 너무 많아 사고야. 평생을 먹고도 오히려 남는다."

참으로 부끄럽다. 이게 무슨 개망신인가. 하지만 지나간 전생(그때 그랬다)의 이야기이고, 요즘 나의 다른 전생에서는 '나도 열심히 공부한 적이 있다'라는 생각이 든다. 천만다행이다.

참, 죽령 올라가던 길에서 만나게 된, 정사에 실패한 그 여인이 나중에 단양 새한약국으로 찾아와서 '그때 고마웠다'고 인사를 했다.

당시에 그녀는 택시를 운전하고 있었는데, 그때 먹은 약에 해〔藥^약害^해〕를 받아서 그랬는지? 당뇨가 아주 심했다.

사랑(애욕)은 눈물의 씨앗이다. 우리가 음욕淫慾, 그 성욕을 떨쳐버리지 못하고 있는 동안에는 계속해서 윤회하는 삶을 살게 된다. 괴로운 윤회에서 벗어나려면 반드시 음욕, 그 성욕을 뿌리 뽑아야 한다고 불교에서는 가르치고 있다.

왜냐하면 사람의 중음신이 사람 몸에 입태될 때에 그가 성욕을 채우기 위해서 나아가서 결국 자궁으로 들어가 임신이 되기 때문이다.

4. 네 번째, 안수정등岸樹井藤과 '달다!'

불경에는 안수정등岸樹井藤이라는 비유, 말씀이 있다.

부처님께서 삶과 죽음의 갈림길에서 꿀맛을 즐기는 사람을 비유로써, 삶의 어려움을 말씀하셨다. 자신의 상황을 바로 알고 속히 정신을 차리라고 말씀하셨다.

우리가 괴로운 삶을 살면서, 마침내 죽을 수밖에 없는 절망적 상황에 처했는데, 그런 사실을 알지도 못하고, 혹 알면서도 계속해서 쾌락과 즐거움에 빠져 살아간다면, 우리의 삶은 어떻게 마무리가 될까?

세존께서 대중 가운데 승광왕勝光王에게 말씀하셨다.

"대왕이여, 내 대왕을 위하여 간단히 한 가지 비유로써 생사生死의 맛과 그 근심스러움에 대해 말하리니, 왕은 자세히 듣고 잘 기억하시오.

한량없는 먼 겁劫 전에 어떤 사람이 광야에서 놀았는데, 갑자기 나타난 사나운 코끼리에 쫓겨 황급히 달아났지요. 그는 어떤 우물이 있고 그 곁에 나무뿌리 하나가 있는 것을 보고는 곧 나무뿌리를 잡고 우물 속으로 내려가 몸을 숨기고 있었소.

그때 마침 검은 쥐와 흰 쥐, 두 마리의 쥐가 그 나무뿌리를 번갈아 갉고 있었고, 그 우물 사방에는 네 마리 독사가 그를 물려 하였으며, 우물 밑에는 독룡毒龍이 있었소. 그는 그 독사가 몹시 두려웠고 나무뿌리가 끊어질까 걱정이었소.

그런데 그 나무에는 벌꿀이 있어서 다섯 방울씩 입에 떨어졌지요. 그 사람은 그 꿀을 '달다'라고 하면서 탐하였고, 나무가 흔들리자 벌이 흩어져 내려와서 그를 쏘았으며, 또 들에서 일어난 불이 그 나무를 태우고 있었소."

왕은 말하였다.

"그 사람은 어떻게 한량없는 고통을 받으면서 그 보잘것없는 꿀맛을 탐할 수 있었겠습니까?"

그때 세존께서 말씀하셨다.

"대왕이여, 그 광야란 끝없는 무명無明(지혜가 없어 어두움)의 긴 밤에 비유한 것이요. 그 사람은 중생에 비유한 것이며, 코끼리는 무상無常(세상의 모든 것이 상시로 변하므로 허무한 것임)에 비유한 것이요, 우물은 생사에 비유한 것이며, 그 험한 언덕의 나무뿌리는 목숨에 비유한 것이요. 검은 쥐와 흰 쥐, 두 마리 쥐는 밤과 낮에 비유한 것이며, 나무뿌리를 갉는 것은 찰나찰나 목숨이 줄어드는데 비유한 것이요, 네 마리 독사는 4대四大(몸)에 비유한 것이며, 다섯 방울의 꿀은 오욕五欲(다섯가지 욕망의 유혹, 쾌락과 즐거움)에 비유한 것이요, 벌은 삿된 소견(바르지 못한 생각)에 비유한 것이며, 불은 늙음과 병에 비유한 것이요, 독룡毒龍은 죽음에 비유한 것이오.

그러므로 대왕은 알아야 하오. 생로병사는 참으로 두려워해야 할 것이니, 언제나 그것을 명심하고 오욕(꿀맛)에 사로잡히지 않아야 하오."

― 『비유경譬喩經』에서

우리가 영주에 살고 있을 당시에 이런 내용을 알고 있었는데, 어느 날 「박형」께서 선배와 함께 우리 약국에 오셨다.

집사람이 딸기 발효즙을 대접했는데, 「박형」께서 한 마디 던지셨다.

"달다!"

순간 그 '달다' 한마디가 집사람의 마음에 와서 세게 부딪쳤다. 「박형」과 선배가 가고 나자 집사람이 크게 걱정을 하며 되뇌었다.

"달다고 하신다! 달다고 하셨어요!"

그 후에 나는 책에서 본 '수행자가 화두話頭를 든다'는 것이 궁금했다.

'수행자가 화두를 참구하면 큰 깨달음을 얻는다'고 했는데, 그것이 무엇이며 어떻게 된다는 것인지 정말 궁금했다. 그래서

"'무無!'라고 하든가, 그런 화두라는 것이 있다는데…?"

라며, 화두가 무엇인가를 여쭈었다.

「박형」께서 답하셨다.

"절에서는 그런 걸로 말장난을 하는 모양이야."

우리는 이 말씀을 참구하면 좋겠다는 생각이 든다. 왜 「박형」께서는 화두참구를 '말장난'이라고 하셨을까?

▶우리 앞에는 사는 길, 그 영원한 생명의 길이 있다. 그리고 죽는 길, 죽음을 벗어나지 못하는 길이 있다. 사는 길은 욕망을 이겨내고 성인의 가르침을 따라가는 길이고, 죽는 길은 욕망을 따르고 쾌락을 좇는 길이다. 어느 길이 바른길일까?

존귀하게 태어난 그대는 어느 쪽이 옳다고 생각하는가? 당장 우리가 선택을 해야 한다면?

그렇다. 우리에게는 '거기서 벗어나는 길은 오직 이것 한 길뿐'이다. 그 길을 성령께서 알려주셨고, 모든 성인께서 똑같이 말씀하셨다는 것을 우리는 안다.

5. 다섯 번째, 무상대도無上大道를 말씀하셨다
- '거기서 벗어나는 길은 오직 이것 한 길뿐이다.' -

성인께서 이 세상에 오셔서 우리에게 행동으로 보여주시고, 깨우쳐주신 가르침은 모두 '욕망을 이겨내라.'는 것이다.

「박형」께서 '벗어나는 길은 오직 이것 한 길뿐'임을 비유로써 말씀하셨다.

젊은 청년 상신이 어느 절에서 공부를 할 때, 하루는 공양 시간이 되어서 방을 나서는데, 정말 마음에 드는 아가씨를 만나게 되었다. 아름다운 용모, 맑고 다정한 목소리, 교양 있는 행동까지 그녀는 모든 것이 나무랄 데 없는 매력 넘치는 규수閨秀였다. 가끔 밖으로 나왔다가 만나서 이야기를 해 보면, 한문이나 동양철학은 물론 불교에 대해서도 아는 것이 많고, 마음씨도 착하여 모든 게 참으로 훌륭했다.

그래서 몇 번 대화를 나누었는데 대화를 나눌수록 점점 더 그녀에게 마음이 끌렸다.

한 마디로 그녀는 「박형」께서 그 한문 선생에게 배운 『시경詩經』에 나오는 가장 이상적인 여성이라고 하는 요조숙녀窈窕淑女였다.

나중에는 그녀 생각 때문에 공부는 뒷전이 되었다. 마치 사람들이 세상의 감각적 욕망과 행복만을 추구하게 된 것처럼 그녀만 생각하게 되고 말았다.

그녀의 아름다운 모습과 귓가에 쟁쟁한 다정한 목소리, 그리고 생각하면 할수록 교양 있는 인품, 그녀에게 모든 것이 있고 자신을 행복하게 만들 수 있는 것은 오직 그녀뿐일 것 같았다.

심지어 밥상에서도 그녀 얼굴이 떠오르고, 책장을 넘기면 책장마다 그녀 얼굴이 떠올랐다. 창문에서도, 천장에서도, 나중에는 창밖 나뭇가지마저 모두 그녀 얼굴이었다. 시간이 지날수록 점점 더 그녀 생각으로 머릿속이 꽉 차서 공부를 포기해야 될 형편이 되었다.

청년 상신은 번민하기 시작했다.

'공부를 중단할 것인가? 아니면 계속할 것인가? 이대로 나가면 모든 것이 끝이다.'

거기까지 생각하게 되었다.

그리고 그는 결심했다. 상신은 방문을 안으로 닫아걸었다. 그리고 불철주야로 책을 읽기 시작했다. 먹지도 않고 자지도 않고 책만 읽었다.

처음에는 아무리 애를 쓰고 정신을 집중하고 책을 읽어도 그녀 얼굴만 떠올랐고, 책 내용이 머릿속에 들어오지 않았다.

하지만 그렇게 이틀 삼일 불철주야 책 읽기를 계속하니까 차츰 생각이 정리

되고, 사흘 닷새 지나니 맑은 정신이 들어서 책 내용이 조금씩 머리에 들어오더니, 열흘이 되어서는 완전히 제정신으로 돌아와 그녀의 환영幻影에서 풀려나게 되었다.

"그러고 그 뒤에 문밖으로 나가서 다시 그녀를 만났을 때는 덤덤하더라."

하였고,

"거기서 벗어나는 길은 오직 이것 한 길뿐이다."

라며 특별히 힘주어 말씀하셨다.

「박형」의 이 말씀은 젊은 남녀 사이에 있는 '그 행복이나 그리움이란 감정에서 벗어나는 길은 오직 이것 한 길뿐'이라고 일러주신 것 같지만, 참뜻은 그것이 아니다.

이것은 비유比喩다. 「박형」께서 우리에게 아주 중요하고, 어려운 진실을 쉽게 알려주시려고 말씀하신 비유다.

「박형」께서 '세상의 욕망에서 벗어나는 길은 오직 한 길뿐이며, 벗어나는 방법 또한 자기 마음을 이미 점령하고 있는 욕망이 만든 세상의 모든 것 ✔요조숙녀를 철저한 수행으로 깡그리 지워버리는 것뿐임을 말씀하신 것이다.

결국 '창밖 나뭇가지'마저 자신의 욕망에서 그려낸 환영幻影이며, 청정한 마음에 자리 잡은 유혹의 실체이며, 불가에서 말하는 108번뇌이고, 자기 욕망이 지어낸 요조숙녀일 뿐이다. 그렇게 욕망이 만든 세상의 부귀영화라는 망상과 그것에 사로잡힌 구속에서 '벗어나는 길은 「박형」처럼 이렇게 처절하게 수행하는 이것 한 방법'뿐임을 밝힌 가르침이다.

해탈이 답이다. 석가모니 부처님처럼, 목숨 걸고 수행하여 모든 욕망에서 해탈하는 수밖에, 거기서 벗어나는 다른 길은 없다는 말씀이다.

'문을 닫아걸다'는 것은 출가出家하여 조용한 곳(무극)에 가서 밖으로 달리는 마음을 안으로 돌리라는 말씀이고, '열흘이 다 되어서'는 그렇게 덤덤하게 될 때까지 열 번 죽었다가, 다시 열 번이라도 태어나서, 오직 이것 한 길, 해탈-성불하는 길로만 나아가라는 간절한 가르침이다.

'덤덤하더라.'는 번뇌煩惱가 없어졌다는 뜻으로, 청정한 본마음을 되찾았다, 해탈했다, 벗어났다는 의미이다.

이상은 우리가 금계동으로 가기 전에 영주에서 겪었던 이야기들이고, 우리는 「박형」에게 이제까지 누구도 누리지 못한 환상적인 가르침을 받았다.

· 첫 번째로 비로봉 정상에서 사방에서 고차원의 세계〔實在界〕를 보았으며,

· 두 번째로 우리는 하루 200리 걷기 훈련을 통해서 굳은 마음으로 나아갈 것을 스스로 다짐했고,

· 세 번째는 신선으로 변신하신 「박형」을 보고서 신선-성령께서 우리와 함께 하시면서 우리를 위해서 노력하고 계신다는 사실을 확실히 알게 되었으며,

· 네 번째로는 쾌락을 추구하는 사람은 세상을 '달다'라고 하지만, 그 단꿈은 허망하고 곧 깨어질 수밖에 없다는 것을 배웠다.

· 그리고 다섯 번째, 성인들의 모든 가르침은 해탈이다. '욕망을 이겨내라는 것'이다. '거기서 벗어나는 길은 오직 이것 한 길뿐'인 것을 배웠다.*

우리들은 아직 믿음이 부족했지만, 그런대로 조금씩 노력하는 즐거움을 누렸다.

▶ 그때의 집사람은 그랬다.

당시 TV 드라마에 무엇이 방영되고 있었는지는 지금 생각이 나지 않는다. 분명 어떤 단체에서 자기들끼리 단합한다고, 함께 모여 주먹을 쳐들면서 구령을 외쳤다.

"나가자."

집사람이 그렇게 하는 동작이 우리에게도 힘이 된다고 생각했는지, 가끔 나

에게 함께 그렇게 구령을 붙이면서 '나가자'를 외치자고 권했다. 수시로 나에게 와서 함께 '나가자.'를 외치자고 했고, 외쳤다.

"나가자'"

대장부다운 행동이었다. 사실 집사람은 외유내강했다. 누구를 만나더라도 항상 미소로 대했고, 남을 먼저 배려하면서 행동도 유순했는데, 바른길을 가려는 결심(마음을 다스리고 성불하겠다는 결심) 같은 것은 매우 강하고 단단하게 가지고 있었다.

당시에는 밤에 잠을 잤는지 안 잤는지, 나도 모르게 수시로 참선하는 자세로 앉아 있었다. 새벽에 결가부좌結跏趺坐하고 있던 모습을 내가 가끔 목격했다. 이상하게도 그녀의 다리는 힘들이지 않고도 편하게 결가부좌를 할 수 있었다.

그러다가 하루는 속이 불편하다면서 가까운 병원에 다녀왔는데, 거기 어떤 입원환자가 돈이 없어 퇴원할 수 없다는 것을 알고는, 자신의 금붙이를 몽땅 들고 가서 그 환자의 이불 밑에 숨겨놓고 왔었다. 이 사실은 나중에 그 병원의 원장이 알려주었다.

▶ 한편 나는 그때 그랬다.

어느 날 「박형」께서 손을 가슴 위로 올리면서 말씀하셨다.

"지금 산에는 눈이 이만큼 왔을 거야."

그래서 다음 날 산에 혼자서 가보기로 했다. 등산하면 마음이 맑아지는 기분이었기 때문이다. 어떻든 다른 것을 하는 것보다는 훨씬 나은 것처럼 생각되었다.

소백산 비로봉은 「박형」을 따라서 가보았기 때문에, 나의 단골 등산코스가 되어 있었다. 정상에 올라가니까 정말 눈이 많이 와서 온 산을 뒤덮고 있었다. 몇 발짝을 옮기는데 갑자기 푹~ 눈구덩이에 빠져버렸다. 거의 「박형」께서 손을 올려서 보여주셨던 가슴까지 몸이 빠져 있었다. 몸을 비틀고 굽히면서 겨우 빠져나왔다.

그런데 그때 반대편 산 아래에서 오토바이 달리는 소리가 크게 들려왔다. '따따따다 따따따다…'. 연속으로 오토바이가 큰길을 달려가는 소리가 들렸다. 그 소리는 계속 들렸다.

'혹시 오토바이가 고장이 나서 제자리에서 엔진을 돌리고 있는가?'

호기심도 생기고, 큰길이 이렇게 가깝다면 그쪽으로 산을 내려가는 것도 나쁘지 않을 것 같았다. 그래서 슬금슬금 그쪽으로 발을 내딛는데, 눈에 빠지기는 했지만, 의외로 눈이 덜 쌓인 곳도 있어서, 위험을 무릅쓰고 내려가다 보니, 다행스럽게도 그렇게 큰 방해가 되지는 않았다.

하지만 손이 문제였다. 장갑이 제대로 된 것이 아닌 목장갑이었기 때문에, 어쩔 수 없이 손이 엄청나게 시렸고, 순식간에 목장갑과 손가락 몇 개가 꽁꽁 얼어버렸다.

그리고 이미 내려오기 시작했으니, 되돌아 올라갈 수도 없었다. 차츰 힘을 내면서 그쪽 산 아래로 내려갔다. 그런데 웬걸. 가도 가도 끝이 없는 것 같이, 오토바이 소리는 점점 커지기는 하는데 예상했던 큰길은 보이지 않았다.

산을 얼마쯤 내려왔을 때, 아이쿠나! 그쪽 산에 사람들이 벌목작업을 하고 있었다. 계속 들리던 오토바이 소리는 엔진톱 소리였던 것이다. 작업하던 사람들이 잠시 일을 멈추고 눈 덮인 산에서 혼자 내려오는 수상한 나를 계속 쳐다보았다.

그러거나 말거나 나는 나대로 산길을 따라 한참 내려갔는데, 오! 놀랄 노 자였다. 이렇게 춥고 눈으로 뒤덮인 산에서 어떻게 나무를 구했을까? 나무를 가득 쌓아 올린 무거운 지게를 지고 산길을 내려오는 (두 갈래로 머리를 땋은) 처녀를 만났다. 그녀는 나에게는 눈길도 주지 않고 묵묵히 큰 나뭇짐을 지고 나를 앞질러 지나갔다.

'와, 저렇게 훌륭하게 사는 분도 있구나!'

나를 돌아보며 반성했고, 대신 그 나뭇짐을 져다 주면서, 그녀를 따라가서 그녀 집 형편이 어떤지 보고 싶기도 했다. 힘도 없으면서….

그리고 산 정상에서부터 거의 20리를 걸었다고 생각되는 곳에 마을이 있었고 동네 슈퍼가 보였다. 반가웠다. 가게로 들어가서 목을 축이고 한숨 돌린 후에, 슈퍼주인 아주머니에게 하얗게 언 손가락을 보이며 '어떻게 하면 좋을까'를 물었다. 슈퍼주인 아주머니가 기다렸다는 듯이 말했다.

"곶감이 제일이여. 곶감을 칼로 베서 붙여봐요. 직방이야. 제일 좋아요. 나도 심하게 동상 걸렸었는데, 멀쩡하게 잘 나았어요."

나는 버스를 기다려서 타고 영주로 집으로 돌아왔다.

그리고는 열심히 곶감을 베서 곶감의 살을 언 손가락에 붙이고 붕대로 감았고, 계속해서 하루에 한 번 갈아댔다. 그리고 두툼한 벙어리장갑을 그 위에 끼고 지냈더니, 덕분에 하얗게 얼었던 손가락이 10일(?) 만에 씻은 듯이 나았다.

정말 고마운 슈퍼주인 아주머니였다. 곶감의 살이 정말 동상에 직방이었다. 물론 다음 해 겨울에 재발도 하지 않았다.

6. 여섯 번째, 바람 같은 초능력
- 몸이 안 보이게 되기도 하고, 남의 몸속으로 들어가서 바둑을 두셨다 -

어느 날 집사람이 '아기를 안아다가 「박형」댁에 맡기는 귀한 꿈'을 꾸었다. 그리고 아침에 꿈 이야기를 하더니, '저, 오늘 금계동에 좀 다녀오겠어요.' 하고 집을 나갔다.

그런데 저녁이 되어도 집사람이 돌아오지 않기에, 집사람을 데리러 금계동으로 가다가 풍기에 사는 선배댁에 들러보고 싶어졌다. 그 댁에 들어가니까 선배는 이미 내 마음속을 아는 것처럼 말했다.

"우리 금계동「박형」을 한번 불러 볼까?"

「박형」댁에는 전화기가 없으니까, 그는 「박형」의 형님 댁으로 전화를 걸더니, 거기에도 안 계신지 다른 전화번호로 전화를 걸었는데, 끝내 통화하지 못했다. 그런데 이심전심以心傳心의 텔레파시(Telepathy)가 있었는지 전화를 걸던 선배가 싱글벙글 웃었다.

"이제 됐어. 곧 오실 거야."

이상하다고 생각하는 중에 정말 「박형」께서 오셨다.

"집에 손님이 와서 잠깐 지체되었어. 여자가 와서…."

그 여자 손님은 집사람이었다.

바로 그때 밖에서 주인 찾는 소리가 들렸다. (선배에게 번거로움을 주지 않기 위해서 선배의 성씨를 숨긴다.)

선배가 일어나 문 쪽으로 나가면서 말했다.

"불청객이 왔구먼요.「박형」, 한번 숨어 봐요."

나는 왜 그가 「박형」에게 숨으라고 했는지 이해가 되지 않았는데, 더욱 이상한 것은 「박형」은 숨기는커녕 그 말을 듣지 못하기라도 한 듯이 묵묵히 자리에 그냥 앉아 계시는 것이었다.

새로 방안에 들어온 사람은 머리를 스님처럼 깎았고 차림은 허름했다. 그러나 눈동자가 또렷또렷하고 이마가 반들반들 조화를 이루어 아름답게 느껴지는, 기氣가 살아 있는 것 같은 건강한 사람이었다. 그는 방안에 들어와서 「박형」과 선배 사이에 앉았다.

"이 사람이 소백산에서 12년 참선공부를 했다네."

선배의 말을 듣고 나는 별로 할 말이 없었기에 조용히 앉아 있었는데, 선배가 새로 온 사람과 몇 마디 말을 주고받더니 자꾸 싱글싱글 웃으면서 새로 온 사람에게 이렇게 말하는 것이었다.

"그래,「박형」, 금계동「박형」…, 옆에 앉아 계시잖아. 바로 옆에…."

선배가 그렇게 말하니까, 새로 온 사람이 사방을 계속 두리번거리면서 「박형」을 찾더니 말하는 것이었다.

"어디 있어? 어디? 괜히 장난하지 마."

"거기 바로 옆에 앉아 계시잖아. 금계동 「박형」이…."

"에이, 참. 장난하지 말게."

끝내 「박형」을 못 보고 잠시 후에 실망한 그는 자리에서 일어섰다.

내가 보니 「박형」은 계속 그 자리에 돌부처 같이 앉아 계셨다.

문밖으로 나가더니 마당에서 그 불청객이 말했다.

"잘 있어요. 언제든지 금계동 「박형」이 오거든 나에게 꼭 알려 줘요."

그 사람이 그렇게 가고 나서, 우리 세 사람은 집 밖으로 나섰고, 어떤 할아버지를 방문했다. 그런데 그 할아버지의 집 방 안에 들어가 앉자마자 선배가 「박형」에게 청했다.

"오늘 바둑이나 한판 둬 봐요."

"나는 그런 거 싫은데…."

「박형」은 선배 말이 무엇을 의미하는지 안다는 듯 작은 소리로 대꾸하셨다.

"꼭 한 번만 부탁해요."

선배가 다시 졸랐다. 그때 「박형」께서는 마침 뒤편에 있던 이불에 몸을 눕히더니, 잠을 청하는 사람처럼 눈을 감았다.

그런데 또 이상한 것은 「박형」에게 '오늘 바둑이나 한판 둬 봐요.'라며 졸랐던 그 선배가 바둑판 앞으로 냉큼 다가앉았다. 그러더니 선배는 주인 할아버지보다 젊은데 바둑돌의 백白을 잡았고 이상하게도 주인 할아버지가 흑黑을 집었다.

그리고 주인 할아버지와 선배가 바둑을 두기 시작했다. 두 사람은 어찌나 바둑을 빨리 두는지 바둑 수를 생각하는 것 같지도 않았다.

그런데 반쯤 두었다고 생각될 때 이상하게도 정신이 번쩍 들면서, 나의 눈이 갑자기 밝아졌다. 백白이 바둑판 중앙, 천원天元에 놓으면 흑黑의 대마大馬의 연결이 끊겨서 전부 죽게 되는 게 분명하게 보였다.

재삼 확인해 보았지만 확실했다. 그런데 백을 쥔 선배는 그것을 아는지 모르는지 그 천원에 두지 않고 다른 데만 두고 있었다. 몇 수 뒤에 흑이 거기를 잇고 그럭저럭 바둑을 끝냈는데, 그 순간 나는 선배가 일부러 져주었다고 생각했다.

모든 상황이 끝나고 주인할아버지와 헤어져서 우리들 세 사람은 다시 큰길로 나섰다.

그때 「박형」께서 나에게 다가와 은근하게 속삭이셨다.

"내가 저 친구 속으로 들어가서, 둘이서 그렇게 하면, 조치훈趙治勳이 와도 안 될걸. 그까짓…."

나는 어리둥절했다. 「박형」께서 나를 놀리는 게 아닌가? 놀리는 게 아니라면, '저 친구 속으로 들어가서, 둘이서 그렇게 한다'는 말씀은 무슨 뜻일까?

또 그 당시에 일본 바둑계를 휩쓸고 있던 조치훈 씨보다 「박형」이나 선배 중에서 누가 바둑을 더 잘 둔다는 것인가? 뭐가 뭔지 몰라 당황할 때 「박형」께서 내 속을 읽었는지 분명하게 한 번 더 말씀하셨다.

"내가 저 친구 속으로 들어가서, 둘이서 그렇게 하면…."

「박형」께서는 그날 계속 뒷전에 누워만 있었는데, '내가 저 친구 속으로 들어가서, 둘이서 그렇게 하면…,'이라고 두 번 확언하셨다.

▶ 「박형」께서는 또 다른 곳에서 그렇게 몸을 보이지 않게 했던 사실이 있다. 선배와 나와 「박형」, 함께 풍기에 사는 향토문화자료수집가이었던 송○○씨 댁을 방문했는데, 정말 놀랍게도 그분이 바로 옆에 서 있는 「박형」을 못 보고, 많이 준비해 둔 향토자료를 보여 달라는 선배에게

"이 자료는 한 번도 남에게 보여준 적이 없는 귀한 것일세."

라고 말하면서 선배에게 물었다.

"자료를 보여 달라고 청한 사람이 누구라고 했는가?"

선배가 대답했다.

"금계동에 「박형」 박상신 도사님…"

"아! 그러면 박영배 어른의 둘째 자제분이신가?"

라고 했다.

내가 보니, 「박형」께서는 바로 선배의 옆에 서 계셨고, 나는 자료가 있는 곳으로는 가지 않고 응접실의 입구 쪽에서 의자 너머로 세 사람의 행동을 바라보고 있었는데, 모든 정황을 살펴보면서 어리둥절하다가 깜짝 놀랐다. 그 집주인이 「박형」을 못 보는 것이 확실했기 때문이다.

'왜 직접 「박형」에게는 아무것도 물어보지 않는가? 어떻게 바로 앞에 있는 「박형」을 못 볼 수가 있는가. 처음부터 서로 인사도 안 한 것으로 봐서 「박형」께서 저분에게 보이지 않게 하고 있는 것이구나!'

정말 007영화는 '저리 가라'였다.

7. 일곱 번째, 미래를 정확히 보셨다

부처님에게는 세 가지 밝은 지혜(三明智)가 있으셨다.

원하는 대로 한량없는 전생의 갖가지 삶들을 기억할 수 있는 숙명명宿命明.

원하는 대로 인간을 넘어선 청정하고 신성한 눈으로 중생을 관찰하여, 그들이 지은 업에 따라 죽거나 다시 태어나거나 천하거나 귀하거나 아름답거나 추하거나 행복하거나 불행해지는 것을 꿰뚫어 아는 천안명天眼明.

모든 번뇌가 다하여 번뇌가 없는 마음의 해탈과 지혜의 해탈을 지금 여기에서 스스로 알고 깨닫고 성취하는 누진명漏盡明이 그것이다.

부처님께서 『맛지마니까야』「세 가지 명지와 왓차곳따의 경」에서 말씀하셨다.

"그러므로 왓차곳따여, 나에 대해 설명하면서 '사문沙門(출가수행자) 고따마는 3가지 명지〔三明智〕를 지닌 자이다'라고 말한다면, 이는 사실 그대로를 말하는 것이다."

▶ 「박형」에게는 부처님에게 있는 세 가지 밝은 지혜〔三明智〕가 있으셨다. 그러니 당연히 미래를 아는 지혜(천안명)가 있으셨다. 그래서 예언을 한 것도 수없이 많다. 그중에서 가장 흥미로운 몇 가지.

・1979년 10월 26일은 고 박정희朴正熙 대통령이 서거한 날이다. 그날에서 20일 전이었다.

우리가 영주에서 약국을 하고 있을 때였다. 때마침 추석날이었기 때문에 금계동을 찾아가서 「박형」을 만났다. 그리고 「박형」의 형님 댁에 함께 갔다.

따뜻한 방안에는 TV가 켜져 있었고, 전국고교야구시합인가, 마침 어느 팀의 4번 타자가 홈런을 치는 장면이 나온 직후였다. 경기에 별로 관심이 없었던 「박형」은 몸을 약간 기울여서 조용히 나에게 귀띔하셨다.

"박(정희) 대통령이 곧 죽게 돼. 총살돼."

나는 순간 아찔했다. 하지만 그것이 나의 공부에 상관이 없기도 했지만, 정치와 권력에는 문외한인 나로서는 어떤 뾰족한 수도 없었기에 아무에게도 발설하지 않았다.

그리고 우리가 금계동으로 이사한 며칠 뒤에 끔찍한 사건의 소식을 듣게 되었다.

·그리고 박대통령이 갑자기 그렇게 서거하시고 1980년 전두환 전 대통령의 제5공화국이 수립되면서, 소위 3김씨인 김영삼·김대중·김종필 씨의 정치활동이 금지됐던 때였다.

어느 날 몇 사람이 언덕 위에 서서 담소를 나누고 있었는데, 금계동에 살던 이씨가 「박형」에게 질문을 했다.

"전대통령 시대가 끝나면 다음 대통령 선거에는 누구누구가 출마하게 될까?"

「박형」께서 대답하셨다.

"김영삼, 김종필… 뭐 그렇게 네 사람."

그러자 질문했던 사람이 다시 질문했다.

"대통령에는 누가 당선될까?"

그 물음에 나는 잠시 긴장했다. 정말로 「박형」은 그렇게 모든 것을 아는 사람인가? 그때 「박형」의 대답이 들렸다.

"노태우 대통령 당선자."

물었던 사람은 말이 없었고, 나는 어안이 벙벙했다. 그때까지 이름 한 번 들어 보지 못했던 '노태우 대통령 당선자'라는 대답 때문이다.

결국 「박형」께서 예언하신 대로 되었다. 나는 4년 뒤인 1984년에 신문마다 대서특필된 '노태우 대통령 당선자'라는 굵은 글자를 보았다.

지금 밝히지만, 나는 이미 대통령이 되기 전에 노태우 씨를 보았었다. 그 사람이 노태우 씨인 줄은 몰랐었지만….

풍기 시내에서다. 그날은 장날이었다. 「박형」께서 나에게, 조금 멀리 길에 서 있던, 몸집이 좋은 두 사람을 가리키면서 말씀하셨다.

"저기 저 사람을 잘 보아두게."

자세히 살펴보니, 한 사람은 대머리가 많이 진 머리가 큰 사람이었고, 다른 한 사람은 울퉁불퉁하게 생겼으나 호감이 가게 생긴 사람이었다. 그런데 나중에 대통령이 된 후에 나타난 사람(전 노태우 대통령님)이 바로 그 사람이었다. 그리고 그분은 경상도 사투리를 쓰고 있었다.

예수님께서 말씀하셨다.

　　"너희에게는 머리털까지 다 세신 바 되었나니"　　　「마태복음10;30」

「박형」은 성령이시라, 사람들이 아는 정도가 아니다. 이미 미래에 일어날 것을 모두 다 알고 계셨다.

8. 여덟 번째, 우리의 미래를 대비시키셨다

▶ ① 집사람의 장례비용

그 얼마 전에는 우리 종손과 함께 영주로 와서 종손에게 15만 원을 빌려주게 하셨다. 그런데 그 며칠 뒤에 「박형」 혼자 약국으로 와서 말씀하셨다.

"가진 게 있으면 30만 원만 더 빌려주게."

"뭣에 쓰게?"

"그게 좀 필요할 것 같아서…"

그리고는 다른 이야기를 잠시 하다가 그냥 가셨다.

잠시 후에 「박형」에게 돈이 지금 당장 필요할지도 모른다는 생각이 들었다.

돈을 가지고 버스를 타고 풍기 읍내에 내려서 금계동 「박형」댁을 향해서 걸어 갔다. 고등학교 옆 소나무가 몇 그루 있는 부근이었다. 그 큰길에 「박형」의 모습이 불쑥 나타났다.

"자네 찾아가는 길일세."

"어서 오게."

인사를 나누고,

"여기 돈을 가지고 왔네."

하면서 가지고 온 돈을 건넸다.

「박형」께서 돈을 받으면서 말씀하셨다.

"자네가 꼭 필요할 때 갚아 줌세."

생각해 보니, 나에게는 30만 원이 '꼭 필요할 때'가 없을 것 같아서 말했다.

"아니야, 그냥 받아두게."

"꼭 갚아주게 될 테니… 저번에 빌린 15만 원과 합해서 45만 원일세."

이상하게도 「박형」께서는 꼭 갚아 줄 것을 강조하셨다. 그렇게 말씀하시니, 나는 정말 그냥 주고 싶었다.

"그냥 받아두게."

"나는 걱정 없어, 자네 부인…, 자네에게 갚아주게 될 일이 생길 것이야."

「박형」께서 '자네 부인…'이라고 뭔가를 알려주려고 하실 때에 나에게는 문득 '집사람의 죽음을 말하려 했나' 하는 느낌이 잠시 있었지만, '설마 그럴 리가' 하면서 더 이상 묻지 않았다. 이럴 때는 확실하게 하는 것이 좋은데.

사실 전에 역술대가인 고 백운학 님도 집사람이 40살 전에 죽는다고 했고, 「박형」께서도 그렇게 '자네에게 갚아주게 될 일이 생길 것이야'라고 은근히 귀띔하셨지만, 나는 그런 말씀을 실제상황으로 받아들여서 집사람을 지키려는 노력을 하지 못했다. 정말 어리석었다. 「박형」의 주도면밀하고 대단한 능력까지는 알지 못하고 있었다.

나중에 보니, 그때 그 '합해서 45만 원'은 「박형」께서 빌려 갔지만, 우리 장손에게 가 있었다.

그리고 1년 몇 개월이 지난 뒤, 마침내 그 45만 원은 내가 가장 급하게 필요할 때 쓰였다.

집사람이 「박형」의 가르침을 따라 승화했기 때문이다. 집사람이 가고 나서 나는 자책심과 슬픔과 후회로 며칠을 보냈다. 웬만큼 정신을 차릴 수가 있게 되었을 때 「박형」께서 오셔서

"자네가 전날에 나에게 빌려주었던 돈 45만 원으로 장례비용을 했네."

그리고 이어서

"나는 내가 주어야 할 사람에게는 다 주었어. 그런데 얼마 후에 두어 사람이 자네를 찾아올 거야. 죄짓고 도망갔다가 와서…."

라고 하셨다.

이것이 「박형」 박상신 도사님의 미래를 아시는 지혜이며, 대자비심이고, 은총이 아니라면 무엇일까!

▶ ② 논을 사고 지키게 하셨다

「박형」께서는 우리 내외의 앞날을 내다보고 논을 장만하게 하셨다.

나중에 그 논은 우리가 약국을 접고 금계동으로 올라갔다가 1년 후에 집사람이 승화하고, 내가 먹고 살기 위해서 풍기에 다시 약국을 차리고 다시 약국을 접을 때에 마지막 구원의 손(돈)이 되어주었다.

먼저 그 논을 살 때의 이야기이다.

우리 집안 종손과 함께 「박형」을 따라서 그 논의 주인집을 찾아갔다. 그 논임자는 좀 잘 사는 부자였는지, 그분이 가진 것이라고는 돈뿐인 것 같았다.

그런데 「박형」께서는 그 사람이 큰 어른이나 되는 것처럼, 그 사람에게 아주 겸손하게 몸을 낮추고 말도 조심조심하면서 공경恭敬하는 모습을 보였다. 내가 보기에 그 어른은 오히려 약간 오만한 것 같은 태도를 취하고 있었다. 그 어른의 말이나 행동이 그럴수록 「박형」께서는 더욱 그분에게 공손했다.

아마도 「박형」의 부친과 같은 연배여서 그렇게 하였는지? 아니면 우리에게 어른을 공경하는 모습을 보여주시려고 그렇게 하였는지? 지금도 그때 「박형」께서 겸손하게 행동하던 장면이 생각난다.

전지전능한 「박형」은 그렇게 사람을 대하면서 겸손하다 못해 공경하는 듯이 행동하셨다. 마치 자신은 아무것도 아니라는 듯이.

사실 공자님께서도 겸손을 찬양하셨다.

"하늘은 가득 찬 것을 덜어내고 빈 것을 더해 준다. 땅은 가득 찬 것을 변형시켜 낮은 데로 흐른다. 귀신은 가득 찬 것을 해害하고 겸손을 복 주며, 사람은 가득 찬 것을 싫어하고 겸손을 좋아한다.

겸손은 상대를 존중하고 빛나게 함이다. 자기를 낮추지만 (사람이 그를) 넘어설 수는 없다. 이것이 군자의 '유종有終의 미美'다."

'벼는 익을수록 고개가 숙어진다.'는 속담처럼, 「박형」은 그날 지극한 겸손의 본을 보여주셨다.

* 그리고 「박형」께서 그렇게 장만해 준 나의 논을 끝까지 지켜주셨다.

논을 장만하고 얼마 후에 우리는 금계동으로 이사를 했고, 조금 시간이 지난 어느 날, 「박형」께서 '인연이 있는 곳으로 가보자'고 하여, 단양의 옥순봉 구담봉으로 뱃놀이를 하러 갔을 때였다.

그때 버스 안에서 「박형」께서 좀 이상한 말을 하셨다. 당시에 나에게는 논을 급하게 팔 생각도 그럴만한 이유도 없었는데, 「박형」께서 불쑥 말씀하셨다.

"자네 논을 급하게 팔면, 7백 아니 8백은 받을 수가 있어."

그런데 「박형」께서 꾸미시는 세상사를 누가 어떻게 알 수가 있을까!

어느 날 「박형」께서 중풍에 걸리셨다. 그리고 며칠 후에 식구들이 큰 병원을 찾아 대구로 모시고 갔다가 되돌아오는 택시, 「박형」이 탄 택시가 질풍처럼 달려서 금계동으로 향하는 것을 보았다. 나는 그때 이미 「박형」의 도움으로 풍기읍에서 약국을 운영하고 있었는데, 문득 밖으로 나가고 싶어서 약국 문 앞에 나섰다가 그 택시를 본 것이다.

그때 생각을 했다.

'대구에서 안 된다면 서울 큰 병원으로 가야 한다. 거기에 입원시키려면 논을 팔아야겠다.'

그리고 우리 약국에서 친구 중에 누군가 말했었다.

"풍風이라면 우선 병원에 가봐야 되지 않을까?"

마침 보험회사에 근무하는 장여사가 약국에 들렸다. 누님의 동기동창생인 장여사였다.

옳다구나! 곧바로 논을 팔아달라고 여사에게 부탁했다. 그때 「박형」의 말씀, '자네 논을 급하게 팔면 7백, 아니 8백은 받을 수가 있어.'가 기억나서, 8백을 받아달라고 부탁했다. 급매물이라지만 800은 아주 싼 값이었다. 그런데 다음날 곧장 장여사가 와서 말했다.

"8백은 안 되고, 7백을 준다는데."

생각해 보니, 분명히 「박형」께서 '8백은 받을 수가 있어.'라고 하셨기 때문에 '꼭 8백은 되어야겠다'고 하면서, 다시 사려는 사람과 의논해 보라고 했다. 그런데 장여사는 다시 나타나지 않았고, 논의 매매는 그것이 끝이었다.

그리고 며칠 지나지 않아 「박형」께서 '다른 농사'를 하려고 가셨으니, 나는 돈 백만 원을 더 받으려다가 「박형」을 병원에 입원시킬 수 없게 되었고, 「박형」께서는 결국 그렇게 나의 논을 지켜주셨다.

나중에 다시 필요한 때가 되어서, 그 논을 우리 집안 종손이 1,200만 원에 팔아주었다. 그래서 나는 논을 팔아준 종손에게 400만 원을 주고, 8백만 원만 받았다.

그리고 그 돈은 전부 약국을 운영하고 나머지를 정리하는 데 쓰였으니, 나는 '논 팔아 장사하는 사람'이 되었다. 「박형」께서 그렇게 나를 위해 마지막까지 논을 남겨주어서, 내가 가장 곤궁할 때 논이 구원을 하도록 하셨다.

사실 「박형」은 모두 계획을 가지고 그렇게 하셨겠지만, 나로서는 「박형」의 큰 은혜에 보답할 기회를 놓친 것이 아쉽고 원통하다.

「박형」께서 나에게 논을 사도록 하고 나의 미래를 준비시켜 주셨던 것, 이것은 「박형」의 미래를 아는 지혜(천안명)의 두 번째 실례이며, 「박형」의 큰 자비심이라고 하지 않을 수 없다.

▶ ③ 나에게는 『주역』 책을 주셨다

어느 날, 나는 아주 이상한 꿈을 꾸었다. 잠을 깨기 직전 꿈속에서 붓으로 쓴 편지 한 장을 받았는데, 그 글을 아무리 해석하려 해도 해석도 못 하겠고, 외우려 해도 외워지지도 않았다. 그것은 흰 종이에 붓으로 쓴 한 장의 한문漢文 편지였다.

그런데 그날 나는 「박형」 박상신 도사님이 부르기라도 한 듯 풍기읍 금계동 「박형」댁을 찾아갔다. 마침 「박형」은 마당에 계셨는데, 거처하는 사랑방 문이 열려 있었다.

그때 나는 「박형」께서 시키기나 한 것처럼 얼른 그 방안을 들여다보았다. 그 순간 방안 작은 책상 밑에 벼루와 먹이 눈에 번쩍 들어왔다.

「박형」께서 그러한 나의 행동을 보고 그날 새벽에 '붓으로 쓴 한문 편지 한 장을 받은 나의 꿈'을 아는 것처럼 무엇인가를 암시하려는 듯이 말씀하셨다.

"나는 내 마음대로 글을 써."

'그렇다면 혹시 어젯밤 꿈에 내가 받은 편지가 「박형」이 써서 보내준 편지는 아닐까? 마음대로 써서 꿈속에서 보여주는 편지? 도대체 이런 일이 어떻게 일어날 수 있단 말인가?'

그리고 나는 안방으로 들어가 「박형」과 마주 앉았고, 그동안 내가 겪어본 「박형」의 여러 가지 능력이 정말 신기하고 불가사의하며 한편 부럽기도 해서, 공부하면 '미래에 일어날 일을 미리 알 수 있다'고 하는 주역책을 부탁드렸다.

"나도 『주역』 공부를 하고 싶어. 주역책이 있으면 좀 빌려주게."

✓ 「박형」께서는 나와 초등학교와 중학교 동기동창인 데다가, 나는 몇 년 전까지도 「박형」께서 소백산 입산수도 3년을 한 것과 신통한 능력이 있음을 보았지만 얼마나 훌륭한 사람인지는 알지 못했고, 당시의 「박형」이 우리를 항상 동창생으로 대하였기 때문에 나의 말투가 이러했다. 그래서 글 중에 가끔 '박상신' 또는 '상신'이라고 「박형」의 이름을 사용하는 경우가 있는데, 그것은 내가 그 순간, 그때에는 그렇게 생각하고 있었다는 의미이다. (*)

그때 「박형」께서는 그날의 모든 것을 당신께서 기획하신 일인 것처럼 준비하고, 이미 책을 손에 들고 기다리고 계셨던 것처럼, 내 말이 떨어지기 무섭게 나의 무릎 앞에 책 한 권을 무심히 던지며 말씀하셨다.

"이 책은 별것 아니야. 빌려 달라니까 주기는 하네만."

사실 나는 그때까지 주역책을 한 번도 본 적이 없었다. 생전 처음 보는 그 옛날 책을 읽을 수 있을지 없을지는 생각하지 않고, 책을 들어 얼른 한 페이지를 열었더니, 까만 것은 한문이고 흰 것은 종이였다. 하지만 내심 뛸 듯이 기뻤다. 드디어 나도 '앉아서 천리, 서서 구만리' 그 미래지사未來之事를 알 수 있다고 하는 『주역』을 공부할 수 있게 되었다고, 그리고. 그날 밤은 그 책 속에서 살았다.

그 책은 『주역전의대전周易傳義大全』 24권의 총목總目으로, 그 책에는 책을

칙명勅命으로 만들게 되었다는 것과 만든 관리의 이름들을 길게 나열하는 것을 시작으로, 하도河圖와 낙서洛書, 무극과 태극, 음양陰陽, 양의兩儀, 사상四象, 그리고 복희팔괘伏羲八卦와 『주역』의 64괘 등…, 선인들은 무엇을 어떻게 만들었고 공자孔子(Confucius)님과 현인들과 선비들이 어떻게 '괘의 모양 등등'을 풀이했는지가 상세하게 적혀있는 것 같았다.

▶ 나는 다음날 일찍 「박형」댁을 다시 찾았고, 방에 들어가 앉자마자 간절한 마음으로 청했다.

"주역책을 전부 좀 빌려주게."

「박형」은 말없이 『주역전의대전』 24권 중 나머지 전부를 다락에서 꺼내 오셨다. 그리고 보자기에 싸더니, 그 큰 책 보따리를 묵묵히 나에게 내주셨다. 그리고 앞날을 미리 보고 작게 말씀하셨다.

"이 책은 자네 것일세."

당시에 「박형」께서 나에게 주역책을 주실 것은 상상도 하지 못한 일이었기에 마음속으로 깜짝 놀라면서 오히려 어리둥절했다.

지금 생각해 보면, 그 책에는 내가 알지 못하는 한문이 많았기 때문에 자세하게 뜻을 알 수가 없었는데, 이런 사정을 훤히 알고 있을 「박형」이 그것을 문제 삼지 않고 귀중한 책을 내어준 것은 정말로 고맙고 감동적이다.

나는 그날부터 밤낮으로 열심히 그 주역책을 읽었다. 할 일이 생겼던 것이다. 내가 하던 약국의 일들은 문제가 아니었다.

그렇게 후딱 3일이 지나갔는데, 다시 어떤 동자童子가 책을 받쳐 들고 나에게 걸어오는 실제처럼 생생한 꿈을 꾸었다. 꿈에서 그 동자를 보자마자 '저 동자는 분명 보통 사람이 아니다. 문수보살文殊菩薩이나 신선을 시봉하는 동자일 것이다.' 그렇게 생각되었다. 동자는 두 팔을 직각으로 굽힌 채 그 팔에 책을 공손히 받쳐 들고 단정한 모습으로 내게 다가왔었다.

그리고 동자의 단아하고 우아한 모습과 절도 있는 행동을 보았다고 생각하는 순간, 정신이 번쩍 들면서 따뜻하고 밝은 빛이 나를 압도했다. 온 세상이 확 밝아지면서, 그 빛이 나를 덮쳤고 나는 밝고 황홀한 그 빛 속에서 사라졌다.

▶ 그렇게 「박형」은 '이 책은 자네 것일세.'라며 『주역전의대전』 24권을 건네주었는데, 나중에 그 『주역』 책을 읽고 있던 나에게 깨우쳐주셨다,

"그것은 공자의 역이다."

아마도 이 말씀은 시중에 통용되는 『주역』은 공자님께서 본 세상이요 공자님의 정신이요 가르침이라는 뜻이다. 그리고 전지전능하고 저승과 이승을 자유자재 넘나드는, 「박형」 당신의 한 수 위의 '대도사의 역'이 따로 있다는 말씀이기도 하다.

당연히 '대도사의 역', 그 「박형」의 역'은 지향하는 목적과 방법은 물론 '공자의 역'보다 고차원적이고 너무 고준高峻한 내용이어서, 신선이나 성령의 실상을 모르는 우리에게는 거의 불가사의하다.

인간의 실체는? 사람이 죽으면 어떻게 되는가? 성인께서는 왜 욕심을 이기라고 하셨는가? 삶의 최종목표는? 목적지에 도착할 수 있는 바른길은? 사람이 어떻게 성령이 되며, 언제 광명(빛)과 합일할 수 있는가?

아무나 대답할 수 없는, 이런 고차원적인 질문에 「박형」은 그 정답을 실제상황으로 보여주셨고, 말씀을 남기셨기 때문이다.

어쩌면 「박형」께서 주신 가르침이 사람농사·알곡추수하시려고 왕림하신 도사님의 마지막 카드(Card)일 수도 있다. 「박형」께서 그때가 된 것을 보시고, 이 세상에 마지막으로 '교역交易의 실상'을 밝혀주셨을 가능성이 있기 때문이다.

그리고 「박형」께서 중요한 괘, 기제既濟, 무망无妄, 서합噬嗑, 등 3괘를 풀어
주셨다. (제5부에 여기 3괘에 대한 「박형」의 명쾌한 풀이가 있음)

　　그리고 약속하셨다.

　　"한 괘씩 그려서 벽에 붙여두고 책을 읽으면, 깨닫는 바가 있을 거야.

　　꼭 그렇게 하게. 내가 어떻게 해줄 테니까. 한 괘에 3, 4일, 어떤 때는 일주일,
드물게는 한 달 이상도 더 걸릴 수 있어."

　　「박형」께서는 우리가 '한 괘씩 그려서 벽에 붙여두고 지극한 정성으로 주역
책을 읽으면' '어떻게 해줄 테니까'라고 약속하셨고, '꼭 그렇게 하라'고 당부하
셨다.

제3장 금계동으로 이사하다

1. 드디어 우리가 모든 것을 버리고, 금계동으로 이사했다

집사람은, 이 세상 어려움 속에서 이대로 살다가 죽는다는 것이 개죽음에 지나지 않는다는 사실에 확실히 눈을 떴다. 참으로 그랬다.

전에 집사람이 '아기를 안아다가 「박형」댁에 가져다주는 꿈'을 꾼 그날, 금계동 「박형」댁에 갔다가 왔을 때 내가 물었다.

"무슨 이야기를 했어?"

"당신 열심히 공부해 보세요. 처음에는 말리시는 것 같았어요. '이 공부는 고등고시高等考試공부하는 것과 달라서 아무것도 얻을 것이 없다.'고 하셨어요."

나에게는 그렇게 말했지만, 사실 그날 집사람은 「박형」께 자신의 지난 잘못을 낱낱이 고하고 크게 참회하는 눈물을 펑펑 쏟았고, 마침내 「박형」의 가르침을 따라 열심히 '아무것도 얻을 것이 없는 그 공부'를 하겠다고 맹세했었다.

사실 집사람은 간절히 「박형」께 더 많은 것을 배우고 싶어 했다. 이미 자신의 목숨이 끝난다는 40에 가까워졌기 때문인지는 모르겠다.

그녀는 그 무렵 몇 번 부처님 정법正法을 직접 만나기는 하늘에서 떨어지는 바늘이 어느 바다 위에 떠 있는 나무토막에 꽂히는 것보다 더 어렵다고, 백천

만겁百千萬劫 난조우難遭遇라고 말했었다.

그리고 그녀는「박형」께서 말씀하신 '괴로움에서 벗어날 수 있는 오직 이것 한길'로 곧장 가기로 확실히 결심을 굳히고 있었다.*

그랬다.

어느 날 약국 문을 열던 집사람이 잠을 자고 있는 나에게 다짜고짜 이렇게 말했다.

"단 하루도 이렇게 살 수는 없어요."

그 순간 이상하게도 나도 중얼거렸다.

"갑시다."

"지금 가요."

"뭐라고?"

"지금 올라가요."

나는 잠이 확 달아났다. 그리고 중얼거렸다.

"글쎄, 여러 가지 일이 많은데…"

"제가 먼저 올라가겠어요. 정리하고 뒤따라오세요."

집사람은 내가 뭐라고 말도 하기 전에 방으로 들어와서 짐을 챙기기 시작했다. 당장 입을 옷가지와 전남 광주에서부터 우리를 따라다니던 헌 서랍장 하나, 간단한 취사도구 몇 가지를 챙겨 가지고 횡허케「박형」이 계신 동네인 금계동으로 떠나가고 말았다.

그때가 1979년 10월이었다. 10·26 사태가 발생하기 며칠 전이었다. 집사람이 가고 나서 나는 후배 약사를 불렀다. 그들 부부는 모두 약사여서 우리 약국을 인수할 수 있었다.

"약 재고와 외상 잔고를 다 떠맡고 현금으로 400만 원만 줘요. 모든 시설과 냉장고, 텔레비전, 부엌살림 그리고 여기에 남기고 가는 것은 모두 다 알아서 처리하고…"

"너무 헐값에 넘기시려는 것 같습니다. 받을 액수를 다 말하세요."

"괜찮아요. 내가 급하니 오늘 중으로 현금이나 준비해요. 집세가 한두 달분 남았으니, 다음번 세금을 막으면 되고, 그 외에는 걸릴 것이 없을게요."

"그렇지만 혹시 연락처라도…"

"금계동으로 가요. 그곳에 와서 찾으면 찾을 수 있을게요."

이렇게 야반도주도 아니면서 황급히 우리들은 금계동에 있는, 「박형」께서 주선해 준 삼간三間짜리 조그만 토담집으로 이사했다.

나는 얼떨결에 집사람에게 이끌려 이사하게 되어 정신을 차릴 수가 없었지만, 시골 토담집에 와서 내가 할 수 있는 것이라고는 방 안에 앉아서 「박형」이 준 『주역전의대전』을 읽는 것뿐이었다. 물론 거기 언덕 위의 작은 토담집은 「박형」께서 알선해 주셨다.

그 집은 정말로 우리 4식구가 함께 지내기에는 비좁은 토담집이었다. 그리고 집사람은 그리로 이사를 한 첫날부터 또다시 고생과 시련이 시작되었다. 그녀는 일찍이 토담집을 한 번 본적도 없었고, 옹달샘에서 물을 길어다가 먹어본 일도 없었다.

어떻든 농촌에 처음 발을 들여놓은 도시 사람인 그녀는 모든 것이 쉽지 않았다. 그때 동리에는 수돗물도 없었고, 변변한 먹을거리를 구하려면 시내까지 나가야 할 형편이었다.

그랬다. 특히 아이들 학교 때문에 새벽에 일찍 아침밥을 해야 했다. 나는 책 본다는 것을 핑계로 그녀에게 아무 도움도 주지 못했고, 집사람은 모든 것을 스스로 해결해야만 했다. 하지만 외유내강한 그녀는 힘차게 본인에게 닥친 시련을 군말 없이 헤쳐 나갔다.

「박형」과 만났을 때의 약속, 재齋를 지내며 새끼손가락을 잘랐을 때의 맹세대로, 성불成佛하겠다는 자신과의 약속과 남편의 성공과 자식들에게 부담 주지 않겠다는 맹세를 지키기 위해서 피나게 노력했다.

그전에 모든 것을 「박형」께서 이미 말씀하셨다.

"시골에서는 신문지 한 장도 귀하다."

나중에 「박형」께서 '자네는 등산객일세.'라고 하시더니,
"자네는 서생원일세, 서생원."
이라고 하셨다. 그리고 그때 덧붙여 말씀하셨다.
"자네는 64세가 되면 모든 것을 알 수 있을 것이야."
역술대가는 나에게 '64세가 되면 살이 찔 것'이라 했는데, 「박형」께서는 '모든 것을 알 수 있을 것'이라고 하셨다.

✔ 지금부터는 금계동으로 올라가서 겪었던 실제상황의 이야기가 나온다.
「박형」께서 일부러 장염 환자가 되어 약국으로 찾아와 가르침을 시작하셨고, 우리는 그 가르침을 따랐다. 특히 이미 많은 공부가 되어 있던 집사람은 더 확실한 의지와 믿음을 가지고 「박형」의 가르침을 실천했다. 그리고 금계동으로 앞장서서 이사를 했다.

그러나 집사람에게는 아직 넘어야 할, 험난한 시험이 계속 기다리고 있었다. '40전에 죽는다'는 집사람에게는 더욱 절박한 상황이 되었다.

그래서 「박형」께서 주신 시험문제와 집사람의 의지와 믿음이 만들어 내는 결과!

이런 것이 사실일까? 믿기 어렵고, 정말 그런 시험까지를 모두 통과해야 도사가 될 수 있는가?

쉴 틈도 없이 찾아오는 시련들과 정신을 바짝 차리지 않으면 살아남기 어려운, 기막힌 실제상황의 이야기가 있게 된다.

제 3 부

윤회輪廻에서
벗어나기

(금계동에서)

백화자 님의 승화昇華를 축하하며

1979년 겨울과 1980년 봄, 여름, 가을. 금계동에서의 만 1년간 집사람이 태양처럼 따뜻한 「박형」의 말씀을 받아서 여름날 과일처럼 날마다 성장하던, 그 아름답던 모습을 나는 지금도 놀라며 바라볼 수밖에 없다. 그리고 거듭 고 백화자 님의 승화를 진심으로 축하한다.

제1장 시련의 시작

> 금계동으로 이사를 하자마자, 집사람에게 시험이 닥쳐왔다.

1. 의지와 믿음을 시험받다

1979년 10월 10·26 사건이 일어나기 며칠 전에 우리는 금계동으로 이사했다. 이사한 집은 언덕 위에 있는 3칸짜리 작은 토담집이었다.

흙벽돌로 만든 우리의 토담집과 옆의 그림은 아주 똑같다. 부엌과 두 개의 방과 방문의 크기도 아주 똑같다. 다만 우리의 토담집은 지붕이 새마을 사업으로 슬레이트로 바뀌어 있다.

〈토담집〉

그런데 이사한 다음 날에 어떻게 알았는지 서울 처가 식구들이 금계동으로 바로 들이닥쳤다. 둘째 손위 처남 셋째 손위 처남, 그리고 큰 처형이었다.

"괜히 오고 싶은 생각이 나더라구. 영주로 박서방이 하던 약국을 찾아갔더니, 폐업했다고 그러더구나. 동네 사람을 붙잡고 물어보았지만 어디로 갔는지 죄다 모른다는 거지 뭐니.

때마침 참, 그분은 어디로 가셨나? 여기 금계동으로 온 것을 아는 분을 만

나서, 그분이 여기, 동네 앞까지 길을 안내해 주었어. 고맙게도. 그래서 바로 찾아온 거야."

자상한 큰 처형이 먼저 여기까지 온 자초지종을 집사람에게 설명했다.

물론 길을 안내한 그분은 「박형」일 것이다. 「박형」댁은 동리 입구에 있었고, 「박형」이 아니고는 우리가 금계동으로 온 것을 아는 사람이 거의 없었을 뿐만 아니라, 그 후에 영주 시내에는 우리가 죽었다고 소문이 났었으니까.

그리고 큰 처형은 왜 이런 궁벽한 산골로 살러 왔는지를 묻기 시작했다.

집사람은 말없이 식구들을 방으로 안내했다. 그리고 반가움의 눈물과 말로 다할 수 없는 여러 가지 감정 때문에, 마침내는 눈물을 펑펑 쏟으면서 울었다. 그런데 입을 다물고 말을 하지 않았다.

"응? 왜 그래? 화자야, 왜 그래?"

"…."

"그런데 왜 말이 없어? 대답이 없네! 말을 안 하는 거야, 못하는 거야?"

"…."

"약국을 남에게 넘긴 거니? 아니면 혹시 망한 거냐?"

"…."

"박서방, 말 좀 해 봐요. 화자가 왜 말을 안 하는 거예요? 이유가 뭐예요? 둘이서 싸운 건가요? 그리고 왜? 약국을 치우고, 먹고 살 준비도 없이 궁벽한 곳에 와서 고생을 사서 하는 거에요?"

그때 답답한 셋째 손위 처남(나보다 두 살 위이고, 이해심이 깊고 통했다.)이 집의 안팎을 둘러보고, 마당으로 들어서면서 나를 보고서 말했다.

"금계동은 정감록을 믿는 사람이 많다고 하던데, 그 정감록을 믿는 거냐? 정말이냐? 제발 그러지 말고 내려갑시다. 가서 약국을 다시 하기로 합시다."

"저희에게 시간을 좀 주십시오. 넉넉잡아서 두 달만 여유를 주시라구요. 저희는 공부하러 온 것입니다."

"이 사람아, 무슨 공부가 또 필요하다는 게야. 공부는 약국을 하면서도 할 수 있잖아."

"어떻든 우리의 정신은 멀쩡합니다. 안심하십시오."

"이 사람아, 이렇게 해놓고 안심을 하라고?"

그리고 혼자 말했다.

"거, 참 이상하네. 아, 이렇게 도깨비가 튀어나올 것 같은 곳에서 어떻게 살겠다는 건지, 그런데 화자는 왜 말을 안 하는 거야? 도대체, 왜?"

한편 다정다감한 둘째 손위 처남은 - 우리의 신혼 이불을 꾸리던 날, 눈물을 흘렸고, 나에게 변함없이 사랑할 것을 맹세하라며, 동생을 부탁했던 둘째 처남 - 먼 산을 바라보며, 슬퍼하는 것 같았고, 우리들의 건강을 염려하고 있었다.

"너무 걱정하지 마세요. 집사람도 저도 건강에 이상 없어요. 정 걱정이 되신다면 당장 소백산을 한 번 다녀오는 시합을 해보실래요?"

나는 객기까지 부리면서 너무 걱정할 것은 아니라고 했지만, 나와 집사람의 행동은 처가 식구의 그 누구도 납득시킬 수는 없었다.

결국 처가 식구들은 안절부절못했고, 아무리 걱정하고 애를 태우며 발을 동동 구르고 다그쳐도, 동생은 막무가내 말을 하지 않고, 박서방은 그냥 시간을 달라고만 하니, 갑갑한 마음으로 아무 소득 없이 허무하게 그냥 되돌아갈 수밖에 없었다.

셋째 손위 처남이 나를 밀어서 억지로라도 차에 태워서 데리고 가려고까지 했지만, 한사코 버티는 나를 어찌할 수도 없었다.

처가 식구는 모두 참 좋고 훌륭한 사람들이다. 정말로 사회적 지위도 훌륭했지만, 뼈대가 있고, (나중에도) 동생을 끝까지 챙기려는 것을 보면 축복받을 만한 어진 분들이었다. 하지만, 우리로서는 이미 왔는데 되돌아갈 수는 없었고, 갈 생각이 조금도 없었다.

그러니 이런 소란이 있을 수밖에, 한바탕 소란이 있은 뒤 처가 식구들은 마지막으로 이렇게 신신당부하고서, 한숨과 함께, 의문을 품은 채로 타고 왔던 자가용차를 타고 되돌아갈 수밖에 없었다.

"오늘은 날도 저물고 우리도 갈 길이 바쁘고 하여 그냥 가지만, 잘 생각해 보고 다시 시내에 내려가서 살도록 하게."

집사람은 계속해서 눈물을 흘렸다. 그러나 끝까지 입을 열지 않았다.

식구들이 떠난 뒤에 그녀가 '그분께서 금계동은 말이 많은 동리이니, 당분간은 말을 하지 말라고 하셨어요.'라고 그 까닭을 말했을 때, 나는 정말 휴~ 하고 안도의 숨을 내쉬었다. 그녀가 말을 한다는 것이 그렇게 반가웠다.

집사람은 말을 할 수가 없었던 것이 아니고, 말을 하지 않았던 것이다.

사실 「박형」께서 그렇게 시키신 데에는 분명 확실한 사유事由가 있었겠지만, 지금까지도 나는 그 신기하고 깊은 뜻이 있을 것 같은 까닭을 알지 못한다. 하지만 참으로 집사람이 보여준 의지와 믿음과 실행력은 정말 대단하다고 할 수밖에 없다.

그리고 며칠 뒤에 「박형」께서 말씀하셨다.

"사람들의 이야기로는 자네가 이 동리로 올라오게 된 것은 누구누구하고 나하고 그렇게 셋이 일을 꾸몄다고 하는데, 나는 아니야. 자네에게 일 년쯤 본래면목 공부 더 하고 오라고 분명히 말했잖아.

여기 금계동으로 오게 만들었다고 나를 보고 '개자식'이라고 욕하는 여자도 있더군. 여자들(수행자가 아닌 사람)은 그래."

「박형」께서는 우리가 금계동으로 이사하기 몇 달 전에 영주에서 분명히 나에게 미리 '자네는 일 년쯤 본래면목 공부를 더 하고 오게.'라고 하셨었다.

「박형」께서 이렇게 미리 '자네는 일 년쯤 본래면목 공부를 더 하고 오게.'라고 말씀하신 것에는 이유가 있다.

성인의 길, 공부가 어디로 향하는 것인지 모르는 범부인 나로서는 언젠가 자기를 이끌어주는 스승마저도 욕하고 배신할 수 있기 때문이다. 실제로 내가 그렇게 했다.

하루는 「박형」댁을 찾아갔었는데, 「박형」께서 손으로 자꾸만 자신의 가슴을 문지르면서 말씀을 하셨다. 그때 나에게는 혹시 「박형」께서 '나에게 최면을 걸려고 그런 행동을 연속으로 하는 것이 아닌가'라는 의심이 일어났다.

집에 와서 생각하니, 내가 금계동으로 왔지만 달라진 것은 없고, 먹고 살 일만 난처한 상황이 되었다는 생각이 들었다.

한번 의심이 생기니, 「박형」께서 행하신, 모든 것이 믿을 수 없는 것처럼 되었다. 불쑥 나는 외쳤다.

"그래. 맞아, 순사기야."

그리고 더욱 크게 「박형」을 비난하는 말을 집사람에게 했다. 집사람은 나의 태도가 갑자기 180도로 바뀐 것이 황당하다는 듯이 나를 쳐다보았다.

"우리만 이상하게 되었잖아. 그 친구가 최면을 건 것이라구. 나쁜, 사기꾼이야. 최면이야."

내가 그렇게 크게 외치는 것을 보면서도 그녀는 아무 말하지 않았지만, 그녀의 마음은 역시 「박형」에 대한 믿음과 수행자의 의지로 가득 차 있었을 것이다.

사실 「박형」은 이미 이러한 사실을 알고 있다는 것을 표현하려고 그렇게 하였는지, 내가 댁의 앞길을 지나가던 그 순간에 방문을 열고 나에게까지 들릴 만큼 큰 재채기를 서너 번 연달아 하셨다.

결국 「박형」을 두 번 만난 뒤에 나의 마음이 다시 본 상태, 「박형」을 믿고 의지하는 상태로 되돌아갔다.

그렇다면 어떻게 이런 이상한 사건들이 일어났을까?

지금 돌이켜보니, 처가 식구들이 갑자기 찾아온 것을 포함하여, 내가 크게

'사기꾼'이라고 소리친 것도 「박형」께서 만든 상황이고, 집사람의 의지와 믿음을 거듭 시험하신 것이다.

그래서 큰 소원이 있는 수행자는 무소의 뿔처럼 곧고 강한 정신으로 앞을 향해서 나아가라고 한다.

우리는 세상의 삶, 가족의 인정人情과 자신의 대원大願, 수행자의 삶, 그중에서 과연 어느 것이 더 중요한가를 깊이 생각하지 않을 수 없다. 예수님의 말씀처럼, '누가 나의 부모이며 형제인가'를 수행자는 생각해 보아야 한다.

집사람에게는 감히 따라가기 어려운 의지가 있었고, 믿음이 있었다. 삼가 백화자 님의 굳은 의지와 믿음에 큰 박수를 보내고 싶다.

2. 눈 밝은 집사람은 알아차렸다
- "그분은 부처님이에요!" -

전지전능하신 성령께서 주재하시는 세상이다. 어찌 그 앞에서 거짓을 말하며 죄를 범하며, 게으름을 피울 수 있으랴!

나중에 「박형」께서 말씀하셨다.
"그때가 제일 좋았다."
여기서 그때는, 내가 추운 겨울밤에 배낭 하나 짊어진 채 「박형」께서 공부했던 소백산 바위굴을 찾아가서 공부하겠다고 과감히 집을 떠났던 때, 그 지극한 마음으로 눈 쌓인 소백산을 헤매다가 양철지붕 집을 찾아냈을 때를 말씀하신 것이다.

그날 내가 산으로 떠나고 나면, 귀신이라도 나올 것 같은 토담집에 혼자 남아 아이들을 돌보아야 될 집사람은 어떤 충격에도 홀로 감당하겠다고 결심이라도 한 듯, 자신의 안위安危는 생각하지 않고 눈물을 감추며,

"몸조심하시고 꼭 성공하셔요."

그렇게 한 마디로 나를 보내주었다.

나는 쌀 두 되와 『주역전의대전』 24권을 배낭 속에 챙겨 넣고서 그냥 집을 나섰다.

까맣다 못해 파란 겨울 밤하늘이었다. 삼라만상이 모두 잠에 곯아떨어진 그 시각, 달도 없는 깜깜한 밤길을 눈빛과 별빛에 의지하여 「박형」이 공부했다던 바위굴을 찾아가 거기서 공부할 작정이었다.

산길에는 눈이 하얗게 쌓여 있었고, 매서운 겨울바람은 사정없이 몰아쳤고. 소백산 아래 비로사도 그냥 고요했다. 나는 거기를 지나 비로봉 정상을 향해 나아갔다.

그런데 참으로 이상하고 기적 같은 일이 일어났다. 경사진 눈밭 산길을 가려니 처음에는 숨이 턱에 차올랐는데, '에잇, 숨차 죽어도 좋다'라며 더욱 힘을 내서 걸었더니, 한순간에 전혀 숨이 차지 않게 되었을 뿐만 아니라, 숨을 쉬는지 쉬지 않고 있는지 모를 지경이 되었다. 힘도 안 들고 숨도 안 차고 정말 신기했다.

내가 속으로 '이런 것이 정신통일이라는 것인가? 혹시 내가 죽었나? 아니면 산신령? 「박형」께서? 내 속에 들어오신 것인가?' 했다.

전혀 호흡을 계속 느낄 수 없어서 지금 내가 정말 죽었나? 다시 놀라며 덜컥 겁이 났다. 그래서 바보처럼 일부러 숨 쉬는 움직임을 느끼려고 애썼더니, 평소처럼 숨을 쉬고 있다는 것을 거의 느끼게 되었고 약간 숨차게도 되었다.

산을 오르면서 숨도 차지 않고 힘도 들지 않았던 것은 지금도 이해할 수 없는 참 신비한 체험이다. 지금도 그렇게만 된다면 어디든지 얼마든지 오래 걸어갈 수 있을 것 같다.

큰 소나무 아래에서는 바람이 한결 '쌩-쌩-' 세차게 불었다.

'딱!'

나뭇가지 부러지는 소리가 들렸다. 연이어서 하얀 눈가루가 사방으로 흩날렸고, 어떤 짐승이 지나간, 눈에 난 작은 발자국을 따라서 가자니까 발자국이 「박형」께서 공부하셨다는 바위굴이 있다는 곳으로 나아가고 있었다.

그 길은 깜깜한 아래로 가파르게 뻗쳐 있었다. 나는 그 발자국을 따라갈 엄두가 나지 않아서 조금 더 비로봉을 향해서 걸었다. 그러다가 다시 「박형」의 바위굴을 향하고 싶었다.

그쪽으로 아래로 내려가려고 보니, 마침 눈이 쌓여 있으면서 바로 앞에 소나무가 큰 게 보였다. '오호라, 여기서 슬쩍 미끄럼질로 내려가면 저 소나무에 닿겠구나.' 싶었다. 그때 '신중해야지. 산에서는 아무렇게나 행동하면 안 된다'는 경고가 있었다. 하지만 나는 그냥 그 나무를 향해서 미끄러지듯이 내려가서 나무를 꽉 잡았다.

그 순간 아차차, 등 뒤의 배낭이 내 머리를 가격했다. 순간 내 머리가 그 소나무를 들이받았고, 입술이 아팠다. 금방 흰 눈에 빨간 피가 (아름답게) 뚝뚝 떨어졌다. 그런데 천우신조인가, 수건으로 입술을 몇 번 닦아내고 눌렀더니, 금세 지혈이 되었다. 그때 생각이 났다. '이것은 내가 「박형」을 사기꾼이라고 막말을 한 것에 대한 벌이구나!' 속으로 용서를 비는 심정이 되었다.

그래서 다시 그쪽으로 내려가는 것을 포기하고 비로봉 정상을 향해서 나아갔다. 정상에서 국망봉으로 건너갔다. 그리고 산줄기를 타고 국망봉 아래로 내려가면서 「박형」께서 말씀하셨던 바위굴을 찾아다니기 시작했다.

그때 발밑에 넓은 바위가 희미한 밤의 어둠 속에 보였다. 바위의 주위는 쌓인 눈이 한 길이 넘는 듯 나뭇가지로 찔러보니 막대기 끝이 땅에 닿지 않았다.

바위굴을 찾아야 되겠는데, 나는 겁이 덜컹 나서 큰 바위 주위를 한 바퀴 돌아볼 엄두도 내지 못했다.

또 이렇게 추운 겨울에 저러한 바위에 생긴 굴에 들어가 있으면 공부는 고사하고 얼어 죽지나 않을까 하는 두려움마저 생겼다.

어쩔 수 없이 「박형」께서 말씀하셨던 바위굴 찾기를 포기하고 「박형」께서 어느 날 '지어 놓았다'고 하신 움막집을 찾기로 했다. 그래서 산의 아래쪽으로 내려가기 시작했다.

그리고 두 번째 난관에 봉착했다. 발아래로 바위 절벽이 있었는데, 그 아래로 내려가려면 바위를 타고 내려가는 수밖에 다른 길은 없어 보였고, 그 바위 절벽 아래에 물웅덩이가 있었다. 분명 그 아래로 내려갈 때 배낭을 지고 가다가는 방해가 될 것 같았다. 하지만 배낭을 벗어 아래로 던져서 배낭이 물에 떨어지면 『주역전의대전』이 젖을 것 같았다.

한참을 망설이다가 안전이 우선이라 생각하고 배낭을 먼저 아래로 던졌다. 천만다행 배낭은 웅덩이 옆의 땅에 떨어졌다.

그리고 조심조심 바위 아래로 내려가서 다시 눈길을 헤매기 시작했다. 움막집을 찾는 일은 그렇게 만만한 일이 아니었다.

결국 아래로 내리뻗은 능선을 뒤지고 다 내려왔다. 그렇다면 다른 능선을 타고 되올라가면서 움막집을 찾아야 될 것만 같았는데, 눈과 나무뿐 움막집은 어디에 있는 것인가? 나는 이미 많이 지쳐 있었다.

어떻게 해야 하나! 정말 당황했다. 집을 떠나올 때 공부를 해보겠다고 다짐했던 계획이 첫걸음부터 어긋나고 있었으니까.

눈 속을 헤맨지 제법 많은 시간이 흘렀다고 생각되는 그 순간, 다리가 무거워지며 그냥 걷기도 버거워지고 말았다. 마치 눈밭이 발목을 잡아당기는 듯했다.

바로 그때다. 내 눈앞에 양철지붕 집 한 채가 있었다!

오! 하나님. 드디어 집을 찾았다. 정말 반가웠다. 그 집으로 다가가면서 새삼

양철집 올록볼록한 양철지붕 처마 끝의 굴곡을 확인했다. 올록볼록한 양철지붕 처마 끝의 굴곡이 분명했다. 눈에 덮여 있기는 했지만 그 집은 틀림없이 양철지붕의 집이었다.

그런데 그 집으로 접근하는 동안 번개같이 머릿속을 스친 생각이 있었다. 정말 내가 여기서 공부할 수가 있을까 하는 걱정이었다.

불현듯 무섭고 외롭다는 생각이 들었고, 집에 남겨두고 온 집사람도 문득 생각났다. 그리고 다시 세상으로 살아 나갈 수 있을까 하는 걱정과 함께… 나는 속으로 말했다.

'어렵겠어.'

그렇게 내가 '어렵겠다'고 생각하면서 다시 보니, 거기 있던 양철집이 감쪽같이 사라지고 대신에 크고 시커먼 바위가 눈 속에 눈을 이고 서 있었다. 조금 전에 올록볼록한 양철지붕 처마의 끝을 확인까지 했었는데, 지금 보니 그게 눈 덮인 바위였다.

그 옛날 원효대사님께서 당唐 나라로 유학 가던 중 밤이 되어 동굴(무덤)에 들어가 잠을 자다가 목이 말라서 찾아 마신 물이 그렇게 시원한 감로수였는데, 다음 날 아침에 그것이 해골에 썩은 물이었다는 사실을 알고 일체유심조一切唯心造, 모든 것은 오직 마음이 지어낸 것임을 깨달았다는 이야기가 순간 떠올랐다.

그러나 당나라에 공부하러 가던 원효대사는 그 순간 '일체유심조'의 그 심체心體, 그 여의주를 얻었지만, 정말 분하게도 나는 계속 범부고, 서생원書生員에 불과했다.

정말 나의 결심과 서원이 모자라서 그 양철지붕 집이 사라졌다면, 내가 분명히 양철지붕을 보고 재차 양철지붕 처마의 끝, 그 올록볼록한 굴곡까지 확인했던, 그 양철지붕집이 실제實際가 아니라면 과연 무엇일까?

▶ 나는 미련이 남아 여기저기로 헤매다가, 초가집이 무너져서 지붕까지 눈과 흙더미 속에 파묻힌 것을 보고서는 드디어 낙심하여 그 눈밭에 쭈그리고 앉아 버렸다. 깜깜한 산에서 갈 길을 잃었고 어느 쪽으로 산을 벗어나야 될지 알 수 없었다.

가지고 간 비닐을 꺼내서 몸을 감싸 바람을 막았다. 걸을 때는 덥더니, 가만히 앉아 있으니까 점점 추워지는 것 같았다. 당시에 나는 요즘처럼 훌륭한 등산용 점퍼를 입었던 것이 아니고, 시장에서 파는 싸구려 비닐로 된 옷(인조솜을 넣은)을 입고 있었으니 추울 수밖에 없었겠다.

성냥을 꺼냈다. 그때 마음속에 경고가 있었다. 여기에서 불을 피우다가 산불을 낼 염려가 있다는.

그러나 나는 눈에 띄는 대로 가랑잎을 몇 개 모아놓고 성냥불을 그었다. 불꽃이 파르르 일어났는데, 그때 난데없이 바람이 휙 불면서 성냥불을 꺼 버렸다. 나는 다시 성냥을 그었고, 불꽃이 일었는데, 또다시 바람이 불면서 성냥불이 꺼졌다.

그렇게 바람은 계속 불을 껐다. 결국 별별 방법을 다했지만 불을 한 번도 피울 수가 없었다. 이 바람이 혹시 「박형」께서 불어 보낸 바람은 아닐까 했다.

아주 지루하고 긴 밤이었다.

동산에 반달이 나타났고, 시간이 감에 따라 점점 위로 올라와서 중천에 걸리더니, 아주 천천히 서쪽 하늘로 이동했다. 달이 서산에 이르자, 나무들이 갑자기 귀신으로 변하는 것은 아닐까 이상한 분위기가 되기도 했지만, 달은 결국 서산으로 넘어갔다.

드디어 먼동이 트기 시작했다.

따라서 산의 윤곽이 차츰 드러나면서 보이지 않던 것들이 시야에 들어왔다.

나는 대충 눈길을 더듬으며 방향도 모르면서 정처 없이 걸었는데, 다행스럽게도 문득 작은 산촌인 달밝골이 나타났다. 전에 아이들과 한번 왔었던 달밝골이었다. 거기로 산을 벗어나게 되었다. 그때의 심정은 전쟁터에 나갔다가 쫓겨 오는 패잔병처럼 처량했다. 돌아오는 길에서는 새벽 일찍 산에 와서 일하는 척하던 사람들을 만났는데, 내가 그들을 지나치려는데 어떤 사람이 말했다.

"그쪽에 사람 사는 집은 전부 헐렸어."

귀가 번쩍 뜨였다.

'그러면 그렇지. 있는 것을 못 찾았다면 말이 안 되지.'

그랬지만 그것은 잠깐의 위안이 되었을 뿐, 나의 실패는 아무리 좋게 생각하려 해도 양철지붕 집이 순간 바위로 변한 것은 나의 확고한 믿음과 결심 부족 때문이라는 결론에서 벗어날 수 없었다.

만약 그 당시 나에게 투철한 사명감이나 의지가 있었다면, 「박형」께서 지어 놓으신 그 양철지붕의 집에서 공부할 수도 있었을 것 아닌가.

▶ 아침에 집에 도착했더니, 금계동 집에 남아 있던 집사람이 순간 이상한 표정으로 나를 맞았다. 그리고 나의 행색을 살피더니 말했다.

"그분께서 어젯밤 내내 당신 걱정하시느라고 한잠도 못 주무셨다고 그러시더군요."

나는 어젯밤에 겪었던 나의 남부끄러운 상황을 집사람에게 이해시키자면 시간이 걸릴 수밖에 없다고 생각했다. 한편 집사람은 「박형」께서 정말 나를 위해서 애쓰셨다는 사실을 알게 되었고, 언제나 큰 자비를 실천하는 부처님임을 재차 확인했다.

집사람은 내가 지금 꼭 「박형」께 감사 인사를 드려야 된다고 생각했는지, 아무 생각이 없던 나에게 불현듯 신념을 갖고 강하게 말했다.

"그분은 부처님이에요!"

집사람은 벌떡 일어나면서 나에게 말했다.

"우리 그분께 가요. 저를 따라오세요."

집사람이 왜 「박형」께 가자는지 알지 못한 채, 나는 집사람에게 이끌려 「박형」댁으로 갔다. 그녀는 나를 「박형」 앞에 서게 하더니 말했다.

"자, 인사 올리세요."

그녀는 「박형」께서 정말로 나를 위해서 밤을 새우며 애썼다는 것을 믿었고, 어쩌면 생명을 살려주셨을지도 모른다고 생각했던 것이 분명하다. 그리고 또 어떤 확실한 깨달음이 있던 그녀는 살아계신 부처님, 생불生佛이신 「박형」께 예불禮佛을 드릴 작정이었다.

집사람 행동을 보고 방을 청소하던 「박형」 큰따님이 '어머머' 놀라면서 옆으로 비켜났다.

집사람은 「박형」에게 큰절을 올렸다.

나는 마음속으로 「박형」이 나의 스승이라고 믿으면서도, 그리고 보통 사람이 아니라고 생각하면서도, 친구 모습으로 앉아 있는 「박형」에게 큰절을 할 수 없어서 엉거주춤 서서 두 사람이 서로 큰절과 (중생도 부처님이 될 수 있기 때문에) 맞절로 공경의 예를 다하는 모습을 어쩌면 부러운 눈으로 쳐다보았다. 집사람에게 어떤 확실한 깨달음이 있었는지 궁금해하면서….

집사람은 예불禮佛을 드렸고, 「박형」께서 집사람을 격려하셨다.

"참, 어려운 일을 잘 참고 이겨 나가는 것 같아요. 어렵겠지만 꾹 참고 힘을 내십시오."

"아무것도 몰라요. 잘 좀 이끌어주세요."

두 사람 대화는 스승과 제자의 대화처럼 진지했다.

나는 엉거주춤 서 있다가, 밖으로 나가시는 「박형」을 따라서 대문 밖으로 나섰다.

그때 「박형」께서 『화엄경』의 한 구절처럼 말씀하셨다.

"마음을 크게 먹게. 마음을 크게 먹게. 마음을 크게 먹게."

죽음을 두려워할 뿐 부처(佛陀)가 되겠다는 의지도 사명감도 없고, 집안 걱정이나 하며 사는 나에게 대장부처럼 큰마음 쓰라고 그렇게 당부하셨다.

그때 문득 산에서 보았던 양철지붕 집이 생각나서 내가,

"결국 움막집도 찾지 못하고 말았네."

하고 한탄했더니, 「박형」께서 재확인하듯 말씀하셨다.

"거기에 내가 지어놓은 집이 하나 있지."

진실로 「박형」은 전지전능했고, 조물주造物主가 따로 없다.

「박형」께서 그 밤 내내 나를 여러 가지로 보살펴주셨던 상황을 생각해 보면 참으로 놀랍다. 이것은 분명 성령의 능력이다.

산을 오르면서 숨차지 않게 하였던 것부터, 달 없는 밤길을 환하게 밝혀주었던 능력, 입술의 피를 곧장 멎게 하였던 일과 배낭이 땅 위로 떨어지게 한 것, 그 양철지붕 집을 만들어 보인 능력, 바람으로 성냥불을 계속 껐던 것과, 얇은 옷을 입고 큰 산 눈밭에서 밤을 지새웠는데 전혀 춥지 않게 해준 능력, 등등.

나는 시험에 낙방했지만, 그래도 나중에 「박형」께서 말씀하셨다.

"그때가 제일 좋았다."

「박형」께서 말씀하신 '그때'는 내가 양철지붕 집을 찾았던 그때인 것 같다. 오직 지극한 마음으로, 간절히 공부할 집을 찾아 밤에 산을 헤매고 다닌 것을 높게 평가한 말씀이 아닐까 싶다.

그리고 참, 집사람은 무엇을 보고 느껴서 「박형」께서 부처님이라는 것'을 깨닫게 되었을까? 정말 그녀는 눈 밝은 사람이다.

제2장 봄

1. 허울뿐인 삶에서 '나와 사람들을 구하리라.'
- 집사람에게 더 혹독한 시험을 주셨다 -

남자라면 누구도 아름다운 집사람을 미워할 수가 없었다.

그렇지만 아마도 집사람에게 닥친 끔찍한 불행은 전생에 내가 지은 죄에 대한 보답(對驗)일 수도 있고, 그것이 아니라면 집사람에게 주어진 준엄한 시험문제일 수도 있다. 그리고 인생길은 고생길이라는 것을 분명히 깨우치라는 가르침일 수도 있는, 상상도 할 수 없던 일이 벌어졌다.

혹시 이것은 집사람에게 있던 '전생의 업'을 소멸시켜 주기 위한 것인가? 그게 아니면, 확실하게 성행위의 추잡한 면을 확실하게 각인시켜 주기 위한 가르침인가?

금계동으로 찾아 올라갔던 겨울 다음의 첫 번째 봄, 어느 날 아침에 집사람이 손칼과 플라스틱으로 된 작은 바구니를 들고 쑥을 캐겠다고 집을 나섰다.

그렇게 집사람이 집을 나선 잠시 후에 「박형」께서 오셨다가, 동리 어디로 간다기에 나도 따라나섰다. 그 집에는 누구의 생일이었는지 동리 사람들이 여럿이 모여 음식을 먹으며 이야기를 나누고 있었다.

점심때가 되어 나는 집으로 돌아왔는데, 나물 캐러 간 집사람이 아직 오지 않았는지 집에 없었다.

그때 나의 집안 종손이 와서 잠깐 이야기를 하는 중에 '아주머니가 저쪽으로 가는 것을 보았다'고 말하면서 '두 사람의 남자가 팔짱을 끼고 데리고 가더라.'고 남의 일처럼 말했다.

오 마이갓!

아침에 나도 잠깐 사람 몇이서 멀리 산 쪽으로 가는 것을 보기는 했지만, 누구를 데리고 가고 있다고는 생각하지 못했었다.

당장 그쪽으로 달려가 찾았지만, 당연히 거기에 집사람은 물론 아무도 없었다.

그리고 얼마의 시간이 지나서 집사람이 바구니도 없이 빈손으로 힘없이 집으로 돌아왔다.

나는 집사람의 출현이 참으로 반가웠다. 다친 데 없이 건강한 것이 정말 고마웠다. 이미 지나간 일, 나로서는 무엇이 어떻게 되었건 무슨 말이나 어떤 내색도 할 수 없었다.

그리고 다음 날 「박형」께서 우리 토담집으로 오셨다. 그리고 문득 옛날이야기를 하셨다.

"6·25 한국전쟁 당시에 중학교에 외국 군인들이 주둔하고 있었을 때에, 밤에 그 앞을 지나가다가 강제로 당했던 여자가 많이 있었어. 우리 동리에서도, 지금은 그 여자들 아무 일 없이 다들 잘살고 있어."

나는 그때 「박형」께서 그런 말씀을 하시는 의도를 조금 알아차렸는데, 다음 순간 집사람이 작게 감탄하며 혼자 말하는 소리가 들려왔다.

"모두 다 아시고 계시는구나!"

그렇게 「박형」의 말씀에 위안을 받고, 놀란 가슴을 쓸어내렸을 집사람은, 아마도 대학생이었을 때에 아이를 가지게 된 사건에서부터, 몇 권의 소설이 될 것 같은 많은 사연. 의처증의 남편, 보잘것없던 신혼 살림살이, 그리고 이제 공부하겠다고 찾아든 이곳에서 당한 고통, 그 가장 심각한 치욕적인 사건에 이르기까지, 그녀는 고상한 상류사회를 꿈꾸던 젊은 시절의 자신과 함께 결혼 후의 자신의 삶을 다시 되짚어보았을 것이다.

그리고 (40전에 죽는다고 했던) 40이 되어가는 지금 고진감래苦盡甘來라! 괴롭고 어두운 밤이 지나서 아침의 밝은 태양이 뜬다는 것을 생각했을지도 모르겠다. 어떻든 모든 것을 다 알면서 자신을 위로하고 따뜻하게 감싸준 부처님 같은 「박형」에게 깊이 감사를 했을 것이다.

그녀는 「박형」께서 말씀하신 그 여자들처럼, 자신도 (그 사람들에게 복수하거나 스스로 자결하고 싶은 그런) 잡념을 모두 정리하고, 평안한 마음을 되찾게 되었다.

그리고 그녀는 자기가 전생부터 가지고 있던 잘못된 (남성을 유혹하고 모든 남성에게 사랑받기를 바라던) 소원 때문에 이런 일이 벌어졌다는 것을 깨달았다. 세상의 모든 것을 자기 자신이 만들고 있었다는 것을 깨우쳤다.

그리고 어느 순간 욕망이 폭력이 되고 사람을 망치게 할 수도 있다는 사실을 직시하면서, 자신은 꼭 인과응보의 윤회에서 벗어나고, 욕망에서 허우적거리는 삶에서 사람을 구해야겠다고 결심했다. 죄지은 자를 미워하기보다 오히려 그런 사람을 불쌍하게 생각하기 시작한 것이다.

"괴로움을 참을 수 있어야 하지만, 즐거움도 참을 줄 알아야 한다."

는 큰스님의 말씀을 뼈저리게 이해하게 되었다.

그리고 그녀는 항상 입버릇처럼 말했던 맹구우목盲龜遇木*의 확률보다 더 적

---

* 맹구우목盲龜遇木 : 눈먼 거북이가 바다를 헤엄치다가 숨을 쉬기 위해 100년에 한 번씩 물 위로 올라왔는데, 우연히 그곳을 떠다니던 나무판자의 뚫린 구멍에 목이 낄 확률처럼, 인간의 몸을 받아 태어나기가 지극히 어렵다는 것.

은 확률, 곧 '인간으로 태어나서' 백천만겁난조우百千萬劫難遭遇 '부처님 같으신 「박형」을 만난 지금' 자신이 가고자 하는 그 길이 아무리 험하고 힘들더라도, 항상 인자하시고 고통받는 자신을 따뜻하고 포근하게 보듬어주시고 이끌어주는, 거룩한 「박형」 박상신 도사님처럼, ✓ 자신도 반드시 고통받는 이를 따뜻하고 포근하게 보듬어주고 이끌어주는 그런 사람이 되겠다고 다시 한번 굳게 다짐했다. '비가 온 뒤에 땅이 더 굳어진다'는 속담처럼.

2. 옥봉玉峯을 찾다
– "저, 옥봉이 어디에 있는지 아세요?" –

계룡산으로 옥봉을 찾아갔다가 만난 공주에 사신다는 할아버지로 변신을 했던 「박형」께서 참나물 한 접시를 공간空間 이동移動시켜서 우리 밥상으로 보내주셨던 이야기다.

어느 날 「박형」께서
"옥봉이 저쪽 어디에 있는 모양이야. 옥봉은 나도 아직 가보지는 못했지만, 자네 부인이 먼저 가면 자네도 금세 뒤따라가도록 하게."
그리고 남쪽을 슬쩍 가리키시면서 말끝을 흐리며 귀띔을 했다.
"나는 대전 아래 공주에 한 번 가볼까도…."

당시에 나는 옥봉의 참뜻을 몰랐고, 「박형」께서 '대전 아래 공주에 한 번 가볼까'라고 해서 충남 공주公州에 볼일이 있으신가? 했다.

한편 나는 박정희 대통령이 서거한 후 큰 탈 없이 조용한 것을 생각하며,

"요즘 신문이나 텔레비전이 조금 잠잠한 것 같아."

라고 했더니 「박형」께서 조금 강한 어조로

"사람들이 자숙自肅하고 있어."

라고 하더니 이어서 말씀하셨다.

"내가 보니, 신문과 텔레비전이 진실만을 보도하지 않아. 진실을 감추고, 대개 자기들에게 유리한 것만 많이 내."

그런 대화가 있고 나서, 이틀 후에 집사람의 제안으로 우리는 옥봉을 찾아 길을 떠났다. 대전 아래 어디쯤을 향해 정처 없이 떠난 발길이 계룡산을 찾아들게 되었다.

어찌 된 일인지 우리가 버스에서 내린 곳은 계화위룡鷄化爲龍 계룡산의 갑사甲寺 입구였다. 거기 길가에 큰 관광안내판이 있었는데, 그 안내판 지도를 아무리 살펴보아도 옥봉이라는 봉우리는 찾을 수 없었다. 안내판 지도에는 갑사와 동학사가 계룡산 양쪽에 있어서, 갑사에서 출발하여 계룡산을 넘으면 바로 동학사로 내려갈 수 있게 되어 있었다.

갑사에 들렀다가, 내가 속으로 '이왕에 옥봉을 찾으러 왔으니 계룡산에라도 오르면 어떨까' 생각하는 중에 집사람이 누구의 지시를 따르듯

"이쪽으로."

하며 나를 다그치더니, 앞장서서 작은 나뭇가지를 헤치고 나가 등산로를 찾아 계룡산을 오르기 시작했다.

등산길에는 아무도 없었고 우리가 대략 2, 3분 정도 올라갔을 때쯤에 우리 앞에 할아버지 한 분이 앉아 쉬고 계시다가 우리들을 기다리셨던 것처럼 아주 반갑게 맞아주셨다.

"어서 오시오. 어디서 오는 길이오?"

"예, 경북 풍기에서 왔습니다. 산을 넘어 동학사 쪽으로 가보려구요."

"그러면 초행인 것 같은데, 나와 같이 올라갑시다."

"고맙습니다. 그런데 오늘은 등산객이 별로 없는 것 같군요. 박대통령 서거 때문인지…."

"요즘 사람들이 좀 자숙하느라고 그래."

나는 그 할아버지가 자숙이라고 하셨기 때문에, 언뜻 며칠 전에 「박형」께서 도 자숙이라고 하셨던 것을 생각하게 되었다.

'어쩌면 이렇게 일치된 단어를 사용할까? 혹시 이 할아버지가 「박형」 아닐 까?'라고 생각하는 중에, 할아버지가 얼른 앞장을 섰다. 우리는 부지런히 할아 버지 뒤를 따라 걸었다.

그런데 그 할아버지는 숨도 차지 않은지 쉽게 산을 걸어 올라가면서 말했다.

"젊은이들도 자주 등산을 하는 모양이지? 나는 한 달에 한 번씩 여기를 오 르곤 하오. 지난달에도 올라갔는데 이번 달에 못 올라가려고? 하면서 올라가 니 힘이 덜 들어."

"그러세요? 참 좋은 생각이시네요. 정말 그럴 것 같아요."

우리가 할아버지와 이런저런 이야기를 하면서 올라가는데, 할아버지의 걸음 이 가파른 곳에 이르러 더욱 빨라졌다.

할아버지께서 힘을 내니 우리도 아무 소리 못 하고 땀을 뻘뻘 흘리면서 따 라 올라갔다. 당시에 나는 할아버지 뒤에 바짝 붙어서 할아버지 발자국을 밟 으며 산을 오르고 있었다. 그런데 옛날 「박형」과 함께 비로봉을 올라갈 때 「박 형」의 몸에서 풍겨 나왔던 것과 똑같은 오묘한 향기가 할아버지 몸에서 풍겨 나왔다. 이상했다. '왜 「박형」 몸에서 났던 향기와 꼭 같은 향기가 이 할아버지 에게서도 나는 것일까?' 세상의 어떤 향기와도 다른 고귀한 천상(?)의 향기가!

결국 우리는 산 정상에 도착했는데 할아버지께서 말씀하셨다.

"나는 산나물을 뜯어 가지고 내려가곤 해. 지금 저 아래에는 나물이 다 쇠었 지만 여기는 아직 괜찮아."

집사람이 여쭈었다.

"무슨 나물을 뜯으세요?"

"참나물이라는 것인데, 다른 이름도 있어."

"저희는 그런 나물을 모르는데, 좀 가르쳐주시겠어요?"

"바로 이거야. 이렇게 생긴 잎이야. 처음 나오는 잎은 맛이 더 좋아."

"저희도 좀 뜯어 드릴게요."

"괜찮아, 길이 바쁘면 그냥 가지."

나는 별 관심이 없었는데, 집사람 행동을 보니 나물을 뜯어 드리는 것이 옳겠다는 생각이 들어, 나물을 뜯던 집사람에게 가서 물었다.

"어떻게 생긴 거야?"

나도 달려들어서 참나물을 뜯기 시작했다. 그런데 갑자기 할아버지 말소리가 어디에선가 들려왔다.

"부인은 참 마음도 곱고 그렇게 정성을 들이니 감사하군. 이제 그만하면 됐으니, 내려가지. 나는 이쪽에 볼일이 있어서 이리로 가야 해."

나는 마음속으로 어떻게 그 할아버지가 집사람이 정성 들여 참나물을 뜯고 있다는 것을 알았을까? 의아해했다. 서로 보이지 않는 곳에서 참나물을 뜯고 있었던 것 같았는데.

할아버지와 헤어질 때 집사람이 여쭈었다.

"저, 옥봉玉峰이 어디에 있는지 아세요?"

"글쎄, 찾아보면 알 수 있겠지. 삼불봉三佛峰이라고 하는 곳은 여기에 있어. 거기서 오늘 성대하게 재齋를 지낸다고 오라고 초대하더군. 나는 가는 길에 거기에 잠깐 들를 참이라오. 그리고 내려가다가 세 갈래 길이 있는 데서 왼쪽으로 가지 말고 곧장 아래로만 내려가면 돼. 꼭 바로 가, 옆으로 꺾어 나가지 말고."

"그런데 할아버지 댁은 어디세요?"

"공주에 살아."

우리는 그분이 가르쳐준 대로 내려가는 길을 찾아 산을 내려가기 시작할 때 할아버지는 보이지 않고 그분의 음성이 뚜렷하게 들렸다.

"잘 가게. 나중에 참나물 한 접시 보내줄 테니 먹어 보도록 하게."

우리는 해가 아직 많이 남아 있을 때 동학사 쪽에 당도했다. 하지만 한편 「박형」께서 말씀하신 옥봉을 찾지 못해서 못내 서운했다.

산 아래에는 자동차도 많고 음식점도 많았는데, 한 바퀴 둘러보니 조금 크고 마음에 드는 음식점에서 몇 사람이 나오고 있었다.

"저기로 가지."

나와 집사람은 그 음식점 안으로 들어갔다. 그리고 방금 나간 사람들이 앉았던 빈자리를 차지하고 앉았다. 그리고 줄줄이 여러 가지를 생각했다.

'도대체 나중에 참나물 한 접시 보내줄 테니, 먹어 보도록 하게 라고 말씀하신 그 뜻은 무엇일까? 또 그 공주에 사신다는 할아버지는 어떤 분이시기에 「박형」과 똑같이 '자숙'이라 하셨고, 그의 몸에서 「박형」과 꼭 같은 정말 고귀한 향기가 났을까? 「박형」께서 '나는 대전 아래 공주에 한 번 가볼까…'라고 하던 말씀과 어떤 연관이라도 있는 것일까?'

그때 바쁜 식당 주인아주머니가 우리 밥상을 차리려고 먼저 사람들의 상을 치우면서 (우리 상위에 나물 한 접시가 있었는지) 그 나물 접시를 다른 그릇과 함께 치우려고 집어 들었다가 치우지 않고, 주방 쪽에 물었다.

"누가 나물을 갖다 놓았어?"

주방에서 일하던 아주머니가 분명히 '아니요. 갖다 놓은 사람 없어요. 혹시 볼일 보러 간 (누구) 엄마가 갖다 놓았나?'라고 대답을 했는데, 그 나물 접시가 온전한 한 접시니까 식당 주인아주머니가 그 나물 접시를 그냥 우리 밥상에 다시 내려놓았다.

그리고 우리는 시장하던 참에 즐거운 마음으로 밥을 먹기 시작했다.

그런데 유독 그 나물은 깜짝 놀랄 만큼 연하고 맛있었다. 입안에서 살살 녹는다고 말해도 지나치지 않을 정도로 감칠맛 났다.

절로 손이 자꾸 그 나물로 갔다. 둘이서 서로 권하며 얼른 그 접시를 비우고 내가 용기를 내서 주인아주머니에게 청했다.

"여기 이 나물 한 접시만 더 주세요. 참 맛있네요."

주인아주머니가 나물이 가득 담긴 큰 그릇에서 한 접시를 옮겨 담아 가지고 왔다. 그런데 주인아주머니가 가져온 나물은 그전 나물처럼 살살 녹는 감칠맛 나는 것이 아니었다. 주인아주머니에게 물었다.

"이 나물 이름이 무엇입니까?"

"참나물이에요. 높은 산에서 나는…."

와! 그것은 충격이었다. 왜냐하면 그 순간 '나중에 참나물 한 접시 보내줄 테니 먹어 보도록 하게.' 하셨던 할아버지께서 정말 살살 녹는 감칠 맛 나는 '참나물 한 접시'를 보내주셨다고 생각되었기 때문이다.

사실 물건을 보내는 것과 반대(?)이기는 하지만, 취물법取物法이라고, 다른 데 물건을 가져오는, 신통한 이야기를 들은 적이 있다.

내 고향 풍기에 강기종이란 분이 있었는데, 소백산꼭대기에 앉아서 전국 어디 요리든지 사다 먹은 적이 여러 차례 있다고 했었다. 십여 명의 친구들이 보는 앞에서 돈을 내놓으면 사람 수에 맞춰서 음식이 각 사람 앞에 놓였다고 했다.

우리는 점심을 끝내고 식당을 나섰다. 그리고 조금 내려와 마을이 멀리 내려다보이는 한적한 시골길에서 버스정류장을 찾아냈다.

어느새 해는 서산으로 뉘엿뉘엿 넘어가고 있었다.

그때 무척 어질게 생긴 할아버지가 약초를 캐러 산에 갈 때에 갖고 다니는 칡덩굴로 엮은 망태기를 메고 정류장 앞을 지나가다가, 우리에게로 와서 친절하게 말을 붙이셨다.

"조금만 기다리면 버스가 올 거야."

나는 그분의 느낌이 인자하고 행동마저 우아했기 때문에, 내가 지금 계룡산에 계신 산신령을 만나고 있는 것은 아닌가 하고 생각했다.

그리고 나는 이분을 따라가면 사람을 바로 치료할 수 있는 약을 배울 수 있겠다는 생각을 계속하고 있었다.

그때 그분께서 말씀하신 아주 인상 깊은 한마디가 지금도 생각난다.

"옛날에는 마음이 착하여, 죽은 사람을 되살리기도 했어. 몇 마디 말로."

나는 그 순간 몇 마디 말로 죽었던 나사로를 살리신 예수님을 생각했다. 그분은 정말 보통 할아버지가 아닌 것이 확실했다.

▶ 어떻든 「박형」께서 우리에게 옥봉을 찾아가 보라고 했을 때부터 우리에게 그 옥봉, 청정한 마음을 깨닫게 해줄 계획이었던 것 같다.

실제로 공주에 산다던 할아버지가 삼불봉에 초대받고 오신, 미리 우리에게 '대전 아래 공주에 한 번 가볼까도'라고 했던 「박형」이라면, 그 '공주'는 「박형」께서 항상 머무는 곳, 불교인의 상주처常住處요, 청정한 마음인 공주空州이며, 거기가 열반의 땅·모든 이의 이상향인 옥봉이라고 할 수 있겠다.

또 옥봉은 「박형」께서 여러 가지 모습으로 변신하며 신통을 마음대로 내는 여의주이며, 청정한 마음인 공주이며, 우리의 성품, 무극·열반 내지는 우리의 마음밭이라고 할 수 있다. (*)

3. 한결같이 깨어 있는 마음
- 그녀는 미세한 잘못도 용납하지 않았다 -

어느덧 산과 들에는 신록이 빛나고, 곧 다가올 여름의 힘찬 맥박이 느껴질 것 같은 그런 때였다.

웬일인지 나는 소백산에 올라가고 싶어 혼자 길을 나섰다. 비로사를 지나 막 산으로 접어들기 전이었는데, 거기 살구나무 밑으로 지난밤 비에 떨어진 노랗고 굵직한 살구가 여럿 땅에 뒹굴고 있었다.

나는 비로봉 정상에 올라서서 시원한 공기를 양껏 들이마시고, 내려오기 시작했다. 비로사를 지나는데 올라갈 때 보았던, 그 길가에 떨어져 있던 노란 살구들이 그대로 길가에 나뒹굴고 있었다. 나는 그것이 갖고 싶어졌다. 그런데 마음속에서 말했다.

'안돼. 비록 땅에 떨어져 있지만 그것은 분명 이 절에 속한 물건이야.'

누가 있으면 허락을 받고 가져갈 수 있겠는데, 절은 한낮인데 인기척이 없었다. '고생하는 집사람에게 갖다주자. 소백산 등산기념으로… '

나는 절집을 향하여 두 번 고개 숙이며 속으로 말했다. '살구 몇 개를 가져갑니다. 주인에게 부탁해도 그 정도는 허락하실 줄 압니다.'

그리고 잠시 망설이다가 이왕이면 하면서 몇 개를 집었다. 그렇게 하고 돌아서 가는데 이상하게 허전한 느낌이 있어 주위를 살펴보았더니, 거기 부도浮屠가 놓여 있던 곳에 부도가 없었다. 그 순간 생각났다.

「박형」과 함께 비로봉 올라갈 때 「박형」께서,

"이것은 없어져. 도둑맞는다."

라고 하던 좀 이상했던 그 말씀. 지금 보니 부도가 놓였던 곳에는 그 자국만 남아 있었다. '죄 받겠구나, 이런 걸 훔치다니.' 나는 내가 살구 훔친 일은 까맣게 잊고 부도를 훔쳐 간 사람을 나무랐다.

그런데 내 옆을 보니 잘생긴 풀 한 포기가 눈에 띄었다. 생전 처음 보는 풀이면서 싱싱한 게 탐났다. '이 풀은 주인 없는 것이니까.' 나는 그 풀을 슬쩍 뽑았다. 그리고 조심하며 살구와 함께 집으로 가져왔다.

나는 집사람에게 절에서 주워 온 살구를 주면서 자랑스럽게 말했다.

"이거 봐, 비로사에서 살구 몇 개 주워 왔어. 맛있을 거야. 먹어 봐."

그런데 집사람은 내가 먹으려고 가지고 있는 살구마저 달라고 했다.

"그것도 저를 주세요."

"그래. 자, 이것도 먹어요. 색깔 참 좋지?"

집사람은 내 살구를 얼른 받아 부엌으로 들어갔다.

"왜 그래? 지금 먹어 봐."

아무 말 없이 집사람이 그 살구를 전부 한 그릇에 담아 찬장에 넣는 것을 보고 나는 그녀가 나중에 먹을 작정인 줄 알았다. 나는 거기서 뽑아 온 풀을 마당가에 심고 물을 주었다.

▶ 그리고 다음 날 아침, 집사람이 천천히 언덕을 올라오는 것을 보았다. 일찍 일어나 먼 길을 다녀온 것 같이 피곤해 보였다. 그런데 마당 한쪽이 어쩐지 많이 허전했다. 어제 내가 심었던 풀이 없었다.

"어, 마당에 심어두었던 풀이 없어졌잖아? 누가 풀을 다 훔쳐 가."

내가 두리번거리며 나대니까 집사람이 작은 소리로 말했다.

"제가 뽑았어요."

"그걸 왜 뽑아!"

"어디 갖다 두었어요."

"어디, 어디? 어서 다시 가져와."

그 순간 집사람이 그것을 마당의 다른 곳에 옮겨 심었거나, 뒷산의 어디로 가져간 것으로 생각하고, 침묵하고 있는 집사람에게 다급하게 재촉했다. 그리고 당장 어딘 줄만 알면 뛰어갈 듯이….

"어디 있어, 어디?"

집사람은 계속 아무 말이 없었다.

그때 집사람을 다시 쳐다보니 며칠 굶은 사람처럼 많이 힘들어 보였다.

"그런데 당신 왜 그렇게 기운이 없어? 당신 어디 갔다 온 거야?"

집사람이 아무 말 없이 자리를 뜬 후 문득 느낌이 있었다. 부엌에 들어가 찬장을 열었다. 그릇에 살구가 없었다. '집사람이 풀과 살구를 돌려주고 왔구나. 새벽에 일어나서 비로사까지 그 먼 길을 다녀왔구나!' 순간 나의 마음이 떨렸다.

집사람은 이렇게 누구의 작은 잘못이라도 대신 나서서 고쳐놓으려고 애쓰며, 철저하게 아름답게 살고 싶어 하는데…, 아! 나는 몇 달씩 공부하면서 '도둑질, 주지 않은 남의 물건을 가져가는 짓'마저 고치지 못하고 있었단 말인가! 그때 「박형」의 말씀이 생각났다.

"나는 미역국은 잘 안 먹어."

어떻든 집사람은 스스로 다짐했던 그 처음의 맹세를 꼭 지킨다는 것을 천지신명께 계속 증명했다.

당시에 집사람은 나에게 진심으로 말했다.

"나는 참 바보야. 바보. 주리반득처럼 아는 게 없어요."

참으로 자기가 아는 게 없다는 것을 아는 것이 가장 많이 아는 것이다. 마음속에 큰 서원誓願(도사가 되겠다는 소망)이 있었기 때문에 자기가 아는 게 없다는 것을 알 수 있었다.

집사람은 언제나 진실했다. 단 한 번도 거짓말을 하거나 남의 약점을 들춘 적이 없다. 나와 결혼하기 전에 낳은 아이가 있었다는 것도 나에게 이미 밝혔었다. 그리고 나중에 둘이 서로 과거 잘못을 사과할 때 진심으로 말했다.

"당신이 첫 남자가 아닌 것을 용서해 주세요."

4. 지극한 정성으로 두고 온 딸과의 악연이 해소되었다

- 추운 밤, 두고 온 딸인 것처럼 어미 잃은 새끼 고양이를 품었다 -

새벽에 국회의원이 되신 서울 삼촌 댁을 도망치듯이 떠나면서부터 우리 내외의 여행이 시작되었다. 우리는 공부가 끝날 때까지 제발 친척들의 간섭이 없는 곳으로 가서 지내고 싶었다.

궁리 끝에 전부터 알고 지내던 스님을 찾아 경남 마산으로 내려갔다. 찾아간 사찰의 누각樓閣에 걸린 현판이 제일 먼저 눈에 들어왔다. 거기「太極而無極(태극이무극)」이라 씌어 있었다. 마침 그 높은 누각에서 무언가를 하고 계시던 노스님께서,

"어디서 오셨습니까?"

라고 물으셨다. 나는 잠시 침묵하다가,

"경북 영주에서 왔습니다."

"누구를 찾아오셨는지요?"

"석주 스님이 여기에 계신다고 해서요."

노스님께서 나의 말이 떨어지기 무섭게 승방을 향해 크게 외치셨다.

"상좌 승! 상좌 승! 손님이 오셨어. 차라도 한 잔 대접하게."

우리는 비좁은 승방에서 차를 마시며 석주스님과 이야기를 나누었다. 그리고 밖으로 나서려는데, 큰스님께서 분부하시는 말씀이 들려왔다.

"상좌, 오늘은 양덕암養德庵에 다녀왔으면 하네. 오다가 절에도 들르게. 다른 것은 별로 필요 없을 거야."

선견지명先見之明이 있으셨던 큰스님께서 우리들에게 말씀하셨다.

"이 스님과 함께 가시지요."

우리들이 탄 버스는 산허리를 몇 번씩 빙빙 돌아 큰 산을 넘더니 계속 달려

목적지에 도착했고, 우리 일행은 걸어서 저물녘에야 어떤 암자(양덕암)에 도착했다. 석주스님께서는 떠나고 우리 내외는 그 암자에 남게 되었다.

우리는 거기에서 저녁을 먹었다. 그러고 나니 완전히 날이 저물어 있었다. 그런데 왔을 때는 의식하지 못했던 많은 고양이 새끼들이 종이상자에 담긴 채 마루에서 '야옹야옹'하는 게 보였다. 그때 나는 집사람과 부엌에 있던 보살님의 대화를 잠시 듣게 되었다.

"아, 새끼 고양이들이 참 예쁘네요!"

"글쎄, 어젯밤에 어미 고양이가 죽었는지 돌아오지를 않아. 그래서 배가 고파 우는 거야."

"어머, 불쌍해라! 뭐, 먹일 것 좀 없어요?"

"응, 있어. 좀 있다가 내가 줄게. 걱정 마."

그러고 나서 아무 기척이 없기에 나는 자리에 누웠다. 피곤한 몸을 쉬고 있는데, 집사람이 방으로 들어오더니,

"오늘 참 좋게 되었어요. 어느 누가 와도 안 열어주는 문을 열고 부처님을 뵙는 날인데 우리가 마침 왔대요. 당신도 내일 새벽 예불 시간에 나랑 같이 참석해도 된대요. 새벽 4시에요."

나는 반쯤 떴던 눈을 다시 감았다. 그때 밖에 있던 새끼 고양이가 아까보다 더 큰 소리로 '야옹야옹'하고 울었다. 나는 순간적으로 고양이가 불쌍하다는 생각이 들었다. 어떻게 해주기는 해야겠는데, 어떻게 해주어야 좋을지 알 수 없었다. 그때 집사람이 조용히 말했다.

"저는 다른 데 가 있겠어요. 혼자 먼저 주무세요."

"그래. 저쪽 방에 가서 자려고?"

집사람은 나의 물음에 대답하지 않았다. 그리고 방 밖으로 나갔다. 그때 나는 쏟아지는 잠을 이길 수가 없었다. 그런데 밖에서 고양이 우는 소리와 함께 보살님이 걱정하는 말소리가 또렷하게 들렸다.

"누가 고양이를 만지는 거야? 애기 엄마, 뭘 하는 거요? 캄캄한데 고양이는 그냥 놔두고 어서 들어가 자요. 이 방에서 자든지 그쪽 방에서 자든지. 여기에도 자리가 있으니까."

"예, 괜찮아요. 먼저 주무세요."

나는 혼자 생각에 집사람은 이 방이 아니면 그쪽 방에서 자겠지 하고 다시 잠을 청했다.

"딱!딱!딱! … 딱!딱!딱!"

얼마를 지났을까. 보살님이 목탁을 치며 경 읽는 소리가 온 암자의 새벽을 뒤흔들고 있었다. 정말 청아하고 우렁찬, 천상天上에서나 들을 법한 독경 소리였다. 보살님은 정말 멋지고 신명 나게 경을 외우셨다. 나는 가물가물한 의식 속에서 일어날까 말까 망설였다. 그때 독경을 잠시 멈추고 보살님이 말씀하셨다.

"이렇게 해야, 잡것들이 다 물러가."

그리고 다시 한바탕 큰 소리로 경을 외고서 암자로 갔는지 조용해졌다. 잠시 후 (나는 그제야 일어나려는데) 집사람의 말소리가 들려왔다.

"제가 시장에 좀 다녀오겠어요."

"힘들 텐데 그냥 두지."

"힘 안 들어요. 아침 예불을 드리고 나니 힘이 나요."

"어젯밤에 비가 와서 물이 불었을 텐데…."

"괜찮아요. 갔다 올게요."

그러더니 집사람이 나에게 와서 말했다.

"여보, 저 어미 없는 고양이들이 불쌍해요. 시장에 나가서 우유를 사 와야겠어요. 같이 안 가도 되요. 저 혼자 다녀올게요."

집사람이 나가자 밖에서 보살님의 말소리가 들렸다.

"문수하고 갔다 오면 돼요. 학교 가는 길이니까. 그런데 애는 벌써 갔나?"

"저 혼자 갔다 올게요."

집사람이 두어 시간쯤 뒤에 돌아왔다. 우유를 먹은 새끼 고양이들이 조용해졌을 때 보살님이 고양이 상자를 들고 나가면서 말씀하셨다.

"고양이는 임자에게 데려다줘야겠어요. 애기 엄마가 어제 밤새도록 마루에서 고양이하고 지냈지요? 왜 방에 안 들어오나 했더니⋯."

집사람은 어미 잃은 새끼 고양이들을 가슴에 품고 무섭고 추운 밤을 지새우며, 자나 깨나 근심하고 그리워하던, 큰언니에게 맡기고 온, 엄마 잃은 딸에게 눈물로 그렇게 속죄贖罪하였다.

신령神靈이 아니고서야 누가 다 알 수 있으랴. 수많은 시간 가슴에 묻고 홀로 애태웠던 그녀의 절절한 아픔을.

그 후에 모든 것을 아시는 「박형」께서 나에게 확실하게 깨우쳐주셨다.

"자네에게 딸이 하나 더 있네. 지금 아이들보다 나이가 더 많아."

(✔ 그 큰딸은 나중에 책에서 이 내용을 읽고서 '자기에 대한 어머니의 지극한 사랑'을 깨달았다. 그리고 어머니의 아픔과 죽음, 자신의 안타까움으로 느껴 울면서 전화를 했었다. 집사람 큰 언니의 둘째 딸이 된 그녀는 지금 외국에서 잘 지내고 있다고 한다. 부디 건강하고 행복하기를.

그리고 앞으로 태어날 때마다 부자로 태어나고 건강하고 총명하게 태어나서, 어머니처럼 속히 이고득락離苦得樂하고, 보살만행菩薩萬行하며, 더 나아가서 성불成佛하기를 삼가 기원한다.)

5. 부처님을 친견하고, 문수동자보살을 만나다

양덕암 보살님이 새끼 고양이가 담긴 상자를 들고 나간 후에 집사람이 나무 울타리를 손으로 가리키면서

"저 어제 부처님을 만났어요. 저기 울타리 부근에서…."

그렇게 말을 하다가 손으로 그쪽을 가리키는 것도 죄송스럽다는 듯 손을 내리고, 나에게 말하는 것이 어떨지 생각하며 잠시 머뭇거리다가,

"차츰차츰 밝아지는 빛으로 오셔서, 밤새도록 환하게 빛을 발하고 계시다가 날이 밝자 사라지셨어요. 부처님께서 윤회가 있다고…."

나는 그녀의 엄숙한 모습에서 그녀가 밤에 부처님을 친견했다는 것을 느낄 수가 있었다. 그리고 부처님께서 '윤회가 있다.'고 확언하셨다는 말을 듣고서, 나는 무언가 모를 후회하는 심정으로 변했다.

"초저녁에는 비가 와서 무섭고 추워서 혼났어요. 부처님께서 담요를 주시기에 밤새 덮고 있었더니 추운 줄도 모르겠더군요."

이어서 그녀가 말했다.

"오늘 시내로 나가다가 문수를 만났어요. 자기를 만났다는 이야기는 아무에게도 하지 말라고 했어요."

그때 나는 생각했다. 아, 혹시 '자기를 만났다는 이야기는 아무에게도 하지 말라'면서 자신을 확인시키는 문수보살님의 현신은 아닐까? 그런 생각을 하는 중에 집사람의 말소리가 다시 들렸다.

"개울을 건네주었어요. 비가 와서 개울물이 한 길이 넘었어요. 그런데 문수는 학교 앞에서 사라졌어요. '이런 학교에서는 배울 게 없다'면서 감쪽같이 사라졌어요. 아무리 찾아보아도…."

집사람이 부처님께서 주신 담요를 덮었다는 믿기지 않는 이야기를 하고, 또

문수보살(?)을 업고 한 길 물속을 건네주었다는 실로 엄청난 상황을 증언하는 중에, 보살님이 새끼 고양이들을 임자에게 가져다주고 오셨다.

"어이, 시원하다. 괜히 마음을 졸였잖아. 진작 그렇게 할 걸."

그리고 보살님은 방 안으로 들어와서 벽장에 있던 몇 개의 종이 두루마리를 꺼내어 펴 보이며 집사람에게 두루마리에 쓰인 글을 설명하셨다.

"이건 사람 사는 이야기이고, 저건 극락 가는 이야기인 모양이던데."

그리고 잠시 후에 집사람이 나에게 와서 말했다.

"한 장 골라 가지래요. 아무거나 맘대로 골라보세요."

내가 가서 두루마리들을 살펴보니 모르는 한문이 많았다. 나는 글을 해석하지 못하고 이것저것 만지작거리기만 했다. 아무리 들여다보아도 한문을 알 수가 없었기 때문에 스스로 한심하다는 생각이 들었다.

"이 한문을 잘 모르겠는데…."

라고 중얼거렸다. 그리고 나 혼자 생각에, '혹시 여기에 있는 사람 사는 이야기가 담긴 글을 가지고 가면 부귀영화를 누리며 살 수 있지나 않을까? 그리고 부귀영화 하면서 사는 것 이상 이 세상에서 사람이 할 수 있는 일이 뭐가 또 있겠나.'

하면서 순간, 몇 채의 큰 기와집을 가진 부자 주인으로 사는 상상 속의 내 모습을 스스로 부러워했다.

그때 집사람이 나에게 두루마리 한 장을 집어주면서 말했다.

"이걸로 하세요."

느낌에 그 글은 극락 가는 이야기가 적힌 글 같았다.

✓ 집사람은 간밤에 어미 잃은 새끼 고양이를 따뜻한 가슴에 품어 자신의 과거 잘못을 속죄했으며, 부처님을 직접 뵙고, 윤회가 있다는 확신까지 얻게 되어 세상 번뇌에서 벗어나는 길에 어떤 장애障碍도 없게 되었을 뿐만 아니라, 그 아침에 문수동자를 (업고?) 한 길 개울물을 건네주었으니, 아마도 이것은 말할

수 없이 큰 공덕이 될 것이다.*

양덕암을 떠나는 아침에 석주스님께서 오셨다. 그리고 우리 내외는 암자에 쌀을 살 돈 10만 원을 드리고, 마산을 거쳐서 광주로 갔다. 광주는 우리가 몇 년간 살았던 곳이라 반가웠다.

그런데 시내에는 이상한 분위기가 있었다. 무어라고 꼬집어서 말할 수는 없었지만, 우리와는 다른 들뜬 분위기였다. 우리는 대전으로 가기로 했다.

버스를 탔다. 차 안에서도 이상한 열기가 느껴졌다. 날씨도 더웠지만 사람들의 가슴에서 나오는 알지 못할 불안과 술렁임이 있었다. 사람들은 연방 밖을 내다보면서 언제 일이 터질지를 서로 묻고 있었다.

그때 건장한 젊은이들이 줄줄이 우리가 타고 있는 버스에 오르더니, 뒷좌석에 앉아서 크게 말했다.

"○○이 이놈, 그냥 두면 안 돼."

"이번에 아주 본때를 보여줘야 돼."

"나쁜 놈, 아주 없애야 돼!"

갑자기 버스에 살벌한 기운이 감돌았다. 우리는 훨씬 후에야 알게 되었지만, 그때가 5.18 광주 민주화운동이 일어나기 직전이었다.

"불안해요."

"큰 소리 내지 마세요."

그렇게 대전에 갔었지만 공부할 수 있는 조용한 곳을 찾을 수 없었다. 할 수 없이 다시 고향을 향해서 떠났다. 소백산 밑에는 그런대로 조용하고 마음에 드는 곳이 있을 것 같았다.

그런데 일이 그렇게 간단하지 않았다. 서울에서는 우리들이 갑자기 사라졌기 때문에 큰 소동이 벌어졌다. 국회의원 삼촌이 고향 경찰에 연락해서 수배령이 내려 있었다. 특별히 소백산 쪽으로 갔을 가능성이 제일 높다고 하여, 그 부근에 죄다 연락이 되어 있었다.

우리가 소백산 아래로 찾아간 것은 바로 그때였다. 가자마자 주인집에서 점심을 얻어먹었는데, 그사이에 신고가 되었는지 누군가가 찾아와서 주민등록증을 확인하고 갔다.

그길로 우리는 금계동 토담집으로 돌아왔다. 다음 날 저녁에 파출소 부소장이 와서 '어디로 갔다가 왔느냐. 왜 이런 곳에 와서 사느냐.'를 물었고, 약속하라고 했다. '다시는 어디로 가지 않겠다.'고

그렇게 우리가 토담집으로 다시 돌아온 며칠 뒤에 「박형」께서 오셨다.

"서울 삼촌 댁에서 몰래 빠져나와서 멀리 섬까지 갔다가 왔어."

나의 말이 떨어지자마자 「박형」이 단언하셨다.

"자네는 거기서부터 잘못되었네!"

나는 그 말씀에 불길한 무엇을 느꼈지만 왜 무엇이 잘못되었는지 알 수 없었는데, 다시 생각해 보니, 서울 삼촌 댁을 빠져나오기 전에 집사람과 나의 정신에 큰 차이가 있었다. 집사람은 벗어나는 오직 한 길을 끝까지 추구했다. 그래서 성불成佛·도사의 길로 가겠다는 확고한 의지를 가지고 행동했다.

한편 나는 내 생각으로 세상의 삶에서 가장 바람직한 삶, 곧 내가 희생하더라도 다른 사람의 걱정을 덜어주는 것이 옳다고 생각했다가, 그나마 반대로 했던 것이다. 그리고 또 양덕암에서는 잠만 잤고…

나는 「박형」께 양덕암에서 얻어온 글을 보아줄 것을 부탁드렸다.

「박형」께서는

"적을 소少 자 아래에 흙토土 자를 더한 것은 신선 선仙 자, 제일 끝에 사람 시체같이 생긴 글자는 앎 앎 자다. 그런데 왜 위에 있는 뫼 산山 자는 흘려 썼을까?"

하면서 나갈 출出를 가리켰다.

한 줌의 흙 속에 사는 사람은 신선이다. 그러니까 양덕암 보살님이 '극락 가는 이야기인 모양'이라던 두루마리의 居仙出앎(거선출앎)은 '욕심 없이 살다 앎을 떠나간다. 해탈·열반涅槃하겠다.'는 뜻이다.

그다음 날 선배가 「박형」과 함께 와서 글을 보여달라더니 거선출앎의 마지막 앎자의 오른쪽에 있는 점을 가리키면서 말했다.

"여기에 세 사람은 어디로 가나?"

(위에 있는 거선출앎의 그림에는 잘 나타나지 않고 있지만 앎 자의 오른쪽에 있는 점에는 사람 셋이 구름을 타고 출자의 위에 있는 흘려 쓴 뫼 산山 자 쪽으로 날아가는 형상이 있다.)

당시에 나는 왜 위에 있는 뫼산山 자는 흘려 썼는지 그 이유를 어림짐작도 할 수 없었다. 「박형」께서 보여주신 변신하여 현신하는 신출귀몰한 능력들을 경험했으면, 왜 위에 있는 뫼산山 자는 흘려 썼는지를 알아차릴 만했었는데도…

나는 출出 자의 위에 있는 흘려 쓴 산山자처럼 자유자재한 불보살의 존재와 그분들의 차원 높은 신령계가 있고, 출出 자의 아래의 투박한 산山 자처럼 물성物性대로만, 업業대로만 작용하는 현상계인 이승이 있다는 사실을 깨닫지 못하고 있었다.

정말로 신령의 세계를 인정하고 깨닫기는 나에게 어려운 일이었다. 부처님이

나 보살님의 존재는 나와 상관없다고 생각했고, 이승과 함께 있는 저승을 남의 이야기로만 생각하고 있었기 때문이다.

두루마리의 출出 자의 위에 있는 흘려 쓴 뫼 산 자는 자유자재한 신령들의 세계이며 인간의 오감을 초월한 4차원 내지 고차원의 신령한 세계이기 때문에 흘려서 쓴 것이다.

「박형」께서는 아래의 뫼 산山 자인, 우리의 현상계와 신출귀몰한 신령의 세계가 함께 붙어있다는 사실을 깨우쳐주기 위해서 '왜 위에 있는 뫼 산山 자는 흘려 썼을까?'라고 물었던 것이다.

한편 나는 「박형」께서 나갈 출出 자를 가리키며, '왜 위에 있는 뫼 산山 자는 흘려 썼을까?'라고 하신 질문에 그 당시 어떤 어림짐작의 대답도 할 수 없었는데, 집사람은 스펀지가 물을 흡수하듯이 가르침을 모두 받아들이고 있었다. 굳은 의지로 「박형」께서 인도하시는 길을 따라서 '벗어나는 길, 향상向上의 길'로 힘차게 달려가고 있었다.

제3장 성장하는 여름

1. 참선하며, 호흡하고 기氣를 돌리다
- 호흡하는 법과 기를 돌려 생명력을 기르는 방법을 알려주셨다 -

그날 집사람이 참선하는 법을 「박형」께 여쭈었거나, 아니면 그동안 뒷산에 올라가서 혼자 참선하면서 그 정확한 방법을 알려고 애썼던 모양이다.

아침 일찍 우리의 토담집으로 온 「박형」은 마당에서 집사람에게 아주 상세하게 '호흡하는 법과 기를 돌려 생명력을 기르는 방법'에 대하여 말씀하고 계셨다. (나는 이 부분만 들었다.)

"호흡하고, 숨을 들이마실 때는 척추를 따라 머리 정수리로 올라가면서 들이쉬는데 가슴을 항아리같이 부풀리고, 잠시 멈추었다가 한 번 더 조금 들이마신 후에 내쉬면서 아랫배로 내려오면 되고…

기氣를 돌려보세요…, (독맥을 따라) 기를 돌리며 올라갈 때는 아홉 마디. 왼쪽에서 오른쪽으로 네 번씩 돌려서 한 마디씩, 4 곱하기 9는 36이고, 내려올 때는 (임맥을 따라) 오른쪽에서 왼쪽으로 네 번씩 돌려서 한 마디씩, 여섯 마디를 4 곱하기 6은 24하여 되돌아옵니다."

그때 집사람은 「박형」의 말씀을 듣고, 옛날 일을 떠올리며 매우 기뻐하면서 마당으로 내려서던 나에게 말했다.

"참, 신기해요. 그래요. 성악聲樂 선생님께서 강의 중에, '노래하면서 호흡할 때에 숨을 머리 뒤로 돌려서 소리를 낸다'고 하셨어요. 같은 말씀을 하시네요."

당시에 집사람은 힘들이지도 않고 쉽게 결가부좌結跏趺坐할 수 있었다. 이런 능력은 전생에 큰 공덕을 쌓았기 때문이라는데, 때로는 놀랍게도 저녁부터 다음 날 새벽까지 밤새도록 그냥 앉아 있었다.

✓ 여기서 나의 경험을 이야기하는 것이 좋겠다. 나는 이렇게 했지만, 내공이 확실했던 집사람은 나보다 더 훌륭하게 참선하고 있었고, 더 좋은 경험을 했을 것이다. 참선하면서 성령(신선)도 만나고, 실재계를 누비고 다녔을지도 모르겠다.

한편 나는 결가부좌를 어떻게 하는 것인지 몰랐었는데, 「박형」께서 시켰는지 어느 날 갑자기 참선이 하고 싶어졌다.

그래서 먼저 석굴암 부처님 모습을 생각하며 몸을 곧추세우고 앉은 다음, 왼발을 오른쪽 허벅지 위로 끌어 올렸다. 그리고 오른발을 억지로 끌어다가 왼쪽 허벅지 위로 올렸고 엉덩이 밑에 방석을 한 장 접어 넣었다.

그랬더니 몸의 균형은 그런대로 잡겠는데, 오른발 복사뼈가 왼쪽 정강이뼈를 내리눌러 뼈가 부러질 것처럼 아픈 것이 실신할 정도였다.

정말 심하게 아팠다. 하지만 하루빨리 무엇을 이루려면 이 길밖에 없을 것 같아 무조건 꾹 참았다.

【몸의 자세】

"붓다 자세로 앉아서 동전을 수직으로 쌓아놓은 것처럼 척추를 똑바로 세운다. 횡격막을 최대로 부풀리고, 목젖을 턱 끝으로 눌러 보이지 않게 한다. 혀를 입천장에 댄다. 평형 자세로 앉은 넓적다리에 손목이 닿도록 하여 양손을 배꼽 바로 밑에 놓는다.

이런 자세를 취함으로써 시각視覺이나 사념思念의 흐름을 변화시키지 말 어떻든 나는 두 손을 서로 합하여 배꼽 아래 한 치 반, 단전丹田 부분에 댔고, 두 손바닥이 보이도록 위로 향한 상태에서 서로 포갠 후, 두 엄지가 맞닿게 한 동그라미(선정인禪定印)의 텅 빈 공간에 마음을 내려놓고, 거기에 아무 잡념 없는 텅 빈 무엇을 생각하고 숨결만을 조용히 따라가는데, 처음에는 온갖 잡념이 자꾸만 일어났다. 잡념이 일어나면 나는 대로 그것을 따라가지 않고, 그냥 아픈 것을 무조건 꾹 참으면서 선정인의 텅 빈 공간에 잡념을 지우며 앉아 있었다. 혼자 속으로 '이런 것이 무자無字 화두라는 것인가' 했다.

나로서는 아픔을 이기는 방법은 단 한 가지, 마음을 모으고 숨 쉬는 데에 집중하는 것뿐이었기에 어찌 보면 아픈 것이 오히려 나에게는 정신 집중에 도움을 주었던 것 같다. 매일 버티고 앉았는데, 나중에는 무덤처럼 조용한 방안에 거의 온종일 앉는 것 이외는 아무것에도 신경 쓸 일이 없게 되었다 집사람 덕분에.

그러다 보니까 거칠던 숨결이 가라앉아서 깊고 고요하게 숨을 쉬게 되었는데, 그것은 마치 내 속의 그 무엇이 숨을 쉬고 있는 듯했다.

더욱 신기한 것은 '아파도 좋다. 죽기 아니면 까무러치기다.'하고 막 대드니까 나중에는 결가부좌하고 무려 한 시간, 나중에는 두 시간을 버틸 수 있게 되었는데, 언제 시간이 흘렀는지 알 수 없었다. 나로는 그저 잠시 앉아 있었을 뿐이었다.

매번 맑은 침이 고이면 삼켰고, 몸의 탁한 기운이 빠져나가는지 방귀와 트림이 연달아 나왔으며, 몸이 부들부들 부르르 떨렸고, 나중에는 그런 증세가 점점 줄어들었다.

그리고 내가 회음혈에 집중할 때 힘이 들어가서, 가끔 마음馬陰이 벌떡 일어났다. 나로서는 여기가 중요한 부분인 것 같았다.

이 순간에 욕망을 이기고 바르게 수행하려면 진심으로 음욕을 버리고 참된 지혜의 길로 가겠다고 다짐하면서, 단전의 안쪽에 아무것도 없는 텅 빈 공간을 만들어야 했는데, 이것은 꼭 필요하다. (성적 에너지를 영적인 생명력으로 변환해야 하므로).

그렇게 차츰 잡념이 사라져서, 가끔은 신기하게도 원래 돌부처였던 것처럼 완전히 평안하고 바르게 미동도 없이 앉아 있게도 되었는데, 그때 마치 영원과 순간이 하나인 것처럼 되었다. 그렇게 앉아 있는 순간순간은 항상 평안하고 기쁘고 즐거웠으며 행복했다.

그러다가 가끔 밖으로 나가 봄의 따뜻한 햇살과 초여름 뜨거운 햇볕을 온몸으로 받았다.

그 뒤로는 앉기만 하면 2시간이 넘게 흘렀었다.

작고 텅 빈 공간만 내 의식의 밑바닥에 있는 듯이 없는 듯이 되었을 때는, 어느 수행자가

"저 개에도 불성이 있습니까?"

하고 질문했을 때, 왜? 조주趙州 스님께서

"무無"

라고 대답하셨는지를 짐작하게 되었다.

유有가 무無가 되고 다시 그 무無마저 없는 제행무상諸行無常 시생멸법是生滅法 생멸멸이生滅滅已 적멸위락寂滅爲樂하여, 일순간一瞬間이 영원永遠인 자리를 잠시 보았다.

그때 마침 「박형」께서 오셔서 '호흡하고… 기氣를 돌려보라.'는 가르침을 주셨다.

그래서 그 뒤로는 가르침대로 의식[氣]를 데리고 회음혈會陰穴에서 출발하여 척추를 따라 올라갔다가, 정수리를 넘어 몸의 앞쪽을 따라 내려와서 다시 회

음혈로 내려오기를 시작했다. 언제나 의식[氣]의 흐름이 끊어지지 않게 조심하면서, 독맥督脈* 곧 꼬리뼈 부근에서 척추를 따라 위로 올라갈 때는 왼쪽에서 오른쪽으로 돌리면서 한 마디에 네 번씩 아홉 마디니까 36번을 돌리면서 머리 정수리로 갔다.

그리고 내려올 때는 몸의 앞쪽 임맥任脈**을 따라, 반대로 오른쪽에서 왼쪽으로 돌리면서 한 마디에 네 번씩 여섯 마디 24번을 돌려 회음혈 부근까지 내려왔다.

기의 순환을 따라 거의 몸통으로 원을 그리며 힘들여 그렇게 반복했다. 그리고 데리고 다니던 기를 회음혈부터 머리의 백회혈까지 한 일자一字로 뻗은 고속도로 같은 가운데 길로 달렸다. 그랬더니 훤하게 시원한 고속도로 같은 큰길이 아래에서 위로 온몸이 뻥 뚫렸다.

✓ 차크라가 나타나다

그러던 중에 어느 날 생명 에너지의 센터·차크라(Chakra)가 보이기 시작했다. 티베트 밀교 명상의 차크라는 생명 에너지 중추센터이다. 그 위치가 한방의 혈穴 자리와 거의 일치하고, 현대의학에서 밝혀낸 여러 호르몬을 분비하는 내분비샘이 있는 부분과 가깝게 위치하고 있고, 그 작용이 호르몬의 작용과 비슷하다.

---

* 독맥督脈 : 회음혈會陰穴에서 시작하여 척추를 따라 올라가는 길. 머리 정중선을 넘어 윗잇몸에 이른다. 단학에서는 이마에서 임맥과 만난다고 본다. 여기서 한 단계씩 올라가는 것은 성불成佛의 길과 같으므로 양陽이고, 양은 9이므로 아홉 마디이다.

** 임맥任脈 : 단학에서는 목구멍을 지나고 콧구멍을 건너서 이마에서 독맥과 만나며. 복부腹部의 정중선正中線을 따라 아래로 내려가는 길. 내려가는 것은 수행의 초기에 수행자가 욕심을 비우는 과정과 같으므로 음陰이고, 음陰은 숫자로 6이기 때문에 여섯 마디이다.

내가 돌리던 기가 차크라가 있다는 곳으로 다가가면 차츰 밝아지면서 황홀하게 둥근 바퀴 같은 무늬가 시야에 나타났는데, 이 차크라들은 뭐라고 표현할 수 없을 만큼 아름다웠다. 그 차크라는 시간이 지날수록 차츰 더 밝고 진하고 확실한 모습을 나타냈다.

내가 먼저 「박형」 박상신 도사님께서 가르쳐 주신 대로 호흡했고, 이어서 참선하여 축기築基된 후에 그 기를 순환시킬 때 차크라가 찬란하게 그곳에 나타났다. 분별이 끊어져 무심한 중에 그 차크라는 날이 갈수록 점점 찬란하게 빛났다.

특히 3곳 차크라가 점점 더 아름답게 빛났는데, 정수리에 도달했을 때는 놀랄 정도로 밝게 빛나는 광채들로, 마치 불꽃놀이할 때 큰 불꽃을 터트린 것 같았다. 온 세상이 눈부셨고, 밝게 빛나며 수많은 불빛이 반짝이는 광경은 정말 무어라고 표현할 수도 없이 황홀했다.

정수리의 백회혈百會穴 부근에 있는 크라운 차크라(Crown Chakra)는 천지에 가득 찬 천개千個의 흰 연꽃잎처럼 반짝이며, 여기저기서 찬란한 광채를 터뜨리고 있어서 나를 감동케 했다.

단중혈檀中穴(the physical heart) 부근의 심장 차크라(Heart Chakra)는 파인애플 조각처럼 동그란 황금색으로 밝게 빛나는 황홀한 빛의 꽃다발이었고, 단전丹田 부근에서는 우유처럼 빛나는 순백의 단전 차크라(Sacrum Chakra)가 아름다웠고 정말 황홀하고 행복했다.

특히 가슴 부분에 왔을 때 나타난, 황금색으로 아름답게 빛나는 동그라미,

통조림 속에 들어있는 파인애플 조각처럼, 가운데가 비고 동그랗고 눈부시게 빛나는 황금색 차크라는 정말 밝고 황홀했다.

(✓여기의 차크라 그림이 가장 정확하다. 인터넷의 어느 것보다.)

나는 그들 차크라 속으로 온전히 빠져 있었고, 그 속에 계속 머물고 싶은 충동이 생길 정도로 차크라들을 바라보는 동안 지극한 행복에 파묻혔다.

그러다가 다시 대주천大周天이라는 것이 생각나서 의식을 가운데 통로로 달렸더니, 회음혈에서부터 시작해서 단전 그리고 가슴 중앙·목·정수리까지 일직선으로 이어지는, 환하고 청정한 고속도로 같은 통로가 만들어졌으며, 모든 것이 그대로 무아지경이었다.

✓ 눈꽃이 내리다

그러던 어느 날 오전이었다. 결가부좌하고 단전에 모였던 무엇을 아래쪽으로 내리밀었다. 그때 실제로 어느 정도 축기築基가 되었던지, 무엇이 아래로 끝까지 밀려 내려가서 회음혈로 들어갔는데, 저것이 무엇일까 했을 정도로 확실한 무엇을 느꼈다.

그리고 얼마 후 나는 계속 고요한 것을 지키고만 앉아 있었는데, 갑자기 왼쪽 하늘에서 하얗게 반짝이는 조각들이 아주 촘촘히 위에서 내려오는 것이 보였다. 작고 하얗게 반짝이는, 네모난 조각들이 쉬지 않고 줄줄이 반짝반짝하면서 까만 뒷배경을 지우며 아래로 내려오고 있었다. 놀란 나는 오른쪽으로 눈을 돌렸다. 이번에는 오른쪽 벽 역시 똑같은 모양으로 온통 흰 반짝이는 조각들이 눈처럼 내려오기 시작했다. 나는 눈을 가운데로 돌렸다.

오, 이런! 내 정면에서도 그 반짝이는 조각들이 내려오기 시작했다. 그렇게 삼면; 앞쪽·오른쪽·왼쪽에서 빛처럼 반짝이는 조각들이 극장에서 영화가 끝났을 때 내려오는 커튼처럼 일정한 속도로 내려와서 땅에 닿을 것 같았다.

그게 무엇인지도 모르고, 어리둥절하여 나는 정신을 가다듬고 결가부좌를 풀었다. 하지만 그것은 충격이었다. 어떻든 그 당시에 내가 나의 청정한 본마음에 가까웠던 모양이다.

　우주의 모든 현상이 지니고 있는 참되고 변함없는 본성法性이 머물 때는 눈꽃이 어지럽게 날린다. 공부방에 조용히 앉아 있을 때 눈꽃이 어지럽게 날라서 흩어지는 광경을 만나게 되는데, 이는 태아胎兒가 원만해지는 때이다.

『혜명경慧命經』152쪽에서

▶ 그리고 또 그 2~3일 후에 결가부좌하고 앉아 있는데, 찌릿찌릿한 기운이 몸에서 움직이는 것 같더니, 발끝에서 마치 발이 저릴 때처럼 스멀스멀 찌릿찌릿한 느낌이 계속되었다.

오! 그런데 이상하게도, 이것은 또 어찌 된 일인지, 잠깐 사이에 양쪽 발가락 끝부분이 사라지기 시작했다. 꼭 수많은 개미가 달라붙어 순식간에 내 발가락을 먹어 치우는 것 같았다.

그런데 그 찌릿찌릿한 기운이 발끝에서 점점 위로 옮기면서 발가락 다음에는 두 발이 없어지더니, 이번에는 순식간에 두 종아리가 없어졌다.

그 기운은 계속 위로 올라오면서 놀랍게도 내 다리를 먹었다. 찌릿찌릿하면서 얼떨결에 다리가 없어졌고, 다리가 잘려 나가서 나의 의식에 원래부터 거기에 나의 다리가 없었다고 말하고 있는 것 같았다.

아! 순식간에 머리로 향하고 있었다. 몸통마저 없어지면서 위로 치솟아 올랐고, 가슴이 없어지려는 찰나, '이제 죽는 것은 아닌가.' 하고 생각했다. 나의 오해였지만 나는 죽는 게 무서웠다.

놀란 나는 그만 몸을 뒤로 젖히다가 결가부좌를 한 채로 뒤로 벌렁 넘어가고 말았다. 나중에 마치 수많은 개미가 내 몸통의 가슴까지 먹었던 상황을 어떤 분이 말했다.

"그때 힘을 더 주었으면 아주 벗어날 수가 있었을 것인데…"

참으로 아쉽다. 그분의 말대로 힘을 더 주는 것이 아니라, 그대로 그냥 무심하게 처음처럼 앉아 있기만 했었으면….

그전 어느 날 「박형」과 함께 있던 자리에서 선배가 무엇인가를 알려주려고 이미 말했었다.

"영혼은 손가락 끝 발가락 끝, 몸의 모든 곳에 있어."

사람 실체인 영혼이 손가락 끝 발가락 끝, 몸 모든 곳에 있다는 선배 말은 육체를 벗어난 영혼 곧 의식체가 실제 인간 모습과 같다는 의미는 아닐까 싶다.

분명 육체와 의식체는 따로따로이다. 그래서 의식체가 벗어날 때 몸의 그 부분이 실제로 완전히 없어져서 거기가 사라진 것처럼 느꼈던 것이다.

그렇다면 많은 개미가 내 몸통의 가슴까지 먹었던 그 상황은 의식체 이탈(유체 이탈)의 시작이었을지도 모르겠다.

의식체가 몸을 벗어나는 것을 유체 이탈이라고 한다. 내가 좀 더 그 자세로 앉아 있었더라면 정말 나의 의식체가 내 몸에서 이탈했을 것 같다.

그리고 누가 말했다. 정말 그렇게 벗어났을 때는 계속 청정한 무념무상에 머물러야 한다고. 그때 청정한 마음이 필요하다고 했다.

✓ 유체 이탈한 의식체가 '참나'라면, 그것은 기독교에서 말하는 성령일 것이고, 불교에서 말하는 불성일 것이며, 유교에서 말하는 하늘과 맞닿은 그 무엇〔仁인〕일 것이다.

2. 뱃놀이 하던, 운명적인 날 그녀는 대답했다
- "도사가 되겠어요." -

1980년 여름 어느 날에 「박형」께서 우리 토담집으로 와서 한마디 말씀을 남기고 가셨다.

"아이들도 방학을 했으니, 우리 인연이 있는 곳으로 가보자."

언제나 쉬운 말로 가르치는 「박형」께서 불교에서 쓰는 '인연'이라는 낱말을 쓴 것은 보통 때와 다른 특이한 경우였다. 거기에는 틀림없이 큰 뜻이 있을 것이란 느낌이었는데, 지금 생각해 보니, 「박형」께서 때가 된 것을 알고 정말 중요한 계획을 가지고 '인연이 있는 곳으로' 갔던 것이 확실하다.

약속한 날, 식구들은 옥수수랑 김밥 등등 먹을 것을 준비하여, 그전에 비로봉에 갔을 때처럼, 「박형」댁 다섯 식구와 우리 네 식구가 함께 떠났다. 우리가 탄 버스는 죽령을 넘어 단양으로 향했다.

그런데 그 버스 안에서 「박형」께서 좀 이상한 말을 하셨다. 나에게는 논을 급하게 팔 생각도 그럴만한 이유가 없었는데…

"자네 논을 급하게 팔면 7백, 아니 8백은 받을 수가 있어."

그리고 우리 일행은 단양 버스정류장에 내려서 어디로 가는지 모른 채로 「박형」을 따라 시골길을 걸었다.

아이들이 앞장서고, 다음으로 집사람과 「박형」 부인이 나란히 걷고, 나는 「박형」과 함께 맨 뒤에서 걷고 있을 때였다. 「박형」께서 앞에 가고 있는 두 여인을 쳐다보면서 말씀하셨다.

"하나는 바로 묻고 하나는 옆에 두고 가끔 생각나면 찾아와 보게."

그때 나는 좀 엉뚱한 그 말을 잘 듣지 못했다. 잠시 머뭇거리다가 청했다.

"뭐라 그랬는지…, 다시 한번 말해주게."

"하나는 바로 묻고 하나는 옆에 두고 가끔 생각나면 찾아와 보게."

「박형」께서 더 크게 말씀하셨다.

사실 나는 그 말씀을 전혀 이해할 수 없었다.

'바로 묻는다는 것은 묘를 쓴다는 의미인 것 같은데, 마음속에? 아니면 명당에 묻는 것이 바로 묻는 것인가? 그리고 하나는 옆에 두고란 말씀은 무슨 뜻일까? 누가 그 옆에 묻힌다는 뜻인가? 또, 누가 가끔 생각이 나면 누구를 찾아와 본다는 말씀인가?'

「박형」께서 나에게 앞으로 그렇게 하라고 말씀했지만, 아무것도 모르던 나는 혼자 생각이 많았다.

우리들은 구미龜尾라는 곳에 이르러 강가로 내려가서 점심 요기를 하기로 했는데, 공기 좋고 경치도 좋고 물 맑고 주변 산세도 아름다웠다. 그늘이 없어 덥기는 했지만…,

지금은 수몰되었지만 충주호가 만들어지기 전이라, 일행은 강가 아무 돌 위에 모여 앉았고, 식구들이 가져온 점심을 준비하는 동안 「박형」께서 말씀하셨다.

"옛날 어떤 사람이 있었어. 힘써 노력해 준 덕으로 십 정승 십 판서가 날 좋은 명당을 얻게 되었는데, 그 명당을 잡아준 풍수가 두 가지 조건을 말하는 거야.

'여기는 십 정승 십 판서가 날 명당인데, 두 가지 지켜야 할 조건이 있습니다. 첫째는 이 앞으로 흐르는 시내에 다리를 놓지 말 것이며, 둘째는 이 묏자리가 보이는 곳에 지붕이 있는 집을 지어서는 안 됩니다.'

조심하면 되겠다 싶어서 '꼭 지키겠다.'고 약속을 했는데, 그 명당에 묘를 써서 그런지 그 집에서 정승이 나왔어. 그리고 그 정승에게 아들이 있었는데, 그 또한 정승이 되었어. 2대째 정승 집안이 되니, 넉넉하고 남부럽지 않게 되었지.

그리고 손자가 또 정승이 되었다네. 3대째….

하루는 그 3대째 정승이 성묘를 갔는데, 마침 비가 와서 시내를 건너기도 어렵고, 성묘 후에 편히 쉴 곳도 마땅치 않아서, 시내에 다리를 놓고 산 위에 쉴 집을 짓게 했어. 어른들이 그러면 안 된다고 말렸지만, 그 말을 무시하고 그렇게 했어.

그 후에 왕실에서 큰일이 생겨서 명당 자리를 찾게 되었어. 임금 명을 받아서 지관地官(풍수지리설에 따라 집터나 묏자리 따위를 가려서 고르는 사람)들이 전국을 뒤지며 나라에서 쓸 명당을 찾는데, 한 지관이 그 명당 근처를 지날 때 갑자기 큰 소나기가 쏟아졌어. 허허벌판에서 소나기를 피할 수가 없어 당황하고 있는데, 멀리 지붕, 그 정승네 정자 지붕이 보여. 지관이 비도 피할 겸 그쪽으로 가다 보니 마침 시내에 다리가 놓여 있지 뭔가. (✔ 이 이야기는 세종대왕 영릉英陵과 관련이 있음.)

결국 그 명당 자리가 들키게 되어 임금 명으로 명당을 내놓게 되었는데, 그 뒤부터 정승은 물론 판서마저도 할 수 없게 되었지."

라고 한 다음, 나에게 '토정 이지함 선생의 최고의 명당'을 찾아보라는 숙제를 주셨다.

"옛날에 토정 이지함 선생이 최고의 명당을 찾으려고 전국 각지를 누비고 다녔어. 그런데 막상 좋다는 데를 안 가본 데 없이 다 가보았지만, 마음에 흡족한 곳은 찾지 못했어. 한 가지가 좋으면 한 가지가 나쁘고, 이게 좋으면 저게 나쁘고, 흠 없는 곳을 찾지 못했어.

2, 3년 동안 그렇게 애를 쓰다가, 지성이면 감천이라고 '흠 없는 명당'을 찾게 되었어. 토정이 보고 또 보아도 흠이 없어. '이제는 내가 할 일을 다 했구나' 뛸 듯이 좋아했는데, 그날 밤 꿈에 산신령이 나타나서,

'토정아, 토정아, 거기는 네가 쓸 자리가 아니다. 너는 다른 데 쓰도록 해라.'

하는 것이야. 토정이 생각해 보니 너무 아깝거든, 그래서 민적민적했는데…, (잠시 침묵하였다가) 민적민적은 민망스럽게 꾸물댄다는 말이야,

그 얼마 후에 다시 꿈에 산신령이 나타나서,

'토정아, 토정아, 거기는 네가 쓸 자리가 아니다. 너는 다른 데 쓰도록 해라.'

하는 게 아닌가. 결국 토정은 거기에 쓰지 못하고 다른 데다 쓰고 말았지. 거기에 쓰지 못하고 다른 데에 썼다는데, 그곳을 아는 사람이 아무도 없어. 나중에 자네가 한번 그곳을 찾아보게. 자네가 꼭 거기가 어딘지 연구해 보게."

그리고 점심을 끝내고, 우리가 다시 길로 올라가는 중에 언덕에 자연산 꽈리가 보였다.

집사람이 무엇이 궁금했었는지, 점을 치는 사람처럼 간절하게 꽈리를 하나 골라 따서 껍질을 열었다. 그런데 정작 그 속에 있어야 할 꽈리의 열매가 없었다. 이상하게 속이 비어 있었다.

그녀가 알 수 없는 어떤 충격을 받는 것이 느껴졌다. 그때 「박형」께서 집사람에게 선문답처럼 말씀하셨다.

"그것은 원래 그래요."

▶ 일행은 다시 「박형」께서 말씀했던 '인연이 있는 곳'을 향해 걸었다. 그렇게 한 참 걷다가 「박형」께서 강 건너를 가리키면서 (거기에 두향杜香 묘가 있었다.) 옛날 관기官妓 두향과 퇴계 이황선생의 아름답고 슬픈 인연을 말씀하셨다.

"옛날에 퇴계 이황이 단양 고을에 부임해 왔을 때야. 그때 두향이란 관기가 퇴계를 모셨는데, 그분의 인품에 반하여 마음속 깊이 사모思慕(우러러 받들며 마음속 깊이 따름)하고 있었거든… 그런데 퇴계가 벼슬을 그만두고 고향으로 가게 되어 헤어지게 되었는데,

어느 날 두향에게 퇴계선생이 돌아가셨다는 슬픈 소식이 날아들었어. 두향은 울면서 버선발로 퇴계 고향인 안동을 찾아갔지. 그렇지만 양반 집안에서, 그런 사람을 집 대문 안에 들여놓을 리가 없잖은가, 두향은 집안에도 한번 못 들어가고 저 멀리 대문 밖에서 쳐다보며 울고 또 울다가 단양 땅으로 되돌아왔지. 저기에 두향 묘가 있고, 거기가 퇴계와 두향이가 자주 찾았다는 곳이야…."

그때 집사람은 소리 없이 울면서 눈물을 닦고 있었다. 그녀에게 퇴계를 애타게 사모하던 관기 두향과 같은 사연; 멀리 대문 밖에서 쳐다보며 울고 또 울다가 되돌아왔던 일이 있었는가? 아니면 정말 집사람이 그 옛날 퇴계의 인품에 반하여 마음속 깊이 사모하던 두향이었나?

마침내 우리가 당도한 곳은 단양 팔경八景 중에 가장 경치가 좋다고 하는 구담봉龜潭峰과 옥순봉玉筍峰이었다. 맑은 물과 높은 바위 절벽은 볼수록 상쾌함을 느끼게 했으며, 인연이 있어선지 조금도 낯설지 않았다.

그날 우리 일행은 유람선을 타고 옥순봉과 구담봉을 구경했다, 우리가 탄 배가 옥순봉을 향해서 나아갈 때에 무엇이 배에 '쿵'하고 부딪쳤다. 나중에 보니 어떤 여자가 강물 아래에서 나타났다가 다시 물속으로 헤엄쳐 들어갔다. 「박형」께서 보시고 말씀하셨다.

"오랜 동안 연습이 되어있구나."

그리고 배가 옥순봉 밑에 정박했을 때 우리는 잠시 쉬면서 사진도 함께 찍었다. 다시 구담봉으로 되돌아오는 중에 산신각山神閣쪽 모래가 있는 강변에 배가 닿았고, 몇 사람이 배에서 내렸다. 그때 「박형」께서 장차 그 강변에서 일어날 사건을 아시고 당부하셨다.

"자네는 여기로 올라가지 말게."

어떻든 그날은 참으로 즐겁고 정말 뜻깊은 하루였다. 이상하게도 물속에 있어야 할 자라들이 물 위로 솟은 바윗돌 위에 몇 마리씩 앉아 있었다. 그것을 보고 「박형」께서 말씀하셨다.

"사랑어魚들이 물 위에 나와 있구나."

마침내 유람선이 출발했던 곳으로 돌아와서 정박했다. 우리 일행은 남아 있던 음식으로 요기를 했다.

그리고 배에서 내릴 참이었는데, 어떤 젊은이가 작살을 가지고 물고기를 잡으려고 물속으로 헤엄쳐 다니는 것이 보였다.

흥미로운 광경이어서 모두 한동안 강물 속을 헤엄치며 고기 잡는 사람을 넋을 잃고 바라보았다. 그때 그가 물속에서 작살로 물고기 한 마리를 콱 찍어 피가 뚝뚝 떨어지는 고기를 물 위로 높이 쳐들었다.

그 순간 이상하게도 나의 머릿속이 갑자기 시원하고 맑아졌다.

'아마 이 강은 우리 머릿속이고, 저 사람이 방금 잡아낸 것은 고기가 아니라 내 머릿속에 들어있던 마귀가 아닐까?'

그런 생각이 들면서 머릿속이 참으로 시원했다. 그렇게 머리가 맑고 깨끗한 중에 「박형」께서 집사람에게 물으셨다.

"도사가 될래요? 박사가 될래요?"

곧 집사람의 대답이 들렸다.

"도사가 되겠어요."

집사람의 당찬 대답은 나를 놀라게 했다. 무엇이 집사람을 저렇게 강하게 만들었나!

다음 순간 나는 속으로 '왜 나에게는 묻지 않는가?' 했다.

그때 「박형」께서 나에게 질문하셨다.

"자네는 도사가 될래? 박사가 될래?"

순간 나는 움찔했다. 「박형」이 하나님 같았다.

그때 「박형」께서 일러주셨는지, 나는 '도사가 되려면 죽어야 된다.'라는 말을 들었던 것 같다. 나는 '죽어야 된다.'에 겁이 났고, 죽을 자신이 없어 망설이다가, 마침내 작은 소리로 중얼거렸다.

"나는 아무것도 몰라, 알아야 무엇이 되어도 될 텐데…"

「박형」께서는 더 이상 아무 말씀도 하지 않으셨다.

잠시 후 물속에서 고기를 잡던 사람이 물가로 나오더니 누가 초청이라도 한 것처럼 우리가 타고 있던 유람선으로 찾아왔다. 우리 일행은 그 사람에게 남아 있던 김밥 도시락 하나를 건네고, 행장을 수습하여 강변으로 나아갔다.

그때였다.

집사람이 무엇을 두리번거리며 찾는 것 같았는데, 상당히 긴장된 모습이었다. 「박형」께서 무엇인지 알고 계셨는지, 내 느낌에 그 무엇을 말리시려고? 스쳐 지나가던 집사람에게 의외의 말씀을 던지셨다.

"면도칼은 나에게도 있는데."

집사람이 무엇인가 손에 감추고 화장실로 급히 들어갔다가 얼굴이 하얗게 질린 표정으로 잠시 후에 거기를 걸어 나왔다.

'오. 저런' 순간 나에게 분명한 직감이 있었다.

'어떤 스님께서 수행하는 중에 자신의 음심淫心을 다스리기 위해서 자신의 신체 일부분을 제거한 것처럼, 오늘 「박형」에게 도사가 되겠다고 분명하게 선언한 집사람도 자신의 신체 어느 부분을 도려내려고 칼을 찾았던 것은 아닐까.'

'도사가 되겠어요.'라고 「박형」께 약속했던 그날 자신의 괴로웠던 현생의 원인을 직시하게 된 집사람은 죽음도 불사하고, 그 잘못된 과거, 그 인연 뿌리를 당장 그렇게라도 잘라 버리려고 결심했었던 것 같다.

우리가 귀가하려고 강의 언덕으로 올라가려 할 때에 「박형」께서 높은 위쪽의 어디쯤을 가리키면서 말씀하셨다.

"여기까지 물이 들어와."

정말 나중에 보니, 거기가 충주댐으로 수몰이 되었을 때 만수위滿水位가 거기였다.

▶ 드디어 우리 일행은 행장을 수습하여 집으로 돌아오기 위해 단양역(✓ 지금 구단양역 자리가 아니다. 수몰되어 자리를 옮겼음)으로 향했다.

그리고 역전에 있던 한약국에 들러서 사진을 찍었고, 집사람의 약도 지었다. 그 사진은 정말로 잡념 없는 모습이 사진에 찍힌다면 모두 도사님과 천사가 따로 없었을 것 같은, 멋진 우리들의 기념사진이 되었다.

풍기로 가는 기차를 타기위해서 우리 일행이 단양역의 승강장으로 나갔을 때까지, 계속 나의 머릿속이 아주 맑고 깨끗해서 마치 머릿속에 찬바람으로 가득한 것 같았다.

〈비교하면〉 영주에 살 때였다. 문득 하루는 금계동을 가고 싶어졌다. 나는 풍기 버스정류장에서 내려 막 금계동을 향해 걸어가고 있었는데, 많은 사람을 태운 것 같은 택시가 금계동에서 내려오다가 내 앞에 와서 멎었다. 그리고 차의 유리창이 열리면서 「박형」께서 말씀하셨다.

"어서 타게, 어서 타."

내가 영문을 모르고 망설이고 있으니까 「박형」께서 차의 문밖으로 나서면서 속삭였다.

"어서 타게. 본래면목本來面目을 보여줄 테니까."

본래면목? 나는 순간 그것이 알고 싶었다. 그 차를 탔다. 어떻든 그렇게 그날 엉겁결에 친구네 장지로 「박형」을 따라갔었다.

나는 거기 산에서 심심하기도 하고 호기심도 생겨서, 시신이 안치될 구덩이 속으로 들어가서 잠시 흙을 파보았다. 거기가 혈穴 자리인지 어떤지는 몰라도 구덩이의 속은 참으로 깜깜하게 아무것도 생각나지 않는 곳인 것 같았다.

이것이 곧 본래면목인가 했는데, 땀나고 힘들다고 밖으로 나와 쉬고 있을 때 누가 주는 막걸리 한 잔을 얻어 마시고 녹아떨어졌다.

어느덧 시간이 되었는지 「박형」께서,

"이 친구 어디 있나?"

하더니 널브러져 있던 나에게 와서 말씀하셨다.

"다 끝났어. 일어나게. 이제 가세."

정신을 차리고 일어났더니 이상하게도 머리가 개운했다.

「박형」께서 산을 내려가면서

"이게 본래면목이야."

라고 하셨다. 그랬는데 아쉽게도 그 본래면목은 차를 타고 시내로 나오는 매 순간 머릿속이 잡념으로 흐려져서, 개운했던 것들이 사라지고 말았다.

▶ 그런데 식구들과 뱃놀이했고, 청년이 물속에서 작살로 고기를 잡아낸 것을 본 오늘은 그때와는 비교할 수도 없을 만큼 몇 배 더 머릿속이 맑았다.

「박형」께서 이미 알고 물으셨다.

"자네 뭐 잊어먹은 것 같지 않은가?"

분명 나의 머릿속에 잡념이 전부 사라졌는데도, 「박형」께서 내 머릿속을 알 수 없을 것 같아서, 물건을 잊어먹은 것 없는가를 묻겠지 하면서 몇 번이나 망설이다가 대답했다.

"잊어먹은 게 없는데…."

「박형」께서 다시 말씀하셨다.

"분명히 있을 터인데."

▶ 그리고 우리들은 기차표를 사서 승강장으로 나갔다. 그때 어떤 허름하게 옷을 입은 사람이 「박형」에게 다가오더니 담배가 있느냐고 물었다.

「박형」께서 아주 공손하게 윗사람을 대하듯이 고개를 숙이며 인사를 하고서, 손으로 조용히 없다는 표시를 하면서 말씀하셨다.

"미안합니다. 담배를 피우지 않아서요."

그때 우리와는 반대쪽으로? 가는 기차가 와서 멈추었다. 그런데 내 앞에서 갑자기 이상한 일이 벌어졌다.

기차 차장? 승무원이 어떤 여인을 밖으로 끌어내려 하고, 그 여인은 밖으로 나오지 않으려고 승강구 안쪽에서 몸싸움하는 장면이 보였다. 내 짐작에 그녀가 차표도 없고 돈도 없이 기차를 탔던 것 같았다. 그게 아니라면 옷 보따리 하나를 움켜잡고 있던 그녀가 아주 실성한 여인이거나.

그들이 옥신각신하는 중에 여인의 옷소매가 부욱~ 찢어지고, 밀고 당기며 난리가 났었다. 내가 생각했다. '돈을 주면 저러지 않을 거야.'

나는 돈을 꺼내서 차장에게 주려고 주머니에 손을 넣었다. 순간 주제넘고 부끄럽다고 생각했고, 감히 돈을 꺼내지 못했다. 잠시 후에 차장과 여인은 다시 객실 안으로 들어가고 말았다.

그런데 이 광경이 꿈이었던 것처럼, 순식간에 거기에 있던 모든 것이 사라졌다. 나에게는 그 여인에게 차비를 대주지 못한 것이 끝내 아쉬움으로 남았다.

3. 강제로 입원당한 정신병동에서 믿음과 사랑을 증명했다

구담봉에서 「박형」에게 '도사가 되겠어요.'라고 약속한 며칠 뒤에 집사람이 처가에 가자고 제안했다.

나로서는 그동안에 우리만 생각하고 계속 피해 다녀서 미안하기도 하고, 항상 우리를 걱정하셨던 그분들께 특별히 집사람이 하고 싶은 말이 있을 것 같아 그렇게 하자고 했다.

사실 집사람은 무엇보다 첫째로 「박형」의 가르침을 식구들에게 전하기 위해서 서울행 기차에 올랐던 것이다. 그리고 도사가 되려면 세상의 모든 것, 자기를 길러주었으며 지금도 애쓰는 모든 정든 식구들과 이별해야만 하겠기에, 특히 어미 잃은 딸을 큰언니에게 아주 부탁해 두어야 하겠기에 서울로 가는 길이었다.

그런데 서울행 열차 안에서 처음에는 밝은 얼굴로 앉아 있던 집사람이 어느 순간부터 손수건으로 눈물을 닦으며 계속 울었다. 나는 눈치가 없어서 무슨 까닭인지 몰라서 당황스러웠다.

그때 일부러 찾아와서 우리 앞자리를 차지하고 앉았던, 할아버지가 이미 무엇을 아는 듯이 집사람을 보고는

"애기엄마는 애기와 사별死別(죽어서 서로 이별함)할 모양이구만."

하더니 집사람에게 여러 가지 가르침과 위로의 말씀을 해주셨다.

잠시 후에 우리가 그분에게 잡수실 것을 드렸는데, 그 보답을 하겠다고 할아버지께서 주머니를 뒤적이다가 인삼 한 뿌리를 꺼내더니 집사람에게 주면서 말씀하셨다.

"내가 줄 것은 이것밖에 없는데."

몸통뿐인 그 인삼에는 잔뿌리가 한 개도 없고 노두蘆頭(줄기가 붙었던 자국)도 없어서 산삼인지 그냥 인삼인지 구별할 수가 없었지만, 소중하게 다루는 걸로 봐서 그게 산삼일 것 같았다.

집사람이 망설이면서 그것을 받지 않자 그 할아버지께서 다시 말씀하셨다.

"내 성의니까 받아줘요. 몸에 좋은 거야."

더 이상 거절하지 못하고 집사람이 그것을 받아서 끝내 그것을 나에게 주면

서 적극적으로 권했다.

"저는 필요 없어요. 당신이 드세요."

집사람은 구담봉에서 「박형」에게 '도사가 되겠어요.'라고 약속한 뒤로는 분명하게 '이승의 삶을 떠나겠다. 산삼도 필요 없다'고 그렇게 철저하게 행동하고 있었다.

✓ 그런데 서울에서 집사람에게 또 시련이 기다리고 있었다. 서울에서 우리는 처가 식구들과 만났다. 그분들은 나와 집사람에게 정신과 의사를 만나보아야 한다고 했다. 우리가 거절할까 봐 우리를 달래며 거의 애원하듯 권유했다.

"그냥 만나서 상담만 하는 거야. 의사하고 이야기하는 거야. 필요하면 몇 번 만나봐야겠지만."

그렇게 쉬운 일을 못 해줄 것이 없었다. 작은 언니가 잘 안다는 정신과 의사를 만나 집사람이 먼저 상담했다. 차례차례로 만났다.

그 정신과 의사는 나에게 계속 자신이 이해할 수 없는 것들을 물었다. 그리고 우리가 무엇을 잘못 생각하고 있는지를 알고 싶어했다.

· "왜 산골에 가서 사는가?"
· "무엇을 믿는 것이 있는가? 어떤 종교를 가지고 있는가?"
· "윤회? 영혼? 그것을 증명할 수 있는가?"
· "「박형」이란 분은 보통 사람과 무엇이 다른가?"
· "도사란 어떤 분인가?"
· "자네는 앞으로 어떻게 할 것인가?"

그밖에 다양한 것을 물었던 것 같다. 사실 집사람의 대답은 나의 대답과 달랐을 것이다. 특히 앞으로 어떻게 할 것인가를 물었을 때 집사람은 분명하게 '도사가 되겠다.'고 대답했을 것이다. 나 역시 그분에서 「박형」에 대한 믿음에 대해 한마디도 거짓말을 할 수 없었기에, 집사람은

"저는 이제 죽더라도 도사가 되겠다고 약속했다."

라고 대답했을 것이다. 상담을 마친 (✓도사도 모르고, '여기서 벗어나는 오직 이것 한 길'을 모르는) 그 정신과 의사 소견은 '부인에게 무슨 조처를 취해야 될 것 같다.'라는 결론을 내렸던 모양이다.

집사람의 결심을 나는 물론이고 거기의 누구도 감히 상상조차 할 수 없었다. '도사가 되겠다.'는 그렇게 훌륭하고 큰 서원을 아무도 이해할 수 없었다.

결국 집사람은 이렇게 그 당시 중곡동에 있던 국립정신요양원에, 내가 상담을 받고 있던 그 시간에 완전히 강제로 끌려가서 입원하게 되었다.

▶ 그리고 한 달 뒤쯤에 나는 초등 5학년이었던 여식과 함께 그 병원을 찾았다. 면회는 입원한 지 두 달이 지나야 가능하다고 했기 때문에, 우리들은 병동으로 직접 집사람을 찾아 나섰는데, 마침 3층 병동에서 몇 사람의 여자 입원환자가 창밖을 내다보고 서 있었다.

내가 소리쳤다.

"상희 엄마를 좀 불러줘요."

몇 번 그렇게 소리를 친 후에 집사람이 창가에 나타났다. 기뻐서 내가 소리쳤다.

"여보! 나 왔어요. 상희도 왔어요."

집사람도 반가워 손을 흔들면서 소리쳤다.

"저는 건강하게 잘 지내고 있으니 염려 마세요!"

보나 마나 그녀는 이미 울고 있었다.

"뭐 필요한 것 없어요?"

"어서 여기서 나가게 해줘요!"

그때 병실에 누가 들어왔는지, 그녀는 혼신의 힘을 모아 딸에게 당부했다.

"상희야, 아빠 말 잘 듣고 몸 건강히 잘 지내야 돼!"

정신이 멀쩡한, 아니 남들보다 더 아름다운 정신을 가진 그녀는 그렇게 몇 달 동안 정신병동에 감금되어 있다가, 통원 치료라는 명목으로 풀려나 친정집으로 오게 되었는데, 그 사연을 식구들이 들려주었다.

'어느 날 깊은 밤중에 같은 병실 환자 한 사람이 침대에 토하고 옷에 그대로 싸서, 몸과 온 침대에 냄새나는 오물을 묻혔다. 그가 어찌하지 못하고 앓는 것을 보고, 집사람은 혼자서 그 환자의 몸을 씻기고, 자기 침대에 눕히고 밤새도록 뜬눈으로 간호했는데, 아침에 그 환자의 침대보寢臺褓(Bed cover)를 가지고 세탁실로 빨래하러 갔다'

처음부터 집사람은 정신병원에 입원해야 할 사람이 아니었다. 이렇게 자신의 안위마저 위태롭고, 정신이 이상한 사람들이 우글거리는 최악의 상황에서도 집사람은 도사될 상당한 자질資質 – 굳은 믿음과 자비심이 있음을 그렇게 증명했다.

4. 변신한 「박형」을 만나다

– 미리 예고하고, 돈을 구걸하는 사람으로 변신하여 나타나셨다 –

그렇게 그녀가 흑석동에 있던 처가로 나와 통원 치료를 받고 있던 때였다. 나는 상경할 생각이었는데 「박형」께서 미리 말씀하셨다.

"나는 별로 가고 싶지 않지만 언제 한번 서울에 갈 거야. 자네도 아는 사람…"

그때 나는 「박형」께서 '서울에 아는 친척 집에 가시려는가?' 했다.

그다음 날 나는 집사람을 데려오려고 서울로 갔다. 흑석동에 있는 처가에서 하룻밤을 잔 다음 날 새벽, 집사람이 나를 깨웠다.

그리고 우리 내외는 사람들이 아침 운동을 하는 공원으로 나갔다. 거기는 한강 옆에 있는 공터인데 아침 일찍부터 사람들이 배드민턴을 치고 있었는데, 우리는 그냥 거닐다가 처가로 되돌아오는 도중에, 집사람이 문득 제안했다.

"우리 거기 공원을 좀 쓸어요."

"그러지."

"그럼 제가 집에 가서 비를 가지고 오겠어요. 여기에 계세요."

당시에 처가는 흑석동 입구쯤에 있었는데, 나는 파출소 - 노량진에서 동작동 넘어가다가 중앙대학교로 가는 세 갈래 길모퉁이에 있던 파출소 앞에서 비를 가지러 간 집사람을 기다리며 혼자 길에 서 있었다.

바로 그때 50대쯤 되는 어떤 허름한 차림의 사람이 나에게 다가왔다. 이상하게도 그가 돈을 요구할 것 같아서 피하려다가 다시 생각하고 그냥 서 있었더니, 그가 내 앞에 다가와 손을 내밀고는 말했다.

"돈 만 원만 빌려주십시오."

순간 어안이 벙벙했다. 그 당시에 만원이면 제법 큰돈이다.

당시에 부산~서울 기차 요금이 7천몇백 원이었으니까.

그런데 도대체 만 원씩이나 빌려 달라니… 말은 빌려 달라고 하지만, 나로서는 그냥 주는 것인데…. 그런 생각을 하다가 「박형」께서 작용을 했는지 갑자기 마음이 바뀌면서, '50대는 되었는데, 연세도 많으신 분이 새벽부터 구걸하는 데는 피치 못할 사정이 있을지도 모르겠다.'라는 생각이 갑자기 들어 지갑을 꺼내서 만원을 건넸다.

그랬더니 그 사람이 다시 청했다.

"돈이 있으면 만원만 더 빌려주십시오. 꼭 돌려드리겠습니다."

나는 어처구니가 없고 싫다는 생각이 들어서 망설였는데, 그 사람이 내 속을 안다는 듯이,

"집도 알고 있어요. 거기에 있잖아."

라고 말하면서, 언덕 위에 있는 시골 우리 토담집을 가리키기라도 하듯이 내

민 손을 위쪽으로 치켜들어 보였다.

나는 속으로 뜨끔했다. 그렇지만 설마 그가 우리 시골집을 알 수도 없을 것이고 지금 헤어지면 그만인데… 돈이 아까워서,

"돈을 만 원이나 주었는데 무슨 돈을 만 원이나 더 달라는 거요?"

그랬더니, 그가 퉁명스럽게 말했다.

"싫으면 그만두던가…."

그리고는 뒤돌아서 몇 발짝을 갔을 때 집사람이 비를 가지고 도착했는데, 이상하게 집사람이 내 옆으로 바짝 다가와서 나의 귀에 입을 대고 속삭였다.

"여기 윤수아버님이 웬일이세요?"

'어허, 이 사람이 아침부터 어째서 헛소리를 하는가.'

윤수아버님은 바로 「박형」이다. 나의 눈에는 「박형」이 보이지 않았기 때문에 거기에 「박형」은 없었다. 혹시나 하며 나는 돈 만 원을 빌려 간 사람을 뒤돌아보았다. 키가 약간 크고 마른, 그리고 옷이 허름한 그 사람이 10미터 정도 떨어진 곳에서 걸어가는 뒷모습이 보였다. 그는 분명히 당당한 체격의 「박형」은 아니었다.

"가요. 비를 가지고 왔으면…."

나는 집사람의 손을 잡아당기면서 재촉했다. 그런데 집사람은 「박형」께 인사라도 하려 했는지, 고개를 돌려 그 사람 뒤통수를 계속 쳐다보면서 머뭇거리다가 마지못해 나를 따라왔다. 당시에 집사람은 내가 그 사람에게 1만 원을 준 사실조차 알 수 없었다.

그리고 우리는 그 공원으로 가서 그곳을 쓸었다. 서울에서 그런 일이 있었고, 우리들은 시골 언덕 위 토담집으로 왔다.

그 며칠 후 나는 방 안에 앉아서 책을 읽고 있었는데, 집사람이 밖에 나갔다가 들어오며 말했다.

"윤수아버님이 빌려 간 돈이라며 만 원을 주셨어요."

나는 어리둥절하면서 말했다.

"무슨 돈을? 난 「박형」에게 만 원을 빌려준 일이 없는데, 그거참, 이상하다. 어서 되돌려 드려요."

그때 집사람이 말했다.

"돈 2만 원을 빌려 달라고 하였는데, 만 원만 주었다고. 윤수아버님이 뭐라고 하셨어요. 왜? 만 원만 빌려주셨어요?"

서울 흑석동에서 그날 아침에 「박형」께서는 일부러 집사람에게는 윤수아버님으로 보이셨고, 나에게는 걸인으로 오셔서 돈 2만 원을 빌려 달라고 하다가 돈 만 원을 빌려 가셨다.

「박형」께서 그러한 능력을 보여줌으로써 집사람에게 (변신하고 현신하는) 성령의 위대함을 믿도록 하셨다.

이 상황은 「박형」께서 제일 처음으로 우리에게 분명 무엇인가를 나타내어 보여주신 것이다. 그런데 나는 이런 일을 당하고서도 「박형」의 진면목을 손톱만큼도 눈치를 채지 못했다. 그냥 「박형」께서 옛날이야기 속에 나오는 신선이나 대보살님 같다고 잠시 생각했을 뿐이다.

사실 이런 상황을 전해 들은 사람은 그 누구도 이런 사실을 믿으려 하지 않았다. 아마도 「박형」께서 정말 어떤 어른인지 아무도 몰랐기 때문이 아닐까 싶다.

물론 같은 수행자였던 분들은 어느 정도 눈치를 채셨겠지만, 동리 사람이나 친구들, 학교동창이나 일가친척과 형제자매들은 물론 한집에 살던 식구들조차도 「박형」께 어떤 능력이 있고, 얼마나 대단한 분인지를 정말 전혀 모르고 있었다.

『성서속의 불가사의』와 『세계진문기담』, 그리고 『한국기인전 青鶴集韓國奇人傳 青鶴集』 등을 다 훑어보았지만, 부활하신 뒤의 예수님을 포함해도, 「박형」처럼 신출귀몰하고 전지전능하신 어른은 만나지 못했다.

「박형」께서도 무엇을 암시하려고 나에게 어느 날 말씀하셨다.

"투표하러 가보면 누가 투표를 했는지, 벌써 투표를 했다고 해. 몇 년간 계속 그랬어."

✻ 그리고 어느 날 「박형」께서 말씀하셨다.

"나는 남의 옷은 입지 않는다. 자네도 남의 옷 입지 말고 나와 같이 되었으면 좋겠는데."

제4장 추수하는 가을, 시험은 계속된다

1. '그냥 못 가면, 죽어서라도 가겠다.'는 결심으로
– 도를 완성하기 위해서 목숨 걸고, 우물로 뛰어들었다 –

✓ 영혼? 의식체意識體? 우리 몸속에 어떤 존재存在가 과연 있을까? 이러한 의문은 영원히 과학적으로 증명될 수 없는 신비한 것인가?

어떻든 어느 날 그 우리 몸속에 있는 의식체를 「박형」께서 '끼끼끽' 하며 웃게 만들어서 그 신비한 존재를 온 천하에 드러내셨다.*

1980년 어느 날 「박형」께서 말씀하셨다.

"안된다 안된다 하면 더 되더라. 일은 걱정하면 걱정하는 쪽으로 돼. 소변보는 것만 해도 그렇더라고. 안 나온다 안 나온다 하면, 더 잘 나오더라."

그 말씀을 듣고 정말 이상했다. 그럴 리가? 했다. 나는 곧 집으로 와서 다른 날처럼 참선 자세로 앉았다.

그리고 「박형」의 말씀을 생각하며 소변이 안 나온다 안 나온다 하고 참는 데 신경을 집중했다. 그랬더니 5분 후? 나의 의지와는 상관없이 「박형」께서 말씀하셨던 것처럼 소변이 시원하게 술술 나오고 말았다. 바지를 몽땅 적셨다. 그때 마침 밖에 나갔던 집사람이

"저에요."

하며, 반갑게 들어왔다.

집사람은 내 공부를 위해서 낮 동안에 일부러 밖으로만 돌았다. 그날도 늦은 시간에 왔었는데, 그런 사정도 모르고 방금 방 안으로 들어서는 이에게 내가 소변에 젖은 바지를 내주면서,

"이거 좀 어떻게 해봐."

라고 했다.

그 순간 나에게 실망한 집사람이 받았던 바지를 비닐에 싸서 방바닥에 집어 던지더니, (이렇게 화내는 일은 한 번도 없었는데, 밖에서 어떤 일이 있었는지) 휭하고 밖으로 나가면서 말했다.

"저 서울 가야겠어요."

그렇게 집사람이 눈물을 머금고 서울 친정에 갔었다.

(✔ 이 모든 것이 「박형」께서 기획한 것이 확실하므로 서울 친정에 가서 집사람은 여러 가지 유혹, '도사가 되겠다는 결심에 대한 시험'을 받았을 것이다.)

그런데 일주일이 되어도 소식이 없었다. 서울로 집사람을 찾아가는 게 어떨지 묻기 위하여 「박형」을 찾았다. 들에서 일을 하고 계시다가,

"가신 지 일주일 되었으면, 찾으러 가볼 만하지."

라고 하더니, 나를 「박형」댁 안방으로 데리고 가셨다.

"서울에 가보려고? 서울에서 여기까지, 상상傷하지 않고 성해서 올 사람은 아마 하나도 없을걸. 경계선이 여러 곳에 처져 있으니까."

나는 깜짝 놀라 「박형」을 쳐다보았다.

"경계선이 여러 곳에 처져 있어. 내 아들도 그렇지만 자네 아들이 걱정돼."

그리고 어리둥절해 있는 나에게,

"잘 갔다가 와 봐."

하고 무심하게 전혀 우습지 않게 말씀하셨는데, 그 순간 무엇이 우스웠는지 나는 방바닥을 쳐다보며 끽끽 웃었다. 그것도 도저히 못 참겠다는 듯 심하게 웃었다.

그러다가 제정신이 들었던지 내가 정말 마귀처럼 끽끽끽끽끽 웃고 있구나 했다. 참으려고 애쓰는데도 자꾸 웃음이 터져 나왔다. 정말 나와는 상관없이 나의 뱃속 깊은 곳에서부터 입으로 웃음소리가 저절로 터져 나왔다.

"끽끽끽끽끽끽끽끽."

그리고 순간 불길한 웃음소리가 왜 내 입에서 나오는가 하는 무서움까지 생겼다. 머리로는 웃지 않는데 뱃속에서 웃음소리가 터져 나왔고, 웃음소리 역시 끽끽거렸기 때문에 혹시 '웃고 있는 실체가 마귀'라는 생각이 들었다.

「박형」께서 다시 말씀하셨다.

"좀 그럴 일이 있어."

그때 다시 그 불길한 웃음이 복받쳤다.

"끽끽… 끽끽끽끽끽끽끽끽끽…."

분명 「박형」께서는 평시의 음성으로 일상의 말씀을 하셨는데, 나는 참지 못하겠다는 듯이 방바닥으로 고개를 여러 번이나 처박으며 '끽끽' 댔다.

아무리 생각해 보아도 그 웃음은 평소 나의 생각으로 '내'라는 내가 아닌 내 몸속에 있던 어떤 것의 웃음소리 같았다.

「박형」께서 당부하듯이 말씀하셨다.

"자네는 괜찮아, 여기까지만 오면 돼."

▶ 그런데 그 여름에 다시 한번 「박형」의 그러한 능력을 보게 되었다. 마침 아이들이 여름방학으로 집에 와 있었고, 우리들의 토담집 뒷산에 색깔 예쁘고 목소리 아름다운 새들이 즐겁게 지저귀던 때였다.

「박형」께서 큰따님과 함께 우리 토담집으로 오셨다.

그리고 방에 들어오셔서 따님을 방에 들어오라고 하더니 나에게 큰절을 하라고 하면서

"옳을 의 자 의부다. 옳을 의 자 의부."

라고 하셨다. 나는 큰절을 받고서도 '옳을 의자 의부'의 말뜻을 몰라서 어리

둥절하며 앉아만 있었는데. 그때 「박형」께서는 이미 멀리 앞날을 예비하고 있었던지 따님을 옆에 앉히고, 따님에게 말씀하셨다.

"누가 결혼을 해서 어디로 가는 것을 보니까… 그렇게 되는 거야."

어쩌고저쩌고하며 이야기를 이어 가셨다.

그런데 다음 순간에 「박형」 큰따님이 갑자기 이상하게 웃었다.

"끽끽끽끽끽끽끽끽."

아니! 저런! 나는 순간 「박형」 따님에게 장차 참고 견뎌내야 될 어떤 일이 일어날 것 같다는 생각과, 내가 「박형」댁에 갔을 때 내 자신이 그 따님과 똑같은 웃음소리로 똑같은 자세, 방바닥으로 머리를 처박으며 끽끽 댔었다는 것을 깨닫고 놀라지 않을 수 없었다.

그래서 나는 그렇게 되는 내력을 알고 싶어서 정신을 바짝 차리고서 「박형」 말을 자세하게 들으려고 했는데, 그 말씀 내용은 실망스럽게도 보통 이야기일 뿐 우스운 이야기가 결코 아니었다. 아무리 들어봐도 「박형」의 이야기는 전혀 우습지 않았는데, 그 따님은 계속해서 그렇게 웃었다.

"끽끽끽끽… 끽끽끽끽끽끽끽끽."

그 따님은 전에도 본 적이 있지만 아주 정신이 맑고 예절 바른 학생이다. 부친께서 엄숙하게 말씀하시는 중에, 그것도 남의 집에서 예의 없이 방바닥으로 고개를 처박으며 끽끽 댈 수는 없는, 정신이 멀쩡한 학생이다. 그리고 말씀 끝에 「박형」께서 따님에게 당부하셨다.

"그래서 그렇게 되는 거야."

"끽끽끽… 끽끽끽끽끽"

"꼭 그렇게 해. 알았지."

"끽끽끽끽끽끽끽끽."

대답은 역시 '끽끽끽'거리는 웃음소리뿐이었다.

* 나는 「박형」께서 우리 몸속에 있는 존재(의식체)에게 직접 말했다는 것을

최근에야 알게 되었다.

"큰 도사님(부처님) 설법은 원음圓音설법이기 때문에 귀신도 알아듣고 나무도 알아듣고 축생도 알아듣고, 사람은 물론 하늘 사람들을 포함하여 시방세계 모든 중생들이 전부 듣는다."

라고 쓴 책을 보았기 때문이다.

나는 그런 놀랄만한 일이 있고 몇 년 후에 그 따님을 만났을 때

"왜 그렇게 끽끽 대며 웃었지요?"

하고 물었더니, 그 따님이 대답했다.

"저도 모르겠어요. 절로 그런 웃음이 자꾸 나오던데요."

그 따님도 나와 꼭 같이 저절로 끽끽끽 웃었던 것이 분명하다.

보통 사람들 같으면 죽음의 순간에 육체로부터 의식체가 분리되면서 기절과 함께 무의식 상태가 찾아오지만, 요가의 달인은 그와 같은 상황을 극복한다. 그는 저 투명한 빛이 선사하는 법열法悅에 젖어 명료한 의식 상태에서 단지 육체를 떠날 뿐이다. 그에게 있어서는 육체란 원할 때 입거나 벗는 의복과 같은 것이다.　　　　　　　　　　　　　　　『티벳 사자의 서』에서

우리의 실체도 아니면서 우리 몸속에 자리 잡고 주인노릇하는 의식체는 바로 이렇게 끽끽끽하고 웃었던 그것이라고 생각해 볼 수밖에 없게 되었다. 정말 이런 엄청난 사실을 수긍하지 않을 수가 없게 되었다. 그 의식체가 욕망이라는 마귀의 굴레를 벗어나지 못한 것, 곧 나의 제8식 아뢰야식이라고 생각된다.

그런데 이렇게 끽끽끽끽끽하면서 계속 웃었던, 그 몸속에 있는 의식체가 사람의 행동을 좌지우지하는 실체이기 때문에, 뇌과학자는

"모든 행동은 기억에서 나온다."

라고 한다.

분명히 끽끽끽끽끽… 하면서 웃었던 나의 몸속에 있던 그것이 '자기화되고 체득되고 업력이 된 제8식이며' 그것이 나를 끽끽끽끽 웃게 했다. 분명 그것이 나의 마음(안방)을 점령하고 자기가 주인인 것처럼, 마치 점령군이 하는 짓처럼 나를 종으로 부리고 지금처럼 윤회하며 살도록 지휘하고 감독했다.

우리는 윤회하는 자며, 극락 열반의 안방을 점령당한 자이며, 안방에 값진 보물 있음 모르고 빈손으로 윤회의 길을 정처 없이 가는 자다.

〈각설하고〉 어떻든 그 길로 나는 서울 집사람 친정에 갔는데 집사람은 큰언니네 집에 가 있었다. 내가 그곳에 왔다는 소식을 듣고, 우애 있게 지내는 처가 식구들이 모여들었다. 그리고 그들은 나에게 우리 내외의 그동안의 행적에 대하여 속 시원한 대답을 듣고 싶어 했다.

"왜? 그런 궁벽한 곳에 가서 우리 막내를 고생시키는 거야? 대체 그 이유가 뭔가?"

누군가가 그렇게 말했다. 그리고 이번에는 더 큰소리로 다그쳤다.

"저 등나무는 왜 자른 거야? 둘 다 정말 미쳤어?!"

그날 우리 내외는 집안에 우환을 불러들일 것 같았고, 큰언니가 아낄 것 같은, 집의 이층까지 자란 굵직한 등나무 세 그루를 아무도 없을 때 모두 잘라 냈었다. 그 엉뚱한 짓을 보고 부아도 났겠지만, 제정신이 아닌 것 같은 우리 내외가 걱정이 되어서 이것저것 캐물었다.

그때 이제까지 아무 말 없이 지켜보던 큰동서가 갑자기 손을 뻗어 내 뺨을 '철썩철썩' 때렸다. 그러고는 금세 제정신이 들었다는 듯 중얼거렸다.

"아니, 내가 왜 이러지?"

그러나 나는 그 이유를 알 것 같았다. 그 이유를 아는 나는 큰동서에게 따귀 두 대를 얻어맞고도 오히려 즐거웠다. 나는 의처증이 있어서 집사람을 가끔 의심했었는데, 어떤 때는 큰동서마저 함부로 의심했던 그 값을 그때 받았던 것이다.

「박형」께서 '좀 그럴 일이 있어.'라고 하셨던 것은 내가 이렇게 따귀를 얻어맞게 될 것을 염두에 두고 하신 말씀이다. 그때 속에 있던 마귀는 상황이 그렇게 되어 내가 따귀 맞을 것을 알고, (자기가 시켰던 일의 결말이 재미가 있어서) 그렇게 끽끽 웃었던 것도 있다고 생각된다.

그런데 언제나 막내딸을 근심하고 있었던 장인어른께서 심각하게 걱정을 했기 때문에, 집사람은 계속 처가에 남게 되었다.

사실 집사람은 강제 입원을 당했을 때는 물론, 그날도 당장 「박형」을 만나서 더 공부하기를 갈망하고 있었다. 집사람은 세상의 길이 아닌 도사가 되겠다는 그 길로 꼭 가고 싶어 했었다. 금계동으로 가서 「박형」을 만나서, 배움을 완성하고 싶어 했었다.

나 역시 집사람과 함께 귀향하고 싶었지만, 어쩔 수 없이 집사람을 설득하고 달래놓고, 나 혼자서 풍기 집으로 가게 되었는데, 청량리역 앞에 이르러 어찌 된 까닭인지 집사람의 안부가 자꾸만 궁금하여 처가로 전화를 했다.

그랬더니 웬일일까! 장인어른께서 나를 다시 흑석동으로 와서 집사람을 데리고 가라고 했다. 옳다! 잘 되었다.

나는 얼른 흑석동으로 갔다. 그리고 기절초풍할 이야기를 들었다.

내가 떠난 후에 갑자기 집사람이 온데간데없이 사라졌었다는 것이다. 화들짝 놀라서 한 시간 동안 찾아 헤매다가, 집 뒤뜰에 있던 우물 물속에 들어가 있던 집사람을 발견했다는 것이다.

당장 금계동으로 가고 싶은 집사람은 부친의 막내딸을 눈앞에 잡아두려는 마음을 이길 방법은 자신의 의지를 보여드리는 수밖에 없다고 생각했음이리라.

정말로 목숨 걸고 도의 길을 가야겠다는 그녀의 의지를 꺾을 수 있는 것은 아무것도 없었다. 집사람은 「박형」만이 자신의 길잡이라고 철석같이 믿고 있었기 때문이다. 결국 우리는 다시 금계동으로 오게 되었다.

▶ 그리고 절체절명의 순간에 다다랐다고 느낀 그녀는 「박형」에게 간절한 마음으로 여쭈었다.

"뭘 좀 물어볼 게 있어요. 사람이 죽으면 어떻게 되는지 알려주세요."

나도 알고 싶은 것을 집사람이 물었기 때문에 순간 긴장했다.

그때 「박형」께서 짐짓 말씀하셨다.

"죽으면 그만이지 왜 뒷일을 걱정하십니까?"

"꼭 좀 알려주세요. 꼭요."

간절한 청을 들으시고 「박형」께서 잠시 침묵하였다가, 하루라도 빨리 현생을 끝내고 갔다가 다시 와서 도사가 되겠다는, 집사람의 결심을 읽으셨는지,

"아, 그렇게 하시려구요."

하더니, 「박형」께서 분명하게 「사후死後의 비밀」을 말씀하셨다.

"사람이 죽으면 금세 없어지는 사람, 하루나 이틀 사흘 만에 나가는 사람, 한 달, 50일, 백일, 일 년, 2년, 3년 만에 나가는 사람, 그리고 영원히 가는 사람도 있어요."

집사람이 다시 여쭈었다.

"자살을 하면 어떻게 되나요?"

"꼭 더 나쁘다고 할 수야 없지만, 보통 깜깜한 데로 가게 되니 좋지 못하다고들 해요."

그때 집사람이 간청했다.

"저를 좀 빨리 가게 해주셔요."

「박형」께서 대답하셨다.

"그런 걸 왜 나한테…"

우리는 토담집으로 되돌아왔다.

2. 「박형」께서 불사신不死身의 모습을 시현하셨다

- '사람이 죽으면 금세 없어지는 사람'이 어떻게 된다는 것인지, 그 엄청난 내용을 보여주셨다 -

어느 날 「박형」께서 어떤 한 사람과 나를 데리고 금계동의 앞산으로 올라가셨다. 그 사람은 묏자리에 대하여 「박형」에게 몇 가지를 질문했고, 그 사람이 언제 뒤로 처졌는지 「박형」과 내가 산 중턱에 이르렀을 때 「박형」께서 나에게 작게 말씀하셨다.

"나를 죽이려 하는구나."

내가 깜짝 놀라는 중에 조금 전에 그 사람이 산 아래에서

"「박형」, 「박형」."

하며 「박형」을 불렀다.

그때 「박형」께서 낮은 목소리로 은근하게 당부하시기를,

"여기 잠깐만 지금처럼 그대로 서 있어. 갔다가 올 테니…"

하고, 그가 부르는 아래로 내려가셨다. 나는 어리둥절하며 「박형」의 지시대로 거기에 그대로 서 있었는데, 그 아래쪽에서 갑자기 그 사람의 외침이 들려왔다.

"앗, 피다. 피! 「박형」, 「박형」! 정신 차려, 정신 차려. 왜 그래?"

그리고 잠시 후 그 사람이 나에게로 황급히 뛰어 올라와서 소리쳤다.

"「박형」이 죽었어! 「박형」이 죽었어!"

그 사람은 그렇게 외치고 정신없이 다시 산 아래로 내달렸다.

바로 그때 아무 일 없다는 듯이 나타난 「박형」께서 나에게 다가와 평상시와 같이 말씀하셨다.

"저쪽으로 가볼까?"

「박형」과 내가 그쪽으로 내려가려는 중에, 그 아래에서 그 사람의 당황하고 기겁한 외침이 또 들려왔다.

"「박형」! 「박형」이 어디 갔어. 낫! 낫!"

나는 「박형」을 따라 산 아래로 내려가면서 얼핏 보니, 거기에는 한 기基의 무덤이 보였고 아무런 흔적, 시체나 피, 낫도 없었다. 그 사람은 정말로 미친 듯이 산 아래로 내달리고 있었다.

「박형」과 나는 산 밑으로 걸어 내려와 길로 나섰다. 그 사람은 뒤도 돌아보지 않고 얼마쯤 앞에서 정신없이 「박형」댁으로 달려가고 있었다.

「박형」께서는 이미 그 사람이 준비한 낫으로 찍을 것을 알았고, 그 앞에서 피를 흘리며 죽었다가 그 사람이 나에게 뛰어와서 '「박형」이 죽었어. 「박형」이 죽었어.' 외치고 있을 때 살아나서, 그 사람에게는 보이지 않는 몸으로, 나에게는 보이는 몸으로 다시 나타나셨던 것이다.

이러한 것이 '사람이 죽으면 금세 없어지는 사람'이다. 불사신이며, 그리고 아무 일도 없다는 듯이 다시 나타나는 도인이다. 참으로 이것이 세상 사람 아무도 모르는 교역 되신 삼계도사이며, 영생의 모습이다.

'사람이 죽으면 금세 없어지는 사람'의 '금세 없어진다'는 뜻은 「박형」 같은 성령은 죽음이 없고, 방편으로 죽은 척하다가 시체고 뭐고 남김없이 금세 사라질 수가 있다는 의미이다.

그리고 '하루나 이틀 사흘 만에 나가는 사람, 한 달, 50일, 백일, 일 년, 2년, 3년 만에 나가는 사람'의 '나간다'는 의미는 죽어서 간 저승에서 그만큼 머물다가 이승으로 '다시 나온다'는 뜻이다. (불교에서는 사람이 죽은 뒤 다음의 생을 받을 때까지 49일 동안 지니고 있는 몸을 중음신中陰身이라 함.)

'그리고 영원히 가는 사람도 있어요.'라고 하셨는데, 나중에 알고 보니 '영원히 가는 사람'은 극락왕생하여 영원한 행복을 누리는 성령으로 화생化生(홀연히 생겨남)하거나, 지옥으로 바로 가서 거기에 문득 지옥의 혼령으로 화생할 사람이다.

그리고 어느 날 「박형」께서 말씀하셨다.

"자네는 3일간 잠을 자지 않으면 되네."

우리는 이 말씀의 의미를 조금 알 수가 있을 것 같다.

∴ 이렇게 「박형」께서 인류역사상 최초로 '사후의 비밀'을 분명하게 밝혀주셨다. *

3. 마지막 욕망의 시험, 황홀한 유혹을 이겨내다
- 끝내주는 육체적 쾌감을 순식간에 지워버렸다 -

그렇게 몇 달이 흘러갔고, 집사람에게 남은 시간이 거의 없었다. 괴로운 시련도 끝나가고 있던 어느 날, 내가 무엇이 씌워진 것처럼 갑자기 집사람과 부부관계를 하고 싶어졌다.

부부관계에 대한 어떤 생각도 없이 잘 지냈는데, 무슨 작용이 있었는지는 지금도 모른다. 그런데 이상하게 집사람도 아무 말 없이 순순히 응했다.

그리고 그날 잊을 수 없는 쾌락의 극치? 황홀한 기쁨. 희열을 맛보았다. 그것은 전혀 예상할 수 없었던 일이었다.

그 느낌을 말로는 도저히 설명할 수 없다. 그날 1,000사람 중에서 한사람이나 가능하다는 '성행위의 극치감인 이른바 오르가슴(Orgasm)이라는 것보다 훨씬 강력한 황홀함, 자궁이 마중 나와 남성을 받아들인다는 자궁子宮 오르가슴'이라는 것(최근에야 그런 게 있다고 주장하는 사람을 보았다.)인가를 경험했다. 너무 황홀하고 좋고 잊을 수 없어서 다음날 또다시 요구했다.

그날도 전날과 마찬가지였다. 다만 나에게 한 가지 걱정스러웠던 것이 있었는데, 내 느낌에 밥을 잘 먹지 않던 집사람이 차츰 탈진되는 것 같았기 때문이다.

그러나 나에게 그 황홀한 순간은 그 뒤로도 몇 달간이나 잊을 수 없는 극적인 것이었다. 나에게는 그 환각적인 황홀함이 계속되었다.

내가 그렇게 황홀한 느낌에 파묻혀 있을 때 「박형」이 와서 집사람에게 무엇인가를 조용히 이르셨다.

아마도 결혼 후 언제나 남편에게 미안했던 마음을 포함하여 자신의 마음속에 남아 있던 앙금 같은 잡념을 비우려는 집사람을 격려하셨을 것 같다. 그리고 그녀의 마지막 소원이 이루어졌음을 (아마도 따뜻한 한마디 말씀으로) 알려주셨을 것 같다.

그래서인지 「박형」께서 오셨다 가신 뒤로 집사람은 언제 그랬느냐는 듯이 황홀한 그 느낌을 싹 잊었다. 나와는 다르게 두 번 다시 아무 미련이 없었고, 마치 무거운 짐을 내려놓은 듯 홀가분한 것 같았다.

집사람의 깊은 속을 모르는 나는 집사람의 그러한 결단력에 그저 그렇게 하는 것이 옳은 것인가 했다. 그랬지만 집사람은 마지막 순간까지 결혼생활 내내 내가 바라던 따뜻한 애정을 진심으로 (그 순간 자기 목숨이 끊어지는 한이 있더라도) 나에게 나눠주고 싶었던, 그 소원을 이루었던 것은 아닐까 싶다. 분명 집사람의 바람대로 나는 그 황홀한 느낌에 계속 취해 있었다.

그리고 최근까지 가끔 그때가 기억나면 생각해 본다.

'이 세상 모든 것이 실제주역이며, 모든 상황에서 바르게 답해야 하는 시험문제구나! 부부간의 애정도 마찬가지 큰 시험문제일 수 있다.

참으로 집사람은 「박형」께서 이미 말씀하셨던 것과 같이 대단하구나. 결심도 대단하고 결단력도 대단하구나. 육신보살이 따로 없구나. 그 정도로 황홀함을 느꼈다면 그냥 그 감정을 포기할 보통 여인은 없지 않을까. 정말로 집사람은 나를 진심으로 사랑했구나. 나로서는 이 세상에서 더 바랄 것이 없다.'

그랬다.

그런데 보조국사普照國師 지눌知訥(1158~1210)스님의 『수심결修心訣』에 있다는 간곡하고 훌륭하신 말씀을 만났다.

"원컨대 도를 닦는 사람들은 게으르지 않고, 탐욕과 음욕에 집착하지 않기를 머리에 타는 불을 끄듯이 하여, 살피고 돌아보는 것을 잊지 말라."

머리에 불이 붙었다면 얼마나 다급한 상황일까. 진실로 남녀 간의 애정이 세상에서 가장 지독한, 마약처럼 중독될 수 있는 황홀한 유혹이며, 그러한 탐욕과 음욕에 집착하는 것은 머리에 불이 붙은 것과 같이 중대하고 위급한 상황이다.

그것은 집사람에게 던진 시험문제였으며, 그 거부할 수 없는 황홀함마저 버릴 수 있느냐 없느냐가 도사가 되려는 그녀에게 주어진 거의 마지막으로 통과해야 할 관문이었다.

극치의 황홀함에 빠지느냐? 빠지지 않을 힘이 있느냐?

「박형」께서는 집사람에게 실제상황에서 그렇게 물으신 것이다.

제5장 승화昇華의 길

백화자 님은 초지일관 도사님 ✓ 승화의 길로 나아갔다.

1. 목숨을 내놓기는 정말 어렵다. 하지만 그녀에게는 믿음과 대원大願이 있었다

그녀에게는 어차피 떠나갈 세상이었을 뿐이다. 그리고 자신을 위해서라도 남편과 아이들을 위해서라도 세상을 떠날 결심을 하고 있었다. 나는 눈치채지 못하고 있었지만.

그녀가 말했다.

"정신이상은 2년도 더 넘게 걸린다고 하던데, 평생을 치료해도 낫지 않을 수도 있데요."

또 말했다.

"신사임당은 남편에게 열 가지 예를 들면서 재혼을 하지 말라고 했데요. 그분께서 말씀하셨어요."

자기가 죽었을 때 내가 어떻게 할 것인가를 그렇게 물었다. 그런데 나의 대답이 신통하게 나오지 않자, 집에 와서 말했다.

"내가 죽으면 재혼하세요."

"죽어선 안 돼. 절대로 안 돼."

"재혼한다고 약속하세요."

"재혼 같은 거 안 해!"

나는 정말 재혼할 생각이 없었다. 그때는 그랬다. 무엇보다 집사람이 죽으려는 것(당시에 나는 그렇게 생각했다)을 받아들일 수가 없었고, 그녀의 생각을 되돌리고 싶었다. 그래서 나의 이런 뜻을 확실하게 집사람에게 알리고 싶었다.

그래서 그녀의 생각을 바꾸라고 왼쪽 뺨을 때렸다. (고백하지만 나는 한 번도 '꽃잎으로라도' 집사람을 때린 적이 없다. 분명 그날은 집사람의 생각을 바꾸라고 그렇게 했다.)

그때 나에게 직감이 있었다. '양쪽 뺨을 다 때리면 틀림없이 '내가 재혼하지 않겠다는 결심'을 집사람에게 알려주는 것이 될 것이다.'

나는 오른쪽 뺨마저 때리는 것이 옳다고 생각하며 집사람을 쳐다보았다.

집사람의 왼쪽 코에서 피가 흘러내리고 있었다. 순간 너무나 그녀가 불쌍하다는 생각이 들었다. 약한 사람을 때려서 코피가 나게 하다니…;

나는 결국 오른쪽 뺨을 때리지 않았다. 그런데 그 순간 직감적으로 느꼈다. '안타깝게도 집사람은 자기가 죽으면 내가 재혼을 할 수도 있다고 생각을 하겠구나!'

그때 집사람이 말했다.

"우리 같이 가요."

"죽기는 왜 자꾸 죽는다는 소리를 하는 거요. 나는 당신과 함께라면 어떻게 살아도 좋아. 내가 지금 얼마나 행복한지 알아?"

그 말은 정말이었다.

내가 이처럼 맑고 밝은 영혼과 함께 있다는 것만으로 정말 행복했다.

"안 돼요. 그럴 수 없어요. 우리 다 같이 죽어요."

그녀는 자기가 가야 할 곳이 '도사가 되는 길'인지를 분명히 알고 있었다. 그래서 마지막으로 나와 함께 가자고 했던 것이다.

돌연 그녀는 비료를 담았던 비닐 부대 두 장을 가져왔다. 그녀는 나의 얼굴에 그 비닐 부대를 씌우고 나의 목을 졸랐다.

그리고 자신도 비닐 부대를 뒤집어썼다. 그리고 노끈으로 자기 비닐 부대를 묶었다. 그녀의 믿음과 의지는 그처럼 확실했다.

그녀의 비닐 부대 속이 숨결로 흐려지기 시작했다.

나는 물론 그런 믿음과 의지가 없었다. 죽는 것이 겁났다. 몸을 일으켰다. 그리고 내 부대와 그녀의 비닐 부대를 벗기면서 말했다.

"이러지 마. 우리 내일 침 잘 놓는다는 할아버지에게 가보자."

"침으론 안 돼요."

"그래도 딱 한 번 가보자."

"그러지 말고 여보! 저를 좀 죽여줘요."

"구담봉에 산신각이 있잖아, 그 할아버지가 침을 잘 놓는대."

나는 막무가내 가기를 원하는 그녀의 생각을 돌리게 하려고 그렇게 말했다.

신기하게도 그 전날 우리 토담집으로 올라오던 길에서 (우연히?) 담 너머 들려오는 우리 종손의 말을 들었었다.

"구담봉 산신각 할아버지가 침을 잘 놓는다던데…."

그 당시에 「박형」께서는 몇 번씩 나에게 말씀하셨다.

"자네 부인은 대단하네, 대단해."

사실 이 말을 들었던 그때 나는 '집사람의 병이 대단하다는 의미인지, 수행하는 믿음과 결의, 그리고 실행력이 대단하다고 칭찬하신 것인지'를 분간할 수 없었다. 집사람이 한사코 '저를 좀 죽여줘요.'라고 한 것으로 보면 병이 대단히 중하다는 의미가 될 것도 같다. 그러나 꼭 그렇게 말할 수만은 없다. 왜냐하면 모든 것을 아는 「박형」께서 '아직도 가지 않았어.'라고 하셨기 때문이다.

• 때가 되었는지 집사람과 내가 「박형」댁을 방문했을 때, 마침 「박형」께서 아주 지친 모습으로 대문을 들어서면서, 집사람을 보고 말씀하셨다.

"아직도 가지 않았어."

그리고 우리에게 조용히 알려주셨다.

"하늘만큼 먼 곳에 다녀왔어. 3일 동안 굶으면서…."

「박형」께서 말씀하신 하늘만큼 먼 곳은 천상이다.

완전히 해탈한 사람을 우주의 큰 스승이란 뜻으로 삼계三界도사라고 한다. 육신을 가지고도 지구 밖 다른 항성까지 날아다닐 수 있지만, 좀처럼 그런 것을 나타내지 않는다.

실제로 「박형」 박상신 도사*님의 경지는 그러했다.

그날 집사람은 토담집에 돌아와서 나에게 매우 심각하게 말했다.

"그분께서 아직도 가지 않았느냐고 하셨어요."

사실 「박형」께서 집사람을 속히 죽으라고 '아직도 가지 않았어.'라고 하신 것은 절대 아닐 것이다. 그렇다면 집사람과 마찬가지로 속히 '속세를 떠나가자' 속히 '승화하자'라는 의미가 될 수밖에 없다.

그녀는 정말로 잘 견디면서 세상의 모든 것에서 벗어나고 있었다. 이런 사실을 모두 보신 「박형」께서 '아직도 가지 않았어.'라고 하신 것이다. 사람들은 죽는 것은 끝이라고 하지만, 도사가 되려는 사람에게는 도사의 길로 가는 것이다.

「박형」께서는 미리 모든 것을 다 알고 나에게도 말씀했다.

"자네 아이들은 걱정하지 말게. 나에게 맡기면 돼."

---

* 도사의 경지境地 : 완전히 해탈한 사람을 우주의 큰 스승이란 뜻으로 삼계三界도사라고 한다. 음으로 양으로 중생들이 마음을 깨치게 하는 일에만 전력하는데, 하나하나의 일거일동을 환하게 알고, 몇 광년 밖에서 일어나는 일도 다 듣고 보며, 중생이 생각하는 마음과, 과거 현재 미래를 훤히 알기도 하며, 물에 들어가도 가라앉지 않고 불에 들어가도 타지 않으며, 육신을 가지고도 지구 밖 다른 항성까지 날아다닐 수 있지만 좀처럼 그런 것을 나타내지 않는다. 보통은 발이 약 20~30센치 가량 떠서 날아다니시기 때문에 가까이서 보면 알 수 있으나 멀리서 보면 모를 정도다.

『진리의 문』 오영구스님

나이가 들고 생로병사의 쓴맛을 보면서도, 이 고생스러운 삶은 지구별에서 공부하고 배우는 과정일 뿐이라는 것을 확신하기는 쉽지 않았다.

나는 진심으로 용서를 빌고 싶다.

먼저 「박형」 박상신 도사님과 「박형」을 잃고 슬퍼하셨던 「박형」의 부친에게 용서를 빌고 싶다. 말귀를 못 알아먹는 부족한 나를 용서해 달라고, 꼭 빌고 싶다.

그리고 집사람에게 용서를 빌고 싶다. '같이 가자'고 말한 참뜻을 순간적으로 이해하지 못했던 것과 뺨을 때린 잘못을 빌고 싶다. 그리고 나를 믿어준 그 마음, 정말 고마웠다고 말하고 싶다.

〈각설하고〉 그리고 부산에서 나의 동창이 찾아왔다. 우리는 「박형」을 찾아가서 사랑방으로 들어가 앉았다. 그리고 「박형」과 그 친구는 대화를 주고받았는데, 나는 그 대화에는 관심이 없고 '집사람을 어떻게 살리느냐' 그것만이 문제였다.

그때 「박형」께서 모든 것을 아시고 대화하는 중간에 나에게 지나가는 말처럼 슬쩍 한 마디를 던지셨다.

"자네는 쇠간 두 근만 먹으면 되네."

그러더니, 잠시 후에 다시

"나는 날것은 잘 안 먹는데, 꼭 먹어야 할 때는 쇠고기를 날것으로 두 근도 먹은 적이 있어."

「박형」께서 집사람을 살릴 수 있는 비책을 그렇게 나에게 귀띔하셨다.

✓ 그리고 다음 날 집사람이 떠나던 날, 그날 아침은 평상시와 다름이 없었다.

나는 구담봉에 있다는 침 잘 놓는다는 할아버지를 찾아 집사람에게 침을 맞히려고 지푸라기라도 잡는 심정으로 가는 길이었고, 지금 생각해 보니, 집사람은 나와 함께 떠날 수 없는 바에야 혼자서라도 도사의 길로 떠날 결심을 굳히고 길을 나선 참이었다.

그 당시에 「박형」께서는 나도 함께 떠나기를 원했는지 몇 번 말씀하셨다.

"자네 아이들은 걱정하지 말게. 나에게 맡기면 돼."

그리고 또 「박형」께서는 몇 번이나 말씀하셨다.

"자네 부인은 대단하네. 대단해."

또 말씀하셨다.

"자네 부인은 언제 그렇게 공부를 했는지, 우리 집 다락에 책을 갖다 쌓아놓았어."

그렇지만 안타깝게도 나는 「박형」의 말씀을, '병이 대단하다. 병이 위독하다.'는 뜻으로 더 많이 해석했다.

그녀는 한 번도 「박형」의 실제상황 시험에 틀린 답(틀린 행동)을 하지 않았기 때문에 「박형」께서 '대단하다.'고 한 것이 확실하다. 집사람이 실제 세상의 유혹을 뿌리치고 도사가 되는 시험을 통과하고 있다는 의미다.

사실 집사람은 새끼손가락을 자르며 맹세의 재를 올릴 때부터 여기까지, 보통 사람으로서는 해낼 수 없는 대단한 (상상 그 이상의) 시련들을 이겨냈고, 정말 인간이라면 뿌리칠 수 없을 것 같은 황홀한 유혹에도 단 한 번 흔들리지 않았다. 세상사 어떤 것에도 넘어가지 않고, 다른 사람에게는 미친 사람처럼 보일지라도 굳건하게 도사가 되겠다는 처음 약속을 지켜내고 있었다.

우리가 동네 입구를 지나갈 때부터 「박형」께서는 풍기역까지 직접 배웅을 하면서 집사람에게 당부하셨다. 나는 조금 뒤처져서 따라갔는데…,

「박형」께서 이상하게도 집사람을 친구인 것처럼 '자네'라고 불렀다.

"자네, 그렇게 하는 것이 좋겠는가? 그렇다면 자네…"

그때까지는 자네라고 부른 적이 한 번도 없었기 때문에 나는 조금 어리둥절했다. 사실 당시에 집사람 몸에서 천사의 밝은 빛이 나오는 듯했었지만.

집사람은 풍기역에서 통근차를 타고 학교로 가는 아들에게 눈물로 마지막 작별 인사를 했다. 아마 이렇게 아들에게 작별을 고했으리라.

"꼭 착한 사람 되어야 해. 엄마가 없어도 공부 열심히 하고…."

우리 내외는 상행선, 아들은 학교로 가기 위해 하행선 기차를 탔다. 그때 언제나 인정 많고 생각이 깊은 집사람은 나에게 그 이별의 눈물을 애써 감추었다.

우리는 「박형」과도 헤어져서 기차를 타고 드디어 단양에 도착했다. 그리고 구담봉을 가기 위해서 단양 버스정류장으로 갔다. 거기서 내가 말했다.

"왠지 가고 싶지 않으니 돌아갑시다."

그때 풍기로 되돌아갈 수 있는 버스가 우리들 앞에 와서 멈췄다. 나는 얼른 가서 버스표 두 장을 사 왔다. 그리고 우리는 풍기행 버스에 올라가 앉았다. 되돌아갈 참이었다.

그때 집사람은 갑자기 좌석에서 일어섰다 앉았다 안절부절, 어찌할 바를 몰라 일어났다 앉았다를 반복했다. 그녀는 이 세상을 혼자 떠나겠다는 생각과 떠나고 싶지 않다는 생각으로 마지막 싸움을 그때 다시 하고 있었던 것이다.

풍기행 버스가 떠날 시간이 되어 운전기사가 '부르릉'하고 시동을 걸었다. 차만 떠나면 되돌아갈 순간, 집사람이 버스 밖으로 황급히 비집고 뛰쳐나가면서 외쳤다.

"우리 구담봉으로 가요! 어서요."

나도 집사람을 따라 차에서 뛰어내렸다.

그리고 구담봉행 버스를 기다리는 동안 정육점에 들어가서 쇠간 두 근을 샀다. '자네는 쇠간 두 근만 먹으면 된다'고 하셨던 「박형」의 지시대로 할 준비였다.

드디어 우리는 구담봉 앞, 강을 건너가서 산신각의 할아버지와 마주 앉았다.

"병을 고치려고 온 거야? 잘 왔어. 나는 틀림없이 고칠 수가 있지. 일제시대에 후생국에도 근무를 했고, 신침도 잘 놓는다는 소문도 났었고, 꼽추(척추장애인)도 고친 적이 있지."

꼽추마저 고쳤다고 자랑을 늘어놓고서 그 산신각 할아버지가 집사람에게 침을 놓았다.

내가 보니, 여기저기에 침을 놓던 할아버지가 마지막으로 집사람의 정수리에 침을 꽂았다. 그때 나는 혼자, '혹시 저기에 침을 놓으면 죽게 되는 것은 아닐까' 걱정을 했다. 그러나 침에 대하여 아는 것이 없던 나는 아무 말도 하지 않고 시종 침놓는 장면만을 지켜볼 수밖에….

침을 다 놓고 나서,

"자, 피곤하면 여기 원앙금침이 있으니 쉬고 있게. 그리고 기름소금이 필요하면 이것을 써."

할아버지는 나의 짐 속을 본 것처럼 쇠간을 먹을 때에 찍어 먹는 기름소금 한 접시를 내놓았다. 그리고 말했다.

"나는 시내에 나가서 산신재에 쓸 물건을 좀 사 올게. 뭐 필요한 것이 있으면 부탁하지 그래."

그 말을 듣고 집사람이 문득 손수건 두 장을 부탁했다.

"할아버지, 돌아오실 때에 손수건 두 장만 사다 주세요."

나는 손수건 두 장이 왜 필요한지를 몰랐다. 더욱이 그것을 나와 헤어지는 징표로 나에게 주려는 의도가 있다고는 꿈에도 생각하지 못했다.

그리고 할아버지가 떠난 얼마 후에….

나는 그녀를 살리기 위해서는 쇠간 두 근을 먹어야 된다는 것을 생각해 냈다. 준비했던 쇠간 두 근을 짐 속에서 꺼냈다.

그런데 다시 생각하니, 간을 날것으로 먹다가는 그 당시에 약도 없다고 한, 무서운 간디스토마에 걸릴 것 같았다.

나는 그 산신각의 부엌에 가서 쇠간을 삶았다. 마침 부엌에 솔개비와 장작이 준비되어 있었기 때문에 푹 삶을 수가 있었다. 드디어 그 푹 삶은 쇠간을 가지고 방으로 들어왔다.

이때 아무것도 없을 것 같은 허공虛空에서 사람을 잡아먹는다는 야차夜叉인가? 또렷하게 집사람을 겁주는 귀신의 말소리가 들렸다.

"이게 얼마 만이야! 오늘 오랜만에 사람 하나 먹겠구나."

그런 음산한 분위기 속에서 어떻든 나는 삶은 간을 칼로 썰어서 입에 넣고 우물우물 씹었다. 겨우 두 점을 입에 넣고 씹는 순간, 나는 도저히 삶은 쇠간 두 근을 다 먹을 수 없다는 사실을 깨달았다.

간을 삶았기 때문에 목이 메었고, 도저히 다 먹을 수 없다고 절망했기에 집사람을 잃어버릴 수 있다는 슬픔과 함께 목이 아주 꽉 메었다.

"아! 어떡하나! 어떡하나! 이 일을 어떡하나!

정말 큰일이다. 「박형」께서 분명 나에게 '자네는 쇠간 두 근만 먹으면 되네.'라고 하셨는데."

나는 간디스토마가 겁이 나서 쇠간을 삶았기 때문에, 「박형」께서 일껏 고생하며 알아다 귀띔해 주셨던 비방秘方으로 집사람을 살릴 수 있는 마지막 찬스를 이렇게 놓쳤다.

생각 끝에 도움받으려고 나는 쇠간을 집사람에게 먹으라고 했더니, 놀랍게도 집사람이 크게 외쳤다.

"이 사람이 미쳐서 나를 죽이려고 한다."

그 외침 소리가 나를 놀라게도 했지만, 그녀의 얼굴은 일시적으로 집사람의 모습이 아니었다. 처음 보는 낯선 여자의 모습이었다. 그리고 그녀는 문밖으로 뛰쳐나갔다.

그때 마침 웬 꼽추 아주머니가 혼자서 나룻배를 저어 강을 건너 우리 쪽으로 오고 있었다. 집사람이 꼽추 아주머니에게 물었다.

"어디에 사세요?"

"이 동리에 살아요."

그렇다. 아주머니의 말에 따르면 할아버지가 꼽추도 고친 적이 있다는 말은 새빨간 거짓말이 된다. 그때 집사람이 얼른 꼽추 아주머니가 타고 온 배에 올라타더니, 나를 불렀다.

"여보, 우리 가요."

아! 당시에 나는 왜 그랬을까? 내 마음속에는 아직도 그 산신각 할아버지에게 의지하여 집사람의 병을 고친 다음에 가고 싶다는 생각이 들었다.

"어디에 가려는 거요? 이리 와요. 어서."

나는 배를 타고 있던 집사람을 불렀다. 집사람은 나의 지적을 받고 배에서 내려섰다. 그때 이 상황을 보면서 내 머리에 언뜻 떠오르는 직감이 있었다.

'내가 지금 집사람을 왜 부르는가? 내가 쇠간 두 근 중에서 내가 먹은 삶은 쇠간 무게만큼 집사람이 배를 타고 있구나.' 하는 그런 직감이 있었다.

돌이켜 보니, 「박형」께서 날고기 두 근을 드셨던 것처럼, 나도 거기서 만약 쇠간 두 근을 그냥 기름소금을 찍어서 날것 그대로 우적우적 씹어 삼켰다면, 그녀는 미친 나를 고쳐주기 위해서라도 그곳을 빠져나왔을 것이고, 분명 나를 위해서 여기, 이승에 남으려고 했을 것이다.

이것이 하늘과의 약속은 아닐까! 자신을 희생하는 큰사랑이 이기게 되어 있는 것이 하늘의 법칙이 아닐까!

그런데 나는 쇠간을 날로 먹으면 약도 없던 간디스토마에 걸릴까봐 겁이 나서 쇠간을 삶았고, 결국에는 먹지 못했다. 내 사랑의 크기를 보여주고 그녀를 살릴 최후의 기회를 그렇게 놓쳤던 것이다.

그 2년 후에 쇠간을 날로 먹어보았는데, 날로 먹어야 많이 먹을 수가 있다는 것을 알았다. (간디스토마가 단방에 낫는 특효약도 그다음 해쯤에 나왔다.)

그 당시에 내가 피가 뚝뚝 떨어지는 쇠간 두 근을 기름소금을 찍어서 아귀아귀 씹어 먹는 장면을 상상해 본다. 이렇게만 했다면 내가 사랑하는 사람을 떠나보내지 않을 수가 있었겠는데….

아, 정녕 그녀에게도 꼭 그렇게 되는 것이 더 좋을지는 몰라도.

▶ 시내에 나갔던 산신각 할아버지가 돌아왔다. 그는 집사람이 부탁했던 손수건 대신에 시내에서 무지개색의 수건 두 장을 사 왔다.

집사람이 수건 한 장을 나에게 주면서 말했다.

"이것 한 장은 당신이 쓰세요."

나는 그게 이별을 암시하는 물건인지도, 왜 수건을 주는지도 모르고, 무지개색의 수건을 받았다.

날이 어두워졌다. 산신각 할아버지는 시내에서 사 온 것들로 산신제를 준비했고, 그리고 우리는 그 할아버지가 이끄는 대로 제수와 촛불을 들고 어둑어둑한 산신각으로 따라갔다.

그 산신각에서 할아버지가 말했다.

"여기에 집사람 이름과 주소를 쓰라구."

그 산신각 할아버지가 10년? 정도 된 낡은, 서너 사람의 이름이 적힌 노트를 내밀면서 나에게 말했다. 왜 집사람의 이름을 적는지 알 수 없었지만, 내가 낡은 노트를 받아서 집사람의 이름을 거기에 적었다.

그런데 내가 한문으로 白和子(백화자)라고 쓴다는 것이 귀신에게 홀린 것처럼 흰 백白 자가 아닌 맏 백伯 자를 써서 伯和子라고 썼다.

그때 산신각 할아버지가 말했다.

"사람 인人을 지우게. 사람 인."

사람 인人을 지우라는 산신각 할아버지의 말을 듣는 순간 나에게 직감이 또 있었다. '사람에서 지우면, 오늘 집사람이 사람이 아닌 신神이 되려나.' 그러나 나는 맏 백伯 자의 사람 인人 변을 지웠다.

"이제 되었어."

할아버지가 노트를 거두고, 우리들은 재齋를 지냈다.

그날 나는 깨달은 삶을 살게 해달라고 빌었고, 아마도 집사람은 꼭 여기서 죽어 목숨을 내놓을 테니 도사되게 해달라고 빌었을 것이다. 여기 구담봉에서 그 몇 달 전 뱃놀이하던 날, 「박형」께 당당하게 말씀드렸던 '도사導師가 되겠어요.' 그 약속대로, '여기서 목숨마저 내어놓겠다'고. 그리고 또 간절히 빌었을 것이다, 뒤에 남을 남편과 아이들 잘 살게 해 주라고.

재를 끝내고 나니, 벌써 산골의 저녁은 깊어지고 있었다. 우리 내외는 큰 바위에 나란히 앉아 저무는 구담봉을 건너다보았다. 왠지 쓸쓸하고 슬펐는데, 집사람이 깊은 생각에 잠겼다가 조심스레 말했다.

"우리 한 가지 약속을 해요."

"무슨 약속?"

"이 약속을 어떠한 일이 있더라도 꼭 지키겠다고 약속해 주세요."

"무슨 약속이기에 그래?"

"약속을 꼭 지키겠다고 하셔야 말하겠어요."

"그래. 약속을 꼭 지킬 테니까, 말해 봐."

"내일 풍기로 가요."

"그래. 가자."

"약속하신 거에요. 어떤 일이 있더라도 풍기로 가는 것 잊지 마세요."

"그래, 어떤 일이 있더라도 가기로 하자."

우리는 새끼손가락을 걸며 약속했다. 그녀는 나와 아이들을 그렇게 걱정하고 있었던 것이다. 그랬다. 눈치 없는 나는 '당연히 가야 될 집에 왜 꼭 가자고 약속해야 하나, 혹시 자살하려고? 그럴 필요가 없잖아.' 했다.

잠시 후 산신각 할아버지가 방에서 나에게 말했다.

"돈 100만 원, 아니 50만 원만 가져오면 부인병을 깨끗이 고쳐줄게."

"예, 꼭 고쳐주십시오. 가져오겠습니다."

그때 내 뒤에 앉아 있던 그녀가 (그런 약속하지 말라고) 내 등을 꼬집었다. 그 순간 나는 그녀가 왜 꼬집는지 몰랐는데, 할아버지가 외쳤다.

"자네는 왜 그렇게 눈치가 없는가!"

누구는 집사람이 우울증 내지는 정신병이 들어서 죽으려 했다고 생각하는데, 그게 아니다.

그녀는 이미 거제도 양덕암에서 부처님을 친견했으며, 다음 날 문수동자보살을 업고(?) 밤사이에 불어난 한 길 물속을 건넜다. 이렇게 그녀는 이미 부처님께서도 인정하는 확실한 중심을 가지고 있었다.

• 천사의 소망!

외유내강한 그녀가 세상 사람들과 달랐다면 마음이 너무나 깨끗했고, 꼭 도사가 되려 했다는 것뿐이다.

• 연민의 마음!

백척간두진일보百尺竿頭進一步하는 용기를 가지고, 고통받는 이들을 구하려는 연민의 일념으로, 심청처럼 자신을 버리는 그 정성으로, 하늘의 지시에 온전히 따랐던 것이다.

• 참다운 지혜!

불타를 알아보는 안목이 있었고, '벗어나는 오직 한 길로 가는 지혜'가 있었다. 누구든지 진짜 도사님을 알아보고, 그 가르침 받아 실천하면서 온갖 시련을 당해본다면, (예수님이 당했던 것 같은) 이런 상황에서 얼마나 대단한 지혜와 진실함이 필요한지 잘 알 수 있을 것이다.

죽어야 도사가 될 수 있다면, 지금 그 누가 대답할 수 있나?

"도사가 되겠어요."

> 있느냐, 이 세상에 이런 사람이
> 자신의 모습을 보고 부끄러움을 알아
> 스스로 경책하여 나아가는 사람이!
> 채찍질이 필요 없는 명마名馬와 같은…

있느냐, 채찍의 그림자만 보고도 질주하는 명마와 같이

생사윤회의 고통을 보자마자

신심信心과 계행戒行과 정진력精進力이 돈발頓發하고

정념正念(바른 마음 챙김)과 택법擇法의 지혜를 견지堅持하여

단숨에 생사의 고통을 떨치고 나가

다시는 물러나지 않고 목적지를 밟는 장부丈夫가!   『法句經(법구경)』

▸ 재를 끝내고 나니, 벌써 산골짜기의 밤은 깊어 있었다.

우리는 자리를 폈다. 산신각 할아버지는 위쪽에, 우리 내외는 칸막이의 아래쪽에 자리를 펴고 누웠다.

그런데 집사람이 자꾸만 깜깜한 밖으로 나가려 했다. 나는 집사람이 밖으로 나가는 것을 말렸다. 서울에 계신 장인丈人 영감님과의 약속을 지키자면 깜깜한 밤에 혼자 밖으로 내보내는 일은 없어야 되겠다는 생각으로. (마을과 상당히 떨어진 곳이었으므로 이 밤중에 밖에 아무도 없다고 생각했다.)

집사람이 밖에 나가려고 문고리를 잡으면 나는 즉시 일어나서 말렸다. 잠시 후에 집사람은 다시 살며시 일어나서 문고리를 잡곤 했다. 나는 그때마다 일어나서 집사람을 제지하곤 했다.

어느덧 12시가 지나(?) 1시쯤이었을까. 나는 점점 더 졸렸다. 드디어 나는 정말로 쏟아지는 졸음을 이겨낼 수가 없게 되고 말았다. 집사람은 끈질기게 열 번도 더 일어났다 누웠다 반복하면서 밖으로 나갈 틈을 노렸다. 시간이 되었던지, 말리다가 지친 나는 끈으로 묶었던 문고리를 벗기면서 집사람에게 다짐했다.

"정 나가고 싶다면 나가도 좋지만, 찾으러 나가지 않을 테니까, 곧 들어와. 알았지?"

집사람은 묵묵히 깜깜한 밖으로 나섰다. 그때 밖에는 스산한 바람이 불고 비가 한두 방울씩 떨어지기 시작했다. 나는 집사람의 산 모습을 그렇게 마지막

으로 보게 될 줄은 미처 몰랐다.

집사람이 밖으로 나간 후에 나는 잠시 이불 속으로 들어갔다. 그때 비몽사몽간에 바람 소리에 섞여서 멀리서 '여보'하고 집사람이 나를 부르는 소리가 작게 들리는 듯도 했는데, 나는 그 소리를 묵살했다.

그런데 잠시 후에, 잠을 청하던 내가 나도 모르게 '후우'하고 이상한 한숨을 내쉬었다. 그것은 보통 한숨이 아닌 불길한 무엇이 있었다.

벌떡 일어났다. 윗방으로 가서 할아버지 머리맡에 있는 손전등을 집어 들고 허둥지둥 밖으로 집사람을 찾으러 나섰다.

▶ 그날은 1980년 11월 22일, 음력으로 10월 보름이었지만, 잔뜩 흐려 있었다. 나는 손전등으로 여기저기 비추며 집사람을 찾았다. 강변의 모래밭으로 나갔다. 그 모래밭은 「박형」께서 뱃놀이하던 날 나에게 '자네는 여기로 올라가지 말게.'라고 귀띔하였던 그 모래밭이다. 그리고 집사람의 대답이 들리기를 간절히 바라며 크게 외쳤다.

"여보~, 여보~!"

그러나 깜깜한 어둠 속에는 아무 소리도 없었다. 그때 소나무 숲에서 작게 '읍'하고 입을 틀어 막히는 소리가 한 번 들리는 듯했다. 나는 거기에서 어떤 나쁜 사람이 내 아내의 입을 막고 목을 조르고 있는지도 모른다고 생각했다. 그런데 나는 그쪽으로 가기가 겁이 났다.

"거기 누가 있어?"

나는 돌을 주워 그쪽으로 던졌다. 조용했다. 나는 조용한 것을 천만다행으로 여겼다. 만약에 거기서 인기척 소리가 났다 하더라도 나는 집사람을 위해서 소나무 숲의 어둠 속으로 뛰어들지 못했을지도 모른다.

"여보~! 여보~!"

나의 목소리가 멀리 마을까지, 더 멀리 하늘까지 들리도록 힘껏 소리쳐 불렀다. 그러나 강줄기를 따라 마을 어귀까지 가는 동안에 아무 대답도 없더니, 내가 왔던 뒤쪽에서 '첨벙' 물소리가 나는 듯했다. 혹시 저 소리는? 나는 다시 강줄기를 따라 올라오면서 강물을 향하여 손전등을 연신 비추었다.

그때 저만치 물 위에 희끄무레한 물체… 둥둥 떠 있는… 그것은 집사람이었다. 집사람은 등을 하늘로 향한 채 물에 둥둥 떠 있었다.

"여보!"

나는 물로 뛰어들어 집사람을 물 밖으로 건져 냈다. 인공 호흡을 시켜야겠다는 생각에 그녀를 나의 무릎에 거꾸로 엎드리게 했다. 먹은 물을 토하게 할 참이었다. 그런데 이상하게도 입으로 물이 한 방울도 나오질 않았다.

나는 그녀를 모래 위에 눕혔다. 그리고 입으로 나의 숨을 불어넣으려 했지만, 한숨도 들어가지 않았다. 꽉 막힌 상태였다. 가슴을 눌러 보기도 했지만, 그녀는 아무 반응이 없었다. 그녀는 이미 죽어 있었던 것이다. 아직 따뜻한 체온을 가진 채로….

'일이 이렇게 되다니!' 불행은 다른 사람의 것이며, 나는 행복하고 왕자같이 임금처럼 그렇게 살 것이라고 언제나 믿었었는데.

그 순간 그전에 '죽을 때에 함께 죽자'던 약속이 생각났다. 나도 죽겠다고 생각했다. 나는 나의 호주머니를 큰 돌로 채우고 곧장 강으로 뛰어들었다. 그러나 이를 어쩌나. 무엇이 나를 위로 미는 듯이 몸이 떠올라 물에 빠질 수가 없었다. 그때 문득 '어떤 일이 있더라도 풍기로 가자던 그 약속'과 함께 아이들이 생각났다. 나는 염치없게 개구리처럼 헤엄쳐 나왔다. 그리고 시신 옆에 무릎 꿇고 강산에 다 들리도록 온 힘을 다해서 크게 외쳤다.

"사람 살려주세요~, 사람 살려주세요~, 사람 살려주세요~."

▶ 날이 밝자마자 금계동에 있는 「박형」에게 구원을 청하러 갔다.

「박형」께서 방문 밖을 내다보셨다. 그때 나는 내가 생각했던 것보다 더 강한 어조로 외쳤다. 집사람이 내 속에서 그렇게 외쳤는지…,

"좀 도와주게!"

「박형」은 우리 장손에게 연락을 하고, 잠시 어디를 다녀와서는 나와 함께 구담봉을 향했다. 구담봉에 도착하자 딸이 슬픈 목소리로 정신 나간 사람처럼 중얼거렸다.

"여기서 어머니가 돌아가셨다. 여기서 어머니가 돌아가셨다."

그때 언제 왔는지, 샐비어(Salvia)꽃이 필 때쯤 무슨 일이 있을 것이라고 예언했던 선배가 와서 무엇인가를 알겠다는 듯이 말했다.

"아! 어느 때든지 그곳에 갈 수가 있구나."

뒷수습을 동리 사람에게 맡기고, 우리 일행이 다시 강을 건너려고 돌아서는 순간, 이상한 감각이 어렴풋이 뒤쪽에서 느껴졌다. 은은한 감각과 함께 밝은 빛이 아침 해가 뜨는 쪽으로 비추는 것 같았다.

▶ 그때 「박형」께서 그녀의 시신이 있는 쪽을 가리키며 말씀하셨다.

"저기 지금 가고 있구나."

나는 「박형」께서 가리키신 뒤를 돌아보았다. 거기에서 산과 강, 그리고 하늘 이외에 아무것도 볼 수 없었다.

그때 「박형」께서 독백으로 의미심장한 내용의 말씀을 하셨다.

"꼭 가시겠다더니 가셨구나. 나는 그분을 영원히, 영원히, 잊지 못할 거야."

그리고 「박형」께서 얼마쯤 더 걸어가다가 오른손을 쳐들어 손바닥이 보이고 다시 손등이 보이도록 오른쪽으로 왼쪽으로 넘기며 말씀하셨다.

"여기와 거기가 그렇게 다른가?"

마침내 집사람이 간 길, 도사가 되는 길에서는 여기와 저기가 같다는 말씀이셨다.

산신각 할아버지의 증언이 끝나고, 나는 「박형」과 함께 시내의 파출소로 가서 조사를 받았다. 나는 있는 그대로 이야기할 수밖에 없었지만, 받아 적는 사람은 내가 왜 그런 곳에 갔는가, 그리고 정말 집사람이 자살했다는 게 사실인

가만 캐물었다.

　나는 그때까지 집사람이 물가에 신발을 벗어놓고 물로 뛰어들었는지도 모른다고 생각했기 때문에 내가 아는 그대로 말한 것이 자살했다고 말한 것처럼 되었다.

　"나가서 찾아보았지요. 처음에는 보지 못했는데, 두 번째 다시 가보았더니 이미 물에 빠져 있었어요. 인공 호흡을 시켜보았지만 소용이 없었어요. 별수가 없었어요."

　모두 「박형」과 선배와 그 친구 덕분에 그렇게 간단하게 조사를 마쳤다.

　▶그리고 심청처럼 착한 집사람의 시신은 금계동 토담집으로 옮겨졌다. 저녁에 처가 식구들이 막 도착했다는 전갈이 먼저 왔다. 그 소식을 듣고 「박형」께서 나에게 분명하게 말씀하셨다.

　"내가 한마디 해야겠다."

　잠시 후에 여럿이서 우는 소리와 함께 처가 사람들이 들이닥쳤다. 그들은 불쌍한 동생·올케·처제를 생각하며 슬피 울며 원통해했다.

　"우리 화자를 살려내요."

　"우리 동생을 살려줘요. 엉엉엉…."

　그때 토담집 언덕 아래에 사는 사촌 형이 느닷없이 큰 소리를 내질렀다.

　"도대체 누가 입원을 시키라고 했어요!"

　그렇게 「박형」께서 나의 사촌 형을 통해서 그 큰소리를 내지르셨다. 분명 집사람은 정신병원에 입원 후에 더 나아진 게 없었다.

　그러나 진실은 「박형」께서 그 입원시킨 사실을 탓하신 것이 아니다. 마음 착한 처가 식구들에게 인생길에 대해서 깊이 숙고해보라고 그렇게 하셨던 것이다. 그러나 그 소리를 들은 순간 더욱 화가 치민 당시의 처가 사람들이 맞받아쳤다.

　"그게 무슨 소리야! 그럼 입원을 안 시키고 어떻게 하라고! 어서, 내 동생을 살려내라구!"

나는 정말 아무 말도 할 수가 없었다. 쥐구멍이라도 찾아 들어가고 싶었다. 또 하늘로 날아갈 수만 있다면 당장 날아가고 싶었다.

셋째 손위 처남이 조용히 말했다.

"우리도 다 알아보고 오는 길이야. 마지막으로 동생 얼굴이나 보자구."

나는 그에게 마치 잠자고 있는 것 같기도 하고, 울고 있는 사람처럼 눈이 부은 집사람의 시신을 보여주었다.

"아, 정말 못 보겠구나."

셋째 손위 처남이 쓰라린 심정을 토로했다. 나는 인정 많아서 제일 슬퍼할 처가 식구들이 다시 '살려내라.'고 할까 봐 겁도 나고 난처해서 고개를 들 수도 없었다.

그때 큰 처형이 눈물을 훔치며 목멘 소리로 말했다.

"죽은 사람을 이제 어쩌겠어요. 아이들과 박서방이 더 걱정이지요."

나는 그 소리에 안도와 위안을 느꼈다. 모두는 다시 이 슬픈 죽음을 애도했다.

처가 식구들이 11월 저녁의 찬바람을 피해서 옆집 방 안으로 들어갔다. 그때 「박형」께서도 그 방으로 들어가셨다.

때가 되자, 집사람의 시신을 염습殮襲하러 사람들이 왔다.

그때 알게 되었다. 집사람은 살아 있는 사람 같았다. 이상하게도 죽은 지 이틀이나 지났건만 몸이 조금도 굳지 않았다. 코에 솜으로 막아놓지 않았다면 이제라도 곧 숨을 쉬고 일어나 움직일 것 같았다.

죽은 이가 도사가 되어 다시 이 땅으로 오실 분은 시신마저 굳지 않는다고 한다.

그리고 결국 집사람의 시신은 죽령으로 올라가는 큰길이 보이고 철길이 있는 언덕에 묻혔다. 그곳은 전에 원앵기(여름에 시원한 물 맞는 곳, 갑자기 발생한 딸의 두드러기를 고쳐주기 위해서 거기 물을 가지러 갔었다)를 함께 갔다가 오면서, '저기에 묻힐 것'이라고 미리 가리켰던 곳이다. 집사람은 그것을 어떻게 알았을까? 그만큼 정신이 맑았기 때문이다.

▶ 「박형」의 말씀을 풀이하면서, 또 나중에 내가 구단양에 가게 되었을 때 사건의 진실을 알게 되었다. 곧 이 사건의 진실이 밝혀진다. 집사람은 그날 그 어느 못된 사람들에게 죽임을 당했다.

하지만 나는 집사람의 죽음을 오히려 자랑스럽게 생각한다. 심청 같은 그녀는 「박형」의 가르침에 힘입어 도사님 되어 갔다고 믿기 때문이다.

그래서 선배가 '아! 어느 때든지 그곳에 갈 수가 있구나.'라고 말하였고.

분명 집사람은 자기가 원했던 도사의 길로 갔다. 양덕암에서 얻어온 두루마리 글처럼 거선출앎 되었다. 도사가 되겠다던 그녀의 결심을 아무도 무엇으로도 막을 수 없었다. 진정한 수행자처럼 오직 이것 한 길, 벗어나는 길로 단번에 들어섰다.

집사람이 그렇게 떠난 후에 혼자 조용히 생각해 보니, 나는 당시에 유행하던 노랫말 그대로였다.

'마음 약해서 잡지 못했네, 돌아서는 그 사람,

혼자 남으니 쓸쓸하네요. 내 마음 허전하네요.'

그리고 내가 웬만큼 정신을 차릴 수가 있게 되었을 때 「박형」께서 찾아오셨다.

"자네가 전에 나에게 빌려주었던 돈 45만 원으로 장례비용을 했네."

그리고 이어서 말씀하셨다.

"나는 내가 주어야 할 사람에게는 다 주었어. 그런데 얼마 후에 두어 사람이 자네를 찾아올 거야. 죄짓고 도망갔다가 와서…"

그때 나는 그 1년 전쯤에 「박형」께서 돈 45만 원이 꼭 그렇게 들 줄을 미리 알아서 45만 원을 빌려 가셨고, '자네가 꼭 필요할 때 갚아 줌세.'라고 강조하셨다는 것은 알겠는데, 왜 누가 무슨 죄짓고 도망갔다가 나를 찾아올 것인지는 알 수 없었다.

✓ 그렇게 선녀는 하늘로 올라가고 나무꾼만 남았다. 나중에 나는 그 '죄짓고 도망갔다가 온' 청년의 집에 가서 점심을 얻어먹었다. 왜냐하면 집사람이라면 이미 그 청년의 악행을 용서했을 것이므로. 또 가장 큰 죄인은 쇠간 두 근도 먹지 못한 바로 나였으므로.

그리고 불사조는 그렇게 죽음을 넘어 새롭게 다시 태어나게 되었다. 마치 용궁에서 눈을 뜬 효녀 심청이 연꽃을 타고 세상으로 다시 온 것처럼.

✓ 여기서 한 가지 기이한 현상을 밝히면, 산신각 앞 강가에 이미 준비된 물웅덩이를 나는 그날 낮에 보았다.

어떤 중장비도 올 수 없는 그 강가의 모래가 명주잠자리 애벌레인 개미귀신이 만들어놓은 모래 함정처럼 예쁘고 동그랗게 패여 있었고, 그 안에 강물이 흘러가면서 모여드는 신기한 웅덩이가 만들어져

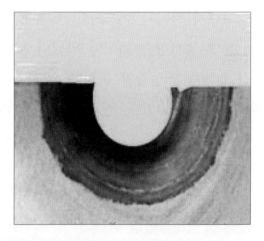

있었다. 보는 순간 아주 솜씨 좋은 하늘사람 누가 일부러 준비해 둔 것 같은 아름다움마저 느껴졌었다.

놀랍게도 나중에 집사람의 시신이 그 동그라미 속에 떠 있었기 때문에 강물 따라 떠내려가지 않았다고 생각했다. 그래서 더욱더 집사람의 죽음이 이미 하늘이 알고 땅이 아는 준비된 이륙離陸이며, 승화昇華(어떤 현상이 한 단계 더 높은 영역으로 발전함)였다고 확실하게 말할 수 있을 것 같다. (卍)

▶ 그리고 몇 개월 후에 「박형」께서 나에게 말씀하셨다.

"자네 식구들은 여기에 살게 하려 했는데…."

의외로 「박형」께서 가리키신 곳은 금계동 바로 산 아래에 위치하고 있는, 그 해에 「박형」께서 인삼을 길러 수확한 논이었다. 아무런 말씀도 하지 않았지만, 아마도 「박형」께서는 내가 그날 쇠간 두 근도 먹지 못한 것을 진심으로 안타까워하셨을 것이다.

✓ 백화자 님은 〈자기가 간절히 원하여서 도사가 되는 길로 바로 가셨다. 다시는 세상사에 헐떡이지 않는 불환과不還果를 성취하셨다.〉

이 사실은 매우 중요하다. 아래 『성경』 말씀처럼 우리에게 중요하다.

"믿음 소망 사랑, 이 세 가지는 항상 있을 것인데, 그 중의 제일은 사랑이라."

▶ 집사람이 승화한 이후 한때 나의 마음에 아무 걱정이 없게 되었다. 그때 「박형」께서 '마귀의 시험이 있을 것이니 신중히 생각해서 행동하게'라고 귀띔해 주셨다.

그런데 나는 재혼했고, 그렇게 했기 때문에 더 많은 문제가 생겼고, 결국 「박형」께서는 불쌍한 나를 위해 '우리집 사람도 맡으라'고 하면서 '다른 농사 하려고' 떠나가신다. 나에게는 귀중한 수많은 가르침을 주시고서…,

대비심과 불가사의한 능력으로 진리를 베풀어주신 「박형」 박상신 대도사님에게 거듭 감사드리면서, 다음 이야기는 제4부 (풍기 새한약국에서) 우리를 '향상의 길'로 이끄시는 「박형」의 말씀을 만나본다. (*)

제4부

장차 억만장자가
되는 길

(풍기 새한약국에서)

집사람이 승화한 6개월 뒤에 「박형」께서 다른 농사를 하려고 떠나가신다. 떠나가기 전에 「박형」께서 교역交易의 무상대도와 『실제주역』과 향상하는 삶에 필요한 모든 것을 알려주셨다. 주옥같은 말씀과 신해수증信解修證(가르침을 믿고, 받아들이고, 실천함으로써, 결실하는 모든 것)이 여기 있다. 그리고 「박형」 같은 성령이 아니면 펼쳐서 보여 주실 수 없는, 흥미진진하고 감동적인 '성령의 전지전능한 능력과 닮고 싶은 늠름한 모습들'이 나타난다.

드디어 우리도 앞길을 스스로 해결하지 않으면 안 될 시간이 되었다. 나는 처음부터 '도사가 되겠어요.'라고 대답하지는 못했지만, 가르침대로 살기로 하였다. 그 가르침은 '바르게 살기'이다. 계를 지키며, 마음을 크게 먹고, 자기에게 맡겨진 책임을 다하면서 지성으로 살아가는 것이다.

그렇게 「박형」의 말씀을 따라가면 어느 날 수행자의 삶과 무상대도가 얼마나 중요한 것인지를 깨우칠 수 있을 것이다.

도사가 되는 길로 가지 못한 우리에게는 '바르게 살기'가 곧 무상대도이다. 무상대도는 밑천 한 푼 들이지 않고 장차 억만장자가 되는 길이다. 무상대도는 세상의 주인이 되는 것이고, 주인의 하늘 곳간에는 온갖 보물이 가득하기 때문이다.

그리고 분명히 고귀하게 태어난 그대는 이미 하늘 곳간의 주인이기 때문이다.

오직 욕망을 이기고 주인 자리를 차지하기만 하면 된다. '바르게 살기'만 하면 된다. 주인도 주인 노릇 못하면 손님이 되거나 종노릇을 할 수밖에 다른 수가 없다. 고귀하게 태어난 그대는 세상의 주인이 되고 싶을 것이다. 계속해서 지구별의 손님으로 욕망의 종으로 그냥 살고 싶지는 않을 것이다.

제1장 정다운 말씀에 아름다운 향기

「박형」의 가르침은 향기와 같았다.

1. "마귀의 시험이 올 것이니, 행동을 신중히 하게나."

실제로 집사람이 「박형」의 가르침과 가피력加被力으로 더 높은 곳으로 승화한 직후, 「박형」의 도움으로 나 또한 하나님의 보호 속에 에덴동산에 살던 아담(Adam)과 이브(Eve)처럼 근심과 걱정이 없어서 몸도 마음도 가볍고 행복했다.

분명 나는 이미 병든 아버지를 저버려서 지옥에 떨어져야 마땅한 불효자였지만, 「박형」의 위신력과 지극한 가르침 덕분에 해탈의 행복과 무극·열반의 기쁨을 맛볼 수 있었다.

그 당시에는 머리가 맑고 몸마저 가벼웠으며, 욕심 없는 디오게네스(Diogenes; BC412~BC323)처럼 햇볕만 있으면 얼마든지 살 수 있을 것 같았다. 당장 죽어도 좋고 이렇게 살아도 좋고 저렇게 살아도 좋고… 마음과 몸이 가벼워서 그냥 훨훨 날아다닐 수 있을 것 같았다.

그래서 그랬는지 잠을 자려고 편안하게 누우면 근심의 덩어리인가 무언가가 배에서 아랫배 쪽으로 '툭'하고 떨어져 내려갔고, 몸이 저절로 허공에 뜰 것 같은 느낌이었다.

그러던 어느 날 내 아이가 학교 가는 길에서 말했다.

"아빠, 아빠가 주무시는데 몸이 떠 있는 것 같았어요."

"그래?"

"물어보려고 생각하고 있었어요."

"난 전혀 모르겠는데…".

"자리에서 조금 떠 있는 것 같았어요."

자면서 몸이 떠 있었는지 아닌지 내가 알 수는 없었지만, 당시에 나의 몸이 새털처럼 가벼웠고, 날 수 있을 것 같아 '날자, 날자' 하면서 두 팔을 벌리고 미친놈처럼 큰길에서 뛰어다닐 정도였다. 실제로 나는 잡념이 없고 가벼웠다.

그러던 어느 날 초등학교 동창 친구네 잔치가 있어서 나도 「박형」과 함께 참석했는데, 겨울이라 추워서 초등학교 동창 10여 명이 작은 방에 둘러앉아 서로 이야기를 나누었다. 한 사람이 이야기하면 다른 사람이 이야기를 되받으면서….

그때 깨닫게 되었다. 모든 말이 전부 자비심에서 나온다는 사실을 이해하게 되었다.

'누구든지 남을 배려하는 마음이 없으면 말 한마디라도 할 수 없구나. 모든 평범한 말에 아가페(agape)적인 사랑·자비심이 있구나!'

그리고 며칠 후에 또 이런 생각이 떠올라 머리를 끄덕거렸다.

'그래! 바로 이거야. 모든 사람은 본래 다 부처님이라더니, 정말로 한 사람도 빼놓지 않고 전부 귀중한 존재인 부처님이로구나! 한 사람 한 사람 모두 세상의 모든 좋은 것을 다른 이에게 다 넘겨주고, 이런 지금의 모양으로 와서 이런 지금의 역할을 수행하고 있구나!'

그리고 참으로 행복했다.

그랬기 때문인가, 하루는 「박형」께서 『주역』의 기제旣濟를 알려주셨다.

"기제는 이미 기旣, 건널 제濟. '이미 물을 건넜다.'는 뜻이다. 이는 사람을 살리고 건강을 되찾는다는 뜻으로 의학의 이치다."

그리고

"자네는 이제부터 모든 것이 반대로 될 것이다."

라고 하더니, 연이어서 신신당부하셨다.

"자네에게 마귀의 시험이 올 것이니, 행동을 신중히 하게나. 꼭 신중히 생각해서 행동하게."

그 '마귀의 시험'이라는 「박형」의 말씀이 조금 이상한 울림으로 귀에 들어왔다.

'마귀의 시험이라고 하시네.'

그래서 그날 나는 「근신謹愼」이라고 써서 벽에 붙였다. 그리고 행동을 신중히 하겠다고 스스로 다짐했다.

그런데 며칠 후, 에덴동산처럼 행복뿐인 마음에 은근히 조그만 핑계가 고개를 내밀었다. 나는 당시에 한 생각이 자라나는 것을 느낄 수 있었다. 야릇한 무엇이 마음속에서 식물의 새싹처럼 움터서 자라났다.

'내가 이제까지 살면서 의처증으로 집사람을 고생시켰는데, 지금 같은 마음이라면 절대로 두 번 다시 의처증을 일으키지 않고 잘 살 것 같다. 그것을 실제로 실행해 보면 어떨까? 그래, 재혼해 보자.

그렇지! 여자를 의심하는 마음이 일어나지 않는다면 나의 공부 성과도 확인되겠지. 맞아, 내가 이제 이만큼 고생했고 참회했고 깨달은 바가 있는데 또다시 의처증이라는 잘못된 생각의 노예처럼 살지는 않겠지.'

이러한 아주 조그맣고 은근하며 정당하고 좋은 생각이 아주 조금씩 조금씩 머리를 내밀었다. (✔ 여기서 '정당하고 좋은 생각'이라고 한 부분을 잘 보아 두기 바란다. 내가 집사람처럼 향상하려는 바른 의지를 가지고 있었다면, 그것이 '정당하고 좋은 생각'이라고 하지 않았을 것이다.)

나중에 보니, 그렇게 움터서 자라난 '한 생각'이 「박형」께서 말씀하신 마귀였다. 이런 한 생각이 하나님의 에덴동산에서 이브(Eve)로 하여금 선악과를 따먹

도록 유혹하던 뱀의 실체이다. 안타깝게도 나 역시 이브(Eve)처럼 은근한 유혹
- 그 핑계에 넘어갔고 나중에 정신을 차려보니, 이미 '싫고 좋고'가 있고 '너와
나'라는 분별이 있는, 인생의 고생길에 들어서 있었다.

▶ 은근하고 정당하고 좋은 생각이 핑계이고, 유혹하는 자, 마귀이고, 사람
의 욕심이라고 하는 존재(마귀)이다. 마귀는 이렇게 나를 타락의 길로 이끌고
갔다. 나에게는 戒(오계五戒·십계十誡)를 굳게 지키며, 마귀의 유혹을 알아차
리며, 그 달콤한 속삭임의 유혹이 일어나기 전의 상태인 무극에 계속 머물 수
있는 지혜가 필요했다. 戒·定·慧가 필요했고, '벗어나는 쪽으로 가겠다는
의지'가 꼭 필요했다. (*)

아담과 이브가 유혹에 넘어가 선악과를 따먹은 죄로 하나님의 에덴동산에서
쫓겨나기 전은 모두 한 마음인 무극이고 열반이며, 뱀(마귀)의 유혹에 넘어가
선악과를 따먹는 죄를 짓고 쫓겨난 그곳, 선악이 있는 그곳은 '무극이다가 태
극'이라고 할 수 있다.

그래서 에덴으로 되돌아가려면 당연히 '무극'이 되어야 한다. 욕심을 이기고
(혹은 수행하여) 성인이 되어야 에덴으로 되돌아갈 수 있다. 무극으로 가는 길
은 마귀(욕망)을 이기는 길, 오직 이것 한 길뿐이다.

✓ "자네는 이제부터 모든 것이 반대로 될 것이다."라고 하신 말씀의 뜻은
(윤회의 법칙의 한 가지인) 대험對驗이다.

대험은 인과응보이다. 자신이 남에게 했던 행위 그대로 되받아 똑같이 겪게
되는 것이 대험이다.

그리고 모든 것이 반대로 된다면 남에게 잘하는 것은 곧 자신에게 잘하는
것이고, 남에게 몹쓸 짓을 하는 것은 곧 자신에게 몹쓸 짓을 하는 것이다. 그
러니 앞으로 내가 어떤 경험을 하게 될 것인지 더 궁금하게 되었다.

2. "그렇게 하지. 조금 있다가 내가 와서 일해 줄게."

- 변신하고 오셔서 일을 도와주셨다 -

당시에 나에게 근심이 없어 몸도 마음도 가벼워 좋긴 했지만, 여기는 에덴동산이 아니다. 세상은 먹고 살아야 하는 곳이다.

그래서 얼마만큼 시간이 지나고 나니, 먹고 살기 위해서 무언가 일을 해야 될 것 같았다. 무슨 일을 할까 고민을 하고 있었는데, 「박형」께서 와서 말씀하셨다.

"자네는 앞으로 선생님, 목사, 전도사, 약국, 어떤 게 좋겠나?"

그리고 이어서

"옛말에 전쟁이 나도 약방과 대장간은 괜찮다고 했어. 먹고 살아야 하니까."

라고 하셨다.

가리키는 달은 쳐다보지 않고 손가락만 쳐다본다는 것처럼, 「박형」께서 온갖 방법으로 '벗어나는 길은 오직 이것, 한 길뿐'임을 가르쳤는데, 내가 그 길을 외면하고 먹고사는 세상 쪽으로만 나갈 때, 「박형」의 심정은 참담했을 것 같은데 「박형」은 오히려 나의 생계를 걱정하고 계셨다.

그전에 어느 날 「박형」께서 말씀하셨다.

"나는 의술醫術은 공부하지 않았다."

이 말씀은 의술을 공부하란 의미가 아니었다. 그런데 나 혼자 생각에 혹시 「박형」께서 나에게 의술을 공부해 보라고, '나는 의술은 공부하지 않았다.'고 말씀하신 것인가 했다. 그래서 나는, '내 힘으로 단 한 사람이라도 병을 낫게 해주겠다'는 원을 세웠다.

그리고 어느 날 저녁, 나는 「박형」의 집 앞길에서 「박형」을 향해 큰절을 하면서 소원을 빌었다.

'내 힘으로 단 한 사람이라도 병을 낫게 해주고 싶습니다. 그렇게 되도록 도와주십시오.'

그 며칠 후에 시내로 나가게 되었는데, 풍기읍 오거리 갈림길에 왔을 때 「박형」께서 크게 말씀하셨다.

"목적지는 돼."

그 순간 놀랐다. '혹시 내 속을 전부 아시고? 재혼하겠다는 목적도 함께 가지고 있다는 것을?'

나는 물론 그 소원이 부끄러웠다. 드러낼 수도 없어서 길에서 「박형」을 향해서 큰절을 올리며 빌었었다.

어떻든 그날 나는 목적지는 된다고 한 거기에 약국 자리를 잡게 되었고, 「박형」의 도움으로 '목적지는 돼'라고 한 풍기 읍내 오거리의 한 모퉁이에 약국을 열었다. 그 이름은 새한약국.

✓ 어떻든 내가 약국을 다시 차리려고 약장을 만들고, 여기저기 손질을 하면서 분주하게 일을 해야 할 시점이었다.

그때 선배가 「박형」에게 청했다.

"「박형」, 오늘 여기에 와서 일 좀 해주시지요."

그 순간 나는 송구스럽다고 생각하면서, 농사만 하는 「박형」에게 어째서 목수 일을 해달라고 청하는지 이상하고 알 수 없었다.

그때 「박형」이 대답하셨다.

"그렇게 하지. 조금 있다가 내가 와서 일해 줄게."

그러고 나서 「박형」은 곧 밖으로 나가셨다.

나는 「박형」께서 다시 오려나 기다렸는데, 「박형」께서는 오지 않고, 다소 시간이 지난 후에, 귀가하던 금계동 사람 이李씨가 와서 이상하게도 자발적으로 열심히 일해주고, 저녁 늦게 집으로 돌아갔다.

끝내 「박형」은 오지 않으셨는데, 다음 날 「박형」이 와서,

"어제 내가 와서 일했다."

그렇게 당당히 말씀하셨다.

정말로 이상한 일이었다.

정작 그날 일을 실제로 해주었던 금계동 사람 이씨가 약국에 들렀을 때에, 나는 고맙다는 인사를 했다.

"어제는 참 고마웠어요. 일을 해주셔서요."

그의 대답은 실제와 달랐다.

"일은 내가 언제? 내가 해준 것이 뭐가 있어서."

와! 이게 어떻게 된 일인가. 그때 나는 그 사람이 겸손해서 그렇게 대답한다고 생각했었다.

지금 「박형」의 말씀을 생각해 본다.

"나는 이 세상에서 안 해본 일이 없어. 아마 전부 다 해보았을 거야."

「박형」은 거짓말을 하지 않는 분이다. 그러니 그 일은 「박형」께서 해주신 것이 맞다.

그렇다면 「박형」께서 금계동 사람 이씨로 변신하신 것인가, 아니면 금계동 사람 이씨의 속으로 들어가셔서 그를 조종한 것인가. 두 가지가 다 가능하지만, 이번 경우는 「박형」께서 금계동 사람 이씨로 변신한 것이다.

「박형」께서 말씀하셨다

"나는 남의 옷은 입지 않는다. 자네도 남의 옷 입지 말고, 나처럼 되었으면 좋겠는데."

성령께서는 언제든지 변신하실 수 있으니, '남의 옷은 입지 않는다.'고 하실만 하다.

▶ 「박형」께서 '나는 이 세상에서 안 해본 일이 없어.'라고 하신 것은 세상의 어떤 일이든지 정도正道가 있다는 말씀이다. 무슨 직업을 가지고 있던지 무엇

을 하든지 바르게만 하면, 누구나 「박형」처럼 세상에서 공덕을 쌓으면서, 세상에 이익이 되게 살아갈 수가 있다는 말씀이다.

3. "지금 약국에 가려고…?"

– 「박형」의 방광放光; 몸에서 햇빛보다 밝은 빛을 발하다 –

1981년 어느 아침, 나는 「박형」께서 아침 태양보다 밝은 빛으로 빛나는 모습을 보았다.

성령이나 높은 천상의 신神들은 빛나는 몸이라고 하는데, '부처님 정도 되신 분은 태양보다 밝은 빛을 발하신다.'고 누가 말했다. 그런데 정말 「박형」께서는 실제로 태양처럼 눈부시게 밝게 빛을 발하셨다.

그 당시에 나는 풍기읍 오거리 부근에서 약국을 하고 있었고, 나의 초등학교 동창의 부친은 고혈압으로 중풍을 앓고 있었다. 그분은 박씨이고, 나의 선친과 서로 잘 알고 지내던 분이어서, 나는 열심히 그 집에 드나들면서 애를 써 보았지만 어떤 효험도 보지 못했고, 그분은 결국 돌아가시고 말았다.

그 어른의 장례식이 있던 날은 이미 봄이 문턱에 와 있었건만 꽤 쌀쌀한 날씨였다.

그런데 내 동창은 의리 있는 사람으로 남의 집 궂은일을 잘 봐주었기 때문에 그의 부친이 돌아가시자 문상객이 줄을 이었다.

나는 그 부친의 중풍 치료에 실패했고, 또 문상객이 생각보다 많아서 그 장지葬地에는 따라가지 않기로 했다.

상여가 골목길을 빠져나가는 것을 먼발치에서 보내고, 나는 약국으로 가기 위해 어느 조용한 골목길로 접어들어 걸어가고 있었는데, 갑자기 나의 뒷등에 따뜻하고 환한 빛이 힘차게 뻗어 오는 뚜렷한 느낌이 있었다.

겨울 아침 햇볕이 제법 따뜻하게 느껴진다고 생각하면서도, 너무 확실하고 강한 느낌이었기 때문에 뒤돌아보지 않고는 도저히 그냥 지나칠 수가 없을 것 같았다.

그렇지만 나는 뒤돌아보기 전에 망설였다. 평소와 다르다는 느낌이 나의 착각이겠지 하고 그냥 걸었더니, 그다음 순간 더 강한 빛이 뻗쳐오는 확실한 느낌이 있었다.

마침내 나는 뒤를 돌아보았는데, 거기에 언제 오셨는지 「박형」께서 조용히 아침 태양보다 밝고 빛나게 서 계셨다.

「박형」은 조용히 나를 주시하고 아무 말씀이 없으셨고, 나도 말없이 「박형」과 마주 대하고 섰다. 그 따뜻하고 밝고 인자한 빛은 계속해서 눈 부신 햇살처럼 뻗쳤다.

그리고 잠시 후 이미 모든 것을 아는 「박형」께서 나에게 다가와서,

"자네가 약도 갖다주고 애도 썼지만, 모든 것이 운명대로 그렇게 되었어."

라고 하셨다. '운명대로'라는 「박형」의 말씀에는 이 육신을 아무리 치료해도 죽고 말면 그만, 한 줌의 흙으로 돌아가지만, '영원히 이어갈 의식을 바로잡아야 바른 치료가 된다'는 뜻이 깃들어 있는 듯했다.

나는 황금빛으로 찬란하고 눈부셨던 「박형」을 더 이상 나의 친구라고 생각할 수 없을 것 같았기에 머뭇거리다가, 존댓말을 써야 된다고 분명히 느끼면서도 정말 외람되게 말했다.

"문상객도 많고 별로 할 일도 없고 해서…. 장지에는 따라가지 않기로 했어."

"나도 그렇다네."

그리고 헤어지면서 「박형」께서 나에게 간단히 질문하셨다.

"지금 약국에 가려고…?"

나는 속으로 뜨끔했다. 「박형」의 그 말씀은 먹고 사는 것 외에 내 인생에 아무 도움을 줄 수 없는 약국을 왜 하려 했느냐고 힐책하는 말씀 같았다. 영혼으로 죽고 사는 이 마당에 육체를 먹여 살리기 위해서, 또 재혼할 욕심으로? 그런 삶을 살기로 작정한 내 잘못된 선택의 정곡正鵠을 찌르는, 조용하면서도 안타까워하는.

지금 방광하는 모습을 보여주어도 정말 아무 깨달음도 없느냐? 라고 묻는 말씀 같았다.

방광*은 성령의 능력이고, 초자연적인 현상이다.

「박형」께서 소백산 비로봉 정상에서 나에게는 태백산·월악산·학가산·백덕산을 나타내 보여주셨는데, 이것은 부처님께서 법화경을 설하실 때 삼매에 드셔서 미간의 백호白毫(부처님의 미간에 있는 희고 가는 터럭)에서 광명을 놓아 동방 일만 팔천 세계를 비추셨다는 부처님의 방광과 같은 방광이다.

또 「박형」께서 '공자님'이라고 말씀하시면서 그때마다 나의 마음에 빛을 비추어서, 그것이 공자님의 어지심과 같은 우리의 성품이라는 것을 바로 깨우치게 해주었던 것도 방광이다.

바둑 두는 사람의 뒤쪽에 누워서 나에게 갑자기 바둑판을 환하게 보이게 해

---

* 방광放光 : 『광명구사론光明俱舍論』에서 불보살이 스스로 빛나는 것을 광光이라 하고, 물건을 비추는 것을 명明이라고 하는데, 이 불보살의 광명은 어둠을 없애고 진리를 나타내는 일을 한다.

그런데 불보살의 몸에서 나오는 광을 신광身光. 색광色光. 외광外光이라 하고, 지혜가 물건의 진상眞相을 비추는 활동을 심광心光. 지광智光. 지혜광智慧光. 내광內光이라하기도 한다.

신광에는 상광常光과 현기광現起光의 두 가지가 있는데, 상광常光은 부처님 주변을 원형으로 둘러싼 원광圓光이다. 현기광은 상대의 교화 상태를 보아서, 또는 기회에 따라서 발하는 광명이다.

부처님께서 법화경을 설하실 때에 무량의처삼매無量義處三昧에 드셔서 미간眉間에서 백호白毫광명을 놓아 동방 일만 팔천 세계를 비추셨다 하신 광명이 현기광이다.

【예수님의 방광】엿새 후에 예수께서 베드로와 야고보와 그 형제 요한을 데리시고 따로 높은 산에 올라가셨더니, 그들 앞에서 변형變形되사 그 얼굴이 해 같이 빛나며 옷이 빛과 같이 희어졌더라.　　　　　　　　　　　　　　　　　　　　　　　　　　「마태복음 17;1~2」

주었던 것과, 몇 번씩 문득 머릿속으로 무엇을 가르쳐주었던 것도 방광이다.

그리고 내가 '십육성十六聖' 하며 예불문을 외는 그 순간에 나에게 한 줄기 빛을 비춰주어서 「박형」이 석가모니부처님 당시의 16성 중 한 분이라는 것을 게시啓示해준 것도 방광이다.

4. "복불복."

- 마귀의 시험이 드디어 실제상황에서 나타났다 -

여기서 나는 나의 가장 부끄러운 행태를 고백하고 용서를 빌지 않을 수 없다. 영양가 없는 이야기이지만 '그때는 그랬고'로 넘어갈 수가 없다.

하루는 「박형」께서 선배와 나를 데리고 길을 가고 있었는데, 선배가 무슨 생각이었지 이렇게 말했다.

"동생들 돌보느라고 결혼을 못 한 처녀라면 괜찮겠지."

그런데 그때 나는 속으로 '처복이 많다'라고 했던 역술대가의 말을 생각하면서 순간적으로 불쑥 남부끄러운 말을 하고 말았다.

"나, 장가 좀 보내주게."

그 말이 떨어지자마자 「박형」께서 한마디로 '복은 복이 아니다.'라고 일갈하셨다.

"복불복福不福."

그리고 미련한 나에게는 '고생이 보약이 될 것'이라고 판단하였는지, 나를 데리고 기차역으로 가셨다. 방금 기차가 도착하여 사람들이 밖으로 밀려 나오고 있었다. 거기서 「박형」이 말씀하셨다.

"저기에 오는구나."

그래서 나는 '저기에 오는' 여자가 어떤 모습인지 살펴보았지만, 아무것도 볼 수 없었다.

어떻든 그렇게 「박형」께서 미리 알고 깨우쳐주셨는데, 나는 재혼을 하고 말았다. 혼자 사는 것은 어쩐지 남들이 업신여기는 것 같고, 깔보는 것도 같았으며, 나의 눈에는 세상의 그 무엇보다 여자가 먼저 들어왔다. 진심으로 나는 감각적 욕망 그 자체의 불쌍한 놈이었다.

정말 나는 무엇이 옳은 것인지를, 무엇이 바른길인지를 몰랐다.

「박형」에게 가르침을 받는 것이 아무 때나 만날 수 없고, '그냥 넘어가서는 절대로 안 되는 귀중한 기회'라는 사실도 몰랐으며, 세상에는 벗어나는 것이 또 얼마나 중요한 것인지를 몰랐고, 세상의 삶은 고생하며 아주 조금씩 진리를 배워나가는 과정이라는 것도 모르는 바보, 멍청이였다.

그래서 동창의 소개로 시내에서 그 여자를 한번 만났고, 젊고 밉지 않게 생겼다는 것 이외에는 마음에 드는 구석이 없었는데도, 그 여자와 즐거운 마음으로 결혼했다. 친구들의 환영과 경멸의 눈길을 받으면서.

그리고 며칠 뒤에 시내로 이사하려고 짐을 꾸리는데, 마침 「박형」이 오더니 한 마디로 질책하셨다.

"왔다 갔다 하려고?"

그랬다. 그렇게 나는 '향상해야 된다는 의지'가 없어서 결혼했는데, 그 여자 때문에 시골의 조용한 생활이 어려워 시내로 갔다가, 여자와의 살림살이가 마음에 들지 않아서 다시 시골로 이사하기를 반년 사이에 네다섯 번이나 했다. 감각적 욕망을 따라간 나의 결혼은 그냥 그대로 바보 멍청이인 나의 못난 모습이 공개되는 해프닝으로 끝나고 말았다.

「박형」께서 이미 내가 계속 몇 번이나 왔다 갔다 할 것을 아셨고, 나는 1년도 되기 전에 더 참지 못하고 말끔하게 벗어나기는 했지만, 정말 낯이 뜨겁다. 창피하고 참담하다. 왜 나에게는 뚜렷한 의지가 없었을까? '벗어나는 길은 오직 이것 한 길뿐인 것'을 잊고 있었을까?

삼가 떠나가신 「박형」과 고인이 된 집사람과 모든 이에게 거듭 용서를 빈다.

염치없게도 지금 오막살이 토담집이 그립다. 집사람도 그립다. 일생을 통하여 가장 행복했던 그곳, 근심 걱정 없던 그곳, 그때가 정말로 그립다.

✔ 그리고 「박형」에게 거듭 감사드리고 싶다. 나는 참으로 행운아다. 앞으로 밝혀지겠지만 미리 말하면, 「박형」께서 나에게 특별히 최고의 선물을 주셨다.

「박형」께서 '특별히'라고 하셨다.

"이렇게 해 달라는 사람이 여럿 있지만, 자네에게 특별히 이렇게 하는 것일세."

내가 누리는 모든 행복은 「박형」께서 '특별히' 나에게 해준 최고의 선물이다. 지금까지도 계속되는 그 선물은 '향상하는 진리의 길로 가게 이끌어준 것'이다. 그것은 아무나 해줄 수 없는 성인의 진실한 사랑의 선물이다. 그리고 또 나를 험한 세상에서 먹고 살길로 끝까지 이끌어주셨다.

5. "믿을 놈이 한 놈도 없구나."

오래전에 초등학생이었을 때 운동장에서 어느 친구가 감탄을 했었다.

"김도수는 정말 착하다."

김도수는 어렸지만 남을 배려할 줄 알았다. 그런데 그 김도수가 나이 마흔에 죽었다. 그는 가난했지만 착했고, 남을 도우면서 행복했는데, 다른 친구보다 일찍 병이 들어서 죽었기 때문에 친구들 모두 진심으로 애석해했다.

그는 병들어 죽기 전, 이미 어찌할 수가 없게 되었을 때, 부인을 위해 스스로 자살을 시도했었다. 그리고 혼자 남는 부인이 불쌍하여 다락방에서 부둥켜안고 함께 엉엉~ 목 놓아 울었던 사람이다.

또 그는 상여喪輿가 떠나갈 때 상여 위에 요령을 잡고 올라서서 낭랑한 목소리로

"어~호 아, 어~호오, 이제 가면 언제 오나, 어~호 아, 어~호오, 오실 날이나 일러주오, 어~호 아, 어~호오, 북망산천 한번 가면 어~호 아, 어~호오 어이 가리 넘차~ 어~호."

김도수는 상엿소리를 먹이면서 애절하게 이별을 슬퍼했고, 죽은 자의 선행을 드러내면서 산 자를 위로했었다. 문상객도 그의 소리를 듣고 함께 눈물 흘렸었다.

그 착한 김도수의 장례 날이었다. 추운 겨울 날씨였다.

산소에서 치루는 그의 장례에 참여하려고 많은 친구들이 방안에 모여 앉아 있었다. 그때 누가 말했다.

"여기 장씨하고 「박형」하고 누가 더 기운이 셀까?"

장씨는 초등학교 우리 1년 선배이고, 백두장사급 장골이다. 그는 양조장에 근무했는데, 막걸리를 배달하기도 했다. 그는 엄청 무거운 막걸리 큰 말통(20kg 정도) 열 개씩 자전거에 싣고서 맞바람이 쌩쌩 부는 언덕길로 올라가는 장골이었다. 보통 사람은 그런 자전거를 잡고 서 있을 수도 없다.

그가 앞으로 나앉았다.

그때 「박형」께서 말씀하셨다.

"너 같은 놈은 열이 덤벼도 내가 이긴다."

장씨가 은근하게 말했다.

"나도 질 생각은 없지."

"붙어봐라. 붙어봐."

결국 둘이서 팔씨름을 하게 되었다. 한참 힘을 쓰다가 아무도 이기는 것을

보지 못했는데, 누가 먼저랄 것도 없이 팔에 힘을 빼면서, 장씨가 감탄했다.

"야, 「박형」, 힘이 정말 세구나!"

그때 「박형」이 장씨에게 무심하게 말했다.

"자네는 곧 죽게 된다."

장씨가 말했다.

"죽어도 할 수 없지."

(✔왜 그는 그렇게 쉽게 대답했을까, 장골인 그가 정말 그 후 1년도 되기 전에 죽었다.)

그때 마침 김도수의 미망인이 문을 열고 방안에 사람들을 휘~ 둘러보고서 조용히 문을 닫았다. 그 순간 「박형」께서 갑자기 크게 외쳤다.

"믿을 놈, 한 놈도 없구나!"

내 귀에는 그 부인에게 '믿을 놈 없으니' 찾지도 말라는 의미가 있는 외침 같기도 했지만, 정말로 이 방안에는 믿을 사람이 한 사람도 없다는 탄식으로도 들렸다.

그리고 장지로 가기 위해서 밖으로 나섰을 때 「박형」께서 김도수에 대하여 언급하셨다.

"그는 40에 죽었지만 50은 된 것 같아."

그런데 이미 「박형」께서 참으로 뜻깊은 말씀을 나에게 던지셨었다.

"김도수에게 방앗간 일을 시킬 거야. 자네는 그렇게는 안 되고, 밖에서 쭉정이 담는 가마니 짜는 것 같은, 그런 것이나 생각해 보게."

「박형」께서 '그는 40에 죽었지만 50은 된 것 같아.'라고 한 말씀은 그가 부처님의 제자 성문聲聞 사과四果 중에서 어떤 경지(아마도 제3과 아나함의 경지)에 이르렀다는 의미인 것 같다. 그래야 적어도 '방앗간 일을 시킬' 수가 있을 것이니까.

'아나함은 불래不來라고도 하는데, 삼계에 초탈해서 욕계欲界에 떨어지지 않기' 때문이다. 욕계에 떨어지지 않는다는 것은 세상사의 모든 유혹에 넘어가지 않는다는 의미다.

이 세상은 모든 사람의 실제 체험학교라고 하지 않을 수 없다. 김도수는 가난했지만 정말로 남을 배려하고 사랑하며, 거짓 없는 삶을 살았다. 그래서 지금은 「박형」과 함께 알곡을 추수하고 있을 것 같다.

▶ 한편 「박형」께서는 인간의 '욕심이 너무 많기' 때문에 그 도사의 길로 당장 이끌 수가 없다는 사실을 초등학교 동창들에게 이렇게 깨우쳐주셨다.
"자네는 아이가 몇인가?"
"네 남매"
"자네는 욕심이 너무 많아서 안 돼."
「박형」께서 다른 친구에게 물으셨다.
"자네는 아이가 몇인가?"
"삼남매, 아들 둘 딸 하나."
"자네도 욕심이 너무 많아서 안 돼."
그리고 다음 사람에게 물으셨다.
"자네는 아이가 몇인가?"
"아들만 둘."
"자네도 욕심이 너무 많아서 안 돼."
그 순간 나는 「박형」께서 자식이 많다는 뜻으로 욕심이 너무 많아서 안 된다고 하는 것은 아니라는 생각을 하게 되었다.
「박형」께서 나에게 물으셨다.
"자네는 아이가 몇인가?"
"아들 하나 딸 하나."
「박형」께서 말씀하셨다.

"자네도 욕심이 너무 많아서 안 돼."

「박형」께서 그렇게 나와 친구들에게 분발할 것을 촉구하셨다.

어느 날 「박형」께서 말씀하셨다.

"나는 대강대강 추수한다."

「박형」의 추수는 대강대강 할 수밖에 없는 알곡 추수다. 죽음도 두려워하지 않는 최상근기 수행자가 많지 않기 때문이다. 「박형」께서는 도사님이시며, 한편 알곡, 곧 체험수련장이라는 학교의 고등고시 최종합격자를 가려내는 최고위 시험관이기 때문이다.

알곡은 욕심 없는 사람이고, 자비심이 있는 (김도수처럼 착한) 이런 사람일 것 같다.

중국의 소설가로 세계적으로 유명했던 임어당(林語堂; 1895~1976) 같은 사람이다. 그분의 이야기가 『리더스 다이제스트』에 그의 딸인 임태을林太乙 여사의 글로 소개되어 있었다.

임어당은 자비심이 있으며 도인의 경지에 이르렀다고 할만하다. 임어당은 소설가이자 문명비평가였으며, 활발하고 활동적이며, 지칠 줄 모르고 굴하지 않는 정신의 소유자로서 세상에 큰 족적을 남겼다.

그가 늙어서 병이 들어 휠체어를 사용할 즈음의 이야기다.

때로는 침대에서 떨어졌다가 다시 일어설 수가 없어 아침까지 마룻바닥에 누워 있을 때도 있었다. 그의 딸이 물었다.

"왜 나를 부르지 않았어요?"

"너를 깨우고 싶지 않았다. 너는 아침에 출근해야 하니까."

누구나 죽을 때는 어진 마음, 이것 외에 이 세상에서 가지고 갈 것이 없다.

6. "이치가 그러하다. 이치가 그러하다. 이치가 그러하다."
– 잘못된 행동에 경고하시다 –

　어떤 집주인이 자기 집에 전화를 빌려 쓰려고 찾아온 이웃 여인을 겁탈하려다가 반항하는 여인을 세게 밀쳤다. 그 불쌍한 여인은 힘에 밀려 머리를 벽에 '꽝' 부딪혔다.

　놀란 남자가 여인을 집으로 돌려보냈다. 그리고 얼마 후에 그 여인은 다른 이유로 죽고 말았는데…,

　나는 어느 날 그 남자가 우리 약국 바닥에서 이유 없이 넘어지는 것을 보았다. 그는 넘어지면서, 이상하게도 누가 뒤에서 밀기라도 한 것처럼 몸이 옆으로 붕~ 날아가서, 멀리 있던 의자에 머리를 '꽝' 부딪혔다.

　'어이쿠' 하고 얼떨결에 일어나서 그가 말했다.

　"내가 왜 이럴까?"

　나는 그 사람이 넘어지는 모양이 너무 괴상망측하여 기억하였다가 「박형」에게 여쭈었다.

　"참, 이상한 것을 보았어. 여기에서 넘어지는 사람을 보았는데, 순간적으로 몸이 붕~ 떠서 저기에 있는 의자에 머리를 부딪쳤어. 몸이 옆으로 날아가는 것 같았어."

　그때 「박형」께서 되물었다.

　"그리고 뭐라고 말하던가?"

　"내가 왜 이럴까? 그렇게 말하던데."

　「박형」께서 말씀하셨다.

　"그런 건 그 사람이 알 수가 없지."

　그리고 다음 순간 「박형」께서 배우俳優가 무대에서 연기하는 것처럼 갑자기

서북쪽을 향해 돌아서더니 그쪽을 향해서 크고 엄숙하게 소리쳤다.

"이치가 그러하다. 이치가 그러하다. 이치가 그러하다. 이치가 그러하다."

지금도 분명하게 기억나는 것은 「박형」께서 바라본 그 서북쪽에 평양과 서울이 있으며, 거기서 누군가가 큰 죄를 짓고 있구나 하는 느낌이 확실하게 느껴졌다는 것이다.

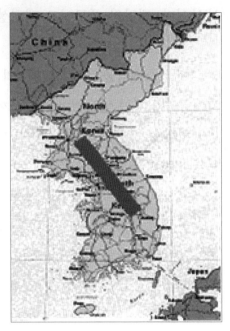

그리고 바로 그때 내가 무엇을 생각하고 있는지 알고 있는 것처럼 「박형」께서 다시 서북쪽으로 돌아서더니, 그쪽에 대고 더욱 크게 여러 번 외치셨다.

"이치가 그러하다. 이치가 그러하다. 이치가 그러하다. 이치가 그러하다. 이치가 그러하다. 이치가 그러하다. 이치가 그러하다."

물론 나도 잘못한 것이 많으니, 「박형」의 경고에서 제외되지는 못할 것이지만, 「박형」의 강력한 경고는 분명 「박형」께서 바라보고 계셨던 서북쪽에 있을 위정자爲政者들을 향한 경고였다. 그 서북쪽에 바로 서울과 평양이 있었기에.

「박형」께서 큰 자비심으로 그들에게 '앞으로 잘하라.'는 강력한 메시지(Message)를 보내신 것이라고 생각된다.

'조심해라, 콩 심은 데 콩 나고, 팥 심은 데 팥 난다.'

▶ 「박형」은 이런 말씀도 하셨다.

"어떤 때 사람이 죽었다 하여 가보면 단 두 사람만 왔다가 가더라. 사람들은 나 때문이라고 하면서 나보고 가보라고 해. 나는 가보기가 싫은데…"

▶ 그리고 또 말씀하셨다.

"아마 우리나라 전 인구 중에서 박가朴家와 일가친척이 안 되는 사람은 아무도 없을 거야. 윗대로 올라가면 조상의 일가고 친척이다. 또 그 조상의 일가고 친척이다. 무언가 관계가 있다."

나라의 모든 이를 일가친척으로 생각하는 이것이 「박형」의 대자대비의 화엄사상이다. 대인의 풍모이고 태평성대를 이룩할 수 있는 성인의 마음 씀이다.

옛날 요堯임금은 방훈放勳이라 이름하셨고, 어질고 밝으며, 도량이 넓고 생각이 지극하여 자연스레 편안함을 느끼게 하며, 진실로 공손한 마음으로 임금의 자리를 남에게 양보하는 지극히 어려운 일을 행하는 본을 보이고, 빛을 온누리에 펴시어 하늘과 땅끝까지 밝게 하셨다.

어진 마음과 뛰어난 덕행으로 구족九族을 받들고, 구족이 화목하게 됨으로써 백성을 고르고 편안하게 하고, 백성의 마음을 순화시켜 모든 나라를 평화롭게 하니, 어린 백성이 감화되어 충심으로 따랐다.

아름다운 성인의 모습이다. 수신제가 치국평천하의 바른 본보기이다.

7. "나는 책을 읽어서 모르는 것이 없었다. 한 가지를 제외하고는"

어느 날 「박형」께서
"나는 책을 읽어서 모르는 것이 없었다. 한 가지를 제외하고는….
어떤 부인이 들에 나갔다가 큰 발자국을 발견하여 그것을 밟으며 몇 걸음 따라갔더니 잉태하여 아이를 낳았다 하니, 그것은 모르겠더라."

라고 하셨다. 그때 나는 중얼거렸다.

"그렇게 표현한 것뿐이겠지."

사실 「박형」께서는 묵묵히 말씀이 없었는데, 「박형」은 언제나 거짓이 없고, 또 꾸미는 말을 하지 않는 분이라는 것을 나는 익히 알고 있었기 때문에 그렇게 중얼거려 놓고 심히 민망했다.

위의 이야기는 중국 주周나라의 전설적 시조인 후직后稷의 탄생 설화이다. 후직의 어머니 되시는 분이 하루는 들에 나갔다가, 큰 발자국을 발견하여 그것을 밟으며 몇 걸음 따라갔더니 잉태하여 아들을 낳았는데, 그가 주나라 희姬씨의 조상 후직이라는 것이다.

「박형」께서는 그런 이치에 맞지 않는 이야기를 읽고서 '모르겠더라.'고 하신 것인데, 「박형」께서 다시 말씀하셨다.

"직지인심直指人心 견성성불見性成佛. 직지直指, 바로 가리켜 알게 하는, 그 방법이 제일이다. 책도 『直指(직지)』가 제일이다."

「박형」께서 우리 마음을 바로 가리켜 알게 하는, 그 방법이 광명천지光明天地의 주인 되는 제일 좋은 방법이라고 말씀하셨다.

(✓ 여기서 '책도 『直指(직지)』가 제일이다.'라고 하신 내용이 또 기가 막힌다. 나중에 내가 그 귀중한 책, 직지 상하권을 얻었었다. 그 책은 삼촌이 옛날옛날에 청주 흥덕사에 가서 탑본해서 가지고 와서 보관했던 것이었는데, 우리 집에 있다가 한국전쟁 당시에 사촌 형이 가져가서 보관했다. 그리고 사촌 형이 시내로 이사하면서 모든 책을 버리고 간 것을 내가 우연히 발견하여 가지고 왔다. 많은 책들이 처마 밑에서 비를 맞고 있었다. 소학, 동몽선습, 등등 한문책이었다.

그 『直指(직지)』가 그렇게 귀한 책이라는 것을 「박형」께서 미리 귀띔해 주었지만, 나는 「박형」께서 서거하신 후에 그냥 텅 빈 「박형」댁 다락에 보관했다가 눈 밝은 어떤 사람이 몰래 가지고 가버렸다. 지금까지 가지고 있었으면 100억도 더 나갈 것인데. 알려줘도 모르는 한심한 나였다.)

실제로 「박형」께서는 아라한의 삼명三明, 세 가지의 밝은 지혜인 숙명명·천안명·누진명이 있었기에, 삼세三世 – 과거·현재·미래를 다 알 수 있다고 말씀하셨다.

"나는 삼세까지는 알 수가 있어."

그 당시에 내가 삼세를 이해하지 못하고 어리둥절하면서 '혹시 삼세라면 그 나이가 세 살이라는 의미인가?' 하니까, 이어서 말씀하셨다.

"어릴 적 일을 생각해 보면, 다섯 살까지는 생각나."

「박형」께서는 분명 삼세, 곧 과거·현재·미래를 다 알 수 있다고 하셨고, 사람들에게 자기 어릴 때 일은 5살까지는 생각난다고 하셨다.

「박형」께서는 세 가지의 밝은 지혜로 과거·현재·미래를 다 아셨는데, 아무나 그분의 실체를 알지 못했다. 왜냐하면 이상하게 넘어지면서도 자기가 왜 그렇게 되었는지를 몰랐던 사람처럼, 우리에게는 밝은 지혜가 별로 없기 때문이다.

우리는 욕망을 추구하기 바빠 이 세상 이치를 모를 뿐만 아니라, 모든 것을 다 아는 어른께서 가르쳐준 윤회와 윤회의 이치는 물론, 심지어는 윤회하는 자신의 영혼(의식체)마저 부정하는 사람이 있다.

8. "내가 진陣치는 것, 다 해두었다."

– "6·25 재침再侵, 9월과 10월 사이." –

「박형」께서 1980년 여름 어느 날 토담집에 왔을 때 나에게 물으셨다.

"자네, 생일이 언제지?"

나의 생일은 양력으로 6월 26일이기 때문에, 내가 무심코

"6월 26일."

이라고 하자 「박형」께서

"6·25 재침再侵"

이라고 아주 충격적인 말씀을 하셨다. 나는 그때 「박형」의 말씀을 듣고서 어찌할 바를 몰랐다. 그리고 「박형」께서 방 안으로 들어가면서 혼자 작은 목소리로 중얼거렸다.

"9월과 10월 사이."

그리고 또 1980년 나와 「박형」과 우리 집 아이들이 다 함께 단양에 있는 고수동굴에 갔을 때다.

"고수동굴, 노동동굴, 천동동굴…, 많은데 그중에 어디가 제일 좋아요?"

누가 그런 질문을 「박형」에게 했다. 「박형」께서 아이에게 대답하였다.

"고수동굴이 제일 나아."

옆에 섰던 내가 얼른 그 말을 받아서 말했다.

"전쟁이 터지면 피난도 하고…."

그때 「박형」께서 이렇게 말씀하셨다.

"그래. 피난도 해야지. 앞으로 전쟁이 나면 핵전쟁이 될 것이다. 핵전쟁이 일어나면 많이 상해. 그리고…."

그때 '박형'의 말씀은 길게 이어졌었다.

그런데 내가 '핵전쟁'이라는 말에 충격을 받아서인지 「박형」께서 하신 다음 이야기를 지금 전혀 기억할 수가 없어서 안타깝다.

그러나 「박형」의 모든 예언이 하나하나 실제로 이뤄질수록 점점 '핵전쟁'과 '6·25 재침, 9월과 10월 사이'가 걱정된다. 9월과 10월 사이는 9월 30일 밤12시가 아닐까? (✓ 그 후에도 「박형」은 몇 년에 6·25 재침이 있을 것인지는 말씀하지 않으셨다.)

전쟁은 언제나 넋 놓고 있을 때 있게 된다. 그런데 「박형」께서는 말씀하셨다.

"나라에 큰일이 일어나기 전에 지진이 먼저 일어난다. 4·19 때도 그랬어. 지진이 났었어. 곧 무슨 큰일이 있겠구나 했지."

「박형」께서 6·25 재침의 전조를 이렇게 알려주었다고도 생각된다.

어느 날 또 「박형」은 이렇게 말씀하셨다.

"전쟁 때 보니까, 처음 밀고 들어올 때는 보는 대로 쏘아 죽여. 그때는 나오지 말고, 일주일만 지나면 평온해지니까, 보통 일주일? 열흘 후에는 나와도 돼."

그런데 나오면 안 되는 사람이 있다고 하고 싶었는지, 오랫동안 말없이 생각에 잠겼다.

그렇게 되니까, 「박형」이 어느 날 하신 말씀이 가슴에 남는다.

"서울 사람들이 불쌍하다."

내가 처음에 이 말씀을 들었을 때는, 아마 서울 사람들이 먹고 살기에 급급하여 참다운 수행자의 길로 나서기가 어렵기 때문에 불쌍한 인생이라는 의미로서 불쌍하다고 하셨다고 생각했다.

그리고 다른 한 편으로는 6.25 재침이 있게 되면, 가장 큰 피해를 당할 사람이 서울 사람들이기 때문에 불쌍하다고 했는지도 모른다는 생각도 들었다.

▶ 그러던 어느 날 난데없이 「박형」께서 대단히 중요한 한마디를 던졌다.

"내가 진陣치는 것 다 해두었다."

정말 충격적인 말씀이다. 어떤 것이 진을 치는 것인지? 의미나 내용은 잘 모르겠으나, 혹시 삼국지의 제갈공명 같은 그런 진을 친다는 말씀은 아닐까.

그게 아니라면 세상을 마음대로 주무르시는 능력으로 도사님만 할 수 있는 특별한 진을 치신다는 말씀은 아닐까.

그 당시에 「박형」께서 이런 말씀도 하셨다.

"앞으로 점점 여자가 득세하는 세상이 될 것이다. 그리고 자네는 에이즈를 조심하게."

지금은 실제로도 점점 여자가 득세하는 세상이 되고 있다. 『주역』의 풀이를 따르면 여자는 음陰을 상징한 것으로, 그 밝음에 반대되는 어둠의 세력이 점점 강화된다는 뜻이며, 사상보다 경제력이 우선하고, 화평보다 투쟁적으로 변하며, 점점 말세末世 – 세간에 욕심이 치성한 상황이 된다는 뜻이다.

한편 「박형」께서 처음 에이즈를 언급하신 1980년도에는 대다수의 사람들이 에이즈가 무슨 병인지 몰랐다. 심지어 약학 전공한 나도 에이즈가 무슨 병病인지 몰라서 「박형」에게 되물었다.

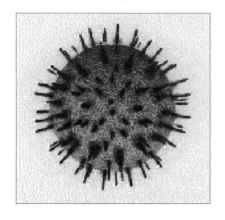

"에이즈가 무슨 병인가?"

「박형」께서 또박또박 일러주셨다.

"에이, 아이, 디, 에스, 후천성면역결핍증! 그런 병이 있어. 나중에 다 알게 돼."

「박형」께서는 '그런 병이 있다.' 하셨고, '나중에 다 알게 된다.'고 하셨다.

그런데 유럽 매스컴에 처음 아프리카의 에이즈 발병 소식이 전해진 것이 1984년경이었다. 「박형」께서는 그 몇 년 전에 이미 나에게 'A, I, D, S, 후천성면역결핍증'이라 하셨고, 그 '에이즈를 조심하라.'고 하셨다.

그리고 「박형」께서는 고수동굴 앞 남한강 건너 산비탈을 가리키며 말씀하셨다.

"신단양에 와서 살아라. 둘이서."

당시(1980년)에는 수몰되기 전의 단양은 있었지만, 신단양은 물론이고, '신단양'이란 낱말 자체가 없었다.

그런데 결과는 「박형」께서 말씀하신 그대로 되었다. 나는 지금까지 고수동굴 앞 강물 건너 산비탈에 새로 생겨난 신단양에 와서 둘이서 40여 년간 살았다.

9. "내가 저렇게 만들어 놓았다."

내가 초등학생이었을 때에 고향 땅 풍기豊基에는 '죽상이'라 불리는 여자 거지가 있었는데, 꼭 밥상을 받아놓고 먹으려고 할 때에 나타나서 크게 외쳤다.

"밥 좀 주이소."

아기를 업고 다닐 때도 있었으며, 그녀의 목소리가 어찌나 큰지 누구든지 심지어 담 너머 옆집 사람까지도 그녀가 지금 밥 얻어먹으러 다닌다는 것을 미리알게 될 정도였다.

6·25 한국전쟁 그전부터 얻어먹던 그녀는 6·25 이후에도 얻어먹고 살았다. 그런데 그로부터 무려 30년쯤 지난 어느 날에 풍기 읍내에서 그녀가 큰길로 성큼성큼 걸어가는 것을 보게 되었는데….

마침 그녀가 나타나기 직전에 어느 친구가 말했다.

"야! 참, 이상한 것을 보았어. 그 옛날에 죽상이, 여자 거지 있었잖아. 그 죽상이를 며칠 전에 길에서 보았는데, 전혀 늙지 않았어.

아주 옛날 모습과 똑같아. 십 년도 아니고 벌써 몇십 년 전에 보았었는데…. 이상하지? 그게 이상하지 않은가?"

바로 그때 '죽상이'가 걸어오고 있었는지, 그 친구가 다시 말했다.

"어, 호랑이도 제 말 하면 온다더니, 저기 오고 있네!"

그런데 정말로 그녀가 있다는 곳을 바라보니, 그녀인가? 어떤 여인이 머리를 쳐들고 꼿꼿하게 젊은이처럼 걸으며 사람들 사이로 우리 앞을 지나가고 있었다. 어떻게 저렇게 나이를 먹지 않고 젊을 수가 있는가. 우리가 초등학생이었을 때 그녀는 이미 어른이었는데, 내 나이가 40이 넘었는데도 그녀는 아직 그대로인 것 같았다. 나는 그녀가 혹시 옛날에 업고 다니던 그녀의 자식은 아닐까 의심했다. 전혀 나이를 먹은 것 같지 않았는데,

그때 「박형」께서 참으로 이해하기 힘든 말씀을 던졌다.

"내가 저렇게 만들어 놓았다."

나는 이제 이 수수께끼 같은 사실을 인정할 수밖에 없다. 「박형」께서 무엇을 어떻게 한 내용은 모르겠지만, 그 옛날 '죽상이'가 이미 보통 사람이 아니라는 것은 확실하다. 옛날에 죽상이는 뒤창락 개울가에 돌로 둥글게 담을 치고 그 안에서 살았다. 당시에 아이들이 지나다니면서 돌팔매질을 했었다. 그런 그녀를 「박형」께서 '내가 저렇게 (✓ 당당하게) 만들어 놓았다'고 하셨다. 정말 무애대비한 「박형」이시다.

어느 날 「박형」께서 조금 신비스럽고 비밀스러운 내용을 말씀하셨다.

"초등학교도 안 나온 사람 중에도 훌륭한 사람이 많아. 소문을 듣고 찾아가 보면 벌써 돌아가셨다고 하더라."

「박형」께서는 언제나 마음 씀씀이 하나만 보셨기 때문에 그렇게 말씀하셨는데, 정말로 훌륭한 사람 되는 데에는 마음 씀씀이 하나뿐이며, 그 지혜와 자비심은 학벌이나 재력이나 외모하고는 아무런 상관이 없다.

그리고 「박형」께서 함께 길을 걸으며 나에게 불쑥 말씀하셨다.

"미안하네, 미안하네, 미안하네."

내가 그때 깜짝 놀라면서 얼떨결에 대답했다.

"모두 다 나를 위해서가 아니겠나."

사실 「박형」께서는 더 이상 나를 어떻게 할 수 없다는 것을 아시고, 그래서 집사람을 도사로 승화시킨 것을 생각하며 범부인 내 삶에 '미안하다'고 말한 것 같았는데, 요즘 다시 생각해 보니 또 다른 의미가 있는 것 같기도 하다.

그 옛날 예수님의 제자 베드로가 닭이 울기 전에 3번이나 예수님을 모른다고 부인했던 것처럼, 「박형」께서 나에게 특별히 베풀어 주셨던 은혜에 대하여 좀

은 소견을 쓰는 내가 3번씩 '이것은 아니다.'라며 투정 부릴 것을 아시고, (✓나는 그동안 몇 번 화도 내고 투정 부렸다. 그럴 때 넓게 보고 좋은 생각하며 마음 편안하라고)

"미안하네, 미안하네, 미안하네."

그렇게 말씀하셨던 것 같다.

정말 내가 만약 도사가 될 자질이 있었고 집사람과 함께 승화되었더라면, 단 한 번도 미안하다고 하지 않아도 되었을 것인데.

지금도 나는 언제나 진심으로 자신의 스승을 올바로 알고 스승에게 찬사를 보내는 진실한 수행자, 히말라야의 성자聖者 미라래빠님의 강한 신념과 수행자의 자세가 정말 부럽다.

10. "지금이 계절로는 가을일세."
- "두 번 약을 치면 약해를 받게 돼." -

「박형」께서 토담집으로 와서 말씀하셨다.

"지금이 계절로는 가을일세."

그리고 나를 데리고 논으로 나가셨다. 농약을 치고 있던 논에서 벼잎을 훑어 보면서 말씀하셨다.

"두 번 약을 치면 약해藥害를 받게 돼."

약을 과다하게 받은 벼잎은 노랗게 마르고, 더러는 불에 탄 것처럼 검은 점이 있었다.

그 말씀은 처음 가르침을 주었을 때 내가 바르게 따르지 못하였기 때문에, 두 번 가르침을 줄 수 없다는 말씀이다. 자질이 부족한 나에게 더 시련을 주면 오히려 사악한 길로 빠지거나, 조금 남아 있는 남을 배려하는 마음마저 없어지는 부작용이 날 수 있을 것이기 때문에, 더 가르침을 줄 수 없다는 말씀이다.

그리고 그때부터 가끔 떠나실 것을 언급하시기 시작하셨다.
"다른 농사 하러 가야겠다."
그때 이미 「박형」께서는 다른 계획을 세우고 있었던 것 같다.

11. "입당 도장 같은 것은 함부로 찍지 말게."

옛날에 어떤 선비가 열심히 공부하고 출세하여 벼슬길에 올랐다가, 정권이 바뀌게 되면서 벼슬을 그만두고 낙향하여 살고 있었다. 선비는 그냥 체념하고 지내고 있었는데…

그때나 지금이나 벼슬이 떨어지면 돈도 떨어지고 궁색하게도 된다. 그 선비도 일용할 양식마저 구하기 어렵게 되었다. 선비 자신은 그 정도는 괜찮다고 생각하고 있었지만, 아이들이 굶고 배고프다고 졸라대는 것은 차마 볼 수가 없었다.

하여 참고 참다가 그 선비는 자신의 지조를 굽히고, 정권을 잡은 당에 줄을 넣어 벼슬길로 나가게 되었다.

처음 얼마간은 왜 진작 그렇게 하지 못했나 하고 후회를 할 정도로 일이 잘

풀렸는데, 호사다마好事多魔라고나 할까, 어느 날 그 당에서 그를 불러 그들에게 암적 존재인 왕비를 몰아내는 데 필요한 상소문을 써 올리라고 강요하는 것이었다.

'다시 고생하던 시절로 돌아가고 싶지 않으면, 빨리 상소를 써서 올리라.'고 거듭 겁박하였다. 그는 마음에 없고, 내키지 않는 상소를 거의 강제로 써서 올렸다.

그러나 후에 그 상소문 때문에 더욱 큰일이 터졌다. 정권이 다시 그 반대 당파로 넘어가 버렸기 때문이다. 당연히 그의 상소가 문제가 되었다. 영락없이 잡혀가서 죽게 되었다. 그가 형장으로 끌려가면서 사람들이 지켜보는 가운데 울면서 친구들을 향하여 외쳤다.

"여보게, 친구들! 제발 나와 같이 되지 말게. 나와 같이 되지 말게."

이 이야기 끝에 「박형」께서 충고하셨다.
"도장 찍는 것 조심하게. 괴로워도 참고, 입당 도장 같은 것은 함부로 찍지 말게."

여기 '괴로워도 참고, 입당 도장 같은 것은 함부로 찍지 말라'고 하신 말씀은 '마귀의 유혹에 넘어가서 먹고사는 일로 나가면서도 절대 양심에 반하는 행동을 하지 말라.'는 당부의 말씀이다.

인간은 누구나 그 불쌍한 선비처럼, 먹고사는 일 때문에 스스로 그렇게 죄를 짓고 벌을 받을 수 있는 괴로운 길로 내몰릴 수가 있겠지만, 욕심에 진 행동에는 언제나 나쁜 결과가 나올 수밖에 없다. 인간은 어떤 경우에서도 양심을 지키면서 어려움을 참고 견뎌야 한다.

이야기 속의 불쌍한 선비는 정말로 어려운 경우에 처했지만, 끝까지 참았더라면 처참한 죽음에 이르지는 않았을 것 아닌가. 참으로 우리는 그런 세상에 태어나지 않은 것을 감사해야 한다.

제2장 『주역周易』과 대우주의 실상

1. 『실제주역實際周易』이라는 책

나는 『주역전의대전』 24권을 다 읽었지만, 별로 깨닫는 바가 없었다. 그래서 섭섭했다.

그런데 당시에 「박형」과 선배가 대화하는 중에 『실제주역』이라는 책이 있다고 하셨다.

그래서 하루는 「박형」을 찾아가서

"다른 주역책이 있다는 것 같았는데…, 실제주역책? 그걸 좀 보여주게."

라고 청했다. 「박형」께서는

"그래, 책은 얼마든지 있어. 실제 주역 24권을 보여줄 테니, 앞으로 잘 보도록 하게."

라고 하셨다. 나는 정말로 『실제주역』이라는 제목의 주역책 24권이 어디에 있다는 줄로만 알았다.

"꼭 좀 보여주게."

"그러지."

그리고 또 며칠이 지나갔는데, 「박형」께서는 책을 빌려주지 않는 것이었다. 나는 다시 「박형」을 찾아갔다.

"전번에 실제주역책이 있다는 것 같았는데, 책이 있으면 좀 보여주게."

「박형」께서는 대답하셨다.

"그래, 책은 얼마든지 있어. 앞으로 보여 줄 테니 『실제주역』을 잘 보도록 하게."

이상한 것은 그렇게 대답하고 나서도 「박형」께서는 책을 보여주지 않으셨다. 나는 혼자 '「박형」께서 어찌하여 책을 보여주지 아니하실까? 혹시 없는 책을 있다고 하신 것은 아닐 테지.'라며 속으로 안달했었다. 그때 「박형」께서 깨우쳐 주셨다.

"책은 방편方便, 방책方策을 말하는 것이야."

「박형」께서 말씀하신 '책은 얼마든지 있어.'의 참뜻은 '실제주역'책 곧, 이 세상의 모든 상황으로 사람을 가르치는 방책은 얼마든지 있다는 뜻이다. 그러니 '실제주역'책은 그 책이 글로 된 책册이 아니라, 책策 곧, 실제상황에서 사람을 가르치는 방편과 계책(方策)의 책이라는 뜻으로, 세상의 모든 것이 사람을 가르치는 책이라는 의미였다.

「박형」께서는 그날 이후 10여 년에 걸쳐서 세상의 생로병사 하며 희로애락 하는 모든 것이 『실제주역』 24권이고, 우리의 의식을 향상의 길로 인도하기 위한 방책이며, 세상의 모든 것이 우리에게 주어진 '시험문제'라는 사실을 깨닫게 해주셨다.

『실제주역』 곧, 「박형」의 역, 대도사님의 역은 '성령의 역'이기 때문에 고차원적이다. 극락과 천국과 천상의 낙원 등등의 고차원의 세계까지 두루두루 포함된 『실제주역』이다. 그리고 『실제주역』은 실제상황이기 때문에 누구나 쉽게 깨우칠 수 있고, 형이상학적 공론空論이나 지엽적인 이론에 빠질 걱정이 없다.

✓『주역』의 근본은 점占을 치는 데에 있지 않다
"모두 다 그쪽으로 흘렀어."

「박형」께서『주역전의대전』책에 있는 점占 치는 방법에 대해서 말씀하면서 참으로 중요한 것을 깨우쳐주셨다.

"산算가지 50개 중에서 제일 처음에 한 개를 먼저 제외하고, 나머지 49개를 가지고 한다. 한 개를 제외하는 것을 잘 연구해 보면, 알게 되는 바가 있을 것이다. 한 개를 제외하는 것은 나와 같은 사람을 제외하는 것이다."

그 50개의 산가지 중에서 한 개를 먼저 제외하고 시작하는 것은 세상을 주재하시는 「박형」 같은 성령들은 점치는 것과 아무 상관이 없기 때문에 제외하는 것이다.

진실은 이러한데 어리석게도 나는 「박형」 박상신 도사님께 누가 점占 보는 사람 중에서 가장 점술이 훌륭한가를 여쭈어보려고 했었다.

나는 추○○, 백○○, 등등 당시에 유명한 점술가占術家의 이름을 생각하고 있었는데, 그때 「박형」께서 단 한 마디로 깨우쳐주셨다.

"모두 다 그쪽으로 흘렀어."

「박형」께서 말씀하신 그쪽은 인생의 길흉화복을 점치는 쪽이며, 흘렀다는 뜻은 성령의 가르침인 '거기서 벗어나는 길은 오직 이것 한 길뿐'인 그 바른길이 아닌 길, 곧 감각적 욕망과 돈 명예 등등 인간이 추구하는 욕망을 따르는 고생길, 윤회의 길로 흘러갔다는 말씀이다.

그런데 또 「박형」께서 말씀하셨다.

"점치는 사람 중에도 여합부절如合符節, 부절이 서로 딱딱 맞는 것처럼 아주 신통하게 잘 맞추는 사람이 있더라고. 동리 어귀에서 자리를 펴고 앉아 할머니가….

소문이 나서 나도 한번 뒤에서 넘겨다보았는데, 잘 맞추더라고. 누가 언제 죽는다 누구는 어떻게 된다…, 더니, 그 사람이 그렇게 되었어."

「박형」께서는 점을 치는 것도 말리지는 않았지만, 『주역』을 배우는 목적은
세상의 이치를 배우려는 것이다. 당연히 우리는 고차원적인 세상의 이치인『실
제주역』곧 「박형」의 역', '대도사님의 역' 내지는 '성령의 역'을 배워서 벗어나
는 바른길로 나아가야 마땅하다.

✓ 「박형」께서 '무극無極이 열반'이라고 하셨다
마음 바탕이 무극이다. 무극에서 음과 양으로 갈려서 태극이 된다

- 어느 날 「박형」과 함께 선배의 집을 방문한 일이 있었는데, 그 방에 한 폭
의 족자簇子가 걸려 있었다.

   내 온 정성과 이 생명 남김없이 다 바쳐, 살기 좋은 삼천리금수강산 이룩하여, 계절 따라
고운 꽃피는 아름다운 세상으로, 사랑하는 후손에게 아낌없이 물려주리라. 끝. 끝. 끝.

그 글의 내용은 대단히 원대하고도 아름다웠다. 자신의 온 정성과 생명마저
남김없이 다 바쳐 살기 좋은 삼천리금수강산을 이루고, 철 따라 고운 꽃피는
아름다운 세상으로 만들어, 사랑하는 후손에게 아낌없이 물려주겠다는 홍익인
간弘益人間, 바로 그 정신이었다.
그런데 글 끝이 이상했다. 보통 문장 끝에는 마침표를 찍거나, 때로는 '끝'
자를 써서 글이 끝남을 나타내는데, 그 글의 끝에는 끝. 끝. 끝. 이렇게 세 개
의 끝이라는 글자가 쓰여 있었기 때문이다.
우리가 그 방을 나와 마당으로 나섰을 때 「박형」께서 나에게 다가와서 말씀
하셨다.

"끝. 끝. 끝.은 태극이무극 곧 열반이야."

사실 열반은 부처님 가르침의 골수 중 골수인데, 「박형」께서 그 열반의 뜻을 바르게 알 수 있도록 이끌어주셨다.

'끝. 끝. 끝.'이라고 쓴 3개 '끝' 자 중에서 처음 '끝' 자는 그 문장이 끝났다는 의미의 '끝'이다. 두 번째 '끝' 자는 그 글의 내용대로 온 정성과 이 생명 남김없이 다 바쳐, 계절 따라 고운 꽃피는 아름다운 세상, 살기 좋은 삼천리금수 강산 이룩하여 사랑하는 후손에게 아낌없이 물려주는 것을 마쳤다는 행동의 종료를 의미하는 '끝' 자이며, 그 세 번째의 '끝'은 그렇게 큰일을 다 마치고 나서도 자기가 그렇게 했다는 생각마저 끝냈다, 다른 생각 없다는 뜻이다. 그래서 「박형」께서,

"끝. 끝. 끝.은 태극이무극 곧 열반이야."

라고 말씀하셨던 것이다.

자신의 온 정성과 이 생명 남김없이 다 바쳐 계절 따라 고운 꽃피는 아름다운 세상을 만들어 사랑하는 후손에게 아낌없이 물려주는 것을 마치고, 자신이 그렇게 했다는 생각마저 없는, 그 광대원만한 마음이 무극이며 열반이다. 마음에 잡념이 없고 청정무구할 때, 거기가 열반이며, 우리의 성품性品·자성自性이다. 마음은 본래 무극이다.

그래서 마음만 바로 쓰면 지금 이 자리에서 '성인이 되고, 성령과 하나가 된다. 그래서 무극인 마음바탕을 되찾는 것이 성인이 되는 길이며, 무극이 무상대도의 베이스캠프(base camp)다. 먼저 무극이 되어야 한다.

우리가 무극의 마음을 쓰면 도인이고, 육체를 벗어났을 때는 성령과 하나이다. 불·보살님이나 하나님·예수님과 함께 할 수 있다.

✔ 대우주의 주인공인 팔괘八卦
위에서 내려와 앞서가는 호랑이, 아래에서 올라와 뒤를 밟는 호랑이

　이 세상에는 강건剛健한 신선·성령·성인聖人, 그리고 유약柔弱한 범부凡夫와 소인小人들이 있다.

　강건한 신선·성령·성인은 이미 마귀의 유혹을 이긴 어른이며, 중생을 구제하려고 오신 분들이다.

　그 반대편에 범부와 소인들은 유혹에 넘어간 자들이며, 자기의 욕망을 채우려고 힘으로 다투는 자들이다. 무지와 욕망으로 서로 다투어 전쟁터의 폐허처럼 변한 세상에 사는 사람들이다.

　신선·성령은 보통 사람과 다르다.

　「박형」께서 호랑이로 비유하여 말씀하셨다.

　"산 위에서 내려와 앞서가는 호랑이는 길을 인도하려는 호랑이이고, 산 아래에서 올라오면서 사람의 뒤를 밟는 호랑이는 먹으려는 놈이야."

　여기 '산 위에서 아래로 내려와 앞서가는 호랑이'는 천상에서 왔으니 당연히 신선·성령이다. 신선이고 성령이 되신 '재림예수' 내지는 보살님이시다.

　반면 '산 아래에서 올라오면서 사람의 뒤를 밟는 호랑이'는 땅 아래에서 올라와서 뒤를 따르며 사람을 먹으려는 마귀이며, 현상계를 뒤덮고 있는 모든 유혹과 욕망의 실체라는 말씀이다.

　이렇게 세상에는 '길을 인도하려는 신령'과 '사람을 먹으려는 마귀'가 섞여 있다.

✔ 팔괘는 대우주를 여덟 쪽으로 나눈 것이다

공자님께서 『계사전繫辭傳』에서 이르기를, 〈 역에 태극이 있으니 양의兩儀를 낳고, 양의는 사상四象을 낳고, 사상은 팔괘를 낳는다.〉 하셨다.

우리는 이미 '마음바탕이 무극이고, 무극에서 음과 양으로 갈려서 태극이 된다.'는 것을 알았다. 그리고 고차원의 '도사님의 역'에서는 신령계가 양의陽儀이고, 현상계가 음의陰儀인 것도 알았다.

그리고 신령계는 밝은 양신陽神들이 계시는 천상계天上界와 어두운 음신陰神들이 있는 염라계閻邏界로 나뉜다. 그 양신들의 천상계를 태양太陽이라 하고, 음신들의 염라계를 소음少陰이라 한다.

또 현상계는 강건한 대인大人과 유약柔弱한 소인小人으로 나뉜다. 강건한 대인들은 소양少陽이고, 범부凡夫·소인小人들은 태음太陰이라 한다.

그래서 무극은 신령계와 현상계로 갈려서 양의兩儀가 되었고, 신령계에서 갈린 천상계와 염라계, 현상계에서 갈린 대인들과 범부·소인들; 이렇게 넷으로 갈리게 되니, 이것이 사상四象이다.

여기서 천상계는 다시 극락(천당)과 낙원으로 나뉘고, 염라계는 연옥과 지옥으로 나뉘고, 대인은 성령과 성인으로 나뉘고, 범부는 인걸과 소인(장군)으로 나뉜다.

이렇게 사상이 각각 둘로 나뉘면 여덟이 된다. 극락(천당)과 낙원, 연옥과 지옥, 성령과 성인, 인걸과 소인(장군) 등의 여덟 그룹이 된다.

이 여덟 그룹을 팔괘八卦라 한다.

건乾, 태兌, 이離, 진震, 손巽, 감坎, 간艮, 곤坤이 여덟 괘(팔괘)다.

■ 그런데 「박형」께서 팔괘의 주인공이 모든 이야기책의 주인공이라는 사실을 아주 쉽게 일러주셨다.

"내가 이야기책을 보니, 부처님 이야기, 하나님 이야기, 불타佛陀 나의 이야기, 신선 이야기, 신선과 신선, 신선과 사람, 사람과 사람 이야기, 그리고 장군들의 이야기가 있더라."

「박형」께서 말씀하신 모든 이야기책의 주인공을 팔괘에 대입代入해 보면, 『주역』 팔괘의 주인공이 곧 대우주의 주인공들이다.

분명히 '도사님의 역'에는 신령계와 현상계가 모두 포함되기 때문에, 당연히 부처님, 하나님, 불타佛陀, 성령이신 「박형」, 신선神仙, 신선과 신선, 신선과 사람, 사람과 사람, 그리고 장군들의 이야기가 다 있다. 팔괘의 주인공이 다 들어 있다.

결국 대우주가 팔괘이고, 팔괘가 대우주이다. 대우주의 주인공은 곧 팔괘의 주인공이니, 이렇게 정리가 된다.

• 건乾☰은 불보살님과 하나님과 예수님·공자님 같은 성인이고, 성령이다. 거기는 고차원의 가장 밝고 밝고 제일 밝은 세상이니, 극락·천당이다. 우리 '대도사의 역' 최후 목표이고 목적지이다.

• 태兌☱는 이승에서 군자이며, 보살·수행자처럼 살았던 어른이다. 복을 많이 지은 사람이며, 뛰어난 어른이다. 거기는 기쁨과 즐거움이 있는 천상의 낙원이다.

• 이離☲는 어두운 연옥에서 나머지공부를 해야 할 사람이다. 거기는 연옥煉獄이다. 불(火)이고 밝음이고 세상의 진리이다.

• 진震☳은 죄를 많이 지어서 지옥에 떨어져서 고통을 받을 사람이다. 거기는 지옥地獄이다. 우레이고 번개다. 우르릉 꽝꽝, 경고의 메시지를 보내는 지옥이다.

• 손巽☴은 신선이다. 바람(風)처럼 오신 성령이다. 밝은 천상계에 계시다가 사람농사하려고 현상계에 잠시 몸을 나타내신 호랑이, 신선이고, 성령(보살, 보혜사, 상위의 천사)이다.

• 감坎☵은 성현聖賢이다. 물(水)이며, 고난이니, 천상계의 밝은 곳에 계시다가 사람농사하시려고 현상계에 몸을 가지고 오신, 진리의 전도사이신 성현이고, 선지식善知識이다.
• 간艮☶은 인걸이다. 잘난 사람과 못난 사람이다. 산山이며, 막힘을 상징한다. 그래서 욕심 때문에 향상의 길에서 가로막힌 보통 사람이 여기에 포함된다.
• 곤坤☷은 소인小人이다. 사람 중에서도 자기밖에 모르는 소인이고, 장군들이다. '사람의 뒤를 밟는 호랑이며, 사람을 먹으려는 놈'도 여기에 포함된다.

∴ 『주역』의 64괘는 팔괘·건乾, 태兌, 이離, 진震, 손巽, 감坎, 간艮, 곤坤을 위와 아래에 놓아서 성립되었다. 그래서 팔괘는 세상 모든 이야기의 주인공이며, 『주역』은 세상 모든 이야기의 속뜻을 알려주는 책이다.

✓ 「박형」께서 명쾌하게 풀어주신 기제旣濟, 무망无妄, 서합噬嗑괘

「박형」께서 64괘 중에서 기제旣濟, 무망无妄, 서합噬嗑괘를 풀어주심으로써, 괘를 바르게 푸는 방법, 『주역』공부의 꿀팁(Tip)을 우리에게 넘겨주셨다.

「박형」께서 말씀하셨다.

"기제는 이미 기旣 건널 제濟, '이미 물을 건넜다.'는 뜻이다. 이는 사람을 살리고 건강을 되찾는다는 뜻으로, 의학의 이치다.

그리고 덧붙여서 무망괘와 서합괘를 풀어주셨다.

"『주역』에는 영혼도 나오고 업(Karma)도 나온다. 무망无妄은 사주팔자四柱八字의 이치이고, 서합噬嗑은 시장施杖이야."

❶ 기제既濟 ䷾ 괘

「박형」께서 풀어주신 3가지 괘 중에서 첫 번째는 기제괘다.

기제는 무극으로 되돌아감이다. 태극이무극太極而無極이다. 플러스(+)와 마이너스(-)가 없는 영零(Zero)으로 되돌아감이다. 불교에서 말하는 도피안到彼岸·해탈이다. 이미 물을 건넜다는 뜻이고, 저쪽 언덕에 도달했다는 의미다.

건너간 저 언덕은 성령과 하나인 청정한 마음자리·해탈·열반; 니르바나(Nirvâna)이다.

기제는 무극의 상태가 됨이다. 원래의 생령生靈으로 되돌아간 (욕심이 생기기 이전의) 상황이 됨이다. 기제는 이섭대천利涉大川했다는 뜻이다.

그래서 기제에는 모든 성인의 가르침의 진수, 곧 무상대도·욕심을 항복 받고 성령·불타가 되라는 가르침이 있다.

불교에서는 이것을 저 언덕에 도달함, 도피안·해탈·열반·누진漏盡이라고 한다.

누진은 또한 욕심을 항복 받고 나서 세상사에 마음이 흔들리지 않는 경지에 이른 것을 말하니, 선악이 없는 곳에 머무는 삶이다.

저 언덕에 도달한 사람이라는 의미는 극락(천국)에 태어난 사람, 성인이 되어 신선·성령이 될 사람, 욕망의 유혹을 이긴 어른, 윤회하는 괴로움에서 벗어난 사람이라는 뜻이다.

예수님처럼, 「박형」처럼, 공자님처럼 위대하신 하나님·부처님과 채널(channel)을 맞춘 사람이다. 예수님의 말씀처럼, '모두 다 이룬' 분이다. 분명 기제는 '모두 다 이룬 것'이라는 뜻이기도 하다.

성인의 자리에서 다시 세상사에 물든다면 그게 무슨 대단한 성취라고 할 수 있겠는가! 성인은 절대로 다시 선악에 물들지 않는 절대의 성스러운 생명이 된 것이다. 다이아몬드처럼 강력한 마음자리, 언제나 변하지 않는 마음자리, 절대

변하지 않는 진리를 체득했음을 말한다. 온전한 항마降魔이고 벗어남 곧 해탈이고, 열반이고, 도피안이다.

그렇다면 시중의 『주역』에서는 왜 '기제는 이미 모든 것이 이루어진 상태이므로 장차 다시 변할 것을 미리 대비하라'고 약한 소리를 하고 있을까?

그 대답은 깨달음에도 강약이 있기 때문이다. 우리가 추구하는 온전한 항마·해탈·무극에 이르면 절대로 변하지 않는다. 누가 감히 성령이나 하나님 부처님의 마음이 변한다고 말할 수 있는가!

「박형」께서 온전한 해탈, '마치 강을 건너고 배에서 내려선 것 같은, 홀가분한 무상대도의 성취'를 이렇게 알려주셨다.

"공부를 하면 할수록 점점 깜깜해져, 아무것도 모르게 돼. 나중에는 공부하려는 생각마저 없어져야 돼."

아무것도 모르게 되면 절대로 변할 수가 없다. 무극이기 때문이다.

❷ 무망无妄☶☰괘

건상乾上, 진하震下가 무망이다. 무망天雷无妄☶☰괘의 위는 건乾☰이고, 아래는 진震☷이다.

위에 있는 건乾☰은 불보살님과 하나님과 예수님·공자님 같은 성인이고, 성령이다. 고차원의 가장 밝고 밝고 밝은 세상이니, 극락·천당이다. 우리 '대도사의 역' 최후 목표이고 목적지이다.

아래에 있는 진震☷은 죄를 많이 지어서 지옥에 떨어져서 고통을 받을 사람이다. 거기는 지옥地獄이다. 우레이고 번개다. 우르릉 꽝꽝, 경고의 메시지를 보내는 지옥이다.

그래서 무망괘는 마치 성령이 위에서 내려다보고 계시며, 염라대왕의 사자, 업(Karma)이 인간의 마음(內卦)을 좌지우지 통제하고 있는 모양(상)이다.

다시 말하면, 위의 건乾은 한 치의 오차도 없이 돌아가는 상천지도上天之道로서, 하늘의 육법전서六法全書이고, 아래의 진震은 업경대業鏡臺를 가지고 선악을 훤히 보면서 죄를 심판하는, 슬기롭고 공명정대한 염라대왕의 사자使者와 같은 업(Karma)이다.

업은 불교에서 제8식이라고 하는 사람의 깊은 의식이다. 제8식은 우리 모든 언행을 백업(BackUp)하고, 다음 생에서 명령어命令語로서 작용한다. 그것은 사람이 속일 수도 없고 돈으로 매수할 수도 없는 잠재의식? 무의식? 축적된 기억, 뭐 그런 의식이다. 불교에서는 그것을 업이라 하고, 제8 아뢰야식이라고 한다.

『주역』에 이런 내용이 있다니, 놀랍지 않은가? 나만 놀라운가?

그리고 「박형」께서 '무망은 사주팔자의 이치'라고 분명하게 말씀하셨다. 무망괘를 이렇게 완벽하게 풀어서 말한 사람은 이제까지는 아무도 없었다. 전지전능한 「박형」 박상신 도사님이 처음이다.

▶ 무망은 사람의 행동 하나하나가 절대 '허망하지 않다.'는 뜻이다.

과거, 전생부터 그 사람의 모든 행동이 오늘의 길흉화복으로 나타난다는 의미다. 사주팔자도 그 인과관계를 따져보는 것이니, 무망이 인과응보의 이치이며 사주팔자의 이치다.

사람의 일거수일투족이 절대 허망하지 않다. 무망无妄이다. 일단 한번 생긴 것은 그냥 없어지지 않는다는 무망은 「질량+에너지 합의 불변의 법칙」으로 현대과학에서도 증명되고 있다.

➡ 그렇다면 우리는 사주팔자라는 업(Karma)을 벗어날 방법이 없다는 말인가?

아니다. 사주팔자도 좋게 만드는 방법이 있다. 방법은 뇌신경가소성腦神經可塑性(Neuro-Plasticity)이라는 법칙에 있다. 이것이 사주팔자를 고치고 운명을 자기가 변화시킬 방법이고 희망이다.

「박형」께서도 후천운後天運을 언급하셨다.

"(누구)는 선천운先天運이 아니고, 후천운이다."

타고난 사주팔자인 선천운과 다른 운, 곧 수행하여 스스로 자신의 운명을 바꾼 후천운, 내지는 눈 부신 빛으로 화생하는 천지개벽된 후생이 있을 수 있다는, 참으로 반가운 메시지이다.

뇌신경가소성은 뇌의 신경회로가 외부의 자극, 경험, 학습에 의해 구조 기능적으로 변화하고 재조직화되는 현상이다. 과학으로 증명된 원리이다.

뇌신경가소성은 '우리의 뇌는 경험에 대한 반응으로 자기를 (한계 내에서) 재설계再設計할 수 있는 능력이 있다.'는 원리이다.

꾸준히 노력하면 자기의 나쁜 습관을 자기가 좋은 습관으로 바꿀 수 있고, 따라서 자기가 자기의 운명을 좋게 변화시킬 수 있다.

부처님께서 '쌓인 습관(習) 때문에 지옥에 간다.'고 하셨다. 계속되는 경험에 대한 반응으로 우리 뇌가 새로운 습관을 기록하고 그 습관에 의하여 (좋게도 나쁘게도) 바뀔 수 있다면 지옥에 가지 않을 수 있고, 천당에 갈 수도 있다. 이것이 뇌신경가소성의 원리이고 우리의 희망이다.

결국 스스로 좋은 습관으로 바꾸는 것이 자기 운명을 좋게 바꾸는 방법이다. 이것 또한 무상대도이고, 무망이다.

❸ 서합噬嗑䷔괘

그런데 「박형」께서 '서합噬嗑은 시장이야.'라고 하셨을 당시에 나는 그 시장이 물건을 거래하는 시장市場인 줄로 오해했다. 나중에 깨닫고 보니 그 '시장'은 물건을 사고파는 시장이 아니고 시장施杖이었다.

베풀 시施, 지팡이 장杖의 시장施杖이다. 곧 지팡이를 베푼다는 의미이다.

마치 목동이 지팡이로 양들을 물가로 몰아가듯이 우리를 '극락, 내지는 꿀과 젖이 흐르는 낙원으로 인도하려고 그렇게 '사랑의 회초리'를 쓰는 것이 서합이다. (✓이런 경우는 흔하지 않지만, 목자牧者이신 신선·신령께서는 전지전능하시므로, 어떤 상황에서는 심지어 사람을 죽게 할 수도 있다고 한다.)

이상離上, 진하震下, 화뢰서합火雷噬嗑䷔䷔괘의 위는 이離☲이고, 아래는 진震☳이다.

위의 이離☲는 연옥煉獄이다. 또 불(火)이고 밝음이고 세상의 진리이니, 어두운 연옥에서 나머지 공부를 해야 할 사람이다.

아래의 진震☳은 지옥地獄이다. 우레이고 번개다. 우르릉 꽝꽝… 경고의 메시지를 보내며, 죄를 많이 지어서 지옥에 떨어져서 고통을 받을 사람이다.

결국 서합은 연옥과 지옥이다. 두 곳이 다 형벌과 고통으로써 죄를 지은 인간으로 하여금 잘못을 고치고 밝은 빛으로 향하라는 하늘의 뜻이 담긴 '사랑의 회초리'를 쓰는 곳이다. 그래서 옥獄을 쓰는 게 이롭다고 했다. 괴로움과 형벌은 곧 그 사람의 과오를 바로잡고, 그 사람을 성장시키려는 '하늘의 의지'다.

〈그 과오를 바로잡는 것으로 인해 혼魂이 성장하는 것이다. 고난이나 장애에 맞선 자가 마음 편한 인생만을 보내고 있는 사람보다도 한층 더 크게, 힘 있게 성장해 간다는 것, 그것이야말로 진정한 의미로서의 이익이라고 말하지 않을 수 없다.〉

그래서 서합은 무지한 우리들을 고요한 물가로 인도하시려고 오신 양치는 목자의 '사랑의 회초리'다.

▶서합이 '사랑의 회초리'라는 것을 「박형」께서 비유로 말씀하셨다.

"내가 아주 어릴 때 외갓집에 갔었는데, 엉금엉금 기는 나를 보고 귀엽다고 궁둥이를 살살 때리는 것을 '밉다고 때리는 줄 알고' 화가 나서 밥상의 밥그릇을 마당으로 막 집어 던졌던 기억이 나."

어릴 때는 정신적으로 성숙하지 못한 단계라는 의미로, 그 단계에서는 생활에 사소한 어려움이 생기거나, 삶이 고통스러우면, 그것이 (자신을 단련시키려는) 어른들의 「사랑」이라는 것을 모르고, 오히려 화를 내며 자기 몫의 복福의 그릇마저 뒤집어엎는다는 비유의 말씀이다.

장성하여서도 엄격하셨던 부모님의 가르침이 곧 자식을 바로 키우려는 부모님의 깊은 사랑임을 이해하지 못하고, 심통 부리며 화를 내고 원망하며 괴로워하는, 성숙하지 못한 사람이 있다는 말씀이다.

그래서 「박형」께서 또 말씀하셨다.

"나이가 들면 부모님께서 엄하게 하셨던 것들을 이해하게 되네."

'나이가 들면'은 '이치를 알면' '철이 들면'의 뜻이다. 실제로 「박형」의 부친께서는 「박형」이 중학교에 다닐 때부터 집안일, 농사일을 전담시키셨고, 입산수도를 적극적으로 반대하셨으며, 결혼 후 달랑 쌀 두 가마니를 들려서 남의 과수원 한가운데에 쓰러져 가는 허름한 집으로 살림을 나게 했었다.

그렇게 언뜻 보기에는 유독 「박형」에게만 서럽도록 엄하셨던 부친의 깊은 뜻을 「박형」께서 모두 이해하고 있었다는 의미이다.

그리고 살림을 난 후에 「박형」께서 열심히 농사일하고 돈을 벌어, 마을 입구에 있는 집을 장만하여, 새로 장만한 집으로 이사하던 날, 그 부친은 시내에서 술을 드시고 (자랑스러운 마음으로) 금계동의 마을 입구에서부터 동리에 다 들리게 크게 소리쳐 외쳤다.

"새집으로 이사를 한다고! 사람이, 그동안 고기 한칼 안 사 오더니…"

「박형」께서도 부친의 깊은 사랑을 이미 이해하고 있었지만, 나 또한 그 「박형」 부친의 속이 깊은 사랑을 만나보았다.

「박형」께서 '다른 농사'하러 돌아가시고, 몇 달 뒤에 내가 부친을 방문했는데, 부친께서는 나를 보더니 문득 「박형」이 생각나서 방 안으로 들어가서, 놀랍게도 한참 동안 혼자 흐느껴 울고 나오셨다.

그 깊고 진한 부친의 사랑! 그 부친은 이렇게 깊고 진한 사랑을 주고 계셨고, 「박형」께서는 그 사랑을 이미 다 알고 있었던 것이다.

2. 『주역』의 핵심인 '건乾'과 '건좌乾座'
– "여기는 건좌乾座다. 내가 이렇게 나타나곤 하니까." –

「박형」이 우리 토담집으로 와서 말씀하셨다.

"여기는 건좌다. 내가 이렇게 나타나곤 하니까." 그리고 이어서 말씀하셨다.

"부석사도 건좌다."

〈건좌乾坐는 풍수지리에서 쓰는 무덤의 좌향坐向과 관계가 있는 말로, 한문으로 보통 건좌乾坐라고 쓴다.

『주역』에서 북서北西 쪽을 건乾으로 보기 때문에 시신의 머리를 북서쪽에 안치했다면 발이 자연 남동南東 쪽을 향하게 되는데, 그런 무덤을 건좌乾坐라고 한다.

그런데 내가 여기 건좌乾座라고 그것과 조금 다르게 표기한 것은 그 뜻이 다르기 때문이다. 스카라좌座라고 하면 그 좌座가 무대라는 의미요, 건乾은 성스러운 령이므로 건좌乾座라고 하면 성스러운 령의 활동무대라는 뜻이다. '여기는 건좌乾座'의 뜻은 '여기는 성스러운 령께서 배우처럼 변신하여 현신現身하는 무대舞臺'라는 의미이다.〉

「박형」은 왜 '부석사도 건좌다.'라고 미리 귀띔하셨을까?

「박형」께서는 성령이 현상계에 오셔서 사람 농사하고 계신다는 엄청난 사실을 부석사에서 우리에게 보여주려는 분명한 의도가 있었기 때문이다.

실제로 (분명히 「박형」의 도움으로) 부석사에서 우리 일행이 건乾의 실체·성령을 만났었다. 그리고 우리는 삼차원과 고차원을 넘나드는 '성령께서 우리와 함께 실재하심'을 더 확실하게 믿을 수 있게 되었다.

성령께서 우리와 함께 우리와 같은 모습으로 이승에 계신다는 중대한 사실을 지금 만나본다.

🌼

1993년 어느 날 처음 보는 어떤 사람이 나의 약국 손님들 뒤에 서서 잠시 얼굴을 보이더니 불쑥 지나가는 말처럼

"부석사 조사당祖師堂, 그렇게 안 되겠던데."

라는 한마디를 던지고 힐끔 나를 보면서 나가고 말았다. 다른 사람이 들으면 무슨 소리인지 알 수 없는 평범한 그 한마디에 나는 충격을 받았다. 왜냐하면 내가 그전에 「박형」의 말씀을 풀어서 책을 썼었는데, 그의 한마디 말은 그 책의 부석사 조사당 이야기가 잘못되었다는 지적이기 때문이다.

사실은 그전에 「박형」께서 나에게,

"내가 부석사에 가보니, 아무도 못 들어오게 막아 놓은 곳이 있었어. 그런데 내가 거기를 그냥 넘어 들어갔었어. 그랬더니 지키고 있던 젊은이, 젊은 중이 잡인은 이런데 들어오면 안 된다고…

나가라고 나를 막 밀어내는 거야. 그런데 역시 나이 많은 사람이 사람 보는 눈이 달라. 나이 많은 스님, 조사祖師가 나를 턱 알아보고 나에게 공손하게 절

을 하고…. 그래서 그렇게 하고 왔지."

라고 말씀하시더니, 다시 덧붙여서,

"거기는 아무도 못 들어오게 막아 놓았더라. 창문에 대못까지 쳐서 막아 놓은 데를 그냥 넘어 들어갔었어."

라고 하셨다. 그런데 나는 「박형」의 이 말씀을 졸저拙著에 풀어 쓰면서, 왜 그랬는지 현장답사를 하지 않고 추측으로 글을 썼다.

그랬으니, 아무도 못 들어오게 막아 놓은 이유부터 틀렸었다. 내가 책을 쓸때는, 전에 부석사에서 천일구국기도도량千日救國祈禱道場을 차려놓고 있었던 기억을 떠올리면서, 「박형」께서 거기에 갔을 때도 기도 도량을 열었기 때문에 거기를 '아무도 못 들어오게 막아 놓았다.'고 틀리게 추측했던 것이다.

사실은 시공을 초월한 도인이셨던 「박형」의 그 말씀 속에는 나로서는 감히 상상할 수조차 없는 엄청난 비밀이 숨어 있었다.

여하튼 나는 부석사로 현장답사를 하지 않고 글을 썼었기 때문에 계속 마음이 찜찜했었는데, '부석사 조사당, 그렇게 안 되겠던데.'라고 말한 사람이 다녀간 그해(1993년) 7월 25일에 모든 것을 바로 깨닫게 만든 상황이 발생했다.

당시에 내가 금계동 집 지붕에 물받이를 달려고, 사다리를 놓고 오르락내리락하다 보니, 혼자 하기에는 힘에 부칠 것 같아서, 대구에서 학교에 다니던 여식女息을 불러올렸더니 친구들과 함께 들이닥쳤다. 여자 친구가 두 사람이었고 남자 친구가 한 사람이었다. 전부 외출복 차림이었는데 생각해 보니 여식에게 일을 시키면 같이 온 친구들은 거취가 난처해질 것이었다. 그때 나에게 이런 기회에 부석사에 가서 마음속의 꺼림칙한 앙금을 털어내자는 생각이 불현듯 떠올라서 물었다.

"자네들, 부석사 가본 적이 있는가?"

"가본 적이 없어요."

주위를 둘러보며 청년이 대답했다.

"그렇다면, 일은 나중에 나 혼자서 하기로 하고, 오늘 부석사에 한 번 가보세. 전부 가본 적이 없지? 어떤가?"

제안해 놓고 눈치를 보니, 그들도 싫지 않은 것 같았다.

"부석사 기둥이 아래위로 가늘고 중간이 더 굵지요."

"아는구면, 그럼 그리로 가세. 가다가 시원한 곳에 있는 소수서원紹修書院도 구경할 수 있으니."

"그 옛날 풍기 군수 주세붕周世鵬이 창건하셨다는 소수서원요?"

"그래. 가세."

우리끼리 길을 떠났다. 가는 길에 중간쯤에서는 물가에 소나무 그늘이 좋은 소수서원에도 잠깐 들렸다.

그리고 우리 일행은 마침내 목적지인 부석사에 도착했다.

그 부석사의 정문 옆에 안내판이 있었다. 살펴보니 내가 가서 확인해 보고 싶은 조사당은 정문에서 곧바로 올라가다가 무량수전을 지나 오른쪽으로 위로 올라가면 거기에 있었다.

나는 먼저 혼자 부지런히 걸어, 무량수전에 들렸다가 조사당에 도착해 보니, 옛날 중학교 3학년이었던가? 수학여행 왔을 때 보았던 조사당과 처마 밑에 살아 있는 의상대사님의 지팡이 - 땅에 꽂아 둔 것이 움터 자라나서 지금까지 살고 있다는 신비한 나무가 거기 그대로 있었다. - 반가웠고 한편은 걱정이 되었다.

여기가 「박형」께서 말씀한 그 조사당이라면 기도 도량으로 쓰기에는 너무 비좁았다. 정말로 '부석사 조사당 그렇게 안 되겠던데…'

라고 했던 그 사람의 지적 그대로였다.

두서너 평이나 될까? 한 개의 출입문이 정 중앙에 있었고, 양쪽에 한 개씩 두 개의 창문이 있었는데, 두 창문은 「박형」의 말씀처럼 모두 대못을 쳐 밀폐시켜 놓았다. 벽은 아주 두꺼웠고, 「박형」의 말씀처럼 정면의 문만 잠그면 조사당으로 들어가는 길은 없었다.

열려 있는 문을 통하여 안을 유심히 살펴보니, 정면에는 단정하게 어떤 분이 정좌하고 계셨는데, 그 좌상 뒤에 탱화 한 폭이 있었고, 그 탱화에는 키가 작달막한 의상대사가 가사를 입고 지팡이를 짚고 서 계셨는데, 그 탱화 위쪽에 「조사祖師 의상대사義湘大師 진영眞影」이라는 설명문이 있었다.

그러고 보니 조사당 정면에 앉아 계신 분이 부석사를 창건한 조사 의상대사님이었다. 세세히 살펴보니 의상대사님의 상像은 나무를 깎아서 만든 상 같았다.

그리고 확실하게 나무로 깎아 만들었다고 믿게 되었는데, 이유인즉 그분의 얼굴에는 소나무가 오래되어 패인 주름 같은 나뭇결이 두 줄로 오른쪽 이마 주위에서부터 볼을 타고 아래턱까지 나 있었기 때문이다.

〈의상대사님〉

이 모든 것을 종합해 볼 때, 의상대사님은 두상이 크고 약간 모가 진듯하면서 둥글둥글하였으며, 표정은 환하고 어질며, 정신이 번쩍 들게 생동하는 듯 했고, 키가 작달막한 밝은 어른이셨다.

그렇게 다 관찰하고 나서, 나는 고민에 빠졌다.

「박형」께서 말씀하신,

"내가 부석사에 가보니, 아무도 못 들어오게 막아 놓은 곳이 있었어. 그런데 내가 거기를 그냥 넘어 들어갔었어."

까지는 충분히 이해된다. 막아 놓은 조사당 벽을 통해서 들어갔다는 뜻이다. 그것은 말이 된다. 예수님께서 십자가에 못 박혀 죽은 지 사흘 만에 부활하여서 제자들이 모여 떨고 있던 다락방, 아마도 문마저 잠가둔 그곳에 돌연 현신했던 것처럼, 교역 되신 「박형」도 거기에 현신하셨다는 말씀인데, 그렇다면,

"그랬더니 지키고 있던 젊은이, 젊은 중이 잡인은 이런데 들어오면 안 된다고… 나가라고 나를 막 밀어내는 거야."

라고 하신 말씀 중에, '지키고 있던 젊은이, 젊은 중'은 누구이며 무엇 때문에 여기를 지키고 있었을까?

내가 잘못 추측했던 것처럼 기도 도량이나 차렸으면 몰라도 저기 무량수전과도 많이 떨어져 있는 한적한 이곳에서 그들은 무엇을 지키려고?

그리고 "그런데 역시 나이 많은 사람이 사람 보는 눈이 달라. 나이 많은 스님, 조사가 나를 턱 알아보고 나에게 공손하게 절을 하고."라는 말씀은 또 어떻게 된 것인가?

'나이 많은 사람… 조사스님'이라면? 혹시 여기에 목각으로 계신 의상대사님이 조사? 또 「박형」께 공손하게 절을? 공손하게 절을 했다면 이유는?

'그래서 그렇게 하고 왔지.'는 또 어떻게 했다는 말씀인가? 나는 무엇이 어떻게 되었다는 것인지를 종잡을 수가 없었다. 풀 수 없는 문제에 봉착했다. 그리고 도대체 '지키고 있던 젊은이, 젊은 중은' 누구이며, 무엇 때문에 여기를 지키고 있었을까?

또 부석사 경내에 조사님이 계셨다가, 젊은 스님이 「박형」을 밀어내려 했을 그때 이리로 부리나케 올라오셨다는 추리도 마땅치 않아 보였다. 산 아래 절집과 여기는 소리를 쳐도 들리지 않을 만큼 먼데, 어떻게 '나가라고 밀어내는' 상황을 알며, 그게 뭐가 대단한 일이라고 조사님께서 잽싸게 오신다는 말인가?

고민 중에 무엇에 이끌린 듯이 나로서는 아주 우연히 발길이 조사당 앞에 있는 큰 느티나무 옆으로 갔다. 반갑게도 거기에 조사당 안내판이 서 있었는데, 그 안내문에는 그 전에 조사당 벽에는 국보 벽화인 사천왕四天王*과 제석천帝釋天의 상이 있었는데, 지금은 다른 곳에 모셔두었다는 그런 내용의 글이 쓰여 있었다.

그렇다면 '지키고 있던 젊은이와 젊은 중'은 바로 그 사천왕과 제석천이 아닐

---

* 일반적으로 사천왕은 절을 들어설 때 천왕문에서 만나는, 무서운 얼굴로 절을 지키는 네 분의 천신이다.

까? 「박형」께서 여기에 현신하여 들어오셨을 때, 지키고 있던 사천왕과 제석천이 '아무나 이런데 들어오면 안 된다고, 나가라고 막 밀어낸' 것은 아닐까?

그러고 보니, 「박형」께서 여기에 현신하셨을 때 지키고 있던 사천왕들과 제석천이 잡인은 이런데 들어오면 안 된다고 나가라고 막 밀어낼 때, 목각의 의상대사님께서 「박형」이 귀하신 분이라는 것을 알고 공손하게 절을 했고, 그래서 그렇게 하고 왔다는 것이다.

그렇게 생각하면 모든 것이 「박형」의 말씀과 일치한다.

그러나 이런 전설 같은 - 살아 있는 사람이 흙벽 속으로 넘나들고, 벽화 속의 인물이 나서서 사람을 밀어내고, 목각이 절을 하는 - 나의 이야기를 어느 누가 믿어주며, 이게 또한 실제상황일 수가 있는가? 정녕 알 수 없는 일이었다. 나 역시 이렇게 믿어지지 않고 불가사의하며 기상천외한 이야기가 실제로 있었던 상황이라고 다른 이에게 말할 수는 없다고 생각했다. 나는 정말로 당황하면서도 알고 싶었다.

「박형」께서 하신 그 말씀의 진실을! 정말 간절히 알고 싶었다. 그리고 혼자서 결론을 내렸다. 남이 믿거나 말거나, 나로서는 이렇게 이해할 수밖에 없다고.

'「박형」께서 조사당에 현신했을 때 벽화의 사천왕과 제석천이 나와서 「박형」을 나가라고 민다. 그때 이를 보고 있던 의상대사님께서 「박형」을 알아보고, 그들을 제지한 다음 공손하게 절을 한다. 「박형」께서는 그 의상대사님과 어떤 이야기를 나눈다.'

모두 의심스럽지만 나는 「박형」의 말씀을 그렇게 풀 수밖에 없다는 생각으로, 아무도 믿지 않을 결론을 가지고 조사당 아래로 내려오던 중에 조사당으로 올라오는 여식과 그 친구들을 만났다. 나는 다시 그들과 함께 조사당 앞으로 올라왔다. 그리고 한쪽 구석에 조각가 '로댕의 생각하는 사람'처럼 앉았다.

그리고 결국에는 하나로 통일된 기도하는 마음이 되어서 하늘을 우러러 갈구했다.

'누구든지 좋으니 저에게 이것을 바르게 알려주십시오. 하나님, 부처님, 관세음보살님. 의상대사님, 「박형」박상신 도사님. 누구든지 좋으니, 이 문제를 바로 풀어 저로 하여금 바로 알게 하여 주십시오.

이것은 어떻게 된 것입니까? 제가 생각했던 그대로입니까? 아닙니까? 아니라면 어떤 것이 바른 답입니까? 알려주십시오. 알려주십시오. 지금 이것을 저에게 꼭, 꼭 좀 알려주십시오.'

절체절명! 나에게는 이것을 꼭 바로 알아서 책에 잘못 썼던 것을 바로 잡아야 될 사명 같은 것이 있었기에…. 나는 세 번만 부르면 달려와서, 모든 중생의 어려움을 구제하겠다는 큰 서원을 세우신 관세음보살님을 불렀다.

"관세음보살님, 관세음보살님, 관세음보살님, 꼭 알게 해 주십시오."

그날 나는 지극한 정성으로 한 가지 소원을 빌었다. 나의 마음은 한 가지의 소원뿐… 마냥 기도하면서 앉아 있었다.

결국 나의 마음은 점점 더 헌신했던 「박형」과 사천왕과 제석천왕과 의상대사님의 존재를 믿는 쪽으로 굳어갔다. 그러나 기다려도 아무도 나에게 그 당시의 상황에 대하여 바르게 알려주실 분은 나타나지 않았는데….

나와 여식과 친구들, 우리 일행은 큰 법당 쪽으로 내려왔고, 유명한 부석사 무량수전 앞에서 함께 사진도 찍었다. 그때는 한여름, 구름도 별로 없는 좋은 날씨였다. 산사山寺지만 햇볕은 몸에 땀이 날 정도로 따가웠고.

그리고 우리 일행은 부석사 정문을 나섰다.

주차장 가는 길로 내려오는 길옆에는 시골 아주머니들이 관광객을 상대로 옥수수도 쪄서 팔고 자두도 팔고 부침개도 구워 팔고 있었는데, 한 편에는 나무로 만든 마루가 놓여있었다.

쉬어서 갈 겸, 젊은이들이 배가 고플 것 같아 먹을 것을 찾아서 그리로 갔다. 먼저 김이 무럭무럭 나는 솥이 보였다.

"여기 옥수수 다섯 개만 주세요."

나까지 다섯 사람이 먹을 참이었다.

그런데 주인이 연 솥 안을 들여다보니, 그 안에는 몇 개 안 되는 옥수수가 남아 있었다.

"자, 옥수수나 한 개씩 먹고 가자고."

나는 작은 옥수수 한 자루에 천 원이면 좀 비싸지만, 까다롭게 굴고 싶지 않아서 5천 원을 주고, 주인이 골라 담은 옥수수 봉지를 받았다.

▶ 그리고 언뜻 다른 데로 눈이 돌아갔는데, 부석사 쪽에서 키가 작달막한 스님 한 분이 내려오고 계셨다. 스님인지 여승인지 분간할 수 없었지만, 어디서 많이 뵌 분 같이 낯설지 않은 분이었다.

그분이 나를 향해 발길을 돌렸고, 나에게 다가오면서 혼자 말했다.

"어, 여기 마음 착하게 생긴 사람이 하나 있네."

순간 나는 참으로 기뻤다. 내가 마음 착하게 생겼다고? 언뜻 보기에도 마음이 착하게 생겼다니, 그냥 기뻤다. 스님의 말에 감격하며 옥수수 파는 아주머니에게 부탁했다.

"여기 이 스님께도 옥수수 하나 드리세요."

그렇게 말하고 보니 아차! 싶었다. 스님께 공양 올리려면 좀 그럴듯한 것을 드렸으면 좋겠는데, 옥수수 솥 안에는 이제 옥수수 잔챙이만 있을 것이었다. 이를 어쩌나 하는 안타까움이 좀 더 크고 좋은 옥수수가 있으면 좋겠다는 강한 욕구로 변했다.

그런데 아주머니가 솥을 열고 뒤적이다가 잔챙이 옥수수 속에서 한 개를 골라내는데, 놀랍게도 집게로 집어 올리는 그 옥수수가 점점 커지는 것이었다. 만화에서나 만날 것 같은 신통한 일이 내 코앞에서 벌어지고 있었다.

바로 그때 누가 나에게 명령조로

"옥수수 하나 먹어라."

라고 말했다. 누구인가 나에게 '먹어라.' 하고 명령했다.

그런데 깨닫고 보니 그 소리는 놀랍게도 하늘(머리통 속)에서 들려왔다. 옛날에 나의 선친 산소에서 '천기를 누설하지 마라. 천기를 누설하지 마라. 천기를 누설하지 마라.'고 「박형」께서 들려주셨던 그때 그 소리와 같이, 분명히 하늘(머리통 속)에서 '옥수수 하나 먹어라.'라고 명령했다.

그 하늘에서 들려온 말씀을 듣는 순간 나의 마음속에서는 '옥수수'라는 단어 때문에 다시 범상치 않은 감동의 파문이 일어났다.

'아하, 오늘 양신陽神 (성령; 예수님이나 불·보살님)께서 『주역』의 건乾에 관한 가르침을 나에게 주시려는구나.' 하는 생각이 번개처럼 나의 뇌리를 스쳤기 때문이다. 왜냐하면 내가 『주역』을 배울 때에, 「박형」께서 옥수수 이야기를 하는 날에는 반드시 『주역』의 양陽, 특히 건乾에 대한 어떤 가르침이 있었기 때문이다.

두어 번 그런 경험이 있어서 '투명한 옥을 수수, 곧 주고받는다는 의미로 풀이할 수 있는 옥수수라는 낱말에는 『주역』의 양陽, 특히 건乾에 관한 가르침을 주고받는다는 뜻이 있구나', 했는데, 누구인가 하늘에서 들린 소리로 '옥수수 하나 먹어라.' 하셨기 때문이다.

그래서 여기 이 스님이 혹시 그런 분이 아닐까 하며 새삼스레 쳐다보는데, 그분이 먼저 다정하게 물었다.

"어디서 오셨어요?"

불가에서는 꼭 어디서 오셨는가를 묻는다더라 하면서 대답했다.

"단양丹陽에서 왔어요."

그런데 그 단양이라는 말은 『주역』에서는 양을 붉은색으로 음을 검은색으로 나타내기 때문에, '붉을 단丹 볕양陽 곧 단양'에서 왔다 하면 천국이나 극락 같은 밝은 곳에서 왔다는 의미가 함께 내포되기 때문에 자랑스러웠다.

그런데 그 스님이,

"나도 그 전 고향이 단양인데."

라고 하셨다.

"지금은 어디 계셔요."

그리고 그분의 대답을 긴장하며 기다렸다. 그때 그 스님께서

"상주에 있어요. 막막사."

라고 하셨다. 과연! 나는 또 놀랐다. 상주에 계신다고요? 막막사莫莫寺라고요?

물론 상주는 경상북도에 있는 도시 이름일 수도 있지만, 불교인이

'상주'라고 하셨다면, 항상 상常 머무를 주住. 상주常住, 곧 항상 변함없이 거기에 머문다는 의미이며, 고차원의 세상, 깨달은 분의 마음자리, 내지 성품성, 옥봉玉峰에 항상 머문다는 뜻이 될 수 있으며, 그런 분을 큰보살님 내지는 현신하신 성령이라고 말할 수 있으므로,

나는 그 스님의 얼굴을 찬찬히 살폈다.

그런데 이게 또 어찌 된 일인가? 그분의 얼굴은 나무로 깎아서 만든 얼굴 같았다. 분명 나무로 깎아서 둥글둥글하면서도 모가 있는 나무 얼굴이었다.

와우! 헐!

놀랍게도 나무로 깎아서 만든 것 같은 그분의 얼굴에는 오른쪽의 이마 주위에서부터 볼을 타고 아래턱까지 두 개의 주름이 확연하게 패어 있었다.

보통 사람은 그런 모양으로 주름살이 생길 수가 없는데, 그분의 얼굴에 내가 조사당에서 조금 전에 보았던 의상대사님의 목각상과 꼭 같은 곳에 꼭 같이 두 개의 패인 줄이 있었다.

오! 이게 어찌 된 일인가!

그분의 얼굴은 분명히 의상대사님의 목각상과 같았다. 이분이 의상대사님인가!

놀라서 나의 심장이 쿵쾅쿵쾅 뛰는 것 같았다. 바로 그때 맞은 편 길가에서 자두를 팔던 아주머니가 외쳤다.

"거기만 팔아주지 말고 이쪽에도 좀 팔아줘요."

그 의상대사의 목각상스님이 그리로 가셨다. 그리고 내가 보니 이미 철 지난

팔다가 남는 자두는 어떻게 처분을 해야 한다는 것을 아주머니들에게 친절하게 일러주고 계셨다.

　우리 일행은 음식을 파는 평상 위로 올라갔다. 그리고 묵과 부침개를 주문했다. 빙 둘러앉아서 그것을 먹으면서 나도 모르게 감격하여 말에 힘을 주면서 이렇게 말하고 있었다.

　"참으로 한마디의 말이 이렇게 중요할 수가 없구나. 어떤 분은 신통력이 있어서 신통력으로 무엇이든지 가르쳐줄 수가 있지만, 나와 같은 사람은 그렇게 할 수가 없기 때문에 아무리 중요하고, '신령神靈이 사람의 모습으로 나타나 우리를 인도하고 있다'는 정말 엄청난 사실도 겨우 한 마디의 말로밖에 전해 줄 수가 없구나. 그러니 이 한마디의 말은 참으로 중요하다."

　그리고 잠시 후에, 자두 장수가 벌떡 일어서서 소리쳤다.
　"스님께서 가신데요. 옥수수를 주셔서 고맙다고 하세요."
　나도 따라서 일어섰다. 그리고 스님께 공손히 인사를 드렸다.
　그때 의상대사의 목각상스님께서 내가 공양 올린 옥수수를 담은 검은 비닐 봉지를 쳐들면서 혼자 어이없다는 듯이 말씀하셨다.
　"이걸 나보고 들고 가라고?"
　스님께서는 우리와 작별하고 정류장 쪽으로 걸어서 내려가셨다.
　이렇게 성스러운 령이신 의상대사님(?) 「박형」(?) 관세음보살님(?)께서 시공을 초월하여 항상 여기 우리와 함께 계신다는 엄청난 사실을 보여주셨다.
　「박형」께서 조사실에 현신하자 지키고 있던 벽화 속의 사천왕들과 제석천이 「박형」을 나가라고 막 밀어낼 때, 목각의 의상대사님께서는 「박형」을 알아보고 공손하게 절을 했고 「박형」께서 '그렇게 하고' 왔다는 그 사실을, 나의 기도에 응답해 실제로 나타나서 깨닫게 해주셨다.
　위대하신 성령께서는 전지전능하지만 그날 우리에게 직접 나타나서 보여주셨던 것 이상으로, 어떻게 성령의 세계와 이미 이 세상에 와 계신 성령의 존재를 우리가 믿을 수 있게 알려주실 수가 있었겠는가!

우리는 이제 누가 나에게 하늘에서 들린 소리로 '옥수수 하나 먹어라.'고 명령하셨던 것처럼 분명 '옥수수' 하나 먹었다.

'옥수수'의 옥玉은 투명하고 맑고 귀중한 구슬로, 청정하고 맑아서 보이지 않는 양의 실체 내지 건乾를 의미하며, '수수'는 수수授受 곧 주고받는 것, 가르침과 깨달음을 의미한다.

그러므로 '옥수수 하나 먹어라'는 말씀은 『주역』에서 가장 중요한 건乾, 가장 성스러운 신령의 실체를 보여주니, 깨달아라.'는 뜻이다. 그날 우리는 실제상황에서 건, 그냥은 알 수도 없고 보이지도 않은 그 건의 실체인 성령을 부석사에서 확실하게 만났던 것이다. 우리는 그렇게 옥수수 하나 먹었다. 건 곧 양의 실체인 성령의 실상과 존재를 알게 되었다.

또 우리는 「박형」께서 말씀하신 건좌의 의미를 알게 되었다.

"여기는 건좌乾座다. 내가 이렇게 나타나곤 하니까."

그리고 이어서 「박형」께서 말씀하셨다.

"부석사도 건좌다."

제3장 불교의 무상대도

1. "불교가 더 깊다."

– "성인의 말씀도 반신반의半信半疑하라." –

어느 날 「박형」께서 문득 말씀하셨다.

"불교가 더 깊다."

부처님의 가르침에는 해탈하는 법(벗어나는 길)이 있고, 그 수행하는 방법이 단계적으로 잘 설해졌기 때문에 불교가 더 깊다고 하신 것이다.

왓차곳따는 세존께 인사를 올리고 한쪽으로 물러나 앉은 다음 이렇게 청했다.

"세존이시여, 저는 지금까지 학인學人의 앎과 지혜로 닦을 것은 모두 증득했습니다. 그러니 부디 그 위에 더 높은 법을 설하여주십시오."

세존께서 답하셨다.

"왓차여, 그렇다면 그대는 두 가지 법을 더 닦아야 하니 사마타*와 위빠사나**이다. 그대가 이 두 가지 법을 닦으면 여러 가지 요소들을 두루 꿰뚫어 보게 될 것이다.

---

* 사마타奢摩他(Samatha) : 우리의 마음 가운데 일어나는 망념妄念(욕망)을 쉬고, 마음을 한곳에 머무는 것. 지止, 지식止息, 적정寂靜, 능멸能滅이라 번역, 삼매三昧, 정정을 개발하는 수행修行이다.

** 위빠사나(Vipassana) : 관觀, 지혜智慧. 통찰지洞察智. 자신의 몸과 마음의 현상, 곧 몸身, 느낌受, 마음心, 여러 가지 현상法을 일어나고 사라지는 바로 그 순간에 알아차리고, 마음 챙겨서, 바르게 머문다. 무명을 극복하는 수행.

왓차여, 그대가 만일 하나인 채 여럿이 되기도 하고, 나타났다 사라지기도 하고, 아무런 장애 없이 담이나 성벽 산을 통과하기도 하고, 물속처럼 땅속으로 들어가고, 땅 위에서처럼 물 위를 걷고, 날개 달린 새처럼 하늘을 날고, 손으로 달과 해를 만지고, 저 멀리 범천의 세상까지도 자유자재하게 몸을 움직이는 등, 여러 가지 신통의 종류를 체험하고자 한다면, 그대에게는 적합한 기초가 있으므로 원하는 능력을 얻을 수 있다.

나아가, 그대가 인간의 능력을 넘어선 청정하고 신성한 귀로 천상이나 인간의 소리를 모두 듣고자 한다면, 또는 다른 이들의 마음을 꿰뚫어 알고자 한다면, 또는 한량없는 전생의 갖가지 삶들을 전부 기억해 내길 원한다면, 또는 인간의 능력을 넘어선 청정하고 신성한 눈으로 중생들이 장차 그들의 업業에 따라 가게 될 길을 보고자 한다면, 또는 모든 번뇌가 다하여 번뇌가 없는 마음의 해탈과 지혜의 해탈을 지금 여기에서 스스로 깨닫고 성취하고자 한다면, 그대에게는 적합한 기초가 있으므로 원하는 능력을 얻을 것이니라." 『맛지마니까야』「왓차곳따의 긴 경經」에서

그리고 세존께서는 무엇으로 어떻게 신통변화하는가를 밝혀주셨다.

"삼매를 닦고, 청정하고, 깨끗하고, 흠이 없고, 오염원이 사라지고, 부드럽고, 준비되고, 안정되고, 흔들림이 없는 상태에 이르렀을 때 의意로 만든 몸으로[意成身 의성신]으로 심心을 향하게 하고 기울게 합니다. 그는 이 몸으로부터 색色을 가졌고, 의로 만들었고, 수족을 완전히 갖추고, 기능에 결함이 없는 다른 몸을 만들어냅니다."

한편 「박형」께서는 수행의 중요성을 말씀하셨다.

"성현의 말씀도 반신반의하라."

이 말씀은 성현의 가르침이라도 무조건 믿을 것이 아니라, 「박형」께서 하셨던 것과 같이 자기의 노력으로, 신해행증信解行證하라는 뜻이다.

「박형」께서 다시 말씀하셨다.

"내가 지금 다시 불가에 들어간다 해도 지금하고 똑같아.

손톱만큼도 다르지 않아. 손톱만큼도…"

그리고 말씀하셨다.

"일체유심조다."

2. "나는 한문으로 된 『화엄경』을 두 번 읽었다."

– 가르침의 최종 목표는 화엄사상의 실행이다. 모두 성불하는 것이다 –

다 함께 부처님의 세상 같은 태평성대를 이루자는 것이다.

'너와 나'가 없는 마음으로 살면 잘 사는 것이며, 잘 살면 선신善神이 도와 준다. '너와 나'를 분별하여 나만 잘 살겠다는 것은 잘못 사는 것이며, 잘못 살면 악신惡神이 다가붙는다. 이것이 곧 화엄법계의 진실이니, 그 악신의 악행마저 포용包容하고 '벗어나는 길은 오직 이것 한 길'로 함께 가자는 것이 화엄사상이다. 원수를 사랑하는 마음으로.

* 어느 날 「박형」께서 말씀하셨다.

"부석사의 축대에 돌은 크고 작고를 가리지 않고 써서 만들었더라."

그 말씀을 듣고 우리는 부석사 축대를 찾아가서 보았다. 과연 부석사의 축대는 돌이 크고 작고 모나고 둥글고를 막론하고 한 가지로 사용하여 참으로 튼튼하고도 조화롭게 잘 만들어 두고 있었다.

세상 사람 각자는 생김새에는 좋고 나쁨이 있고, 각자의 능력에는 고저高低와 장단長短이 있다. 그렇지만 전체적으로 보면 그것으로써 아무 탈 없이 세상이 잘 돌아가게 된다. 이 진실을 깨우치고 '너와 나'가 없는 마음으로 함께 한마음으로 사는 성자의 마음이 화엄사상이다.

모두 가족과 같은 마음으로! 옷깃만 스쳐도 삼세의 인연이 있다는 말처럼, 다섯 사람만 건너가면, 세상 사람 모두가 서로 인연이 있는 사람이라는 것을 알 수 있다고 하지 않았던가.

〈조화로운 부석사 축대〉

실제로 처음 수행할 때에는 불·보살님만 큰 어른으로 보인다. 하지만 차츰 선지식을 우러르게 되고, 스님이 존경스러운 어른으로 보이며, 나중에는 모든 신도가 어른스럽고, 지나가는 세상의 모든 이가 다 훌륭한 사람이 된다.

이렇게 되는 것이 함께 어울려 살아가는 지구별 지금 여기에서 원수도 사랑하는 '성인의 마음'이 되는 법이다.

✓ 「박형」께서 간명하게 한문으로 된 『화엄경華嚴經』의 체계를 설명하셨다.

"나는 한문으로 된 『화엄경』을 두 번 읽었다. 한문으로 된 『화엄경』은 60권 본 80권 본이 있고, 주로 80권 본이 통용된다.

「60화엄」은 동진東晉의 불타발타라 번역본이고, 「80화엄」은 당나라 실차난타의 번역본이다. 또 당나라 반야삼장의 「40화엄」도 있는데, 그것은 선재善財동자의 입법계품入法界品만 번역한 것이다."

▶ 한편 법정法頂(1932~2010) 스님은 『화엄경』의 내용을 이렇게 말씀하셨다.

『화엄경』의 원이름은 『대방광불화엄경大方廣佛華嚴經』이다.

대방광大方廣은 부처를 수식한 말, 곧 무한無限 광대廣大한 부처란 뜻이다. 다른 경전은 부처님이 법을 설하지만, 이 화엄경은 보살이 '부처님에 대해 설하는 형식으로 되어 있다. 보살이 부처님의 광대한 덕행德行을 말하고 있다.

사실 80권 화엄경을 읽어내기란 어지간한 인내력 없이는 불가능한 일이다. 소설처럼 재미있는 글도 아니고, 비현실적인 묘사에다 걷잡을 수 없이 쏟아놓는 장광설長廣舌에 질리고 말 것이다.

그리고 화엄경의 구름 일듯 2백 가지로 물으면, 병瓶에서 물을 쏟아내듯이 2천 가지로 대답을 하는 그 요설 변재를 감내하기란 참으로 힘이 든다.

인간의 가치는 출가나 재가在家, 혹은 사회적인 신분이나 명예 등 외형적인 구별에 있지 않고, 다만 보리심菩提心이 있느냐 없느냐에 달린 것이라고 화엄사상은 말하고 있다.

선재동자가 51번째로 미륵보살을 찾아가, 보살행에 필수적으로 갖추어야 할 마음의 준비가 무어냐고 물었을 때, 때 묻지 않은 진심과 지혜가 가장 중요하다고 하면서, 보리심에 대해서 다음과 같이 이야기한다.

"보리심은 모든 부처님의 종자다. 모든 부처님의 법을 낳게 하므로.

보리심은 대지大地다. 이 세상을 받쳐주므로.

보리심은 맑은 물이다. 온갖 번뇌의 고통을 씻어주므로.

보리심은 큰바람이다. 그 어떤 것에도 거리낌이 없으므로.

보리심은 타오르는 불이다. 온갖 삿된 소견과 애욕을 태워버리므로.

보리심은 맑은 햇살이다. 모든 중생을 남김없이 비추므로.

보리심은 맑은 눈이다. 바르고 그릇된 길을 낱낱이 가려보므로.

보리심은 문이다. 모든 보살의 행에 들어가게 하므로.

보리심은 인자한 어머니다. 보살들을 기르고 감싸주므로.

보리심은 큰 바다다. 온갖 공덕을 다 받아들이므로,

보리심은 이와 같이 한량없는 공덕을 성취하고, 그것은 또 불보살의 공덕과 같다. 왜냐하면 보리심에 의해 보살의 행이 열리고 삼세의 부처님들이 깨달음을 이루기 때문이다.”

화엄경은 한마디로 해서 이웃과의 관계가 어떻게 이루어져야 인간다운 삶을 이룰 것인가를 온갖 비유와 이야기로 서술하고 있다.

▶ 그런데 나는 남을 위해서 기도할 때 가끔 놀란다. 남에게 인색할 때가 있다.

기도 중에 남을 축복하고 기원하는 것은 돈도 들지 않고 힘이 드는 것도 아닌데, 왜 그럴까?

내 마음이 옹졸하기 때문이다. 「나」라는 존재가 있기 때문에 기도 중에서도 시기심을 일으키고 좋아하기도 미워하기도 하고, 내 것에 욕심을 내기도 하고, 별별 짓을 다 하게 된다.

남을 위해서 기도할 때는 넉넉하게 인심을 팍팍 쓰면서 기도하는 것이 제일이다. 왜냐하면 그게 제대로 된 기도이기 때문이다.

옹졸한 마음이 아닌 큰마음으로. 나를 위해서 기도할 때와같이, 통 크게 잘 되라고, 큰 복 왕창 받아 대박이 나라고, 자자손손 좋은 사람 훌륭한 집안이 꼭 되라고 기도하고, 죽은 이는 극락왕생하고 태어날 때마다 부자가 되고 건강하고 총명하게 태어나서 속히 이고득락 보살만행하고 성불하라고 정성을 다해 기도하고, 그렇게. 그래야 세상은 하나가 되고, '너와 나'가 없는 극락, 내지는 성령께서 원하셨던 세상이 될 것이다. (✔진심으로 축원하고 잘되라고 기도하면 그 축원과 기도의 효과가 반드시 서로에게 나타난다.)

** 어느 스님이 어렸을 때, 꽃을 좋아하여 여러 가지 꽃을 심고 가꾸고 돌보았다. 큰스님께서 와서 보시고, “너 참 꽃을 잘 길렀다. 꽃을 좋아하는 사람은 마음도 착하고 곱지.”

그리고 한 마디 던지셨다.

“꽃도 너를 사랑하니?”

3. "나는 삼세三世까지는 알 수가 있어."

• 어느 날 「박형」께서 길을 가시다가 현장을 보고 계신 것처럼 말씀하셨다.

"이렇게 비도 오고 날씨도 나쁜데, 이 친구가 아버지 이장移葬을 하려고 하네."

그다음 날 아버지 이장移葬을 했던 선배가 와서 「박형」에게 '이장한 사실'을 말했다.

"비가 좀 왔지만, 어떻든 제가 할 일이니까요."

그 선배는 그날 형과 함께 아버지의 유골을 캐서 짊어지고, 죽령보다 더 높은 산 중턱에 있는 못자리까지 비를 맞으며 올라가, 이장을 했었다.

• 어느 날 아침이었다. 우리 새한약국에서 친구들이 모였다. 그리고 지난밤에 일어난 끔찍한 살인사건을 서로 이야기했다. 그 사건의 내용인즉, '누구의 소행인지 모르지만, 무참하게 칼로 수도 없이 찔려 죽은 어떤 여자의 시체가 후미진 산모퉁이 길가에서 발견되었다.'는 것이었다.

그런데 그 살인사건을 이야기하던 친구들이 떠난 잠시 후에 「박형」께서 나에게 속삭였다.

"살인자가 오는구나."

그 말씀에 나는 순간 움찔했는데, 잠시 후 정말 살인자라는 느낌이나 어떤 낌새도 눈치챌 수 없는, 멀끔하게 생긴 한 남자가 우리 약국 안으로 들어왔다.

이렇게 「박형」께서는 깜깜한 밤중에 일어난 살인사건의 범인까지 본 듯이 다 아시고 계셨다. 참 불가사의한 일이다.

그는 내가 아는 사람이었고, 얼마 뒤에 그도 죽었다는 소문을 들었다.

'나는 아는 게 너무 많아.'라고 하셨던 것처럼 「박형」께서는 정말 모르는 것이 없었다. 남의 마음속을 아는 것은 물론 언제 누가 무슨 짓을 했는지 그의 능력이 어느 정도인지 또 그가 무슨 짓을 할 것인지도 모두 훤히 아셨다.

• 어느 날 금계동의 앞 논들을 가리키면서 「박형」께서 뜬금없이 말씀하셨다.

"여기에 집이 들어서려면 몇 년이나 걸릴까? 15년? 영원히 안 된다."

그 금계동 앞뜰은 마을과 읍내의 중간에 있는 작은 들판이다. 지금의 속도로 개발한다면 한 회사가 사서 개발할 수도 있는 정도이다. 몇 년도 걸리지 않을 만큼 작은 들판인데, 왜 '영원히 안 된다'고 했을까?

궁금하다.

당시에 거기가 절대농지여서 그렇게 말씀하셨을까? 아니면 어느 날 「박형」께서 욱금동에 있는 저수지에서 금계동 쪽으로 넘어오는 길을 가리키면서 '저기로 물이 넘어온다.'고 했는데, 천재지변이 있을 것이라는 의미로 그렇게 말씀하셨던 것 같다.

• 「박형」께서 이렇게 말씀하셨다.

"지금 세상이 하루 늦다."

"천문에 관한 책을 읽어보니까, 전혀 황당무계荒唐無稽하더구만, 요즘에 나온 책을 읽어보아도 마찬가지였어."

천문학에 문외한인 나는 아무 할 말이 없다. 장차 무엇인가가 밝혀질 것이 있다고 생각할 뿐이다.

어떻든 「박형」은 성령이고, 성령은 전지전능하다. 스스로 밝히셨다.

"나는 아는 게 너무 많아."

4. 죽는 순간 광명光明이 된 선배

- "그에게 무슨 일이 생겼다!" -

실제로 '죽는 순간 광명이 된' 우화등선羽化登仙하신 선배 이야기이다. 살아서 성인이 되고 죽어서 성령이 되는 것보다 더 큰 보람은 없다. 이것이 교역이니, 무상대도의 긴 여행길이 종착지에 도착한 것이다. 인생의 괴로운 삶의 끝이니, 온전한 이륙離陸이고, 윤회에서 벗어남이다.

✔ 삼가 선배께서 신선이 되신 것을 축하드리면서, 그 이야기를 한다.

그날 「박형」께서는 우리 일행 4명과 길을 가면서 오직 그 선배의 옆에만 딱 붙어 계속 무엇인가를 열심히 일러주고 계셨다.

그리고 우리 일행은 어느 집 대문 앞에 당도하였는데, 잠시 대문 안쪽을 살피던 선배가 「박형」에게 당부했다.

"「박형」, 한 시간이 지나도… 아니, 30분이 지나도 제가 나오지 않으면 그냥 집으로 돌아가세요."

그러더니 마지막 작별 인사 같은, 의미심장한 말을 남기고 눈과 얼굴을 손으로 감싸고 혼자서 그 대문 안으로 들어갔다.

"모두 건강하시고 성불하세요."

그때 한사람이 먼저 떠나고, 「박형」과 나는 추운 대문밖에 그냥 서 있었는데 얼마 후 「박형」께서 말씀하셨다.

"이 사람이 오늘 여기서 자려고 하는구나."

「박형」께서 '이 사람이 오늘 여기서 자려고 하는구나.'라고 말하는 순간 잠을 자는 것은 죽는다는 의미인 것 같았다. 나는 '그 선배가 거기서 죽을지도 모르겠다.'라는 생각이 들어서 일순간 흠칫 놀랐다.

어찌 된 일인지 그 집은 분위기가 으스스하고, 집안에서는 무엇인가 함부로 범접할 수 없는 무거운 긴장감이 느껴졌었는데, '혹시 선배에게 백척간두진일보 百尺竿頭進一步해야 하는 대단히 중대한 마지막 시험이 기다리고 있는 것 아닌 가.'라는 느낌이 있었다.

「박형」과 나는 그 집 대문밖에 마냥 기다리고 서 있었다. 그런데 10분 정도 지났을까, 집 안으로 들어간 선배만 남겨두고 「박형」께서 아무 말 없이 되돌아 나오는 길로 돌아섰다.

나 역시 「박형」을 따라 되돌아 나오게 되었는데, 나오는 길을 얼마만큼 걷다 가 「박형」께서 문득 이상한 말을 하셨다.

"그 집에 오늘 초상이 나려나?"

내 느낌에 여기의 '그 집'은 선배의 집이다. 초상은 사람이 죽어 첫 번째 장사 를 치른다는 의미로서, 그 집안의 누가 죽는다는 뜻이다.

그리고 좀 지루하게 눈길을 걷고 있을 때, 좀 떨어진 다른 길로 검은 옷을 입은 (아마도) 젊은 세 사람이 급한 듯이 빠르게 걸어가는 것이 보였다.

「박형」께서 말씀하셨다.

"저들이 우리를 죽이려 하는구나."

그리고 걸음을 재촉하셨다. 나도 겨울 찬바람에 눈썹을 휘날리며 더욱 부지 런히 걸었다. 그때 「박형」께서 다시 말씀하셨다.

"조금만 더 가면 파출소가 있어."

그리고 얼마 후에 그들은 다른 길로 빠져서 어디로 사라지고, 「박형」과 나는 그렇게 금계동으로 되돌아왔다. 나는 그제야 안심하게 되었다. 그때 마을 입구 에서 동창의 아들을 만났다.

문득 「박형」께서 그 아이에게 물었다.

"교회에 갔다 오는 길이냐?"

"예."

"누가 진짜 너의 아버지냐?"

잠시 후에 그 아이가 대답했다.

"우리 아버지."

그리고 진실하게 생긴 그 아이는 「박형」에게 깊게 머리 숙여 절하고 금계동 북어밭에 있는 자기네 집 쪽으로 걸어갔다.

▶ 그리고 다음 날 아침, 기적적인 사건이 일어났다.

내가 약국에 있을 때 놀랍게도 내 가슴으로 밝고 환한 황금빛 따뜻함(✓「박형」께서 전에 '공자님'이라고 말씀하실 때마다 느끼게 해주셨던 황금빛의 밝고 따뜻한 바로 그 느낌,)이 어제 선배를 혼자 남겨두고 왔던 그쪽에서 밀려왔다.

그 따뜻한 느낌은 처음에는 약하게 느껴지더니 새가 날아들듯이 점점 뚜렷하게 느껴졌다.

'와! 이것은? 이렇게 다가오는 따뜻한 느낌, 이것은 「박형」께서 공자님이라고 말씀했을 때 느꼈던' 그 느낌이 아닌가!

혹시 누가 이 순간에 살신성인·성불했나? 그래서 온 세상을 향해서 방광放光하였는가? 혹시 그 선배가 성인이 되어 죽는 순간 나에게로 빛으로 다가왔는가?'

이렇게 생각하고 있던 순간 「박형」께서 급하게 나의 약국 문을 밀고 들어와서 딱 한 마디,

"그에게 무슨 일이 생겼다!"

일러주고는 뒤돌아서 서둘러 나가셨다.

와! 「박형」을 신선이라고 말했던 그 선배! 어서 이 세상에서 벗어나기를 바라서 자신을 '제적除籍'이라고 불러주기를 원했던 그 선배! 그 선배가 그렇게 광명이 되었다!

"여기 「박형」은 신선이야, 신선."

이라고 말했던 선배, 어떤 일이 일어날지를 먼저 알고 있던 그 선배, 「박형」께서 어떤 내용을 나에게 설명해 주고 싶어 할 때마다 어디서인가 바로 「박형」의

분신처럼 나타났던 선배. 그 선배가 그날 거기서 광명이 된 것이다.

모든 것을 이미 알고 계셨던 「박형」은 나에게 '그에게 무슨 일이 생겼다'라고 전해주고서 아마도 성령이 된 그 선배를 영접하려고 급히 나가셨겠다. 그 선배는 그렇게 죽어서 광명·황금빛의 밝고 따뜻함을 되찾았다.

벗어났다. 어제 그 집에서 선배에게 닥친 시험이 무엇이었는지는 알 수 없지만, 선배의 성품聖品 성性이 그날 그렇게 빛을 발했다.

성불의 순간에는 천지가 진동하고 방광한다고 했는데, 분명 선배는 거기서 살신성인하여 광명이 되면서, 그 순간에 황금빛의 밝고 따뜻한 느낌으로 나에게 다가온 것이다.

그 선배의 부모님도 정말 따뜻하고 훌륭하신 어른이셨다. 처음이고 마지막으로 그 선배의 부모님을 만나 뵌 날은 내가 어렸을 때의 어느 날이다. 나의 부친을 따라서 그 댁을 방문했었다.

잠시 후에 그분의 부모님이 방을 나오셔서 마당으로 내려오는데, 내가 깜짝 놀랄 만큼 후광이 빛나는 모습을 보았다. 몸에서 빛이 나오는 듯하였는데, 그분의 용모, 그분의 느낌이 너무나 밝고 환하고 감동적이어서, 어린 나는 그 자리에서 한참 동안 '이것이 무엇인가.' 알 수 없는 느낌 속에 빠져 있었다. 지금까지도 생생한 느낌이다.

그렇게 느낌이 따뜻하고 훌륭한 어른이셨고, 그 훌륭한 부친에 그 훌륭한 아들이다.

실제로 그 선배는 「박형」의 가르침을 따라서 바르게 수행했고, 오랫동안 깨어 있는 정신으로 살았다. 내가 아는 한 「박형」의 수제자라고 말할 수 있는 선배였다. 어제 그 집안에서 살신성인하여 숨넘어가는 순간에 곧바로 빛을 발하는 성령으로 승화했다고 믿어도 되는 선배다.

그 얼마 전에 나는 들었다. 「박형」께서 그 선배에게 직접 '자네는 곧 죽게 될 것이라'고 분명하게 말씀하셨다.

그런데 그 선배는 오히려 자기가 죽으면 자기 부인에게는 '오히려 좋을 것이다.'라고 생사에 달관한 듯하면서도 수상쩍게 말했었다.

✓ 광명이 되려면 물론 자비심이 제일 중요하다. 그리고 원력이 아주 중요하다. 원력이 중요하다고 강조하신 큰스님의 말씀이 있다.

"임종에 다다랐을 때 '내생에는 참선 정진하며 살아야지!'하는 원력을 강하게 세우면, 그다음 생까지 그 힘이 그대로 전달되어 일평생 도를 닦는 일에 몰두하게 되고, 죽기 직전에 '나무아미타불'을 일념으로 외우면 그 사람의 마음이 무량한 빛, 무량한 수명의 아미타불과 함께하여 극락왕생을 이룰 수 있게 될 것입니다.

반대로 강한 원한을 품고 죽으면 한을 품은 떠돌이 귀신이 되거나, 다음 생 전체를 복수를 위하여 소모해 버리는 허망한 일생을 보내고 말 것입니다.

그러므로 나이가 들면 자기가 지나온 생애를 되돌아보면서 내생의 행복을 위해 용서할 것은 용서하고, 부족했던 점이나 못다 한 것이 있으면 원을 세우고 기도하면서 다음 생을 준비할 줄 알아야 합니다.

윤회를 믿거나 말거나 좋은 원을 세우고 바르게 살면 죽어서 영혼이 몸을 떠날 때 그 원의 싹이 잘 자랄 수 있는 환경을 택하여 태어나게 되며, 그 원력이 새로운 삶의 기둥이 되어 주는 것입니다."

성령이 되면 불보살님처럼, 재림하신 예수님처럼 여러 가지 불가사의한 능력을 가지고, 권세 있는 사람처럼 사람 농사하실 수 있게 된다.

물론 신선이 된 그 선배는 살아 있었고, 나는 나중에 그 선배가 연출한 참으로 신통한 장면을 분명하게 보았다. '이것은 환상이다.'라고 할 만큼 믿을 수 없는 장면을 그 선배가 몸으로 보여주었다. 당연히 지금은 그 선배가 어디 있는지 모른다. 단양 약국에 두 번 찾아왔을 뿐이다.

5. "농사를 지으려면 나와 같이 지어야 돼."

– "저 사람은 모든 것을 말로만 해." –

불타의 경지를 즉시 성취하려는 강렬한 열망으로 스승의 가르침에 따르지 않고, 윤회계를 두려워하여 세속을 버리려고 하지 않는 사람은 사악한 본능과 욕심에 사로잡혀 단지 변론가가 되기 쉽다.   『미라래빠의 십만송十·萬頌』에서

"도사導師가 되겠어요."

집사람의 이 대답 한마디가 얼마나 대단하고 중요한 말인가! 나는 분명히 세속을 버리지 못하고 사악한 본능과 욕심에 사로잡혀 '밖에서 쭉정이 담는 가마니 짜는 것 같은 그런 것이나' 지금 하는 것 같다.

하루는 「박형」께서 우리 앞을 지나간 동리 사람을 두고 말씀하셨다.

"저 사람은 모든 것을 말로만 해."

이상했다. 남의 흉을 볼 「박형」이 아닌데, 어째서 저 사람을 두고 '말로만 해.'라고 한 것일까?

그 후 「박형」의 말씀을 확인하고 싶어서 그를 만나본 적이 있는데, 정말로 그는 말로서 모든 것을 다 할 수 있다고 했고, 아는 것도 많았다.

그는 박사博士이고, 많은 것을 아는 사람이다. 말로만 하는 사람은 역시 '공자의 역易'만을 가르칠 수밖에 없지 않을까.

말로만으로는 알곡을 추수할 수 없다는 것을 「박형」께서 비유로써 말씀하셨다.

"내가 농사를 처음 지을 때, 비료만 많이 치면 될 줄 알고 듬뿍 줬더니 잎만 무성하고 수확이 없었어. 그런데 그 소식을 어떻게 들었는지 처남이 쌀가마니를 우리 집 기둥 밑에 갖다 놓았더라."

그리고 이어서 더 큰 소리로 말씀하셨다.

"농사를 지으려면 나와 같이 지어야 돼."

▶ 처음「박형」의 이 말씀을 들었을 때 이상하다는 생각을 했다. 너무 농사를 잘못 지어서 추수할 것이 없어서 처남이 쌀가마니를「박형」댁으로 가져다 주었는데, 도대체 그게 뭐가 자랑할 만한 일이기에 '농사를 지으려면 나와 같이 지어야 된다.'고 하신단 말인가?

사실「박형」의 농사는 사람 농사라는 의미이다. '처음 농사를 지을 때'는「박형」께서 처음 깨달음을 사람들에게 가르치기 시작했을 때이고, '비료만 많이 치면 될 줄 알고 듬뿍 줬더니 잎만 무성하고 수확이 없었다.'는 뜻은 사람들을 무상대도로 인도하면 될 줄로 생각하여 열심히 무상대도·바른길을 가르치셨지만, 그렇게 말로 가르치는 방법으로는 알곡 추수를 할 수 없었다는 말씀이다.

그런데 '그 소식을 어떻게 들었는지 처남이 쌀가마니를 우리 집 기둥 밑에 갖다 놓았더라.'라는 말씀은 처남으로 대표되는 세상이「박형」을 물질적으로는 풍성하게 해주었다는 의미다.

「박형」께서 '농사를 지으려면 나와 같이 지어야 된다.'라고 하신 말씀은「박형」처럼 도사님이 되어서 알곡 추수하는 농사법이어야 된다는 의미이다. (나의 집사람에게 하셨던 것 같은)

신통력으로 미리 모든 것을 알고, 실제상황을 만들어 영혼을 시험하며, 지혜와 자비심을 증장시키며, 인도하여서, 결국 도사를 만드는「박형」의 농사법.

그러므로 사람농사하려면 먼저 자기가 도사가 되어야 한다.

또 비유로 말씀하시되, 맹인이 맹인을 인도할 수 있느냐. 둘이 다 구덩이에 빠지지 아니하겠느냐.   누가 6장 39절

▶ 어느 날 스님 세 분이 길로 걸어오는 것을 보셨다.「박형」께서 길옆 땅에

뒹굴며 거지 같은 행색으로 심하게 아픈 사람처럼 '끙끙' 대며 신음했는데, 세 분 스님들이 아무 말 없이 지나가고 말았다.

「박형」께서 서운한 듯이 말씀하셨다.

"너희들이 아무 말 안 하면 나도 아무 말하지 않겠다. 저희들이 찾고 있는 곳을 알려주려 했는데⋯."

그때 예수님의 말씀이 생각났다.

"너희가 여기 내 형제 중에 지극히 작은 자 하나에게 한 것이 곧 내게 한 것이니라."

지극히 작은 자가 「박형」처럼 신통으로 농사하러, 혹은 복전福田이 되어주려고 오신 큰 어른일 수 있고, 재림하신 예수님으로 알곡을 추수하는 성령일 수 있다.

6. 상승하는 사다리, 성문사과聲聞四果
- 조계사에서 만난 어른들 -

1993년 1월의 어느 날 무척 쌀쌀한 아침이었다.

어떤 배낭 진 젊은이가 우리 약국으로 거의 기면서 들어왔다. 쓰러질 듯 의자에 앉는 걸 보니, 어찌 보면 술에 취한 사람인 것 같았다. 그가 '영비천 한 병 주시오.'라고 말해서 조금 안심하게 되었는데. 그는 내가 준 영비천을 의자에 내려놓고 그저 맥 놓고 앉아만 있었다. 살펴보니 몹시 추워하는 것 같아 따뜻한 쌍화탕을 한 병 건넸는데, 이상하게도 쌍화탕에는 입도 대지 않고 나만 건너다보았다. 난롯가로 오게 했더니, 뜨거워졌을 난로 연통이 자기 애인이라도 되는 양 끌어안고 볼을 비볐다.

잠시 후 나는 그를 데리고 나가서 아침밥을 사 주었는데, 그는 밥에도 관심이 없는 듯 먹는 시늉뿐이었다. 결국 나는 그를 따뜻한 방이 있는 여관에 데려가 쉬게 했다.

그리고 한 두 시간 후에 다시 그 여관을 찾았더니, 그는 이불 위에 누워 있다가 불쑥 질문을 던졌다.

"아저씨는 교회가 좋아요? 절이 좋아요?"

'어라! 생각은 있는 사람이네'

나는 속으로 놀라며

"나는 절도 좋고, 교회도 좋아."

라고 했는데, 그는 나의 속을 이미 알고 있다는 투로

"그래도 아저씨는 교회가 더 좋다고 하고 싶으시죠?"

라고 말했다. 이렇게 시작된 그와 나의 대화는 끝없이 이어졌다.

그 청년은 나를 가르치러 왔었는지, 처음에는 누워만 있다가, 나와 옥신각신 토론을 벌이다가 점점 원기를 회복하더니 드디어 벌떡 일어나 앉았다. 그리고 마침내 팔을 막 휘저으며 크게 외쳤다.

"극락은 없다. 극락은 없어. 스님은 극락을 말하지 않고 열반을 말합니다."

그렇게 주장했다. 생각해 보니, 그 당시에 나는 「박형」의 신통력을 예로 들면서 불가에서 말하는 깨달음에 이르는 것(見性)이 배움의 끝이 아님을 설명하려 했던 것 같다.

열띤 토론 후에 내가 먼저 약국으로 돌아왔고, 원기를 회복한 그가 작별 인사하러 약국에 다시 들렀다.

"여러 가지로 고마웠습니다. 안녕히 계십시오."

악수하고 헤어지면서 그는 묻지도 않았는데 나에게 말했다.

"나는 도리천忉利天에서 왔습니다."

어, 이 사람이 허언虛言을? 도리천이라면 석가모니부처님께서 어머니 마야부인을 위하여 올라가 석 달 동안 설법하고, 3도三道의 보계寶階를 타고 승가시국에 내려오셨다는 하늘나라 곧 (욕계6천의 제2천) 천국天國인데….

그건 어찌 되었거나 영혼이 있으면 윤회가 있고, 극락도 있을 법한데, 그가 '극락은 없다. 극락은 없어.'라고 외치는 바람에 머릿속에서 혼란이 생겼다. 극락이 없다면 천국마저도 부정할 수밖에 없을 것 같은데, 어찌 성인聖人의 가르침이 틀릴 수가 있다는 말인가!

내가 이런 고민에 빠졌을 적에, 나의 모든 고민을 해결할 수 있는 사건이 생겼다.

▶ 『수능엄경』에는 중생이 천상과 지옥 아귀 축생 아수라 인간의 여섯 가지 길, 곧 육도 윤회하는 원인 - 결과가 적나라하게 서술되어 있다.

그런데 『수능엄경』의 내용이 너무 간결하고 질서정연해서 내가 책을 쓰려면 『수능엄경』을 인용할 수밖에 없다고 생각하게 되었는데, 안타깝게도 그 경전의 제일 뒷장에 '복제 불허'라고 인쇄되어 있었다.

그래서 책을 펴낸 보련각寶蓮閣 주인에게 먼저 허락을 받아야 되는 게 아닐까 고민하다가, 문득 서점에서 그 책을 사려했을 적에 만났던 동자스님을 떠올리게 되었다.

그 몇 년 전 내가 서울 조계사 근처 불교 서점 견지사에서 『수능엄경』을 살까 말까 망설이고 있었는데, 마침 동자스님 한 분이 서점 안으로 들어오시더니, 내가 『수능엄경』에 손대는 것을 보고 말했다.

"우리가 이 책을 찾아내서 펴낸 것입니다. 이 책 내용에 대해서 알고 싶은 것이 있으시면 이리로 오십시오."

동자스님은 키가 1미터 10센티 정도고, 열 살 남짓이었는데 그런 말을 하는 것을 보니 아무래도 보통 동자스님 같지 않았다.

그는 내가 고향이 풍기이고 「박형」 박상신이라는 분이 부처님과 같았다고 했

더니,

"풍기에도 부처님 다 되신 분이 몇 사람 있지요."

라고 말했고, 또 내가 10년 전에 도연명의 귀거래사歸去來辭를 읽었을 때나 요즘에 읽었을 때나 느낌이 거의 비슷하다고 말했더니,

"십 년간 변함없는 마음이면 열반에 드셨군요."

라고 거침없이 말했다. 그때의 일이 생각나서 나는 혼자 생각했다.

'우리가 이 책을 찾아내서 펴낸 것입니다. 이 책 내용에 대해서 알고 싶은 것이 있으시면 이리로 오십시오.'라고 했으니, 내가 극락 천국에 대한 의문을 가지고 그 서점에 다시 간다면 내가 올 것을 알고 약속대로 그 동자스님이 와야 마땅하다. 내가 다시 그 서점에 간다. 동자스님이 그걸 알고 오신다. 그렇게 되면 그런 능력 있는 분들의 존재가 확인된다. 가보자. 확인해 보자.

마침 나의 조카 결혼식이 93년 2월 20일 오후 1시였다. 청량리 어느 예식장에서 식이 있었고, 나의 중학교 동창 모임도 그날 저녁 6시에 서울 시내 모처에서 열릴 참이었다. 나는 겸사겸사 상경했다.

조카의 결혼식이 끝나자마자 나는 그 서점을 찾아갔다.

마냥 앉아서 오가는 사람 얼굴이나 살피며 시간을 보내는 손님이 서점주인에게 성가신 존재일 수 있다는 것을 나도 잘 알지만 나로서는 누가 뭐래도, '이 책 내용에 대해서 알고 싶은 것이 있으시면 이리로 오십시오.'라고 했던 동자스님의 출현을 끝까지 기다릴 참이었다. 서점주인이 말했다.

"무엇을 찾으시는지 제가 찾아드릴까요?"

"그게 아니라, 여기서 스님인가, 누구를 만나려고요."

"누구를 만나시려고요? 스님 이름만 말씀하시면 찾아 드릴 수가 있는데…"

이름을 모르는 나는 책꽂이에 있는 『수능엄경』을 가리키며 서점주인이 이해하기 쉬운 대답을 했다.

"예, 이리로 오라고 해서요. 참, 이 『수능엄경』을 인용해서 글을 좀 쓰려고 하는데, 복제 불허라 했어요. 책 내용을 인용하면 안 되는 건가요?"

"그야, 책을 출판한 분에게 물어보면 되지요."

그리고 잠시 후에 내가 그 책의 출판사의 위치를 물었다.

"보련각이 어디쯤에 있는지 아세요?"

"바로 이 옆으로 가시면 돼요."

마음 착해 보이고, 친절한 서점주인이 앞길을 손으로 가리켰다.

그리고 다시 꽤 시간이 지나갔는데 아무도 나타나지 않았다. 그때 나는 우연히 서점 밖으로 나섰다. 밖에는 제법 쌀쌀한 바람이 불고 있었다. 나는 지나가는 사람을 하나하나 쳐다보면서 동자 스님을 기어이 만나고 가겠다는 결심으로 서점 앞을 지켰다.

그리고 잠시 후, 마음씨 착하고 고귀高貴하게 생긴 어떤 젊은 여인이 정말 착하고 귀엽게 생긴 서너 살쯤 되어 보이는 아이를 데리고 내 앞을 지나가다가, 길에서 군밤 파는 사람에게,

"쟤하고 시장을 갔다가 여기까지 오는 데 두 시간이나 걸렸어요."

라고 하더니,

"가다가 서고, 어떨 때는 땅에 주저앉기도 하고…."

라고 했다. 그 말은 마치 내가 세상에 정신이 팔리고 아둔해서 믿음으로 여기까지 오는 데 2년이나 걸렸으며, 공부에 게으름 피우고 주저앉는 걸 지적한 말 같았다.

그때 밝고 정말 귀여운 그 아이는 내 왼쪽에 앉아서 일어설 생각을 하지 않았다. 나는 이 두 사람이 누구일까 흥미를 느끼면서도 문제의 동자 스님만을 기다리며 서 있었는데, 불현듯 이상한 느낌이 왔다. 정신을 차려보니 내 왼쪽 길에 앉아 있던 그 아이가 어느 사이에 내 오른쪽 옆에서 걸어 나오고, 그 고

귀하게 생긴 젊은 여인이 손에 껌을 하나 들고서, 아이가 눈앞의 껌을 따라오도록 유도하고 있었다.

"껌 봐라, 껌. 이리 와. 이리 와."

아이는 껌을 보면서 여인을 따라 걸었다.

그 순간 퍼뜩 뇌리를 스치는 것이 있었다. 여인의 껌이 바로 그 극락은 아닐까? 여인과 이 아이가 나에게 극락을 설명하고 있는 것은 아닐까? 만약 그렇다면 극락은 저 껌처럼 실제로 존재하는 것은 아닐까?

그 여인이 길을 앞서 가면서 껌으로 아이를 이끌었다. 그런데 내가 보니, 껌을 따라 몇 발짝 따르던 아이가 다시 길에 주저앉고, 젊은 여인은 아이를 더 이상 어떻게 할 수 없다는 듯 길에 앉아 노는 아이를 바라보며 서 있었다.

'동자스님을 기다릴 시간은 충분하니, 바로 옆에 있다는 보련각에도 가 볼 겸해서 이 아이를 데려다주면 좋겠구나.'

이렇게 생각한 나는 아이를 얼른 두 팔로 들어 올려 안았다. 그랬더니 그 귀여운 꼬마는 처음에는 그 여인에게로 가려는 듯, 손을 여인에게로 내미는 것 같더니, 이내 내 팔에 안겨서 발장난을 하면서 즐거워하였다.

아이가 발로 까불까불할 때마다 나에게도 즐거움이 마음으로 전해왔다. 앙증맞은 발놀림은 마치, '앞으로 가자. 앞으로 가자.'라는 신호 같았다.

나는 기쁘고 즐거웠다. 아무래도 보통 아이는 아닌 것 같았는데 내가 안고 가는 것을 허락하고, 안긴 것을 즐거워하는 것도 좋았지만, 내가 특별히 밝은 사람들과 함께하고 있다는 느낌이 있었기 때문이다.

확인할 수는 없었지만 순간 내가 이제 문수보살님, 아니면 어느 부처님의 좌상을 안고 걷는다고 생각되었다. 왜 그런지 그 아이와 젊은 여인은 보통 서울 사람이 아닌 특별한 분들이라는 생각이 계속되었다. 그들에게는 세상 때가 묻지 않은 아주 순수하고 맑으며, 모든 이의 마음을 따뜻하고 밝게 해주는, 빛의 느낌이 있었다.

그 아이를 안고 가다 보니 반갑게도 내가 찾던 보련각 간판이 눈에 확 들어왔다. 그리고 몇 발짝 더 걷다가 골목이 나오자, 저만치 앞서가던 그 젊은 여인이 말했다.

"이리로 들어가면 우리 집이 있어요. 내려놓으셔도 돼요."

그 젊은 여인은 그렇게 말했는데, 내가 보니 그 여인은 그 골목을 그냥 지나쳐 더 걸어가는 것이었다. 나도 아이를 내려놓고 싶은 생각이 없어 몇 발짝 더 따라갔다.

거기에 또 다른 골목이 있었다. 젊은 여인이 또 말했다.

"이제 다 왔어요. 이리 들어가도 우리 집으로 들어갈 수 있어요. 내려놓으셔도 돼요."

나는 그제야 아이를 길에 내려놓았다. 아이를 내려놓고 오다가 뒤돌아보니, 그 아이는 아직도 집으로 들어갈 생각이 없는지, 내가 내려놓은 그 자리에 주저앉아 있었다.

✓ 나는 곧바로 서점으로 왔다. 그리고 기다렸다. 문을 닫는 저녁 5시 반까지 기다릴 심산이었다. 시간을 보내기 위해서 다시 보련각에 들러, 심덕 좋은 주인에게서 책 내용의 일정 부분은 인용해도 좋다는 말을 들었다.

"경전 내용이야 공개되어 누구나 다 아는 것인데, 괜찮아요."

나는 시간을 보내려고 슬슬 걸으며 상점의 진열장을 기웃거리다가, 큰 서점에 들어가 졸저 『천국인』이 진열된 걸 확인하고 밖으로 나왔다.

그러다 보니 날이 저물어 어둑어둑해져서 다시 견지사로 발길을 돌렸다. 그러니까 저녁 다섯 시쯤 되었는데 어떻게 된 일인지 그 젊은 여인과 아이가 들어갔을 집 쪽으로 그들을 찾아가고 싶어졌다.

왜냐하면 그들이 혹시 나에게 '이 책 내용에 대해서 알고 싶은 것이 있으시면 이리로 오십시오.'라고 했던 동자스님 일행일지도 모른다는 생각이 차츰 뚜렷해졌기 때문이다. 왜 그 생각을 못 했나!

나는 급하게 걸었다. 막 보련각을 지나 몇 발짝 가는데, 처음 골목에서 사람들이 와락 쏟아져 나왔다. 아하! 그렇지! 그 골목은 바로 조계사 입구였다. 그 골목 안에 내가 고교 시절에 와 본 적이 있는 조계사가 있었다.

나는 깜짝 놀랐다. '이리로 들어가면 우리 집이 있어요. 내려놓으셔도 돼요.'라고 했던 그 말뜻은 혹시 그들의 집이 조계사란 뜻? 그것이었나?

나는 '이제 다 왔어요. 이리 들어가도 우리 집으로 들어갈 수 있어요. 내려놓으셔도 돼요.'라고 말했던 그 젊은 여인과 아이가 들어갔을 두 번째 골목으로 정신없이 달려갔다. (참고; 최근에 조계사에 정문을 새로 세웠고 그 골목길도 없어졌다.)

거기에서 나는 조계사 큰 지붕을 보았다. 그 둘째 골목은 조계사 뒷길이었다. 그렇다면 틀림없이 내가 안고 걸었던 아이와 고귀한 젊은 여인의 집은 바로 조계사가 아닌가!

보통 사람과는 분명 느낌이 달랐던 그 두 분은 혹시 조계사에 계신 문수보살님과 관세음보살님이셨던 것은 아닐까? 아니라면 「박형」과 또 누구이거나.

어떻든 그 순간 나는 그분들께서 약속대로 오셨다는 사실을 깨닫게 되었다. 감격하여 나도 모르게 하늘을 우러러보며 외쳤다.

"하나님, 감사합니다. 하나님 감사합니다. 부처님 감사합니다. 부처님, 감사합니다. 감사합니다."

나의 눈에는 감격의 눈물이 핑 돌았다. 나는 계속해서 목멘 소리로

"정말 감사합니다. 감사합니다. 감사합니다."

크게 외쳤다. 그리고 아름답던 두 분께 합장했다. 고맙습니다.

그때 나는 '모든 것은 이理다'라고 하신 「박형」 박상신 도사님의 말씀은 진실하며, 사람은 자기가 아는 만큼 각자 자기의 삶을 살아간다는 것을 깨달았다.

또 사람들이 겉보기는 다 같은 삶을 사는 것 같지만, 내용은 다르다는 것

도…. 어떤 분은 이 세상에 오셔서 도사님이 되고, 또 어떤 분은 이 세상을 위하여 몸과 마음을 던지는 보살, 성인이 되기도 한다.

다시 어떤 이는 극락이 있거나 말거나 착하게 살겠다는 마음으로 살아가며, 어떤 이는 천국에 가려는 생각으로 열심히 교회에 나간다.

세상의 모든 사람들, 한 사람도 빼놓지 않고 – 회사 사장이나, 상인이나, 선생이나, 연예인이나, 운동선수나, 장군이나, 각자는 스스로 자신이 깨달아 세상 이치를 아는 만큼의 지혜로 톱니바퀴처럼 얽혀 돌고 있었다.

거기에는 거기대로 여기에는 여기대로 모두 그 상황에 맞는 이치가 있어서 '이 세상 모든 것은 이理다'.

성인께서는 이미 우리 모두에게 바른길을 가르치셨고, 지금도 가르치고 계시지만, 사람은 자기 그릇대로 받기 때문에 지혜에 차별이 생기고 또 성인의 가르침[宗敎]에 차별이 생기게 된 것은 아닐까?

▶ 나는 그날 오후 6시 중학교 동창회에 참석했다. 그리고 크게 말했다.

"여러분 감사합니다. 감사합니다. 정말 감사합니다."

내가 그 고귀하신 분들을 만나게 된 것은 동창회가 그날 열린 덕분에 상경할 수 있었으므로….

어떻든 나는 내가 그동안 주장했던 것과 같이 성령[天國人]들이 이미 이 세상에 오셔서 이 순간에도 모든 것을 다 보시고, 아셔서 어떻게든지 우리로 하여금 천국의 길로 인도하고 계신다는 것을 알았고,

"나는 도리천에서 왔습니다."

라던 청년이 어떤 분들과 같은 분이신지 깨닫게 되었다.

〈각설하고〉 이렇게 범상하지 않은 경전, 『수능엄경首楞嚴經』에는 성문사과가 잘 설해져 있다. (✔책의 저자이신 개운당開雲堂 선사(1790년생)의 유서遺書[미주2])가 있다. (미주2를 참고 바람)

*　그리고『수능엄경』에서 수행자가 수행하는 중에 겪게 되는 징험徵驗(어떤 징조를 경험하는) 이야기가 상세하게 서술되어 있다.

　징험 이야기는 향상하려고 노력하는 분에게 도움이 될 수도 있을 것 같아 적어둔다.

1) 제1과 수다원의 징험

　〈"처음 입단하여 공부해서 정애가 다 끊어지고 계율이 정결해지면 삼경에 금화가 발생하고, 춘기가 화창해지면서 황홀하게 아득하여, 마음과 대상들이 모두 적막하게 될 것이니, 이는 첫 간혜지의 징험이니라."〉 하셨는데, 내가 처음 공부하면서 「박형」의 덕분으로 이것을 경험했을 때, 나는 나 자신의 상태를 알 수 없어서 '이런 상태는 무엇인가?' 했었다. 그 상태에서는 분명 아무 생각도 일어나지 않았다.

　경전에서 말한 것처럼 그냥 〈황홀하게 아득하여, 마음과 대상들이 모두 적막하게 되었〉기 때문인데, '이름이 금강경'에서 설해진 것처럼, 아상我相·인상人相·중생상衆生相도 없고, 마치 '무엇을 짊어진 것 같았을 뿐'이었다. 모두 한마음으로 모든 사람이 다 부처님이었다.

　그래서 혼자 생각하기를, '사람이 다 부처님인데 「박형」께서는 어떻게 그들의 상태를 분별하여 아시며, 사람들을 바른길로 인도하실 수가 있을까. 나는 아무것도 모르겠는데.' 그랬던 경험이 있다. '이는 첫 간혜지의 징험'이다.

　그리고 〈다음은 습기習氣가 저절로 사라져서 탐욕이 움직이지 않는 것〉이라고 했는데, 나 역시 당시에는 감각적인 욕망이 손톱만큼도 생기지 않았다. 항상 한 가지 마음으로 그냥 에덴동산에 온 것처럼 청정한 행복뿐이었다. 여기가 성문사과의 제1과 수다원과의 징험이고, 누진통이다.

2) 제2과 사다함의 징험

〈다음은 옥천의 진액이 팽연되어서 우유처럼 엉기는 것이고〉라고 했는데, 실제로 나에게 그런 일이 있었다. 나는 나중에 여기 이 부분 〈옥천의 진액이 팽연되어서 우유처럼 엉기는 것이고〉를 읽으면서 깜짝 놀랐다.

남에게 탕약을 얻어먹지 않았다면 몰랐을 것인데, 탕약을 먹고 나서 얼마 후에 나에게서 흡사 소변 줄기처럼, 희게 우유처럼 엉긴 길고 긴 미끈미끈한 당면 같은 것이 놀랍게도 1미터가 훨씬 넘게 줄줄 당겨져 나왔었다. (그것이 어디 틀어박혀 있었는지 지금도 정말 궁금하다.) 혹시나 그것이 19세기부터 영적에너지의 물질화物質化라고 가끔 언급되던 엑토플라즘(Ectoplasm)이라는 물질이 아닐까 했다. 내 욕심에 이것이 범상치 않은 물건이라고 생각되어 보존하고 싶었는데, 그것이 공기에 노출되어서인지 물에 닿아서인지 순식간에 내 손가락 사이로 사라지고 말았다.

또, 〈근골이 가볍고 건장해져서 그 몸이 나는 듯함이고〉라고 했는데, 당시에 나의 몸이 가볍게 날아다닐 수가 있을 것 같아서 남이 안 볼 때에 비행기 날개처럼 팔을 벌리고 실성한 사람처럼 날자! 날자! 외치며 뛰어다닌 적도 있었다. (당시에 자면서 내 몸이 떠 있었다고 내 아이가 학교 가는 길에서 말했었다.)

〈이는 십주의 사다함의 징험〉이다.

여기까지가 금계동에서 「박형」의 가르침을 받을 때 「박형」의 도움으로 내가 경험한 것이다. 아쉽게도 내 수행의 징험은 여기까지이다. 그런데 내가 재혼하는 등 한심하게 행동하니까 「박형」께서

"내가 해주었던 것을 도둑처럼 조금 조금씩 다 가져가겠네."

라고 말씀하셨고, 그 후에 실제로 나에게서 모두 회수해 가셨다.

3) 제3과 아나함의 징험

〈다음은 빠진 이가 다시 나는 것〉인데 「박형」께서는

"나는 어금니가 새로 났어."라고 하셨고,

〈다음은 손으로 반석에 그리면 전자鐫字(손으로 그으면 돌에 그냥 새겨지는 글자)가 완성되는 징험이〉 있다고 했는데, 분명하게 「박형」께서는 말씀하셨다.

"금석학金石學은 내가 우리나라에서 가장 조예造詣가 깊을 거야. 특히 전자鐫字는 내가 제일第一."

「박형」께서 그렇게 손으로 그으면 돌에 그냥 새겨지는 전자를 말씀하실 당시에 나는 전서篆書라는 고대 한자 서체書體만을 알고 있었기에 「박형」께서 전자鐫字를 언급하실 적에 금방 이해하지 못하고 어리둥절했었다. 전자가 완성되는 징험은 〈십행의 아나함의 징험이다.〉

* 다음으로 아나함과의 징험은 〈추위와 더위가 침입하지 못하고 죽고 삶이 간섭하지 못하고, 천상에 나며, 더 이상 이 세상의 모든 유혹에 끌려다니지 않게 된다.〉고 했는데, 고故 백화자님은 도사가 되려는 단 한 가지의 염원에만 충실하였기 때문에 '반석에 손으로 그으면 돌에 전자가 새겨지는 징험 등등'을 나타내지는 않았지만, 〈아나함은 여기서는 불래不來라고 하는데, 삼계에 초탈해서 욕계欲界에 떨어지지 않음이고〉라고 했는데, 이 부분을 보고서 나는 환생한 집사람이 아나함과를 성취했고, 자신의 원력으로 다시 세상에 왔다고 말할 수 있게 되었다.

아나함과를 성취하면 욕계에 떨어지지 않는다는 불래不來이다. '원력으로 환생하여 와도 욕계에 떨어지지 않으므로 욕계에 오지 않은 것이다.'이다.

4) 제4과 아라한의 징험

〈"다음은 속뜻이 청고해져서 태허와 부합하는 것이고,

다음은 양정이 체를 이루어 신부가 견고해짐이고,

다음은 고요한 중에서 이따금 맑은 천악이 들리는 것이고,

다음은 내관으로 항상 화엄국에 노니는 것이고,

다음은 내성이 출현하고 외신이 내조하는 것이고,

다음은 천시와 인사를 다 미리 알 수 있는 것이고,

다음은 용력이 매우 창달해서 항상 위로 올라가는 것이고, 다음은 공덕과 수행이 원만하여 불타의 도록圖錄을 받음이고, 다음은 붉은 놀이 눈에 가득하고 금빛이 몸을 감싸는 것이고,

다음은 채색구름이 둘러싸여서 형체와 정신이 모두 오묘하게 됨인데, 이것은 십회향의 아라한의 징험으로써 대장부의 도가 이루어지고 덕이 세워지는 일이다.

– 아라한은 여기서는 무생無生이라고 하는데, 만 가지 번뇌가 다 끊어짐이니,

– 경에 이르기를, 아라한은 능히 날아다니고 변화할 수도 있으며 무한 겁의 수명을 누릴 수가 있어서 천지도 움직인다고 하였다."〉

5) 대보살의 길

더 나아가 『수능엄경』 제9권 66쪽에서 보면,

세존께서 말씀하셨다.

"또다시 아난아, 그 유정천有頂天이 색변제色邊際 중에서 그사이에 다시 두 갈래 갈림길이 있는데, 만약 사심捨心에서 지혜를 발명하여 그 지혜의 빛이 원만하게 통

하면 곧 진계塵界에서 벗어나 아라한을 이루어 보살승菩薩乘에 들어가는데, 그와 같은 한 무리는 「회심回心한 대아라한大阿羅漢」이라고 하느니라."

분명 「박형」께서는 모든 욕심을 초월하여 큰 거울에 만물이 비치듯이 원만하게 통한 지혜의 빛으로 '보살승에 들어간 「회심한 대아라한」이 되었으며' 그 보살의 도를 완성하시고 마침내 대도사가 되셨다.

내가 「박형」께서 보살승에 들어간 「회심한 대아라한」이 되셨다고 감히 말할 수 있는 까닭은 「박형」께서는 입산수도의 마지막을 이렇게 '중생을 사랑하는 대자대비의 보살님'처럼 행동했기 때문이다.

"공부를 하다 보니, 산이 흔들흔들 앞으로 왔다 뒤로 갔다 하는데, 한 번 뛰면 앞산에 갈 수 있겠어. 건너뛰니 실제로 가. 이래서는 안 되겠다 하고 하산下山했어. 더 공부했으면 무엇이 되어도 되었을 것인데."

✼ 수행자가 경험하는 성문사과四果의 징험이야기부터 『수능엄경』의 '보살승에 들어간 「회심한 대아라한」이 되는' 것까지, 이것이 「박형」께서 실제로 성취했고 또 우리들에게 간절하게 알려준 '거기서 벗어나는 길은 오직 이것 한 길'이며, 해탈을 성취하여 마침내 우주의 큰 스승인 삼계도사로 나아가는 참다운 영생의 생명길이다. 불교의 무상대도다. ✼

제4장 「박형」께서 '다른 농사'하려고 떠나시다

1. "그리고 1년 후에는 자네가 다 맡게. 우리 집사람까지도…"
– "이렇게 해야 나중에 둘 다 잘 살아." –

여기서 나는 「박형」께서 불쌍한 우리 내외의 앞날을 열어준 것과 함께 식구들의 안위를 돌보아준 것에 대하여 감격과 감사의 마음을 담아, 정말 뭐라고 말로 다할 수 없이 고마운 「박형」의 행적에 대하여 증언한다.

「박형」께서 하루는 우리 토담집에 와서 말씀하셨다.

"나는 3일간 잠을 자지 않고 자네 걱정을 했네."

나는 단 10분도 남을 위해서 고민해 본 일이 없었는데, 3일씩이나…. 나는 놀랐고 감격스러웠다.

「박형」께서 이어서 말씀하셨다.

"옛날에 선비들이 자식을 서로 바꾸어서 공부를 시킨 일이 있었는데, 우리도 그렇게 한번 하세. 한 1년 정도."

「박형」께서 우리 아이에게 가르침을 주신다니 당연히 대찬성이었다.

그때 「박형」께서는 참으로 이해하기 어려운 말씀을 던지셨다.

"그리고 1년 후에는 자네가 다 맡게. 우리 집사람까지도…."

그 순간 나는 대답 대신으로 저절로 중얼거렸다.

"땀나는데."

(그 당시에 「박형」께서는 새벽에 영주로 기차 통학하는 아들이 집 앞을 지나갈 때면 꼭 대문 앞에 나서서 '잘 갔다 오라.'고 배웅해 주셨다. 한 번은 갑자기 내린 비로 불어난 봇도랑에 빠져 떠내려가던 딸아이를 구해서 업고 온 적도 있었다. 나중에는 우리 아이들이 「박형」댁에서 학교를 다니게 되었다.)

그런 「박형」께서 세상의 아무나 따라 할 수 없는 대자비大慈悲로, 3일간 잠을 자지 않고 우리를 걱정하셨다. 그리고 결론을 내렸던 것이다. '자네가 다 맡게. 우리 집사람까지도,'라고 하셨고, 그 후에 다른 농사 하러 떠나가신다. 「박형」께서 세상이 생긴 이래 처음 보는, 식구들은 물론 나와 같은 못난이마저 끝까지 감싸고 끌어안는 대자비행을 보여주셨다.

그리고 뜻깊은 한마디를 던지셨다.

"이렇게 해야 나중에 둘 다 잘 살아."

참으로 그리운 「박형」 박상신 도사님의 모습, 전지전능하고 대자대비하신 가르침, 그리고 그 황금빛의 밝고 따뜻한 마음.

2. "자네를 위해서 이 잔을 마시겠네."

- "나는 어떤 약을 먹어도 효험이 없어. 전혀 효험이 없어.
독약毒藥을 먹어도 마찬가지야." -

1981년 봄, 나의 동창이라는 사람이 약국에 찾아와서 말했다.

"자네 우리 부친 장례식에 꼭 좀 오게."

"나는 바쁜데… 언제?"

"내일이야. 「박형」 박상신도 갈 거야."

그 순간 「박형」을 쳐다보았는데, 「박형」께서 이상하게 말씀하셨다.

"별로 가고 싶지 않지만 안 가면 안 될 것 같아."

"그렇다면 가보세."

그때 「박형」께서 또 어떤 눈치를 주려고 이렇게 말씀하셨다.

"나는 자네가 갈 것 같아서 나도 간다고 했어."

그런데 다음날 약국 문을 닫고, 「박형」과 함께 그를 따라 장지葬地로 갔는데, 거기 땅 파던 사람이 화들짝 구덩이 밖으로 뛰쳐나왔다.

"아이쿠! 무서워라. 아직 살도 덜 썩었어."

나는 왜 이 묏자리에서 먼저 묻혔던 사람의 뼈가 나왔으며, 다른 시신을 묻어도 괜찮은가, 하는 의문을 가지고 「박형」을 쳐다보았다. 그때 「박형」께서 나로서는 지금도 알 수 없는 말씀을 하셨다.

"이 땅 어디를 파도 다 같아. 다 그래."

그럭저럭 하관을 끝내고 쉬는 시간이 되었고 점심이 나왔다. 몇몇 사람들이 술통 주위에 모여들었고, 나는 「박형」과 함께 그 사람들과 좀 떨어진 곳에 앉아 있었는데, 어떤 사람이 술을 한 사발 떠서 들고 나에게 왔다.

"자, 술 한 잔 드시지요."

"아, 난 술을 못해요."

"술 못하는 사람도 한 잔쯤은 먹을 수가 있지요."

나는 하는 수 없이 술잔을 받았지만, 꺼림칙해서 먹지 않고 망설였다. 그때 「박형」께서 말씀하셨다.

"자네가 먹기 싫으면 나를 주게."

나는 꺼림칙한 술잔을 「박형」께 주었더니, 「박형」께서 술잔을 들고 나를 쳐다보면서 말씀하셨다.

"자네를 위해서 이 잔을 마시겠네."

아니! 「박형」의 그 이상한 말을 듣는 순간, 나는 그 잔을 빼앗던지 툭 쳐서 쏟아야겠다고 생각했는데, 결국 구경만 하고 멍청해 있었다.

「박형」께서는 왜 '자네가 먹기 싫으면 나를 주게.' 하면서 술잔을 받고, '자네를 위해서 이 잔을 마시겠네.'라고 한 것일까?

혹시 그 술 속에 독이 든 것을 알고 나를 대신해서 마신 것일까?

그렇다면 정말 누가 무슨 이유로? 독을….

어쨌든 산에서 그런 일이 있고 나서 며칠 후, 「박형」께서 병이 났다는 소식을 듣게 되었다. 혈압계를 가지고 「박형」댁을 찾았다.

내가 혈압을 재려고 할 때 「박형」께서 나를 한참 관찰하고 있다가, 팔을 내미셨는데, 순간 「박형」께서 지금 스스로 자신의 혈압의 수치를 조종하여 나에게 얼마로 보여주는 게 나중에 나에게 도움이 될까를 계산하고 있다는 느낌을 받았다.

"150에 100이면 거의 정상인데 이상하네요."

(당시의 기준은 최고 140 ~ 최저 90 정도가 정상혈압이라고 했었다.)

나는 그때 이미 며칠 전 산에서 있었던 일을 잊고 있었다. 그리고 친구들이 우리 약국에 모여 「박형」의 병을 걱정하고 있을 때,

"풍風(뇌졸중腦卒中)이라면 우선 병원에 가봐야 되지 않을까?"

누군가 그렇게 말했다. 그때 나는 논을 팔아서라도 입원비를 마련하자는 결심을 했다. 때마침 보험회사에 다니는 장여사가 왔다.

나는 논문서를 찾아서 평수를 일러주었고, 「박형」께서 전에 인연이 있다던 단양으로 가는 버스 속에서 이상하게 급할 일도 없는데 엉뚱하게 '자네 논을 급하게 팔면 7백, 아니 8백은 받을 수가 있어.'라고 했던 말이 떠올라서 장여사에게 부탁했다.

(나중에 생각해 보니 「박형」께서는 고의로 8백에 악센트를 넣으셨다.)

"8백만 원만 받아 줘요."

"값은 괜찮으니까, 내가 곧 알아보고 연락할게."

그다음 날 선배 장여사가 왔다.

"8백은 안 되고, 7백을 준다는데."

"다시 알아봐 주세요. 8백은 되어야겠어요."

어리석게도 나는 「박형」께서 분명히 8백을 받을 수 있다고 했기 때문에, 아직 팔 때가 아니라고만 생각했다.

그런데 선배 장여사는 다시 오지 않았고, 결국 나는 「박형」을 큰 병원에 입원시켜 드리지 못하고 말았다.

그렇게 나는 생각만 했을 뿐 「박형」에게 아무 도움도 드리지 못했다. 이런 사실은 나를 괴롭혔지만, 무엇 때문인지 나는 처음부터 「박형」은 대단한 분인데 절대 죽지 않는다고 생각했었다.

✓ 「박형」께서 그 얼마 전에 이렇게도 말씀하셨다.

"나는 어떤 약을 먹어도 효험이 없어. 전혀 효험이 없어. 독약을 먹어도 마찬가지야."

물론 다른 의미로 이해할 수도 있겠지만, 「박형」은 이미 삶과 죽음을 초월한 분이었기에 이렇게 말할 수 있겠다고 생각했다.

보통 사람은 「박형」처럼 독약을 먹어도 죽지 않고, 자력으로 생사를 자유로이 하는 이런 능력을 실제로 보여주어도 그 사실을 이해할 수가 없을 것이다.

3. "내가 혼자 흰 고무신 신고, 큰 산 쪽으로 가더라고 이르라."

「박형」께서 본인의 죽음을 연출하면서 '윤회계의 모든 상태를 자유로이 유랑하는 막강한 능력'과 최고의 경지를 성취한 도사의 실체를 깨닫게 해주셨다.

「박형」께서 가신 날은 1981년 4월 19일(음력 3월 15일)인데, 「박형」의 죽음이 천상에서의 부활이기 때문인지, 그것이 천상의 큰 사건이라는 것을 알려주려고 그랬는지, 내가 모르는 어떤 이가 나에게 이렇게 말했다.

"오늘 저녁, 풍기 오거리에서 아주 지상 최고로 성대한 부활절復活節 행사가 있다고 하더라."

그날에 「박형」께서 '다른 곳으로 떠나신 것'을 제외하고 별다른 일이 없었기에, 나는 풍기 오거리에서 그렇게 대단한 부활절 행사가 있었는지는 알 수 없었지만, 여기 「박형」의 죽음이 거기에서 지상 최고로 성대한 부활절 행사가 된 것은 아니었을까.

내가 분명히 경험한 것은 그 하루 전날에 있었던 사건이다.

그날은 풍기 장날이어서 지나다니는 사람들이 다른 날보다 더 바삐 움직였다. 나는 창유리를 통해서 지나는 사람들을 바라보고 있었는데, 처음 보는 시골 아주머니 한 분이 우리 약국의 문을 빼꼼히 열고 밖에 선 채로 안에 대고 큰 소리로 물었다.

"여기가 새한약국 맞아요?"

그때 약국 문 바로 옆 의자에 앉아 있던 금계동 사람 이씨가 대답했다.

"예, 맞아요."

그런데 그 아주머니는 그의 말을 듣지 못한 듯이 다시 물었다.

"여기가 새한약국이 맞아요?"

나는 느닷없이 큰 소리를 내는 낯선 아주머니와 출입문 옆 의자에 앉아 말대꾸하는 금계동 사람을 쳐다보았다. 그 이씨는 얼마 전에 「박형」께서 '모든 것을 말로만 한다'고 지적했던 바로 그 사람이다.

"예, 맞아요. 맞다니까요."

"새한약국이지요?"

그 아주머니가 세 번씩이나 묻자, 그 사람이 버럭 크게 외쳤다.

"맞다니까 그러시네. 어서 들어와서 문 닫고 얘기를 해봐요. 찬바람이 들어오니까."

그 아주머니가 약국 안에 들어서는 것을 기다렸다는 듯이 문 옆 의자에 앉았던 사람이 말했다.

"이제 무슨 이야기인지 말해 봐요. 여기가 새한약국이 틀림없으니까, 저기 약사한테…."

그제야 그 아주머니가 나를 보면서 말했다.

"금계동 「박형」 박상신씨가 저기 산 쪽으로 혼자 걸어가던데요."

"예? 뭐라고요?"

나는 그 아주머니의 말을 잘 알아듣지 못하고 반문하지 않을 수 없었다. 의심스러웠다. 그 낯선 시골 아주머니는 금계동 사람도 아니고 제가 처음 보는 사람인데, 우리의 「박형」을 「박형」 박상신씨라고 말할 수 없을 것 같았기 때문이다. 도무지 이해할 수 없었다.

"금계동 「박형」 박상신요. 혼자 흰 고무신 신고 저쪽으로 가더라구요."

그 아주머니가 다시 그렇게 말하면서 소백산 쪽을 가리켰다.

나는 처음 보는 허름한 시골 아주머니가 어떻게 「박형」 이름을 잘 아는지 의심스럽고 약간 황당하다고 생각하면서도 이야기에 끌려 들어가며 말했다.

"그래요? 저쪽 어디요?"

"저쪽으로요. 흰 고무신 신고 혼자 큰 산 쪽으로 가면서, 저에게 '꼭 새한약국에 가서, 내가 혼자 흰 고무신 신고, 큰 산 쪽으로 가더라고 이르라.'고 해서 전하러 왔어요."

"아, 그래요."

"금계동 「박형」 박상신씨가 저에게 '꼭 새한약국에 가서…'"

라고 하더니,

"저는 분명히 금계동 「박형」 박상신씨가 산으로 혼자 흰 고무신 신고 가더라고 전해드렸어요."

라고 확인하는 말을 했다.

"아, 예. 고마워요."

그때 약국 문 바로 옆 의자에 앉아 있던 금계동 사람 이씨가 벌떡 일어나 쏜살같이 밖으로 뛰어나가더니, 냅다 금계동으로 내달렸다.

지금 보니 「박형」께서 '모든 것을 말로만 한다.'던 그 사람에게 '죽음이 없는 삼계도사'의 실체를 알려주시려고 그렇게 하셨는가 싶다.

어떻든 「박형」께서 혼자 흰 고무신을 신고 큰 산 쪽으로 가더라는 말을 전해 들었을 때 나에게는 분명하게 두 가지 생각이 났다.

그 하나는 「박형」의 병이 완쾌되어서 동네를 건강하게 걸어 다닌다는 고마운 전갈이다. 다른 하나는 방금 돌아가셔서 「박형」의 실체, 신령스러운 의식체가 육체를 떠나 큰 산 쪽으로 간 것은 아닐까 하는 것이었는데, 「박형」께서 항상 흰 고무신을 즐겨 신기는 하였지만, 아주머니가 강조해서 '흰 고무신, 흰 고무신' 했는데, 흰 고무신이란 혹시 신선이 타는 흰 구름을 의미하는 말은 아닐까, 라는 생각이 자꾸만 들었다.

어떻든 그 시골 아주머니는 「박형」께서 돌아가시기 하루 전에 분명히 나에게 「박형」께서 흰 고무신을 신고 큰 산 쪽으로 걸어가셨다고… 꼭 새한약국에 가서 그 사실을 전하라고 하셨다는 것을 알려주었다.

「박형」께서 그렇게 하신 것은 우리에게 죽어도 죽지 않는 부활復活·영생永生
하는 모습을 보여주시려는 의도가 있었던 것 같다.

그 몇 달 전에 있던 일이다. 내가 「박형」에게 말했다.

"우리 내년에 비로봉 한 번 같이 가세."

「박형」께서 대답하였다.

"안 죽으면 가지."

「박형」께서는 이미 다 계획이 있었던 것이다. 그리고 조용한 곳으로 가서 엄
지와 둘째 손가락을 보이면서 은근하게 말씀하셨다.

"나는 여기가 저리고 이상해. 이쪽 머리, 여기도 그렇고."

나중에 알고 보니, 엄지와 둘째 손가락은 뇌졸중이 오기 전에 이상하게 저리
고 감각적으로 신경이 쓰이게 된다. 한방에서는 그런 증상이 있으면 1년 이내
로 뇌졸중이 발생한다는 속설이 있다. 「박형」께서 나도 나중에 그렇게 될 가능
성이 있기 때문에 그 사실을 알고 조심하라고 미리 그렇게 알려주셨다.

✔ 「박형」께서는 '혼자 흰 고무신을 신고 큰 산 쪽으로 간다는 것을 알려주
신' 다음 날, '풍기 오거리에서 지상 최고로 성대한 부활절 행사가 있다던 날'에
여기서 돌아가셨고, 거기서 부활하셨다고 생각된다.

지금은 어디에서 어떤 '다른 농사'하고 계신지 정말 궁금하다.

제 5 부

마지막 최고의 가르침

(단양에서)

여기「박형」의 최고이고, 마지막 가르침이 모두 제5부에 있다.

「박형」의 적극적인 도움으로,「박형」의 예언처럼 나는 '단양에서 들어서' 40여 년을 살았다.

「박형」의 가르침도 끝나가고 있다. 우리는 이제 '앞으로 어떻게 살아야 할까' 그 결론을 내려야만 한다.

여기「박형」의 최고이고, 마지막 가르침이 모두 제5부에 있다.「박형」의 최고이고 마지막 가르침, 교역을 함께 만나보고 자신이 갈 길을 결정하는 것이 좋을 것이다.

부디 모두「박형」의 가르침과 은총으로 태어날 때마다 의식주가 풍족하고 총명하고 강건해서 속히 성불할 수 있기를! 삼가 거듭 기원한다.

제1장 원력생사願力生死와 환생還生

1. "저기 있는 저 흙을 쓰면 되겠네."

– 부모님 산소를 합장할 것을 미리 깨우쳐주신 말씀 한마디 –

부친께서 돌아가셨을 때였다.

「박형」께서 어머님 산소 뒤에 있던, 작은 돌 두 개 정도 되는 조그만 흙더미를 가리키면서 말씀하셨다.

"나중에 합장合葬을 하게 되면, 저기 있는 저 흙을 쓰면 되겠네."

나의 어머님은 아버님보다 먼저 돌아가셨는데, 무슨 까닭인지 두 분의 산소를 나란히 쓰고 보니까, 어머님의 묘가 왼편에 아버님 묘가 오른편에 자리하고 있었다.

묘를 앞에 서서 바라보면 한자의 밝을 명明자의 일日처럼 남자인 아버님이 왼편에, 월月처럼 여자인 어머님이 오른편에 안치되어 있어야 맞다는데 반대로 되어 있었다. 그래서 마음에 좀 꺼림칙했었다.

그러던 중에 삼촌께서 가족묘를 새로 조성하셨다. 그때 나도 덩달아서 두 분의 묫자리를 서로 바꿔드리고 싶어졌다.

마침 산소에 들렸던 학교 동창에게 '합장하는 것이 어떨까?'를 물었다. 그때 이상하게도 그 동창 친구가 「박형」께서 전에 지적하셨던 조그만 흙더미를 손으로 가리키면서 말했다.

"합장을 하면 좋을 것 같아…. 저기 있는 저 흙을 쓰면 되겠네."

그가 「박형」과 똑같이 '저기 있는 저 흙을 쓰면 되겠네'라고 했다.

그 말을 듣는 순간 나에게 갑자기 '그렇구나, 「박형」께서 합장하라고 그런 말씀을 미리 하였구나.'라는 생각이 번쩍했다. 그래서 서둘러서 며칠 뒤에 부모님의 묘를 고쳐 쓰기로 했다.

그리고 작업하는 날에 두 분의 무덤을 동시에 파게 되었는데, 다행하게도 낙골상태가 양호했다. 그때 사람들이 말했다.

"여기는 합장하는 것이 더 좋을 것 같다."

합장? 그렇지, 「박형」의 말씀도 그랬지! 두 분을 함께 모시는 것도 좋을 것 같아 합장했다.

합장이 끝나고 간단히 제사를 지내고 음복을 하려는 때에 언뜻 눈에 띄는 할아버지 한 분이 계셨다. 산소에서 10여 미터쯤 떨어진 곳에 어디서 왔는지 알 수 없는 흰 수염 할아버지께서 혼자 앉아 있었다.

'공양을 받으려고 오셨구나. 혹시 산신령이신가?' 싶기도 해서 얼른 과일을 가져다드렸다.

그런데 이상한 것은 그분이 앉아 계시던 곳은 분명 우리가 있던 곳보다 낮은 곳이었는데, 내가 공양을 들고 달려갈 때는 몰랐다. 순간적으로 이쪽과 그쪽이 그냥 평탄하여 평평한 땅이었다. 나중에야 거기가 분명히 우리가 있던 곳보다 한참 아래에 위치하고 있었다는 것을 알아차리게 되었다. 그래서 그분이 공양 받으려고 오신 산신령이나 「박형」이라면 그렇게 할 수가 있을 것이라고 생각했다.

그리고 정체불명의 그 할아버지는 공양을 들고 계셨는데, 언제 어디로 가셨는지 흔적 없이 사라져서 본 사람이 없었다.

2. "사람을 하나 쓰려고."

1980년 어느 날 「박형」과 동네 사람 하나와 나, 그렇게 셋이서 단양이 수몰되기 전, 지금의 (구)단양에 온 일이 있었다.

읍내에서 (구)단양역으로 가는 길에 있는 향교鄕校 앞을 지나가면서 「박형」이 불쑥 말씀하셨다.

"자네, 단양에 와서 살아 보게."

나는 깊이 생각하지 않고 대답했다.

"별로 그럴 생각이 없는데, 내 생각에는 지금 있는 금계동이 제일 낫고, 다음은 풍기, 그다음은 서울이든 어디든 전국 어디에서 살아도 다 마찬가지라고 생각해."

그때 「박형」께서 말씀하셨다.

"자네는 단양에서 살게 될 거야. 동업하게 될 거고."

나는 「박형」을 잠시 올려다보았다. 「박형」은 앞만 바라보면서 걸어가고 있었다. 그리고 덧붙여 말씀하셨다.

"2년? 1년 반? 나중에는 혼자 하게 돼. 혼자 하면 더 잘 돼."

그 당시 나는 동업을 한 번도 생각한 적이 없었다. 이미 나는 약사도 하지 않겠다고 약사면허증도 찢어버렸고, 약국은 물론 어떤 사업도 시작할 생각이 없던 때였으니까.

그 당시는 그랬는데, 세상일을 내 마음대로 할 수 없었고, 그해에 나는 「박형」께서 목적지는 된다고 했던 풍기읍 오거리에 새한약국을 개설하게 되었다.

그리고 얼마 뒤에 우리 약국에 오신 「박형」께서 아주 이해하기 어려운 내용을 말씀하셨다.

"나는 오늘 단양에서 10리쯤 되는 곳을 다녀왔어. 사람을 하나 쓰려고."

내가 어리둥절하고 있으려니까 「박형」께서 이어서 말씀하셨다.

"나중에 다 알게 돼. 그 사람은 대강면에 사는 순흥면順興面 출신이야. 단양에서 10리쯤 가면 대강면이 있어."

영주 순흥면은 풍기읍 바로 옆에 있는 면이고, 나중에 보니 대강면은 풍기에서 죽령을 넘어가면 있었다. 단양군에 속한 면 소재지로, 단양읍에서 10리쯤 되는 곳에 대강면이 있었다.

그 당시에 나는 사람을 하나 쓴다는 게 무슨 뜻인지 몰라 어리둥절했는데, 「박형」께서 큰 소리로 더 이상한 말씀을 던지셨다.

"모두 다 자네를 위해서야."

정말 「박형」의 말씀은 반가웠으나 의문투성이였다.

'모두 다 나를 위해서라고? 사람을 하나 쓴다고? 그 사람이 대강면에 사는 순흥면 출신이라고?'

앞뒤가 없는 그 말씀 때문에 고개를 갸웃거리지 않을 수 없었는데, 그해 4월에 「박형」께서는 큰 산으로 가셨고, 나는 풍기읍에서 그해의 12월까지 1년 동안 약국을 했다. 그런데 결국 나는 「박형」께서 '급하게 팔면 7백 아니 8백은 받을 수 있다.'고 한 그 논을 나중에 1,200만 원에 팔아서, 팔아준 우리 종손에게 400만 원을 주고 800만 원만 받았다. 그리고 그 돈을 약국 하면서 전부 날려 버리고 말았다.

돈이 없으니 약국도 계속할 수가 없게 되었다. 바로 그때 어떤 사람이 찾아와서 자기가 준비해 둔 약국에 약사로 와 달라고 졸랐다.

두 번 거절했는데, 세 번씩 찾아와서 그가 열심히 조르기도 했지만, 나중에 내 처지도 그렇게 하지 않을 수 없게 되었다.

결국 나는 1982년 1월 만부득이하여, 단양으로 와서 「박형」의 예언처럼 그 사람과 동업으로 약국을 개업하게 되었다.

당시에 나는 그저 '바르게 살고 서로 크게 사랑하라.'는 「박형」의 가르침을 따라 살기로 했고, '내 힘으로 단 한 사람이라도 병을 낫게 해주겠다.'는 소원을 가지고 있었기 때문에, 약국에서나 동업자에게서 어떤 불편함도 느끼지 않았다.

그런데 놀라웠다. 단양에서 동업한 몇 개월 뒤에 동업자의 부친이 약국에 왔었는데, 그때 처음 알게 되었다. 나의 동업자가 「박형」께서 '사람을 하나 쓰려고'라고 말씀하셨던 '대강면에 사는 순흥면 출신'이었다.

물론 그는 「박형」을 전혀 모르는 사람이었다. 그는 지방전매관서 직원이었고 의리의 사나이였는데, 1년 전쯤에 승진 문제로 상사와 크게 다투고 사직했다.

「박형」이 어떻게 그로 하여금 미리 약국 차릴 준비를 시키고 나에게 보내서 동업하게 할 수가 있었는지 아무리 생각해도 알 수 없는 일이다. 신화에서나 만나볼 것 같은 이러한 신통한 능력을 나타낸 어른의 행적은 유사有史이래로 단 한 번도 알려진 바가 없다.

"사람을 하나 쓰려고⋯."

몇 달 전에 준비하고 돌아가신 후에도 일이 그렇게 되도록 하신다. 정말 「박형」의 엄청난 능력이다.

어떻든 나는 그렇게 단양에 와서 동업으로 약국을 하게 되었는데, 곧 수몰이 된다고 걱정하며 동업자의 부인이 미용 기술을 배웠다. 그리고는 춘천에 미장원을 개업하게 되어서, 나의 동업자가 부인을 따라 춘천으로 가게 되었다. 물론 나는 동업자에게 재고 약품의 반에 해당하는 돈 400만 원을 장만해 주었고, 그는 기쁜 마음으로 떠나갔다.

그리고 어느 날 문득 '동업하게 될 거고. 2년? 1년 반?'이라고 했던 「박형」의 말씀이 생각나서 따져보았더니, 정말 「박형」의 말씀처럼 동업한 지 꼭 1년 반 만에 나 혼자 하게 되었다.

그리고 '혼자 하면 더 잘 돼.'라고 하셨던 것처럼 그 후에 약국은 더 잘 되었는데, 이유인즉 집집마다 충주댐 수몰 보상금이 나왔고, 새로 건설되는 신단양으로 이주하는 사람들이 모두 한꺼번에 새로 집을 지었기 때문에 외지에서 일하는 사람들이 엄청 많이 몰려와서, 버스정류장 앞에 있던 우리 약국 앞이 매일 아침저녁으로 일하러 가는 사람들로 시장바닥처럼 북적이게 되었기 때문이다. 파스류와 드링크는 물론 감기몸살약까지 불티나게 팔렸다.

동업자가 떠나고 나 혼자 약국을 하게 된 후, 그 1년 정도 사이에 번 돈으로 대구에 32평짜리 아파트 한 채를 장만할 수 있었다. 그 당시에 아파트가 비싸지는 않았지만.

이 모든 것이 「박형」의 덕분인데, 정말로 경탄할 만한 사실은 「박형」의 '사람을 하나 쓰는' 불가사의한 능력이다.

「박형」께서는 육신통은 물론이고, 천지간의 물심物心현상을 모두 아는 지혜가 있었으며, 사람을 조복調伏 제어制御하고 바른길로 인도하는 능력과 삼계를 드나드는 능력, 등등 수없이 많은 불가사의한 능력이 있으셨다. 정말 이런 것이 불가능이 없는 「박형」 박상신 도사님의 진면목이다.

3. "죄짓고 도망갔다가 와서…"
– 이때부터 나는 「박형」께서 어떤 분인지를 생각하기 시작했다 –

집사람이 가고 나서 나는 며칠을 정신없이 보냈다. 웬만큼 정신을 차릴 수가 있게 되었을 때, 「박형」이 우리 토담집으로 와서 말씀하셨다.

"자네가 전에 나에게 빌려주었던 돈 45만 원으로 장례비용을 했네."

그리고 이어서,

"나는 내가 주어야 할 사람에게는 다 주었어. 그런데 얼마 후에 두어 사람이 자네를 찾아올 거야. 죄짓고 도망갔다가 와서…."

라고 하셨다.

그리고 나는 1982년 1월에 단양으로 와서 동업으로 다시 새한약국을 열었다. 그 뒤 1년 정도 지나, 어느덧 1983년이 되었을 때였다.

하루는 두 명의 청년이 약국에 찾아와서,

"저에게는 왜 돈을 주지 않는 거예요?"

라고 불쑥 말했다.

"무슨 말을 하는 것인지 자세히 설명해 봐요."

"삼 년 전에 아주머니께서 구담봉에서 돌아가셨을 때 말이에요. 저희도 애를 썼는데, 한 푼도 받지 못했다고요."

나는 그의 말대로라면 불공평하다고 생각했다.

"얼마를 주면 되겠어요?"

"알아서 주세요."

나는 3만 원을 그에게 주었다. 그때 옆에 섰던 청년이 나서면서 말했다.

"저도 그때 시신을 배에 싣고 건네주었습니다."

그에게도 3만 원을 주었다.

그런데 그들이 가고 얼마 뒤에 「박형」께서 '두어 사람이 자네를 찾아 올 거야. 죄짓고 도망갔다가 와서…'라는 그 말씀이 생각났다.

사실은 그 두 청년이 나의 집사람을 어떻게 하려다가 숨지게 한 사람이다. 「박형」께서는 이미 그 모든 것을 다 알고 계셨던 것이다. 그래서

"나는 내가 주어야 할 사람에게는 다 주었어. 그런데 얼마 후에 두어 사람이 자네를 찾아올 거야. 죄짓고 도망갔다가 와서…."

라고 하셨던 것이다.

사실은 그들이 그랬다는 사실을 나중에 내가 다 알게 된 사건이 있다. 어느

날 내가 집사람이 죽었던 구담봉의 산신각 할아버지를 찾아갔을 때였다.

내가 방안에 혼자 있을 때 밖에서 그 산신각 할아버지와 그 동리 청년이 큰 소리로 서로 다투는 것 같았다. 그런데 할아버지가 자꾸만 거의 열 번 정도 이렇게 말하면서 동리 청년에게 으름장을 놓고 있었다.

"모든 걸 다 말할 거야. 네가 한 짓을 다 알아. 다 말할 거야. 지금 저기 와 있어."

그랬고, 또 나중에 내가 집사람이 죽게 된 경위를 다시 되짚어 보았을 때 얼핏 생각나는 것이 있었다. 그때 산신각 할아버지는 시장에 갔고, 집사람과 나, 둘만 있었는데, 젊은이 두 사람이 창문으로 우리를 잠시 훔쳐보았다는 사실이 생각났다.

그리고 물에서 건져낸 집사람에게 인공 호흡을 아무리 시키려고 해도 숨이 들어가지도 나가지도 않았으며, 내가 물길을 따라 플래시를 비추며 내려갔다가 올라오는 그 짧은 순간에는 아무리 수영을 못해도 그렇게 금방 익사溺死할 수는 없다는 사실을 깨닫게 되었다.

또 모래사장으로 내가 나서서 '여보, 여보'하고 불렀을 때, '읍'하고 입을 틀어 막힐 때 나는 소리가 작게 들렸다는 것도….

✓ 어떻든 집사람이 죽게 된 원인을 다 알게 된 후부터 「박형」의 말씀이 한 치의 오차도 없이 진실하다는 것과 모든 예언이 차츰차츰 실현되고 있다는 것에 전율을 느끼면서, 「박형」은 과연 어떤 분인가 생각하기 시작했다. 솔직히 그 이전까지는 「박형」의 이상한 예언과 이해할 수 없던 말씀과 행동들을 어떻게 해석해야 좋을지 깜깜하게 몰랐었다. 그래서 높은 수행자에게 생기는 여섯 신통〔六神通〕미주3)을 찾아보기 시작했다.

4. 오직 지극한 마음…

　당시에 단양丹陽 장날에는 거의 매번 조그마한 체구에 큰 짐을 머리에 이고 등에 큰 바랑을 지고 가뿐가뿐 가볍게 걷는 40대 후반쯤? 된 아주머니 한 분이 눈에 띄었다. 볼 때마다 힘에 부칠 것 같아 안쓰러웠는데, 이상하게도 그 아주머니는 사람들 눈에 들어올 만큼 가볍게 걸어 다녔다.

　〈「박형」과 관련이 있을 것 같아서 그 아주머니가 직접 들려준 이야기를 소개한다.〉

　그 아주머니의 집은 단양군 적성면 (금수산 아래) 산골에 있었다. 한국전쟁이 정전으로 끝났을 무렵에 가장 위험한 제1종 전염병인 장티푸스가 심하게 창궐해서 사람이 엄청 많이 죽었다. 특히 그녀의 동리에는 죽은 사람이 유독 많았는데, 불행하게도 그녀의 부모님 두 분 모두 이틀 사이에 그 병으로 돌아가셨다고 한다.

　체구마저 작은 그녀 혼자 부모를 장사 지낼 방법이 없었는데, 아무리 기다려도 구원의 손을 내미는 사람마저 없었다.

　그녀의 집은 동리에서 조금 떨어진 외진 곳에 있었을 뿐만 아니라 가진 것도 없어서 인부를 사서 쓸 수조차 없었고, 부모님이 한꺼번에 돌아가셨기 때문에 속수무책이었다. 전염병으로 죽었다는 소문을 듣고 동리 사람들이 멀리 그녀의 집을 피해 가는 형국으로 개미 한 마리 얼씬거리지 않았다고 한다.

　두 부모님의 시신은 방안에 방치되어 있는데, 며칠이 지나도록 아무도 나타나지 않았고, 한번 군郡에서 조사를 마치고 간 뒤로 별다른 대책 없이 시간만 흘렀다.

　그때 그녀는 결심하고 마을로 내려가서 사람들에게 애원했다.

"부모님이 다 돌아가셨어요, 저 혼자 어찌할 수가 없어요. 도와주세요. 제발 도와주세요."

하지만 병균에 전염될까 봐 나서는 사람이 없어, 그녀는 최후의 방법을 말했다.

"누구든지 저의 부모님을 매장埋葬해 주시는 분에게 제 몸을 바쳐 정성껏 모시겠습니다. 누구든지 좋으니 제발 부탁합니다. 제발 도와주세요. 제가 약속을 꼭 지키겠습니다."

부모님을 바르게 매장이라도 할 수 있는 길은 자기의 모든 것을 바치는 것밖에 다른 길은 없었다. 그것은 그녀가 할 수 있는 마지막 희망이고 간절한 소원이었지만, 그날이 다 가도록 아무도 오지 않았다.

다음 날 오후쯤 어떤 할아버지가 지게를 지고 나타나셨다. 그는 아무 말 없이 방안의 시신을 수습하더니, 그녀와 함께 그녀의 부모님을 근처의 산에 장사葬事 지냈고.

"이제 다 되었으니, 잘 있게나."

그 할아버지가 가려고 집을 막 나설 때 그녀가 말했다.

"감사합니다! 할아버님! 제가 어리지만 약속한 바가 있습니다. 약속을 지키겠습니다. 이 몸 바쳐 정성껏 모시겠습니다. 저를 혼자 두고 가시지 마세요."

"늙은이를…? 정말 약속대로 하려고?"

"예. 약속대로 하겠습니다."

"나는 나이가 너무 많아 낭군이 될 수 없어…, 그냥 가겠네."

"아닙니다. 부모님을 장사해 주셔서 백골난망입니다. 정성껏 모셔 은혜에 보답하겠습니다."

그렇게 할아버지를 모시게 되었다. 가끔 오셨다 가셨다 도움 주시던 할아버지께서는 그 3년쯤? 뒤에 돌아가셨고? 그 후 그녀는 적성면 어느 절 아래에서 혼자서 잘살고 있다고 했다. 그리고 이렇게 말했다.

"이 이야기를 책에 써도 돼요."

그 '지극한 효성'에 축복을!

✓ 어느 날 「박형」께서 나에게 귀띔하셨다.

"적성면에 내 친구가 하나 있지."

그리고 또 이렇게 말씀하셨다.

"아는 사람은 나에게 마누라가 셋이라고 해."

5. '내 힘으로 단 한 사람이라도 병을 낫게 해주겠다.'는 소원

사실 이 소원은 내가 아주 오래전에 세웠던 소원이다.

삼촌의 국회의원 선거 당시에 인쇄물을 돌리기 위해서 순흥면의 어느 집을 방문했을 때였다. 빈 집안에 병든 할머니 한 분만 앉아 계셨다. 그 할머니는 피골이 상접하고 완전히 해골 같은 모습이었다. 양쪽 다리를 구부려 앙상한 무릎만 보이게 하고 앉아 계셨는데, 일어나지도 못하는 것 같았다. 다행히 정신은 맑으셨는지,

"나 좀 고쳐줘. 아파, 아파. 나 좀 고쳐줘."

나에게 연신 애원했다. 너무나 처량하고 불쌍해서 방 안으로 들어가 손을 잡고 위로하면서 마음이 울컥했다. 나에게 어떤 능력만 있다면 꼭 고쳐드리고 싶었기에. 나는 그날 그 할머니에게 엉뚱한, 그야말로 당치도 않은 약속을 했다.

"제가 꼭 고쳐드릴게요."

나는 진심으로 마음속으로 약속했다. '이 할머님을 꼭 고쳐드리자.'

그리고 얼마 후에 다시 그 집을 찾아갔는데, 이런! 이런! 거기에는 그런 집도 없었고 그런 방도 없었으며, 근처 사람에게 물어보았지만 그런 할머님도 없었다고 했다.*

✓ 사실 변명 같지만 우리 내외가 성불하겠다는 재齋를 지낼 때와 내가 「박형」댁을 향해서 길에서 큰절을 올리며 '내 힘으로 단 한 사람이라도 병을 낫게 해주겠다.'는 소원을 말했을 때, 아마 그 옛날 소원이 그대로 있었던 것은 아닐까 싶다.

정말로 내가 그 소원대로 병을 고쳐준다고 해도 그것은 참으로 별것 아닌 소원의 성취다. 의술로 병을 고치는 것은 그 사람의 헤진 옷을 수선하는 것과 같다고 생각되기 때문이다. (✓의술을 비하하는 뜻은 절대 아니다. 환자에게는 훌륭한 의술이 정말 중요하다.)

〈각설하고〉 나는 '내 힘으로 단 한 사람이라도 병을 낫게 해주겠다.'는 소원 덕분에, 정말로 신통하게 '봉지에 든 생강차'로 딱 한 사람을 낫게 한 기막힌 경험이 있다.

(구)단양에서 약국을 할 때에 산골의 젊은 오누이(남매)가 약을 지으러 와서 말했다.

"큰 병원에서도 집으로 가라고 하셨어요. 어머니를 살려주세요. 부탁드립니다."

그 어머니는 증상이 심해서 큰 병원에서도 포기했다는 것이다. (몸도 붓고 기운도 없고) 아마도 누워 죽을 날만 기다릴 수가 없어서 나에게 부탁하는 형국이었다.

그런데 그 오누이는 참으로 기특하게도 3일마다 약을 지어갔고, 1주일마다 약을 지어갔고, 2주일마다 약을 지어갔고, 계속 만 2년간 – 돈이 없으면 외상으로 가져가고, 남의 일을 해주고 벌어서 갚았다. – 그렇게 계속했다. 내가 (신)

단양으로 이주한 뒤에도 찾아와서 약을 지어갔다.

그들의 정성에 하늘이 감동했는지 하루는 약을 지을 때 무언가 환자의 힘이 모자란 것 같아, 집에서 먹다가 남아있던 생강차 몇 봉지를 함께 주면서 말했다.

"이 생강차로 약을 먹고서 땀을 푹 내보세요."

그 후에는 그들은 오지 않았다. 안타깝게도 그 어머니가 돌아가셨구나 했다.

그 얼마 후에 그 산골 처녀가 와서 알려주었다.

"저희 어머님께서 단방에 나으셨어요. 약을 먹고 땀을 냈더니 이불이 푹~ 젖었어요. 그리고 기적처럼 다 나았어요!"

동리에 어디서 우는 소리만 들리면 그 오누이의 엄마가 죽었다고 했다던, 그 오누이의 어머니도 그 후 건강한 모습으로 몇 번 약국에 들렀고, 볼 때마다 '생명의 은인'을 들먹이면서 고맙다는 인사를 했다.

그리고 그 처녀는 단양예식장에서 결혼식을 올렸다. 부조도 하고 축하하기 위해서 예식장에 들렀다. 축하객이 많았고, 뒤쪽에 서서 신랑신부의 얼굴도 잘 볼 수가 없었지만, 예식은 성대하게 잘 치렀던 것 같았다.

그랬는데 하루는 천상의 선녀인가, 눈부시게 아름다운 여인이 딸기 바구니를 들고 약국을 찾아왔다.

"저를 알아보시겠어요?"

"누구더라?"

"어머님 약 지어가던…."

정말? 와! 놀라웠다. 이것은 거의 기적이었다.

검게 타고 근심뿐이었던 얼굴에다가 옷차림까지 추레했던, 그 산골 처녀가 백옥 같은 얼굴에 선녀처럼 찬란하게 빛나는 새댁이 되어 거기 서 있었다. 효심 때문이겠지! 마냥 행복한 것 같은 그녀는 정말 선녀같이 눈부시게 아름다웠다. 천상 선녀가 있다면 그런 모습일 것 같았다.

6. 집사람의 환생還生(Reincarnation)과 원력생사願力生死

세상의 모든 이들로부터 추앙받는 14대 달라이라마(Dalai-Lama) 텐진 갸초 (Tenzin-Gyatso)는 '관세음보살의 화신化身으로 이 세상에 여러 번 환생하였다.'고 한다. 그분의 전생기억이야기는 『달라이라마 나는 미소를 전합니다』에서 생생한 기록으로 만나볼 수가 있다.

그분께서 14대 달라이라마로 뽑히게 된 사연을 언급하면서, '달라이라마를 찾는 티베트의 전생 기억 테스트'를 이야기했다.

전생 기억 테스트.

그로부터 3주 후, 라마들과 고위 승려들로 좀 더 완벽하게 구성된 방문단이 다시 우리 집을 찾아왔습니다. 이번에는 13대 달라이라마가 소장했던 유품들을 갖고 왔는데, 일부러 그분과 무관한 물건들도 섞어서 가져왔답니다. 만약 제가 달라이라마의 환생인 어린이라면, 돌아가신 분의 물건이며 전생에 알았던 사람들을 기억해야 하는 것이었습니다.

아니면 아직 글을 못 깨친 어린 나이라도 불교 경전을 좔좔 외워야 하는 것이었지요.

사람들이 저에게 지팡이 두 개를 건네주니, 저는 머뭇거리며 그중 하나를 잡아 잠시 들여다보고는 도로 놓고 다른 지팡이를 잡았답니다.

바로 그 지팡이가 13대 달라이라마가 쓰던 지팡이였습니다.

저는 뚫어지게 쳐다보는 라마의 한 팔을 가볍게 톡 치면서 말했답니다.

"이 지팡이는 내 거예요. 왜 내 물건을 갖고 가셨어요?"

그리고 여러 개의 검정색 염주와 노란 염주 중에서 13대 달라이라마가 썼던 염주를 골라냈답니다.

라마는 또 선대 달라이라마가 시자들을 부를 때 쓰시던 단순한 모양의 작은 북과 좀 더 크고 금빛 리본을 둘러 장식한 북을 제 앞에 내밀며 둘 중에 골라보라고 했습니다. 저는 둘 중에 작은 북을 골라 의식儀式에 맞는 박자로 두드리기 시작했다고 합니다. (✓이 부분은 영화 '쿤둔(Kundun)'의 한 장면을 생각나게 한다.)

이 시험을 무사히 통과하자, 방문단 사람들은 힘들게 찾아다니던 환생자를 드디어 발견했다고 확신했습니다.

그런데 실제로 전생에 사람이었다가 환생한 분은 지혜가 뛰어나다. 그리고 그런 분은 생이지지生而知之하셔서 아무도 생각하지도 못했던 것을 아는 능력 있는 천재가 된다. 모든 세상 이치를 훤히 아는 통찰지通察智는 부모에게 물려받은 지능이 아니고, 전생 기억이나 환생 이외 달리 설명할 수 없을 만큼 특별해서, 그가 어떻게 그런 것을 아는지 부모도 모른다.

* 원력생사는 죽은 자가 소원하는 바가 있어서, 그 소원의 힘으로 자기가 태어나고 싶은 곳으로 가서 태어나는 것을 말한다.

정말로 나는 '원력생사가 사실인가'를 확인하고 싶었다. 그런데 아주 적합한 내용의 이야기를 발견했다.

기쁜 마음으로 동곡東谷 일타日陀* 큰스님의 중생 사랑하시는 서원의 힘을 빌려 여기에 인용한다.

이 이야기는 정말로 특별하고 나에게 큰 감동을 주었다. 그 이유는 일타 큰스님께서 쓰신 응민스님 이야기의 끝부분에, "말이 끝나기가 무섭게 응민스님의 영가靈駕(혼령)가 그냥 선 채 뒤쪽으로 쭉 물러가더라는 것입니다."라고 했는

---

* 일타日陀큰스님 : 동곡東谷 일타日陀큰스님(1929~1999), 충남 공주 출생. 1942년 친가 외가 40여 명이 모두 출가함에 따라 통도사로 출가. 1946년 송광사 삼일암의 수선안거修禪安居를 시작으로 일평생 참선정진 및 중생교화에 몰입하였다. 해인사 주지, 은혜사 주지, 대한불교조계종전계대화상 등을 역임하였으며 조계종 원로위원이셨다. 저서著書;『범망경보살계』『법공양문』『시작하는 마음』『영원으로 향하는 마음』『자기를 돌아보는 마음』『윤회와 인과응보이야기』『기도』『생활속의 기도법』 등.

데, (✓분명히 내가 응민스님의 이 이야기를 읽기 전이었다.) 도사님으로 승화했다고 믿는 나의 집사람, 고 백화자님 역시 내가 집사람 산소에 있을 때 와서 (눈에 보이는 모습은 아니지만 내가 확실하게 느낄 수 있었다.) '어디로 가면 좋을까?' 상담하기에, 내가 '(누구)네로 가면 좋겠네.' 했더니, 응민스님의 영가처럼 '그냥 선 채 내가 그리로 가면 좋겠다고 했던 쪽으로 쭉 물러갔기' 때문이다. 그리고 거기 태어났기 때문이다.*

나는 집사람이 환생한 사실을 확인할 수가 있었다.

그쪽에서 태어난 겨우 3살짜리의 아이가 나에게 던진 '저 여기 있어요.'라는 한마디 말 때문이다. 그 말을 듣고 내가 충격적으로 바라보았던 두 곳의 출생 자국(Birthmarks)이 ✓'저는 아무 힘이 없어요.'라고 말했고, 나를 보면서 '많이 늙으셨네요.'라며 안타까워했던, 세 살짜리 아이가 죽은 나의 집사람의 환생이 라는 확실한 증거가 될 수 있었다. 집사람의 환생 덕분으로 나는 환생·원력생사를 확신하게 되었다.*

그리고 환생한 집사람과 이 하늘 아래에 함께 살 수 있다는 감격으로 '집사람을 승화시켜 주신 「박형」 박상신 도사님! 감사합니다! 감사합니다! 정말 감사합니다!'라고 하늘을 우러르며 외쳤다.

➡ 여기에 일타 큰스님께서 밝히신, 응민스님께서 원력생사하는 이야기가 포함된 응민스님의 삼생三生 이야기를 옮겨놓는다.

우리 형제는 2남 2녀입니다. 내 위로 누나와 형님, 아래로 누이동생이 있습니다. 우리 가족 6명 중 가장 먼저 출가하여 중이 된 사람은 누나 응민스님입니다.

나보다 6세 위인 누나는 아버님이 열심히 불공을 드린 끝에 1923년 6월 28일에 태어났습니다. 당시 아버지는 근대 선종의 중흥조로 추앙받고 있는 경허鏡虛대선사의 형님인 태허太虛 스님이 말년에 머무셨던 공주 마곡사의 한 암자로 불공을 드리러 자주 다녔습니다.

태허스님은 기골이 장대하고 호기가 빼어났으나, 곡차를 즐겨 마시는 흠이 있었습니다. 그러던 어느 날 아우인 경허鏡虛 선사가 찾아왔습니다.

"형님도 이제 나이 50이 넘었으니 술 그만하시고 마무리를 잘 지으셔야지요. 중노릇도 잘하지 못하고 부모님도 잘 모시지 않았으니 양가득죄兩家得罪가 아니고 무엇이겠습니까? 이제부터라도 열심히 참선정진하십시오."

"양가득죄라, 불가에도 속가에 대해서도 모두 죄를 지은 꼴이라? 아, 그렇구먼, 자네 말을 듣고 보니 정말 그러하네."

그때부터 태허스님은 그토록 좋아하던 술을 끊고 산문山門 밖 출입을 금한 채 열심히 참선수행을 하였습니다.

어느 날 아버님이 생남불공生男佛供을 위해 마곡사로 찾아갔을 때 태허스님은 근근이 불공 축원을 끝내고 내쫓듯이 말씀하셨습니다.

"처사야."

"예."

"내가 지금 많이 아프다. 기운이 하나도 없다. 불공드리러 왔다가 송장 보면 재수 없다는 말이 있네. 빨리 가게, 빨리 가."

아버지는 태허노스님이 방으로 들어가 눕는 것을 보고 절을 떠났습니다. 절 일주문을 벗어나자마자 태허노스님이 돌아가셨음을 알리는 열반 종소리가 '쿠왕 쿠왕' 울리는 것이었습니다.

그런데 이상하게도 그 열반 종소리가 아버지의 목덜미를 잡아끄는 듯했습니다. 집에까지 80리 길을 오면서 그 종소리는 계속 아버지를 쫓아오는 것 같았다고 합니다.

그 일이 있은 뒤 어머니는 바로 임신을 하여 누나를 낳았고, 부모님들은 누나를 태허스님의 후신으로 믿고 있었습니다.

그 뒤 누나는 당시 여성으로서는 수재가 아니면 입학하기 어렵다는 공주여자사

범학교를 졸업하고 우리 가족 중 가장 먼저 출가하여 금강산으로 갔다가, 이듬해인 1941년부터 수덕사 만공滿空 대선사 밑에서 수행하셨습니다. 태허 노스님은 만공스님의 출가 시 스승인 은사恩師였으니 전생의 스승과 제자는 금생의 제자와 스승이 된 것입니다.

응민스님은 수덕사 견성암에서 용맹정진하여 만공스님으로부터

'한소식한 비구니'라는 인가를 받았고, 그 뒤에도 평생을 참선정진과 후학들의 지도에 몰두하였습니다.

한국 비구니 중 그만한 분이 드물다고 할 정도로 공부를 잘하시다가 1984년 12월 15일에 응민스님은 입적하였습니다.

응민스님은 불가의 상례에 따라 49재齋를 지냈습니다. 21일째 되는 날 지내는 3재三齋는 대구에서 지냈는데, 재는 내가 집전을 했습니다. 일반적으로 재를 지내면 염불·독경에 범패까지 곁들이기가 일쑤이지만, 그날은 모든 절차를 생략하고 선법禪法에 의해 천도를 했습니다. 나는 조용히 죽비를 치고 입정入定하여 누님 영가(죽은 사람의 혼령)에게 일렀습니다.

"만법이 하나로 돌아가니 하나는 어디로 가는가〔萬法歸一一歸何處〕?"

그런데 불현듯 한 생각이 떠올라 영가에게 마음속으로 일렀습니다.

"응민스님, 미국 구경 한번 안 할라요? 미국 한번 가보시오. 미국 펜실베이니아에 가면 소영이가 있는데 그 집에 태어나면 참 좋을 거요. 부잣집이니까 공부도 많이 하고 미국 구경도 많이 할 수 있을 거고, 참 좋을 거구먼."

이렇게 잠시 한 생각을 했었는데 영검이 통했던지 그날 밤 내 여동생 쾌성快性스님 꿈에 응민스님이 나타나 묻는 것이었습니다.

"쾌성아. 일타스님이 나보고 미국 가라고 그러는구나. 그렇지만 서울도 혼자 못 가는 내가 미국을 어떻게 혼자 갈 수 있겠니."

"언니, 일타스님이 좋으니까 가라는 것 아닙니까. 걱정 말고 가세요. 미국은 비행기만 타면 금방 갈 수 있는데 뭐! 비행기 타고 가면 자동차로 마중 나와서 싣고 가니 조금도 걱정 없소. 3살 먹은 어린애도 비행기만 타면 가는데 언니가 못 갈 리 있

겠어요? 가소, 가소."

"아, 그건 그렇겠네. 그런데 소영이가 누군가? 소영이가 누군데 소영이 집에 가라고 하지?"

"그 전에 언니한테 아주 좋은 두루막 장삼을 해준 사람 있잖아요. 언니가 너무 좋은 것이라 중이 입을 것이 아니라고 한 그 두루막!"

"아, 그 사람."

말이 끝나기가 무섭게 응민스님은 그냥 선 채 뒤쪽으로 쭉 물러가더라는 것입니다.*

그런데 미국에 있는 소영이도 같은 꿈을 꾸고 아기를 잉태하여 아들을 낳았는데, 지금 여덟 살 된 아이의 눈도 얼굴도 행동거지도 영락없이 응민스님 살아생전의 모습을 닮았습니다.

이렇듯 누나 응민스님은 과거·현재·미래 삼생三生의 모습을 우리들 가까이에서 보여주었습니다.

어떻든 원력생사는 응민스님처럼, 승화한 집사람처럼, 항상 깨어 있어서 생사를 자기 마음대로 하는 것으로부터 시작된다고 할 수 있다.

그렇게 생사가 없는 자리에 항상 머무는 보살은 죽어도 강한 서원이 있어서 잠들지 않고 깨어 있다가 태어나고 싶은 곳에 가서 출생하며, 그렇게 거듭거듭 원력생사하여 보살도를 행하며 온전한 열반·니르바나(Nirvâna)의 경지, 그 생사에 자유자재한 해탈·열반에 항상 머물 수가 있다.

큰 스님께서 보살의 이와 같은 능력을 이렇게 찬탄하셨다.

보살은 상서로운 시간을 택하여 의식적으로 재탄생再誕生의 길에 들며, 붓다가 가르치듯이 등각자等覺者로서 '의식하면서 모태母胎에 들고, 의식하면서 거기 머물며, 의식하면서 출생한다.' 윤회계의 모든 상태를 자유로이 유랑하는 이 막강한 능력이 불법佛法의 목표다.

제2장 교역交易

1. 첫 번째 교역交易 이야기

– 원력생사하는 것보다 한 단계 높은 것, 최고의 단계가 교역이다 –

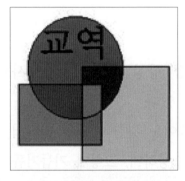

지금부터 「박형」께서 시현한 '세상 사람 아무도 모르는 교역'을 만나본다.

1980년 겨울 「박형」의 집 앞 텃밭에서 교역되신 분이 아니고서는 할 수 없는 10년의 긴 세월에 걸친 최고의 가르침이 시작되었다.

문득 「박형」께서 의외의 질문을 나에게 던졌다.

"자네 해부를 영어로 뭐라 하는지 아나?"

"잘 생각나지 않는데…"

나는 그전에도 몰랐고 그 당시에도 답을 몰랐지만 '모른다'고 대답하기보다 생각나지 않는다고 하는 편이 무식한 사람이라는 인상을 주지 않을 것 같아서 '생각나지 않는데….'라고 대답했다.

그리고 언제나 구수한 옛날이야기를 해주는 할아버지 같은 「박형」께서 갑자기 해부의 영어 단어를 알고 싶어 하시는 것이 이상했다.

그때 「박형」께서 자문自問에 자답自答하면서 당부하셨다.

"지올로지(Geology)야. 이것을 잘 기억해 두게. 나중에 내가 다시 물어볼 테니까."

그 말씀을 듣고 나는 생각했다.

'해부가 지올로지라고? 지오그라피는 지리地理가 아니면 지도地圖라는 단어 같은데, 그리고 지오(Geo-)가 첫머리에 들어간 단어는 지리와 관계있는 말 아닐까? 해부가 그런 말과 어떤 관련이 있는가?'

나는 '지올로지'라면 지리와 같은 계통의 단어가 아닌가를 물으려 했다.

그런데 내 말이 다르게 나갔다.

"지올로지라면 지리… 뭐, 그쪽 같은데…."

라고 질문하는데, 돌연 말끝이 어떤 힘에 의해서 변해져 나갔다.

"거기에 무슨 뜻이 있는가?"

분명 어떤 힘이 나의 혀를 놀려서 다른 말을 하게 했다. 나는 그 순간 이것이 「박형」의 힘인가? 하면서, 이미 어느 정도 「박형」의 능력을 눈치채고는 있었지만 두려웠다. 그때 「박형」께서 한 번 더 당부하셨다.

"해부가 영어로 지올로지라는 내 말을 꼭 기억해 두게. 내가 나중에 다시 물어볼 테니까."

사실 나의 말이 '거기에 무슨 뜻이 있는가?'로 나가고 보니, '지올로지야. 이것을 잘 기억해 두게. 나중에 내가 다시 물어볼 테니까.'라고 한 「박형」의 말씀에 무슨 뜻이 있는가를 질문한 것 같았다.

그리고 「박형」께서 재차 '내 말을 꼭 기억해 두게. 내가 나중에 다시 물어볼 테니까.'라고 하는 것을 듣고서, 그 말씀이 또한 이상하다고 생각했다. '왜? 해부가 영어로 지올로지라는 것을 꼭 기억해 두어야 하며, 「박형」께서는 왜 나에게 그것을 다시 물어보려는 것일까?'

그때 「박형」께서는 나의 마음속을 다 아시는 듯이,

"그때 가보면 내가 그렇게 말한 이유도 다 알게 돼. 꼭 기억해 두게."

라며 진지하게 당부하셨다. 모두 참 이상한 대화였다.

그리고 내가 그날따라 「박형」에게 존댓말을 사용해야 된다고 마음속에 자각하고 있었는데도, 숫기가 없고 멍청해서 냉큼 존댓말로 고치지 못하고 계속 말 끝을 흐리면서 언행이 엉거주춤했던 것이 지금도 생각난다.

　다시 세월이 흘렀다. 그동안 「박형」께서는 '다른 농사를 지으려고' 1981년 4월에 큰 산山으로 돌아가셨고, 이승에서 외견상 「박형」의 시신은 3일 후에 동리 사람들에 의해서 장사 지내졌다.

　「박형」께서 가신 1981년, 그 1년간 나는 고향 풍기읍에서 약국을 경영했고, 1년 후인 1982년 초에 충북 단양으로 와서 동업으로 약국을 열었고, 충주댐 때문에 단양丹陽이 수몰되면서 1984년에 다시 지금의 신단양으로 이주했다.

　그리고 나는 「박형」께서 '잘 기억해 두게. 내가 나중에 다시 물어볼 테니까.' 하며 당부했던 말씀을 까맣게 잊고 말았었다. 그렁저렁 10년이라는 세월이 흘렀기 때문이다.

　그런데 「박형」께서 서거한 지 10년이 지난 1991년쯤에 나는 「박형」을 주인공으로 하는 『대웅전주인』이라는 소설을 쓰기 시작했는데, 반쯤 썼을 때였다. 그 소설은 「박형」을 주인공으로 했기에 입산수도하던 박상신 청년의 일화와 여러 가지 신통한 장면을 써넣고 싶었는데, 입산수도의 경험이나 신통이 없는 내가 진짜 도사가 되는 방법을 어떻게 써야 좋을지 몰라 고민스러웠다. 중도에서 글을 이상하게 끝낼 수도 없었고.

　그때 「박형」께서 직접 오셔서 부활하며 죽음이 없는 불사신으로, 변신하고 현신하는 삼계도사의 모습을 보여주셨다.

　✽ 1991년 그 여름 어느 날 오전이었다.
　그날은 마침 단양 장날이어서 우리 약국 앞에는 사람이 많았다. 나는 큰 유리창을 통하여 밖을 내다보며 컴퓨터 앞에 앉아 있었는데,
　어떤 체구가 큼직한 사람이 우리 약국 앞을 두어 번 왔다 갔다 하고 있었다. 그는 「박형」만큼 큰 덩치에다가 이상하게 내 눈에 얼른 띄는 그 무엇이 있는 사

람이었다. '공부를 많이 한 사람인가?'

그렇게 잠깐 생각하는 사이에 그 사람이 우리 약국을 향해 걸어오는 모습이 유리창 너머로 보였다. 그는 성큼성큼 우리 약국으로 걸어오더니, 약국 출입문을 빼끔히 열고 서서 좀 이상한 것을 다짜고짜 큰소리로 물었다.

"해부解剖가 영어로 지올로지(Geology)입니까?"

나는 생각나는 게 없었다.

한참 동안 대답할 수가 없어 망설이고 있으니까, '알고 있는 것을 빨리 말하라는 듯이' 더 크게 물었다.

"저, 해부가 영어로 지올로지입니까?"

나는 다시 생각할 수밖에 없었다. 해부라고요? 그 순간 약국 벽에 있는 인체해부도에 영어로 크게 휴먼아나토미(Human Anatomy)라고 쓰인 것이 생각났다. 하지만 해부는 해부도解剖圖와 다르기 때문에 나는 그에게 자신 없는 목소리로 대답했다.

"글쎄? 아나토미(Anatomy)일걸요"

그때 그 사람이 말했다.

"그래요? 난 지올로지인 줄 알았는데."

다음 순간 그는 잡았던 출입문의 손잡이를 놓고 돌아섰다. 잠시 후에 나는 밖으로 뛰어나가 저만치 가는 그를 따라가서 말했다.

"사전을 찾아보시지요."

그가 대꾸했다.

"예, 사전을 찾아보면 다 알 수 있지요."

그는 별것 아니라는 듯이 말했다. 나는 시큰둥한 그의 태도에 자못 실망했다. 방금 그렇게 열심히 큰 소리로 묻더니….

그러나 그가 가고 나서도 나는 해부가 영어로 뭐라고 하는지? 그에게 가르쳐주지 못한 것을 마음에 두고 계속 생각했다.

그리고 얼마 안 되었는데, 불현듯 나에게 이러한 상황을 내가 쓰고 있던 소설 『대웅전주인』에 써넣으면 되겠다는 생각이 들었다.

   '박상신 청년을 가르치셨던 격물치지格物致知* 할아버지께서 청년에게 '자네 해부를 영어로 뭐라고 하는지 아나?' 하고 묻는다. 그리고 '해부는 영어로 지올로지다.'라고 알려준 다음, '나중에 꼭 다시 물어볼 테니 잊지 말라.'고 당부한다. 그리고 돌아가신다. 장사까지 지낸 후에 몇 년 후에 홀연히 다른 모습으로 나타나셔서 다시 '해부가 영어로 지올로지인가?' 하고 물으면 세상의 가장 신통한 일, 곧 '부활과 변신·현신하는 신통과 죽음이 없음'을 박상신 청년에게 보여주는 것이 되겠구나!' 하는 아이디어가 떠올랐다.
   나는 소설로 급히 돌아갔다. 그리고 격물치지 할아버지께서 청년 박상신에게 '해부를 영어로 무엇이라고 하는지 아는가?'를 묻는 장면부터 쓰기 시작했더니, 신들린 사람처럼 생각이 저절로 외곬으로 나가면서,

   "지올로지야, 나중에 내가 다시 물어볼 테니까 잊지 말고 꼭 기억해 두게."
   "지올로지? 거기에 무슨 이유가 있습니까?"
   "하여튼 그때 가보면, 이유도 알게 돼."   『대웅전주인』 262쪽

까지 줄줄이 생각나는 대로 써놓았다.
   그때였다. 놀랍게도 10년 전에 실제로 「박형」과 텃밭에서 대화를 나누던 기억과 그때의 장면이 조금씩 머릿속에 떠오르는 것이었다.
   「박형」께서 해부가 영어로는 '지올로지'라고 자문자답했을 때 '지올로지'는 '지오그라피(Geography)'와 비슷해서 지리地理와 관련이 있을 것이라면서 나 혼자 끙끙댔던, 그 장면을 시작으로, 조금씩 기억이 떠오르더니 계속해서 '해

---

* 격물치지格物致知 : 중국 사서四書인 『대학大學』에 나오는 말로서 모든 사물과 하나가 되고서 그 바른 이치를 안다는 뜻임. 온전히 해탈한 사람이 모든 것을' 있는 그대로 알고 봄'으로, 그 밝고 맑은 지혜가 사물의 이치와 하나가 된다는 의미인가 싶다.

부는 지올로지야, 나중에 내가 다시 물어볼 테니까 잊지 말고 꼭 기억해 두게.'
당부하던 사실과 이어서 「박형」의 그 말씀, '그때 가 보면 내가 그렇게 말한 이
유도 다 알게 돼.'까지 줄줄이 기억나는 것이었다.

"앗! 그때 그랬었구나!"

나는 마음속에 강한 충격을 받았다. 방금 그 사람이 '꼭 기억해 두게. 내가
나중에 다시 물어볼 테니까.'하셨던, 「박형」이 아닌가!

그리고 내 마음속 깊은 곳에서 떨림이 있었다.

오! 마이 갓!

'예수님의 부활·변형과 꼭 같은 「박형」의 부활과 변형이구나! 와! 이것은! 이
것은! 「박형」이 예수님 같다! 그동안 어디 계시다가….'

그런데 그런 생각도 잠시뿐, 곧 나를 압도한 것은 전율과 공포였다. '이승과
저승, 삶과 죽음이 이렇게 가까이 연결되어 있구나. 사후세계 ·저승이 바로 지
금 여기 있구나. 내가 이대로 살다가는 틀림없이 죽어 잘못되겠구나' 순간 끔
찍한 어떤 느낌이 뇌리를 스치고 지나갔다. 이런 일이 코앞에서 일어났는데, 참,
「박형」은 저렇게 되셨는데, 그의 가르침을 받은 나는 지금 이런 꼴로 살 수밖에
없단 말인가!

나는 그전에 「박형」께서 가르침을 주실 때 있었던 '따뜻한 밝음'마저 지금은
없다는 자각 때문에 두려웠고, 다시 그 「박형」의 자상한 가르침을 받을 수 없
다는 사실 때문에 절망과 후회가 밀려왔다.

죽어 장사 지냈다는 「박형」의 출현으로 놀란 나의 가슴은 계속 쿵쿵 뛰었
고, 나 자신이 안타까워 연신 독백을 했다.

'이를 어떡하나! 이를 어떡하나! 정말 이를 어떡하나!'

「박형」의 출현이 나에게 더욱 안타까운 이유는 「박형」은 저렇게 부활하였는
데, 「박형」께서 돌보아 주었을 때 미역국만 먹은 내가 이제 죽었다가 다시 깨어
나도 혼자 힘으로 「박형」처럼 아니, 지금보다 더 나은 내가 될 수 없겠다고 생
각했고 낙심했기 때문이다.

▶ 이미 「박형」께서 돌아가신 날

"금계동 「박형」 박상신씨가 '저에게 꼭 새한약국에 가서, 내가 혼자 흰 고무신 신고, 큰 산 쪽으로 가더라고 이르라.'고 해서 전하러 왔어요."

라면서 어느 아주머니가 나의 약국에 와서 분명히 전해주었지만, 나는 「박형」이 이렇게 되신 줄 꿈에도 몰랐다.

또 나는 불사신으로 '죽으면 금세 없어지는' 「박형」의 능력을 직접 보았지만 그때까지 〈교역의 실체〉를 모르던 나로서는 「박형」께서 어떻게 되셨기에 그렇게 되셨는지 알 수 없었다.

하지만 나는 「박형」의 굉장한 신통력 - 불사신은 물론 방안에 가만히 앉아 있으시면서 옆자리에 앉은 사람이 알아보지 못하게 몸을 숨겼던 일과 다른 사람으로 변한 신통, 키가 약간 크고 말랐으며 허름한 50대의 남자로 변하여 나에게 와서 돈 일만 원까지 빌려 갔던 일 등을 기억하고 있었다. 나에게 이런 경험이 없었더라면, 그 사람이 「박형」이라고 생각할 수도 없고, 오늘 그렇게 큰 충격을 받지 않았을지도 모른다.

∴ 10년에 걸친 이런 「박형」의 가르침 덕분에 불·보살님과 예수님께서 부활하고 변형하며 영생永生하는 등등, 이 모든 것이 생생한 사실의 기록이며, 이런 변화가 모든 사람에게도 먼 훗날 일어날 수 있는 실제상황이라는 것을 알 수 있게 되었다.

2. 두 번째 교역 이야기. 부활하신 예수님처럼 오신 「박형」

여기 실제로 「박형」께서 (마치 예수님처럼) 교역되신 성령으로 오셔서 '교역은 이렇다.'고 실제상황에서 깨닫게 해주신 이야기가 또 있다.

「박형」께서 이처럼 두 번씩 교역을 시현한 것은 교역이 그만큼 중요하기 때문에, 교역을 꼭 깨우쳐주려는 의도가 있으셨다고 생각된다.

하루는 「박형」께서 말씀하셨다.

"변역變易은 일어나기 쉽지만, 교역交易은 일어나기 어렵다. 교역交易을 아는 사람은 한 사람도 없어. 자네가 『주역』을 공부하여 이것을 알게 되거든, 나에게 꼭 알려주게."

그 말씀에 이상함을 느끼고 내가 잠시 멍청해 있으려니까, 다시 말씀하셨다.

"나에게 꼭 좀 알려주게."

두 번째 교역 이야기는 「박형」께서 하신, 이 '나에게 꼭 좀 알려주게.'라는 당부에서부터 시작된다.

➡ 1994년 7월 8일 오후 3시 조금 지난 때였다. 나는 그날 상경했다가 귀향하기 위해서 표를 사려고 청량리역 야외 임시 매표소 앞에 서 있었다. 기차는 오후 4시 새마을호였다.

내가 기차표를 사려고 만 원을 냈는데, 매표원이 단양행 차표 한 장과 함께 일천 원과 백 원짜리 동전 몇 개를 거슬러주었다.

내가 표를 확인하고 돌아서려는데, 내 뒤에 있던 키가 작고 예쁘장한 여학생이 매표원에게 천 원짜리 몇 장을 들여보내면서 말했다.

"안동 한 장 주세요."

매표원이 돈을 세어보더니 마이크에 입을 대고 말했다.

"2천 원을 더 줘야 되겠어."

그때 여학생이 손에 돈 2천 원을 찾아 들고서 매표원에게 말했다.

"그 돈 돌려주세요."

나는 그녀가 이상하다고 생각하고 있는데, 매표원이 말했다.

"버스를 타고 가려고?"

"안 되겠어요. 버스를 타고 가야겠어요."

여학생이 버스를 타고 가야겠다는 말을 듣자마자 순간 여학생의 집은 안동에서 시골로 더 들어갈 것이라는 느낌이 들어서, 내가

"이 정도만 있으면 될까?"

하며 방금 창구에서 받은 천 원짜리와 주머니 속의 동전을 전부 꺼내서 그 여학생에게 내밀었다.

지금 시각에 버스를 타고 안동까지 가서 다시 시골로 가려면 너무 늦었는데, 여학생이 돈을 받지 않고 머뭇거리기에,

"버스는 너무 늦었어. 기차로 가는 게 좋아. 기차로 가요. 기차로."

하면서, 꼭 나의 돈을 받아서 안동행 기차표를 사라고 몇 번이고 강하게 권했다. 나는 그 여학생이,

"그만하면 되겠어요. 예. 그 정도면 되겠어요."

라고 말할 때까지 계속 기차로 가라고 말했다. 그런데 이상하게도 '그 정도면 되겠어요.'라던 여학생의 말에는 돈보다 그 정도로 열심히 권하니 되었다고 허락하는 의미? 그런 느낌이 조금 있었다.

결국 여학생이 내 돈을 받으면서 조용히 '고맙습니다.'라고 말했다.

"그럼, 기차로 가야지. 잘 가요."

참으로 잘 되었다고 생각했다. 그리고 나는 근처 백화점에 들렀다가 출발시간이 되어 기차를 탔고, 내 좌석에 앉아 매점에서 산 『리더스 다이제스트』를

펼쳤다. 먼저 눈에 들어온 '직감을 활용하라'는 글을 읽다가 고개를 드는데, 그 여학생이 이쪽으로 오는 것 같더니 내 좌석 한 칸 건너 뒷좌석으로 갔다.

아는 체를 했더니, 여학생도 알아보고 인사했다. 그리고 다시 책을 읽고 있었는데, 문득 어디에선가 여자의 말소리가 들렸다.

"오늘 저하고 같이 앉아 가요."

'같이 앉아 가자.'는 예상치 않았던 말에 놀라며 얼른 위를 쳐다보니, 조금 전 그 여학생이 내 옆에 서 있었다. 잠시 엉거주춤하고 있는 나에게 여학생이 다시 말했다.

"저 뒤에 와서 같이 가요."

그런데 그때 내 귀에 여학생의 말과는 별도로 「박형」의 말소리가 분명하게 들렸다.

"이 뒤로 와서 앉아. 오늘 나하고 같이 가지."

꿈에도 생각지 못했던 「박형」의 목소리…, 생전에 「박형」께서 친구들에게 했던 어투로 '나하고 같이 가지.'라고 했다. '가지.'에 악센트가 들어가는 「박형」의 말투였다.

분명하고 크게 들린 「박형」의 그 말소리는 어디에서 온 것일까? 얼른 일어나서 주위를 휘둘러보았지만, 십여 년 전에 서거하신 「박형」께서 거기에 계실 리는 없겠고, 실제로 「박형」은 물론 그런 말을 했음 직한 어른 남자 한 분도 근처에 보이지를 않았다.

'혹시 누가 「박형」의 말소리를 녹음했다가 그 녹음기를 틀었나?'

했고, 다른 한편으로는 「박형」께서 이 여학생과 같이 가라고 시키신 것 같기도 해서

"그래. 같이 앉아 갈까? 같이 가면 좋지. 이야기도 하면서…."

라고 즐거운 듯 말하면서, 뒷좌석으로 갔고 여학생의 옆에 앉았다.

여학생은 손에 수준 높은 교양서적을 들고 있었는데, 여학생에게서 뭐라고 꼬집어 말할 수는 없지만, 훌륭한 점이 있는 것 같은 좋은 인상을 받았다. 여학

생의 옆에 앉아서 내가 먼저 물었다.

"어느 학교에 다녀요?"

"제7일안식일예수재림교회를 아세요? 거기서 운영하는 학교에 다녀요."

"안동에 집이 있어요?"

"예…, 안동에서 더 가요. 길안면吉安面이라고, 조금 전에는 안동이라고 해야 아실 것 같아서, 안동이라 했어요."

"길안면에 내 대학 동창도 한 사람 있지요. 길안은 안동에서 먼가요?"

"가까워요."

"참, 그런데 오늘은 일요일이 아닌데?"

"중간시험이 끝났어요. 부모님께 잠시 다녀오려고요."

"서울에서는 누구네 집에?"

"기숙사에 있어요."

그때 돌연 그 여학생이 내가 전혀 예상하지 못했던 말을 던졌다.

"이야기를 해주세요!"

「박형」께서 '자네가 『주역』을 공부하여 이것(교역)을 알게 되거든, 나에게 꼭 알려주게.'라고 하셨기 때문에 당시에 나는 누구에게 꼭 「박형」의 교역을 말하고 싶었었는데, 우연일까? 그 여학생에게 내가 말하고 싶었던 교역의 실상인 '예수재림'을 말할 수 있을 것 같았다.

하여튼 그 여학생이 먼저 이야기를 해 달라고 청했기 때문에, 나는 잠시도 망설이지 않고 일단 여학생이 이해할 수 있고 그녀에게 흥미가 있을 만한 내용부터 말하기 시작했다.

"「박형」 박상신 도사님의 이야기가 재미있을 거예요. 「박형」은 나의 동창이었는데, 도사 되신 분이지요."

나는 초등 5학년이었던 「박형」을 처음 본 나의 어머님께서 나에게 '너도 그렇게 되었으면 좋겠다. 마음가짐이 어른 같았어. 꼭 찾아보고, 그 아이와 친하게 사귀도록 해라. 분명히 앞으로 훌륭한 사람이 될 게다.'라고 하셨던 이야기를 시작으로, 중학교 체육 시간 선생과 제자가 충돌할 뻔한 위기의 상황에서 '손으로 하늘을 가리키며 헛둘헛둘 걸어서 모두를 웃게 하여 그 위기를 모면하게 했던 사건', 수업료를 까먹은 춘식이란 친구를 구해준 일 등, 「박형」의 큰사람다운 풍모를 이야기했고, 계속 말했다.

「박형」은 중학교 시절부터 주경야독晝耕夜讀했어요. 말이 주경야독이지 낮에도 집안 농사일하고, 밤에도 농사일에 골몰하였지요. 농사 때를 놓치지 않기 위하여 밭에서 밤새워 김맬 때도 허다했었고, 틈을 내서 밤에 책을 읽었는데, 나중에 말했어요.

"내가 마음만 먹었으면 1등이지. 그런 공부에는 관심이 없어서…"

그리고 고등학생 때부터는 저녁 밥숟가락 놓자마자 한문 선생이라고만 알려진 문수사리보살 같은 분에게 달려가서 사서와 삼경을 모두 배워 마쳤고, 연이어 서울 유명한 대학교에 밤차로 올라다니면서 동양철학과 서양철학을 마스터하였고, 어느 날 「박형」께서 말씀하셨지요.

"밤 기차를 타고 다니며 여러 대학교 유명한 강의를 찾아가 들었지. 그중에 '박종홍 교수가 제일 공부를 많이 했어. 서철西哲, 동철東哲을 통틀어…, 내 생각과 같았어."

고등학교 졸업 후에 3년간 소백산에 입산수도하셨고, 마침내 도사님이 되셨어요."

"정말 그렇게 훌륭한 분이 실제로 계셨어요?"

"물론이지요, 전부 사실이지요."

그리고 연이어 「박형」께서 입산수도한 때의 이야기들 − 겨울 바위굴에서 잘때 이불이 바닥에 얼어붙었고 몸이 떠 있었다는 이야기, 호랑이가 오른쪽 왼쪽산에서 크르릉거릴 때에 문밖으로 썩 나섰다던 이야기, 매일 쌀이 먹을 만큼바위 사이에서 나왔다는 기적, 깜깜한 밤에 산에서 길 잃은 여대생을 구해주었던 이야기, 억수같이 비가 퍼부어 갑자기 불어나 어떤 것은 한 길이 넘는 열두 개의 개울물을 건너서 두 개의 산을 넘었던 이야기, 세상의 유혹에서 벗어나는 길은 오직 이것 한 길을 가르쳐주셨던 이야기 등 – 수행자 박상신 청년 이야기를 그녀에게 했다.

그런데도 단양역에 도착할 시간이 많이 남아있었기 때문에 「박형」께서 나에게 주신 '3가지 숙제' 중에서 태몽의 이치와 최고의 명당 찾기를 차례로 말하기 시작했다.

✔ 첫 번째 숙제, "태몽 연구를 해 보게. 내가 어떻게 해줄 테니까."

"「박형」 박상신 도사님께서 나에게 세 가지 숙제를 주셨어요. 첫째로 태몽胎夢 연구를 하라셨고, 둘째로는 토정 이지함이 찾았다는 명당明堂을 찾아보라 하셨지. 그리고 가장 어려운 것… 주역의 변역變易과 교역交易을 연구하라고 하셨는데….

「박형」께서 어느 날 말씀했어요.

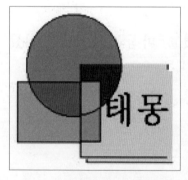

'나는 여러 사람에게 태몽을 물어보았어. 이제는 태몽만 물어보면, 남자가 될지 여자가 될지, 거의 백 프로 알아맞힐 수가 있게 되었어. 구멍에서 나와서 움직이는 모양이나, 물거나, 머리를 쳐들고 노려본다던가, 똬리를 틀고 앉는 것, 결국에는 구부러지는 것 등등을 보고서…'

라고 말씀을 꺼내더니,

'거의 천千 사람에게 물어보았어. 자네도 한 번 태몽 연구를 해 보게. 내가 어떻게 해줄 테니까.'

라고 하셨어요."

나는 그렇게 말하면서 괜히 혼자 신바람이 나서 여학생에게 실수를 했다.

"첫째로 태몽을 연구하라고 하셨는데, 혹시 태몽을 꾼 게 있는지?"

말을 해놓고 나서, 아차! 했다. 민망스러웠다. 어린 학생에게 태몽을 묻다니! 그래서 얼른 고쳐 말했다.

"혹시 어머님이나 식구 중에서 학생의 태몽을 꾸시지 않으셨는가?"

그 여학생은 잠시 당황한 것 같더니 낮은 소리로 대답했다.

"없어요."

"태몽은 보통은 어머니가 꾸지만, 아버지나 친척 중에서 누가 대신 꾸는 수도 있어요."

아버지나 집안의 다른 친척이 대신 꾼 학생의 태몽이 있으면 말하라고 그렇게 말했는데, 여학생은 계속해서 말이 없었다.

나는 태몽의 이치부터 말하기 시작했다.

"불가에서는 사람이 어머니 몸에 잉태될 때 아주 재미있는 '수태受胎의 이치'가 있다고 했어요.

용성龍城 대종사大宗師님이 설법하시기를, ─ 중음신…, 중음신은 음신陰神이면서 아직 사람으로 태어나기 전의 상태로 떠도는 몸을 말하는 것이야. 그 중음신이 공중을 떠돌다가 인연을 만나면 수만 리라도 눈 깜짝하는 사이에 와서 어머니 몸에 입태되는데, 그것이 남자의 중음신이면 부모 중에서 여자인 어머니에게 끌려서 태중에 입태되고, 또 여자의 중음신이면 부모 중에서 아버지에게 끌려와서 입태 되는데, 모두 욕심이 발동되어서 태장胎藏에 몸을 받게 된다─고 하셨어."

나는 티 없는 그 여학생에게 대종사님께서 설법하신 내용을 그대로 다 말할 수가 없었다. 애욕愛慾 때문에 끌려와서 입태된다는 그 내용을 다 설명하기가 민망해서 대강 이야기를 했다.

그리고 덧붙였다.

"마치 프로이트의 오이디푸스 콤플렉스를 해설한 것과 같지요? 오이디푸스 콤플렉스? 남자 어린이는 무의식중에 여자인 어머니를 사랑하는 무의식적인 감정을 가지고 있으며, 반대로 여자 어린이는 남자인 아버지를 사랑하는 무의식적인 감정을 가지고 있다는 것 말이야."

여학생은 고개를 조금 끄덕였다.

"「박형」께서

"자네도 한 번 태몽 연구를 해 보게. 내가 어떻게 해줄 테니까."

하셨을 때 나는 그까짓 태몽으로 남녀 성별을 미리 아는 것이 뭐가 대단하다고 태몽 연구를 하라고 저러실까 했어. 또 「박형」께서 '내가 어떻게 해줄 테니까.'라는 말씀도 이상하고 이해할 수가 없었어.

그런데 몇 년 전에 「박형」을 주인공으로 하는 책을 쓸 때에, 「박형」께서 태몽 이야기하는 장면을 책에 써넣고 싶었는데, 나 자신 태몽에 대해서 아는 게 없었어.

그래서 고민하고 있었는데, 마침 한가한 시간에 우리 약국에서 약을 사고 의자에 앉아 있던 아주머니 두 분이 눈에 들어왔지. 용기를 내서 두 분께 제일 처음으로 태몽을 물었지. 두 사람이 나란히 앉아 계셨는데, 왼쪽에 있던 아주머니에게 먼저,

"혹시 태몽을 꾸신 적이 있으세요?"

"태몽요? 있지요."

"무슨 태몽이었습니까?"

"우리 첫째 때에는 뱀이 땅에서 나와서 엄지발가락을 꽉 물지 뭐예요."

"그래서요?"

"첫째는 아들이었어요."

순간 책에서 읽은 그 대종사님의 법문처럼 뱀이 아주머니를 문 것은 남자의 중음신인 뱀이 아주머니에게 감응해서 문 것이라는 생각이 드는 게야. 그래야 남자의 중음신이 어머니에게 끌려왔다는 스님의 법문이 맞게 되거든.

"다른 태몽은 없고요?"

"둘째 때는 부엌에 누런 구렁이가 똬리를 틀고 있어서 겁이 났어요."

"그래서요?"

"딸이었어요."

그분의 태몽에 큰 구렁이가 똬리를 틀고 앉아 있기만 했고, 남자의 중음신처럼 물지 않았다는 것에서, 구렁이는 혹시 어머니와 서로 같은 성性인 여자의 중음신이기 때문인가? 라는 생각이 이상하게 번뜩 떠올랐지요.

여자의 중음신은 남자인 아버지에게 감응하기 때문에 어머니에게 반응이 없었던 거야. 그렇게 설명하면 대종사님의 말씀이 맞거든.

결국 자석과 같아. S극과 N극은 서로 당기고, 같은 S극과 S극, 같은 N극과 N극은 밀어낸다는 것이지. 스님께서 설법하신 '수태의 이치'에 꼭꼭 들어맞는 것이 재미가 있었어. 다시 다른 아주머니에게 물었지요.

"아주머니도 태몽을 꾸셨어요?"

그랬더니 반갑게도 그분도 태몽을 꾸셨다는 것이야. 그 아주머니는,

"그런데 물고 달아나는 것은 나빴어요. 첫째 때는 독사가 땅에서 나오더니 내 발을 물고 달아났어요. 그 아들이 일찍 죽었어요."

그 아주머니 태몽 중에는 독사가 나와서 물었다는 것이야. 그리고 아들을 낳았으니, 뱀이 무는 것은 서로 응해서 왔다는 것이 확실하지요?

그런데 그 순간에 물고 달아나는 것은 나빴다는 말이 귀에 박혔지요. 아, 그 아주머니의 말처럼 물고 달아나는 것은 나쁜 것이다. 첫 번째 아주머니를 뱀이 문 것은 감응해서 좋아서 문 것이었고, 두 번째 아주머니를 물고 달아난 것은 전생의 어떤 악한 인연이 있어서 상처를 주기 위해서 문 것이다, 라고 생각되는 것이었어요.

나중 아주머니는 그 아들이 죽은 것을 여간 슬퍼하는 게 아니었어. 어떻든 그 아주머니에게 또 물었지.

"다른 태몽은 없어요?"

"둘째 때는 친정집을 들어서는데, 밤 한 톨이 앞에 톡 떨어지지 뭐유."

"그래서요?"

"집으로 가지고 왔지. 딸이었어."

그 태몽은 대종사님의 설법대로 풀 수 없는 경우야. 그때 한 가지 번쩍 떠오르는 직감이 있더구먼. '친정집'에 뜻이 있는 것이 아닐까 하는….

그때 또 두 아주머니가 서로 말하기를, '밤이나 감, 이런 것은 딸이고, 꼭지가 튀어나온 배나 사과 같은 과일은 아들이야.'라고 둘이서 이야기를 나누었어요. 마치 『꿈의 해석』에서 프로이트가 주장한 것과 흡사한 것을 아주머니들이 말했어. 그런데 그 순간에 또 그 말은 틀린다는 생각이 머릿속에 떠올랐어요. 직감적이었지요. 그것은 '그렇지 않다.'고 분명하게 누가 속에서 알려주는 것 같았어요.

그 직감은 그 밤 한 톨을 어머니의 친정집에서 가져왔기 때문에 여자가 태어났다는 것이었어요. 여자인 어머니가 친정에서 가지고 왔으니 여자인 딸이다, 라는 것이었어요.

그런데 정말로 나의 그 직감(「박형」의 가르침)이 틀림없었다는 것이 곧 증명되었어요. 『유경柳鏡』이라는 사보社報에 내 글이 실린 적이 있었는데, 독자가 태몽에 관한 글을 읽고서 전화를 했더라고.

어느 여약사님이 그 어머께서 태몽을 꿨는데 아들인가 딸인가를 해몽해달라는 부탁을 했어. 전화로 말했어.

"어머님께서 태몽을 꾸셨는데요, 아주 좋은 밤이 몇 자루 있어서 저를 가져다주려고 가지고 나섰는데, 도중에 어떤 아저씨를 만났대요. 그런데 그 아저씨가 하는 말이 '밤은 내가 이미 갖다주고 오는 길이요.' 하더라는 거예요. 밤도 굵고 좋았대요. 아들일까요? 딸일까요?"

내가 머뭇거리고 있자니까, 다시 말했어.

"요번에는 꼭 아들을 낳아야 될 텐데요. 잘 좀 해몽해 주세요."

생각해 보니, 좀 전에 생각했던 것과 같아서, 이미 아저씨가 밤을 갖다주고 오는 길이라면, 어머니의 집이 아니고 아저씨의 집에서 가져온 것이다. 그러니 아들이다.

"어머니께서는 밤을 가지고 오지 않으셨나요?"

"예, 그 아저씨가 이미 갖다주고 온다고 했었기 때문에요."

"이번에는 아들 같아요. 그 밤을 남자인 아저씨네 집에서 가지고 왔으니까요. 어머니가 가지고 왔으면, 여자네 집에서 가지고 왔으니까 딸이 될 뻔했어요."

"정말이세요? 아들을 낳게 되면 꼭 알려드리겠어요. 감사합니다."

라면서, 그 여약사는 전화를 끊었어요. 그러고 몇 달 뒤에 전화가 왔어요.

"아시겠어요? 몇 달 전에 태몽을 묻던 사람이에요. 아들을 낳았어요. 고마웠어요."

하더구먼. 그래서 태몽 중에도 엄연히 남자네 집과 여자네 집이 있다는 직감이 맞았다는 것을 알게 되었지. 역시 밤이나 감, 꼭지가 있는 사과나 배 같은 모양에서 남녀를 구별하는 것이 아니었어요."

나는 숨을 돌리고 계속 말했다.

"다시 생각해 보아도 그 직감뿐만 아니라 모든 것을 「박형」께서 약속대로 '어떻게 해준 것'이 틀림없는 것 같아요.

그 며칠 후에 어떤 젊은 내외가 키가 같은 어린아이 둘을 데리고 우리 약국에 와서 약을 샀어요. 그런데 이상하게도 태몽을 묻고 싶어지더라고. 그래서 물었지요.

"혹시 두 분 중에서 아이를 가질 때에 태몽을 꾸지 않았습니까? 태몽 연구를 하고 있는데, 꿈 이야기를 부탁합니다."

했더니, 젊은 내외는 의외라는 듯이 서로 쳐다보다가 남편이 그가 꾼 태몽을 말하더군. 대뜸

"청사지요."

"청사요?"

"그래요. 푸를 청, 뱀 사, 청사靑蛇요."

그는 두 손으로 잡은 뱀을 가슴에 안는 몸짓을 하면서 말했어요.

"정말로 귀엽고 사랑스러운 청사였어요. 형하고 둘이서 한 마리씩 잡았는데, 집에 가지고 올 때는 둘 다 내가 안고 왔습니다."

그리고 아이들을 나에게 보이는데, 둘은 쌍둥이 여자아이들이었어. 기가 막히지요? 대종사님의 입태의 이치와 같잖아요? 아버지인 남자가 태몽 속에서 '귀엽고 사랑스러워'했던, 그 청사들은 두 개의 여자 중음신이었지요.

이미 석가모니 부처님께서는 '옷깃만 스쳐도 삼세에 인연이 있다.'고 하셨지요. 사람이 죽는다고 해도 영혼이 있는 이상, 어찌 세상에서 '귀여워하고 사랑하던 사람'과 그냥 헤어지고 말 건가.

그 젊은 내외에게

"다른 태몽은 없어요?"

다시 물었더니, 남편이 또 태몽을 꾸었대.

"며칠 전에 꾸었어요. 큰 구렁이가 구멍에서 나오더니 나를 노려보더군요. 내가 겁도 나고 해서 가만히 있는데, 나를 넘어가더라고요."

그러면서 자신의 배를 넘어가는 시늉을 손으로 해 보였어.

"물거나 그러지는 않고요?"

하고 물었더니, 옆에 서서 구경만 하던 부인이 얼른,

"그냥 지나갔대요."

라잖아. 이번에는 남자가 무서워했고, 구렁이가 남자를 넘어갔으니? 여자에게 감응해 온 것이지. 남자가 무서워했고, 남자를 넘어서 여자에게 간 것이지. 그러니 그것은 남자의 중음신이었지요. 그래서

"이번에는 틀림없이 아들을 낳게 될 것입니다."

했더니…. 부인이 좋아하더구먼."

여학생은 조용했다. 나는 계속 혼자 말했다.

"또 다른 그와 흡사한 태몽 이야기가 있어요. 이번에는 친정어머니가 대신 꿔준 태몽이야. 꿈에 두 마리의 뱀이 친정어머니 치마 속으로 들어왔다는 거야. 나중에 그 시집간 딸이 쌍둥이를 낳았는데, 아들 쌍둥이였어.

틀림없지요? 용성대종사님의 수태의 이치란 것이, 남자는 여자에게 감응하고, 여자는 남자에게 감응한다. 애욕 때문에 입태한다. 감정을 가지고 서로 다시 만난다. 좋은 인因에는 좋은 과果를 가져온다.

나쁜 인因에는 나쁜 과果를 가져온다는 사례도 있어요. 어떤 남자가 태몽 중에 뱀을 죽어라 하고 두들겨 팼다는 거야. 그 부인이 전하는 말이,

'그렇게 꿈속에서도 밉더라는 거예요. 그래서 막 죽어라 하고 흠씬 두들겨 팼다'는 거예요.

나중에 그 사람의 부인이 해산했는데 남자아이를 낳았어요.

결과는 그 아이가 지능이 많이 모자라는 아이로 태어났고, 벌써 열 살 가까이 되었는데 집에서 작대기로 소나 때리고 살림살이를 깨고 장난질뿐이야. 학교도 물론 못 가. 방금 들은 것도 모르니까. 아직 말도 제대로 못 하더라고. 부모가 그 아이 때문에 꼭 한 사람은 붙어 있어야 해. 오죽했으면, 아이를 집안에 묶어놓은 때도 있었다고 하더군요.

당시에 어느 시설에 들어가 있는데, 그 부인은 불쌍한 아이 생각만 하면, 잠이 안 온다는 거야. 눈물을 글썽이면서 말하더군. 수용소에 계속 두자 해도 그렇고 집에 데려오자 해도 그렇고. 이러지도 저러지도 못하고 죽을 맛이라는 거였어요.

내가 보니, 둘 다 착한 부모 같았는데 참으로 보기에 딱해. 어쩌다가 전생에 그런 일을 저질러 놓았는지.

윤회의 법칙 중에는 대험對驗하게 된다는 게 있어. 내가 남에게 어떻게 했을

때는 후생에 나와서는 반대로 내가 그런 꼴을 당하게 된다는 것이지. 모든 것이 반대로, 남에게 후하게 대했으면, 후생에 후한 대접을 받게 된다는 것이야.

태몽은 단순한 꿈이 아니야. 태몽 중에 사람은 하늘과 만나는 것이지. 하늘은 사람들에게 태몽을 통해서 하늘의 소식을 알려주는 것이고.

결국 태몽과 수태受胎의 이치, 오운육기, 사주팔자 등등의 기초는 다 이것이야.

나의 의식상태에 따라 운명도 바뀌고, 미래도 바뀌고, 다음 생 또한 바뀌게 되는 것이 모두 다 같은 이치야. 내 모든 것이 영속적으로 작용하기 때문이지. 불가에서 말하는 제팔식을 알면 이해가 쉬울 거야. 그것은 전생의 녹화테이프야. 행동과 깨달음을 수록한 녹화테이프."

▶ 아뢰야식이라는 제8식은 오감에서부터 육감과 제7식第七識까지의 모든 경향을 합쳐 가지며, 그 생명의 백업(Back Up)이며, 다음 생에 명령어로서 작용한다. 그 제8식이 곧 운명의 씨다. 내생來生의 인생살이가 금생의 자기 행위대로 되받게 되는 것은 자신의 제8식이 그런 사주팔자 갖춘 곳에 입태 되기 때문이다.

▶ 한편 석가모니부처님이나 예수님 같은 큰 어른들의 태몽은 보통 하늘에서 내려오는 모양을 한다. 밝은 빛으로 오시든가 태양이나 별이나 그런 것으로 보인다. 확실히 땅 아래서 오는 범부凡夫들의 태몽과는 확연히 구별된다.

✓ 두 번째 숙제, 토정 이지함李之菡이 썼다는 최고의 명당明堂 찾기
"자네가 꼭 거기가 어딘지 연구해 보게."

이야기는 계속 경북 안동 길안면에 사는 여학생과 함께 열차 안으로 이어진

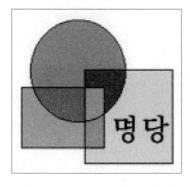

다. 기차는 청량리와 단양의 중간지점인 원주역을 방금 출발했다.

　나는 잠시 토정 이지함이 썼다고 생각되는, 기쁨으로 가슴이 환하게 밝아오는, 최고의 명당을 가슴에서 머릿속으로 떠올렸다.

　그리고 명당을 이야기하기 시작했다.

　"다음은 두 번째 숙제, 명당 이야기인데, 내가 명당에 대해서 처음「박형」께 여쭈었을 때는 1960년대 같아요. 방에 들어가 앉자마자,

　"명당은 정말로 있는 것인가?"

　하고 말을 꺼냈지. 명당에 묘를 쓰면 발복하여 부귀영화를 누릴 수 있다는, 알다가도 모를 이야기들이 사실인가를 알고 싶었던 거야. 명당이라고 하는 몇 평 되지 않는 묏자리에 무슨 이유가 있기에 거기에 묘를 쓰면 복을 받는다고 하는 것인가? 아무리 생각해도 모를 일이었거든. 그리고「박형」께서 명당을 긍정하는 이야기를 한다면, 다시 어떤 곳이 명당이 될 수가 있는가. 또 발복하면 어떤 복들을 받을 수가 있는가를 계속 묻고 싶었어.

　「박형」께서는 어려운 명당의 이치를 전혀 모르는 나에게 어떻게 설명할까 잠시 생각하더니,

　"그런 이치가 있어. 마치 남향집을 지으면 햇볕을 많이 받고 북창을 열면 시원한 바람이 들어오는 것 같은 이치가…."

　그리고 그 말이 무엇을 뜻하는 것인지 몰라서 어리둥절하고 있는 나에게 반문하시더군.

　"가정假定해서 묻는 것인데, 잘 생각해 보고 대답해 보게. 자네, 첫날 밤에 신부가 아기를 낳았다면, 어떻게 하겠나?"

　"첫날 밤에 신부가 아기를 낳아?"

　나는 순간 이상하게도 무조건 착하게만 대답하면 될 것 같은 생각이 들어 이렇게 대답했지.

"그냥 데리고 살아야지, 뭐."

사실 그렇게 둘러대기는 했지만, 솔직히 말하면 나 자신 그렇게 할 수 있을지 믿을 수 없는 대답이었어. 「박형」께서 한참 동안 허허롭게,

"허허허허…"

하고 웃더니,

"자네처럼 대답하는 사람은 처음일세. 누구는 당장 내쫓아야 된다 하고, 잘 따져 알아보고서 처리해야 된다고 하기도 하던데."

「박형」께서 다시 질문을 던졌어요.

"자네 산을 넘어가면 무엇이 있나?"

"산이 있지."

"그 산을 또 넘어가면 무엇이 있나?"

"산이 있고 강도 있지."

"그러면 산이 나오면 산을 넘고 강이 나오면 강을 넘어, 또 나오면 또 넘어 계속 가면 무엇이 있나?"

"거기에 내가 있지."

"그러면 '내가 있다.'고 하는 나는 어디 있나?"

나는 말문이 막혔다.

어떻든 「박형」께서 그런 질문을 한 것은 나에게 명당의 이치를 가르쳐 주려는 의도셨어요. 그리고 첫날 밤에 신부가 아기를 낳은 아찔한 그런 옛날이야기가 정말로 있더라고요.

▶ 조선시대 어떤 사람이 장가를 갔는데, 신혼 첫날밤에 신부가 아기를 낳았어요.

신랑이 생각해 보니, 이 사실을 다른 사람이 알게 되면 신부는 당장 쫓겨날 것은 물론, 쫓겨서 친정으로 간다면 색시와 아이의 장래를 아주 망치는 일이

될 것이었지. 그 당시에는 그랬던 시절이거든.

그 사람이 생각하기를 자기는 남자인지라, 한번 참고 희생하면 두 사람을 살릴 수가 있다고 생각하게 되었지.

그래서 산모와 아기를 나름대로 대강 수습한 후에, 갓난아기를 자기 집 대문 밖에 얼른 내다 놓고 시치미를 뚝 떼고 있었다는 게야.

한밤중에 아기가 밖에서 크게 우니, 집안사람들이 나와 볼 수밖에. 나와보니 웬 금방 낳은 핏덩이가 대문 밖에서 우는지라 모두 당황하는데, 신랑도 모르는 척하고 나왔다가, 아기를 새색시에게 맡기자면서 자기 방으로 데리고 들어갔다는군.

결국 새색시가 자기의 갓난이를 받아 키우게 되었는데, 새색시는 자기의 목숨을 구한 것과 같은 신랑의 큰 도량度量에 감동되어, 자신의 잘못을 크게 뉘우치고 개과천선하여 평생 남편에 잘 순종하고 섬겼지.

그 문밖으로 나갔다가 주워 들여온 핏덩이가 자라서 나중에 출가하여 훌륭한 스님이 되었어요. 그럭저럭 세월이 흘러서 그들 부부도 나이가 들었지. 그 도량 큰 사람도 할아버지가 되어 늙어 죽었지요. 그런데 장사 지내는 날, 어떻게 알았는지 마침 고승이 된 그 아들 스님이 찾아왔어요.

"아버지의 시신은 제가 명당에 잘 모시겠으니, 배를 준비하시오."

하더니, 시신을 배에 싣고 일진광풍과 함께 쏜살같이 어디론가 가고 말았다는 거야. 사람들은 닭 쫓던 개 지붕 쳐다보기였지.

그런데 그 이후로는 역시 명당에 묘를 써서 그런지 어쩐지 고관대작이 그 집안에서 줄줄이 나왔다는 겁니다. 어때요? 정말 명당이 있는 것 같지요?

「박형」께서는 '명당은 정말로 있는 것인가?'를 물었던 나에게 '첫날 밤에 신부가 아기를 낳았다면, 어떻게 하겠나?'라고 반문을 해서 나로 하여금 명당에 대해 생각하게 했던 것 같아요.

부귀공명하고 자손들마저 잘되려면, 먼저 사람이 되어야 하지요.

▶ 삼대발복三代發福할 명당과 10정승 10판서가 나온다는 명당

「박형」께서 나의 증조할아버지의 묘를 생각하면서 귀띔하기를,

"거기가 제일 낫다. 나는 거기를 보고, 삼대발복 될 거라고 생각했어."

라고 하셨어요. 당시에 나는 삼대발복이라 했을 때, 도대체 삼대三代는 무엇이며, 또 누가 복을 받는다는 말인지 몰랐었는데, 나중에 보니 삼대발복은 삼대에 발복이라는 뜻으로, 어떤 이가 돌아가신 그의 아버지의 묘를 명당에 쓰고 보면 그 아들 대代에 크게 복을 받는다는 뜻이었어요.

정말로 나의 할아버지께서 그의 아버지(나의 증조할아버지)를 명당에 모셔서 그런지 분명 당신의 아들 대에 인물이 났거든요.

나의 삼촌들은 하나같이 훌륭했고, 특히 두 분은 전국적으로 명성名聲을 날리셨어요. 성명 삼자를 대면, 많은 사람들이 '아, 그분.'하고 기억할 만한 어른들이지요. 한 분은 유명한 음악평론가요 한국 방송 분야에 장長이셨고, 다른 한 분은 민주화운동에 앞장섰던 4선 국회의원으로, 일등보국훈장 무궁화장을 받으셨어요. 그만하면 삼대발복한 것이지요?"

여학생은 열심히 듣는 것 같았다.

"사실 「박형」께서 삼대발복할 것이라고 하셨던, 나의 증조부의 묘는 아늑하고 조용한 곳에 자리 잡고 있고, 누가 보아도 작고 평범한 묘에 지나지 않아요. 그런데 「박형」께서는 무엇을 보고 '거기가 제일 낫다. 나는 거기를 보고, 삼대발복할 줄 알았어.'라고 하신 것일까?

나는 사실 그게 궁금했어요. 증조부를 명당에 모신 나의 할아버지께서는 삼산三山한약국을 하셨는데, 효자였고, 형제간에 우애 있고, 친척들을 잘 돕고, 모르는 사람에게도 인정 있고 착하셨어요.

할아버지께서는 많은 적선을 하셨기 때문에 노환으로 돌아가셨을 때, 마치 국장國葬이라도 난 것처럼 만장의 물결이 수십 미터(m)에 이르고, 큰길을 꽉

메운 문상객의 행렬이 집에서 장지(2킬로)까지 이어졌다는 겁니다.

생각해 보세요. 지금 누가 돌아가셨다고 가정하고, 큰길에 장례행렬이 2킬로나 뻗치게 많은 문상객이 올 만큼 인심을 얻고 사셨다고 한다면, 그 아들이 출세하게 되는 것이 당연하겠지요.

또 증조부께서 돌아가셨을 때는 할아버지께서는 진정 애통하셨으며, 정성으로 장사 지내시고, 바쁜 중에 하루도 빠짐없이 묘에 찾아오셔서, 손수 묏등의 잔디를 살피고 축대의 돌들이 무너지지 않도록 돌보셨다는 거지요.

그래서 「박형」께서는 그 묏자리에서 나의 할아버지의 마음을 보셨다는 것을 나는 나중에 깨닫게 되었어요. 조용하고 아늑한 쉼터 같은 묏자리의 위치도 그렇지만, 돈이 있는데도 겸손하게 작게 만든 봉분과, 부지런하셔서 잘 다듬어진 축대의 돌과 정성을 들여 잘 자란 잔디를 보고서, 할아버지가 효자셨고 정성스럽고 겸손하며 가슴이 따뜻한 어른이었다는 것을 보신 것이라고 생각하게 되었어요. 「박형」께서는 이런 말씀도 하셨거든요.

"가족 묏자리를 보면, 그 집안의 흥망성쇠와 내력을 다 알 수가 있어."

또 이런 말씀도 하셨지.

"큰 묘역에 돈만 많이 들여서 치장한 것을 보면 좋게 생각되지 않더군."

어떻든 「박형」께서는 묏자리의 지형이나, 물이나 바람의 통행 등 풍수들이 말하는 그런 것들을 보았다기보다, 거기에 묘를 썼던 사람의 마음을 보셨어요.

크게 재물을 탐내는 사람, 죽자 살자 권력에 욕심을 부리는 사람, 색에 집착하여 시기 질투하는 사람, 그 많은 사람의 마음 중에서 가장 중요한 마음, 부모에게 효도하고 형제간에 우애 있고 이웃이나 모르는 사람에게까지 인정을 베푸는 착한 마음을 「박형」은 보셨지요. 역시 명당은 사람의 마음가짐과 관계가 있지요?"

(십 정승 십 판서가 날 명당의 이치도 그와 같다. 나는 잠시 쉬었다가)

"학생은 십 정승 십 판서가 나온다는 명당 이야기를 아는가?"

여학생은 조용히 입을 다물고 있었다. 안다고도 모른다고도 말하지 않았다.

"어느 날 「박형」께서 말씀하셨어요.

"옛날 어떤 곳에 마음씨가 착하고 어진 할아버지 한 분이 있었어. 그 사람이 인심을 얻고 살다가 돌아가셨는데, 착하게 산 덕으로 10정승 10판서가 날 좋은 명당을 얻게 되었지.

그런데 그 명당을 잡아준 풍수가 두 가지 조건을 말하는 거야. 풍수의 말이 '여기는 10정승 10판서가 날 명당인데, 두 가지 지켜야 할 일이 있습니다. 첫째는 이 앞으로 흐르는 시내에 다리를 놓지 말 것이며, 둘째는 이 묏자리가 보이는 곳에 지붕이 있는 집을 지어서는 안 됩니다.'고 했어.

듣고 보니 별로 어려운 조건도 아니고 '꼭 지키겠다.'고 약속하고 거기에 묘를 썼다는 거야.

그 후에 거기에 묘를 써서 그런지 그 집안에서 드디어 정승이 나왔지. 그리고 그 정승에게 아들이 있었는데, 또 정승이 되었어. 2대째 정승 집안이 되니, 살림도 넉넉하고 남부럽지 않게 되었지. 그리고 그 아들이 또 출세하여 정승이 되었다는 거야.

그 3대三代째 정승이 하루는 그 명당에 성묘를 갔는데, 마침 비가 와서 시내를 건너기도 어렵고, 성묘 후에 편히 쉴 자리도 마땅하지 않아서 시내에 다리를 놓고 산 위에 쉴 집을 짓게 했어. 어른들이 말렸지만 그 말을 무시하고 그렇게 했다는군.

그렇게 된 후에, 어느 날 나라에서 쓸 묏자리를 찾게 되었어. 명당 찾던 지관地官들이 근처를 지나는데 갑자기 소나기가 쏟아졌어. 결국 그 지붕과 다리 때문에 명당 묏자리가 들키게 되어, 임금의 명을 받고 명당을 내놓게 되었는데, 그 후부터는 정승은 물론 판서마저도 할 수 없게 되었지."

명당의 이치가 여기에도 있지요. 물론 지위가 높고 부귀해도 웃어른을 섬기고, 낮은 백성의 말이라도 무서워할 줄 알아야 되며, 변함없는 마음으로 바르게 살아야 된다는 이치 말예요.

▶ 그런데 나는 그 명당 때문에 더 공부하게 된 일이 일어났어요. 내가 책에 쓰기를, 명당은 산山 속에 있는 '몇 평의 땅'을 가리키는 것이 아니라는 주장을 했더니, 어떤 사람이 ― 아마 명당을 연구했던 사람인 것 같았는데 ― 전화를 했어요. 말하기를,

"나는 이제 연구를 다 해서 명당에 묘를 쓰면 누구든지 출세도 하게 할 수 있고, 또 금방 망하게도 할 수 있는데, 당신은 무엇을 안다고 그러시오? 언제 나하고 꼭 좀 만나서 명당 얘기를 좀 해봅시다."

라더니, 다시 연락을 하겠다고 하고서 전화를 끊었어요.

그래서 덜컥 겁이 나서, 나도 명당에 통달하신 분에게 '명당은 어디에 있는가? 마음인가? 땅인가?'를 배우기로 했지요.

마침 내가 잘 아는 할아버지께서 소개해 줄 분이 있으시다고 해서 그분을 만났어요. 주선해 준 분이 말씀하시기를,

"그분은 죽을 때 한 번 써먹으려고 머리를 맑게 하고 산다는 분이셔. 누가 '명당이 어디에 있는가?'하고 물으면 분명히 알기는 아는데, 무조건 '나는 아무것도 모릅니다.'라고 하네. 그래도 한 번 만나보려는가?"

"예, 그래도 만나 주시겠다면, 한번 뵙고 싶어요."

(사실 나는 그분께서「죽을 때에 한 번 써먹으려고 머리를 맑게 하고 산다는 분」이라는 말을 잘 이해하지 못했다. 연세도 많으신 분이 어떻게 그런 말씀을 다 하시나 했었다. 티베트『사자死者의 서書』에 나와 있었다. 투철한 정신으로 살다가 죽으면 숨 넘어가는 순간에 마중 나온 '눈부신 생명빛'을 따라 좋은 곳으로 간다고…)

그리하여 어느 날 다방에서 만나 뵙게 되었는데, 가슴이 따뜻한 할아버지가 나오셨어요. 겉모습은 정정하고 정신이 한없이 맑으셨는데, 그분의 연세는 아마 여든 정도 된 듯했어요.

그 할아버지께서 몇 마디 말씀을 하시고 나를 주시하였는데, 그분의 위엄 있는 안광眼光이 나의 가슴속에 감춘 죄를 쏘아보는 것 같아서 나도 모르게 고개를 숙였어요. 이제까지 그렇게 심장 속을 꿰뚫는 것 같은 눈을 본 적이 없었

기 때문에 당황하게 되었어요. 참으로 대단하신 분이시더라구요.

그분께서 말씀하셨지요.

"해방되기 전에 한 십 년 명당 공부를 한다고 산에 들어갔던 적이 있어. 결혼하자마자 집사람도 팽개치고 10년 가까이 산 공부를 했어. 우리 선생님은 아주 대단하신 분이셔. 얼굴에 빛이 환하고 수염이 이렇게 난 하나님 같으셨어. 바람결에 흰 수염을 날리면서 오시는 것을 보면…. 대단하신 분이셨어.

어느 날 선생님이 나에게도,

"이제 자네도 갈려면 함께 가자."

고 하셨어, 그때 집사람이 노모를 잘 모셨지만…. 그렇잖은가, 이제 어머님 연세도 많으시고 언제 어떻게 될지 모르는 거야. 어쩔 수 없이 하산했어. 다른 두 사람은 선생님을 따라갔어. 그 사람들 지금 나보다 나이가 젊게 어디 와 있을 거야."

라고 하더군. 그리고

"산에 들어가 있을 때는 마음이 맑아서 가만히 앉아 있다가, 누구를 생각하면 눈앞에 그 사람이 어떻게 하고 있는 것이 다 보여. 그래서 다른 사람은 무엇을 하나 하고 보면, 그 사람도 어떻게 하고 있는 것이 활동사진처럼 환히 보이는 게야. 나중에 몇 번 확인해 보았더니, 정말 그때 그렇게 하고 있었다고 말하더라고."

그리고 계속해서 귀띔하셨어.

"공부하려면 먹는 것을 조절해야 돼. 내가 산에 있을 때는 하루에 밥 몇 숟갈 정도를 먹었어. 반찬은 물론 없이 소금을 조금 먹고, 맨밥을 그것도 물에 말아서 먹었는데, 나중에는 기운이 없어서, 비유하자면 작은 계단도 못 올라갈 정도였어. 그런데 그렇게 계속했더니 차츰 기운이 다시 나서 괜찮게 되었지만,"

나의 생각으로는 도저히 따라 할 수 없는 것을 말씀하셔서 내심 무척 놀랐지. 신선 같은 할아버지께서는 내가 의심하고 있던 것에 대하여,

"지기地氣가 하늘로 올라가는 것이 다 보인다."

라는 말씀도 하셨고,

"어제도 서울에서 사람이 와서 하는 말이 '이제는 명당에 대해서는 모르는 것이 없이 공부를 다 했다. 출세를 시키거나 망하게 하거나, 마음대로 할 수도 있다.'라고 하는데, 내가 보니 아직 공부가 덜 되었더라."

라고, 나를 찾아왔을 것이라고 짐작되는 전화의 서울 사람을 언급하셨어요.

말씀이 끝나기를 기다려 내가 알고 싶었던 것을 여쭈었지.

"명당 자리에 대해서 알려주십시오."

그분께서 탁자 위의 찻잔을 들고서, 손가락으로 짚어 가면서 길게 말씀하셨어요.

"산의 능선을 따라서 이렇게 내려오고… 하다가 그렇게… 그렇게 되는 것이다."

말씀은 길게 하셨지만, 도력道力때문인지 도저히 알아들을 수가 없었지. 나는 혼자 아무리 궁리해도 모르겠기에 재차 부탁드렸지.

"다시 한번 명당에 대해서 말씀해 주세요."

그랬더니 그분께서 다시 앞에 있던 찻잔을 들고서, 손가락으로 짚어 가면서 꼭 같은 말씀을 길게 하셨어요.

"산의 능선을 따라서 이렇게 내려오고…하다가 그렇게…그렇게 되는 것이다."

이번에도 역시 전혀 알아듣지 못했어.

그랬지만 그분을 뵙고 나서, 모든 것은 다 이치理致니까 '나는 아무것도 모릅니다.'라는 대답 속에 숨겨 둔 명당을 찾아가는 길이 있을 것이라고만 짐작했지요."

▶ 토정 이지함 선생이 썼다는 '세상 사람 아무도 모르는 명당'

나는 이제 「박형」의 두 번째의 숙제인 토정 이지함 선생의 '최고의 명당' 이야기를 할 수 있게 되었다.

"「박형」께서 이야기를 꺼내셨어요.

"옛날에 토정 이지함 선생이 최고의 명당을 찾아 묘를 쓰려고 전국 각지를 누비고 다녔어. 그런데 막상 좋다는 데는 안 가본 데 없이 다 가보았지만, 마음에 흡족한 곳은 찾아내지 못했어. 한 가지가 좋으면 한 가지가 나쁘고, 이게 좋으면 저게 나쁘고, 흠 없는 곳을 찾지 못했어.

2, 3년 동안 그렇게 애를 쓰다가, 지성이면 감천이라고 어느 날 정말 흠 없는 좋은 명당을 찾게 되었어. 토정이 보고 또 보아도 흠이 없어. 이제는 내가 할 일을 다 했구나 하고 너무 감격해서 뛸 듯이 좋아했는데, 그날 밤 꿈에 산신령님이 나타나서,

"토정아, 토정아, 거기는 네가 쓸 자리가 아니다. 너는 다른 데 쓰도록 해라." 하는 것이야. 토정이 생각해 보니 너무 아깝거든, 그래서 민적민적했는데, 민적민적은 민망하게 꾸물댄다는 뜻이야.

얼마 후에 다시 꿈에 산신령님이 나타나서,

"토정아, 토정아, 거기는 네가 쓸 자리가 아니다. 너는 다른 데 쓰도록 해라." 하시는 게 아닌가. 결국 토정은 거기에 쓰지 못하고 다른 데다 쓰고 말았지. 그런데 왜 산신령님이 두 번씩이나 나타나서, 흠 없이 좋은 데에 쓰지 말라고 했을까?"

그리고 이어서 나에게 두 번째의 숙제를 주셨는데,

"거기에 쓰지 못하고 다른 데에 썼다는데, 그곳을 아는 사람이 아무도 없어. 나중에 자네가 한번 그곳을 찾아보게."

하시고서 다짐하듯이,

"자네가 꼭 거기가 어딘지 연구해 보게."

라고 하셨어요.

그런데 생각해 보니, 토정 이지함 선생이 전국 각지를 누비며 애써서 찾았던 명당에는 전부 흠이 있었다는 말이 이해가 되더라구요.

아무리 왕후장상王侯將相이 되어 부귀영화를 모두 누리더라도, 사람의 삶은 삶인 이상 완전무결하게 좋을 수만은 없지요. 천하를 손안에서 주물렀던 진시황의 권력이라도 죽음이 따르고, 중국 제일의 갑부였던 석숭石崇의 재산을 가졌더라도, 또 다른 근심이 있을 법하지요.

결국 토정 이지함 선생이 본 것처럼, 세상 어떤 환경에 있든지 간에 '하나가 좋으면 하나가 나쁘고, 하나가 마음에 들면 다른 게 흠이 있다.'는 뜻이 아닐까? 불교에서는 사람에게 백팔 번뇌가 있다고 하지 않아요?

그런데 토정은 '2, 3년 동안 애를 쓰다가, '나물 먹고 물 마시고, 팔을 베고 누웠으니, 대장부 살림살이 이만하면 족하다.'는 그런 마음에 도달한 것이 아닐까? 토정의 이야기에도 나오지요. 구차한 살림살이였지만, 그런 가운데도 구애됨이 없이 도도하고 물 같이 사셨던 이야기가. 어떻든 토정 이지함 선생은 그런 지족知足의 마음을 얻었던 것 같아요.

그렇게 생각해 보면 '이제 내가 할 일을 다 했구나.' 하고 뛸 듯이 좋아할 수가 있지요. 그런 마음으로 주위를 둘러보면 아름다운 좌청룡 우백호가 있고, 앞 시야가 닿는 곳마다 삼천리금수강산이 펼쳐져 있고 지나가는 바람마저 향기로운 극락·천당에 살고 있는 행복한 자신을 볼 수 있지 않겠어요?

그런데 '어느 날 꿈에 산신령님이 나타나서,

"토정아, 토정아, 거기는 네가 쓸 자리가 아니다. 너는 다른 데 쓰도록 해라."

한 것이야.'

「박형」처럼 신선 역시 사람 농사하시는 분이기 때문인데, 토정에게 '다른 데 쓰도록 하라.'고 하신 뜻은 토정에게 도사의 길로 나서라는 말씀이지요.

그런데 토정 이지함 선생으로서는 '나물 먹고 물 마시고…' 구속됨이 없는 대자연의 행복을 버리기가 '너무 아까웠지요.' 또 도사되려면 목숨마저 내놔야 하겠기에 '민적민적', '민망하게 꾸물거렸'지요.

그래서 산신령께서 한 번 더 나타나서

"토정아, 토정아, 거기는 네가 쓸 자리가 아니다. 너는 다른 데 쓰도록 해라."

하셨어요. 결국 토정은 큰 서원을 세우고 신명身命을 다 바쳐 남을 위해서 살기로 마음을 먹었는데….

그렇다면 마지막으로 토정이 '거기에 쓰지 못하고 다른 데 썼다는' 다른 데는 어디일까요? 아무도 모른다는 그곳은 어디일까요?

거기는 토정의 본래 마음입니다. 그렇게 토정은 다른 사람을 위해서 살며 목숨까지 내놓은 진정한 어른이 된 것입니다. 그는 이때부터 모든 것을 버리고 남을 위해 사는 보살님이고, '벗어나는 오직 한 길'로 인도하는 도사님이 되신 것입니다.

하여 토정의 그 광대원만하고 무아無我 무애無碍하고 가슴 따뜻한 '그곳을 아는 사람이 아무도 없는 '토정의 마음, 본래면목인 거기가 아는 사람이 아무도 없는 최고의 명당'이라고 말할 수 있지요.

그의 삶은 그가 이 땅 어디에서 죽든지, 부처님처럼 큰마음으로 오른손이 하는 일을 왼손이 모르게 살다가 가는 명품 인생이며, 그 마음이 극락 천당 가는 명당보다 훨씬 아름다운, 죽어도 죽지 않는 무지갯빛으로 찬란한 최고의 명당입니다.

티베트 『사자의 서』에도 나와 있지요. 깨어 있는 투철한 정신으로 살면, 숨이 넘어가는 순간에 마중 나온 '눈부신 생명 빛' 따라가 영원할 수 있다고.

「박형」께서 분명히 밝히셨어요.

"명당은 마을 뒷산 그런 데가 아니라고 말했는데도…."

라고."

✓ 세 번째 숙제, 교역交易을 이야기하다

"자네가 『주역』을 공부하여 이것을 알게 되거든, 나에게 꼭 알려주게."

"어느 날 「박형」께서 말씀하셨어요.

"변역變易은 일어나기 쉽지만, 교역交易은 일어나기 어렵다. 교역을 아는 사람은 한 사람도 없어. 자네가 『주역』을 공부하여 이것을 알게 되거든, 나에게 꼭 알려주게."

그때 내가 말씀이 이상하고 이해할 수가 없어서 잠시 멍청해 있으려니까, 다시 말씀하셨지요.

"나에게 꼭 좀 알려주게."

이상하지요? 「박형」께서는 이 세상에 모르는 것이 없는 분이며, 『주역』을 나에게 가르쳐 준 분인데 어째서 '교역을 알게 되거든, 나에게 꼭 좀 알려주게.'라고 하신 것일까요?

가령 「박형」이 교역을 몰랐다면, '변역은 일어나기 쉽지만, 교역은 일어나기 어렵다. 교역을 아는 사람은 한 사람도 없다'고 말씀할 수가 없는 것이거든요.

『주역』책에서는 교역을 '봄이 변하여 가을이 되고 여름이 변하여 겨울이 되듯이 아주 바뀌는 것'이라고만 설명했더라고요.

그러니 그게 또 무슨 소리인지 알 도리가 없었지요.

그런데 내가 어느 날 『화엄경』을 읽다가 문득 변역생사變易生死라는 말을 발견했어요. 눈이 번쩍했지요. 변역생사는 사람의 마음이 조금씩 발전하면서 욕계欲界에서 벗어난 후에 해탈·온전한 열반으로 나아가며 성불하기 전까지의 생사라는 의미였어요. 그렇다면 교역은 과연 무엇이기에 아는 사람도 없고 일어나기도 어렵다는 것인가요?

그리고 「박형」께서는 왜 꼭 나에게 '자네가 『주역』을 공부하여 이것을 알게 되거든, 나에게 꼭 알려주게.'라고 하신 이유는 과연 무엇일까요?

『성경』에 보면 예수님께서 죽은 자 가운데서 부활하셨는데, 그 내용이 이상하지요. 예수님의 시체가 없어졌어요. 참, 학교가 기독교 계통이니까 『성경』의 내용을 잘 알겠네요.

예수님이 부활하신 것을 처음 본 사람은 마리아라는 여인이었지요?

마리아가 예수님의 무덤을 찾아갔을 때, 예수님께서는 무덤 안에 계셨는데, 마리아가 알아보지 못했어요. 왜 그랬을까요?

이유는 예수님께서는 이미 동산지기 같은? 어떤 모습으로 변화되어 있었기 때문이지요."

"시신이 없어진 것은 누가 가지고 간 것이 아니고, 부활하셨기 때문이지요. 죽었다가 다시 사신 것이지요. 그런데 부활하신 예수님은 변형도 하셨고, 우리와 같은 육체를 가지고 있으면서, 벽을 그냥 통과했어요.

당시에 제자들은 자기들도 잡혀갈까 두려워서, 아마도 문을 잠그고) 다락방에 모여 있었어요. 예수님은 그 다락방에 홀연히 나타나셨지요. 현신하셨지요. 제자들이 놀라자 말했습니다.

"어찌하여 두려워하며 어찌하여 마음에 의심이 일어나느냐? 내 손과 발을 보고 나인 줄 알라. 또 나를 만져보라. 영靈은 살과 뼈가 없으되, 너희 보는 바와 같이 나는 있느니라."

하시고서 먹을 것을 달라고 하셨어요. 그리고 구운 생선 한 토막을 그 앞에서 잡수셨어요."

"그렇다면 홀연히 벽을 뚫고 나타날 수 있는 것은 분명 신령과 다름없는데, 신령과 다르게 실제로 음식을 잡수셨어요.

✽ 나에게는 기독교 신자인 마음 착한 누나가 있어요. 자형姉兄은 장로이고, 아들 넷 중에 셋이 목사인 기독교 집안이지요. 그 누나에게 물었습니다.

"부활하신 예수님께서는 벽을 통과해서 마음대로 나타나실 수도 있는데, 어째서 음식을 보통 사람처럼 먹을 수가 있으며, 모습이 어떻게 되어서 다른 사람으로 보일 수가 있는가요?"

누나가 대답했어요.

"부활하신 예수님께서는 그렇게 되신 것이지."

그렇습니다. 그렇게 되신 것이지요. 정답입니다. 교역되어 성령이 되면 그렇게 됩니다. 부활합니다. 몸이 마음대로 변합니다. 벽을 통과합니다. 어디든지 순식간에 달려갑니다.

이제 교역이 되면 어떻다는 것을 아시겠지요?

그렇게 『성경』을 다시 읽어보세요. 「박형」께서 말씀하신 교역이라는 것은 보통 사람이 이런 양신, 곧 부활하신 예수님처럼 보통 사람의 몸으로도 변형하고 현신하는 성령 되는 것을 말하는 것이지요.

그런데 교역을 알고 나서 가장 절실하게 말하고 싶었던 것이 있었어요. 양신, 그 성스러운 령의 행적을 우리가 이해하지 못하는 것이지, 그 언행을 기록한 『성경』 내용은 틀림없다는 것이었어요.

교역되신 예수님께서 이미 어디에 재림하셔서 다른 여러 모습으로 변신하며 추수하고 계신다고 믿어집니다.

"내가 너희에게 분부한 모든 것을 가르쳐 지키게 하라. 볼지어다. 내가 세상 끝 날까지 너희와 항상 함께 있으리라 하시니라."

물론 불경에서도 마찬가집니다. 이미 교역되신 불·보살님의 불가사의한 능력을 우리가 이해하고 온전히 받아드리지 못하는 것이지, 불경에 나오는 신통하고 불가사의한 행적들은 모두 사실이라는 것이다.

(부처님은 물론, 문수보살님과 관세음보살님을 위시한 여러 보살님께서 셀 수도 없이 사람으로 현신하시고, 신통변화하신 이야기가 있다.)

그리고 교역되신 분은 전지전능하여 원하신다면, 이 세상 무엇이든지 마음대로 하실 수가 있지요."

바로 그때, 이제까지 침묵하고 있던 여학생이 불쑥 말했다.

"그러면, 세 가지 숙제를 다 풀으셨네요."

오! 정말! 나는 이제까지 '그것은 이것이다.' 이해하고는 있었지만, 「박형」의 세 가지 숙제를 다 풀었다고 확신할 수는 없었다.

그런데 그 여학생의 말을 듣고 나서, 나는 「박형」의 세 가지 숙제를 모두 풀었다는 것을 깨달았다.

나는 이미 그 여학생에게 「박형」께서 나에게 주신 '자네가 『주역』을 공부하여 이것(교역)을 알게 되거든, 나에게 꼭 알려주게.'라고 했던 교역에 대한 숙제를 포함하여 '태몽의 이치'와 '최고의 명당' 이야기를 했었기 때문에, 그 여학생의 '그러면, 세 가지 숙제를 다 풀으셨네요'라는 그 말 한마디가, 나에게는 화두를 깨친 스님에게 인가認可해 주는 큰스님의 말씀이나 다름없이 느껴졌다.

정말로 펄쩍 뛸 만큼 기뻤다. 가슴 뭉클한 이 기쁨! 당장 크게 만세삼창이라도 외치고 싶었다. 이렇게 좋을 수가 없다! (이미 내 속에서는 만세를 크게 외쳤다.)

그때 놀랍게도 내 속에서 「박형」이 말씀하셨다.

"자네와 내가 오늘 마음이 서로 통하니, 우리 악수나 한 번 하세."

그러나 내가 그 말씀을 따라서 악수할 여학생에게 '자네와 내가'라고 말하려니까 이상했다. 그래서 내가 속으로 '자네와'를 빼고 말하면 좋겠다고 제안했더니, 마치 내 몸속에 들어와 계신 것처럼 「박형」께서 아주 또렷하게 '자네와'를 빼라고 허락했다. 정말로 「박형」께서 내 몸속에 들어와 계신 것 같아 잠깐 어리둥절하면서 나는 '자네와'를 빼고 여학생에게 말했다.

"나와 오늘 마음이 서로 통하니, 우리 악수나 한 번 하세."

그리고 힘차게 악수를 했는데, 와! 어찌 된 일인지 나는 두툼하고 큰 손을 잡고 흔들고 있었다. 이것은 「박형」의 손이 아닌가! 내가 「박형」의 손처럼 큰손을 내 손 가득히 잡고 흔들고 있었다.

너무나 의외였다. 내가 잡은 손은 크고 억센 「박형」의 손이 틀림없었다. 「박형」은 남달리 체격도 우람했지만, 손 또한 부처님이나 농사꾼의 손처럼 크고 두툼했었다.

어리둥절한 나는 무언가 이상하기는 했지만, 그 이상 어떤 이야기도 할 시간이 이미 없었다. 기차가 막 단양역 승강장으로 들어서고 있었기 때문에 나는 바삐 짐을 챙겼다. 그리고 다시 말했다.

"우리 정말 오늘은 마음이 서로 통하니, 악수를 한 번 더하자."

마침내 기차가 단양역에 정차했고 나는 기차에서 내렸다.

∴ 우리는 이제 「박형」께서 "변역은 일어나기 쉽지만, 교역은 일어나기 어렵다. 교역을 아는 사람은 한 사람도 없어. 자네가 『주역』을 공부하여 이것을 알게 되거든, 나에게 꼭 알려주게."

하셨고, 그때 내가 그 말씀이 이상하여 잠시 멍청해 있으려니까, 다시

"나에게 꼭 좀 알려주게."

라고 부탁을 한 이유와 한 번 더 '꼭 알려주게.'라고 강조를 했던 의도를 알 수 있게 되었다.

「박형」께서는 그렇게 부탁해 놓고, 서거를 한 지 십여 년이 지난 1994년 7월 8일에 보이지 않는 몸으로 오셔서, 나로 하여금 교역을 말하게 하셨고, 여학생의 입을 통하여 인가하시고, '크고 두툼한 손'으로 악수하셔서, 이 세상 아무도 모르는 교역의 실상, 위대한 사람(출가수행자·보살)이 죽어서 성령이 되는 하늘의 기틀(天機)을 알려주시려는 목적이 있었던 것이다. 「박형」 박상신 도사님께서 이번에 특별히 영원한 생명으로 가는 길, 우리 삶의 최고 목적지인 우화등선·성령으로 거듭나는 교역을 이렇게 10년이 걸린 가르침으로써 알려주셨다. *

혹시 「박형」께서 지구상의 모든 종교를 한 차원 업그레이드(Upgrade)시키려고 이런 가르침을 주신 것은 아닐까? 분명히 말씀드리지만 이것 이상 (실제로 보여주신) 높은 가르침은 아직 세상에 없다.

이미 그전에 이렇게 귀띔하셨다.

"도사의 마지막 비밀은 죽은 후에 제자에게 알려준다."

「박형」께서 분명하게 세상 사람 아무도 모른다는 교역의 실상, 위대한 사람(수행자·보살)이 대보살·성령으로 바뀌어서, 마음대로 변형하고 현신하는 교역의 실제상황을 두 번에 걸쳐서 모두 보여주셨다.

✽ 「박형」께서 선서하신 지 10년 후에 나에게 깨우쳐주신 도사님의 마지막 비밀은 교역이며, 교역은 대보살·성령이 되는 것이며, 「박형」께서는 교역되셔서, 예수님처럼 부활하시며, 부처님이나 대아라한·대보살님이신 문수사리보살님이나 관세음보살님처럼 마음대로 변형하고 어디에나 나타날 수 있다는 비밀, 그 교역을 이렇게 시현해주셨다.

참고로 변역생사變易生死와 분단생사分段生死의 다른 점을 밝혀 둔다.

분단생사는 윤회하는 몸이 각각 그 업인業因에 따라 수명에 한계가 있고 형체에 차별이 있음을 말한 것으로, 생사에서 벗어나지 못한 범신凡身을 일컫는 말이며, 변역생사의 변역은 과거의 형상을 변하여 딴 모양을 받는다는 뜻으로, 삼계三界의 생사하는 몸을 벗어난 뒤로 성불成佛하기까지의 성자聖者가 받는 삼계 밖의 생사生死를 말한다.

사람은 육도윤회에서 벗어나 눈부신 대보살·성령으로 바뀌는 교역이 될 수 있다. 교역은 부처님의 성불에 버금가는 완성으로, 「박형」 박상신 도사님과 같은 대도사가 되는 것이며, 비룡飛龍이 되는 것이며, 이것이 온전히 탈피하는 것, 육신이라는 굴레에서 완전히 벗어나는 것이다.

제3장 현상계現象界

1. 불구의 몸으로 나타나셨던 관세음보살님의 화신

사실 나는 부모님께 크게 불효했기 때문에 청개구리처럼 돌아가신 뒤에 사죄하는 심정으로 부모님 산소의 벌초伐草(풀 깎기)를 좋아한다.

산소의 풀을 깎는 작업처럼 짧은 시간의 노력으로 이만큼 보람된 일을 찾기란 쉽지 않고, 깨끗하게 풀을 깎고 나면 그렇게 기분이 상쾌할 수가 없기 때문이다. 부모님 산소는 흙이 좋아서 1년에 세 번 정도 풀을 깎으면 좋은데, 어느덧 새로운 예초기刈草機가 필요하게 되었다.

때마침 자식들이 돈을 보내주어서 새 예초기를 장만했다. 너무 기뻐 즉시 시운전하러 고향으로 달려갔고, 큰길에서 가까운 집사람 산소를 먼저 찾았다.

그런데 새 기계가 생소하여 어색하더니 작업 도중에 비탈진 곳에서 넘어져 뒹굴었다. 엔진을 끄고 일어섰더니, 어디에 부딪혔는지 등의 고황혈膏肓穴 자리에 통증이 있었다. 나는 대수롭지 않게 생각하고 계속 작업을 끝내고 들뜬 기분으로 귀가했다.

그런데 그날 저녁부터 앉아 있거나 예불을 드리고 기도할 때 이상한 통증이 고황혈 자리에 있었다. 곧 사그라지거니 했는데 시간이 지날수록 점점 더 못 견딜 만큼 아프더니, 결국에는 누워 있지 않을 때는 계속해서 아팠다.

갑자기 죽을병인가? 어떤 이는 뼈에 이상이 있다고 겁을 주었다. 그래서 의사에게 진찰받고 3일분 진통제가 든 약을 먹었는데도 아무 효과가 없었다. 물론 내가 아는 방법을 다 써보았지만 아무 소용이 없고, 5일 동안 계속된 그 통증은 그대로였다.

그래서 '이게 혹시 암이 아닐까?' 하면서 심각하게 걱정하고 있던 어느 단양 장날이었다. 우리 약국 문 앞에 두 다리가 없고 몸통에 고무판을 깔고 땅바닥에 앉아서 손으로 몸통을 움직여 다니는 불쌍한 사람이 문득 보였다. 자세히 보니, 그는 누구에게 무엇인가를 외치고 있었는데, 거기서 아무도 그의 외침에 응대하는 사람이 없었다.

'복福지을 인연이구나!' 내가 냉큼 그에게 뛰어가서 물었다.

"무엇이 필요하세요?"

"젓가락, 젓가락."

그가 청했다. 나는 얼른 나무젓가락을 찾아와서 그에게 건네고 보니, 뚜껑이 덮인 투명한 그릇에 쌀밥이 담겨 있었다.

'아, 젓가락으로 밥을 드시려고 그랬구나' 했는데, 그 직후 나는 누가 시킨 것처럼 시장에서 생강과 감초를 샀다. 또 퇴근하고 집에 오니 운동을 많이 하여 근육통이 생길 때마다 사용하던 원적외선이 방출된다는, 치워두었던 찜질용 매트를 꺼내주었다. 그래서 그날 감초+생강으로 차를 만들어 마시고, 잊었던 자감초탕炙甘草湯 엑기스과립과 진통소염제를 먹고, 뜨겁게 달군 찜질용 매트를 깔고 땀을 내며 일찍 잤다.

그리고 다음 날 아침, 정말 신통했다. 그렇게 심각하게 아프던 통증이 거짓말처럼 완전히 사라졌다. 어떻게 몇 시간 만에 이렇게 될 수가 있었을까.

그때 그날 장에서 손으로 몸통을 움직여 다니던 사람은 순식간에 길을 건너갔는가 싶었는데, 다음 순간 흔적 없이 사라졌다는 것이 생각나면서, 혹시?? 그때 문득 떠오르는 생각!!

'아! 이 모든 것이 앉아서 다니던 분에게 나무젓가락을 보시한 공덕이구나.' 했다.

그분께서 밥은 있으나 젓가락이 없어서 먹을 수 없었던 것처럼, 다른 병자病者들도 그렇지만 나 역시 주위에 수많은 재료와 약이 있는데도 사용하지 못해서 고치지 못하고 있었는데, 그분이 생각나도록 인도해 주셨다는 생각(누구는 웃으시겠지만)과, 나는 이미 관세음보살님께 꼭 좀 낫게 해달라고 간청했었는데, 고맙게도 그분께서 오셔서 이렇게 은밀하게 낫게 해주었다는 생각과,

내가 새로 예초기를 장만하게 된 것부터 그 예초기와 함께 넘어지고 심하게 통증을 느끼고 약에는 아무 효험이 없고 계속 아팠던 상황까지, 모든 것이 어느 분의 계획대로 된 것 같았는데, 그 모든 것이 나에게 '성령께서 항상 사람과 함께 하시며, 성령께서 사람들에게 작용하는 방법과 성령의 불가사의하고 전지전능한 능력'을 알려주려는 의도가 있었다는 생각과, 그분들께서는 언제나 꼭 그 댓가代價(비록 나무젓가락이지만 배려)를 받으신다는 것이 생각났다.

「박형」께서는 '농사를 지으려면 나와 같이 지어야 돼.'라고 하셨는데, 그 말씀은 아마도 관세음보살님이나 「박형」처럼 자신이 먼저 도사가 되어서, 신통력으로 모든 것을 보시고, 실제상황에서 수행자를 시험하시며, 수행자의 지혜와 자비심을 증장시키고, 모든 능력을 보여주시며 더 높은 길로 인도하시어, 마침내 도사로 만드는 「박형」처럼 알곡을 추수하는 사람 농사법… 그래서 사람 농사 하려면 먼저 자기가 먼저 도사가 되어야 한다는…. 말로만 가르쳐서는 알곡을 추수할 수 없다는 의미심장한 내용의 말씀이 아닐까.

2. 종이상자에 담겨 버려졌던 아저씨와 복분자

여기서 산 위에서 내려온 호랑이로 비유되는 성령들을 만나본다.

나중에 보니 그분은 결코 불쌍한 아저씨가 아니었던…, 그래서 깜짝 놀랐던 이야기다.

나에게 이웃사랑을 가르쳐주고, 또 나를 시험하려고 현신한 어느 불보살님 아니면 천신天神? 수준 높은 어느 출가수행자께서 나를 독려하려고 오셨던 것 같은 불가사의한 이야기다. 그리고 무능했던 나의 정말로 부끄러운 이야기다.

때는 1983년 겨울, 충주댐 때문에 단양이 수몰되기 전의 (구)단양에서의 일이다.

찬 바람이 쌩쌩 불던 추운 겨울 어느 날 시외버스가 막 도착했는가 싶었는데 금방 떠나고, 누가 어떤 사람을 버스에서 내려놓았는지, 그 사람이 스스로 차에서 내려왔는지 혼자서 추운 맨땅에 꼼짝도 하지 않고 무슨 석고상처럼 책상다리를 하고 앉아 있는 사람이 눈에 들어왔다.

뛰어가 보았더니 그 사람은 뼈만 있는 앙상한 몸에 두 팔 두 다리가 책상다리로 고정된 불구의 몸인 것 같았고, 아무도 돌보아줄 이가 없는, 누구인가가 버리고 간 사람이라고 생각되었다.

뼈만 남아 있어서 가뿐히 들리는 그를 안고 약국에 와서 보니, 대변을 가리지 못했는지 아랫도리가 젖어 있었다. 먼저 약국에 커튼을 치고 난로 위의 더운물로 몸을 씻기고 옷을 갈아입히려는데, 그가 바지는 자기가 입겠다고 했고 바지를 입었다. 지금 생각해 보니 참으로 이상한 점이 있다. 그는 분명히 추운 땅바닥에 앙상한 다리로 책상다리하고 앉아 있어서, 내가 보기에는 결가부좌結跏趺坐한 자세였는데, 펼 수가 없을 것 같았던 다리에 어떻게 바지를 입었는지….

그때 나는 어느 요양원 같은 것을 운영하는 아는 사람(원장)에게 연락을 했더니, 한 달에 50만 원을 받고서 그 사람을 데려가 돌보겠다고 말했다.

그리고 원장이 그 사람을 택시에 태워서 요양원으로 데리고 갔었는데…, 며칠 후에 연락이 왔다. 도저히 데리고 있을 수가 없으니 어떻게 하겠느냐고….

지금 생각해도 별다른 방법이 없기는 마찬가지지만, 당시에 나는 단양에서 동업으로 약국을 하면서 동업자도 있고, 또 수몰 예정지역이라 임시로 약국 안의 좁은 방에서 잠을 자야 하는 처지였던 까닭에 그 사람을 데려올 수 없었다. 안타깝게도 나는 그 사람의 삶을 포기할 수밖에 다른 방법이 없었다.

"저도 어쩔 수가 없습니다. 알아서 처리하십시오."

"어디에 버려야겠어요. 그래도 괜찮겠어요?"

아! 충격! 순간적으로 가슴이 먹먹하고 눈앞이 깜깜했다. 정말로 어떻게 이런 일이!!

이런 일로 나중에 불쌍한 사람 수용할 수 있는 곳을 찾아보았는데, 안타깝게도 1980년쯤 당시에는 주민등록증이 없는 정말 불쌍한 사람을 받아주는 그런 시설은 전국 어디에도 없었다. (공설기관이 아닌 사설 기관은 어디 있었겠지만 나는 찾지 못했다.)

그리고 봄이 지나고 늦은 여름쯤에 자기가 복분자라는 아주머니 한 분을 죽령 고개에서 만나서 불쌍한 그분의 소식을 듣게 되었다.

내가 단양으로 이사했던 당시에는, 혼자서 생각하며 걷는 것이 좋아서 가끔 풍기까지 50리 길을 걸었다. 죽령 고개를 넘어 풍기로 가는 지름길이 있다.

하루는 내가 막 죽령 고갯마루를 넘어 그 지름길로 들어섰는데, 갑자기 피곤하여 잠시 쉬려고 한적한 산길에 그대로 벌러덩 누웠었다.

그리고 1~2분이 지났을까 인기척이 있더니

"아이쿠! 깜짝이야. 여기 웬 사람이 누워 있네. 집에 있는 돼지 작대기를 가져왔으면 엉덩짝을 그냥 때려주었을 텐데."

라며 어느 아주머니가 소리를 버럭 질렀다. 엉겁결에 벌떡 일어나서

"누구십니까?"

"복분자요. 이거 말이야 이거."

하면서 아주머니가 순간 주먹을 내밀어 보였는데, 나는 아무것도 볼 수 없었다. (산딸기인 복분자는 한방에서 약으로 쓰면 '소변 줄기가 강해져서 요강을 뒤엎는다는 의미'로 복분자覆盆子라고 한다.) 나는 복분자를 직접 보고 싶기도 하여

"어디 좀 잘 보여주십시오."

했더니, 한참 자루 같은 것의 속을 뒤적이다가 (산딸기를 생각하고 있던 나에게) 얼핏 무엇인가를 내밀었지만, 제대로 볼 수 있는 것은 없었다.

하지만 더 뭐라고 하기도 멋쩍어서 입을 다물었는데, 어쩐지 그 아주머니가 내 내력을 훤히 다 아는 것 같았고, 그 아주머니는 내가 어떤 반응을 보일까 알고 싶었는지, 묻지도 않았는데 말했다.

"저쪽 골짜기에 종이상자 안에 사람이 버려져 있었어."

그 순간 나는 양심의 가책으로 뜨끔하면서 (겁이 나서 감히 거기가 어디인지 자세히 물어보지도 못하고) 분명 '그 사람일 것이다.' 했다.

왜냐하면 그 요양시설이 죽령 근처에 있었기 때문이다.

그때, 마음 약해서 큰 소원도 용기도 없는 나를 보셨는지 아주머니가

"나쁜 사람들. 산 사람을 버리다니!"

그렇게 책망하더니, 엉거주춤하고 있는 나에게 물었다.

"돈이 있느냐?"

마침 나의 주머니에는 (그냥 주는 셈 치고) 헐값에 집터(땅)를 넘겨주고 그 전날 아침에 받은 돈이 9만여 원이 있었기에

"돈은 있는데요."

기분 좋게 대답했더니

"아이들은 몇이나 되느냐?"

하고 다시 물었다.

"2명이 있고, 또 3명이 더 있다."

고 대답했더니, 자기가 복분자福分者, 곧 복을 나누어 주는 사람인 듯이

"그렇게 살면 되겠네."

하더니

"나 먼저 가야지."

그리고 몇 발짝을 떼는 것 같았는데, 어떤 기척도 흔적도 없이 수풀 사이로 사라졌다. 복분자! 참 재미있는 이름이다. 나는 지금도 그분이 복을 나누어주는 사람·복분자가 아닌가 싶다.

어떻든 그 복분자 아주머니를 만난 날 나는 그 '불쌍한 아저씨가 종이상자에 담겨서 죽령 어디쯤 버려졌다'는 기막힌 사정을 알게 되었고, 마음에 큰 가책과 죄책감을 가지게 되었다.

그리고 지금은 상황이 그렇지는 않겠지만 그 당시에 나는 속상했다. '왜 이 나라에 가진 것 없고 몸이 불편하여 도저히 혼자서 살 수도 없고 추운 땅바닥에 버려질 수밖에 없는 어른을 받아줄 시설이 없단 말인가!' 혼자서 어떤 대책이라도 내고 싶었지만 무능하고 가진 것도 없어 나는 방도를 찾지 못했다.

그랬지만 그래서 더 나는 언제나 마음속에 그 일이 찜찜하고 마음에 걸려 아침마다 예불하고 기도할 때 종이상자에 담겨 버려졌을 그이도, 그를 버린 원장도 이제는 극락왕생하고 이고득락離苦得樂하고 성불하라고 기원했는데, 30여 년이 지났기 때문에 세월이 약인가 아침기도 할 때에 그렇게 기원하는 것 외에 그 사건을 거의 잊어가고 있었다.

그런데 어느 날 저녁에 나이가 50을 조금 넘었을 어떤 키가 좀 크고 마른 체격의 사람이 나 혼자 근무하고 있을 때 약국으로 들어섰다. 그는 나를 쳐다보면서 조금 엄숙한 표정으로 물었다.

"나를 알아보겠습니까?"

내가 보니 모르는 사람이었다. 망설이고 있자니까 그가 다시 물었다.

"나를 알아보겠습니까?"

그때 내가 아무런 대답도 못 하고 있으니까

"구단양! 구단양!"

그가 내게 어떤 것을 일깨워주기 위해 '구단양'을 말했다. 그런데도 나는 아무것도 생각나는 것이 없어서 어리둥절하고 멍청했는데, 그가

"거 있잖아. 구단양, 구단양에서…."

라고 다시 잘 생각해 보라는 듯이 말했지만, 역시 나는 아무것도 생각나는 것이 없었다. 그런데 다음 순간 아차! 다만 한 가지, '혹시 이 사람이 구단양에서 우리에게 버림받은 그 사람인가?'라는 생각이 문득 떠올랐다.

그러고 보니 그 사람과 인상이 그와 아주 비슷했다. 세월이 흘렀지만 그 사람처럼 50대쯤 되는 사람이었다.

'만약에 그 사람이 살아 있고 팔다리를 폈다면 아마도 여기에 서 있는 사람처럼 길고 마른 사람이 될 수 있겠구나…. 불구였던 그의 팔다리를 고쳤다면 바로 이런 사람일 것 같았지만…

그 사람은 분명히 죽었을 것이고 저렇게 스마트하게 고쳐줄 수 있는 의술도 없을 것인데… 혹시 그분이 변신하신 신령이라면 이런 일이 가능하겠지만….'

이렇게 혼자 머리카락이 쭈뼛 일어설 것 같은 이적異跡을 생각하는 중에, 그가 무엇인가를 암시하려는 듯이 나를 손으로 가리키면서 불안한 나의 속을 느꼈는지 문득 인상을 부드럽게 하고 웃으면서, 나를 향해서 엄지를 척 치켜세웠다.

"착한 사람. 착한 사람이야. 당신…."

오! 마이 갓! 그리고 엉거주춤하며 아무런 소리도 못 하고 서 있는 나에게 악수를 청했다. '이 사람이 정말 그 사람일까'라는 의문만 남긴 채로 그는 나와 악수를 나눈 뒤에 약국 문으로 나갔다.

그가 구단양에서 불쌍한 사람으로 나타나서 버려졌던 아주 특별한 사람이

라고 나는 생각하지 않을 수가 없다. 왜냐하면 그가 능력 있는 특별한 사람이 아니었다면 어떻게 다시 멀쩡하게 성한 모습으로 나타날 수가 있으며, 그의 나이와 인상이 그 당시와 비슷할 수가 있으며….

그것도 아니라면 구단양의 1년 6개월 동안에 누가 나와 어떤 인연이 있었기에, '나를 알아보겠습니까? 구단양, 구단양에서…'라고 할 수가 있는가?

불쌍한 사람을 잠시 맡았던 시설의 원장도 아주 오래전에 돌아가셨고, (나의 동업자도 물론 모르고) 그러한 비밀을 아는 사람은 나 혼자 밖에 없는데, 그가 '상자에 담겨 버려졌던 그 불쌍한 사람'이 아니라면, 그 나이의 어른이 일부러 나를 찾아와서 '거 있잖아. 구단양, 구단양에서'라고 하여 옛날을 상기시키고, 나를 '착한 사람'이라며 엄지를 치켜세울 분은 절대 없기 때문이다.

사실 내가 그분을 특별한 사람일 수도 있다고 감히 추론하는 근거는 그전에도 그런 경험이 있었기 때문이다.

몇 년 전 어느 날 50대쯤 되어 보이는 낯선 아주머니가 아주 무심하게 나에게 말했다.

"요즘은 많이 좋아졌네. 그전에는 돈 천 원도 아까워서 벌벌 떨더니… 영주에 있을 때에 약국에서."

와! 소름! 나는 그 아주머니가 내 과거의 아픈 약점을 바로 찔렀다고 하더라도 그렇게 놀라지는 않았을 것이다. 그날은 정말 어리둥절했고 속으로는 깜짝 놀랐다.

사실 「박형」께서 일부러 우리 내외를 찾아와서 가르침을 주기 전, 내가 처음 고향에 내려와서 영주에서 약국을 하고 있었을 때 나는 좀 지나칠 정도로 자기밖에 모르는 이기주의자였고 불효막심한 사람이었다.

하지만 그 평범한 아주머니가 그 옛날 언제 나에게 돈을 구걸했으며, 그렇게 천원마저 아까워서 손을 내밀지 못하는 나를 왜 (10여 년이 넘게) 기억하고 있었으며, 천원도 아까워했던 그가 지금의 나인지를 어떻게 알며, 지금은 내가 그렇게 인색하게 살지 않는다는 것을 또 어떻게 안다는 말인가!

지금도 그렇지만 정말로 우리의 일거수일투족을 관찰하고 모두 기억하며 걱정해 주시는 그런 어른들이 보통 사람의 모습으로 우리 주위에 존재한다는 사실이 당시의 나에게는 불가사의한 충격이었다. 우리는 언제나 혼자가 절대로 아니라는 사실 때문이다.

3. 다섯 살 어린아이가 현상계의 실상을 「박형」처럼 말했다

「박형」께서 다섯 살 어린아이의 입을 통해서 현상계의 본질이 어떤 것인지 알려주셨다.

정말 놀랍게도 다섯 살 어린아이가 또렷하게 「박형」처럼 말했다.

"이 세상 모든 것은

첫째, 빨강 파랑 노랑이다.

둘째, 네모(ㅁ).

셋째, 겹주는 것이다."

• '이 세상 모든 것은 첫째, 빨강 파랑 노랑이다.'

이 세상 모든 것이 빨강 파랑 노랑〔삼원색〕이라는 말의 의미는 빛(光明)을 반사하며 물질의 성질대로 만들어진 형체가 있는, 그래서 본질은 광명이고 현상계는 허망한 것이라는 뜻이다. 신령의 세계, 곧 실재계는 '빛의 세계'이고 본질적으로 광명光明인 반면에, 현상계는 빛을 흡수하고 반사하여 나타나는 〈색色

의 세계〉이기 때문이다.

분명 색이 이 세상 모든 것의 본질이므로 거기에 집착하지 말라는 뜻이기도 하다. 불교에서는 〈물질의 세계〉인 현상계는 허망한 것으로 각자의 오온五蘊(생멸 변화하는 모든 것. 각각 색온色蘊·수온受蘊·상온想蘊·행온行蘊·식온識蘊)이 만든 허상이라며, 거기에 이끌리고 집착하지 말라고 한다.

각자의 감각과 생각이 받아들여 모아둔 오온이며, 그것은 실체가 아닌 것으로, 꿈 같고 환상 같고 물거품 같고 그림자 같고 이슬 같고 번갯불 같으며, 무상無常하여 항상 변화한다. 그런고로 현상계는 허망한 것이니, 어떤 것에도 욕심내지 말고 집착하지 말라고 한다. 각자는 '각각 자기가 만든 가상현실 같은 자신이 만든 세상에 살고 있다'는 의미이다.

실제로 우리의 실체가 광명(신령)이라고 확신한다면, 또 세상이 육체 속에 들어와 있는 영혼의 체험학교라고 믿는다면, 눈·코·귀·입·감촉과 같은 육체의 감각기관에서 받아들인 정보는 두뇌라는 물질 속에 뿌려진 가상의 정보일 수 있겠다.

「박형」께서 깨우쳐주신 것처럼, 창밖의 나뭇가지나 요조숙녀마저 자기의 생각이 만든 "허망한 것"일 수 있으며, 때로는 그것이 우리가 풀고 나가야 하는 시험문제이거나, 인간의 욕망을 자극하는 마귀의 달콤한 유혹이거나, 내지는 끈적한 함정이고 덫일 수 있다.

현상계에 존재하는 무엇이 잠재의식이나 무의식세계, 고차원의 '빛의 세계' 곧 실재계에는 존재하지 않을 수도 있기 때문이다. 설사 존재하더라도 존재가치가 없을 수도 있기 때문이다. 이 세상의 모든 것들, 인간이 추구하는 이 세상의 명예나 부귀영화나 돈이나 재물이 저 밝은 천상에서는 전혀 어울리지 않고 필요 없는 것처럼.

실제로 이 세상 모든 것을 빨강 파랑 노란색으로만 바라볼 수 있으면 어떨까. 욕심을 부릴만한 대상이 없어지지는 않을까.

(✓최근 양자역학(Quantum mechanics)에 따르면 사람이 관찰하기 전에는 물

질은 존재하지 않는다고 했다, 또 누구는 주장했다. "우리가 어쩌면 단지 오감을 통해서 받아들이는 정보에만 의지해서 세계를 인식하는 것은 아닐지도 모른다", 그리고 「홀로그램 우주」라고 한다.)

• (이 세상 모든 것은) '둘째, 네모(□)'

이 세상의 모든 것, 현상계가 네모(□)라는 의미는 모든 사물事物이 법칙과 물성物性대로만 작용하기 때문에 방정方正하므로 네모(□)라고 말한 것이다.

『주역』에서도 하늘은 둥글고 땅은 네모(□)라고 한다. '이 세상 모든 것은 네모'라고 하는 뜻은 현상계의 모든 법칙(물리학·화학·생물학·지질학·천문학 등등의 법칙)이 반드시 이미 정해진 물성대로만 작용한다는 의미이다.

그리고 물론 대도사님의 말씀처럼 '모든 것은 이理'이기 때문에, 우리는 이치대로 바르게 살고 이치가 가르치는 길을 따라 향상일로로 나아갈 수 있다. 이는 세상사에 휘둘리지 말고, 자신이 주인이 되어서 향상의 한길로 나아가라는 가르침이다.

「박형」께서 "책 중에는 『명심보감』이 제일 잘 된 책이다."라고 정리했는데, 그 『명심보감』의 첫 장 첫 구절에 있는

〈착한 일을 하는 이에게는 하늘이 복을 주고, 악한 일을 하는 이에게는 하늘이 화를 내린다.〉고 하신 공자님의 말씀처럼, 틀림없이 '착한 일을 하는 이에게는 하늘이 복을 주고, 악한 일을 하는 이에게는 하늘이 화를 내린다.'는 이치가 있다는 뜻의 바르고 방정하고 큰 현상계의 법칙이다.

「박형」께서는 단언하셨다.

"모든 것은 이理다."

• (이 세상 모든 것은) '셋째, 겁주는 것이다.'

이 말씀은 담대하게 용기를 내어 '욕망의 유혹과 마귀의 협박'을 이겨내라는

응원의 메시지이다. 영원히 흐르는 삶에서, 우리에게 날이면 날마다 주어지는 현상계의 온갖 문제는 겁주는 것에 불과하다는 가르침이다.

우리는 무량광無量光이고 무량수無量壽이며, 영원하고 생멸이 없으므로, 우리가 세상에서 생로병사 하면서 당하는 모든 무섭고 괴로운 상황이 우리에게 그냥 겁만 주는 것에 불과하다는 귀띔이다. 향상하는 오직 한 길로 목숨 걸고 용기를 내서 앞으로 나아가란 말씀이다.

아주 엄청난 천기누설이지만, '이 세상 모든 것은 겁주는 것에 불과하다'는 말씀은 진실한 응원가이다. 욕망의 유혹을 이기기만 하면 곧 무극·열반이므로… 담대하게 용기를 내어 '욕망의 유혹과 마귀의 협박'을 이겨내라는 격려사이다.

예수님께서 〈빛의 세계를 향한 소망과 성령에 대한 믿음과 언제나 변함없는 사랑을 가지고〉 가혹하고 처절한 시련(시험)을 받고 이겨내지 못했다면 오늘날 인류의 위대한 스승으로, 인류에게 본을 보여주신 구세주로, 성령으로 추앙받으실 수가 있었을까.

이 세상 모든 상황은 겁주는 것뿐이라는 사실, 현상계는 꾸며진 무대라는 사실과 우리의 실체가 하나님과 동일하다는 것을 깨우친다는 것은 참으로 중요하다.

누구나 그런 마음바탕을 가지고 있으므로, 희로애락 웃고 우는 모든 세상사가 실제상황의 시험문제이고, 그것이 가상현실과 같아서 허상이므로, 지금 어떤 상황에 처했더라도 이 세상 모든 것은 겁주는 것이라는 사실을 투철하게 믿고 있다면, 그저 뚜벅뚜벅 향상의 길로 수행자처럼 갈 수 있을 것이기 때문이다. 높은 곳에 올라선 「박형」처럼 어떤 세상사든지 그냥 허허허… 하고 허심탄회하게 웃을 수도 있을 것이기 때문이다.

4. 「박형」께서 '병든 아버지를 외면한 죗값'을 치르게 하셨다
- 그리고 '아닌 행복과 없는 행복'을 깨닫게 하셨다 -

"매일 풍기에는 무엇 때문에 다니세요?"

그동안 여러 번 보아 나의 낯을 익혔던 단양역 역무원이 물었다.

"볼 일이 있어서요."

"풍기에 부모님이 계세요?"

"아니요. 할아버지 한 분이 계셔서…"

나는 밤 10시쯤 단양역을 출발하는 기차에 올랐다.

그리고 지나간 아픈 기억을 떠올렸다. '차라리 그 할아버지가 나의 선친이라면 얼마나 좋을까!' 나는 지금 아무리 후회해도 너무 늦어버린 옛날 일을 생각한다. 참으로 나는 선친께 큰 죄를 지었다. 의처증 때문에… 병든 아버지를 병원에 입원시키지 않고 죽게 내버려둔다는 결론을 내렸었다.

한편 「박형」께서는 미래지사에 대하여 여러 가지 예언을 하였는데, 시간이 지나면서 나는 「박형」의 말씀 중에서 아직까지 실현되지 않고 있는 예언에 대하여 고민하기 시작했다.

「박형」께서 '6.25 재침,' '9월과 10월 사이.'라고 하셨고, '앞으로 전쟁이 나면 핵전쟁이 될 것이다.'라고 하셨기 때문이다.

그 후 한반도의 모든 상황이 한때 긴장 상태로 진입하는 것 같기도 했고…, 사실은 그 얼마 후에 「박형」께서

"내가 진陣치는 것 다 해두었다."

라고 분명하게, 실로 하늘이 놀라고 땅이 놀랄만한, 엄청난 내용을 말씀하셨지만, 나는 재침이 걱정되었다.

그래서 피난의 한 방법으로 우선 풍기에 있는 집을 수리했다.

그러던 11월 어느 날 집수리가 잘 되고 있는가를 보려고 풍기역을 내려서 막 역전광장을 빠져나오려는 찰나에, 어떤 할아버지가 나무로 된 긴 의자에 앉아 있는 것이 눈에 띄었다. 그 할아버지가 가진 것이라고는 배낭 하나와 우산 한 자루뿐. 그는 역광장 긴 나무 의자에서 컵라면으로 아침을 때우고 있었다. 나는 불쌍한 생각이 들어서

"이 돈으로 밥이라도 사서 드세요."

라면서 만 원짜리 한 장을 건넸다.

그리고 3일 뒤에 다시 내가 거기를 지나는데, 할아버지가 찬바람이 부는 역광장 긴 의자에 그대로 앉아 있었다.

"할아버지, 왜 여기 앉아 계세요?"

그때 할아버지가 말했다.

"나는 이제 죽을 수밖에 없어요."

그 말을 듣는 순간 그냥 죽게 내버려두어서는 안 된다는 생각이 머리를 때렸다. 죽을 수밖에 없는 사람은 나의 선친 이후 그가 처음이다. 나에게 그 옛날 죽을 수밖에 없던 선친을 죽게 내버린 아픔이 되살아났다. 그리고 '예, 꼭 다시 올라오겠어요.'라고 거짓말할 때, 나의 머릿속과 온 세상에 울려 퍼졌던 천둥소리가 생각났다.

그래서 생각했다. 이 할아버지를 새로 고치는 풍기 집에 모시면 어떨까. 그냥 내버려두면 어느 날 역전광장 긴 의자에서 얼어 죽은 그의 시체를 보게 될 것 같고, 다른 한편으로는 할아버지가 풍기 집에 와 계시면 겨울에 보일러를 돌릴 수가 있게 되어 새로 설치한 보일러가 얼어 터질 염려도 없겠구나 하는 심산이었다.

"할아버지 며칠만 더 참아요. 제가 방을 꾸미고 있으니까 일이 다 되면 그때 다시 봐요."

그리고 며칠 후에 보일러 시설이 다 되고, 나는 약속대로 풍기역으로 갔다.

하지만 그 할아버지가 집에 들어오시면 우선 먹고사는 것을 해결해야 되기 때문에, 혹시 할아버지가 다른 곳으로 살 곳을 찾아갔으면 좋겠다는 은근히 바라는 마음도 함께 있었는데….

풍기역에서 내려 역전광장으로 나왔을 때 나는 할아버지를 그 자리에서 다시 보았다. 그리고 약속대로 하자고 다짐했다.

"할아버지, 저예요. 자! 일어서요. 저와 같이 가요."

할아버지는 망설였다. 나는 그를 도와 자리에서 일으켰다. 그런데 일어서던 할아버지가 곧 그 자리에 넘어지려 했다. 그때 보니 할아버지는 손뿐만이 아니라 다리마저 한쪽을 쓰지 못했다. 순간 예상하지 못했던 두려움으로 가슴이 섬뜩했는데….

"자, 택시를 타고 가요."

그가 어떻든지 나는 용기를 내어 끌고 부축해서 넘어지려는 할아버지를 껴안고 택시에 태웠다. 그리고 수리를 끝낸 집에 도착해서 내가 말했다.

"여기는 아주 할아버지 집과 다름없으니, 잘 지내봐요."

할아버지는 만족한 듯이 보였다.

그 후부터 나는 닷새나 열흘에 한 번꼴로 풍기 집을 드나들면서, 할아버지가 먹을 쌀과 라면 반찬과 김치 등을 챙겨드렸는데, 참 신기하게도 할아버지는 몸이 많이 불편한데도 혼자서 식사를 해결했다.

자동차가 없던 나는 기차를 이용해서 풍기 집으로 갔었는데, 처음에는 보름 정도에 한 번씩 갔고 차츰 더 자주 왕래하게 되었다.

기차는 죽령역을 지나 4킬로가 넘는 긴 죽령터널을 빠져나와 희방사역을 거쳐 가기 때문에, 한 번도 서지 않고 직행하는 무궁화호를 타고 가도 기차로 30분이 걸리고, 역에서 집으로 걸어가는 시간을 모두 합치면, 단양 집에서 출발해서 거의 1시간 30분 정도 걸렸다.

그 할아버지 덕분에 나는 운전면허증을 따게 되었고, 나중에는 아들이 군대에 들어가면서 타던 자동차를 주어서, 겨울밤 눈이 내려 위험한 죽령고개를 수 없이 넘나들었다. 당시에 중앙고속도로가 없어 단양에서 풍기까지 5~60리 길에 한 시간이 넘게 걸렸다.

그런데 어느 날 나는 할아버지의 얼굴에서 땅에 쓰러져서 생긴 상처 자국을 보았다. 그 넘어져서 생긴 자국은 며칠씩 계속 새로 생기곤 했다. 할아버지는 원래 중풍 때문에 행동이 불편했고 발음이 나쁜 터였지만, 갑자기 전보다 거동이 더욱 불편해졌고 더 알아듣지 못하게 혼자 응얼거렸다. 그래서 어쩔 수 없이 나는 더 자주 할아버지를 돌보러 풍기 집을 드나들게 되었는데,

"할아버지 저예요."

나는 그 옛날 나의 집사람이 밖에 나갔다가 돌아올 때 방에다 대고 말했듯이, 이미 잠들었을지도 모르는 할아버지를 향해서, 전등 불빛이 노랗게 새어 나오고 있는 안방에 대고 소리쳤다.

방문이 열리면서 언제나 한 자리만을 지키고 있는 불쌍한 할아버지의 흰 머리카락과 미소가 눈에 들어왔다.

"잘 지내셨어요?"

방으로 들어서며, 식탁으로 쓰는 칼도마 위에 아침 출근길에 차려드린 밥그릇과 국그릇 뚜껑을 얼른 열어본다.

"식사는 많이 드셨어요? 국은 맛있었어요?"

가끔은 비어 있고, 때로는 수저도 대지 않은 국그릇이 있었다.

"오늘은 이걸 한 번 드셔 보세요."

내가 준비한 밥만으로 요기를 때우고, 온종일 빈집에 혼자 계시다가 심심하거나 배가 고플 것이 걱정되어 겨울 들어서는 빵을 사 왔다.

치아가 부실한 할아버지는 빵을 드시는 데는 어려움이 없어 보였다. 처음에는 잘 들지 않더니 차츰 밥보다 빵으로 즐거움을 대신하는 듯하였고. 음식을 잘 씹지 못하는 것이 안쓰러워서 갖가지 빵을 사다 드렸다.

밤늦게 동네 슈퍼에서 사 온 라면과 빵, 그리고 국을 끓일 통조림과 무와 배

추 또는 감자 파 등을 담은 배낭을 방바닥에 내려놓고, 빵 봉지를 보면서 빙그레 웃는 할아버지의 얼굴을 잠시 훔쳐본다. 할아버지는 가끔 손을 가로저으면서 뭐라고 말을 하는데,

"안 웅얼웅얼…."

그 소리는 처음에는 통역 없이 듣지 못하는 소리였다.

빵과 쨈 그리고 복숭아 통조림 깡통 식혜 등을 쉽게 손 닿을 곳에 내려놓고, 빈 그릇과 물컵, 그리고 수저 반찬통을 챙겨 들고, 마루에 달랑 하나 달려 있는 60촉 백열전구에 스위치를 넣는다.

그리고 머리로 방문을 열고 마루로 마당으로 나선다. 그때는 이미 밤 11시가 지난 시각. 방 밖은 어둡고, 까만 하늘에는 별들만 반짝이고 있다. 시골집이라 우물이 마당에 있기에 나는 우물가에 도마를 내려놓고, 그릇에 남아 있는 밥과 국물을 '다롱이' 개밥그릇에 부어준다.

설거지가 끝나면 부엌으로 들어가서 밥이 남아 있는가를 점검한다. 밥이 없으면 쌀을 씻고 밥을 짓고… 꼭꼭 이틀에 한 번씩 밥을 짓는다. 그리고 밥이 되는 동안에 내일 드실 사과주스를 만든다.

사실 나는 할아버지 시중드는 것이 몸은 고생스러웠지만, 마음속은 즐거웠고 이유를 알 수 없는 보람 같은 것을 느꼈다. 다른 한편 할아버지가 측은하고 안타까웠다고나 할까. 불편한 몸으로 남의 시중을 받으며 산다는 것 자체가 얼마나 자존심 상하고 고통스러울 터인데….

할아버지는 치아도 시원치 않아서 조금만 딱딱한 것이면 먹지 못한다. 채소나 오이는 물론 토마토나 사과 같은 과일도 먹을 수가 없는 데다가 솜씨 없는 내가 만든 국이니 맛이 오죽하랴 싶다.

내가 끓여 드린 국은 옛날 대학교 1학년 시절 친구들과 함께 소백산 희방사 喜方寺 뒷산에 있던 암자에 가서 보름간 지낼 때 배워두었던 솜씨이다. 감자 두부 멸치 배춧잎 무 파 등을 있는 대로 썰어서 냄비에 넣고 간장이나 된장 고추장을 또 적당히 넣고 모든 재료들이 푹 익을 때까지 삶는 것이 전부이다.

할아버지 몸에는 건선이 있어서 큰 피부병인가 하여 동리 사람이 가까이 오려 하지 않았기 때문에 혼자 종일 텔레비전 보면서 시간을 보내다가, 밤에 내가 와야 사람과 대화를 나눌 수가 있었다. 그런 상황이었지만 그가 무척 나를 기다려준다는 것이 즐거웠다.

건선은 영양부족 때문에 생긴 것 같아 두 해 겨울 동안 부지런히 사과주스를 만들어 드렸는데, 한해에 큰 나무상자로 네 개 정도 사과를 갈았다.

손으로 갈아 드릴 수가 도저히 없어서 주스 만드는 기계를 하나 장만했는데, 그 기계란 것이 주스를 만들기에는 편리했지만, 주스를 다 만들고 나서 매번 기계를 분해하여 씻어 보관해야 하기 때문에, 한 번 주스를 만들고 나면 씻는 데 더 많은 시간이 소요된다. 성한 치아를 가진 사람으로는 절대로 사용하고 싶지 않은 주스 기계였다.

특히 추운 겨울밤 다 늦은 시간에 찬바람 매섭게 손끝을 도려내는 듯 할 때쯤 20분씩 샘가에 쪼그리고 앉아서, 그 기계를 수세미로 닦고 물로 헹구다 보면 어깨마저 쑤셔왔다.

또 수챗구멍은 얼어붙어 가심물이 빠지지 않았으므로 일일이 행군 물을 함지에 옮겨 담아서 대문을 열고 밖으로 나가 밭에 버려야 했다. 또 펌프는 무엇이 잘못되었는지 한 번 물을 퍼 올리고 나서 계속 펌프질을 하지 않으면 거의 10초도 안 되어 물이 '슈욱~' 하며 내려갔다.

그때마다 다시 마중물을 붓고 물을 퍼 올려야 했지만 할아버지께서 드실 주스를 만드는 기계는 깨끗하게 씻어두어야 했다. 나중에는 어깨는 어깨대로 아프고, 몸에는 땀이 나와 찬바람에 식어 식은땀으로 흘렀다. 허리마저 마음대로 움직일 수가 없을 때가 많았다.

그런데 저놈의 별은 왜 그렇게 신나게 아름다운지! 그 멋진 별하늘을 천천히 감상할 기회마저 없다는 것이 나를 괴롭게 했다. 물을 푸고 헹구고 갖다 버리고, 서너 번씩하고 나면 기운은 탈진되고, 배고프고 졸리고, 큰 농사라도 하는 것처럼 어깨와 허리가 함께 아팠다.

그러나 나로서는 할아버지를 건강하고 행복하게 정성을 다해서 봉양하고 싶은 마음뿐이었다. 참으로 이것이 어찌 된 까닭인지 알다가도 모를 일이었다.

아마도 처음 마음속으로 했던 약속을 지키자는 오기傲氣와 나와 많이 닮아서 더욱 불쌍한 할아버지 때문이었던 것 같다. 비록 오른손은 팔과 함께 오그라들어 가슴 위에 가서 붙고, 두 다리는 말을 듣지 않고, 걸을 때마다 발을 끌어서 땅에 금을 긋는 다리, 듬성듬성 몇 개 안 남은 치아…. 그것이 할아버지이다. 분명히 그 모습은 나의 모습과 닮았다.

멀쩡한 두 손은 있으나 불쌍한 사람을 향해 내밀지 못하는 손이요, 다리는 있으나 약국에 매여서 내가 꼭 가야 할 곳으로 가지 못하는 다리요, 치아는 있으나 달랑 두 개뿐인 치아로 밥을 씹는 나는 할아버지와 아주 많이 비슷했다. 사실은 할아버지는 나보다 더 심지가 굳었고 옳고 그른 것에 확실한 판단 기준을 가지고 있었다.

그렇게 할아버지 모시기가 겨울에는 좀 힘들었지만 2년 동안 아무 탈이 없었다. 할아버지의 건선을 치료해 주려고 병원에도 함께 다녔고….

그러던 어느 날 나는 풍기역에 도착했고, 택시를 타고 집으로 향했다. 집에는 언제나 안방의 불빛이 정답게 나를 반기고 있었다.

대문을 들어섰다.

"할아버지, 저에요."

그런데 안방에서는 아무 기척이 없었다.

"할아버지 주무세요?"

나는 나를 반기는 '다롱이'를 한 번 쓰다듬고 안방으로 들어서는데,

방의 한쪽 문이 많이 부서져 있는 게 보였다. 그리고 할아버지는 언제나 앉아 있던 그 자리에 쓰러져 누워 계셨다.

"왜? 어디가 아프세요?"

"……"

"문짝은 왜 저렇게 되었어요?"

이마를 만져 보았다. 열은 없고, 그냥 기운이 없고 무엇엔가 놀란 시늉을 했다. 시늉뿐…. 말을 제대로 알아듣게 하질 못했다.

'다시 바람을 맞은 것인가? 문짝으로 넘어지면서 저렇게 만들었나?'

말을 하지 못하니, 그 할아버지도 나도 안타깝기는 매일반이었다. 그런데 그날따라 밥그릇에 아침에 해두었던 밥이 그대로 남아 있었다.

"아니! 밥을 왜 안 드셨어요?"

할아버지는 고개를 흔들며 손을 허공에 내 저을 뿐, 그 표정은 피곤함 그 자체였다. 나의 가슴이 철렁했다. 그리고 다음 날 아침, 매일 변소에 가는 할아버지를 부축하려고 팔짱을 끼고 마루에서 일으켜 세웠는데, 할아버지는 내 팔에 매달리듯이 쓰러졌다. 잘 걷지 못하고 자꾸 앞으로 넘어졌다.

"할아버지 일부러 넘어지려 하지 말고, 바로 걸어 봐요. 자, 천천히…."

그날은 세 번 이상 넘어지면서 겨우 변소에 다녀왔다. 그런데 그다음 날도 다음 날도 할아버지는 기운을 차리지 못했다. 그러던 어느 날 아침 나는 할아버지가 전혀 밥을 먹지 않는다는 것을 알게 되었다.

"오늘은 할아버지가 밥 먹는 것을 보고 가겠어요."

내가 그렇게 말하며, 잠시 그릇을 가지러 부엌으로 나가다가 뒤를 돌아보는 순간에, 휴지로 밥을 싸서 호주머니에 넣고 있던 할아버지를 발견했다. 아, 할아버지는 죽기로 작정하고 먹지 않기로 혼자 결심했던 것이다. 놀란 나는 나도 모르게 외쳤다.

"아니, 이제 보니 할아버지는 정말 밥을 드시지 않을 생각이시군요."

나는 얼이 빠졌다. 이럴 수는 없다.

"왜 그러세요? 정말로 굶어 죽고 싶어서 그러세요?"

감정을 억제하고 태연한 척하며 물었다. 할아버지는 더 이상 숨길 것이 없어 고개를 끄덕였다. 그리고 머리를 절레절레 흔들었다.

시간이 없는 나는 그날 아침은 그렇게 지났지만, 저녁에 다시 잘 말씀드리려고 마음먹고 단양으로 갔다. 약국에 앉아 있어도 점점 더욱 절박한 심정이 되었다.

사실 나는 그동안 할아버지께서 혼자 계시기 때문에 심심하실 것 같아서, 집에 돌아오면 일부러 이런저런 이야기를 해드렸었다.

"오늘은 한약조제시험 준비하러 청주 갔었어요. 일주일에 한 번 공부하러 가요. 공부해서 좋은 처방 알게 되면 할아버지 약을 해드리겠어요."

하기도 했고, 건선을 이야기하기도 했다. 건선을 치료해 드리려고 유명하다는 피부과에도 가보고 값비싼 연고를 발라보기도 했고, 탕제를 두 제를 다려 드리기도 했었다.

"운전면허 시험을 치고, 아들이 자동차 가지고 오면 부석사 구경시켜 드릴게요. 약속해요."

"응."

할아버지는 고개를 끄덕끄덕 약속하고… 웃으며 손을 휘저으며 말했다.

"나중에…."

"우리 집에 오래오래 사세요. 큰일이 나서 약국을 못 하게 되면 몰라도, 제가 힘껏 도와드릴게요. 안심하고 건강하게 사세요."

어떻든 할아버지께서 밥을 종이에 싸서 주머니에 감추려다가 나에게 들킨 그날 저녁에 나는 할아버지와 마주 앉았다.

그리고 우선 무엇이고 먹을 것을 권했는데, 할아버지는 아무것도 먹을 생각이 없었다. 빵도 도마 위에 그대로 있었고, 아침에 나갈 때에 차려드린 밥과 참치를 넣어 끓인 라면도 그대로 남아 있었다.

"할아버지, 저는 할아버지의 심정을 잘 알아요. 이렇게 죽으나 저렇게 죽으나 언젠가 죽기는 마찬가지인데, 계속 남의 도움을 받고 길게 살기보다 거동도 불편하고 말조차 제대로 할 수 없어서 답답한 세상을 더 이상 살고 싶지 않은 것을…. 잘 알아요.

그렇지만 저를 생각해 주세요. 이제까지 2, 3년간 오로지 할아버지 건강하게 계시는 것만 자랑스럽게 생각하고 왔는데, 이제 갑자기 죽기를 결심한다면, 그리고 죽으신다면 저는 무엇이 돼요. 그러지 마시고 밥을 드세요. 언제까지나 돌봐 드리겠어요."

여기 고백하지만 나는 언제까지 할아버지를 봉양해야 할지 몰라 마음속에 약간 부담이 있었다. 하지만, 꼭 밥을 드시라고 계속 돌봐드리겠다고 말할 수밖에 없었다. 할아버지는 묵묵부답이었다. 눈으로 말을 하고 입을 열었지만, 나는 알아들을 수가 없었다.

"할아버지만 생각하시면 어떻게 해요. 여기서 굶어 죽으면 저는 어떻게 해요. 처음 만났을 때 '이제 죽을 수밖에 없어요.'라고 하셨지요. 그래서 제가 모시고 왔잖아요. 이제까지 잘 지냈고 저는 할아버지 건강하게 잘 지내시는 것만 만족하며 힘들지만 즐겁게 살아왔잖아요. 그런 저를 생각해서라도 굶어 죽을 수는 없어요."

나는 내가 고생스럽다는 이야기는 하지 않았다. 절대로 굶어 죽어서는 안 된다는 것이 나의 주장이었다. 그렇지만 어떤 말로도 그의 결심을 바꿀 수가 없었다. 그는 끝까지 다시 밥을 먹겠다는 말을 하지 않았다. 그렇게 며칠간씩이나 먹지도 않을 밥을 나는

"이번에는 꼭 잡수세요."

라는 부탁과 함께 상을 차리고 단양으로 가곤 했다. 그리고 점점 더 걱정되어서 낮에도 며칠씩 풍기 집에 들르게 되었다.

그렇게 굶고 지나는 것이 거의 일주일이 되었다. 나는 당황하고 안타까웠다. 할아버지는 그동안에 좋던 얼굴이 점점 말라 들어갔고, 힘이 없어서 아주 자리에 누워 지내게 되고 말았다. 할아버지에 대한 설득 작업은 밤마다 계속되었다. 이제 모든 것은 마지막 할아버지와 나의 담판에 달려 있었다.

"할아버지 저는 불효자식입니다. 아버지가 곧 죽게 되었는데, 입원시켜 드리지 못하고 죽어가는 아버지를 버렸습니다."

그때 웬일인지 울음이 복받쳤다. 울먹이며 말했다.

"어떻든 할아버지마저 그냥 죽게 내버려둘 수는 절대 없어요.

너무 해요. 억울해요. 고집을 부리시면, 손을 묶고 강제로 입을 벌려서라도 밥을 잡수시게 하겠어요."

정말 절박한 심정으로 나는 정말 그렇게라도 하고 싶었다. 나는 내가 그렇게 할 힘도 능력도 없다는 것을 알고 있었지만, 그렇게 말했다.

"참으로 방법이 없어요. 고집부리시는 할아버지를 구해드릴 방법이 없어요. 할아버지, 제발 저를 한 번만 도와주세요. 꼭 한 번만 도와주세요. 밥도 드시고 절대로 굶어 죽지는 말아주세요. 제가 그동안 도와드린 공을 아신다면, 저의 잘못을 용서해 주시고 다시 밥을 잡수세요."

내가 그렇게 말을 하고 있을 때 그 방의 천장 위에는 나의 아버지의 혼령이 「박형」뿐만 아니라 많은 다른 천신天神과 함께 나를 내려다보고 있다는 분명한 느낌이 있었다. 그래서 나는 더욱 진심으로 온 힘을 다하여 할아버지께 간곡하게, 아니, 나의 아버님의 혼령과 신들께 간곡하게 용서를 빌고 부탁했다.

사실 그때 내가 무슨 말을 했는지 지금 전혀 기억나지 않는다.

일념으로 선친과, 「박형」과, 함께 계신 많은 신들께 전심전력으로 정성을 다하여 애원하고 부탁했다는 것만을 기억할 뿐이다. 그런 것이 진심이라는 것인가?

▶ 그리고 다음 날. 아침 늦게 나는 버스를 타고 단양으로 갈 참에, 우연히 버스표 파는 나이 많은 아주머니에게 물었다.

"아주머니, 어떤 사람이 밥을 먹지 않겠다고 하는데, 어떻게 하면 좋겠어요?"

아주머니가 기다렸다는 듯이 대뜸 자신 있게 말했다.

"지렁이가 최고야. 지렁이를 먹으면 입에서 막 당겨. 당기면 먹지 별수 없어."

"정말요?"

"나는 다 죽어가다가 살았어. 심장도 나쁘고 간도 나쁘고 혈압도 높고 당뇨도 있었어. 몸이 이렇게 붓고, 병원에서도 곧 죽는다고 집에 가라고 했어. 그런데 누가 지렁이를 먹으면 된다고 해서, 지렁이를 잘 씻어서 솥에 넣고 고니까 노란 물이 나와. 그걸 먹고 차츰 원기를 회복하고 살아났어."

"지렁이. 이 겨울에 어디 가서 구하지요?"

그때 나는 지렁이로 만든 캡슐 약을 생각해 냈다. '지금은 만들지 않는 약, S제약에서 만들었던 그 약의 이름이 명심明心인가? 그거라면 속에 지렁이 가루를 꺼내서 푹 삶아 할아버지에게 드릴 수가 있겠다. 주전자에 넣고 삶아 그 물을 드려야지.'

그리고 그날 저녁 내가 그 캡슐을 빼서 가루를 끓여 드렸더니, 이제까지 물한 모금도 드시지 않던 할아버지께서 그 약물을 잡수시는 것이 아닌가! 순간 쾌재를 부르며 기막힌 하늘의 도움에 감사했다.

그렇게 그날부터 할아버지께서는 차츰 밥맛을 회복하고 원기가 회복되고 며칠 후에 완전히 살아나셨다.

그해 겨울이 지나고 봄이 오기 시작할 무렵, 나는 할아버지에게 어머니와 동생이 있다는 것을 알게 되고, 얼마 후 그들과 연락이 되어서 할아버지는 그의 어머니와 동생이 사는 아파트로 가시게 되었다.

✔ 그리고 '아닌 행복과 없는 행복'을 깨닫게 하셨다

그리고 며칠 지나 할아버지가 없는 금계동 집에 가려고 단양역 승강장을 나섰다. 그때 마치 꿈에서 깨어난 것처럼 갑자기 근심 걱정이 없는 홀가분한 행복을 맛보았다.

그 순간 문득 깨달았다.

우리는 언제나 그럴 것이라고 쉽게 생각하지만, 정말 잘못된 게 없는 것이 엄청난 행복이라는 사실을 깨달았다.

그 할아버지처럼 불편한 다리가 아닌 행복과, 불편한 팔이 아닌 행복,

눈이 먼 시각쟁애인이나 말 못 하는 언어장애인이나 듣지 못하는 청각장애인이 아닌 행복과, 잘 낫지 않는 피부병이 없는 행복과, 자꾸만 술을 먹고 싶은 마음이 없는…, 몸에 큰 병이 없는 행복과…,

또 씹을 수 없는 치아가 아닌 행복과, 속 썩이는 자식이 아닌 행복 등등, 끝없이 많은 '무엇이 아닌 행복과 무엇이 없는 행복'을 발견했다.

'아닌 행복과 없는 행복'을 사람들은 까맣게 잊고 살고 있구나!

욕심 버린다는 것, 그게 별것이 아니구나!

진리의 깨달음, 그것도 별것이 아니구나!

무엇이 없어서 또 무엇이 아니어서 행복하다는 것을 알면, 거기에 극락이 있고, 천당이 있고, 낙원이 있구나. 이게 얼마나 쉬운가!

진정 사람들은 엄청나게 많은 행복과 축복 속에 살고 있다. 사물을 분별할 수 있는 눈과 소리를 들을 수 있는 귀, 어떤 냄새도 맡을 수 있는 코, 음식을 잘 씹어 삼킬 수 있는 입, 성한 팔다리, 병 없는 신체. 거기에다가 사랑하는 식구들과 친구들과 이웃과 동료들… 그 모든 것이 얼마나 크고 큰 행복인가.

또, 잠시도 버려두지 않고 언제나 우리를 위해 모든 것을 주시고 돌보아주는 불보살님과 하나님·성령과 「박형」 박상신 도사님께서는 얼마나 우리를 사랑하시는가.

또 아낌없이 주는 햇빛과 공기와 바람, 물과 대지大地와 나무는…,

또 낳아서 길러주신 부모님, 그리고 수많은 세상사람들….

혼자서는 살 수 없는 이 세상에서 함께 살면서 서로서로 도움을 주고받는 사람들, 공무원, 회사원, 군인, 경찰, 교사, 기술자, 상인, 환경미화원, 수도배관

수리공 등등, 연예인, 각종 운동선수들까지.

그분들은 지금도 순간순간 우리를 위해서 얼마나 애쓰고 있는가.

정말로 고맙고, 감사해야 할 사람뿐이다.

∴ 「박형」께서는 나에게 그렇게 몸이 불편한 할아버지를 2년간 모시게 하셨고, 마침내 불효했던 나의 참회를 받으셨다. 그리고 나는 2년간의 고생의 결과로 '죄 없는 자가 행복할 수 있다.'는 것을 깨닫게 되었다.

참으로 우리들은 모든 성령과 대자연의 품속에서 너무너무 행복하다는 사실, 그 '무엇이 아닌 행복과 무엇이 없는 행복'을 보았다.

그리고 나중에 「박형」께서 언젠가 나에게 하셨던 말씀이 생각났다.

"잘 살면, 나중에 자네 집에 한 번 가지."

5. 누에를 치신다는 아주머니?

단양으로 왔을 당시에 젊어서 힘이 넘쳤는지, 죽령도 걸어서 넘어 다녔다. 그리고 제법 높은 산 깊숙한 곳에 있는 「박형」의 산소를 겁 없이 혼자 깜깜한 밤에도 여러 번 올라다녔다. 간첩이라고 오해를 살만큼이었다.

「박형」께서

"하나는 바로 묻고 하나는 옆에 두고 가끔 생각나면 찾아와 보게."

라고 하셨기 때문이다. 「박형」이 생각나면 산소를 찾아갔었다.

그랬는데 어느 날 한밤중에 느닷없이 도락산道樂山 어느 암자에 계신 스님을 찾아가고 싶었다. 약국 근무가 끝나고 저녁 먹을 때쯤에 길을 나섰는데, 마침 가는 길모퉁이에 불쌍하게 앉아 있는 젊은 아주머니가 눈에 띄었지만 나는 무심코 그냥 지나쳤다.

그런데 그날은 어쩐 일인지 1년에 한 번도 절에 가지 않던 내가 걸으면서 누가 시키기라도 한 것처럼 '관세음보살, 관세음보살, 관세음보살…'을 계속 염송念誦하게 되었는데, 그러다가 문득 '관세음보살님은 어디에 계신가?'라는 의문이 생겼다.

사실 나는 아무리 열심히 생각해도 그분이 어디 계신지 알 수 없었는데, 문득 '내 마음속에 관세음보살이 있고 내가 관세음보살처럼 사는 것이 제일 마땅한 것이 아닐까'라고 생각되었다. 그리고 나 스스로 이렇게 생각하는 것이 (성령의 능력을 몰랐던 당시의 나로서는) 제법 바르게 생각한 것 같았다. 어떻든 그날 길을 가면서 그렇게 계속 '관세음보살'을 염송하면서 관세음보살만을 생각했다.

그런데 도락산에 있는 그 스님의 암자에 도착해보니 이미 모두 잠이 들었는 것 같았고, 왠지 그 암자로 찾아들기가 싫어서 산속에서 밤을 지새웠다.

그리고 다음 날 새벽에 산을 내려와서 귀가하며 다시 그 길모퉁이를 돌아섰는데, 어제저녁에 보았던 아주머니가 그 자리에 꼭 같은 모습으로 앉아 있었다. '갈 곳이 없는 사람인가?' 불쌍하다고 생각되어 다가가서 물었다.

"아주머니는 어디 사세요?"

"저기 산 위에."

그 아주머니는 거기가 어디인지? 하늘인지 앞산인지를 손으로 가리키며 대답했다.

"하는 일이 있으세요? 무엇하고 사세요?"

"누에를 치며 살고 있어."

누에를 치며 살고 있다고는 했지만, 단양에서 그렇게 사는 사람이 있는지도 몰랐던 나는 그 아주머니의 무엇인가가 불쌍하다는 생각이 들었다. 나는 주머니에 있던 돈을 전부 꺼내서, 그 아주머니에게 주려고 했다.

"이것을 받으세요."

"안 줘도 되는데, 나는 돈도 있고 집도 있어."

"그래도 받으세요."

나는 의례적으로 사양하며 받지 않으려는 것 같아서 그 아주머니의 손에 내 돈을 억지로 쥐여주고 그 자리를 떠났다. 그랬지만 왠지 나 혼자 속으로 날아갈 듯이 기뻤다.

그런데 나중에 생각해 보니, 조금 이상한 것이 있었다. 그 자리에 있던 동네 아주머니들은 아무도 거기에 그 아주머니가 어제부터 계속 앉아 있는 것에 관심이 없었으며, 거기에 앉아 있던 아주머니를 전혀 모르는 사람처럼 대했다. (✓ 단양처럼 작은 소도시에서 오래 살면, 서로 한동네 사람처럼 잘 아는데)

그런데 더욱 이상한 것은 실성하지 않은 사람으로는 밤을 꼬박 지새우면서 한 자리에 꼭 같은 자세로 앉아 있을 수는 없을 것 같다. 물론 산 위 거기에 뽕나무가 있을 수는 있겠지만 당시에 거기 누에를 치며 사는 사람이 과연 있을까? 라는 생각도 든다.

그 아주머니가 정신이 멀쩡한 사람이라면 또 왜 한밤을 꼬박 길에서 지냈을까? 돈도 있고 집도 있고 누에도 친다면서, 누에는 어떻게 하고 이 한여름에…. 혹시 이 아주머니가 관세음보살님은 아닐까?

그분이 말한 '누에를 치며 산다'의 뜻이 수행자를 향상의 길로 이끌고 있다는 의미일 수가 있다. 넉잠 자고 고치를 짓는 누에가 그 고치 속에서 나방으로 탈바꿈하여 새로운 세상을 맞는 것이 수행자가 몇 차례 변역생사하다가 결국에는 교역(탈바꿈)되어 우화등선하는 것과 거의 같기 때문이다.

누에는 알 → 애벌레 → 번데기 → 나방으로 완전탈바꿈〔完全變態〕하는데, 알에서 나온 애누에가 자라면서 네 번 허물을 벗고, 큰누에가 되었다가 고치를 짓고 그 속에서 번데기로 변했다가 나방으로 탈바꿈하여 고치를 뚫고 나온다. 그렇게 알→ 애벌레→ 번데기 → 나방으로 탈바꿈하는 것이 수행자가 수다원·사다함·아나함·아라한 등의 성문聲聞 사과四果를 거치면서 차츰 보살로 성장하고 마침내 우화등선하여 신선(성령)이 되는 과정과 같다.

그래서 아주머니가 '산 위에서 누에를 친다'고 했던 그 말뜻이 그렇게 수행자를 성장시키며 탈바꿈할 때까지 기른다는 의미가 될 수 있다.

성령에 비하면 우리는 누에(벌레)의 수준일까. 어느 날 「박형」께서 문득 말씀하셨다.

"아는 사람은 편지에 충성 충忠자 대신 벌레 충蟲자를 쓰기도 했어."

어떻든 알에서 깨어난 누에를 키우듯 수행자를 가르치시는 관세음보살님께서 내가 계속 '관세음보살, 관세음보살' 하며 관세음보살을 염송하도록 하셨고, 그렇게 '관세음보살'을 계속해서 불렀기 때문에 그분께서 오셨다고 생각된다. 그날 밤 산중 한 길이 넘는 수풀에서 불쑥 나타나서 마주하게 된 어느 낯선 사람을 만났었을 때나, 산에서 밤을 지새울 때도 잘 보호해 주셨고, 그날 거기서 나를 기다려주셨던 것 같다.

절박한 상황에서 '관세음보살님'을 세 번만 정성껏 부르면 반드시 관세음보살님께서 직접 오신다.

제4장 실재계와 극락왕생

1. 9·11 테러에 대한 예지몽을 꾸다

어떤 이가 말했다.

우주는 사람들의 마음 구석구석을 속속들이 들여다본다. 따라서 우주에서는 그 어느 누구의 거짓도 통하지 않는다. 누군가 범행의도를 품고 있다면 범행이 채 일어 나기도 전에 이미 우주에 그 범행의도가 고스란히 기록되기 때문이다. 우주만물이 사람의 마음을 읽는 미립자들로 구성돼 있으니 그럴 수밖에 없다.

사실이 그랬다. 그 뉴욕(New York)의 쌍둥이 건물의 9·11테러가 일어나기 전 에 누구인가 (✓그분을 위하여 여기에 밝히지 않음) 꿈에서 그 사건을 보았다. 소 파에서 자던 그가 잠을 깨고 일어나면서 계속 눈물을 닦으며 말했다.
"비행기, 비행기가 쌍둥이 건물에 부딪쳐…."
잠자던 그가 갑자기 벌떡 일어나 울먹이며 이상한 것을 중얼거렸다. 심상찮 은 상황인 것을 눈치채고 내가 물었다.
"나쁜 꿈을 꾼 거야? 울지 말고 똑똑하게 말해봐. 뭐라고? 뭐가? 어디에서?"
그때 놀랍게도 그가 계속 눈물을 닦으면서 더듬더듬 말했다.
"미국, 뉴욕에서… 불, 불, 쌍둥이 건물이 무너져, 사람들이 불쌍해, 흑흑. 나쁜 놈들이…"

이러한 꿈을 예지몽豫知夢이라고 한다.

여기서 내가 강조하려는 것은 어떤 따뜻한 마음을 가진 사람이 예지몽을 꾸게 되는가 하는 것이 아니다. 최근에 이미 과학자들이 밝혀낸 것처럼, 이 세상일을 미리 하늘이 알고 땅이 다 안다는 사실이다. 그러니 어찌 '성령께서 이것을 모를 수가 있겠는가!'라는 것이다.

그리고 또 과학자들은 말한다. '세상에 이미 일어난 일은 절대 없어지지 않고 남아 있다.' 그러니 당연히 진지전능하신 하나님·부처님, 성령께서 다 기억하고 계신다는 말이다.

그리고 임사臨死체험을 한 사람도 또한 그가 거의 죽었을 때 자기의 일생이 주마등처럼 자기 앞에 나타났었다고 했다. 이것은 자신이 했던 말과 행동이 자기의 깊은 의식 속에 다 기억되고 있다는 뜻이다. 이것은 정말 놀랍고 두려운 진실이다.

그러니 어찌 〈착한 일을 하는 이에게는 하늘이 복을 주고 악한 일을 하는 이에게는 하늘이 화를 내릴 것이다.〉라고 하신, 성인의 말씀을 부정하고, 또 소홀하게 지나칠 수가 있겠는가.

2. 인간의 생로병사가 「박형」의 엄중한 가르침이다
– 아내의 죽음마저 나를 가르치려는 『실제주역』 책이었다 –

삼가 고인의 극락왕생을 축원하면서 이 글을 시작한다.

이미 적었던 것처럼, 「박형」께서 하루는 우리 토담집으로 와서 말씀하셨다.

"나는 3일간 잠을 자지 않고 자네 걱정을 했네."

나는 단 10분도 남을 위해서 고민해 본 일이 없었는데, 3일씩이나⋯. 나는 놀라고 어리둥절했었다. 「박형」께서 이어 말씀하셨다.

"옛날 선비들은 자식을 서로 바꾸어서 공부를 시킨 일이 있었는데, 우리도 그렇게 한번 하세. 한 1년 정도."

「박형」께서 우리 아이에게 가르침을 주신다니 당연히 대찬성이었다.

그때 「박형」께서는 참으로 이해하기 어려운 말씀을 던졌었다.

"그리고 1년 후에는 자네가 다 맡게. 우리 집사람까지도⋯."

그 순간 나는 대답 대신으로 저절로 중얼거렸다.

"땀나는데."

그때 내가 '그러세.'라고 긍정하는 대답을 하거나, 아니면 '아닐세.'라고 부정하는 대답을 해야 마땅했을 것 같은데, 왜 저절로 대답을 대신하여 '땀나는데.' 라고 말했을까!

그 이유가 나중에 밝혀진다.

어떻든 그랬는데, 하루는 「박형」께서 풍기 새한약국에 들러 말씀하셨다.

"자네와 나는 동서同壻라면 동서, 아니라면 아니. 우리 집사람은 자네에게 마누라라면 마누라, 아니라면 아니."

라고 알쏭달쏭한 말씀을 하셨다.

나는 동서의 뜻도 알지 못하고 있었다.

동서는 사전에 이렇게 정의하고 있다.

* 동서同壻 ⋯ 형제의 아내끼리나 자매의 남편끼리 서로 일컫는 말.

「박형」과 나는 남자이므로 남편끼리 서로 일컫는 말에 해당이 된다. 그리고 「박형」의 말씀에 따르면, 여기서는 자매의 남편끼리가 아니고, 한 부인의 남편 끼리라는 의미가 된다. 「박형」께서 부인을 '자네가 다 맡게. 우리 집사람까지도.'라고 하셨기 때문이다. 나중에 내가 「박형」께서 나에게 맡긴 집사람을 맡으면 동서가 된다는 의미다.

분명히 말씀하셨다.

"나는 3일간 잠을 자지 않고 자네 걱정을 했네, 1년 후에는 자네가 다 맡게. 우리 집사람까지도, 자네와 나는 동서同壻라면 동서, 아니라면 아니. 우리 집사람은 자네에게 마누라라면 마누라, 아니라면 아니."

누가 이런 상황을 설명할 수 있나. 그리고 누가 이렇게 할 수가 있나! 친구에게 자기의 부인을 맡기고 떠나갈 수 있는 사람이 세상에 어디에 있나! 이와 같은 상황을 나는 들은 바도 없고, 본 적도 없다.

「박형」께서는 어리석은 나를 위해서 그렇게 하신 것이지, 다른 것이 아니다.

나중에야 나는 이 엄중한 사실을 깨달았다.

물론 남겨진 두 집 식구를 위해서도 그렇게 하는 것이 최선이라고 생각을 하셨겠지만, 나는 나중에 분명히 나를 위해서 그렇게 했다는 것을 깨우치고서, 마음속으로 털썩 「박형」 앞에 무릎을 꿇고 말았다.

'고맙습니다. 고맙습니다.'

나는 그렇게 항복하고 말았다.

이렇게 절실하게 '세상의 진리'를 나에게 알려주려고 하셨구나! 꼭 깨우침을 얻어 세상에서 '벗어나는 길은 오직 이것 한 길뿐'인 그 길로 가라고 이렇게까지 하셨구나!

그래서 나는 외치고 싶다.

'제발 공부하자. 세상의 진리를 배우자. 그리고 성인의 말씀을 따라서 무상대도無上大道, 윤회의 고통에서 벗어나는 길은 오직 이것 한 길로 나아가자. 제발 바르게 살자! 죄짓지 말고!'

〈각설하고〉 「박형」께서 서거하신 후에 나는 정신이 없었지만 약국을 할 수밖에 없었고, 다음 해 1월에 단양에 와서 동업으로 약국을 열었다. 그리고 「박형」께서 나에게 맡긴 집사람을 맡으려고 행동에 나섰다.

먼저 허락을 받으려고 「박형」의 부친을 찾아뵈었다.

나는 정말 말이 잘 나오지 않았다. 용기를 내서 송구스럽게도 「박형」께서 집사람을 나에게 부탁했다고 말씀드렸다. 「박형」 생각이 난 부친께서는 아무 말 없이 방으로 들어가서 한참 동안을 흐느껴 울고 나오셨다.

그리고는 작게 말씀하셨다.

"안 된다."

나는 한 번 더 찾아뵈었고, 다음으로 부인의 친정아버지를 찾아뵈었다.

부인의 친정아버지께서도 처음에는 아무 말씀이 없으셨다. 나에게 밖에 나가서 기다려보라고만 하셨다.

나는 밖에서 기다렸다. 추운 겨울바람이 제법 쌀쌀했다. 한 시간가량 밖에서 서성였다.

그때 옛날이야기 같은 '결혼을 하기 위해서 「박형」께서 처음 부인의 집(처가)을 방문했을 때의 이야기'가 생각났다.

「박형」께서 혼자 먼저 처가가 될 그 집을 방문하기 위해서 기차를 타고 만종역에 내렸다. 마중 나온 사람이 말했다.

"잠시만 여기서 기다려주세요."

「박형」께서는 2시간을 역에서 기다렸다. 2시간 뒤에 다른 사람이 와서 「박형」을 데리고 처가로 안내했다. 신랑이 될 「박형」의 사람됨을 떠보려고, 장차 장인이 될 어른께서 그렇게 하셨던 것이다.

그리고 그날 동리에서 잘 나가던 서당선생이 찾아와서 사서삼경에 대하여 문답을 시작했다. 그날 밤이 새도록 문답은 끝없이 이어졌다.

다음 날 새벽에 서당선생은 방문을 열고 나오면서 딱 한 마디 감탄사를 던졌다.

"천재天才다. 천재야!"

그래서 「박형」처럼 나도 1시간가량을 잘 기다렸다. 순간적으로는 가버릴까도 생각했었지만 「박형」의 에피소드를 생각하고 잘 기다렸다. 마침내 장차 처남이 될 사람이 집에서 나왔다. 그리고 말했다.

"좋게 결론이 날 것 같아요. 누님과 잘 사세요."

그리고 장차 장인이 될 분에게서 반승낙을 받았다. 자식을 생각하는 어른들은 모두 걱정이 많으시다.

물론 「박형」이 부탁을 한 「박형」의 집사람에게 승낙을 받는 것도 쉬운 일은 아니었다. 그러나 「박형」의 집사람 역시 어찌할 수 없지 않았을까 싶다. 나중에 승낙하였고, 나는 「박형」께서 부탁했던 집사람을 신단양에 모셔 올 수 있었다.

정식으로 식을 올린 사이는 아니었지만, 동거인으로 40년을 함께 지냈다. 「박형」께서 미리 언급한 것처럼, '하나는 바로 묻고 하나는 옆에 두고 생각나면 찾아와 보게.'라고 하셨고, '우리 집사람은 자네에게 마누라라면 마누라, 아니라면 아니.'였다.

단양에 와서 얼마 되지 않은 때였다. 초중학교 동창들 15명(?)이 풍기 희방사가 있는 골짜기에 있던 음식점에서 모였다. 그리고 모두 자기의 지난 삶에 대하여 말하는 자리가 마련되었다.

나는 말했다.

"동창들에게 정말로 미안하다. 나는 「박형」 박상신의 부인과 함께 단양에서 살게 되었다. 여러 동창을 만나보니 새삼스럽게 나의 잘못이 느껴진다. 「박형」 박상신이 '자네가 다 맡게. 우리 집사람까지도'라고 했다. 그래서 같이 살고 있지만, 정말로 죄송하다. 그동안에는 둘이서 몇 번 이층도 만들고 했었다. 하지만, 앞으로는 절대로 그렇게 하지 않겠다. 약속한다."

나의 발언이 다 끝난 뒤에 어떤 친구가 다가와서 말했다.

"이보게, 여자들은 그렇게 하면 안 돼. 가끔 이층도 만들고 해야 돼."

물론 나는 그 모임에서의 약속을 그 후에 지금까지 40년 가까이 지켰다. 마치 그 옛날에 세계적으로 유명했던 누구누구의 동거처럼 살았다.

나이가 들어서 여명약국을 퇴직하고 노령연금을 신청하러 읍사무소에 갔었다. 담당자가 도저히 믿을 수 없다는 듯이 말했다(어떻든 지금부터 나는 「박형」의 집사람을 나의 집사람이라고 부르겠다.).

"동거인이라고요? 두 분이 함께 한 집에 산 지가 몇십 년이 넘었는데, 어떻게 동거인이 될 수 있어요?"

나는 이것을 설명할 수가 없었다. '나는 거실에서 자고 집사람은 안방에서 잔다.'는 것도 증명할 수가 없었다. 분명히 우리는 먹고 자고 한집에서 살았고 동거한 것이 맞다. 사실로 동거인이니 동거인이라고 할 수밖에 없지만, 우리의 40년 동거를 증명할 수 없었다.

사실 나는 가끔 이렇게 하기는 했다.

임제라는 옛날 선비가 한우라는 기생에게 읊어주었다는 시조를 패러디해서, 은근슬쩍 집사람의 침대로 올라가서 마음을 떠보기도 했다.

'북천이 맑다커니, 우장 없이 길을 나니, 산에는 눈이 오고, 들에는 찬비로다. 오늘은 찬비 맞았으니, 녹아 잘까 하노라.'

그렇게 이불속으로 기어들기도 했다. 하지만, 나나 집사람이나 다른 마음은 없었다. 그래서 별다른 일은 일어나지 않았다. 물론 나에게는 친구들과의 약속이 있었고, 집사람 또한 결심이 있었다. 90살이 되기 전에는 허락할 수 없다는 결심이었다.

그랬지만 사실 부부관계가 없다는 것만 제외하면, 우리는 서로 많은 도움을 주고받는 부부와 조금도 다른 것이 없었다. 특히 몸이 아파서 입원하거나 수술을 받을 경우에는 누구랄 것도 없이 서로 간병인 역할을 잘했다.

부부가 서로 사랑하는 것에 대하여 송나라의 유학자가 명언을 남겼다.

"부애기내조夫愛其內助하고, 부애기형가婦愛其刑家라."

남편은 그 부인의 내조를 사랑하고, 부인은 그 남편의 집안을 다스리는 것을 사랑한다.

이렇게 마음을 쓰면 좋은 부부가 될 수 있다. 부부가 감각적 욕망 때문이 아니라, 동반자로서 서로 믿고 의지하고 도우면서 향상하는 곳으로 나아가는 삶을 사는 것이 어떨까.

집사람은 참을성이 대단한 사람이었다. 처음에 단양 새한약국에 왔을 때는 내가 집을 장만하지 못하고 있었기 때문에 비좁은 약국의 뒤쪽에서 음식을 장만했고, 고생을 많이 했다.

그런데 차츰 단양 사람들과 사귀면서, 특히 등산하는 여자분들과 어울려서 매주 등산하러 갔다. 오해는 없기 바란다. 여자분들끼리만 함께 가는 건강한 등산이었다. 수많은 산행 사진이 증거이다. 전국을 다녔다. 제주도 한라산도 갔었고, 때마침 시작된 금강산 관광에도 참석했다.

언제나 등산을 하고는 집에 와서 말했다.

"당신을 위해서 정상에서 기도했어요."

그렇게 몇 년간 계속 등산했다. 그리고 등산에 어려움이 있었는지, 어쩐지 등산 다음으로 베드민턴, 그다음에는 볼링, 그리고 무릎이 나빠졌는지 양쪽 무릎을 연달아 수술했고, 노인용 전동차를 샀다.

전동차를 산 뒤로는 비가 오나 눈이 오나 바람이 부나, 한결같이 매일 새벽마다 수영장을 다녔다. 나중에는 수영할 때 힘을 빼고 천천히 수영해도 다른 사람보다 빠르게 가는 경지에 이르렀다고 자랑했다.

이런 과정을 거치는 중에 나이별로 겨루는 여러 종목에서 성인대표로 시합에 나갔다. 가끔 군의 대표로 출전하여 메달을 따기도 했다. 그리고 집사람의 호칭이 새한약국이 되었다.

그렇게 운동에 열심이었지만, (✓집사람은 나와 동갑이다.) 나이가 들어서는 같이 다닐 사람도 없고, 같은 연배도 없고, 별로 재미가 없어졌다. 거기다가 한 달에 4만 원 하는 수영장 이용료가 아까워졌다. 그래서 단양 사람들이 가장 많이 다니는 대성산 둘레길 걷기로 종목을 바꾸었다. 나도 약국을 퇴직했기 때문에 나와 함께 한 시간씩 대성산 쪽으로 걸었다.

그동안에 아이들은 모두 장성하여 대학교를 졸업했고, 모두 좋은 배필을 얻어 결혼했다.

하여서 지금은 모두 어디에 내어놓아도 자랑할 수 있을 만큼 되었다.

분명히 이 모든 것은 「박형」의 덕분이다. 우리 집 아이들도 어리석었던 나와는 아주 딴판이다. 「박형」께서 1년간 가르침을 준 덕분으로 마음이 착하게 되었고, 「박형」을 많이 닮아 착하고 인정 있는 「박형」의 식구들과 어울려서 살게 되었으니, 자기도 모르게 좋은 점을 따르게 되었기 때문이리라.

우리는 전에 죽령에서 만났던 복분자가 말했던 것, '그렇게 살면 되겠네.'처럼 되었다.

✓ 「박형」의 맏이가 장가가던 날 이야기

「박형」의 맏이는 미국 유학을 2년 동안 다녀왔다. 그리고 귀국하여 단양에 왔다가 단양에서 부인이 될 사람을 만났다.

하루는 부인이 될 그녀를 약국에 데리고 왔다. 그때 나는 「박형」께서 다녀가는 것 같은 확실한 느낌을 받았다. 그래서 무조건 결혼이 잘될 것이라고 생각했고, 두 사람의 결혼은 쾌속 진행되었다.

그리고 「박형」의 맏이가 단양에서 장가가는 날 「박형」께서 방문하신 것 같은 사건이 있었다.

그날 내가 결혼식 피로연을 연 식당으로 막 올라서는 순간에, 어디서 나타났는지 네 모서리에 회전의자의 바퀴를 달아서 타고 다닐 수 있게 송판으로 만든 썰매를 타고 앉아서, (인구가 겨우 1만 명 정도 되는 소도시인 단양 읍내에서 처음 보는) 몸이 불편해 보이는 할아버지가 누구의 도움을 받아 쉽게 피로연장의 계단을 올라오는 것이 보였다.

내가 보니 할아버지는 곧장 식당으로 진입하였고, 누가 시킨 것처럼 안내를 맡은 사람이 냉큼 할아버지에게 점심상을 차려드리라고 홀서빙하는 이에게 지시했다.

잘한다고 생각했고, 나중에 내가 좀 궁금하여 가서 확인해 보았더니, 언제 어디로 가셨는지 어디에도 그분은 보이지 않았다.

그리고 물론 아무도 그분이 누구인지 아는 사람도 없고, 그전에도 그 뒤에도 그런 바퀴가 달린 송판으로 만든 썰매를 탄 할아버지를 본 사람이 없다. 그 할아버지가 「박형」의 현신이라 해도 조금도 이상하지 않다.

▶ 한편 나는 더 공부하고 싶었다. 당시에 누가 약국 앞을 지나가면서 나에게 말했다.

"글문도사로구먼"

그리고 천태종 본사인 구인사에 계신다는 스님께서 자주 와서 가르침을 주셨고, 하루는 누구인가 몇 가지 불교 서적을 보내주시기도 했다.

그래서 공부하면서 「박형」의 언행은 너무나 귀중한 (✓심지어 국가의 위상과도 관계가 있을) 것이므로, 그냥 덮어버릴 수 없다고 생각하여 몇 권의 책을 '자기 부담으로 출판'하기도 했다.

그리고 '죽을 때에 한 번 써먹으려고 머리를 맑게 하고 산다.'는 할아버지를 소개해 주신 고마운 지씨池氏 할아버지의 말씀을 생각했다.

'내 나이가 80에서 한 살만 적어도, 딱 한 살만 적어도, 지금 당장 공부하러 떠날 수 있겠는데.'

나는 약국을 접고 입산수도하고 싶었다.

그때 마침 우리 새한약국 앞에 여명약국이 들어왔다. 여명약국의 주인 약사가 원하기도 했지만, 나는 꼭 두 달만 여명약국에서 관리 약사를 하다가 산으로 가고 싶었다.

그래서 새로 생긴 여명약국에 취직했는데, 영영 입산수도하러 가지 못하고 말았다.

그리고 IMF 어려운 시기에 장인께서 승용차를 한 대 살 돈을 주셨다. 지금도 타고 다니는 그 차다. 그리고 아파트를 사게 되었고, 집사람의 생활도 좀 편하게 되었다. 그때 나는 느끼고 잘 알고 있었다. 나는 집사람보다 일찍 죽을 것이라고.

그리고 세월이 흘러서 「박형」의 부친을 위시하여 장인과 윗대의 분들이 모두 돌아가셨다.

그리고 다음 차례는 우리들이 되고 말았다.

3. 고인이 되신 이정원 여사님의 극락왕생을 기원하면서

– 우리에게 '여기서 벗어나는 길은 오직 이것 한 길'뿐이다 –

어느 날 집사람이 대성산 둘레길로 올라가면서 갑자기 힘이 들고 숨이 차다면서 걸음을 멈추었다.

"내가 왜 이렇게 숨이 차지?"

그리고는 한 번도 뒤처지지 않던 집사람이 자꾸만 쉬었다 가자고 했다. 나는 그냥 늙어서 그렇게 된 것인 줄 알았다. 집사람은 태음인이라 무엇이든지 먹으면 살이 쪄서 겉보기에는 어디 아픈 사람은 아니었다.

그랬는데, 무슨 징조가 있는 이상한 꿈을 몇 번 꾸었다고 하면서, 한번은 무심코 약한 말을 했다.

"나는 죽기 싫은데…."

그때 내가 말했다.

"다 개꿈이야."

그리고 얼마 뒤에 갑자기 설사를 하기 시작했다. 그동안에도 장이 나빠서 지사제를 달고 살기는 했지만, 심하지 않았는데, 이번에는 멈추지를 않았다.

제천의 종합병원에 가서 진찰을 받았고, 신장에 염증도 있다고 해서 지사약을 겸해서 신장의 염증 때문에 항생제를 5일분을 처방받았다. 그런데 하필 그 약이 집사람에게 잘 맞지 않는 것이었는지, 설사가 멈추지를 않았다.

대구에 사는 딸에게 연락했더니, 병원을 예약해 두겠으니 오라고 했다. 대구로 내려갔다. 대구에 제법 큰 병원에 입원했다. 그런데 진찰 결과 설사가 문제가 아니고 엉뚱하게도 '폐렴'이라는 것이었다.

그래서 폐렴약을 일주일간 먹게 되었다. 그런데 약의 부작용인가? 집사람의 모든 장기가 다 해를 받기 시작했다. 심장·간·신장·위장까지. 그래서 밥을 먹지 못하고 설사도 멈추지 않았다. 미열은 잡힌 것 같았다.

어떻든 문제는 기침도 없고 열도 없고 가래도 없는데, 집사람이 탈진 되는 것이다.

그리고 입원한 지 7일이 경과하자 병원 측에서는 '할 수 있는 것이 더는 없다. 병이 나았다고도 할 수 없고, 병이 있다고도 할 수 없다. CT 촬영상으로 보면 폐가 섬유화된 부분이 많이 보인다'고 했다.

우리는 약을 받아서 큰 병원에 가기로 했다.(✔당시에는 몰랐는데 폐 섬유화는 난치병이라고 한다.)

큰 병원에 예약을 하니 3일쯤 공간이 생겼다. 작은 딸네 집에 가서 쉬다가 보니, 밥도 조금씩 먹고 설사도 멈추고 증상이 별로 나타나는 것도 없고, 잘만하면 곧 병이 나을 것 같았다.

하지만 큰 병원에 입원시켰다. 코로나 때문에 호흡기에는 전문성이 있다는 대구의 대학병원이다.

폐렴은 보통 21일이면 모두 치료가 된다고 한다. 21일 정도 뒤에 거의 병이 나은 것처럼, 열도 없고 병균도 나오지 않고, 좋았다. 그래서 곧 퇴원을 할 것 같았다.

그런데 바로 그 무렵에 간호사가 와서 열을 쟀는데, 갑자기 38도가 나왔다. 어떻게 된 것일까. 그때 딱 한 번 38도가 나왔다. 그래서 의사가 다시 항생제를 바꾸어서 투약하기 시작했다. 그렇게 도합 한 달간 입원하게 되었다.

그리고 또 병원의 의사가 결론적으로 말했다.

"가래도 없고 병균을 잡아낼 수도 없다. (나중에는 바이러스도 체크했었다.) CT 결과에서 보이는 것은 섬유화가 된 것이 맞는 것 같다. 집에 가시지요."

퇴원을 하라고 했고, 5일분의 약을 주었다.

우리는 단양 집으로 왔다. 집사람이 기력만 회복하면 다 해결이 될 것 같았다. 한의원에 가서 보약도 샀고, 물리치료도 받았으며, 약을 틀림없이 잘 챙겨 먹었다. 병을 이기고 싶었기 때문이다.

우리는 매일매일 열을 쟀고, 맥박수도 쟀다. 산소요구량도 쟀다. 그런데 먹는 것이 제일 문제였다. 입맛이 떨어져서 먹지를 못했다. 나중에는 바나나를 제외하고 씹는 것은 아예 입에 대지 않았다. 처음부터 큰 따님과 내가 간병인 역할을 했고, 효성이 지극한 딸들이 정성스럽게 음식을 준비하고 딸들이 무진 애를 썼지만, 몸 상태는 쇠약해질 뿐 나아지질 않았다. 혼자 일어서는 것과 출입도 힘들게 되었다.

그런데 더 큰 문제는 5일분의 약을 다 먹었을 때였다. 갑자기 열이 38도로 올라갔다. 그리고 맥박 수가 100을 넘기더니 180~200을 넘어갔다.

이것은 심장이 큰 부담을 받는 중이고, 폐의 기능이 떨어졌고, 혈액량도 모자란다는 신호였다.

급히 자주 다니던 읍내 병원에 가서 상담했다. 의사가 말했다.

"속히 큰 병원으로 모시고 가세요, 늦으면 큰일 납니다."

그때 내가 가장 큰 잘못을 했다. 그날 오후에 바로 대구병원으로 갔으면 어떻게 되었을지 모르겠는데, 다음 날 아침 새벽 6시에 출발하여 대구에 9시경에 도착했다.

그런데 문제가 또 있었다. 오기만 하면 금방 봐 줄 것처럼 말했는데, 환자는 힘이 없이 휠체어에 앉아 있는데, 진료 차례가 되어야 봐준다는 것이다. 이때도 내가 또 잘못했다. 바로 응급차로 응급실로 들어갔어야 되는데, 담당 의사가 있는 진료실 앞에서, 곧 봐줄 것이라고만 믿고 기다렸다.

야속하게도, 담당 의사가 오후 늦게 진찰을 했고, 병실이 나서 입원시켰다. 영양제와 항생제를 주사했다. 전과 똑같은 처방이었다. 환자는 환자대로 고생하고 병은 병대로 찾지 못하고. 사실 폐렴에는 약을 쓰는 순서가 있었다. 병원에서는 그대로 하고 있을 뿐이었지만, 나로서는 안타깝고 한심하기까지 한 경우였다.

분명 입원이 늦어져서 그랬을 것이다. 폐렴이 양쪽 다 번졌다고 했다. 하루가 겨우 지나갔다. 그리고 다음 날 이미 탈진한 집사람에게 산소호흡기를 점점 더 강력한 것을 썼다. 점점 더 산소가 부족해지기 시작한 것이다.

그리고 이번의 문제는 대변이다. 겨우 하루에 한 번도 힘들게 누던 것을 그날은 한번 누고 환자용 팬티를 갈아입혀 주었는데, 금방 또 대변을 누었다. 또 갈아주었고, 환자용 팬티를 갈아입혔다. 아니 그런데 또 냄새가 났다. 또 변을 치워주고 갈아입혔고 침대 시트를 갈았다. 몇 번을 그렇게 했는데, 이번에는 엄청나게 많은 대변이 나왔다.

"좋아요, 좋아. 얼마든지 마음대로 누라고, 내가 다 처리해 줄 터니까."

나는 열심히 정말 땀을 흘리면서 많은 변을 치우고 치웠다. 그리고 힘겹게 환자용 팬티를 갈아입혔다. 와! 그 순간이었다. '땀나는데' 그 말이 분명하게 마음속에서 생각났다. 이렇게 되려고 내가 '땀나는데'라고 대답했구나. 전에 「박형」께서

"그리고 1년 후에는 자네가 다 맡게. 우리 집사람까지도…."

라고 하셨을 때, 나는 대답 대신으로 '땀나는데.'라고 저절로 중얼거렸었다. 왜 그랬을까? 바로 이 장면 때문이었다.

▶ 의사들은 다 퇴근하고 저녁이 되었다. 밤 12시가 지나면 추석날이었다. 그 저녁에 다른 주치의가 집사람의 상태를 보고 말했다.

"보호자를 부르는 것이 좋겠어요."

밤늦게 아들과 딸에게 연락했다. 모두 한달음에 달려왔다. 그리고 그동안에 병이 나아진다고 하더니 갑자기 웬일이냐고 했다. 그리고는 엄마의 주위에 모여들었다. 나는 어떻게든지 낫게 해주고 싶었다. 관세음보살님께 빌어야 되나. 어떻게 해야 집사람을 살릴 수가 있나, 집사람을 뚫어져라 쳐다보면서 생각했다.

(집사람의 팔에는 링거줄이 주렁주렁 꽂혀 있었고, 인공호흡기가 코에 고정되어 있었으며, 간호사는 집사람이 침대를 벗어나지 못하게 했다. 꼼짝없이 고통받는 병자의 슬픈 이야기는 차마 더 쓸 수가 없다.)

평생을 꿋꿋하게 사셨고, 병의 아픔도 말없이 참아왔던 이정원님은 아들과 딸이 지켜보는 중에 2023년 9월 29일 추석날 3시경에 조용히 고인이 되셨다. 극락왕생하시기를!

그날 새벽에 단양 장례식장으로 옮겨와서 3일 후에 장례식을 치르고 청풍추모공원으로 모셨다.

그리고 집으로 돌아와서 나는 깨닫게 되었다.

그전에 「박형」께서

"이렇게 해야 나중에 둘 다 잘 살아."

라고 하셨던, 그 이유를 깨달았다. (✓「박형」께서 '이렇게 해야 나중에 둘 다 잘 살아.'라고 하셨는데, 여기서 나중은 다음 생이다. 「박형」께서 전생으로부터 여자 뒤만 따라다녔던 나에게 부부로서 잘 사는 법을 그렇게 깨우쳐주신 것이다.)

오! 「박형」 박상신 도사님!

'도사님께서는 '거기서 벗어나는 길', 특히 애욕에서 벗어나는 법을 그렇게 중요하게 생각하고 계시는구나! 죽음마저 '그것을' 나에게 가르치려는 도구로 쓰셨구나! 우리는 생로병사와 죽음을 그냥 두려워하면서 살고 있을 뿐인데! 나는 더 할 말이 없었다.'

정말 세상은 실제 체험학습장이다. 성령께서는 '벗어나는 오직 이것 한 길'로 나아가라고 이처럼 준엄하게 (생로병사로써) 가르치시고 계신다!

분명히 부인을 위해서, 나를 위해서 이렇게 하셨다. 나는 나를 위해서 그처럼 고통스러운 부인의 죽음을 준비하셨다는 것을 깨닫는 순간, 마음속에서 털썩 「박형」 앞에 무릎을 꿇고 항복하고 말았다.

그리고 감동의 눈물로 말씀드렸다.

'고맙습니다. 고맙습니다. 정말 고맙습니다. 꼭 가르침대로 둘 다 잘 살겠습니다.'

삼가 이정원 여사님도 폐렴이 생기게 된 원인을 깨우치고, 애정은 눈물의 씨앗인 것을 기억하면서, 이고득락 보살만행하고, '거기서 벗어나는 길은 오직 이것 한 길뿐'인 그 길로 극락왕생 성불하시기를 기원합니다.

그래서 옛날에 원효대사께서 죽은 이를 위해서 염송하면, 망자가 극락왕생한다는 〈광명진언光明眞言〉을 집사람의 영정 앞에 틀어놓기 시작했다. 24시간 계속해서.

그리고 선운사禪雲寺에 가서 지장보살님 한 분을 모셨다. 그리고 예불시간마다 '나무아미타불'을 열 번씩 부르면서 '아미타 부처님'께 부탁드리고 있다. 꼭 이정원 님을 극락에 받아주시라고.

✓ 여기에 감히 고인이 된 집사람을 위해서 광명진언을 올린다. 다른 사람을 위하는 것은 공덕이 될 것이니, 부디 집사람을 위해서 진심으로 광명진언을 읽어주기를 부탁하면서.

2023년 9월 29일, 음력 8월 15일 추석날에 돌아가신 이정원 여사님, 꼭 극락 왕생하시기를! 기원합니다!

〈옴 아모가 바이로차나 마하무드라 마니 파드마 즈바라 프라바를타야 훔〉

글을 끝내면서

무상대도는 성도聖道이다. 살아서 성인이 되고 죽어서 성령이 되는 길이다. '거기서 벗어나는 길은 오직 이것 한길뿐인 길'이다.

우리가 수행하여 깨달음을 얻고 보살도를 실천하며 성인이 되는 길이다. 함께 억만장자가 되는 길은 보살행이다.

그때 효림에서 출판한 책 『법공양』을 만났다. 나는 거기서 보살행을 보았다. 그래서 2018년 처음으로 효림을 찾아갔다.

그리고 2019년에 드디어 책다운 책, 『도사가 될래요? 박사가 될래요?』를 출판했다. (그전에도 몇 권의 책을 썼지만, 존경하는 김현준 대표님의 가르침을 받아서 책다운 책을 얻게 되었다.)

그 책의 내용은 이 책 제3부의 내용과 비슷하다. 고 백화자님이 '도사가 되겠어요.'라고 결심하고서 온갖 고난을 이겨내고 초지일관하여 승화하는 이야기가 주제였다. 물론 「박형」 박상신 도사님의 불가사의한 가르침이 포함되어 있었다.

그리고 『주역』을 더 공부하는 중에 점점 『주역』의 가르침이나 불교의 가르침이나 예수님의 가르침이나 모두 같은 곳으로 향하고 있다는 것을 알게 되었다. '성인의 모든 가르침은 살아서는 성인이 되고, 죽어서는 성령이 되라는 것'이었다. 그러한 사실을 밝히려고 쓰게 된 책이 『우화등선』이다. 2022년에 출판하게 되었다. 성인이 되고 죽어서 신선(성령)이 되는 것이다.

그리고 마지막으로 나는 『교역』을 썼다. 그것이 마지막이라고 생각했다. 늙

468

어서 공부하게 되고 새로운 것을 발견하게 될 것이라고 한 나의 사주팔자처럼, 나는 교역을 깨우쳤다. 나는 이것을 꼭 세상에 밝혀두고 싶었다. 단 한 사람이라도 '벗어나는 길은 오직 이것 한길'뿐인 그길로 나아가기를 원하기 때문이다.

그것은 또 「박형」 박상신 도사님의 최고의 가르침인 교역이었을 뿐만 아니라, 「박형」께서 풀어주신 주역의 64괘였기 때문이다. 분명 교역이 세상 사람 아무도 모른다는 '최고의 진리'였기 때문이다.

그래서 「박형」께서 말씀하신 것처럼 '세상에 아는 사람이 아무도 없는' 『교역』을 출판하지 않을 수 없었다.

나는 자랑스러웠지만 역시 (남몰래 수행자의 길, 보살의 길, 교역의 길로 나아가는 사람은 있겠지만….) 교역과 「박형」께서 풀어주신 64괘의 중요성을 알아주는 사람을 만나기는 쉽지 않았다. 요즘 사람들이 책을 잘 읽지 않는 탓이리라. 하지만 책으로라도 '진리의 큰길'을 꼭 남겨두고 싶었다.

그래서 다시 「박형」 박상신 도사님께서 '사람 추수하시는 법'을 밝혀놓고 싶다.

결국 『무상대도』를 출판하기로 마음먹었다. 단 한 사람이라도 무상대도로 가게 되기를 간절히 원하기 때문이다.

『무상대도』는 그냥 가르침이 아니다. 성인의 가르침의 골수이다. 그 가르침은 윤회의 괴로운 삶에서 떵떵거리고 사는 인생을 만들자는 것이지 다른 게 아니다.

세상의 주인이 되고서, 세세생생 영원히 억만장자가 부럽지 않는 삶으로 함께 나아가자는 것이다. 그리고 그렇게 되는 방법은 오직 이것 한 길뿐이다. 무상대도 뿐이다.

실제로 모든 것을 다 아는 박사가 되어도 '아는 것'을 쓰지 않으면 모르는 것과 무엇이 다르겠는가.

나에게는 새로 각오가 필요한 시점이 되었다고 지적해 주신 분이 계셨다.

"꼭 말해두고 싶습니다. 제1부部부터 3부까지는 내용에 흐름이 있는데, 제4부에는 본인의 무엇이 있어야 될 것입니다. 그래서 시간이 많이 걸릴 것이라고 했습니다."

좋은 지적을 받고 곰곰이 반성했다. 물론 「박형」 박상신 도사님께서 나에게 '자네는 밖에서 쭉정이 담는 가마니 짜는 것 같은 거나 생각해 보게.'라고 하셨다.

또, 「박형」 박상신 도사님께서는 '저 사람은 말로만 해.'라고 하셔서 말로만으로는 알곡 추수가 안 된다는 것을 알려주셨다. '농사를 지으려면 나와 같이 지어야 돼.'라고 하셨다.

정말 그렇게 되려면 시간이 엄청 많이 필요할 것이다. 물론 나는 남은 생에서 최대한 노력을 할 것이다.

그리고 당연히 다음 생에는 수행자가 되고, 누가 물어도 "도사가 되겠어요."라고 대답할 것이다. 목숨을 내놓으라고 해도 "도사가 되겠어요."라고 대답할 것이다. 그것이 바로 무상대도이기 때문이다. 벗어나는 길은 오직 이것 한 길뿐이기 때문이다.

자기의 집을 떠나서 개고생하는 모든 탕자蕩子에게 이렇게 묻고 싶다.
"대우주의 주인이 될래요? 지금처럼 그냥 이렇게 살래요?"

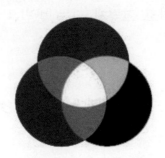

"여러분 모두 세세생생 태어날 때마다 부자로 태어나고, 강건하고, 또 더욱 총명하게 태어나서, 하루속히 이고득락, 보살만행하고, 성불하기를 삼가 기원합니다.

　마침내 「박형」 박상신 도사님처럼 무상대도로 나아가서 마침내 교역되기를 삼가 기원합니다.

　나무마하반야바라밀 나무마하반야바라밀 나무마하반야바라밀."

미주

미주1) _「박형」께서는 이미 부처님 당시에 16성인(16나한羅漢)이셨고, 한때 전생에서 퇴계 이황 선생이기도 하셨다고 생각한다, … 그 이유는 이렇기 때문이다. 어느 날 예불 시간에 내가 예불문을 외면서, '영산당시靈山當時 수불부촉受佛咐囑 십대제자十大弟子 16성十六聖.' 그 '16성'이라고 외는 순간 어느 분께서 나의 마음에 한 줄기 빛을 비춰주셔서, 「박형」 박상신 도사님께서는 부처님 당시에 '16성자聖者'의 한 분이었다는 사실을 깨우쳐주셨다. 그래서 「박형」께서 옛날 부처님 제자였을 당시에 16성인十六聖人의 한 분이었다고 말할 수가 있다.

그리고 「박형」께서 전에 퇴계退溪 이황李滉(1501~1570) 선생님이셨다고 생각되는

• 첫 번째, 근거는 「박형」께서 특별히 "인연이 있는 곳으로 가보자." 하시고서 갔던 곳이 옥순봉 구담봉이었는데, 거기는 그 옛날 퇴계 이황 선생과 관기官妓 두향杜香의 인연이야기가 있었다.

• 두 번째 근거는 「박형」께서 '모든 것은 이理다.'라고 하셨는데, 그 말씀이 바로 옛날 퇴계 이황 선생께서 고심하여 밝혀내셨던 이발기승理發氣乘의 주리설主理說과 같기 때문이다.

• 세 번째 근거는 「박형」께서 단양향교에 대해 말씀하시다가, "퇴계가 향교를 옮기고…"라고 하시더니, "향교鄕校에 내가 해둔 것도 있어."라고 하셨기 때문이다. 퇴계가 옛날 1548년에 단양군수를 지내셨고 옛날 향교를 지금의 자리로 옮기셨다고 한다. 그리고 「박형」께서 연이어 "금석학金石學은 내가 우리나라에서 가장 조예가 깊을 거야. 특히 전자鐫字(손으로 그으면 돌에 그냥 세겨지는 글자)는 내가 제일第一…"이라고 하셨다.

- 네 번째 근거는 퇴계 선생께서 그 옛날 정말 중히 여기셨던 책 『성리대전性理大全』에 대하여 말씀하셨는데, "OO대 손孫이 아무것도 몰라, 내가 가지고 왔다."고 하셨기 때문이다. 그 『성리대전』이 옛날 퇴계 선생, 지금 「박형」 본인의 책이기에 가지고 오셨다고 생각된다. 「박형」께서는 절대로 남의 책을 그냥 가지고 오실 분이 아니기 때문이다.

- 그리고 한 가지 더 있다고 할 수 있는 것은, 『퇴계처럼』이라는 책을 보면, 더 잘 알 수가 있다. 당시의 퇴계 선생과 현세의 「박형」의 생활 모습과 환경마저 거의 같다는 생각이 들기 때문이다.

미주2) _【개운당유서開雲堂遺書】

나는 세속의 가난한 집안에서 태어나, 일찍 부모를 여의고 외가에 의탁하였다가, 봉암사鳳巖寺에서 동년童年에 머리를 깎고, 그 후 10년 동안 스승을 구하여 강산을 두루 돌아다니다가 본사本寺로 돌아와 환적암에서 스승을 만나 법문을 들었고, 백련암에서 연금鍊金하여 구슬을 얻고, 심원사尋源寺에서 보임 출태하고, 유즙임경한 다음, 여가를 활용하여 『유가심인정본수능엄경』의 원고를 초하였으나, 연기緣期가 아직 일찍하고 면벽이 가장 급하였으므로, 아직 보류하여 이행치 않고 제용자諸龍子로 하여금 교대하며 수호하게 하고 지리산 묘향대로 향한다.

백 년 이후에 큰 인연을 가진 자가 이를 인쇄하여 널리 배포할 것이니, 그 공덕은 불가사의한 것으로서 필경에는 모두 보리의 인과를 이룰 것이다.

후세에 이 경을 봉독하는 자는 경經과 송頌, 그리고 주註와 토吐에 있어서 한 자字와 한 구句라도 신중히 하고 고치지 말아라. 또 비방하는 요망한 무리는 반드시 신사神司가 벌을 내릴 것이다. 희양산曦陽山 환적암幻寂庵은 선환善

幻화상이 입적한 곳이다.

오늘 도중에서 이 몸을 회상하니 강개慷慨함이 무량하다. 후세의 제현諸賢은 마땅히 알아야 한다.

산중에 무엇이 있던가, 고개 위에 백운이 많아라. 다만 스스로 기뻐는 할지언정 그대에게 가져다줄 수는 없는 것이니, 각기 스스로 깨달아서 각기 스스로 기뻐하라.

내가 스승을 만나 법문을 듣고서 수능엄삼매의 실천공덕을 수련한 것을 대강 보여주어 인연이 있는 사람으로 하여금 믿고 수행하게 하고자 한다.

그래서 죄벌을 두려워하지 않고 현기玄機를 누설하는 것인데, 믿지 않고 수행치 않음은 그대들의 허물이다.

십여 년 동안 풍우에 젖어 있다가 홀연히 고덕古德의 "공연히 쇠신만 닳게 하면서 동서로 분주하게 다니네."라는 글귀에 감동하여 나도 모르게 눈물을 흘리고 환적암으로 돌아왔는데, 그때 나이 삼십이었다.

스승을 만나고 싶은 마음이 간절하여 침식까지 잊었다가 경배敬拜하는 기원이 잠시도 해이한 적이 없었는데, 미색이 앞에 나타나거나 천악天樂이 귀에 들리기도 하며, 맹호가 뒤따라오거나, 큰 뱀이 몸을 휘감기도 하며, 황금과 비단이 방에 가득하거나 도적이 문을 부수기도 하며, 그밖에 기쁘고, 두렵고, 믿음이 가고, 의심이 가는 등의 마사魔事들도 있으나 다 말하기 어려울 정도였다. 그러나 조금도 동심動心하지 않고 정직正直만을 고수固守하면서 계戒. 정定을 성실하게 수련하였다.

이렇게 하기를 1년 남짓이 하였을 적에 어떤 미친 듯한 중이 비틀걸음으로 들어오는데, 신체는 수척하고 의복이 남루한 데다 온몸에 짓무른 부스럼이 나서 그 냄새가 가까이할 수 없을 정도였다.

그러나 공경히 맞이하여 성심껏 시봉하였는데, 꾸짖기도 하고 때리기도 하였으며, 희롱도 하고 자비롭기도 하였다. 이렇게 하기를 한 달 남짓이 하면서 역시 동심하지 않고 정직만을 고수하며, 배倍나 더 공경할 뿐이고 한 번도 의심

하지 아니하였더니, 어느 날 밤에 불러서 말하기를,

"너는 무심한 사람이구나. 꾸짖어도 괴로워하지 않으며 때려도 성내지 않고 희롱해도 싫어하지 않으며 자비를 베풀어도 기뻐하지 아니하니, 마음을 항복 받았다고 할 수 있는데, 반드시 득도得道할 것이다. 여러 해 동안 불타 앞에서 기원한 것이 무엇인가?"

하므로, 눈물을 흘리며 공경히 절하고 말하기를,

"지극한 소원은 참다운 스승을 만나 불법을 듣는 것이고, 그밖에는 구하는 것이 없습니다."

하였더니, 말하기를,

"내가 너의 스승이 되면 어떻겠는가?"

하였다. 나는 곧 슬픔과 기쁨의 감회가 함께 일어나 백배하며 애걸하였더니, 말하기를,

"인걸人傑도 지령地靈인 것과 마찬가지로 수도修道도 그러한 것이다."

하고, 나를 데리고 희양산에 올라갔는데, 달이 낮처럼 밝고 안계眼界가 쾌활하게 전개되었다. 큰 반석 위에 정사精舍가 저절로 세워지고 음식이 제때에 마련되었다. 나는 이러함을 보고서 신심信心이 백배나 솟구쳤다.

사자師資(스승과 제자)가 삼보 앞을 향하여 공경히 예배하고서 큰 참회와 깊은 맹서를 한 다음에 말하기를,

"너는 지금 마땅히 알아야 한다. 수도修道를 함은 마음을 항복 받는 것으로 시작과 끝마무리의 절요切要함을 삼는다. 학자學者가 만에 하나도 성도成道하지 못함은 마음을 항복 받지 못하고 아만我慢에서 벗어나지 못하기 때문이다."

하였다.

그리고 다시 설법한 다음에 토굴로 들어가게 하였는데, 7일 만에 첫 건혜지 누진통乾慧地漏盡通의 인인을 증득하니, 우리 선사가 『정본수능엄경』과 『유가 심인록』을 나에게 부탁하면서 말하기를,

"내가 보현존사普賢尊師에게 구결로 받은 신信·해解·수修·증證이 모두 여기

에 있으니, 진중珍重하게 받들어 간수하라."

하므로, 공경하게 배수拜受하였는데, 또다시 대승大乘의 묘결妙訣을 구두로 전해주므로 이를 하나하나 터득하고 깨달았다. 수수授受하기를 마친 다음에 공경히 백배하고 삼보三寶 앞에 사은謝恩하니, 우리 선사가 손을 잡고 고별한 다음 허공으로 날아가므로 공경히 백배하면서 눈물을 머금고 전송하고 돌아보니, 정사精舍가 없어졌다.

미증유의 일임을 감탄하고 백련암으로 내려와서 백일만에 십신十信의 수다원 누진통의 과果를 증득하고, 그리고 7일 만에 초주분정도태初住分定道胎의 인을 증득하고서 도장산道藏山에 들어갔다.

어째서 마음을 항복 받는 것이 수도修道의 절요함이 되는가 하면, 성품이 움직이면 마음인데, 그 이름이 마음심魔音心이고, 마음이 안정하면 성품인데, 그 이름이 성품성聖品性이다.

그래서 성품을 따르는 자는 성인聖人이 되고 마음을 따르는 자는 마魔가 되는데, 마魔와 성聖은 두 종류가 아니라 자신이 지은 것을 자신이 도로 받는 것이다.

후학後學은 이를 알아야 한다. 마음을 항복 받은 다음에라야 수도修道할 수 있는 것이다. 비유하면 소가 물을 마시면 젖이 되고, 뱀이 물을 마시면 독이 되는 것처럼, 사람이 마음을 항복 받으면 도기道器가 되고 마음을 항복 받지 못하면 도기道器가 못 된다.

그래서 『금강경』에서 불타가 마음 항복 받는 것을 먼저 제시한 것이다.

인연이 있는 제현諸賢이 이 경을 읽고 불법을 깨달아서 전일專一하게 정진精進하면 보리를 이룰 수 있을 것이니, 이는 내가 고심苦心하여 스승을 구하고 도를 깨달은 본원本願이다.

오십 일세가 되는 경자년庚子年 8월 삼경일三庚日에 자신의 생각을 기록하여 뒤에다 덧붙인다.
〈개운당유서 끝〉

미주3)_육신통六神通 : 여섯 가지의 신통, 신神은 불가사의不可思議하다는 뜻이며, 통通은 무애無碍, 곧 자유자재하다는 뜻으로, 삼승三乘의 성자聖者가 신묘불측神妙不測 무애자재無碍自在한 6종種의 지혜를 얻은 신통.

1. 천안통天眼通 : 세간 일체의 멀고 가까운 고락苦樂의 모양과 가지가지의 형形과 색을 밝히 내다볼 수 있는 자유자재한 작용력. 곧 다른 이의 다음 세상의 생활상태까지 자유자재하게 장애 되는 일 없이 환하게 뚫어볼 수 있는 역용力用.

2. 천이통天耳通 : 세간 일체의 좋고 나쁜 말, 멀고 가까운 말, 또 사람이나 사람이 아닌 것들의 말까지 일체의 말소리를 들을 수 있는 자재한 작용. 어떠한 말이나 소리를 하나도 듣지 못할 것이 없는 불가사의한 신통력.

3. 타심통他心通 : 다른 이가 마음으로 생각하는 것을 모두 자유자재하게 아는 부사의한 심력心力.

4. 숙명통宿命通 : 지난 세상의 생애, 곧 전세前世의 일을 잘 아는 신통력. 통력通力의 크고 작음에 따라 1세 2세, 또는 천만세千萬世를 아는 차이가 있다.

5. 신족통神足通(또는 신여의통身如意通) : 시기에 응하여 크고 작은 몸을 나타내며, 자기의 생각대로 날아다니는 통력.

6. 누진통漏盡通 : 번뇌를 끊음이 자유자재하며, 여실如實하게 사제四諦(고집멸도)의 이치를 증하여 다시 삼계三界에 미迷하지 않는 부사의한 힘.

▶ 부처님 십력十力 : 부처님께만 있는 열 가지 심력心力. 「박형」께서 계속 많은 곳에서 부처님에게만 있는 열 가지 심력心力을 쓰고 계셨다는 사실을 확인할 수 있다.

1. 처비처지력處非處智力 : 도리道理에 계합하고, 못함을 분명히 아는 불지력佛智力.

2. 업이숙지력業異熟智力 : 어떤 업인業因으로 어떤 과보果報를 받을 것인가를 명료하게 아는 부처님의 지혜의 힘.

3. 정려해탈등지등지지력靜慮解脫等持等至智力 : 제선諸禪, 해탈解脫, 삼매三昧
   를 아는 지력.

4. 근상하지력根上下智力 : 중생의 근기와 성품의 상하가 같지 않고, 득과得果가
   크고 작은 것을 분명히 아는 부처님의 지혜.

5. 종종승해지력種種勝解智力 : 중생들의 가지가지 원이나, 바깥 경계에 대하여
   품고 있는 견해見解를 밝게 아는 지혜력.

6. 종종계지력種種界智力 : 중생들의 따로따로 가지고 있는 가지가지의 성질을
   다 아는 지혜력.

7. 변취행지력遍趣行智力 : 일체지처도지력一切至處道智力이라고도 함. 변일체遍
   一切의 업행은 다 반드시 제 결과에 나아가는 것이므로 변취행遍趣行이라
   하고, 그 행으로 나아가는 결과를 다 아는 부처님의 지혜를 변취행지력이라
   한다.

8. 숙주수념지력宿住隨念智力 : 중생들의 지난 세상일을 아시는 부처님의 지혜
   힘. 그 범위는 1세世로부터 천만세千萬世의 전생을 아신다 함.

9. 사생지력宿住死生智力 : 중생의 나고 죽을 때와, 아울러 지난 세상의 일을 아
   는 지혜의 힘.

10. 누진지력漏盡智力 : 영단습기지력永斷習氣智力이라고도 함. 모든 번뇌를 끊고
    여실如實한 이치를 아는 부처님의 지혜. 『구사론』제27권, 『순정이론』제75권
    등에 의함.   『불교사전』에서

무상대도

초 판 1쇄 펴낸날 2024년 7월 15일

저 자 박영철
펴낸이 김연수
펴낸곳 새벽숲
등록일 2009년 12월 28일 (제321-2009-000242호)
주 소 서울특별시 서초구 반포대로14길 30, 906호 (서초동, 센츄리 I)
전 화 02-582~6612·587~6612
팩 스 02-586-9078

값 35,000원

ⓒ새벽숲 2024
ISBN 979-11-87459-12-5 (03810)